Catherine Demeule

LES DOUZE

DU MÊME AUTEUR

Huit saisons, Mercure de France, 2003,
prix Pen-Hemingway

Quand revient l'été, Mercure de France, 2007

Le Passage, Robert Laffont, 2011

JUSTIN CRONIN

LES DOUZE

roman

Traduit de l'anglais (États-Unis)
par Dominique Haas

ROBERT LAFFONT

Titre original : THE TWELVE
Traduction française : Éditions Robert Laffont, S.A., Paris, 2013

ISBN 978-2-221-11114-7
(édition originale : ISBN 978-0-385-66953-5, Doubleday Canada, Random House)

Pour Leslie, pied à pied

« Elle resta à mes côtés pendant des années, ou ne fut-ce qu'un instant ? Je ne sais plus. Peut-être que je l'aimais, peut-être que non. Il y avait une maison, et puis plus de maison. Il y avait des arbres, mais il n'en reste aucun. Quand personne ne se souvient, que reste-t-il ? Toi, dont les jours s'en sont allés, qui dérives comme une fumée dans l'au-delà, dis-moi quelque chose, dis-moi n'importe quoi. »

MARK STRAND, *In the Afterlife*

Prologue

Extrait des écrits du Premier Chroniqueur ***(Le Livre des Douze)***
Présenté à la 3e conférence globale
sur la période de Quarantaine nord-américaine
Institut d'études des cultures et des conflits humains
Université de Nouvelle-Galles du Sud,
République indo-australienne
16-21 avril 1003 ap. V.

Chapitre premier

1. Il arriva donc que le monde était devenu mauvais, car les hommes avaient mis la guerre dans leur cœur et dévasté toute chose vivante, de sorte que le monde était pareil à un rêve de mort ;

2. Or donc Dieu regarda sa création avec grande tristesse, parce que son esprit ne s'accordait plus avec l'humanité.

3. Et le Seigneur dit : Comme au temps de Noé, un grand déluge se répandra sur la terre ; et ce sera un déluge de sang. Les monstres que les hommes ont en leur sein deviendront de chair et dévoreront toute chose sur leur chemin. Et ceux-ci seront appelés viruls.

4. Le premier marchera parmi vous en habits d'homme vertueux, dissimulant le mal en lui ; or il adviendra qu'il sera frappé par une maladie telle qu'il sera fait à la semblance d'un démon, terrible à contempler. Et celui-ci sera le père de la destruction, et nommé le Zéro.

5. Et les hommes diront : Assurément un tel être ferait le plus

puissant des soldats. Et à sa seule vue les armées de nos ennemis déposeront les armes pour se masquer les yeux.

6. Et les plus hautes instances décréteront que douze criminels devront être choisis pour recevoir un peu de sang du Zéro, devenant à leur tour des démons ; et leurs noms seront comme un seul, Babcock – Morrison – Chávez – Baffes – Turrell – Winston – Sosa – Echols – Lambright – Martínez – Reinhardt – Carter, nommés les Douze.

7. Mais je choisirai aussi parmi vous une âme pure de cœur et d'esprit, une enfant pour s'élever contre eux ; et j'enverrai un signe pour que tous le sachent, et ce signe sera un grand tumulte parmi les animaux.

8. Ainsi parlèrent les hommes. Et cette enfant fut Amy, dont le nom était Amour : Amy des Âmes, la Fille de nulle part.

9. Et le signe apparut à l'endroit nommé Memphis, où les bêtes crièrent, hurlèrent et trompetèrent ; et celle qui le vit était Lacey, une sœur sous le regard de Dieu. Et le Seigneur dit à Lacey :

10. Toi aussi tu es choisie, pour être la compagne d'Amy, pour l'aider et lui montrer le chemin. Où elle ira, tu iras aussi ; et ton voyage sera une épreuve, et durera bien des générations.

11. Tu seras comme une mère pour l'enfant que j'ai créée afin de guérir le monde brisé ; car en elle je construirai une arche qui transportera les esprits des justes.

12. Et c'est ainsi que fit Lacey conformément à tout ce que Dieu lui avait ordonné ; c'est ainsi qu'elle le fit.

Chapitre deuxième

1. Il arriva qu'Amy fut emmenée à l'endroit nommé Colorado et retenue en captivité par des hommes malfaisants ; car en ce lieu le Zéro et les Douze demeuraient enchaînés, et les geôliers d'Amy voulurent qu'elle devienne l'une des leurs et se joigne à eux par l'esprit.

2. Là elle reçut le sang du Zéro, et sombra dans une faiblesse pareille à la mort ; mais elle ne mourut pas, et ne prit pas une forme monstrueuse. Parce que le dessein de Dieu n'était pas qu'une telle chose advienne.

3. Et dans cet état Amy resta pendant un certain nombre de jours, jusqu'à ce que survienne une grande calamité, telle qu'il

y aurait désormais un temps d'Avant et un temps d'Après ; car les Douze s'échappèrent, ainsi que le Zéro, déchaînant la mort sur la terre.

4. Or un homme se lia d'amitié avec Amy ; il la prit en pitié et l'arracha à cet endroit. Cet homme était Wolgast, un homme juste parmi ceux de son temps, et aimé de Dieu.

5. Ensemble, Amy et Wolgast se dirigèrent vers l'endroit nommé Oregon, au cœur des montagnes, et là, ils demeurèrent durant le temps connu comme l'an zéro.

6. En ce temps-là, les Douze déchaînèrent sur le monde leur grande faim, tuant chaque espèce ; et ceux dont ils ne se nourrissaient pas étaient emportés, et les rejoignaient en esprit. De cette manière, les Douze se multiplièrent un million de fois et formèrent les Douze Tribus virules, chacune dotée de sa Multitude, et celles-ci ravagèrent la terre, la laissant sans nom, sans mémoire, dévastant toute chose vivante.

7. Ainsi passèrent les saisons ; et Wolgast qui était sans enfant devint comme un père pour Amy, qui n'en avait pas eu ; et comme il l'aimait, elle l'aimait aussi.

8. Or il vit qu'Amy n'était pas pareille à lui, non plus qu'à n'importe quel être vivant à la surface de la terre ; car elle ne vieillissait pas, ignorait la douleur, et n'avait besoin ni de nourriture ni de repos. Et donc il se mit à craindre ce qu'il adviendrait d'elle quand il ne serait plus.

9. Il arriva qu'un homme vînt à eux de l'endroit nommé Seattle ; et Wolgast le tua, de peur que l'homme se change en démon. Car le monde était devenu une contrée peuplée de monstres, où nul ne vivait plus hormis ceux-là.

10. De cette manière ils vécurent comme père et fille, chacun veillant sur l'autre, jusqu'au moment où, une nuit, une lumière aveuglante emplit le ciel, si brillante qu'on ne pouvait la contempler. Au matin, une terrible odeur emplissait l'air et des cendres retombaient à la surface de toutes choses.

11. La lumière était celle de la mort, et à cause d'elle Wolgast développa une maladie mortelle. Wolgast cessa d'être, laissant Amy errer seule sur la terre ravagée, sans autre compagnie que celle des viruls.

12. Et de cette manière, le temps passa, quatre fois vingt ans et douze années de temps.

Chapitre troisième

1. Ainsi donc dans la quatre-vingt-dix-huitième année de sa vie, dans l'endroit nommé Californie, Amy arriva devant une ville, la Première Colonie, où, à l'abri des murs, demeuraient quatre fois vingt et dix âmes, les descendants d'enfants venus de l'endroit nommé Philadelphie, au temps d'Avant.

2. Mais à la vue d'Amy, les gens prirent peur, car ils ne savaient rien du monde, et de nombreuses paroles furent prononcées contre elle ; elle fut emprisonnée et il en résulta un grand tumulte, tant et si bien qu'elle dut fuir accompagnée de quelques autres.

3. Et ceux-ci étaient Peter, Alicia, Sara, Michael, Hollis, Theo, Mausami et Pataugas, huit en tout. Ils avaient chacun une juste cause au cœur, et désiraient voir le monde hors de la ville où ils vivaient.

4. Parmi eux, le nom de Peter était le premier, Alicia le deuxième, Sara le troisième, Michael le quatrième, et, de la même manière, les autres étaient bénis aux yeux de l'Éternel.

5. Ensemble, ils se mirent en route sous le couvert de la nuit afin de trouver le secret de la ruine du monde, à l'endroit nommé Colorado, pour un voyage d'une demi-année au milieu de la nature hostile, endurant bien des afflictions ; et la plus grande d'entre elles fut le Refuge.

6. Car dans l'endroit nommé Las Vegas, ils furent capturés afin d'être présentés devant Babcock, le Premier des Douze ; en vérité ceux qui habitaient en cette ville étaient comme des esclaves pour Babcock et sa Multitude, et devaient sacrifier l'un des leurs à chaque nouvelle lune, pour pouvoir continuer à vivre.

7. Or Amy et les autres furent jetés en pâture sur le lieu du sacrifice, et ils combattirent Babcock, qui était terrible à contempler ; et de nombreuses vies furent perdues. Ensemble ils quittèrent cet endroit pour ne point y mourir.

8. Et parmi eux, l'un d'eux tomba, celui du nom de Pataugas. Amy et ses compagnons l'enterrèrent, et marquèrent l'emplacement comme un lieu de souvenir.

9. Alors un grand chagrin s'empara d'eux, Pataugas étant le plus aimé d'entre eux ; mais ils ne pouvaient s'attarder, car Babcock et sa Multitude les poursuivaient.

10. Après un voyage de quelque durée, Amy et ses compagnons parvinrent à une maison que le temps avait épargnée ; en

effet, Dieu l'avait bénie, faisant d'elle un lieu sanctifié. Cet endroit portait le nom de la Ferme. Et là, ils restèrent en sécurité sept jours de temps.

11. Deux d'entre eux choisirent de demeurer à cet endroit, car la femme était enceinte. Et l'enfant à naître devait être Caleb, qui était bien-aimé de Dieu.

12. Ainsi, les autres repartirent pendant que deux restaient en arrière.

Chapitre quatrième

1. Or il advint qu'Amy et ses compagnons poursuivirent leur chemin à travers les jours et les nuits vers l'endroit nommé Colorado où ils se retrouvèrent en compagnie de soldats, cinq fois vingt, tel était leur nombre. Et ceux-ci étaient connus comme l'expéditionnaire, et venaient de l'endroit nommé Texas.

2. Car le Texas était en ce temps-là un havre de salut sur la terre ; et les soldats voyageaient au loin pour combattre les viruls, chacun prêtant serment de mourir pour ses compagnons.

3. Quelqu'un parmi eux choisit de rejoindre leurs rangs, devenant un soldat de l'expéditionnaire ; et c'était Alicia, qui devait être connue sous le nom d'Alicia des Lames. Et l'un des soldats décida quant à lui de se joindre à eux ; c'était Lucius le Fervent.

4. Ils se seraient attardés en ce lieu si l'hiver n'avait approché ; et quatre d'entre eux manifestèrent le désir de voyager avec les soldats vers l'endroit nommé Texas, tandis qu'Amy et Peter décidaient de continuer seuls.

5. Or il arriva que tous deux parvinrent au lieu de la création d'Amy, et que là, au sommet du plus élevé des pics, leur apparut un ange du Seigneur. Et l'ange dit à Amy :

6. Ne crains rien, parce que je suis cette Lacey dont tu te souviens. Ici j'ai attendu pendant des générations pour te montrer le chemin, et pour le montrer à Peter aussi, car il est l'Homme des jours, choisi pour demeurer à tes côtés.

7. Parce que, comme au temps de Noé, Dieu dans son dessein a pourvu une grande nef pour traverser les eaux de la destruction ; et Amy est cette nef. Et Peter sera celui qui mènera ses compagnons vers les terres émergées.

8. Or donc le Seigneur réparera ce qui a été brisé, et apportera le réconfort aux esprits des justes. Et cela, on le nommera le Passage.

9. L'ange Lacey appela Babcock, Premier des Douze, et le fit sortir des ténèbres ; un grand combat alors se déroula. Et dans un éclair de lumière, Lacey le tua, renvoyant son esprit vers le Seigneur.

10. Ainsi la Multitude de Babcock fut libérée de lui ; et à ce moment, chacun se souvint de ce qu'il avait été du temps d'Avant : homme et femme, époux et épouse, parent et enfant.

11. Alors Amy passa parmi eux et les bénit chacun à son tour ; car le dessein de Dieu était qu'elle soit le vaisseau qui transporterait leurs âmes pour traverser la longue nuit de leur oubli. Et leurs esprits quittèrent la terre, et ils moururent.

12. Et c'est ainsi qu'Amy et ses compagnons apprirent ce qui les attendait ; toutefois, le chemin serait montueux, et leur voyage ne faisait que commencer.

Première partie

Le Fantôme

Été 97 ap. V.
Cinq ans après la chute de la Première Colonie

« Souvenez-vous de moi quand je serai partie
Partie très loin dans la terre silencieuse. »

CHRISTINA ROSSETTI, *Souvenez-vous*

1.

Orphelinat de l'ordre des sœurs, Kerrville, Texas

Plus tard, après le dîner et la prière du soir, le bain si c'était le jour du bain, et les dernières négociations qui clôturaient la journée – « S'il vous plaît, ma sœur, encore un petit moment... », « S'il vous plaît, encore une histoire ? » –, quand les enfants s'étaient enfin endormis et que tout était calme, Amy les observait. Aucune règle ne l'interdisait ; les sœurs s'étaient habituées à ses errances nocturnes. Elle passait comme une apparition, d'une pièce silencieuse à la suivante, glissant dans un sens puis dans l'autre entre les rangées de lits où les enfants dormaient, le visage et le corps détendus, dans l'abandon du sommeil. Les plus grands avaient treize ans, la limite de l'âge adulte, les plus petits étaient encore des bébés. Chacun avait son histoire, toujours triste. Beaucoup étaient des troisièmes enfants abandonnés à l'orphelinat par des parents incapables de payer la taxe, d'autres les victimes de circonstances plus cruelles encore : une mère morte en couches, ou célibataire ne pouvant assumer le déshonneur ; un père qui avait disparu dans les bas-fonds ténébreux de la ville, ou été emporté hors les murs. L'origine des orphelins variait, mais ils connaîtraient tous le même destin. Les filles rejoindraient l'ordre, consacreraient leurs journées à la prière et à la contemplation, et s'occuperaient des enfants semblables à ceux qu'elles avaient elles-mêmes été, pendant que les garçons deviendraient soldats, membres de l'expéditionnaire, et prêteraient un serment d'une nature différente, mais tout aussi contraignant.

En attendant, dans leurs rêves, ils étaient encore – ils étaient toujours – petits, se disait Amy. Sa propre enfance n'était qu'un lointain souvenir, une abstraction, et pourtant, alors qu'elle observait les enfants endormis, des rêves de jeu flottant derrière leurs paupières closes, elle se sentait proche d'un temps où elle n'était elle-même qu'un tout petit être dans le vaste monde, innocente, ignorante de ce qui l'attendait, du trop long voyage de sa vie, de ces trop nombreuses années, fondues les unes dans les autres, qui formaient une immensité en elle. Alors peut-être était-ce pour cela qu'elle errait parmi eux : pour se rappeler.

Elle gardait toujours le lit de Caleb pour la fin, parce qu'il l'attendait. Bébé Caleb... sauf que ce n'était plus un bébé mais un petit garçon de cinq ans, tonique et débordant d'énergie comme tous les enfants, plein d'humour, d'émerveillement et d'un naturel confondant. De sa mère, il tenait les pommettes hautes, saillantes, et le teint mat de son clan ; de son père, le regard qui ne cillait pas, les sombres étonnements et les cheveux noirs, rêches, coupés court, que l'on appelait, dans le parler familier de la Colonie, la « toison Jaxon ». Un amalgame physique, un puzzle constitué des pièces de sa tribu. Dans ses yeux, Amy les revoyait. Il était Mausami, il était Theo ; il était lui-même, et voilà tout.

— Parle-moi d'eux.

Toujours, chaque soir, le même rituel. C'était comme si le petit garçon ne pouvait pas s'endormir sans revenir sur un passé dont il n'avait aucun souvenir. Amy avait pris l'habitude de s'asseoir au bord de son petit lit. Sous les couvertures, la forme mince de son corps menu était à peine discernable ; autour d'eux, les vingt enfants assoupis composaient un chœur silencieux.

— Voyons un peu, commença-t-elle tout bas. Ta mère était très belle.

— Une guerrière.

— Oui, répondit Amy avec un sourire. Une belle guerrière. Aux cheveux noirs, longs, tressés comme il convient à une guerrière.

— Pour pouvoir tirer à l'arbalète.

— C'est ça. Mais surtout, c'était une forte tête. Tu sais ce que ça veut dire, « être une forte tête » ? Je te l'ai déjà expliqué.

— Entêté ?

— Oui. Mais dans un sens positif. Si je te dis d'aller te laver les mains avant le dîner et que tu refuses, ce n'est pas bien. C'est le mauvais côté de l'entêtement. Ce que je veux dire, c'est que ta mère faisait toujours ce qu'elle croyait être bien.

— Et c'est pour ça qu'elle m'a eu. Parce que..., dit-il en se concentrant sur les mots, c'était ce qu'il fallait pour apporter une lumière dans le monde.

— C'est bien, Caleb. Tu n'as pas oublié. N'oublie jamais que tu es une lumière vive.

Un bonheur chaleureux avait illuminé le visage du petit garçon.

— Parle-moi de Theo, maintenant. Mon père.

— Ton père ?

— *S'te plaîîîît...*

Elle se mit à rire.

— D'accord. Alors, ton père. D'abord, c'était un homme courageux. Très courageux. Et il aimait beaucoup ta mère.

— Mais il était triste.

— Triste, c'est vrai. En même temps, c'est ce qui le rendait si courageux, tu vois. Parce qu'il faisait ce qu'il y a de plus courageux. Et tu sais ce que c'était ?

— Garder espoir ?

— Oui. Garder espoir quand on a l'impression qu'il n'y a plus rien à espérer. N'oublie jamais ça... Allez, il est tard. C'est l'heure de dormir. Demain est un autre jour.

Elle se pencha et lui déposa un baiser sur le front, moite de la chaleur de l'enfance.

— Est-ce que... est-ce qu'ils m'aimaient ?

Amy fut prise de court. Pas par la question proprement dite – il la lui avait déjà posée plusieurs fois, pour qu'elle le rassure – mais par son ton incertain.

— Bien sûr, Caleb. Je te l'ai toujours dit. Ils t'aimaient beaucoup. Et ils t'aiment encore.

— Parce qu'ils sont au ciel.

— Exactement.

— Où on est tous ensemble, pour toujours. L'endroit où va l'âme.

Il détourna le regard. Et puis :

— On dit que tu es très vieille.

— Qui est-ce qui dit ça, Caleb ?

— Je ne sais pas.

Dans son cocon de couvertures, il eut un petit haussement d'épaules.

— Tout le monde. Les autres sœurs. Je les entends parler.

Ça, c'était nouveau. À sa connaissance, seule sœur Peg connaissait l'histoire. Amy se ressaisit.

— Eh bien, je suis plus vieille que toi, ça, au moins, c'est sûr. Et je suis assez vieille pour te dire que c'est l'heure de dormir.

— Je les vois, parfois.

La remarque la décontenança.

— Comment ça, Caleb ? Comment les vois-tu ?

— Le soir, répondit-il, son regard glissant sur elle, poursuivant une vision intérieure. Quand je dors.

— Quand tu rêves, tu veux dire.

Le petit garçon n'avait pas de réponse à cela. Elle posa sa main sur son bras, par-dessus les couvertures.

— D'accord, Caleb. Tu pourras m'en parler quand tu te sentiras prêt.

— Ce n'est pas pareil. Ce n'est pas comme dans les rêves. Et je te vois aussi, Amy, ajouta-t-il en la regardant à nouveau.

— Tu me vois, moi ?

— Mais tu es différente. Pas pareille que maintenant.

Elle attendit qu'il en dise davantage, mais rien ne vint. Différente ? Comment cela, différente ?

— Ils me manquent, reprit le petit garçon.

Elle hocha la tête, soulagée de ce changement de sujet.

— Je sais. Mais tu les reverras. Et en attendant, tu m'as moi. Et tu as ton oncle Peter. Il va bientôt rentrer, tu sais.

— Avec le... l'espé-dictionnaire ?

Un regard déterminé illumina son visage.

— Quand je serai grand, je veux être soldat, comme oncle Peter.

Après un nouveau baiser sur son front, Amy se leva, prête à repartir.

— Si c'est ce que tu veux, alors tu seras soldat. Maintenant, il faut dormir.

— Amy ?

— Oui, Caleb ?

— Est-ce que quelqu'un t'a aimée comme ça ?

Debout à côté du lit de l'enfant, elle sentit affluer les souvenirs. Une nuit de printemps, un manège et un goût de sucre glace ; un lac, une cabane dans les bois, et la chaleur d'une grande main tenant la sienne. Des larmes lui brûlèrent les yeux.

— Je crois que oui, répondit-elle d'une voix étranglée. J'espère que oui.

— Et oncle Peter ?

Elle fronça les sourcils, surprise.

— Pourquoi me poses-tu cette question, Caleb ?

— Je ne sais pas.

Un autre haussement d'épaules, un peu gêné.

— C'est la façon dont il te regarde. Il sourit tout le temps.

— Eh bien..., commença-t-elle en s'efforçant de ne rien montrer. (Rien, vraiment ?) Je crois qu'il sourit parce qu'il est content de te voir. Maintenant, dors. Promis ?

Il eut un regard de bête blessée.

— Promis.

Dehors, les projecteurs déversaient leur lumière : pas une clarté éclatante comme à la Colonie, Kerrville était beaucoup trop étendue pour ça, plutôt une espèce de crépuscule qui se serait attardé, plus lumineux sur les bords et couronné d'étoiles. Amy se faufila hors de la cour, en restant dans l'ombre. À la base du mur, elle repéra l'échelle qu'elle gravit sans essayer de se dissimuler. Arrivée en haut, elle fut accueillie par la sentinelle, un homme dans la force de l'âge, à la poitrine large, barrée par le fusil qu'il tenait dans ses bras.

— Halte-là !

Le sommeil s'empara de lui avant qu'il ait le temps d'ajouter un mot. Amy le soutint pour lui éviter de tomber sur le chemin de ronde et l'adossa au rempart, son arme en travers des cuisses. Lorsqu'il se réveillerait, il n'aurait d'elle qu'un vague souvenir fantasmagorique. Une fille ? L'une des sœurs, portant la chasuble grise, rêche, de l'ordre ? À moins qu'il ne se réveille pas de lui-même, que ce soit l'un de ses camarades qui tombe sur lui et qu'il fasse l'objet d'une sanction disciplinaire pour avoir dormi à son poste. Quelques jours au trou et voilà tout ; n'importe comment, personne ne le croirait.

Elle suivit la passerelle jusqu'à la plateforme d'observation. Personne. Les patrouilles faisaient leur ronde toutes les dix minutes ; elle n'avait pas beaucoup de temps devant elle. Tout en bas, les lumières éclaboussaient le sol comme un liquide brillant. Amy ferma les yeux, fit le vide dans son esprit et projeta ses pensées loin au-dehors, dans l'espace.

— Venez à moi.

— Venez à moi venez à moi venez à moi.

Ils vinrent à elle en glissant hors des ténèbres. D'abord un, puis deux, et encore un autre, formant un amas luminescent à l'endroit où ils étaient tapis, à la lisière des ombres. Et dans son esprit, elle entendait les voix, toujours les voix, les voix et la question :

Qui suis-je ?

Elle attendit.

Qui suis-je qui suis-je qui suis-je ?

Ce qu'il pouvait lui manquer... Wolgast, celui qui l'avait aimée. Où es-tu ? songea-t-elle, le cœur saignant de solitude, parce que nuit après nuit, alors qu'elle sentait cette nouvelle chose arriver en elle, elle souffrait plus cruellement de son absence. Pourquoi m'as-tu abandonnée ? Mais Wolgast n'était nulle part, ni dans le vent, ni dans le ciel, ni dans la lente rotation de la Terre. L'homme qu'il avait été s'en était allé.

Qui suis-je qui suis-je qui suis-je qui suis-je qui suis-je qui suis-je ?

Elle attendit le plus longtemps possible. Les minutes filaient. Et puis un bruit de pas approchant sur la passerelle : la sentinelle.

— Vous êtes moi, leur dit-elle. Vous êtes moi. Maintenant, partez.

Ils se dispersèrent dans la nuit.

2.

Cent vingt kilomètres au sud de Roswell, Nouveau-Mexique

Par une chaude soirée de septembre, à des kilomètres et plusieurs semaines de chez elle, le lieutenant Alicia Donadio – Alicia des Lames, la Nouvelle Chose, fille adoptive du grand Niles Coffee, éclaireuse et tireuse d'élite du deuxième expéditionnaire, armée de la République du Texas, baptisée et assermentée – fut réveillée par une odeur de sang apportée par le vent.

Vingt-sept ans, un mètre soixante-dix, les hanches et les épaules solides, les cheveux roux coupés presque à ras et les yeux, jadis bleus, brillant désormais d'une lueur orangée comme des braises jumelles, elle voyageait léger, juste le nécessaire. Aux pieds, des sandales improvisées avec un bout de toile et des semelles en caoutchouc vulcanisé ; un jean élimé aux genoux et aux fesses ; un pull de coton aux manches coupées pour gagner du temps. En bandoulière, deux cartouchières de cuir croisées sur la poitrine, avec six coutelas d'acier glissés dans les alvéoles – sa marque de fabrique –, et sur le dos, attachée avec une solide longueur de chanvre, son arbalète. À sa cuisse était sanglée, dans un étui, son arme de dernier recours, un Browning .45 semi-automatique et son chargeur de neuf balles.

Huit plus une, tel était le dicton. Huit pour les viruls, une pour soi-même. Huit plus une, et basta.

La ville s'appelait Carlsbad. Passant dessus, tel un balai géant, les années en avaient fait table rase. La carcasse de certains bâtiments avait malgré tout subsisté, comme des mues abandonnées : des maisons évidées et des hangars rouillés, autant de preuves enlisées, dévastées de l'œuvre du temps. Alicia s'était reposée toute la journée à l'ombre d'une station-service dont l'auvent métallique avait résisté par on ne savait quel miracle, et s'était réveillée au coucher du soleil pour chasser. Elle tua un lapin d'un carreau d'arbalète dans le cou, le dépouilla, le rôtit sur un feu de prosopis et commença à grignoter la chair tendineuse des cuisses alors que le feu crépitait encore dessous.

Elle n'était pas pressée.

C'était une femme attachée aux règles et aux rituels. Elle se refusait à tuer les viruls pendant leur sommeil. Elle se refusait à utiliser son fusil quand elle pouvait faire autrement ; les armes à feu étaient lourdes et indignes de la tâche, elles faisaient trop de saletés. Elle éliminait ses cibles au poignard, d'un coup précis, ou à l'arbalète, proprement, sans regret, avec toujours au cœur une prière d'action de grâce : « Je vous renvoie chez vous, mes frères et mes sœurs, je vous libère de la prison de votre existence. » Ensuite, la mise à mort effectuée, elle retirait son arme de la plaie mortelle et portait la poignée d'abord à son front puis à sa poitrine, à la tête et au cœur, consacrant la délivrance de ses proies dans l'espoir que, le jour venu, le courage ne lui ferait pas défaut et qu'elle serait elle-même délivrée.

Elle attendit la tombée de la nuit, éteignit son feu et se mit en chasse.

Depuis plusieurs jours, elle suivait une large plaine envahie de broussailles. Au sud et à l'ouest se dressait la forme ombreuse de montagnes surgies de la vallée comme autant de haussements d'épaules. Si Alicia avait vu la mer, elle aurait pu se dire : Voilà ce qu'est cet endroit, c'est la mer – le fond d'un grand océan intérieur, et les montagnes, creusées de grottes, figées par le temps, sont les vestiges d'un récif géant né à une époque où des monstres inimaginables parcouraient la terre et les vagues.

Où êtes-vous, cette nuit ? pensait-elle. *Où vous cachez-vous, mes frères et mes sœurs de sang ?*

C'était une femme aux trois vies, deux avant et une après. Sa première vie d'avant avait été celle de ses années d'enfance. Le monde n'était alors que silhouettes bondissantes et lumières éclatantes, il glissait sur elle comme la brise passant dans ses cheveux, et ne lui disait rien. Une nuit, quand elle avait huit ans, le Colonel l'avait emmenée hors de l'enceinte de la Colonie et laissée là, désarmée, sans même un canif. Elle s'était assise sous un arbre, dans la poussière, et avait pleuré toute la nuit, et quand le soleil du matin l'avait trouvée, elle avait changé ; la fille qu'elle avait été avait disparu, elle était une autre. « Tu vois ? » lui avait dit le Colonel en s'agenouillant devant elle. Il n'avait pas voulu la prendre dans ses bras pour la réconforter, il l'avait regardée bien en face, comme un soldat. « Tu comprends, maintenant ? » Et en effet, elle avait compris. Compris l'insignifiance de sa vie, du caractère dérisoire de son existence, et elle y avait renoncé. C'était ce jour-là qu'elle avait prêté serment.

Mais ça faisait longtemps. Elle avait été une enfant, et puis une femme, et puis... quoi ? La troisième Alicia, la Nouvelle Chose, n'était ni humaine ni virule mais les deux à la fois. Un amalgame, un hybride, un être à part. Elle se déplaçait parmi les viruls comme un esprit invisible, à la fois l'une d'entre eux et pas des leurs, un fantôme pour les fantômes qu'ils étaient. Ses veines charriaient le virus, mais compensé par un second, obtenu à partir d'Amy, la Fille de nulle part, et contenu dans l'une des douze ampoules du laboratoire du Colorado ; les autres, Amy les avait elle-même détruites, jetées dans les flammes. Le sang d'Amy lui avait sauvé la vie, et en même temps non. Faisant d'elle le lieutenant Alicia Donadio, éclaireuse et tireuse d'élite de l'expéditionnaire, le seul être de son espèce à la surface de la planète.

Souvent, très souvent, tout le temps, Alicia elle-même n'aurait su dire ce qu'elle était au juste.

Elle tomba sur un hangar. Un appentis au toit de métal criblé de trous, rongé par la rouille, à moitié ensablé.

Elle... *sentait* quelque chose.

Ce qui était étrange – rien de tel ne lui était jamais arrivé. Le virus ne lui avait pas donné ce pouvoir dont Amy était seule détentrice. Alicia était le yin dont Amy était le yang : Alicia avait hérité de la force physique et de la rapidité des viruls, mais elle était déconnectée du réseau invisible qui les reliait, de pensée à pensée.

Et pourtant, elle ressentait bien quelque chose. Une présence... Un picotement à la base du crâne, et dans l'esprit un froissement silencieux, traduit en paroles à peine audibles.

Qui suis-je ? Qui suis-je qui suis-je qui suis-je qui suis-je... ?

Ils – ou plutôt *elles* étaient trois : elles avaient été des femmes, dans le temps. Et plus encore : Alicia sentait – comment était-ce possible ? – que chacune recelait un unique noyau de mémoire. Une main fermant une fenêtre, le bruit de la pluie. Un oiseau aux vives couleurs chantant dans une cage. Vue depuis la porte, une chambre plongée dans l'obscurité et deux petits enfants, un garçon et une fille, endormis dans leur lit. Alicia recevait toutes ces images comme si elles étaient à elle, comme si c'étaient ses propres visions, ses sons et ses odeurs, ses émotions, un concentré d'existence, trois minuscules feux brûlant en elle. L'espace d'un instant, elle resta captivée, fascinée par ces souvenirs d'un monde perdu. Le monde du temps d'Avant.

Mais ce n'était pas tout. Chacun de ces souvenirs était environné d'un linceul de ténèbres, immense et impitoyable, qui la fit frissonner jusqu'à la moelle. Elle se demanda ce que c'était, et puis elle le sut : le rêve du dénommé Martínez. Julio Martínez d'El Paso, au Texas, le Dixième des Douze, condamné à mort pour le meurtre d'un policier. Celui qu'Alicia traquait.

Dans son rêve, Martínez violait éternellement une femme appelée Louise – le nom était brodé en lettres manuscrites sur la poche de sa blouse – tout en l'étranglant avec un fil électrique.

La porte de l'appentis pendait de guingois sur ses gonds rouillés. L'endroit était exigu ; Alicia aurait préféré disposer de davantage d'espace, surtout avec un triplet. Elle avança en rampant, précédée par la pointe de son carreau d'arbalète, et s'introduisit dans l'abri.

Deux des virules étaient suspendues aux poutres, la tête en bas ; la troisième, accroupie dans un coin, mastiquait un lambeau de chair en faisant un bruit répugnant. Elles avaient dévoré une antilope dont les restes racornis, réduits à des touffes de poils, d'os et de peau, étaient éparpillés par terre. Dans l'engourdissement consécutif aux ripailles, les virules ne remarquèrent pas son intrusion.

— Bonsoir, mesdames !

La première des deux virules accrochées dans les poutres, elle l'abattit d'un carreau d'arbalète. Un choc sourd, un cri aigu, étranglé net, et la créature s'écrasa par terre. Les deux autres commencèrent à s'ébrouer ; la deuxième lâcha prise et, pendant sa chute, releva ses genoux sur sa poitrine, roula sur elle-même et atterrit sur ses pieds griffus, le dos tourné. Lâchant son arbalète, Alicia dégaina un coutelas et, d'un mouvement coulé, l'envoya en tournoyant se planter dans la troisième, qui s'était relevée et lui faisait face.

Deux de chute, plus qu'une.

L'affaire aurait dû être facile. Tout à coup, elle ne l'était pas. Alors qu'Alicia dégainait un deuxième coutelas, la troisième virule se retourna et, d'un puissant revers de sa main griffue, l'envoya valdinguer dans l'ombre. Sans laisser à la créature le temps de lui porter un autre coup, Alicia se laissa tomber par terre et roula au loin ; quand elle se releva, une nouvelle lame à la main, la virule avait disparu.

Et merde !

Alicia récupéra son arbalète par terre, chargea un nouveau carreau et se précipita au-dehors. Où était-elle passée ? Deux pas rapides, et Alicia se lança sur le toit de l'entrepôt, où elle atterrit dans un grand bruit de tôle ébranlée. Elle observa rapidement les environs. Rien, aucune trace de sa proie.

Soudain la virule fut derrière elle. Alicia se rendit compte qu'elle était tombée dans un piège : la créature avait dû se cacher en se plaquant au bout du toit. En même temps qu'Alicia pivotait sur ses talons, visant instinctivement avec son arbalète, dans un bruit de métal torturé et de bois explosé, le toit céda sous son poids.

Elle atterrit les quatre fers en l'air sur le sol du hangar et la virule se jeta sur elle. Alicia avait perdu son arbalète. Impossible de dégainer un de ses coutelas, elle avait les deux mains occupées par la virule qu'elle s'efforçait de retenir à bout de bras tout en essayant d'éviter ses dents. Les mâchoires claquantes, la créature projetait sa face vers la courbe de la gorge d'Alicia, à gauche, à droite et de nouveau à gauche. Une force irrésistible opposée à une volonté inébranlable : combien de temps la situation pouvait-elle se prolonger ? Les enfants, dans leur lit, pensa Alicia. C'était celle-là ! C'était la femme qui regardait par la porte ses enfants endormis. *Pense aux enfants,* songea Alicia, et puis elle le dit tout haut :

— *Pense aux enfants.*

La virule se figea, une expression pensive s'inscrivit sur sa face. L'espace d'un instant – une demi-seconde, pas davantage – leurs regards se croisèrent dans l'obscurité. Mary, pensa Alicia. Tu t'appelais Mary. Elle porta la main vers son couteau. *Je vais te renvoyer chez toi, Mary, ma sœur. Je te libère de la prison de ton existence.* Et d'une poussée vers le haut, elle plongea sa lame jusqu'à la garde au point vulnérable.

Alicia repoussa le cadavre qui pesait sur son corps. Les autres gisaient à l'endroit où elles étaient tombées. Elle récupéra son coutelas et son carreau d'arbalète sur les deux premières, les nettoya, puis s'agenouilla près de la troisième. Généralement, après coup, Alicia n'éprouvait rien en dehors d'un vague sentiment de vacuité ; elle eut la surprise de découvrir que ses mains tremblaient. Comment avait-elle su ? Parce qu'elle avait bel et bien su, avec une certitude absolue, que la femme s'appelait Mary.

Elle libéra sa lame, porta la poignée de l'arme à son front et à son cœur. *Merci, Mary, de ne pas m'avoir tuée avant l'accomplissement de ma tâche. J'espère que tu as maintenant retrouvé tes petits.*

Mary avait les yeux ouverts dans le vide. Alicia lui ferma les paupières du bout des doigts. Il n'aurait pas été convenable de la laisser là. Elle prit sa dépouille dans les bras et la transporta au-dehors. Un croissant de lune s'était levé, baignant le paysage de sa lueur laiteuse, une obscurité visible ; mais ce n'était pas du clair de lune que Mary avait besoin. Une centaine d'années de ciel nocturne, ça suffit, pensa Alicia, et elle déposa la femme sur un coin de terre dégagé où, le matin venu, le soleil la trouverait, après quoi le vent disperserait ses cendres.

Alicia avait commencé à grimper.

Une nuit et un jour avaient passé. Elle était arrivée dans les montagnes et elle remontait le lit d'un cours d'eau asséché, au fond d'un étroit défilé. Elle ressentait de plus en plus fortement la présence des viruls : elle arrivait à proximité de quelque chose. Mary, pensa-t-elle, qu'essayais-tu de me dire ?

L'aube approchait lorsqu'elle atteignit le haut de la crête. Soudain, l'horizon reflua très loin. En contrebas, dans l'obscurité battue par le vent, la vallée déroulait son immensité avec les étoiles pour seule compagnie. Alicia savait que dans leur disposition apparemment arbitraire, il était possible de distinguer des ébauches de formes, des silhouettes de personnages et d'animaux, mais elle n'avait jamais appris à les repérer. Les constellations ne répondaient pour elle qu'à une dispersion aléatoire, comme si chaque soir quelqu'un projetait les étoiles sur la voûte céleste.

C'est alors qu'elle la vit : une gueule de ténèbres ouverte au fond d'une dépression en forme de bol. L'ouverture de la grotte. Elle faisait une bonne trentaine de mètres de largeur, et elle était entourée de gradins incurvés qui décrivaient une sorte d'amphithéâtre sculpté à même la paroi rocheuse. Des chauves-souris filaient dans le ciel.

C'était une porte vers l'enfer.

Tu es bien là, hein ? pensa Alicia, et elle ne put réprimer un sourire. *Je t'ai trouvé, espèce de fils de pute !*

Deuxième partie

Le Familier

Printemps
An zéro

« Voici de la nuit l'heure des sorcières,
Où bâillent les cimetières, et le souffle
De l'enfer lui-même contamine le monde. »

SHAKESPEARE, *Hamlet*

3.

Département de police de Denver
6e district
Dossier no 193874
Transcription de l'interrogatoire de Lila Beatrice Kyle
Affaire suivie par l'inspecteur Rita Chernow
3 mai, 04 h 17

RC : [...] La prévenue a été dûment informée de ses droits et a renoncé à la présence d'un avocat pour le présent entretien préliminaire, mené par l'inspecteur Rita Chernow de la police de Denver, 6e district. Il est quatre heures dix-sept. Docteur Kyle, veuillez décliner votre identité.
LK : Lila Beatrice Kyle.
RC : Vous êtes bien chirurgien orthopédiste à l'hôpital Denver General ?
LK : Oui.
RC : Et vous savez pourquoi vous êtes là ?
LK : Il est arrivé quelque chose à l'hôpital. Vous avez des questions à me poser. Où sommes-nous ? Je ne reconnais pas cette pièce...
RC : Nous sommes au commissariat, docteur Kyle.
LK : J'ai des ennuis ?
RC : Nous en avons déjà parlé, vous vous souvenez ? Nous essayons seulement de comprendre ce qui s'est passé ce soir, aux urgences. Je sais que vous êtes troublée. J'ai quelques questions à vous poser, c'est tout.
LK : J'ai du sang partout. Pourquoi y a-t-il du sang sur moi ?
RC : Docteur Kyle, vous rappelez-vous ce qui s'est passé aux urgences ?

LK : Je suis tellement fatiguée... Pourquoi suis-je tellement fatiguée ?
RC : Est-ce qu'on peut vous apporter quelque chose ? Un café, peut-être ?
LK : Je ne peux pas boire de café. Je suis enceinte.
RC : Alors, de l'eau ? Vous voulez un peu d'eau ?
LK : D'accord.
[Interruption de l'enregistrement.]
RC : Bon, reprenons. Vous travailliez aux urgences, ce soir, c'est bien ça ?
LK : Non, j'étais en haut.
RC : Mais vous êtes descendue aux urgences ?
LK : Oui.
RC : Quelle heure était-il ?
LK : Je ne sais pas très bien. Vers une heure du matin. On m'avait appelée.
RC : Pourquoi vous avait-on appelée ?
LK : J'étais l'orthopédiste de garde. Ils avaient un patient avec un poignet cassé.
RC : Ce patient s'appelait bien M. Letourneau ?
LK : Je crois, oui.
RC : On vous a dit autre chose à son sujet ?
LK : Avant que je descende aux urgences ?
RC : Oui.
LK : Qu'il semblait avoir été mordu par un animal.
RC : Par un chien, par exemple ?
LK : Je suppose. Ils ne me l'ont pas précisé.
RC : Il avait autre chose ?
LK : Il avait beaucoup de fièvre. Il avait vomi.
RC : C'est tout ce qu'on vous a dit ?
LK : Oui.
RC : Et qu'avez-vous vu en arrivant aux urgences ?
LK : Il était dans le lit numéro trois. Il n'y avait que deux autres patients. C'est généralement assez calme le dimanche.
RC : Quelle heure était-il ?
LK : Une heure et quart, une heure et demie.
RC : Alors vous avez examiné le patient, M. Letourneau ?
LK : Non.
RC : Je reformule la question : avez-vous vu le patient ?
[Une pause.]
RC : Docteur Kyle ?

LK : Pardon, vous pouvez répéter la question ?
RC : Avez-vous vu M. Letourneau, ce soir, aux urgences ?
LK : Oui. Et Mark était là, lui aussi.
RC : Vous voulez parler du Dr Mark Shin ?
LK : C'était l'interne de garde. Vous lui avez parlé ?
RC : Le Dr Shin est mort, docteur Kyle. Il fait partie des victimes.
LK : [Inaudible.]
RC : Je n'ai pas compris. Vous pourriez répéter, s'il vous plaît ?
LK : Je... je ne sais pas. Je suis désolée, que voulez-vous savoir ?
RC : Que pouvez-vous me dire à propos de M. Letourneau ? Comment était-il ?
LK : Comment... comment était-il quoi ?
RC : Eh bien, était-il conscient ?
LK : Il était conscient, oui.
RC : Qu'avez-vous remarqué d'autre ?
LK : Il était désorienté. Agité. Il était d'une drôle de couleur.
RC : Comment cela ?
[Une pause.]
LK : Il faut que j'aille aux toilettes.
RC : Je voudrais que vous répondiez à quelques questions avant. Je sais que vous êtes fatiguée. Je vous promets de vous laisser partir dès que possible.
LK : Vous avez des enfants, inspecteur Chernow ?
RC : Pardon ?
LK : Vous avez des enfants ? Simple curiosité.
RC : Oui. Deux. Des garçons.
LK : Quel âge ont-ils ? Si ce n'est pas indiscret.
RC : Cinq et sept ans. J'ai encore quelques petites choses à vous demander. Vous pensez pouvoir répondre ?
LK : Mais je parie que vous essayez d'avoir une fille, n'est-ce pas ? Croyez-moi, avoir une petite fille à soi, il n'y a rien de plus beau.
RC : Si nous revenions à M. Letourneau pour l'instant, vous voulez bien ? Vous avez dit qu'il était agité, vous pourriez préciser ?
LK : Préciser ?
RC : Oui. Comment son agitation se manifestait-elle ?
LK : Il faisait un drôle de bruit.
RC : Vous pourriez le décrire ?

LK : Une sorte de cliquetis avec sa gorge. Il gémissait. Il donnait l'impression de beaucoup souffrir.
RC : Est-ce qu'on lui a donné un calmant ?
LK : On lui avait administré du Tramadol. Je crois que c'était du Tramadol.
RC : Qui était présent, en dehors du Dr Shin ?
[Une pause.]
RC : Docteur Kyle ? Qui était présent lorsque vous avez examiné M. Letourneau ?
LK : Une infirmière. Elle essayait de le calmer. Il était très perturbé.
RC : Quelqu'un d'autre ?
LK : Je ne me souviens pas. Un infirmier ? Non, deux.
RC : Et que s'est-il passé ?
LK : Il a commencé à convulser.
RC : Vous voulez dire que le patient a été pris de convulsions ?
LK : C'est ça.
RC : Alors, qu'avez-vous fait ?
LK : Où est mon mari ?
RC : Il est dehors, dans le couloir. Il vous a accompagnée, vous vous souvenez ?
LK : Brad est là ?
RC : Je vous demande pardon ? Qui est Brad ?
LK : Mon mari. Brad Wolgast. Il est du FBI. Vous le connaissez peut-être ?
RC : Je ne comprends pas, docteur Kyle. L'homme qui est venu avec vous s'appelle David Centre. Ce n'est pas votre mari ?
[Une pause.]
RC : Docteur Kyle ? Vous saisissez ma question ?
LK : Bien sûr que David est mon mari. C'est drôle que vous me demandiez ça. D'où vient tout ce sang sur moi ? J'ai eu un accident ?
RC : Non, docteur Kyle. Vous étiez à l'hôpital. C'est de ça que nous parlons. Il y a trois heures, neuf personnes ont été tuées aux urgences. Nous essayons de reconstituer ce qui s'est passé.
[Une pause.]
LK : Cette chose m'a regardée. Pourquoi m'a-t-elle regardée, moi ?
RC : Quelle chose, docteur Kyle ?
LK : C'était horrible.
RC : Qu'est-ce qui était horrible ?

LK : Il a commencé par tuer l'infirmière. Il y avait tellement de sang. Un véritable océan.

RC : Vous parlez de M. Letourneau ? C'est lui qui a tué l'infirmière ? Vous pourriez être plus précise ?

LK : J'ai soif. Je pourrais avoir encore un peu d'eau ?

RC : Dans une minute. Comment M. Letourneau a-t-il tué l'infirmière ?

LK : C'est arrivé si vite. Comment peut-on se déplacer aussi vite ?

RC : Essayez de vous concentrer, docteur Kyle. Avec quoi M. Letourneau a-t-il tué l'infirmière ? Était-il armé ?

LK : Armé ? Je ne me souviens pas d'avoir vu une arme.

RC : Alors comment a-t-il fait ?

[Une pause.]

RC : Docteur Kyle ?

LK : Je ne pouvais pas bouger. Il... il me regardait, c'est tout.

RC : Quelqu'un vous regardait ? Il y avait quelqu'un d'autre dans la pièce ?

LK : Il l'a fait avec sa bouche. C'est comme ça qu'il a fait.

RC : Vous voulez dire que M. Letourneau a mordu l'infirmière ?

[Une pause.]

LK : Je suis enceinte, vous savez. Je vais avoir un bébé.

RC : C'est ce que je vois, docteur Kyle. Je sais que la situation est très stressante pour vous.

LK : Il faut que je me repose. Je veux rentrer chez moi.

RC : Nous allons essayer de vous laisser repartir le plus vite possible. Rien que pour clarifier les choses : vous déclarez que M. Letourneau a mordu l'infirmière, c'est ça ?

LK : Comment va-t-elle ?

RC : Elle a été décapitée, docteur Kyle. Vous teniez son corps dans vos bras quand nous vous avons retrouvée. Vous vous souvenez ?

LK : [Inaudible.]

RC : Vous pourriez parler plus fort, s'il vous plaît ?

LK : Je ne comprends pas ce que vous me voulez. Pourquoi me posez-vous toutes ces questions ?

RC : Parce que vous étiez présente. Vous êtes notre seul témoin. Vous avez vu mourir neuf personnes, ce soir. Elles ont été déchiquetées, docteur Kyle.

LK : [Inaudible.]

RC : Docteur Kyle ?

LK : Ses yeux. C'était comme si j'avais contemplé l'enfer. Comme si j'étais tombée dans les ténèbres pendant une éternité. Vous croyez à l'enfer, inspecteur ?
RC : Les yeux de qui ?
LK : Ce n'était pas humain. Ça ne pouvait pas être humain.
RC : Vous parlez de M. Letourneau ?
LK : Je ne veux pas penser à ça. Il faut que je pense au bébé.
RC : Qu'avez-vous vu ? Dites-moi ce que vous avez vu.
LK : Je veux rentrer chez moi. Je ne veux plus parler de tout ça. Ne m'y forcez pas.
RC : Qui a tué ces gens, docteur Kyle ?
[Une pause.]
RC : Docteur Kyle, ça va ?
[Une pause.]
RC : Docteur Kyle ?
[Une pause.]
RC : Docteur Kyle ?

4.

Bernard Kittridge, que le monde connaissait sous le nom d'« Ultime Combat à Denver », comprit qu'il était temps de partir lorsque l'électricité tomba en rade.

Il se demanda pourquoi ça avait tant tardé. Un réseau électrique municipal ne pouvait pas éternellement tenir le coup sans personne pour s'en occuper, et pour autant qu'il puisse en juger du haut de son dix-neuvième étage, il n'y avait plus âme qui vive dans la ville de Denver.

Ce qui ne voulait pas dire qu'il était seul.

Il avait passé le début de la matinée – un matin radieux de la première semaine de juin, ciel dégagé, température autour de vingt-cinq degrés et risque de précipitations de monstres assoiffés de sang vers la tombée de la nuit – à se prélasser au soleil sur la terrasse de l'appartement au dernier étage qu'il occupait depuis la deuxième semaine de la crise. C'était un endroit gigantesque, une sorte de palais dans les airs ; la cuisine était aussi grande à elle seule que tout l'appartement de Kittridge. Le propriétaire avait par ailleurs des goûts plutôt minimalistes :

des arrangements d'austères canapés en cuir plus agréables à l'œil qu'au postérieur, des sols de travertin étincelants, des petites carpettes en fourrure, des tables en verre qui paraissaient flotter dans le vide. S'introduire dans les lieux avait été un jeu d'enfant. Lorsque Kittridge s'y était décidé, la moitié de la ville avait déjà trépassé, fui, ou disparu. Il y avait belle lurette qu'il n'y avait plus de flics. Il avait envisagé de se barricader dans l'une des grandes maisons de Cherry Creek, mais après tout ce qu'il avait vu, il s'était dit qu'un endroit élevé serait préférable. Le propriétaire du penthouse était une vague connaissance, un client régulier du magasin. Il s'appelait Warren Filo. Coup de bol, Warren était passé, la veille du jour où tout avait éclaté, pour s'équiper en prévision d'une partie de chasse en Alaska. C'était un jeune gars, trop jeune pour avoir autant de fric – gagné à Wall Street, probablement, ou grâce à une de ces boîtes de haute technologie. Ce jour-là, le monde bourdonnait encore joyeusement, comme d'habitude, et Kittridge avait aidé Warren à transporter ses achats dans sa voiture. Une Ferrari, évidemment. Planté à côté, Kittridge s'était dit : Tant qu'à faire, il aurait pu se payer une plaque d'immatriculation personnalisée proclamant TROUDUC 1. Réflexion qui aurait aussi bien pu être écrite en lettres majuscules sur sa figure, parce qu'elle ne lui avait pas plus tôt effleuré l'esprit que Warren était devenu rouge comme une écrevisse. Il ne portait pas son costume habituel, juste un jean et un tee-shirt de la Sloan School of Management. Il avait voulu montrer sa voiture à Kittridge, ça crevait les yeux, mais une fois devant, il s'était rendu compte à quel point c'était crétin de se pavaner dans une bagnole pareille face à un chef de rayon d'Outdoor World qui ne devait pas gagner cinquante mille dollars par an. (Le chiffre exact était quarante-six.) Kittridge s'était autorisé un petit rire silencieux – les choses que ce jeunot ne savait pas auraient rempli un volume entier – et il avait laissé durer le moment pour le lui faire bien sentir. Je sais, je sais, avait avoué Warren, c'est un peu too much. Je m'étais bien juré de ne jamais être un de ces connards qui roulent en Ferrari. Mais je vous jure, elle vous procure de ces sensations...

Kittridge avait trouvé l'adresse de Warren sur sa facture. Lorsqu'il avait décidé de s'installer chez lui, le gars était probablement bien peinard en Alaska. Ensuite, il lui avait suffi de trouver la bonne clé dans le bureau du concierge, de l'introduire dans la serrure du panneau de l'ascenseur et d'appuyer sur le bouton du dix-neuvième étage, celui de l'appartement sur le toit. Il avait déballé son matériel : une valise à roulettes pleine de vêtements, trois casiers d'armes, une radio à manivelle, des jumelles à vision nocturne, des fusées éclairantes, une trousse de premiers secours, des bouteilles d'eau de Javel, un poste de soudure à l'arc pour sceller les portes de l'ascenseur, son fidèle ordi portable avec son antenne parabolique orientable, un carton de livres, et suffisamment d'eau et de vivres pour tenir un mois. Du balcon qui courait sur toute la longueur de l'immeuble, on avait une vue à cent quatre-vingts degrés vers l'Interstate 25 et le Mile High Stadium. Il avait positionné des caméras équipées de détecteurs de mouvement aux deux bouts du balcon, une pour couvrir la rue, la seconde braquée sur le bâtiment de l'autre côté de l'avenue. Il pensait obtenir ainsi pas mal de métrage intéressant, mais les images en or seraient les scènes d'élimination. L'arme qu'il avait sélectionnée à cette fin était une Remington 700 P à verrou calibre .318, un bon compromis entre la précision et la puissance de frappe, qui faisait mouche à trois cents mètres. Il y avait fixé une caméra vidéo numérique à infrarouge. Il visait la cible à l'aide des jumelles ; la carabine, montée sur un bipied au bout du balcon, faisait le reste.

La première nuit, sans vent et éclairée par une lune en son troisième quartier, Kittridge en avait abattu sept : cinq dans l'avenue, un sur le toit d'en face et encore un à travers la vitrine d'une banque au niveau de la rue. C'était le dernier qui lui avait valu la célébrité. La créature, le vampire ou quoi que ce soit – le terme officiel était « sujet contaminé » – avait regardé droit dans le viseur juste avant que Kittridge lui en colle une en plein dans le point vulnérable. Chargées sur YouTube, les images avaient fait le tour de la planète en quelques heures ; les principales chaînes de télé les avaient diffusées dès le lendemain matin. Qui était ce type ? Tout le monde voulait le savoir. Qui était ce type intrépide, dingue, suicidaire, barricadé en haut d'un immeuble de Denver, qui livrait l'ultime combat ?

Et c'est ainsi qu'était né son surnom : Ultime Combat à Denver.

Depuis le début, il savait bien que tôt ou tard on le ferait taire. Il faisait de sacrées vagues. Ce qui jouait en sa faveur, c'était que le « on » en question – la CIA, la NSA ou la Sécurité du territoire – serait obligé de venir à Denver débrancher la prise. L'adresse IP de Kittridge était pratiquement intraçable, protégée derrière une cascade de serveurs proxy anonymes, dont l'ordre était modifié tous les soirs. La plupart se trouvaient au-delà des mers : en Russie, en Chine, en Indonésie, en Israël, au Soudan. Des endroits difficiles d'accès pour quiconque, agence fédérale ou non, aurait voulu le déconnecter. Son blog vidéo – deux millions de connexions dès le premier jour – possédait plus de trois cents sites miroirs, et il s'en rajoutait constamment. En moins d'une semaine, il était devenu un véritable phénomène planétaire. Twitter, Facebook, Headshot, Sphere : les images vivaient leur vie dans l'éther sans qu'il lève le petit doigt. L'un de ses sites de fans comptait plus de quatre millions d'abonnés ; les tee-shirts arborant l'inscription « I ❤ Ultime Combat à Denver » se vendaient comme des petits pains sur eBay.

Son père lui avait toujours dit, Fiston, le plus important dans la vie, c'est d'apporter sa pierre à l'édifice. Qui aurait cru que la contribution de Kittridge consisterait à tenir un blog vidéo à partir du Ground Zero de l'apocalypse ?

En attendant, le monde continuait à tourner. Le soleil brillait toujours. À l'ouest, les montagnes assistaient à la disparition de l'homme avec une gigantesque indifférence. Pendant un moment, il y avait eu beaucoup de fumée – des pâtés de maisons entiers avaient été réduits en cendres – mais elle s'était à présent dissipée, révélant avec une clarté glaçante un spectacle de désolation. La nuit, des zones de ténèbres trouaient la ville, mais partout ailleurs, les lumières brillaient encore dans le noir : des réverbères vacillants, des stations-service et des supérettes avec leur éclairage au néon caractéristique, des lampes restées allumées sous des porches en attendant le retour des propriétaires. Pendant que Kittridge montait la garde sur son balcon, un feu tricolore, dix-neuf étages plus bas, s'évertuait à passer docilement du vert à l'orange puis au rouge et de nouveau au vert.

Il ne se sentait pas seul. La solitude l'avait abandonné depuis longtemps. Il avait trente-quatre ans. Un peu plus enrobé qu'il n'aurait voulu – avec sa jambe, il avait du mal à garder la ligne – mais encore costaud. Il avait été marié une fois, il y avait des années de ça. Cette période de sa vie lui laissait le souvenir de dix-huit mois de sexe frénétique et de bonheur conjugal, suivis d'autant de mois retentissant de cris et de hurlements, d'engueulades et de scènes de ménage, jusqu'à ce que l'affaire coule comme une pierre et qu'il se réjouisse, au bout du compte, que leur union n'ait pas eu de descendance. Rien de sentimental, ni même de personnel, ne le reliait à Denver ; ce n'était que le premier endroit où il avait atterri après sa démobilisation. Tout le monde disait qu'un vétéran décoré n'aurait pas de mal à trouver du travail. Et c'était peut-être vrai. Mais Kittridge n'était pas pressé. Il avait passé près d'une année entière à lire – les conneries habituelles au départ, des polars et des thrillers –, puis il avait fini par s'attaquer à des choses plus substantielles : *Tandis que j'agonise*, *Pour qui sonne le glas*, *Huckleberry Finn*, *Gatsby le Magnifique*. Pour la plupart, des livres qu'il fallait avoir lus, les classiques qui lui avaient échappé à l'école, puis il s'était aperçu que, dans l'ensemble, il les appréciait vraiment. Assis dans le calme de son studio, l'esprit perdu dans ces histoires d'autres vies et d'autres temps, il avait l'impression de boire un grand verre après avoir eu soif pendant des années. Il s'était même inscrit à quelques cours, à la fac du coin, tout en travaillant à Outdoor World dans la journée ; il lisait ou faisait ses devoirs le soir et pendant la pause déjeuner. Les pages de ces livres avaient le pouvoir de le réconforter, c'était une bouée de sauvetage à laquelle se cramponner avant que les sombres courants de la mémoire l'entraînent à nouveau, et par les plus beaux jours, il pouvait même s'imaginer continuer ainsi un bon bout de temps. Une petite vie, mais supportable.

Et c'est là, bien sûr, que la fin du monde était arrivée.

Le matin où l'électricité était tombée en carafe, Kittridge avait terminé le téléchargement des images de la nuit et s'était installé sur son balcon pour lire *Un conte de deux cités* de Dickens – Sydney Carton, l'avocat anglais, venait de déclarer son amour éternel à Lucie Manette, la fiancée de Charles Darnay, cet indécrottable idéaliste – quand la pensée l'avait effleuré qu'une boule de glace apporterait un plus à la matinée. Il n'y avait quasiment pas de provisions dans l'immense cuisine de Warren – on aurait pu faire tourner un restaurant trois étoiles dans cet endroit –, et Kittridge avait depuis longtemps jeté les plats à emporter moisis qui constituaient le maigre contenu du réfrigérateur. Mais ce type avait manifestement un faible pour le Chocolate Fudge Brownie de Ben and Jerry's, parce qu'il y en avait plein le congélateur. Pas de Chunky Monkey, de Cherry Garcia, de Phish Food, ni même de cette bonne vieille vanille. Rien que du Chocolate Fudge Brownie. Kittridge aurait aimé un peu de variété, après tout, on risquait de ne plus trouver de glace pendant un certain temps, mais comme il n'y avait pas grand-chose d'autre à se mettre sous la dent en dehors des boîtes de soupe et des crackers, il aurait été mal venu de se plaindre. Il avait posé son livre en équilibre sur le bras de son fauteuil, passé la porte en verre coulissante, et était rentré dans l'appartement.

Avant même d'arriver dans la cuisine, il avait commencé à sentir que quelque chose clochait, mais cette impression ne s'était pas encore cristallisée sur un détail précis. Ce n'est que lorsqu'il eut ouvert le carton et plongé sa cuillère dans un magma boueux de Chocolate Fudge Brownie ramolli qu'il réalisa vraiment.

Il actionna un interrupteur, pour voir. Rien. Il fit le tour de l'appartement en essayant d'allumer les lampes et en appuyant sur tous les boutons. Avec le même résultat.

Il s'arrêta au milieu du salon et inspira un bon coup. D'accord, se dit-il. D'accord. Il fallait s'y attendre. Il y avait même longtemps que ça aurait dû arriver. Il regarda sa montre. Neuf heures trente-deux. Le soleil ne se coucherait pas avant vingt heures. Il avait onze heures et demie pour se bouger le cul.

Il remplit rapidement un sac à dos : des barres protéinées, des bouteilles d'eau, des chaussettes et des sous-vêtements de rechange, une trousse de premiers secours, un blouson chaud, une boîte de Zyrtec (ses allergies l'avaient torturé tout le printemps), une brosse à dents et un rasoir. Il envisagea un instant d'emporter le *Conte de deux cités*, mais il y avait plus urgent, et avec un pincement au cœur, il le reposa. Dans la chambre, il enfila un tee-shirt en tissu respirant, un pantalon de toile beige, une veste de chasse et des chaussures de marche légères. Pendant quelques minutes, il réfléchit aux armes à prendre avant d'opter pour un couteau de chasse, deux Glock 19, et l'AK polonaise modifiée, à crosse repliable : pas terrible à distance, mais efficace en cas de combat rapproché, situation à laquelle il risquait fort d'être confronté dans un proche avenir. Les Glock tenaient bien dans un holster croisé, un sous chaque bras. Il bourra les poches de sa veste de chargeurs pleins, clipsa la bandoulière de l'AK, passa les bras dans les courroies de son sac à dos et retourna sur le balcon.

C'est alors qu'il remarqua le feu tricolore, en bas, dans l'avenue. Vert, orange, rouge, vert, orange, rouge. Il aurait pu s'agir d'un simple caprice de la technologie, mais il en doutait, il n'aurait su dire pourquoi.

Ils l'avaient localisé.

La corde était attachée à une conduite d'aération, sur le toit. Il enfila son harnais de rappel, le boucla, passa d'abord sa bonne jambe, puis l'autre par-dessus la rambarde. Il n'avait pas de problème de vertige, et pourtant il évita de regarder vers le bas. Il était suspendu au bord du balcon, face aux vitres de l'appartement. De loin, il entendit le bruit d'un hélicoptère qui approchait.

Ultime Combat à Denver tirait sa révérence.

Il se lança. D'une poussée, il s'écarta du bâtiment et descendit. Un étage, deux, trois, la corde glissait en douceur entre ses mains. Il atterrit sur le balcon de l'appartement situé quatre étages plus bas. Une douleur familière lui darda le genou gauche, il serra les dents – pas le moment. L'hélicoptère se rapprochait, le bruit des pales se répercutait sur les bâtiments, éveillait des échos dans les rues vides. Il enleva son harnais, dégaina l'un des Glock et tira une balle dans la porte vitrée du balcon, la faisant voler en éclats.

Dans l'appartement, ça sentait le renfermé, comme dans un chalet qui aurait été bouclé pour l'hiver. Des meubles lourds, des miroirs dorés, et au-dessus de la cheminée, un tableau représentant un cheval. Une odeur de pourriture planait dans l'air. Il traversa l'espace silencieux en jetant à peine un regard au décor. À la porte, il s'arrêta pour fixer un spot au rail latéral de son AK et sortit dans le couloir, direction l'escalier.

Dans sa poche, il avait les clés de la Ferrari, garée au sous-sol du bâtiment, seize étages plus bas. D'un coup d'épaule, il ouvrit la porte de la cage d'escalier et la balaya rapidement avec le faisceau lumineux de l'AK, vers le haut puis vers le bas. RAS. Il prit une fusée éclairante dans sa veste, ôta le capuchon en plastique avec ses dents, mettant le bouton d'allumage à nu. Après un *pop* suivi d'un crépitement, la fusée commença à cracher sa pluie d'étincelles. Kittridge la tint au-dessus du vide, visa et la lâcha : s'il y avait quelque chose en bas, il n'allait pas tarder à le savoir. Ses yeux suivirent la descente de la torche, empanachée de fumée. Quelque part dans les profondeurs, elle heurta la rambarde, rebondit et disparut de sa vue. Kittridge compta jusqu'à dix. Rien, aucun mouvement.

Il commença à descendre. Trois fusées éclairantes plus tard, il était en bas. Une lourde porte d'acier munie d'une barre antipanique et d'une petite lucarne de verre armé donnant sur le garage. Le sol était jonché de détritus : des cannettes de soda, des emballages de barres chocolatées, des boîtes de conserve vides. Un sac de couchage chiffonné et une pile de vêtements pourris révélaient que quelqu'un avait dormi là – s'y était planqué, comme lui.

Le jour de son arrivée, Kittridge avait procédé à un repérage du parking. La Ferrari était garée près du coin sud-ouest, à une soixantaine de mètres environ. Il aurait dû la rapprocher de la porte, mais il avait mis trois jours à dénicher les clés de Warren – quelle idée de ranger ses clés de voiture dans un tiroir de salle de bains ! –, et à ce moment-là, il était déjà barricadé dans l'appartement.

La clé magnétique avait trois boutons : un pour déverrouiller les portières, un pour l'alarme et un dont il espérait qu'il s'agissait de l'allumage à distance. Il appuya sur le premier.

Des profondeurs du garage monta un *biip* aigu, sur une seule note, suivi d'un feulement rauque – le moteur de la Ferrari. Autre erreur : la Ferrari était garée le nez vers le mur. Il aurait dû y penser. Non seulement cela ralentirait sa fuite, mais si la voiture avait été tournée de l'autre côté, les phares lui auraient procuré une bonne vision de l'intérieur du garage. Tout ce qu'il parvenait à distinguer par la petite vitre de la porte était une zone lointaine, éclairée à l'endroit où la voiture attendait en ronronnant comme un chat dans le noir. Le reste du parking était plongé dans les ténèbres. Les sujets contaminés aimaient se suspendre aux choses : poutrelles, tuyaux, n'importe quel support offrant une prise au plafond. La moindre fissure faisait l'affaire. Quand ils arrivaient, ils arrivaient par en haut.

Le moment était venu de prendre une décision : allumer d'autres fusées éclairantes pour voir ce qui se passait ? Se faufiler subrepticement dans le noir, à la recherche d'une cachette ? Ou bien ouvrir la porte à la volée et courir comme un dératé ?

C'est alors que, dans les étages supérieurs, Kittridge entendit le bruit d'une porte qui s'ouvrait. Il retint son souffle et tendit l'oreille. Ils étaient deux. Tout en sachant qu'il n'aurait pas dû, il s'éloigna de la porte et se démancha le cou pour examiner le haut de la cage d'escalier. Dix étages au-dessus, deux points rouges lumineux dansaient sur les murs.

Il poussa la porte du parking et prit ses jambes à son cou.

Il était arrivé à mi-chemin de la Ferrari quand le premier virul se laissa tomber juste derrière lui. Il n'avait pas le temps de se retourner et de faire feu. Il continua à courir. Son genou le lançait. La douleur lui faisait comme une pointe de feu, ou comme s'il avait eu un pic à glace enfoncé jusqu'à l'os. Il eut vaguement conscience d'un picotement révélateur : des êtres se réveillaient, le parking s'animait. Il ouvrit la portière de la Ferrari, jeta l'AK et le sac à dos sur le siège passager, prit place au volant et claqua la portière. Le châssis était tellement surbaissé qu'il avait l'impression d'être assis par terre. Le tableau de bord, plein de commandes et de voyants mystérieux, brillait comme dans un vaisseau spatial. Il manquait quelque chose. Où était le levier de vitesses ?

Un grand choc métallique, et soudain la chose emplit le champ visuel de Kittridge : le virul avait bondi sur le capot, les membres postérieurs fléchis dans une attitude reptilienne. L'espace d'un instant, Kittridge resta hypnotisé par son regard froid de prédateur contemplant sa proie. Le virul était nu à l'exception d'une montre-bracelet, une Rolex grosse comme un cube de glace. *Warren ?* se demanda Kittridge – il en portait une pareille le jour où il l'avait raccompagné à sa voiture. *Warren, mon vieux, c'est vous ? Parce que si c'est vous, j'aurais bien besoin d'un petit conseil pour démarrer ce machin-là.*

Ses doigts tombèrent alors sur deux palettes positionnées latéralement sous le volant, à droite et à gauche. Des commandes manuelles. Il aurait dû y penser ! En haut à droite, en bas à gauche, comme sur une moto. La marche arrière devait correspondre à un bouton sur le tableau de bord.

Le bouton marqué R, génie ! Celui-là !

Il appuya simultanément sur le bouton et sur l'accélérateur. Trop fort : avec un grincement de caoutchouc fumant, la Ferrari fit une embardée et entra dans un pilier de béton. Kittridge fut plaqué contre le siège, puis projeté vers l'avant, et sa tête heurta bruyamment le verre épais de la vitre. Son cerveau tinta comme un diapason ; des particules de lumière argentée dansèrent devant ses yeux. Elles avaient quelque chose d'intéressant, et même d'assez beau, mais une petite voix intérieure l'avertit que s'attarder à les contempler ne fût-ce que l'espace d'un instant reviendrait à mourir. Le virul était tombé du capot, mais déjà il se relevait et se préparait à bondir à nouveau. Pas de doute, il allait essayer de se jeter sur lui à travers le pare-brise.

Deux points rouges apparurent sur la poitrine du virul.

Avec une vivacité d'oiseau, la créature détourna le regard et s'élança vers les soldats qui surgissaient par la porte de l'escalier. Kittridge manœuvra le volant, actionna la palette de droite du sélecteur de vitesses et appuya sur l'accélérateur. La voiture fit un bond en avant, puis l'accélération le colla à son dossier. Au même moment, il entendit une rafale d'arme automatique. Il pensait avoir à nouveau perdu le contrôle de la voiture lorsqu'il rétablit sa trajectoire, et les murs du parking défilèrent à toute allure. Les soldats ne lui avaient fait gagner qu'un instant ; un rapide coup d'œil dans le rétroviseur lui donna, à la lueur des feux arrière, un aperçu de ce qui paraissait être l'explosion d'un corps humain, une éruption de chair et d'os réduits en charpie. Aucun signe du deuxième soldat, mais Kittridge aurait parié qu'il était déjà mort, déchiqueté en lambeaux sanglants.

Il ne jeta pas un second coup d'œil au rétroviseur.

La rampe qui menait vers la rue se trouvait deux niveaux plus haut, à l'autre bout du parking, qui était conçu comme un labyrinthe. Pas moyen de couper au travers. Au moment où Kittridge rétrogradait, le moteur rugissant, les pneus hurlant, pour négocier le premier virage en épingle à cheveux, deux autres viruls se laissèrent tomber du plafond juste devant lui. L'un d'eux passa sous sa roue avec un craquement visqueux, mais le deuxième bondit sur le toit de la Ferrari lancée à pleine vitesse, et la chevaucha à la manière d'un cheval de saut d'obstacles. Kittridge éprouva une pointe d'étonnement, voire d'émerveillement. Il se souvint d'avoir appris à l'école qu'on ne pouvait pas attraper une mouche à main nue parce que le temps s'écoulait d'une façon différente pour elle ; pour le cerveau de l'insecte, une seconde était une heure, une heure était un an. Les viruls étaient pareils : des êtres pour ainsi dire hors du temps.

Il y en avait partout maintenant, ils surgissaient de tous les coins sombres. Ils se jetèrent sur la voiture, comme pris d'une frénésie suicidaire, poussés par une faim affolante. Kittridge fonça dans le tas, les envoyant valser dans tous les sens. Leurs faces difformes, monstrueuses heurtaient le pare-brise avant qu'ils se retrouvent projetés en l'air, par-dessus la voiture, dégageant le terrain. Encore deux virages et il serait libre, mais un spécimen particulièrement obstiné s'était accroché au toit. Kittridge freina dans un tournant, partit en dérapage sur le ciment lisse, et la violente décélération projeta le virul sur le capot. Une femme. Qui apparemment portait – et puis quoi encore ? – une robe de mariée. Enfonçant ses doigts à la base du pare-brise, elle se redressa à quatre pattes. Sa bouche, pareille à un piège à ours hérissé de dents sanglantes, s'ouvrit en grand, en très grand. Un petit crucifix en or pendouillait à la base de son cou. *Désolé pour votre mariage foiré,* pensa Kittridge. Il dégaina l'un des pistolets, le cala sur le haut du volant et tira à travers le pare-brise.

Il s'éjecta du dernier virage comme un boulet de canon. Devant lui, un puits de lumière dorée tombait du ciel. Il s'engagea dans la rampe à cent kilomètres-heure, et accéléra encore. La grille était baissée, mais l'obstacle lui paraissait dérisoire à présent. Kittridge visa, enfonça l'accélérateur pied au plancher, rentra la tête dans les épaules.

Un choc furieux et, pendant deux secondes d'éternité, la Ferrari décolla. Elle fusa vers le soleil, et heurta le béton du trottoir avec une violence qui manqua lui décrocher la mâchoire. Des étincelles jaillirent de sous le châssis. Enfin, la liberté ! Mais soudain, un autre problème : il n'y avait rien pour l'arrêter. Il allait s'emplafonner dans le hall de la banque, de l'autre côté de la rue. Tout en rebondissant au milieu de la chaussée, il freina à bloc et braqua à fond, les muscles noués en prévision de l'impact. Précaution superflue : dans un hurlement de gomme torturée, les pneus mordirent la chaussée et, allez savoir comment, il se retrouva en train de filer le long de l'avenue, dans le matin d'été.

Il était bien obligé de l'avouer... Comment Warren avait-il dit ça, déjà ? « Elle vous procure de ces sensations... »

C'était vrai. Kittridge n'avait jamais rien conduit de semblable de toute sa vie.

5.

Pendant un long, très long moment, rigoureusement insignifiant, l'homme connu sous le nom de Lawrence Grey – ex-prisonnier du centre de détention pour hommes de Beeville inscrit au registre des criminels sexuels du ministère de la Sécurité publique dans l'État du Texas ; employé du projet Noé et de la division des Armes spéciales ; Grey la Source, le Déchaîneur de la nuit, Familier de celui nommé le Zéro – cessa complètement d'être où que ce soit. Il n'était rien, il n'était nulle part, un être annihilé, sans mémoire ni histoire, juste une conscience dispersée au gré d'une mer sans rivage, sans dimension. Une mer d'encre, vaste, de voix qui murmuraient son nom. *Grey, Grey.* Elles étaient là et en même temps pas là, en lui et hors de lui, l'appelant alors qu'il planait seul, uni aux ténèbres, dérivant sur un océan d'éternité, sous le regard des étoiles.

Mais pas que des étoiles. Car venait d'apparaître une lumière – une douce lumière dorée, qui s'épanouissait au-dessus de lui. Des lames d'ombre la traversaient en tournoyant comme une toupie, et cette lumière était accompagnée d'un son aortique, pareil à un battement de cœur, un *boum-boum, boum-boum* qui pulsait au rythme de sa rotation. Grey l'observa, observa cette merveilleuse lumière tourbillonnante, et la pensée s'imposa à sa conscience que ce qu'il contemplait était Dieu. La lumière était Dieu tout là-haut dans le ciel, planant sur les eaux, caressant la face du monde comme l'ourlet d'un rideau, effleurant et bénissant Sa création. L'annonciation s'épanouit en lui comme une explosion de douceur. Quelle joie ! Quelle compassion, quelle mansuétude ! La lumière était Dieu, et Dieu était amour : Grey n'avait qu'à entrer dedans, entrer dans la lumière, pour sentir éternellement cet amour. Et une voix dit :

C'est le moment, Grey.

Viens à moi.

Il se sentit monter, s'élever, soulevé. Au cours de son ascension, le ciel étendit ses ailes, le reçut, l'emporta dans la lumière, une clarté presque trop vive pour être supportable, aveuglante, qui oblitérait tout, tel un bruit, un hurlement, et ce hurlement était le sien.

Grey, montant. Grey, renaissant.

Ouvre les yeux, Grey.

Il le fit, il ouvrit les yeux. Une forme noire tournoyait désagréablement au-dessus de lui.

Un ventilateur de plafond.

Il cligna les paupières pour s'éclaircir la vue. Il avait dans la bouche un goût amer, de cendre humide. Tout, le décor, l'atmosphère de la pièce où il était allongé, évoquait une chambre de motel – le dessus-de-lit râpeux, le mauvais oreiller en mousse, le matelas défoncé sous son dos, avec, pour tout horizon, le plafond recouvert d'un enduit projeté, et dans les narines l'odeur d'air recyclé, vicié. Pourtant, il n'avait aucune idée de la façon dont il était arrivé là. Son cerveau lui paraissait aussi vide qu'un seau troué, son corps était une masse indistincte, plus informe que de la gélatine. Le seul fait de remuer la tête semblait relever d'un exploit au-delà de ses forces. La pièce était éclairée d'un jour jaune, poisseux, filtré par les rideaux. Au-dessus de lui, le ventilateur tournait, tournait, tournait, oscillant sur son axe, ses roulements à bille érodés grinçant en cadence. Cette image était aussi abrasive pour ses sens que des sels d'ammoniaque, et pourtant il ne pouvait pas en détacher le regard. (N'y avait-il pas aussi comme un battement, un truc qu'il avait rêvé ? Une lumière éclatante qui le soulevait ? Il ne s'en souvenait plus.)

— Bon. Tu es réveillé.

Un homme était assis, les yeux baissés, au bord du lit jumeau du sien. Un petit homme doux, qui remplissait sa combinaison telle une saucisse dans sa peau. L'un des employés civils du projet Noé, un des gars de l'entretien : un type comme Grey, dont le travail était de nettoyer la pisse et la merde des fluos, de surveiller l'enregistrement de leurs constantes biologiques et de les observer pendant des heures et des heures, à en devenir lentement zinzin ; des délinquants sexuels de son espèce, méprisés, oubliés, des hommes dont l'histoire n'intéressait personne, au corps ramolli par les hormones, à la cervelle et à l'âme châtrées de chiens castrés.

— Je pensais bien que le ventilateur y arriverait. Si tu veux savoir, je ne peux même pas le regarder.

Grey essaya de répondre, et n'y parvint pas. Il avait l'impression d'avoir la langue charbonneuse, comme s'il avait fumé un milliard de cigarettes. Les larmes lui brouillaient à nouveau la vue ; sa putain de tête était prête à exploser. Il y avait des années qu'il n'avait pas bu plus de deux bières d'affilée – avec les drogues, on était trop vaseux, et on perdait à peu près tout intérêt pour quoi que ce soit –, mais il se rappelait ce que c'était qu'une gueule de bois. C'était exactement ça. Il avait la pire gueule de bois du monde.

— Qu'est-ce qui t'arrive, Grey ? Le chat t'a mangé la langue ?

Il ricana comme à une blague qu'il était seul à comprendre.

— C'est drôle, tu sais. Compte tenu des circonstances. Je me ferais bien un petit tartare de chat, là, tout de suite.

Il tourna la tête vers Grey et haussa les sourcils.

— Ne prends pas cet air offusqué. Tu verras ce que je veux dire. Ça prend quelques jours, mais quand l'effet commence à se faire sentir, ça arrache.

Grey se souvenait du nom de l'homme : Ignacio. Sauf que dans ses souvenirs, il faisait plus vieux, il avait l'air plus usé, le front lourd, creusé de rides et de pores dans lesquels on aurait pu garer une voiture, et des bajoues pendouillantes de basset artésien. Or cet Ignacio était rose de santé – littéralement *rose*, les joues rouges comme des pommes, une peau de bébé, lisse et tout, des yeux pétillants, de vrais zircons. Même ses cheveux faisaient plus jeunes. C'était pourtant bien lui, impossible de se méprendre rapport au tatouage à l'encre de prison, brouillé, bleui, un serpent à sonnette qui épanouissait son capuchon dans le col ouvert de sa combinaison.

— Où je suis ?

— T'es vraiment un cas, tu sais ? On est au Red Roof.

— Où ça ?

Ignacio eut un petit reniflement.

— Au motel. Putain, Grey, qu'est-ce que tu crois ? Qu'ils allaient nous envoyer au Ritz ?

Ils ? pensa Grey. Qui ça, *ils ?* Et que voulait dire Ignacio par « envoyer » ? Envoyer pour quoi faire ? C'est alors que Grey remarqua qu'Ignacio tenait quelque chose à la main. Un pistolet ?

— Iggy ? Qu'est-ce que tu fais avec ce truc-là ?

Ignacio releva paresseusement le pistolet, un calibre .45 à canon long, et fronça les sourcils.

— Pas grand-chose, tu vois bien.

Il eut un mouvement de tête en direction de la porte.

— Les autres sont restés là un moment, eux aussi. Mais ils sont tous partis maintenant.

— Les autres ? Qui ça ?

— Allez, Grey. Tu les connais, ces types. Le plus maigre, George, fit-il en haussant les épaules. Eddie machin-chouette. Jude, avec la queue de cheval.

Il regarda le rideau derrière Grey.

— Tu veux que je te dise, lui, il ne m'a jamais plu. J'ai entendu parler de ce qu'il faisait, même si je ne suis pas du genre à bavasser. Mais celui-là, il était vraiment répugnant.

Ignacio parlait des autres gars de l'entretien. Que faisaient-ils tous ici ? Et lui, qu'y faisait-il ? Le pistolet ne présageait rien de bon, mais Grey n'arrivait pas à se rappeler comment il était arrivé là. La dernière chose dont il se souvenait, c'est qu'il prenait son dîner dans la cafétéria du complexe : du bœuf bourguignon dans une sauce épaisse, accompagné de gratin dauphinois et de haricots verts, avec un Cherry Coke pour faire descendre le tout. C'était son repas préféré, il attendait toujours avec impatience le bœuf bourguignon, sauf que maintenant qu'il y pensait, son estomac se retournait et il avait une sorte de nausée. Une remontée de bile lui brûla la gorge. Il mit un petit moment à reprendre son souffle.

Avec son flingue, Ignacio esquissa sans conviction un mouvement vers la porte.

— Va voir toi-même si tu veux. Mais je suis sûr et certain qu'ils sont partis.

Grey déglutit.

— Partis où ça ?

— Ça dépend. Là où ils sont censés aller.

Grey était complètement largué. Il n'arrivait même pas à réfléchir aux questions à poser. Et de toute façon, il n'aurait sûrement pas aimé les réponses. Peut-être que la meilleure chose à faire était de rester tranquillement allongé sans bouger. Il espérait n'avoir rien fait de terrible, comme dans le temps. Le temps de l'ancien Grey.

— Enfin, reprit Ignacio en s'éclaircissant la gorge, puisque tu es réveillé, je ferais peut-être mieux d'y aller. C'est que j'ai une trotte à faire, moi. Tiens...

Il se leva et tendit son pistolet à Grey, qui hésita.

— Qu'est-ce que tu veux que je fasse de ça ?

— Au cas où tu voudrais, tu sais, te tirer une balle.

Grey était trop sonné pour répondre. Un pistolet ! C'était bien la dernière chose dont il avait besoin. S'il se faisait pincer avec un pistolet, il était sûr de se retrouver en prison. Alors il fit non de la tête, et Ignacio posa l'arme sur la table de chevet.

— Bon, ben, réfléchis quand même. Ne traîne pas, comme je l'ai fait. Plus on attend, plus ça devient dur. Regarde un peu dans quel pétrin je me suis fourré.

Arrivé à la porte, Ignacio se retourna et parcourut une dernière fois la pièce du regard.

— On y est vraiment arrivés, si tu veux savoir. Au cas où tu te le demanderais.

Il gonfla les joues, poussa un long soupir et regarda le plafond.

— Le plus drôle, c'est que je ne vois vraiment pas ce que j'ai fait pour mériter ça. Je n'étais pas si mauvais, en fait. Je ne voulais pas faire la moitié de ces choses. J'étais fabriqué comme ça, c'est tout.

Il regarda à nouveau Grey, les yeux noyés de larmes.

— C'est ce que le psy disait toujours. « Ignacio, vous êtes fabriqué comme ça, c'est tout. »

Grey n'avait pas idée de ce qu'il devait répondre. Parfois, il n'y avait rien à dire, et il pensa que c'était le cas. L'expression d'Ignacio lui rappelait certains des détenus qu'il avait connus à Beeville, des hommes qui avaient été enfermés si longtemps qu'ils ressemblaient aux zombies des vieux films. Des hommes qui n'avaient plus rien, que le passé, sur quoi s'appuyer, et devant eux une étendue infinie de rien.

— Oh, et puis merde !

Il renifla et s'essuya le nez du dos de la main.

— Ça sert à quoi de se lamenter, maintenant, hein ? Comme on fait son lit on se couche. Réfléchis à ce que je t'ai dit, d'accord ? À plus, Grey.

Et dans la coulée de lumière déversée par la porte ouverte sur le couloir, il disparut.

Que penser de tout ça ? Pendant un long moment, Grey resta allongé, les pensées en roue libre, comme une voiture aux pneus lisses sur du verglas. Il se demanda vaguement s'il dormait ou s'il était éveillé. Il passa rapidement les faits en revue pour donner à son esprit un point d'ancrage. Il était allongé sur un lit. Un lit dans un motel Red Roof. Il n'avait pas dû aller très loin, donc le motel devait se trouver quelque part dans le Colorado. La lumière derrière les fenêtres évoquait le matin, un matin de printemps, ou peut-être du début de l'été. Il n'avait pas l'air d'être blessé. À un moment donné, au cours des dernières vingt-quatre heures, peut-être plus, peut-être moins, mais probablement pas plus d'une journée, il avait été dans le gaz.

Ce n'était pas grand-chose, mais c'était déjà ça. Il fallait qu'il parte de là.

Il se releva sur les coudes. La pièce sentait la sueur et la fumée. Sa combinaison était tachée, et déchirée aux genoux. Il était pieds nus. Il remua les orteils, faisant craquer ses jointures. Tout semblait fonctionner.

Et maintenant qu'il y réfléchissait, c'est vrai qu'il se sentait mieux, non ? Pas seulement mieux mais *beaucoup* mieux. Le mal de tête, la vague nausée avaient disparu. Sa vision s'était éclaircie. Ses membres lui donnaient l'impression d'être fermes et forts, pleins d'une énergie nouvelle, bandée comme un ressort. Il avait toujours un mauvais goût dans la bouche – priorité numéro un : trouver une brosse à dents ou un paquet de chewing-gums –, mais en dehors de ça, il pétait la forme.

Il se tourna pour poser les pieds au sol. La chambre était petite, juste assez grande pour les lits, recouverts d'un tissu orange et marron, et pourvue d'une petite table et d'une télévision. Il saisit la télécommande pour l'allumer, mais il ne découvrit qu'un écran bleu et n'entendit qu'un bruit rappelant la tonalité du téléphone. Il fit défiler les chaînes : CNN, War Channel, la chaîne de toutes les guerres, GOV TV, la chaîne du gouvernement d'État – que du bleu. Il y avait vraiment quelque chose qui clochait. Il faudrait qu'il en parle au gérant. Sauf que, pour autant qu'il s'en souvienne, il n'avait pas payé la chambre, et on lui avait confisqué son portefeuille des mois auparavant, quand il était arrivé au Complexe.

Le Complexe, pensa Grey, et à cette idée, il eut l'impression qu'un bloc de glace se formait dans son estomac. Sa seule certitude, c'est qu'il était dans de beaux draps. On ne s'en allait pas comme ça, en claquant des doigts. Il n'avait pas oublié Jack et Sam, les deux nettoyeurs portés disparus, et la fureur de Richards. Richards n'était pas le genre de gars qu'on mettait impunément en rogne, pour dire gentiment les choses. Un seul coup d'œil de ce type et Grey en avait des haut-le-cœur.

C'était peut-être pour ça que tous les gars de l'entretien avaient mis les voiles. Peut-être qu'ils avaient la trouille de Richards.

Tout à coup, il commença à avoir soif, une soif folle, insensée, comme s'il n'avait pas bu depuis des jours. Dans la salle de bains, il se passa la tête sous le robinet et but avidement, laissant l'eau couler sur son visage. Doucement, Grey, se dit-il, tu vas te rendre malade si tu bois comme ça.

Trop tard. L'eau lui tomba dans l'estomac comme une vague qui se serait écrasée sur une falaise, et avant d'avoir compris ce qui lui arrivait, il se retrouva à genoux, cramponné des deux mains à la cuvette des toilettes, rendant toute l'eau qu'il avait avalée.

Quel crétin ! Il ne pouvait s'en prendre qu'à lui-même. Il resta un instant à genoux, attendant que les spasmes s'apaisent, respirant la puanteur de son propre vomi – de l'eau principalement, mais aussi à la fin un mucus, une sorte de bave qui ressemblait à du jaune d'œuf ; pas de doute, les restes non digérés du bœuf bourguignon. Il avait dû se faire mal quelque part également, parce qu'il avait les oreilles qui bourdonnaient : un faible gémissement, à la limite de l'audible, comme le bruit d'un petit moteur qui aurait résonné dans son crâne.

Il se releva tant bien que mal et tira la chasse pour évacuer son vomi. Sur la tablette du lavabo, il y avait un petit savon et des flacons de lotions et de bain de bouche. Il s'en octroya une gorgée pour éliminer le goût qu'il avait dans la bouche, se gargarisa longtemps, et cracha dans la vasque. Puis il se regarda dans la glace.

Sa première pensée fut que quelqu'un lui jouait un tour, une blague de mauvais goût, tordue, pas drôle : le miroir avait été remplacé d'une façon ou d'une autre par une vitre transparente, et de l'autre côté se trouvait un homme – beaucoup plus jeune, et plus séduisant. La tentation de tendre la main et de toucher cette image était si forte qu'il finit par y succomber. L'homme, dans le miroir, imitait parfaitement ses mouvements. Bordel, c'est quoi, ça ? pensa Grey, et puis il le déclara tout haut :

— Bordel, c'est quoi, ça ?

L'homme qu'il contemplait était mince, pas mal de sa personne avec sa peau éclatante et ses cheveux d'un beau châtain, une crinière luxuriante qui lui effleurait les oreilles. Il avait les yeux clairs et brillants – étincelants à vrai dire. Jamais de sa vie Grey n'avait eu l'air aussi en forme.

Un autre détail attira son regard : une espèce de marque dans le cou. Il se pencha en avant, leva le menton. Deux rangées symétriques de traces évoquant des perles, disposées plus ou moins en cercle, depuis la mâchoire jusqu'à la courbe de la clavicule. La plaie avait une couleur rosée, comme si elle venait seulement de cicatriser. Bon sang, quand s'était-il fait ça ? Quand il était petit, il avait été mordu par un chien, c'était à ça que ça ressemblait. Un vieux corniaud hargneux, récupéré à la fourrière, mais Grey l'aimait quand même, c'était son chien à lui. Jusqu'au jour où il lui avait mordu la main, sans raison particulière – Grey voulait seulement lui donner un biscuit. Son père l'avait traîné dans la cour. Deux coups de fusil, Grey s'en souvenait comme si c'était hier, le premier suivi d'un jappement, un cri aigu, le second le plongeant dans le silence pour toujours. Le chien s'appelait Buster. Ça faisait des années que Grey n'avait pas pensé à lui.

Mais cette marque dans son cou... d'où pouvait-elle bien venir ? Il y avait quelque chose de familier là-dedans – une impression de déjà-vu, comme si le souvenir avait été stocké dans une mauvaise case de son cerveau.

Grey, tu ne le sais donc pas ?

La voix ressemblait à un froissement de vieilles feuilles sèches. Grey se détourna du miroir.

— Iggy ?

Silence. Il retourna dans la chambre, ouvrit le placard, s'agenouilla pour regarder sous les lits. Personne.

Grey. Grey.

— Iggy ? Où es-tu ? Arrête de me faire marcher.

Tu ne te souviens pas, Grey ?

Décidement quelque chose ne tournait pas rond chez lui, pas rond du tout. Ce n'était pas la voix d'Iggy qu'il entendait : la voix était dans sa tête. Il sentit la peur grandir en lui. Chacune des surfaces sur lesquelles tombait son regard semblait palpiter. Il se frotta les yeux, mais ça n'arrangea rien, au contraire. Il avait l'impression de ne pas seulement *voir* les choses, mais de les toucher, les sentir et les goûter aussi, comme si son cerveau avait subi un court-circuit.

Tu ne te souviens pas... d'être mort ?

Tout à coup, ça lui revint, tout lui revint. La mémoire lui revint comme un boomerang, avec la force d'une flèche en pleine poitrine. Le bleu aquatique de la chambre de quarantaine, la porte qui s'ouvrait lentement. Le sujet Zéro dressé au-dessus de lui, dans sa terrible immensité, Grey hurlant, et hurlant encore, la sensation des mâchoires du Zéro qui se refermaient sur son cou, ses dents pareilles à des aiguilles qui s'enfonçaient, se plantaient, rangée après rangée ; le Zéro parti, le laissant seul, la sirène d'alarme, les coups de feu et les hurlements des mourants ; sa marche titubante dans le couloir, une vision d'enfer, du sang partout, éclaboussant les murs et le sol, des restes répugnants, une bouillie de bras, de jambes, de torses et d'entrailles pareilles à des cordes ; le jaillissement artériel visqueux entre ses doigts quand il avait porté la main à sa gorge ; l'air qui s'échappait de ses poumons, sa longue glissade vers le sol, l'obscurité qui l'enveloppait, sa vision qui devenait floue – et le lâcher-prise final.

Oh, mon Dieu.

Viens à moi, Grey. Viens à moi.

Il sortit de la chambre comme une tornade, et la lumière du jour lui poignarda les yeux. C'était dingue, il était dingue. Il traversa le parking en courant tel un grand animal pataud, sans rien voir, sans savoir où il allait, les mains plaquées sur les oreilles. Il y avait quelques voitures dans le parking, arrêtées n'importe comment, les portières ouvertes. Mais dans cet état de surchauffe, l'esprit de Grey n'enregistra rien de tout ça, pas plus qu'il ne remarqua d'autres détails troublants. La façade de l'hôtel dévastée ; la route sur laquelle on ne voyait pas circuler la moindre voiture ; la station-service déserte, de l'autre côté de la bretelle d'accès, ses vitres maculées de rouge, et le corps d'un homme avachi contre la pompe comme s'il faisait une sieste improvisée ; le McDonald's détruit, silencieux, ses chaises, ses tables, ses sachets de ketchup, les jouets des Happy Meals, et ses clients de tous les âges et de toutes les couleurs projetés à travers la vitrine en une éruption torrentueuse ; le panache de fumée chimique montant de l'épave encore en feu d'un semi-remorque à trois kilomètres de là. Et les oiseaux. De grands nuages tournoyants d'oiseaux noirs, des corbeaux, des corneilles et des vautours – des charognards qui tournaient paresseusement au-dessus du désastre. Le tout figé comme les séquelles d'une terrible bataille, sous la chaleur implacable du soleil d'été.

Tu vois, Grey ?

— Arrêtez ça ! La ferme !

Il trébucha sur quelque chose de mou. Une chose organique suintante, visqueuse, sous ses pieds. Il se retrouva à quatre pattes, glissant sur le macadam.

Regarde le monde que nous avons fait.

Il ferma les yeux de toutes ses forces, fit un effort de volonté pour se réveiller. Il respirait péniblement. Il sut sans la regarder que la chose molle et spongieuse était un corps. *Je vous en prie*, pensa-t-il, sans trop savoir à qui ou à *quoi* il s'adressait. À lui-même. À la voix dans sa tête. À Dieu, en qui il n'avait jamais tout à fait cru, mais en qui il était prêt à croire maintenant. *Je suis désolé de ce que j'ai fait, quoi que ç'ait été. Je suis désolé, je suis désolé, je suis désolé.*

Il se décida à ouvrir les yeux, mais déjà, tout espoir l'avait abandonné. Le corps était celui d'une femme. La peau de son visage était tellement tendue sur ses os qu'il était difficile de lui donner un âge. Elle portait un pantalon de survêtement et un tee-shirt échancré avec un peu de dentelle rose, vaporeuse, au col. Grey supposa qu'elle était sortie de son lit pour voir ce qui se passait. Elle était affalée par terre dans une position impossible, le dos et les épaules tordus. Des mouches bourdonnaient au-dessus d'elle, entraient et sortaient de sa bouche et ses yeux. Un de ses bras était étendu, la paume de la main tournée vers le haut ; l'autre était replié sur sa poitrine, le bout de ses doigts palpant la plaie qu'elle avait au cou. Ce n'était ni une coupure ni une entaille, rien d'aussi propre et net que ça : on lui avait arraché une partie de la gorge, jusqu'à l'os.

Elle n'était pas la seule dans cet état. Le champ visuel de Grey s'élargit, comme une caméra qui se serait élevée au-dessus de la scène. Sur sa gauche, à vingt pas de là, un pick-up Chevrolet était arrêté, la portière côté conducteur ouverte. Un homme corpulent, en costume, portant des bretelles, avait été arraché de son siège et pendait maintenant au-dessus du marchepied, à moitié sorti du véhicule, renversé la tête en bas – sauf qu'il n'avait plus de tête ; elle était ailleurs.

Il y avait d'autres cadavres près de l'entrée du motel. Pas des corps à proprement parler, plutôt un épandage de restes humains. Une femme flic avait été éviscérée alors qu'elle descendait de sa voiture de patrouille. Elle était assise, adossée au pare-chocs, la main encore crispée sur son pistolet, la poitrine ouverte comme les revers d'un imperméable. Un homme en survêtement violet fluo, qui avait suffisamment de chaînes en or autour du cou pour remplir un coffre de pirate, avait été projeté en l'air, le torse coincé dans les branches d'un érable tel un cerf-volant ; le bas de son corps était retombé sur le capot d'une Mercedes d'un noir de jais, les jambes croisées aux chevilles, comme s'il n'avait pas remarqué l'absence du reste.

À ce moment-là, Grey comprit qu'il était dans un état voisin de la transe. On ne pouvait pas voir des choses pareilles et ne rien ressentir du tout.

Le cadavre de trop fut celui qui n'était pas là. Deux véhicules, une Honda Accord et une Chrysler Countryside, s'étaient percutées frontalement près de la sortie du parking, encastrées l'une dans l'autre comme les soufflets d'un accordéon. Le chauffeur de la conduite intérieure avait été projeté à travers le pare-brise. La voiture n'avait pas été vandalisée, mais le minivan avait été littéralement saccagé. La porte coulissante avait été arrachée et envoyée à travers le parking comme un frisbee. Sur le macadam, près de la portière ouverte, dans un panache de débris – des valises, des jouets, un paquet géant de couches – gisait le corps prostré d'une femme ; juste hors de portée de sa main tendue, un porte-bébé. *Qu'était-il arrivé au bébé ?* se demanda Grey.

Et puis. *Oh.*

Grey choisit le pick-up. Il n'avait rien contre la Mercedes, mais d'après ce qu'il avait vu, il pensait qu'un véhicule utilitaire serait plus approprié. Il avait eu un pick-up Chevrolet dans le temps, dans une vie qui semblait ne plus avoir d'importance désormais, et le pick-up était un élément familier auquel il pouvait se cramponner. Il dégagea le conducteur décapité et le déposa sur le sol. C'était troublant de ne pas avoir de tête à rendre au pauvre gars. Ça ne paraissait pas bien de l'abandonner là, comme ça, mais cette tête n'était apparemment nulle part, et Grey en avait assez vu. Il parcourut les environs du regard, à la recherche d'une paire de chaussures à sa pointure, quarante-deux large – quoi que le Zéro lui ait fait, ça n'avait pas diminué la taille de ses pieds –, et finit par choisir les mocassins du conducteur de la Mercedes. Des mocassins italiens, en agneau, doux comme du beurre, un peu étroits au bout, mais un cuir aussi souple se détendrait. Il monta dans le véhicule et mit le contact. Le réservoir était encore aux trois quarts plein, Grey se dit qu'il pourrait atteindre les parages de Denver.

Il était sur le point de s'en aller quand une dernière pensée lui traversa l'esprit. Il se remit au point mort, retourna dans sa chambre et en revint en tenant le pistolet un peu éloigné de lui, qu'il déposa dans la boîte à gants du pick-up. Enfin, avec l'arme pour seule compagnie, il enclencha une vitesse et s'éloigna.

6.

Maman était dans la chambre à coucher. Maman était dans la chambre à coucher, et elle ne bougeait pas. Maman était dans la chambre à coucher, qui était interdite. Maman était morte, tout à fait.

« Quand je serai partie, n'oublie pas de manger, parce que tu oublies parfois. Prends un bain tous les deux jours. Le lait est dans le frigo, tes céréales dans le placard, et la préparation pour hamburgers dans le congélateur. Pour les réchauffer, c'est une heure à 180 degrés, et n'oublie pas d'éteindre le four après. Sois mon grand garçon, Danny. Je t'aimerai toujours. Mais je ne peux plus avoir peur comme ça. Je t'embrasse. Maman. »

Elle avait laissé le mot sur la table de la cuisine, sous la salière et la poivrière. Danny aimait bien le sel, mais pas le poivre, ça le faisait éternuer. Dix jours avaient passé – Danny le savait parce qu'il barrait le chiffre sur le calendrier tous les matins –, et le mot était toujours là. Il ne savait pas quoi en faire. Et ça sentait horriblement mauvais dans la maison, comme si un raton laveur ou un opossum s'était fait écraser des tas de fois pendant des jours.

Le lait aussi n'était plus bon. Maintenant que le courant était coupé, il était tout chaud, aigre et collant, et il laissait une impression désagréable dans la bouche. Danny avait essayé de mettre de l'eau du robinet sur ses céréales, les Lucky Charms qu'il aimait bien avec des petits bouts de marshmallow dedans, mais ce n'était pas pareil, rien n'était plus pareil, tout était différent parce que maman était dans la chambre à coucher. La nuit, il restait assis dans le noir, dans sa chambre, la porte fermée. Il savait où maman rangeait les bougies, elles étaient dans le placard au-dessus de l'évier, celui où elle gardait sa bouteille de Popov pour quand elle était sur les nerfs, mais les allumettes lui étaient interdites. Elles figuraient sur la liste. Ce n'était pas une vraie liste, juste les choses qu'il n'avait pas le droit de faire ou de toucher. Le grille-pain parce qu'il n'arrêtait pas d'appuyer sur le bouton et de brûler les toasts. Le pistolet dans la table de nuit de maman parce que ce n'était pas un jouet, on pouvait se tuer avec. Les filles de son bus parce que ça ne leur plairait pas, et qu'il ne pourrait plus prendre le bus numéro douze, ce qui ne serait pas bien. Ce serait même la pire chose du monde pour Danny Chayes.

Pas d'électricité, ça voulait dire pas de télé, alors il ne pouvait pas regarder *Thomas le petit train* non plus. *Thomas*, c'était pour les petits garçons, Danny le savait, maman le lui avait dit un million de fois, mais son psy, le Dr Francis, disait qu'il pouvait le regarder tant qu'il voulait, ça ne faisait rien, tant que Danny essayait de faire d'autres choses. Son préféré, c'était James. Danny aimait sa couleur rouge et son tender assorti, et la voix que le narrateur lui donnait, si apaisante que rien que de l'entendre, il en avait des picotements dans la gorge. Danny avait du mal avec les visages, mais dans *Thomas le petit train*, les expressions des machines étaient toujours précises et faciles à comprendre, et c'était drôle les farces qu'ils se faisaient, les tours qu'ils aimaient se jouer. Comme changer les aiguillages, pour faire rentrer Percy dans le convoyeur de charbon. Ou verser du chocolat partout sur Gordon, celui qui tirait l'express, parce qu'il était vraiment trop arrogant. Les enfants de son bus se moquaient parfois de Danny, ils l'appelaient le Gros Contrôleur, et ils chantaient la chanson avec des paroles pas gentilles à la place des vraies, mais dans ces cas-là, généralement, Danny se bouchait les oreilles. Et puis il y avait ce garçon. Billy LeDoux, il s'appelait, sauf qu'il n'était pas vraiment doux. Il était en sixième, mais Danny pensait qu'il avait dû redoubler plusieurs fois, parce qu'il était grand comme un adulte. Il prenait le bus, tous les matins, sans le moindre livre à lire, et il faisait un sourire mauvais à Danny en montant dans le bus, il déambulait dans l'allée centrale en tapant très haut dans la main des autres garçons, et il leur demandait comment ça allait, en traînant derrière lui une odeur de cigarette.

« Alors, le Gros Contrôleur, comment ça va aujourd'hui dans l'île de Chicalor ? C'est vrai que ta femme aime qu'on lui en mette un coup dans les fesses ? »

Et Billy rigolait. *Har, har, har. Har, har, har.* Danny ne répondait jamais, parce que ça n'aurait fait qu'envenimer les choses ; il n'avait jamais rien dit à M. Purvis, parce qu'il savait ce qu'il aurait dit : « Bon sang, Danny, pourquoi tu laisses ce petit merdeux te faire tourner en bourrique ? C'est sûr que tu es un drôle de numéro, mais faut que tu apprennes à te défendre. Tu es le capitaine de ce vaisseau. Si tu autorises une mutinerie, tout fout le camp avant que tu aies eu le temps de dire ouf. »

Danny aimait M. Purvis, le dispatcheur. M. Purvis avait toujours été un ami de Danny, et de maman aussi. Maman était l'une des dames de la cafétéria, c'est comme ça qu'ils se connaissaient, et M. Purvis venait toujours à la maison pour bricoler, le broyeur à ordures ou une latte de bois détachée sur le porche, alors qu'il avait une femme à lui : Mme Purvis. C'était un grand monsieur chauve, qui aimait siffler entre ses dents, et qui remontait toujours son pantalon. Parfois, il venait même en visite le soir, quand Danny était au lit. Danny entendait la télé allumée dans le salon, et ils riaient et ils parlaient, maman et lui. Danny aimait bien ces soirs-là. Ça lui faisait du bien dans la tête, comme si on avait appuyé sur le bouton du bonheur. Quand on le lui demandait, maman répondait toujours que le père de Danny « n'était pas sur la photo », et c'était exactement ça. Dans la maison, il y avait des cadres avec maman dedans, il y en avait avec Danny et il y en avait avec tous les deux ensemble. Mais il n'en avait jamais vu un seul avec son père. Danny ne connaissait même pas son nom.

Le bus était l'idée de M. Purvis. Il avait appris à Danny à conduire sur le parking du dépôt, il l'avait accompagné pour son permis B, et il l'avait aidé à remplir les formulaires. Maman n'était pas très sûre au début, parce qu'elle avait besoin de Danny pour l'aider à la maison, parce qu'il était sa petite locomotive utile, et à cause de la Sécurité sociale – pour l'argent du gouvernement. Mais Danny connaissait la vraie raison, qui était sa différence, parce qu'il n'était pas comme les autres. Le truc avec le travail, lui avait expliqué maman, en prenant sa voix de quand elle faisait attention, c'était qu'il fallait être « adaptable ». Des choses arrivaient, des choses différentes. Prenez la cafétéria.

Il y avait des jours où ils servaient des hot-dogs, des jours où c'étaient des lasagnes, et d'autres jours où il y avait du poulet. Le menu pouvait dire une chose, et on découvrait qu'en fait c'en était une autre, on ne pouvait pas toujours savoir. Est-ce que ça ne le perturberait pas ?

Mais un bus n'était pas une cafétéria. Un bus, c'était un bus, et il partait à l'heure, exactement. Quand Danny était au volant, il sentait le bouton du bonheur allumé plus fort et plus intensément que jamais dans sa vie. Conduire un bus ! Un grand bus jaune, avec tous les sièges en rangées bien nettes, le levier avec ses six vitesses et sa marche arrière, tout ça bien disposé, bien organisé devant lui. Ce n'était pas un train, mais pas loin, et tous les matins, quand il quittait le dépôt, il imaginait toujours qu'il était Gordon, ou Henry, ou Percy, ou même Thomas en personne.

Il était toujours à l'heure. Quarante-deux minutes du dépôt au bout de la ligne, à treize kilomètres de là, dix-neuf arrêts, vingt-sept passagers, exactement. *Robert – Shelly – Brittany – Maybeth – Joey – Darla et Denise (les jumelles) – Pedro – Damien – Jordan – Charlie – Oliver (oh là là) – Sasha – Billy – Molly – Lyle – Emil (débile) – Richard – Lisa – Mckenna – Anna – Lily – Matthew – Charlie – Emily – JohnJohn – Kayla – Sean – Timothy.* Parfois, un parent attendait avec son enfant au coin de la rue, une mère en peignoir ou un père en veston et cravate, tenant une thermos de café. Des fois, ils lui demandaient : « Comment ça va, aujourd'hui, Danny ? » avec un bon sourire pour lui souhaiter une bonne journée. « Tu sais, on pourrait régler sa montre sur ton passage. »

« Sois ma petite locomotive utile », disait toujours maman. Et c'est ce qu'était Danny.

Mais maintenant les enfants étaient partis. Et pas seulement les enfants : tout le monde. Maman, et M. Purvis, et peut-être tous les gens du monde. Les nuits étaient noires et silencieuses, pas une seule lumière, nulle part. Pendant un moment, il y avait eu beaucoup de bruit – des gens qui criaient, des sirènes qui hurlaient. Des camions de l'armée qui rugissaient dans la rue. Il avait entendu des coups de feu. Des fusils qui faisaient *pan, pan-pan-pan-pan.* Sur quoi ils tiraient, Danny aurait bien voulu le savoir, mais maman n'avait pas voulu le lui dire. Elle prenait sa grosse voix et elle lui disait de ne pas sortir, de ne pas regarder la télé et de ne pas s'approcher des fenêtres. « Et le bus ? » demandait Danny, et maman se contentait de répondre : « Bon sang, Danny, ne t'en fais pas pour le bus. Il n'y a pas d'école aujourd'hui. » Alors Danny demandait : « Et demain ? » et maman disait : « Elle sera fermée demain aussi. »

Sans le bus, il ne savait pas quoi faire de ses journées. Ça tournait dans tous les sens dans sa tête, comme du maïs sautant dans une poêle. Il aurait voulu que M. Purvis vienne regarder la télé avec maman, après elle se sentait toujours mieux pour tout, mais il ne venait plus jamais. Le monde était devenu silencieux. Il y avait des monstres, là, dehors. Danny avait compris ça. Par exemple, cette femme de l'autre côté de la rue, Mme Kim. Mme Kim donnait des leçons de violon, des enfants venaient chez elle pour apprendre, et les jours d'été quand les fenêtres étaient ouvertes, Danny les entendait jouer, « Brille, brille, petite étoile », et « Mary avait un petit agneau », et d'autres chansons dont il ne connaissait pas le nom. Maintenant, il n'y avait plus de violon, et Mme Kim était roulée en boule sur la rambarde du porche. Personne n'était venu l'enlever de là.

Et puis une nuit, Danny avait entendu maman pleurer dans la chambre. De temps en temps, elle pleurait comme ça, toute seule, c'était normal et naturel, et Danny n'avait pas à s'en faire, mais cette fois, ce n'était pas pareil. Pendant longtemps, il était resté au lit à l'écouter, en se demandant l'effet que ça pouvait faire de se sentir si triste qu'on n'arrivait pas à se retenir de pleurer, mais il avait beau essayer, cette idée-là lui échappait. C'était comme une chose sur une étagère, trop haute pour qu'il puisse l'attraper. Un peu plus tard, il s'était réveillé dans le noir en sentant qu'on lui touchait les cheveux. Il avait ouvert les yeux et il l'avait vue assise là. Danny n'aimait pas qu'on le touche, ça le rendait tout nerveux, quelque chose d'affreux, mais quand c'était maman, ça allait généralement, parce qu'il y était habitué. « Qu'est-ce qu'il y a, maman ? avait demandé Danny. Qu'est-ce qui ne va pas ? » Elle avait juste dit : « Ça va, Danny, chut, chut », avec sa voix douce. Elle avait quelque chose posé sur ses cuisses, dans un torchon. « Je t'aime, Danny. Tu sais combien je t'aime ? » Et il avait dit : « Je t'aime aussi, maman », parce que c'était la bonne réponse quand quelqu'un vous disait « je t'aime », et le contact de sa main qui le caressait l'avait endormi. Le lendemain matin la porte de sa chambre était fermée, elle ne s'était jamais rouverte, et Danny avait su. Il n'avait même pas eu besoin de regarder.

Il avait décidé de conduire le bus, finalement.

Parce qu'il n'était peut-être pas la seule personne encore en vie. Parce que conduire le bus, c'était son bouton du bonheur. Parce qu'il ne savait pas quoi faire d'autre de la journée, avec maman dans la chambre à coucher, et le mauvais lait, et tous les jours qui passaient.

Il avait préparé ses vêtements la veille au soir, comme maman faisait toujours, le pantalon kaki, la chemise blanche et les chaussures marron à lacets, et il s'était préparé un déjeuner à emporter. Il n'y avait plus grand-chose à manger, à part du beurre de cacahuète, des crackers et un vieux sachet de marshmallows, mais il avait mis de côté une bouteille de limonade. Il avait rangé tout ça dans son sac à dos, avec son couteau de poche et sa pièce de monnaie porte-bonheur, puis il était allé dans son placard chercher sa casquette, la casquette de conducteur de locomotive bleue à rayures que maman lui avait achetée à Traintown. Traintown était un parc à thème où les enfants pouvaient conduire les trains, exactement comme Thomas. Danny y allait depuis qu'il était petit, c'était l'endroit qu'il préférait au monde. Les voitures étaient trop étroites pour qu'il y entre avec ses grandes jambes et ses bras trop longs, mais il adorait regarder les trains tourner et tourner avec leur cheminée qui crachait un petit nuage de fumée. En dehors des promenades à Traintown, maman ne lui laissait pas porter la casquette pour sortir, parce qu'elle disait que les gens se moqueraient de lui, mais Danny pensait que ce serait bien de la mettre maintenant.

Il partit à l'aube. Il avait les clés du bus dans sa poche, bien plates contre sa cuisse. Le dépôt était à cinq kilomètres quinze de là exactement, sur Manheim Avenue. Il n'était pas arrivé au bout du pâté de maisons quand il vit les premiers corps. Certains étaient dans leurs voitures, d'autres étalés sur les pelouses, renversés sur des poubelles, ou même suspendus dans les arbres. Leur peau était devenue de la même couleur gris-bleu que celle de Mme Kim, leurs vêtements étaient complètement tendus sur leurs membres qui avaient gonflé à la chaleur de l'été, comme des saucisses qui auraient fait éclater leur peau. C'était moche à regarder, moche mais bizarre, et intéressant aussi ; s'il avait eu plus de temps, Danny aurait bien voulu les regarder de plus près. Il y avait beaucoup de détritus, des papiers, des gobelets en plastique et des sacs d'épicerie, ce qui ne plaisait pas à

Danny. Les gens n'auraient pas dû jeter leurs ordures n'importe où.

Pendant le trajet jusqu'au dépôt, le soleil lui avait réchauffé les épaules. La plupart des bus étaient là, pas tous. Ils étaient bien rangés, mais il y avait des emplacements vides, comme une bouche avec des dents manquantes. Le bus de Danny, le bus numéro douze, l'attendait à sa place habituelle. Il y avait beaucoup de sortes de bus différents dans le monde, des navettes, des autobus urbains et régionaux, des charters et des autocars de tourisme, et Danny savait tout sur eux. Il aimait bien faire ça, apprendre tout ce qu'on pouvait savoir sur un sujet. Son bus était un Redbird 450, modèle Foresight. Construit selon les normes les plus exigeantes, avec sa structure protégée de la corrosion par trempé cataphorétique, son châssis actif à suspensions pilotées Redbird, son accès facilité au bloc-moteur, son système de gestion électronique, qui donnait toutes sortes d'informations sur la conduite au chauffeur, et sur le véhicule aux techniciens d'entretien, le 450 était le meilleur choix en ce qui concernait la sécurité, la durée de vie et le rapport qualité-prix.

Danny monta à bord, mit la clé de contact et le gros moteur diesel Caterpillar s'anima en rugissant. Il sentit une vague de chaleur monter dans son ventre, chassant tous les doutes de son esprit. Il regarda sa montre : six heures cinquante-deux. Quand la grande aiguille fut sur le douze, il enclencha la première vitesse et avança.

Ça lui fit drôle, au départ, de conduire dans des rues vides sans personne nulle part, mais quand il arriva au premier arrêt – les Mayfield, Robert et Shelly –, il avait retrouvé le rythme du matin. Il était facile d'imaginer que c'était un jour comme les autres. Il arrêta le bus. Bon, Robert et Shelly étaient parfois en retard. Il allait donner un coup de klaxon, et ils sortiraient en courant par la porte, leur mère, derrière eux, leur dirait d'être sages, de bien s'amuser, et elle leur ferait au revoir avec la main. La maison était un bungalow, pas beaucoup plus grand que celui où vivaient Danny et maman, mais plus joli, peint couleur citrouille, et il y avait un large porche sur le devant, avec une balançoire. Au printemps, il y avait toujours des corbeilles de fleurs suspendues à la rambarde. Les corbeilles étaient toujours là, mais les fleurs étaient toutes fanées. La pelouse avait besoin d'être tondue aussi. Danny se tordit le cou pour regarder par le pare-brise. À l'étage, une fenêtre paraissait avoir été arrachée à son encadrement. Le store était encore accroché à l'endroit où aurait dû se trouver la fenêtre, qui pendait dehors comme une langue. Danny donna un coup de klaxon et attendit une minute. Mais personne ne vint.

Sept heures huit. Il avait d'autres arrêts à faire. Il quitta le coin de la rue et dépassa une Prius renversée sur le côté. Il trouva d'autres choses sur la route. Une voiture de police retournée et aplatie. Une ambulance. Un chat mort. Sur la porte de beaucoup de maisons, des X avaient été peints à la bombe, et il y avait des nombres et des lettres entre les deux barres croisées du X. Lorsqu'il arriva au deuxième arrêt, un lotissement appelé Castle Oaks, il avait déjà douze minutes de retard sur l'horaire. *Brittany – Maybeth – Joey – Darla – Denise.* Il appuya longuement sur le klaxon, une fois, puis une deuxième fois. Mais ça ne servirait à rien. Danny se contentait de faire comme si, maintenant. Castle Oaks était une ruine fumante. Toutes les maisons avaient complètement brûlé.

D'autres arrêts, et toujours la même chose. Il conduisit le bus vers Cherry Creek, à l'ouest. Les maisons y étaient plus grandes, un peu en retrait de la route, avec de vastes pelouses en pente devant. De hauts arbres feuillus projetaient des rideaux d'ombre sur la rue. À cet endroit, on avait un sentiment de calme, de paix. Les maisons avaient l'air comme d'habitude, et Danny ne voyait pas de cadavres. Mais il n'y avait toujours pas d'enfants.

À présent, il aurait dû avoir vingt-cinq passagers dans son bus. Le silence était éprouvant pour les nerfs. Avant, le bruit à l'intérieur augmentait toujours au fur et à mesure qu'il avançait ; à chaque arrêt, chaque enfant qui montait en rajoutait un peu, exactement comme la musique dans un film à l'approche de la scène finale. Et la scène finale, c'était la bosse. Un ralentisseur sur Lindler Avenue. « Fais-nous voler, Danny ! criaient-ils tous. Fais-nous voler ! » Alors, ce n'était pas bien, mais il appuyait un peu sur l'accélérateur, les faisait tous décoller de leur siège, et à cet instant, il avait l'impression d'être des leurs. Il n'avait jamais été un gamin comme eux, juste un gamin qui allait à l'école. Mais quand le bus passait sur la bosse, il était comme eux.

Danny pensait à tout ça et se disait que les enfants lui manquaient, même Billy LeDoux, avec ses blagues stupides et son har-har-har, quand, droit devant lui, il vit un gamin. C'était

Timothy. Il attendait avec sa sœur aînée au bout de leur allée. Danny l'aurait reconnu n'importe où à cause de ses épis – deux mèches de cheveux qui dépassaient comme les antennes d'un insecte. Timothy était l'un des plus jeunes enfants, il était en dixième, ou peut-être en neuvième, et il était petit ; parfois, la femme de ménage attendait avec eux, une grosse femme noire avec une blouse, mais généralement c'était la sœur aînée du petit garçon. Danny supposait qu'elle allait au lycée. C'était une drôle de fille, pas drôle, ha-ha, mais drôle bizarre, avec ses cheveux roses – comme le médicament que maman lui donnait quand il avait mal à l'estomac parce qu'il avait mangé trop vite – et tout le noir qu'elle se mettait aux yeux et qui la faisait ressembler aux personnages des tableaux, dans les films d'épouvante, le genre avec les yeux qui remuaient. Elle avait à peu près dix clous dans chaque oreille, et la plupart du temps elle portait un collier de chien. Un collier de chien ! Comme si c'était un chien ! Ce qui était étrange, c'est que Danny la trouvait plutôt jolie, ou plutôt il se disait qu'elle aurait été jolie sans tous ces trucs inquiétants. Il ne connaissait aucune fille de son âge, ni d'aucun âge d'ailleurs, et il aimait bien la façon dont elle attendait avec son petit frère, en le tenant par la main avant de le lâcher quand le bus approchait pour que les autres enfants ne s'en aperçoivent pas.

Il s'arrêta au bout de l'allée et actionna le levier pour ouvrir la porte.

— Hé, dit-il, parce que c'était tout ce qu'il trouvait à dire. Hé, salut.

Ça paraissait être leur tour de parler, mais ils ne répondirent pas. Danny examina rapidement leur visage ; leur expression était indéchiffrable pour lui. Aucun des trains de *Thomas* n'avait jamais eu la tête que faisaient ces deux-là. Les trains de *Thomas* étaient joyeux, tristes ou en colère, mais ça, c'était autre chose, comme l'écran blanc à la télé quand le câble était en panne. La fille avait les yeux rouges et gonflés, et on aurait dit qu'on lui avait emmêlé les cheveux. Timothy avait le nez qui coulait et n'arrêtait pas de se l'essuyer sur son poignet. Leurs vêtements étaient tout tachés et chiffonnés.

— On vous a entendu klaxonner, dit la fille.

Elle avait une voix rauque et tremblante, comme s'il y avait un long moment qu'elle n'avait pas parlé.

— On s'était cachés à la cave. On n'a plus rien à manger depuis deux jours.

Danny haussa les épaules.

— J'avais des Lucky Charms, les céréales avec des marshmallows. Mais plus de lait, que de l'eau. Et ce n'est pas bon comme ça.

— Il ne reste plus personne ? demanda la fille.

— Où ça ?

— En vie.

Danny ne savait pas quoi répondre à ça. La question semblait trop vaste. Peut-être qu'il n'y avait plus personne. Il avait vu beaucoup de cadavres. Mais il ne voulait pas le dire, pas devant Timothy.

Il regarda le petit garçon, qui n'avait rien dit jusque-là et qui continuait juste à s'essuyer nerveusement le nez avec son poignet.

— Hé, Timmy, tu as des allergies ? J'en ai aussi, des fois.

— Nos parents sont à Telluride, dit le petit garçon.

Il baissa les yeux sur le bout de ses tennis.

— Consuela était avec nous. Mais elle nous a quittés.

Danny ne savait pas qui était Consuela. C'était un peu pénible quand les gens ne répondaient pas à votre question mais à une autre à laquelle vous n'aviez même pas pensé.

— D'accord, fit Danny.

— Elle est dans la cour.

— Comment elle peut être dans la cour si elle est partie ?

Le petit garçon écarquilla les yeux.

— Ben, elle est morte.

Pendant deux secondes, personne n'ajouta rien. Danny se demanda pourquoi ils n'étaient pas encore montés dans le bus et se dit qu'il devrait peut-être leur suggérer de le faire.

— Tout le monde est censé aller au Mile High Stadium, intervint la fille. C'est ce qu'on a entendu à la radio.

— Qu'est-ce qu'il y a au Mile High ?

— L'armée. Il paraît que c'est sûr, là-bas.

D'après ce que Danny avait vu, l'armée était pas mal morte elle aussi, mais le Mile High, ça leur ferait un endroit où aller. Il n'y avait pas vraiment réfléchi jusque-là. Où aurait-il pu aller ?

— Je m'appelle April, déclara la fille.

Elle avait bien une tête d'April. C'était drôle, il y avait des noms comme ça, des noms qui avaient l'air faits pour vous.

— Et moi c'est Danny.

— Je sais, répondit April. Bon, Danny, s'il vous plaît, tirez-nous d'ici, par pitié.

7.

La couleur n'allait pas, décida Lila. Non, décidément, la couleur n'allait pas.

La teinte s'appelait « Poussin ». Sur le nuancier du magasin, c'était un jaune doux, un peu passé, comme un tissu de lin ancien. Mais à présent qu'elle reculait pour examiner son travail, son rouleau dégoulinant à la main – elle se rendit compte qu'elle avait vraiment fait beaucoup de saletés, pourquoi David n'était-il pas fichu de s'occuper de ces choses-là ? – ça donnait plutôt, quoi, un jaune citron ? Citron *électrique*. La teinte aurait peut-être été parfaite dans une cuisine, une cuisine ensoleillée, lumineuse, avec vue sur jardin, mais pas dans une chambre d'enfant. Mon Dieu, pensa-t-elle, dans une chambre de cette couleur, le bébé ne pourrait jamais fermer l'œil.

C'était vraiment déprimant. Elle s'était donné beaucoup de mal pour rien. Elle avait dû remonter l'escabeau du sous-sol jusqu'au premier, étendre les bâches, se mettre à quatre pattes pour protéger les plinthes avec du ruban adhésif, tout ça pour découvrir qu'elle devait retourner au magasin et recommencer. Elle pensait avoir fini pour l'heure du déjeuner, et laisser le temps à la peinture de sécher avant de fixer la bordure, une frise à motifs répétitifs, des personnages de Beatrix Potter. David pensait que c'était de la niaiserie – il avait parlé de « sentimentalisme » –, mais Lila s'en fichait. Elle aimait les histoires de Pierre Lapin quand elle était petite, elle venait se nicher sur les genoux de son père ou se blottissait dans son petit lit pour entendre, pour la centième fois, comment Pierre Lapin s'était échappé du jardin de M. McGregor. La cour de leur maison de Wellesley était entourée d'une haie, et pendant des années – alors qu'elle aurait dû cesser d'y croire depuis longtemps –, elle avait inlassablement cherché un lapin avec une petite veste bleue.

Mais pour le moment, Pierre Lapin devrait attendre. Une vague d'épuisement s'empara de Lila, elle devait absolument s'asseoir. Les odeurs de peinture lui donnaient le tournis, et puis il y avait quelque chose qui clochait avec la clim ; d'un autre côté, avec le bébé, elle avait toujours l'impression d'avoir trop chaud. Elle espérait que David allait bientôt rentrer. La situation devenait vraiment dingue à l'hôpital. Il l'avait appelée pour la prévenir qu'il serait en retard, mais elle n'avait pas eu de nouvelles de lui depuis.

Elle descendit au rez-de-chaussée. La cuisine était dans un désordre épouvantable. L'évier était plein de vaisselle sale, le plan de travail était dégoûtant, elle sentait sous ses pieds nus le sol collant de crasse. Lila s'arrêta sur le seuil, décontenancée. Elle ne s'était pas rendu compte à quel point elle avait laissé la situation se dégrader. Et où était passée Yolanda ? Depuis combien de temps n'était-elle pas venue ? Elle venait, normalement, le mardi et le vendredi. Quel jour était-on ? Devant ce spectacle, songea Lila, on aurait dit que Yolanda n'avait pas fait le ménage depuis des semaines. D'accord, elle ne parlait pas un anglais formidable, et elle faisait parfois des choses bizarres, du genre confondre les cuillères à soupe et les cuillères à dessert – qu'est-ce que ça pouvait faire ronchonner David ! – ou jeter les factures même pas ouvertes dans la poubelle pour le recyclage. Des trucs embêtants comme ça.

Pourtant, Yolanda n'était pas du genre à louper ne serait-ce qu'une journée de travail. Un matin, cet hiver, elle était arrivée en toussant si fort que Lila l'entendait depuis le premier étage ; elle avait pratiquement dû lui arracher le balai des mains en lui disant : « *Por favor, Yolanda,* laissez-moi vous soigner. Je suis docteur. *Soy médico.* » (C'était une bronchite, bien sûr ; Lila l'avait auscultée sur place, dans la cuisine, et lui avait elle-même rédigé une ordonnance d'amoxicilline, sachant pertinemment que Yolanda n'avait pas de médecin, et encore moins d'assurance maladie.) Alors, d'accord, il lui arrivait de jeter le courrier à la poubelle, de confondre les couverts et de mettre les chaussettes dans le tiroir à sous-vêtements, mais c'était une travailleuse, littéralement infatigable, une présence enjouée, ponctuelle, sur laquelle ils comptaient beaucoup, avec leurs horaires de dingues. Et voilà, même pas un coup de fil.

Encore un souci : le téléphone avait l'air d'être coupé, et pour tout arranger, il n'y avait pas de courrier. Ni de journaux. D'un autre côté, David lui avait dit de ne sortir sous aucun prétexte, et donc Lila n'était pas allée vérifier. Peut-être que le journal avait été jeté dans l'allée.

Elle prit un verre dans le placard et tourna le robinet. Un gémissement monta des profondeurs, une éructation... et rien du tout. Voilà que l'eau s'y mettait aussi ! Et puis elle se rappela : l'eau était coupée depuis un moment. Il allait falloir qu'elle appelle un plombier par-dessus le marché. Ou plutôt il aurait fallu, si le téléphone avait fonctionné. C'était bien le genre de David d'être au diable quand tout se barrait en quenouille en même temps. C'était l'une des expressions préférées du père de Lila, « se barrer en quenouille ». Curieuse tournure de phrase, quand Lila y réfléchissait. Qu'est-ce que c'était au juste qu'une quenouille, et comment pouvait-elle se barrer ? Il y avait beaucoup d'expressions comme ça, parfois des mots très simples qui pouvaient tout à coup prendre une allure étrange, comme si on ne les avait jamais entendus auparavant. « Couches. » « Trompée. » « Plombier. » « Mariée. »

Est-ce que c'était vraiment ce qu'elle avait voulu, épouser David ? Parce qu'elle ne se rappelait pas avoir pensé : *Je vais épouser David.* Ce qu'on devait penser, probablement, avant de se jeter à l'eau. C'était curieux : la vie suivait son cours, et tout à coup elle bifurquait, on ne savait même pas ce qu'on avait fait pour ça. Elle ne pouvait pas dire qu'elle aimait David, pas vraiment. Elle l'aimait *bien.* Elle avait de l'estime pour lui. Et comment aurait-on pu ne pas avoir d'estime pour David Centre ? Le chef de la cardiologie du Denver General, fondateur de l'Institut d'électrophysiologie du Colorado, un homme qui courait le marathon, était membre de toutes sortes de conseils d'administration, ne loupait pas un match de basket des Nuggets, avait un abonnement à l'opéra, et arrachait quotidiennement ses patients aux griffes de la mort ? Mais ces sentiments pouvaient-ils être assimilés à de l'amour ? Et dans le cas contraire, est-ce qu'on épousait vraiment un homme pareil parce qu'on était enceinte de lui – rien de programmé, c'était juste arrivé comme ça –, et que dans un de ces moments de noblesse typiques de David, il avait déclaré qu'il entendait bien « réparer » ? Réparer ! Comme s'il l'avait cassée ! Et pourquoi David avait-il parfois l'air de ne pas être tout à fait David, mais quelqu'un qui lui ressemblait, inspiré de David, une reproduction grandeur nature de David ? Quand Lila avait annoncé à son père leurs fiançailles, elle avait vu sur son visage qu'il savait. Il était dans son bureau, entouré des livres qu'il aimait, en train de recoller le beaupré d'une maquette de bateau. Il avait eu un imperceptible haussement de ses sourcils broussailleux, plus éloquent qu'un roman. « Eh bien..., avait-il dit avant de se racler la gorge et de prendre le temps de revisser le bouchon du petit tube de colle. Je comprends que, compte tenu des circonstances, ce soit ce que tu souhaites. C'est un type bien. Tu peux faire ça ici, si tu veux. »

Oui, c'était un type bien, et, oui, ils l'avaient fait ici. Ils avaient pris l'avion pour Boston, gagnant de vitesse un blizzard de printemps, et tout s'était passé dans la précipitation, juste une poignée de membres de la famille et d'amis capables de se libérer à l'improviste pour venir se planter gauchement dans le salon pendant qu'ils échangeaient leurs vœux (ce qui avait pris deux minutes en tout) avant de filer sous un prétexte ou un autre. Même le traiteur avait dû partir tôt. Ce n'était pas parce que Lila était enceinte que tout le monde était tellement emprunté. Elle savait que c'était parce qu'il manquait quelqu'un.

Quelqu'un qui manquerait toujours.

Mais peu importait. Peu importaient David et ce terrible mariage (vraiment, on aurait plutôt dit une veillée funèbre), les tonnes de saumon qui allaient leur rester sur les bras, la neige, et tout le reste. Le plus important, c'était le bébé, et de prendre soin d'elle-même. Le monde pouvait bien se barrer en quenouille si ça lui chantait, le bébé, c'était tout ce qui comptait. Ce serait une fille, Lila l'avait vu à l'échographie. Une petite fille. Des mains minuscules, des pieds minuscules, un petit cœur minuscule et des tout petits poumons, flottant dans le brouet chaud de son corps. Le bébé avait souvent le hoquet. *Hic !* faisait le petit bébé. *Hic ! Hic !* « Hoquet », encore un drôle de mot. Le bébé inspirait et expirait le liquide amniotique, contractant son diaphragme, faisant se refermer l'épiglotte. Un spasme réflexe du diaphragme, ou singultus, du latin *singult,* « le fait de reprendre son souffle tout en sanglotant ». Quand Lila avait appris ça, à la fac de médecine, elle s'était dit : *Ouah.* Juste ça : *Ouah.* Et bien sûr, elle avait aussitôt commencé à hoqueter elle-même, comme la moitié des étudiants. Lila savait qu'il y avait un type en Australie qui avait le hoquet depuis dix-sept ans. Elle l'avait vu sur *Today.*

Today. Aujourd'hui. Quel jour était-on, aujourd'hui ? Elle était dans l'entrée, et peu à peu, comme si son esprit s'était dressé sur la pointe des pieds pour regarder par-dessus une corniche, elle se rendit compte qu'elle avait écarté le rideau pour jeter un coup d'œil au-dehors. Personne. Pas de journal. Pas de *Denver Post* ni de *New York Times*, même pas la feuille de chou locale qui partait directement à la poubelle. À travers la vitre, elle entendait les stridulations des insectes d'été dans l'arbre. D'habitude, on voyait passer une voiture ou deux, le facteur qui s'éloignait en sifflotant, une nounou qui poussait une poussette, mais pas ce jour-là. « Je rentrerai quand j'en saurai davantage. Reste à la maison, ferme les portes à clé. Ne sors sous aucun prétexte. » Lila se souvenait que David lui avait dit tout ça ; elle se rappelait être restée à la fenêtre et avoir regardé sa voiture, une de ces nouvelles Toyota à moteur à hydrogène, s'éloigner en silence dans l'allée. Bon sang, même sa voiture était vertueuse. Le pape en avait probablement une exactement pareille.

Mais est-ce que ce n'était pas un chien, ça ? Lila colla son visage à la vitre. Le chien des Johnson se promenait au milieu de la rue. Les Johnson habitaient deux maisons plus loin, un couple dont les enfants s'étaient envolés, la fille mariée quelque part, le fils qui faisait de bonnes études. Le MIT ? Caltech ? Quelque chose comme ça. Mme Johnson – « Appelez-moi Sandy ! » – avait été la première de leurs voisines à venir frapper à leur porte le jour de leur arrivée, avec un gâteau en forme de couronne et de grands « Bienvenue dans le quartier ». Lila la voyait presque tous les soirs quand elle n'était pas de garde, parfois en compagnie de son mari, Geoff. Ils promenaient Roscoe, un grand golden retriever qui donnait toujours l'impression de sourire, et tellement docile qu'il se jetait à plat ventre sur le trottoir dès que quelqu'un approchait – « Excusez mon pédé de clébard », disait Geoff. C'était bien Roscoe, mais il avait quelque chose qui n'allait pas. Ses côtes saillaient comme les touches d'un xylophone (Lila fut effleurée par le souvenir d'avoir joué du glockenspiel à l'école primaire, et la mélodie tintinnabulante de « Frère Jacques » lui revint fugitivement), et il marchait étrangement sans but, en tenant quelque chose dans sa gueule. Une espèce de... de chose molle. Les Johnson savaient-ils qu'il était en vadrouille ? Elle devrait peut-être leur téléphoner ? Sauf qu'il n'y avait pas de téléphone, et qu'elle avait promis à David de ne pas sortir. Quelqu'un le repérerait sûrement, et se dirait : Tiens, c'est Roscoe, il a dû se sauver.

Satané David, pensa-t-elle. Ce qu'il pouvait être imbu de lui-même et manquer de prévenance ! Encore dehors à faire Dieu sait quoi alors qu'elle était là, sans eau, sans téléphone, sans électricité, et que la couleur de la chambre du bébé n'allait vraiment pas. Mais alors pas du tout ! Elle n'en était qu'à vingt-quatre semaines de grossesse, mais elle savait que le temps filait. Vous étiez à des mois de l'accouchement, et voilà, vous aviez à peine le temps de vous retourner que vous vous précipitiez à l'hôpital au milieu de la nuit avec votre petite valise, en conduisant n'importe comment, et vous vous retrouviez sur le dos, sous la lumière, à souffler et à faire le petit chien, déchirée, écartelée par les contractions, et il ne se passerait plus rien d'autre tant que le bébé ne serait pas sorti de vous. À travers un brouillard de souffrance, vous sentiez une main dans la vôtre, vous ouvriez les yeux, et vous voyiez Brad à côté de vous, avec sur le visage une expression pour laquelle vous n'aviez pas de nom, une expression impuissante, terrifiée, belle, et vous entendiez sa voix : *Pousse, Lila, ça y est presque, pousse encore une fois, rien qu'une, et c'est fini*, et c'est ce que vous faisiez, vous trouviez en vous la force de pousser encore une fois, la dernière, et vous expulsiez le bébé. Ensuite, dans le calme qui suivait, il vous tendait le cadeau magique, emmailloté, de votre bébé, des fleuves de bonheur coulaient sur ses joues, vous sentiez la justesse profonde, permanente de votre vie, et vous saviez que vous aviez choisi cet homme entre tous parce que vous étiez simplement destinés l'un à l'autre, et que votre bébé, Eva, ce nouveau petit être tout chaud que vous aviez fait ensemble, était juste ça : vous deux, fondus en un.

Brad ? Pourquoi pensait-elle à Brad ? *David.* Elle n'était pas mariée avec Brad, mais avec *David.* Sa Sainteté David et sa Papamobile. Est-ce qu'il y avait eu un pape David ? Probablement. Seulement Lila était méthodiste. Ce n'était pas à elle qu'il fallait le demander.

Bon, pensa-t-elle, une fois Roscoe sorti de son champ de vision, la coupe était pleine. Elle en avait marre d'être cloîtrée dans cette baraque répugnante. David aurait beau dire, elle ne voyait aucune raison de rester enfermée par cette journée de juin magnifique alors qu'elle avait tant à faire. Sa bonne vieille Volvo l'attendait dans l'allée. Où était son portefeuille ? Son sac ? Ses clés ? Ah oui, ils étaient là, posés sur la petite table, près de la porte d'entrée. Juste à l'endroit où elle les avait laissés elle ne savait même plus quand.

Elle remonta au premier pour aller aux toilettes – bonté divine, les toilettes étaient dans un état... elle ne voulait même pas y penser – et se regarda dans la glace. Mouais. Pas fameux. On aurait dit qu'elle avait survécu à un naufrage : ses cheveux ressemblaient à un nid de rats, elle avait les yeux enfoncés, chassieux, et la peau marbrée comme si elle n'avait pas vu le soleil depuis des semaines. Elle n'était pas de ces femmes qui mettaient une heure à se pomponner avant de quitter la maison, mais quand même. Elle aurait bien pris une douche, ce qui était impossible évidemment, alors elle se contenta de se rincer le visage avec l'eau d'un des brocs du lavabo, et se frotta la peau avec un linge pour se redonner des couleurs. Elle se brossa les cheveux et les attacha sur sa nuque avec un élastique ; elle se mit du blush sur les joues, du mascara sur les cils, et un peu de rouge à lèvres. Avec cette chaleur, elle ne portait qu'un tee-shirt et une culotte. Elle fut accueillie dans la chambre par son odeur de renfermé, ses bougies qui avaient coulé, ses tonnes de linge sale et ses draps pas lavés, et elle prit une des chemises de David dans le placard. Que mettre en bas, ça, c'était un problème – elle n'avait plus rien à sa taille. Elle se rabattit sur un jean trop petit dans lequel elle arrivait encore à entrer à condition de ne pas le fermer jusqu'en haut, et des sandales.

Un dernier coup d'œil dans la glace. Pas trop mal, conclut-elle. Nettement mieux, même. Et puis ce n'était pas comme si elle allait à un rendez-vous. Bon, ce serait peut-être agréable malgré tout de s'arrêter pour déjeuner quelque part, quand elle aurait fini ses courses. Elle l'avait bien mérité, après cette éternité à rester enfermée. Un endroit sympa, où elle pourrait manger dehors. Il y avait peu de choses plus agréables qu'un verre de vin et une salade, en terrasse, par un après-midi d'été. Le café des Amis, c'était juste ce qu'il lui fallait. Ils avaient un merveilleux patio entouré de treillis sur lesquels grimpaient des fleurs parfumées, et un chef fabuleux – il était passé les voir à leur table, une fois – qui avait fait ses classes au Cordon bleu. Pierre ? François ? Il avait le don de créer des sauces stupéfiantes, qui exaltaient les arômes les plus subtils des plats les plus simples ; son coq au vin était à tomber. Mais c'était pour ses desserts que le café des Amis était réputé, surtout la mousse au chocolat. Lila n'avait jamais rien goûté d'aussi divin. Ils en partageaient toujours une après dîner, Brad et elle, se donnant la becquée, comme des adolescents tellement amoureux l'un de l'autre qu'ils oubliaient quasiment le monde qui les entourait. Quelle période sublime que celle où il lui faisait la cour, toutes les promesses de la vie ouvertes devant eux comme les pages d'un livre. Ce qu'ils avaient pu rire quand elle avait failli avaler la bague de fiançailles qu'il avait cachée dans les replis aériens de la mousse ! Et la nuit où elle avait envoyé Brad sous une pluie battante – « N'importe quoi, lui avait-elle dit, un Kit-Kat, un Nuts ou un bon vieux Mars, n'importe quoi pourvu que ce soit au chocolat » –, et quand elle s'était réveillée un peu plus tard, elle l'avait vu debout devant la porte de la chambre, trempé comme une soupe, un sourire hilare sur la figure, tenant fièrement un Tupperware géant de la célèbre mousse au chocolat de François (Pierre ?), de quoi nourrir une armée. C'était tout Brad, ça. Il était passé par-derrière, après avoir vu qu'il y avait encore de la lumière, et il avait tapé à la porte jusqu'à ce que quelqu'un accepte de prendre son billet de cinquante dollars détrempé par la pluie. C'était la plus gentille chose au monde. « Mon Dieu, Lila, avait dit Brad en la regardant enfourner une cuillerée de mousse au chocolat, au train où ça va, tu vas nous faire un bébé tout noir ! »

Et voilà, c'était reparti. *David.* Maintenant, son mari, c'était David Centre. Il fallait vraiment qu'elle s'y fasse. Non qu'ils aient jamais partagé une mousse au chocolat tous les deux, ou seulement dîné au café des Amis, ou fait quoi que ce soit qui ressemble à ça, même de loin. Ce bonhomme n'avait pas une once de romantisme. Comment avait-elle pu se laisser convaincre par un type pareil de l'épouser ? Comme si elle n'était qu'un article de plus sur une liste de « choses à faire » valorisantes ? Devenir un médecin célèbre – fait. Mettre Lila Kyle enceinte – fait. Réparer – fait. Il donnait l'impression de savoir à peine qui elle était.

Elle redescendit au rez-de-chaussée. Le soleil estival se déversait dans l'entrée, l'emplissant comme une buée dorée. Le temps qu'elle arrive à la porte, elle était tout excitée. Quelle douce libération ! Après être restée enfermée tout ce temps, s'aventurer dehors, enfin ! Elle voyait d'ici ce que David dirait quand il s'en apercevrait. « Pour l'amour du ciel, Lila, je t'avais dit que ce n'était pas sûr. Il faut que tu penses au bébé. » Mais c'était au bébé qu'elle pensait, au bébé et à rien d'autre. C'était ce que David ne comprenait pas. David qui était trop occupé à sauver le monde pour l'aider à préparer la chambre d'enfant, qui conduisait une voiture carburant au jus d'asperges, à la poudre de fée ou à la pensée positive, et qui l'avait laissée toute seule ici. Toute seule ! Et le pire, vraiment le pire de tout, c'était qu'il n'aimait même pas Pierre Lapin. Comment pouvait-elle avoir un bébé avec un homme qui n'aimait pas Pierre Lapin ? Qu'est-ce que ça disait de lui ? Quel genre de père serait-il ? Non, David n'avait pas à lui dicter ses faits et gestes, conclut Lila en prenant son sac et ses clés sur la console de l'entrée et en ouvrant le verrou. Ça ne le regardait pas si elle sortait, ou si elle peignait la chambre du bébé en vert chartreuse, en vermillon ou en gris souris. David pouvait aller se faire foutre ! Voilà : qu'il aille se faire foutre !

Lila Kyle irait acheter la peinture toute seule.

8.

Ce n'était pas une bonne journée pour le directeur adjoint. Ce jour-là, 31 mai – date anniversaire de la guerre de Sécession, sauf qu'on n'en avait rien à cirer –, était une journée digne de la fin du monde.

Le Colorado était plus ou moins kaput. Rayé de la carte. Denver, Colorado Springs, Fort Collins, Boulder, Grand Junction, Durango, et les mille petites villes semées un peu partout autour. Les dernières images fournies par la reconnaissance aérienne révélaient une vision d'apocalypse : des carambolages de voitures sur les routes, des bâtiments en feu, des cadavres partout. De jour, rien ne bougeait apparemment, en dehors des oiseaux, d'énormes essaims de charognards qui formaient des draperies mouvantes dans le ciel, comme si le monde avait été transféré au commandement central des vautours.

Quel pouvait bien être le malade qui avait eu l'idée d'éradiquer l'État du Colorado ?

Et le virus se répandait, gagnait du terrain dans toutes les directions, telle une main à douze doigts. Le temps que la

Sécurité du territoire ferme les principaux corridors inter-États – ces connards d'ergoteurs n'auraient pas été capables de se tirer d'une maison en feu –, le cheval était déjà sorti de l'écurie, et au galop. Le matin même, le Centre de prévention et de contrôle des maladies avait confirmé des cas à Kearney, dans le Nebraska, à Farmington, au Nouveau-Mexique, à Sturgis, dans le Dakota du Sud, et à Laramie, dans le Wyoming. Et il ne s'agissait que des cas dont le CDC avait connaissance. Encore rien dans l'Utah ou le Kansas, mais ce n'était qu'une question de temps, d'heures peut-être. Il était dix-sept heures trente en Virginie du Nord – trois heures avant le coucher du soleil, cinq dans l'ouest.

Ils se déplaçaient toujours de nuit.

Le briefing avec les chefs d'état-major ne s'était pas bien passé, mais il ne s'attendait pas à ce qu'il se passe bien. Pour commencer, il y avait le « problème » de la DAS. La machine militaire n'avait jamais été très à l'aise, ni particulièrement au courant des activités de la division des Armes spéciales. D'abord, elle échappait à la chaîne de commandement militaire, et était financée par le ministère de l'Agriculture, on se demandait bien pourquoi. (Réponse : parce que l'agriculture, tout le monde s'en foutait.) L'armée se résumait à une question de préséance ; la seule chose qui comptait en réalité, c'était de savoir qui pissait le plus loin, et pour autant que les huiles le sachent, les Armes spéciales ne rendaient de comptes à personne : c'était un assemblage d'éléments issus d'une douzaine d'agences et de sous-traitants privés. Ça ressemblait à une partie de bonneteau, où l'as changeait constamment de place et n'était jamais là où on l'attendait. Quant à ce que fabriquait vraiment la DAS, mystère. Guilder avait entendu des tas de choses à ce sujet : « Diversion d'attaque sérieuse », « Département des abrutis supérieurs », « Dégâts à signaler ». Et celui qu'il préférait à titre personnel : « Distributeur automatique de stupidités ». Il avait même fini par la surnommer le Distributeur.

Et c'est ainsi que le directeur adjoint Horace Guilder (y avait-il encore de vrais directeurs ?) s'était retrouvé en réunion avec les chefs d'état-major (avec tous les galons et barrettes qu'il y avait autour de la table, on aurait pu monter une troupe de pom-pom girls), pour faire état de son évaluation de la situation dans le Colorado, genre *Ah oui, on a fabriqué des vampires, désolé. Ça paraissait une bonne idée sur le coup.* Trente longues secondes de silence consterné avaient suivi son topo, tout le monde attendant de voir qui reprendrait la parole.

« Voyons si j'ai bien compris », avait entonné le président. Il avait croisé les mains sur la table. Guilder avait senti une goutte de sueur perler à son aisselle et rouler le long de son torse. « Vous avez décidé de modifier un ancien virus afin de transformer une douzaine de condamnés à mort en monstres indestructibles assoiffés de sang, et vous n'avez pensé à en informer personne ? »

Eh bien, décidé, pas vraiment. Guilder n'était pas aux Armes spéciales, au début. Il était arrivé lors du changement d'administration, et tellement d'argent avait déjà été jeté par les fenêtres, tellement d'heures-hommes gaspillées qu'il n'aurait pu y mettre le holà même s'il l'avait voulu. Le projet Noé était placé sous une chaîne de commandement d'une telle opacité que Guilder lui-même ne savait pas qui tirait vraiment les ficelles – probablement la NSA, sauf que son petit doigt lui disait que ça devait remonter encore plus haut, peut-être jusqu'à la Maison Blanche. Cela dit, face aux chefs d'état-major, le distinguo était sans objet. Guilder avait passé trente ans dans des agences où tant de choses étaient classées secret défense que personne n'était vraiment responsable de quoi que ce soit. Les idées semblaient fleurir de façon spontanée. *Quoi, qu'est-ce qu'on a encore fait ? Ah non, c'est pas nous. Circulez, y a rien à voir*, et le broyeur à documents de se régaler. C'était pile ce qui était en passe d'arriver avec les Armes spéciales, et probablement avec Guilder soi-même.

En attendant, il fallait trouver des responsables. La réunion avait rapidement tourné au concours de hurlements, Guilder encaissant les coups de gueule les uns après les autres. Il avait compris depuis belle lurette qu'il n'avait plus la situation en main, et c'est avec soulagement qu'il s'était fait éjecter de la pièce. La hiérarchie militaire allait donc régler le problème comme d'habitude : en tirant à vue sur tout ce qui bougeait.

Rétrospectivement, Guilder se dit qu'il aurait pu gérer son exposé de la situation plus diplomatiquement. Mais les projections du CDC étaient éloquentes : trois semaines, quatre tout au plus, et le virus aurait dévasté Chicago, Saint Louis et Salt Lake City ; six semaines, et il serait en vue des côtes.

Des vampires, bonté divine ! Mais à quoi pensait-il ?

À quoi *tout le monde* pensait-il ?

Pourtant, il n'y avait aucun doute : Lear avait mis le doigt sur quelque chose. Le grand Jonas Lear ! Même Guilder était impressionné par le bonhomme, un biochimiste de Harvard avec un QI d'un trillion qui avait bel et bien fondé la paléovirologie, redécouvrant et ressuscitant d'anciens organismes afin de leur trouver des utilisations modernes. Dans les milieux scientifiques, on estimait généralement que Lear était bien parti pour décrocher le prix Nobel. D'accord, ils y étaient peut-être allés un peu fort en utilisant des condamnés à mort. Ce n'était pas très malin. Il fallait bien admettre que, vers la fin, Lear marchait un peu à côté de ses pompes. Mais il fallait aussi reconnaître que l'idée n'était pas dépourvue de potentiel. Par exemple, la perspective de ne plus mourir. Plus jamais. Une considération à laquelle Guilder accordait personnellement depuis peu un intérêt certain.

Son seul espoir était la fille.

Amy NFI, le treizième sujet d'expérimentation, arrachée à un couvent de Memphis, Tennessee, où sa mère l'avait abandonnée. Guilder n'avait pas donné son aval sans réticence. Une gamine, pour l'amour du ciel ! Tout ça allait bien finir par mettre la puce à l'oreille à quelqu'un, et c'était exactement ce qui s'était passé ; quand Wolgast l'avait ramenée, tout le monde, de la police de la route de l'Oklahoma jusqu'aux marshalls des États-Unis, avait commencé à remuer ciel et terre pour la retrouver, et Richards, ce malade mental, avait laissé derrière lui une tranchée de cadavres d'un kilomètre de large. Les bonnes sœurs du couvent, tuées dans leur sommeil ; deux flics d'une petite ville ; six personnes dont le seul tort avait été de prendre leur petit déjeuner dans la même cafétéria que Wolgast et la gamine.

L'ennui, c'était que Guilder n'avait pu se résoudre à refuser la demande pour la fille, qui émanait de Lear en personne. Chacun des condamnés à mort avait été contaminé par une variante légèrement différente du virus, bien que les effets aient été les mêmes. Maladie, coma, mutation, et en moins de deux, ils se retrouvaient suspendus au plafond, la tête en bas, à étriper des lapins. Mais la souche inoculée à Amy était autre : elle n'avait pas été prélevée sur Fanning, le biochimiste de Columbia infecté lors de la malencontreuse expédition de Lear, en Bolivie ; sa variante à elle avait été obtenue à partir du groupe d'écotouristes qui avaient donné le coup d'envoi à toute l'affaire

– des cancéreux en phase terminale, en vadrouille dans la jungle avec un voyagiste qui se faisait appeler Dernières Volontés. Ils étaient tous morts en un mois : attaque, crise cardiaque, anévrisme, ils étaient littéralement partis en lambeaux. Mais entretemps, on avait constaté une amélioration remarquable de leur état – il y avait même un type qui avait retrouvé tous ses cheveux –, et à leur mort, ils étaient tous débarrassés de leurs cellules cancéreuses. Tenter de comprendre ce qui s'était passé dans la tête de Lear était peine perdue, toujours est-il qu'il en avait visiblement déduit que cette variante était la réponse à tous leurs maux. Le truc était de garder un premier sujet d'expérience en vie. Et pour cela, il avait choisi Amy, une petite gosse en bonne santé.

Et ça avait marché. Guilder savait que ça avait marché. Parce qu'Amy était encore en vie.

Au deuxième étage d'un petit bâtiment fédéral des plus banals du comté de Fairfax, que les Armes spéciales partageaient entre autres avec l'OTA[1], la task force sur l'énergie de la Sécurité du territoire, la NOAA[2], et une crèche, le bureau de Guilder donnait sur l'autoroute 66. Pour un lundi, de plus le lundi suivant le week-end de commémoration de la guerre de Sécession, il y avait étonnamment peu de circulation. Beaucoup de gens avaient déjà quitté la ville. Guilder imaginait que des tas de bonnes volontés avaient dû être mises à contribution – une belle-mère dans le nord de l'État de New York, un ami qui avait une cabane dans les montagnes. Mais comme tous les avions étaient cloués au sol, les gens n'iraient pas très loin, et ça ne ferait pas une grande différence au bout du compte. On ne pouvait éternellement fuir la nature, c'est ce qu'on lui avait toujours raconté du moins.

La gamine avait réussi à quitter le Colorado, d'une façon ou d'une autre. Ils avaient repéré son signal dans le sud du Wyoming, dès les premières heures. Ce qui voulait dire qu'elle était dans un véhicule, et pas toute seule – il fallait bien que quelqu'un soit au volant. Après ça, elle avait disparu. L'émetteur de son biomoniteur était à courte portée, trop faible pour les

1. Office of Technology Assessment : Office d'évaluation des technologies. *(N.d.T.)*

2. National Oceanic and Atmospheric Administration : Météorologie nationale. *(N.d.T.)*

satellites ; il fallait qu'elle se trouve dans un rayon de quelques kilomètres d'un relais de téléphonie mobile, et pas d'une coopérative rurale, non : un relais de télécommunication connecté au réseau de suivi au sol fédéral. Ce qui, dans le sud du Wyoming, était facile à éviter tant qu'on se tenait à l'écart des routes principales. Elle pouvait être n'importe où maintenant. Celui qui était avec elle, quel qu'il soit, était un malin.

On frappa à la porte, interrompant le fil de ses pensées. Guilder se détourna de la fenêtre et vit Nelson, le responsable technique de la DAS, sur le pas de la porte. Bon Dieu, quoi encore ?

— J'ai des bonnes et des mauvaises nouvelles, annonça-t-il.

Il portait son éternel tee-shirt noir, un jean, et ses pieds sales nageaient dans des tongs. Diplômé de Rhodes à la langue bien pendue, titulaire non pas d'un mais de deux doctorats du MIT – biochimie et systèmes d'information avancés –, Nelson était de loin – de très loin – le type le plus futé de toute la baraque, et ne le savait que trop. Il avait encore la propension des jeunes à considérer le monde comme une suite de problèmes vaguement agaçants provoqués par des gens moins relax et moins intelligents que lui. Il s'entendait relativement bien avec Guilder, hormis le fait que Nelson avait tendance à le traiter comme un parent âgé gâtouillant, un personnage respectable mais plus utile à grand-chose, ce qui était à la fois exaspérant venant d'un type qui semblait se donner un coup de peigne tous les quatre jours et pas complètement injustifié, Guilder devait bien l'admettre. À vingt-huit ans alors que lui-même en avait cinquante-sept, tout chez Nelson conspirait pour qu'il ait l'impression d'être un dinosaure.

— Un signe d'elle ?

— *Nada.* D'aucun des deux, répondit Nelson en grattant sa joue pas rasée.

Guilder se frotta les paupières. Il avait l'impression d'avoir du sable dans les yeux – l'effet du manque de sommeil. Il fallait qu'il rentre chez lui prendre une douche et changer de costume. Il n'avait pas quitté son bureau depuis deux jours. Il avait à peine fermé l'œil sur le canapé, et n'avait mangé que des cochonneries récupérées aux distributeurs. Et il avait des problèmes avec ses doigts aussi. Un engourdissement, des picotements.

— Ouais. Et les bonnes nouvelles ?

— Ça dépend de quel point de vue on se place. Du point de vue de la liberté d'expression, ça se discute, mais apparemment quelqu'un a enfin cloué le bec au cinglé de Denver. Je dirais que c'est la NSA ou l'un des chouchous de Lear qui a fini par lui faire la peau. Quoi qu'il en soit, ce connard a fermé son clapet pour de bon.

Ultime Combat à Denver : Guilder avait regardé ses vidéos, comme tout le monde. Il fallait lui laisser ça, ce type en avait. Les théories abondaient sur son identité, le consensus étant que c'était un ancien militaire, un SEAL ou un gars des Forces spéciales.

— Alors, les mauvaises nouvelles ?

— De nouveaux chiffres viennent d'arriver du CDC. Il semblerait que l'algorithme de départ n'ait pas pris en compte le fait que ces créatures étaient des goinfres. Ce que j'aurais pu leur dire s'ils m'avaient posé la question. Soit ça, soit un crétin en stage d'été s'est trompé d'une virgule en repensant à sa dernière partie de jambes en l'air.

Parler à Nelson revenait parfois à essayer de canaliser un gamin de cinq ans. Un gamin de cinq ans génial, mais quand même.

— Venez-en au fait, par pitié.

Nelson haussa les épaules.

— En fonction des données actuelles, d'après les dernières projections, il semblerait que nous disposions d'un délai beaucoup plus réduit. De l'ordre de trente-neuf jours.

— Pour les côtes, vous voulez dire ?

— Euh, non, pas exactement.

— Alors quoi ?

— Tout le continent nord-américain.

Une ombre grise voila la vision de Guilder. Il dut se rasseoir.

— Une stratégie est déjà en cours d'élaboration au Central, poursuivit Nelson. À mon avis, ils vont essayer le nettoyage par le feu. En commençant par les plus grandes agglomérations, et puis tout ce qui pourrait traîner derrière.

— Dieu tout-puissant !

Nelson leva un sourcil glacé :

— Un faible prix à payer, l'un dans l'autre. Je sais ce que je ferais si j'étais le président de la Russie, par exemple. Pas question de laisser ce truc franchir la mare aux canards.

Il avait raison, et Guilder le savait. Il se rendit compte que sa main droite avait commencé à trembler. Il la prit dans son autre main, essayant de contrôler les spasmes tout en faisant en sorte que le mouvement paraisse naturel.

— Ça va, patron ?

Son pied droit avait commencé à trembler aussi. Il résista à la tentation irrationnelle d'éclater de rire. Le stress, probablement. Il déglutit péniblement, un goût de bile dans la gorge.

— Retrouvez cette gamine.

Après le départ de Nelson, Guilder resta assis quelques minutes, à tenter de reprendre le dessus. Ses tremblements avaient cessé, mais pas l'envie de rigoler – un symptôme connu sous l'intitulé d'« incontinence émotionnelle ». Un euphémisme. Finalement, il renonça à se contrôler et lâcha un aboiement, un seul, pour évacuer la pulsion. Bon sang, on aurait pu croire qu'il était possédé. Il espérait que personne ne l'avait entendu.

Il quitta le bâtiment, sortit sa voiture du garage – une Toyota Camry beige – et rentra chez lui. Il habitait une maison de ville à Arlington. Il avait eu l'intention de faire un brin de toilette, mais ça lui sembla soudain au-dessus de ses forces, alors il se versa un whisky et alluma la télé. Il n'avait pas fallu longtemps pour que toutes les chaînes, jusqu'à la chaîne météo, plaquent sur la situation des slogans racoleurs (« Nation en crise », etc.). Tous les commentateurs avaient l'air au bout du rouleau et manquaient visiblement de sommeil, surtout ceux qui s'exprimaient depuis les abords d'une autoroute – un champ de blé en arrière-plan, de longues files de véhicules passant à une allure d'escargot, tout le monde klaxonnant en pure perte. Le pays entier était paralysé comme une transmission grippée. Il regarda sa montre : huit heures cinq. Dans moins d'une heure, la nuit tomberait sur le centre du pays.

Il souleva son corps récalcitrant du canapé et monta au premier. L'escalier avait toujours été un sujet de préoccupation pour l'avenir. Que ferait-il quand il ne pourrait plus monter à l'étage ? Dans la salle de bains, il tourna le robinet de la baignoire, se mit en caleçon et prit le temps de se regarder dans la glace en attendant que l'eau monte. Le plus drôle, c'est qu'il n'avait pas l'air spécialement malade. Un peu amaigri, peut-être. À une certaine époque, il se trouvait assez athlétique – il faisait du cross-country à Bowdoin –, mais ces temps-là étaient depuis longtemps révolus. Avec son travail, et l'exigence de secret qui l'accompagnait, le mariage lui était interdit, mais à une bonne quarantaine d'années, sans aller jusqu'à dire qu'il était un tombeur, Guilder avait au moins réussi à se payer du bon temps. Une série de liaisons discrètes, dont tout le monde était au courant. Il s'enorgueillissait de la bonne gestion de ces rencontres, et puis un jour ça avait tout simplement cessé. Des regards qui auraient pu lui être retournés glissaient sur lui, des conversations qui auraient, avant, fait office de préambules élaborés ne menaient nulle part. Inévitable, mais pas de quoi pavoiser, s'était-il dit. Il examina son reflet sans complaisance. Un visage viril, à la mâchoire naguère carrée, et dont le contour avait depuis longtemps commencé à s'affaisser. Un voile de cheveux clairsemés ramenés en arrière sur son crâne, dans le vain espoir de dissimuler la blancheur fantomatique d'une calvitie. Des poches sous les yeux, une véritable bouée à la taille, des jambes osseuses et à l'allure inconsistante. Pas une vision agréable, mais rien qu'il n'ait accepté comme la dégradation inéluctable de l'âge.

En le voyant, personne n'aurait jamais imaginé qu'il était mourant.

Il se doucha et enfila un costume propre. Il n'y avait pratiquement que cela dans sa penderie, des complets-veston à deux boutons, sobres et sombres, généralement bleu marine, ou gris avec parfois de fines rayures blanches, l'été en popeline kaki, assortis d'une chemise bleu ciel ou blanche amidonnée, et d'une cravate aussi neutre que la Suisse. L'ensemble était tellement en accord avec l'impression qu'il se faisait de lui-même qu'il se serait senti nu s'il avait porté autre chose. En prenant bien garde à ne pas tomber dans l'escalier, il redescendit au salon, où la télévision débitait dûment sa litanie de nouvelles catastrophiques. Bien qu'il n'ait pas faim, il se réchauffa un plat de lasagnes surgelées au micro-ondes, restant planté devant pendant que les secondes défilaient. Il s'assit à la table et s'efforça de manger, mais avec le diazépam, tout avait un goût de carton, vaguement métallique, et il avait la gorge perpétuellement serrée, comme s'il portait un col trop petit de deux tailles. Son médecin lui avait suggéré d'essayer les milk-shakes, ou des aliments mous comme les macaronis, mais il ne pouvait se résoudre à se rabattre sur des nourritures pour enfants. À partir de là, tout irait de mal en pis.

Il jeta à la poubelle les lasagnes qu'il avait à peine touchées et regarda à nouveau sa montre. Un peu plus de neuf heures. Quels qu'ils soient, les événements au centre du pays étaient en train de se produire. Nelson appellerait s'il avait besoin de lui.

Il sortit de chez lui et reprit sa voiture. Ce qui l'attendait était une triste corvée qu'il était seul à effectuer. L'établissement était situé en retrait de la route de McLean, derrière une grande pelouse verte. Une pancarte, à la sortie de l'autoroute, indiquait « Résidence de long séjour de Shadowdale ». À l'accueil, Guilder présenta son permis de conduire à l'infirmière et suivit un couloir qui sentait le désinfectant, orné de lithos banales représentant des champs verts et des couchers de soleil radieux. L'endroit était étrangement silencieux, même pour l'heure ; normalement, il aurait dû y avoir du personnel et des patients dans la salle commune, ceux à qui un peu de compagnie humaine pouvait encore apporter quelque chose. Ce soir-là, on se serait cru dans un tombeau.

Il arriva devant la chambre de son père, frappa doucement et ouvrit la porte sans attendre de réponse.

— Papa, c'est moi.

Son père était avachi dans son fauteuil roulant, près de la fenêtre. Il avait la mâchoire tombante, les muscles du visage aussi flasques que de la pâte à crêpes. Une stalactite de bave pendait de sa bouche sur le bavoir en papier noué autour de son cou. Quelqu'un lui avait enfilé un sweat-shirt taché et des chaussures orthopédiques munies de velcros. Il ne parut même pas remarquer l'arrivée de Guilder.

— Comment ça va, papa ?

En s'approchant, il fut saisi par une odeur d'urine. La maladie d'Alzheimer avait progressé au point que son père ne reconnaissait plus personne, mais il fallait encore faire comme si. La solitude de l'esprit avait vraiment quelque chose de terrifiant, pensa Guilder. D'un autre côté, le silence paternel, l'impression d'absence qui l'entourait n'avaient rien de nouveau. Dans la vie, comme maintenant dans la mort, il avait toujours été d'une froideur quasi reptilienne. Ça venait de son éducation rurale – ses parents, producteurs laitiers, allaient à l'église trois fois par semaine et tuaient eux-mêmes le cochon –, et pourtant Guilder n'arrivait pas à faire abstraction de la rancœur qu'il gardait de son enfance passée dans l'espoir d'attirer l'attention d'un homme simplement incapable d'en accorder. Il n'attendait pas grand-chose de son géniteur, juste qu'il le traite comme son fils. Quoi de plus naturel ? Jouer à la bagarre par un après-midi d'automne, une parole de félicitation depuis la ligne de touche, une manifestation d'intérêt pour lui, pour sa façon de vivre. Guilder avait fait tout ce qu'il fallait, les bonnes notes, l'excellence en classe et sur les terrains de sport, l'université et une ascension sociale rapide vers une vie d'adulte responsable. En pure perte : son père n'avait virtuellement rien à lui dire, quel que soit le sujet. En réalité, Guilder n'avait pas le souvenir que son père ait jamais eu pour lui une seule parole, un seul geste affectueux. Ce type n'en avait tout simplement rien à fiche.

Le plus dur, c'étaient les ravages que cela avait provoqué chez sa mère, une femme naturellement sociable que la solitude avait poussée à l'alcoolisme. Plus tard, Guilder avait acquis la conviction qu'elle était allée se faire consoler ailleurs, qu'elle avait eu des liaisons, probablement plus d'une. Quand son père était venu s'installer à Shadowdale, Guilder avait vidé la maison d'Albany – un fatras indescriptible, tous les tiroirs et les placards étaient bourrés à craquer – et découvert, dans la coiffeuse de sa mère, une boîte en velours de chez Tiffany. Il l'avait ouverte et y avait trouvé un bracelet – un bracelet en *diamants*. Qui avait probablement coûté ce que son père, ingénieur des travaux publics, gagnait en une année. Il n'aurait jamais pu acheter une chose pareille, et le fait que la boîte soit dissimulée au fond d'un tiroir, derrière une pile de foulards et de gants moisis, avait révélé à Guilder tout ce qu'il avait besoin de savoir : c'était le cadeau d'un amant. Qui était-ce ? Sa mère était secrétaire juridique. L'un des avocats du cabinet ? Une rencontre de hasard ? La résurgence d'un amour de jeunesse ? Il s'était réjoui de savoir que sa mère avait trouvé un peu de bonheur pour illuminer son existence solitaire, et en même temps cette découverte l'avait plongé dans une dépression qui avait duré des semaines sans que rien puisse la soulager. Sa mère était le seul et unique souvenir chaleureux de son enfance. Et sa vie, sa vraie vie, avait été un secret pour lui...

Ces visites à son père ravivaient toujours les mêmes souvenirs ; quand il repartait, il était souvent si démoralisé, ou bouillonnait d'une telle rage rentrée que c'était à peine s'il arrivait à penser juste. Cinquante-sept ans, et il espérait encore désespérément une étincelle de reconnaissance.

Il tira la seule chaise de la pièce devant son père. Le crâne chauve du vieil homme, aussi lisse qu'une tête de bébé, était incliné sur son épaule selon un angle bizarre. Guilder récupéra un mouchoir dans la table de nuit et essuya la bave de son menton. Une coupelle de pudding à la vanille était posée sur un plateau, près du fauteuil roulant, ainsi qu'une cuillère en métal trop léger.

— Alors, papa, comment ça va ? On s'occupe bien de toi ?

Silence. Mais Guilder entendait la voix de son père dans sa tête, remplissant les vides.

Tu te fous de moi, fiston ? Regarde-moi, pour l'amour du ciel. Je n'arrive même pas à chier tout seul. Tout le monde me parle comme si j'étais un bébé. Comment tu voudrais que j'aille ?

— Je vois que tu n'as pas mangé ton dessert. Tu veux un peu de pudding ? Hein, ça te plairait ?

Putain de pudding ! C'est tout ce qu'on me donne ici. Du pudding le matin, du pudding le midi, du pudding le soir. Ce truc a un goût de morve.

Guilder en glissa une cuillerée entre les dents de son père. Par un réflexe machinal, le vieil homme pinça les lèvres et avala.

Regarde-moi. Tu parles d'un déjeuner au soleil ! Je me bave dessus, assis dans ma propre pisse !

— Je ne sais pas si tu as suivi les nouvelles dernièrement, poursuivit Guilder, livrant une deuxième cuillerée dans la bouche de son père. Il se passe quelque chose dont je me suis dit que tu devrais être informé.

Ah bon ? C'est quoi ? Crache le morceau et fous-moi le camp d'ici.

Mais qu'est-ce que Guilder avait à dire ? *Je suis mourant ? Et d'ailleurs, les gens ne le savent pas, mais ils vont tous mourir ?* À quoi bon lâcher cette information ? Une pensée glaçante lui traversa l'esprit : que deviendrait son père quand tout le monde aurait disparu, les médecins, les infirmières et les infirmiers ? Avec tout ce qui était arrivé au cours des dernières semaines, Guilder avait été trop préoccupé pour réfléchir à cette éventualité. Parce que la ville était en train de se vider. Bientôt, d'ici quelques semaines, peut-être quelques jours seulement, ce serait le sauve-qui-peut général. Guilder n'avait pas oublié ce qui était arrivé à La Nouvelle-Orléans après les cyclones, d'abord Katrina puis Vanessa, toutes ces histoires de patients âgés abandonnés qu'on avait laissés mariner dans leurs propres déjections, mourir à petit feu de faim et de déshydratation.

Alors, fiston, tu accouches ? Regarde-toi assis là avec cet air crétin. Bordel, qu'est-ce qu'il peut bien y avoir de si important pour que tu viennes ici me le raconter ?

Guilder secoua la tête.

— Enfin, ce n'est rien, papa. Rien d'important.

Il pelleta la dernière bouchée de pudding dans la bouche de son père et lui essuya les lèvres avec le mouchoir.

— Tu te reposes maintenant, d'accord ? dit-il. Je reviens te voir d'ici quelques jours.

Ta mère était une pute, tu sais. Une pute une pute une pute...

Guilder sortit de la pièce. Il s'arrêta dans le couloir pour souffler. C'était sa voix à lui, il le savait pertinemment. Mais à certains moments, il avait l'impression que l'esprit de son père, séparé de son enveloppe charnelle, avait élu domicile dans son propre corps.

Il retourna vers l'accueil. L'infirmière, une jeune Hispanique, faisait des mots croisés.

— Mon père a besoin qu'on change sa couche.

Elle ne leva pas les yeux.

— Ils ont tous besoin qu'on leur change leur couche.

Et comme Guilder ne bougeait pas, elle leva les yeux de sa grille. Elle avait des yeux très noirs, et très maquillés.

— Je vais prévenir quelqu'un.

— S'il vous plaît.

Il s'arrêta à la porte. L'infirmière avait déjà repris ses mots croisés.

— Vous *prévenez* quelqu'un, bon Dieu ? !

— Je vous ai dit que j'allais le faire.

Une farouche pulsion protectrice s'empara de Guilder. Il se retint de lui enfoncer son stylo dans la gorge.

— Décrochez ce putain de téléphone, si vous ne voulez pas le faire vous-même.

Avec un soupir excédé, elle décrocha et composa un numéro.

— C'est Mona, à l'entrée. Guilder, au 126, a besoin qu'on le change. Oui, son fils est là. D'accord. Je lui dis.

Elle raccrocha.

— Alors, content ?

La question était tellement absurde qu'il en resta sans voix.

Guilder ne mourrait pas comme son père, ce serait même tout le contraire. SLA : sclérose latérale amyotrophique, plus connue sous le nom de « maladie de Charcot ». Les principales fonctions motrices seraient les premières touchées, les muscles auraient des spasmes, leur efficacité décroîtrait, puis il perdrait la faculté de parler et de déglutir. Les rires et les pleurs spasmodiques étaient un mystère – personne ne savait d'où cela venait. Il finirait sous respiration artificielle, complètement paralysé, incapable de bouger ou de parler. Mais le pire de tout, c'était que ses facultés cognitives et intellectuelles ne seraient aucunement diminuées. Contrairement à son père, dont l'esprit avait disparu en premier, Guilder serait conscient à chaque instant de son déclin. Un mort aux veines chaudes, sans personne, qu'une infirmière ronchon pour toute compagnie.

La nouvelle du diagnostic l'avait profondément traumatisé, et laissé en état de choc pendant un bon bout de temps, c'était clair pour lui. Sinon, comment s'expliquer la connerie qu'il avait faite avec Shawna – dont ce n'était même pas le vrai nom, bien sûr. Pendant deux ans, il lui avait rendu visite le deuxième mardi de chaque mois, toujours chez elle, dans l'appartement procuré par ses employeurs. Elle avait la peau foncée, avec des yeux subtilement asiatiques, elle était mince, et assez jeune pour être sa fille, mais ce n'était pas ce qui l'attirait – il aurait même préféré qu'elle soit plus âgée. Il l'avait trouvée grâce à une agence, et après un certain temps, on l'avait autorisé à l'appeler directement. La première fois, il était nerveux comme un collégien. Il y avait longtemps qu'il n'avait pas couché avec une femme, et il s'était demandé s'il serait à la hauteur – quel imbécile de s'en faire pour ça, rétrospectivement ! La fille l'avait rapidement mis à l'aise, prenant l'initiative à l'occasion. Le rituel était toujours le même. Guilder appuyait sur le bouton de l'interphone en bas, il entendait le vibreur, il montait à pied jusqu'à l'appartement, où elle l'attendait, la porte ouverte, arborant un sourire accueillant et vêtue d'une robe de cocktail noire sous laquelle se cachait un trésor érotique de dentelle et de soie. Quelques plaisanteries, comme pourraient en échanger deux amants qui se retrouvaient l'après-midi, suivies du dépôt ostensiblement ignoré de l'enveloppe de liquide sur la commode, et ensuite le passage à l'acte proprement dit. Guilder était toujours le premier à se déshabiller, puis il la regardait se dévêtir et laisser choir sa robe de cocktail comme un rideau de scène avant de s'en écarter royalement. Elle lui faisait l'amour avec un enthousiasme qui ne semblait ni fabriqué ni ouvertement professionnel, et pendant ces quelques minutes, l'esprit de Guilder atteignait à une sérénité qu'il ne connaissait à aucun autre moment. Lorsqu'il prenait son pied, Shawna disait son nom, le répétait, encore et encore, sa voix se perdant dans une imitation parfaitement convaincante de jouissance féminine, et Guilder flottait sur ces sons et ces sensations, les chevauchait comme un surfeur abordant un rivage paisible.

— Pourquoi est-ce que je ne te vois pas plus souvent ? lui demandait-elle après. Tu es heureux des choses que je te fais ? Il n'y a personne d'autre, n'est-ce pas ? Je veux être la seule, l'unique pour toi, Guilder.

— Très heureux, répondait-il en caressant ses cheveux soyeux. Je ne pourrais pas être plus heureux que je ne le suis avec toi.

Il ne savait absolument rien d'elle – rien de réel, du moins. Pourtant, pendant les semaines qui avaient suivi son diagnostic, le seul refuge que son esprit avait réussi à trouver était dans l'idée absurde qu'il était amoureux d'elle. Ce souvenir le gênait, et psychologiquement, le message sous-jacent était évident – il ne voulait pas mourir seul –, mais sur le coup, il avait été convaincu d'être follement, désespérément amoureux d'elle, et n'était-il pas possible, et même vraisemblable, que Shawna éprouve les mêmes sentiments ? C'était bien ce qu'elle voulait dire quand elle affirmait vouloir être l'unique pour lui, n'est-ce pas ? Ce qu'ils se faisaient et se disaient l'un à l'autre *ne pouvait pas* être fallacieux. Tout cela se passait sur un plan que seuls deux êtres intimement liés pouvaient partager.

Tant et si bien qu'il avait fini par se mettre dans un drôle d'état : toutes ses pensées tournaient autour de Shawna. Il avait décidé de lui offrir un cadeau – un symbole de son amour. Un objet précieux, digne de ses sentiments. Un bijou. Ça ne pouvait être qu'un bijou. Et pas un truc neuf, acheté dans une boutique, non, quelque chose de plus personnel : le bracelet en diamants de sa mère.

Galvanisé par sa décision, il avait emballé la boîte de Tiffany dans du papier d'argent, pris sa voiture et roulé jusque chez Shawna. Ce n'était pas un mardi, mais ça n'avait pas d'importance. Ce qu'il ressentait était impossible à programmer.

Il sonna et attendit. Les minutes passèrent, ce qui était bizarre ; Shawna répondait toujours très vite au coup de sonnette. Il sonna à nouveau. Cette fois, l'interphone émit un petit crachotement d'électricité statique, et il entendit sa voix.

— Allô ?

— C'est Horace.

Un silence.

— Tu n'es pas sur mon agenda, si ? C'est peut-être ma faute. Tu m'as appelée ?

— J'ai quelque chose pour toi.

L'interphone sembla devenir muet. Et puis :

— Attends une seconde.

Quelques minutes passèrent. Guilder entendit des pas descendre l'escalier. Peut-être que l'interphone ne fonctionnait pas, Shawna descendait lui ouvrir elle-même. Mais la silhouette qui déboucha devant lui n'était pas celle de Shawna. C'était celle d'un homme. Il devait avoir une soixantaine d'années, chauve, corpulent, un faciès porcin de gangster russe, portant un costume à fines rayures froissé, la cravate dénouée. La situation était limpide, mais dans son état d'agitation, l'esprit de Guilder refusait l'évidence. L'homme franchit la porte, jetant à Guilder un regard superficiel au passage.

— Veinard, dit-il avec un clin d'œil.

Guilder monta l'escalier quatre à quatre. Il frappa trois fois, attendit avec une angoisse croissante ; enfin, la porte s'ouvrit. Shawna ne portait pas sa robe, juste un peignoir de soie ceinturé à la taille. Elle était décoiffée, son maquillage avait coulé. Peut-être qu'il l'avait surprise alors qu'elle faisait la sieste.

— Horace, que fais-tu ici ?

— Pardon, dit-il, tout à coup hors d'haleine. Je sais que j'aurais dû appeler.

— À vrai dire, ce n'est pas le bon moment.

— Je ne reste qu'une minute. S'il te plaît, je peux entrer ?

Elle posa sur lui un regard sceptique, puis elle parut s'adoucir.

— Bon, d'accord. Mais fais vite.

Elle s'effaça pour lui laisser le passage. Quelque chose semblait différent dans l'appartement, Guilder ne pouvait pas mettre le doigt sur ce que c'était. Le ménage n'était pas fait, et l'air était désagréablement lourd.

— Qu'est-ce que c'est que ça ? fit-elle en regardant la boîte enveloppée de papier d'argent. Horace, tu n'aurais pas dû.

Il lui tendit le paquet.

— C'est pour toi.

Une lueur chaude dansa dans ses yeux. Elle défit l'emballage et sortit le bracelet.

— Quelle délicate attention. C'est vraiment joli.

— C'est un héritage. Il appartenait à ma mère.

— Ça le rend d'autant plus spécial pour moi.

Elle lui posa un rapide baiser sur la joue.

— Tu me laisses une minute pour me rafraîchir un peu et je suis à toi tout de suite, mon chou.

Une titanesque vague d'amour s'empara de lui. Il dut se retenir pour ne pas la prendre dans ses bras et lui coller sa bouche sur les lèvres.

— J'ai envie de te faire l'amour. L'amour, le vrai.

Elle regarda sa montre.

— Bien sûr. Si c'est ce que tu veux. Mais je n'ai pas l'heure entière devant moi.

Guilder avait commencé à se déshabiller, à défaire follement sa ceinture, à sortir les pans de sa chemise de son pantalon. Mais quelque chose clochait. Il sentit son hésitation.

— Tu n'oublies pas quelque chose ? demanda-t-elle.

L'argent. Voilà ce qu'elle lui demandait. Comment pouvait-elle penser à l'argent dans un moment pareil ? Il aurait voulu lui dire que ce qu'ils partageaient ne pouvait se compter en dollars et en cents, mais il ne réussit à répondre que :

— Je n'ai rien sur moi.

Elle fronça les sourcils.

— Mon chou, ce n'est pas comme ça que ça marche. Tu le sais bien.

Guilder était tellement exalté à présent que c'était à peine s'il enregistrait ses paroles, debout devant elle, en caleçon et maillot de corps.

— Ça va ? Tu n'as pas l'air en forme.

— Je t'aime, déclara-t-il.

Elle eut un sourire angélique.

— Ça, c'est gentil.

— J'ai dit : je t'aime.

— D'accord, je peux faire ça pour toi. Pas de problème. Tu poses l'argent sur la commode et je te dis tout ce que tu veux.

— Je n'ai pas d'argent, bordel. Je t'ai donné le bracelet.

Tout à coup, il n'y eut plus la moindre trace de chaleur ni même de sympathie dans les yeux de la fille.

— Horace, on paye cash, tu le sais. Je n'aime pas la façon dont tu me parles.

— Je t'en prie, laisse-moi te faire l'amour. Tu pourras revendre le bracelet si tu veux, ajouta-t-il, le sang battant à ses propres oreilles. Il vaut beaucoup d'argent.

— Ça, mon chou, je ne crois pas.

Elle le lui tendit avec un mépris non dissimulé.

— Ça m'ennuie de cracher le morceau, mais c'est de la pacotille. Je ne sais pas qui te l'a vendu, mais tu devrais demander qu'on te rembourse. Allez, maintenant, sois gentil. Tu sais comment ça marche.

Il devait lui faire comprendre ce qu'il ressentait. Désespéré, il tendit les mains vers elle, mais il avait encore les pieds prisonniers des jambes de son pantalon. Shawna poussa un jappement, et puis, avant d'avoir eu le temps de dire ouf, il se retrouva étalé de tout son long. Il leva la tête et découvrit un pistolet braqué sur son front.

— Fous le camp d'ici.

— Je t'en prie, gémit-il d'une voix étranglée par les larmes. Tu as dit que tu voulais être ma seule, mon unique...

— Je raconte des tas de choses, tu sais. Maintenant, fous-moi le camp avec ta saleté de bracelet minable.

Il se releva tant bien que mal. Il n'avait jamais connu une telle humiliation. Pourtant, ce qu'il éprouvait surtout, c'était de l'amour. Un amour impuissant, mélancolique, qui le dévorait tout entier.

— Je suis mourant.

— On va tous mourir, mon chou. Fais ce que je te dis avant que je te réduise les couilles en bouillie, dit-elle en agitant le pistolet en direction de la porte.

Il savait qu'il ne pourrait plus jamais se représenter devant elle. Comment avait-il pu être aussi stupide ? Il retourna chez lui, rentra la voiture dans le garage, coupa le moteur et ferma la porte avec la télécommande. Il resta assis au volant pendant une bonne demi-heure, incapable de trouver l'énergie de bouger. Il allait mourir. Il s'était ridiculisé à mort. Il ne reverrait plus jamais Shawna, parce qu'il ne comptait absolument pas pour elle.

Puis il comprit pourquoi il était resté assis dans la Camry. Il suffisait de remettre le contact et de faire tourner le moteur. Ce serait comme s'il s'endormait. Il n'aurait plus jamais besoin de repenser à Shawna, ou au projet Noé, de vivre dans la prison de son propre corps défaillant, ni de retourner voir son père à la résidence de long séjour – rien de tout ça. Tous ses soucis envolés, d'un claquement de doigts. Répondant à une impulsion qu'il aurait été bien en peine de s'expliquer, il enleva sa montre, prit son portefeuille dans sa poche arrière et les posa sur le tableau de bord, comme s'il se préparait à aller se coucher. Peut-être que d'habitude on laissait une lettre, mais qu'aurait-il pu dire ? Et à qui ?

Trois fois il avait essayé de s'obliger à tourner la clé. Trois fois il avait manqué de courage. Il avait commencé à se sentir idiot, assis dans sa voiture – une humiliation de plus. Il n'y avait plus rien à faire, qu'à remettre sa montre, son portefeuille dans sa poche, et rentrer dans la maison.

Guilder revenait de Shadowdale lorsque son portable sonna. Nelson.

— Ils se déplacent.

— Où ça ?

— Partout. Dans l'Utah, le Wyoming, le Nebraska. Une masse importante se regroupe dans l'ouest du Kansas.

Il marqua une pause.

— Mais ce n'est pas pour ça que je vous appelle.

Guilder changea de direction.

Nelson l'attendait dans le couloir, devant son bureau.

— On a capté le signal un peu avant le coucher du soleil. Intercepté à partir d'un relais à l'ouest de Denver, une ville appelée Silver Plume. Ça n'a pas été sans mal, mais j'ai contacté des gens qui me devaient un service à la Sécurité du territoire, et j'ai rerouté un drone dans l'espoir d'obtenir une image.

Sur son terminal, il montra à Guilder une photo, en noir et blanc, granuleuse. Pas de la fille, d'un homme. Il était debout à côté d'un pick-up garé au beau milieu d'une autoroute. En train de pisser, apparemment.

— Qui c'est ? L'un des toubibs ?

— Un des gars de Richards.

Guilder était perplexe.

— Qu'est-ce que vous racontez ?

L'espace d'un instant, Nelson parut vaguement gêné.

— Désolé. Je pensais que vous étiez au courant. Ce sont des délinquants sexuels libérés sur parole. L'un des petits projets de Richards. Pour raison de sécurité, tout le personnel civil du niveau moins six avait été puisé dans le registre national des délinquants sexuels.

— Vous vous foutez de moi ? !

— Pas du tout.

Nelson tapota l'image sur la photo.

— Ce type, notre unique survivant du projet Noé, est un salaud de pédophile.

9.

Le pick-up rendit l'âme en fin de matinée, le lendemain du jour où Grey avait pris la route.

Il était près de midi, et le soleil était très haut dans le ciel. Après une nuit passée sans dormir dans un Motel 6 près de Leadville, Grey avait récupéré l'I-70 aux environs de Vail avant d'amorcer la descente vers Denver. Jusqu'à Golden, vers l'est, le corridor inter-États était plus ou moins dégagé, mais quand il s'engagea sur la rocade, à la périphérie de la ville, avec ses hectares de centres commerciaux et ses lotissements à perte de vue, la situation commença à se dégrader. Des tronçons entiers étaient bloqués par des véhicules en rade, l'obligeant à quitter l'autoroute ; les gigantesques parkings qui la bordaient de part et d'autre offraient le spectacle d'un chaos figé, de devantures de magasins fracassées, de marchandises répandues par terre. Là, le silence était différent aussi – pas une simple absence de son, quelque chose de plus profond, plus menaçant. Beaucoup des cadavres qu'il voyait étaient décapités, comme le conducteur du pick-up, au Red Roof. Grey se dit que le Zéro et les autres devaient aimer leur prendre la tête.

Il s'obligeait à ne pas quitter la route des yeux, limitant la destruction et le carnage à son champ visuel. L'énergie étrange, trépidante dont il s'était senti empli au motel n'avait pas faibli ; son cerveau vibrait comme une corde pincée. Il y avait un jour et demi qu'il n'avait pas dormi, et il n'était pas fatigué. Il n'avait pas faim non plus, ce qui ne lui ressemblait pas. Il mangeait comme un ogre, mais pour une raison ou une autre, l'idée de nourriture ne lui disait rien. À Leadville, dans le hall d'un Motel 6, il avait pris une barre chocolatée à un distributeur, pensant qu'il devait essayer de se mettre quelque chose dans l'estomac, mais il n'avait pas réussi à se la fourrer dans la bouche. Rien que l'odeur lui avait donné des haut-le-cœur. Il pouvait pratiquement sentir les conservateurs contenus dedans, un truc chimique puant qui rappelait le nettoyant industriel pour les sols.

Arrivé en vue du centre-ville, il comprit qu'il devrait abandonner l'autoroute. Il n'y avait tout simplement plus moyen de se faufiler entre les voitures, et plus il avançait, pire c'était. Il arrêta le pick-up sur le parking d'une supérette et consulta la carte. Le mieux consistait sans doute à contourner le centre-ville par le sud, mais ce n'était qu'une intuition. Il ne connaissait pas du tout Denver.

Il prit vers le sud, puis à nouveau vers l'est, en louvoyant dans la banlieue. C'était partout pareil, pas âme qui vive, nulle part. Il n'avait même pas la radio pour lui tenir compagnie : il avait beau parcourir les ondes, il obtenait le même crépitement d'électricité statique depuis un jour et demi. Pendant un moment, il appuya sur le klaxon du pick-up, espérant prévenir de sa présence les éventuels survivants, et puis il finit par renoncer. Il n'y avait plus personne pour l'entendre. Denver était une morgue.

Lorsque le moteur rendit l'âme, Grey ne s'en aperçut pas vraiment tout de suite ; il était plongé dans un désespoir trop profond. Le silence était tellement perturbant qu'il commençait à se dire qu'il ne reverrait peut-être plus jamais un être vivant – qu'il se pouvait que l'humanité ait complètement disparu du monde et pas seulement de Denver. Et puis il se rendit compte que le moteur avait cessé de tourner. L'espace de quelques secondes, le pick-up continua à avancer en roue libre, mais le volant s'était bloqué aussi. Grey n'avait d'autre solution que d'attendre qu'il finisse par s'arrêter.

Bon Dieu, pensa-t-il, il ne manquait plus que ça. Il glissa le pistolet d'Iggy dans la poche de sa combinaison, descendit du véhicule et souleva le capot. Grey avait eu suffisamment de tas de boue dans sa vie pour reconnaître une courroie de ventilateur cassée quand il en voyait une. La conclusion qui s'imposait était d'abandonner le pick-up et de chercher un autre véhicule dont la clé serait restée sur le tableau de bord. Il se trouvait sur une large artère bordée d'entrepôts de grandes chaînes de magasins : Best Buy, Target, Depot. Le soleil était accablant. Sur tous les parkings, des voitures, et même quelques pick-up. Mais il n'avait pas le cœur de regarder dedans, sachant ce qu'il allait y trouver. Il avait souvent changé des courroies de ventilateur, il n'avait besoin que de la pièce en question et de quelques outils rudimentaires, un tournevis et une ou deux clés pour ajuster la tension. Il trouverait peut-être des pièces détachées au Home Depot. Il ne risquait rien à aller voir.

Il traversa l'autoroute et se dirigea vers la porte, restée grande ouverte. La cage grillagée des bonbonnes de gaz, à l'entrée, avait été forcée, et toutes les bouteilles avaient disparu, mais à part ça, la devanture du magasin paraissait intacte. Une escadrille de tondeuses à gazon étaient toujours enchaînées les unes aux autres près de l'entrée, ainsi que les meubles de jardin exposés devant, couverts de pollen jaune. Le seul autre signe révélateur de quelque chose de bizarre était un grand carré de contreplaqué appuyé contre le mur, sur lequel on avait peint, à la bombe, l'inscription « Plus de générateurs ».

Grey se saisit de son pistolet et entra. Le courant était coupé, mais d'après ce qu'il entrevoyait depuis l'entrée, un semblant d'ordre avait été préservé : bien que beaucoup d'étagères aient été vidées, il n'y avait pratiquement pas de débris au sol. Tenant son arme devant lui, il longea la devanture avec circonspection, en scrutant du regard les panneaux suspendus, au bout des allées, cherchant celui qui annoncerait « Pièces détachées automobiles ».

Il avait pratiquement longé la moitié des allées quand il entendit un bruit. Il s'arrêta net. Un instant de silence, et puis le bruit recommença, devant lui, sur la gauche : un frôlement, suivi d'un murmure à peine audible. Grey fit deux pas en avant et jeta un coup d'œil au détour de l'allée.

C'était une femme. Elle était debout devant un présentoir d'échantillons de peinture. Elle portait un jean et une chemise d'homme ; ses cheveux, brun clair avec des mèches plus blondes, étaient ramenés derrière ses oreilles, retenus par des lunettes de soleil relevées sur sa tête. Et puis elle était enceinte – pas enceinte jusqu'aux yeux, mais enceinte tout de même. Grey la regarda tirer un petit carré de couleur d'une des fentes – elle en tenait déjà plusieurs à la main. Elle l'inclina dans un sens et dans l'autre, les sourcils froncés dans une expression pensive, et le remit dans son encoche.

Cette vision était tellement inattendue que l'espace d'un instant Grey resta planté sur place, à la contempler, muet d'étonnement. Que faisait-elle là ? Trente bonnes secondes passèrent, pendant lesquelles la femme ne remarqua pas sa présence, trop absorbée par sa mystérieuse tâche. Ne voulant pas l'effrayer, Grey posa doucement son pistolet sur une étagère et fit prudemment un pas en avant. Que devait-il dire ? Il n'avait jamais été très doué pour les manœuvres d'approche. Ni pour parler aux gens, d'ailleurs. Il décida de se racler la gorge.

La femme lui jeta un rapide coup d'œil par-dessus son épaule.

— Eh bien, ce n'est pas trop tôt, dit-elle. Il y a vingt minutes que j'attends.

— Madame, que faites-vous ?

Elle s'éloigna du présentoir et se tourna vers lui.

— C'est bien le rayon peinture ici, non ?

Elle tenait un nuancier déployé en éventail, comme un jeu de cartes.

— Alors, je pensais peut-être à « Pierre de lune », mais j'ai peur que ce soit un peu trop foncé.

Grey était complètement largué. Elle voulait qu'il l'aide à choisir de la peinture ?

— Je sais, personne ne doit vous demander votre avis, continua-t-elle vivement (un peu trop vivement, pensa Grey). « Mettez-moi ça en pot, prenez l'argent et ce sera tout », je suis sûre que c'est ce que tout le monde vous dit. Mais j'attache de l'importance au jugement des gens de métier. Alors, qu'en pensez-vous ? C'est un avis professionnel que je vous demande.

Grey était maintenant à quelques pas d'elle. Elle avait un visage pâle, à l'ossature fine, avec un délicat réseau de rides au coin des yeux.

— Vous devez vous tromper. Je ne suis pas du magasin.

Elle plissa les paupières.

— Vous ne travaillez pas ici ?

— Madame, plus personne ne travaille ici.

Son visage traduisit une confusion qui disparut aussitôt pour laisser place à une expression irritée.

— Ça, vous n'avez pas besoin de me le dire, répliqua-t-elle en écartant cet argument avec agacement. Dans ce magasin, ils préféreraient se faire arracher un bras plutôt que de vous aider.

Enfin, comme je disais, je voudrais savoir quelle teinte choisir pour une chambre d'enfant. Il ne vous a pas échappé, ajouta-t-elle avec un sourire timide, que je suis enceinte.

Des barjos, Grey en avait rencontré quelques-uns, mais cette femme décrochait vraiment le pompon.

— Madame, je pense que vous ne devriez pas être là. Ce n'est pas sûr.

Elle laissa passer un bref instant avant de répondre. On aurait dit qu'elle retraitait ses paroles et, l'instant d'après, réinterprétait leur signification.

— Franchement, j'ai l'impression d'entendre parler David. À vrai dire, je commence à en avoir assez de ce genre de discours. Bon, ce sera donc « Pierre de lune », fit-elle dans un long soupir. Je vais en prendre huit pots, finition satinée, s'il vous plaît. Et si ça ne vous ennuie pas, je suis assez pressée.

Grey était complètement décontenancé.

— Vous voulez que je vous vende de la peinture ?

— Eh bien, vous êtes le responsable, oui ou non ?

Le responsable ? Où était-elle allée chercher ça ? L'idée l'effleura que cette femme ne faisait peut-être pas semblant.

— Madame, vous n'êtes pas au courant de la situation ?

Elle prit deux pots de peinture dans le rayon et les lui tendit, attendant qu'il les prenne.

— Je vais vous dire, moi, quelle est la situation. Je suis venue acheter de la peinture, et vous allez la mélanger pour moi, monsieur... je ne pense pas que vous m'ayez dit votre nom ?

Grey avala sa salive. Il y avait chez elle quelque chose qui lui ôtait tous ses moyens. Il avait l'impression d'être entraîné par un cheval emballé.

— Grey. Lawrence Grey.

Elle lui fourra carrément les pots dans les bras, l'obligeant à les prendre. Bon sang, pour un peu, elle allait lui faire remplir une fiche. Si elle continuait comme ça, il ne trouverait jamais sa courroie de ventilateur.

— Eh bien, monsieur Grey, je voudrais huit litres de « Pierre de lune », s'il vous plaît.

— Euh, je ne sais pas comment faire.

— Mais bien sûr que si.

Elle esquissa un geste en direction du comptoir.

— Vous mettez ça dans votre machin-truc.

— Madame, je ne peux pas.

— Comment ça, vous ne pouvez pas ?

— Eh bien, d'abord, il n'y a pas de courant.

Cette remarque parut avoir un effet positif. La femme leva la tête vers le plafond.

— Maintenant que vous me le dites, je crois l'avoir remarqué, rétorqua-t-elle d'un petit ton dégagé. Il fait un peu sombre ici, en effet.

— C'est ce que j'essayais de vous expliquer.

— Eh bien, pourquoi ne le disiez-vous pas ? soupira-t-elle. Bon, alors, pas de « Pierre de lune ». Pas de peinture du tout, si je comprends bien. Je dois avouer que je suis déçue. J'espérais vraiment finir de peindre la chambre d'enfant aujourd'hui.

— Madame, je ne crois pas que...

— En réalité, c'est David qui devrait s'occuper de ça, mais non, il faut qu'il aille sauver le monde, en me laissant enfermée à la maison comme une prisonnière. Et Yolanda, où est-elle passée, nom d'un chien ? Pardonnez ma grossièreté. Après tout ce que j'ai fait pour elle, vous ne croyez pas que je serais en droit d'attendre un peu de considération ? Eh bien non, même pas un coup de fil.

David. Yolanda. Qui étaient ces gens ? C'était complètement déroutant, et un peu inquiétant, mais une chose semblait évidente : cette pauvre femme, quelle qu'elle soit, était complètement seule. Il fallait trouver un moyen de la faire sortir d'ici, ou elle ne ferait pas de vieux os.

— Vous pourriez peut-être simplement la peindre en blanc, suggéra Grey. Je suis sûr que du blanc, ils en ont tout plein.

Elle lui jeta un regard sceptique.

— Pourquoi voudrais-je la peindre en blanc ?

— On dit que le blanc va avec tout, pas vrai ?

Non, mais je vous jure ! Il parlait comme une de ces tapettes de la télé. Mais il ne voyait pas quoi dire d'autre.

— Avec le blanc, vous pourrez faire tout ce que vous voulez. Peut-être ajouter une touche de couleur dans la pièce. Les rideaux, des choses comme ça.

Elle s'accorda un instant de réflexion.

— Je ne sais pas. Le blanc, ça paraît un peu fade. D'un autre côté, je voudrais que la peinture soit finie aujourd'hui.

— Absolument, répondit Grey en se forçant à sourire. C'est bien ce que je vous dis. Vous pourriez faire les murs en blanc, et ça vous laisserait le temps de réfléchir à la suite, quand vous aurez vu l'effet produit. Moi, c'est ce que je vous conseillerais.

— Et le blanc, ça va avec tout. Pour ça, vous avez raison.

— Vous avez dit que c'était une chambre d'enfant, d'accord ? Alors, peut-être que par la suite vous pourriez ajouter une frise pour agrémenter un peu. Vous savez, des lapins, ou quelque chose dans ce goût-là.

— Des lapins, vous dites ?

Grey avala sa salive. D'où est-ce qu'il sortait ça ? Les lapins, c'était la nourriture préférée des fluos. Il avait regardé le Zéro en engloutir des quantités industrielles.

— Bien sûr, réussit-il à répondre. Tout le monde aime les lapins.

Il vit que l'idée avait fait mouche. Ce qui soulevait une autre question. Imaginons que la femme accepte de s'en aller, et après ? Il ne pouvait tout de même pas la laisser toute seule ici. À combien de mois de grossesse en était-elle ? Cinq ? Six ? Il n'y connaissait pas grand-chose.

— Eh bien, je pense que c'est une bonne idée, décréta la femme avec un hochement de son petit menton délicat. On dirait que nous sommes sur la même longueur d'onde, monsieur Grey.

— Lawrence, rectifia-t-il.

Elle eut un sourire et tendit la main.

— Appelez-moi Lila.

Ce n'est que lorsqu'il fut assis dans la Volvo de Lila – elle avait laissé pour de bon une liasse de billets à l'une des caisses, avec un mot promettant de revenir – que Grey se rendit compte qu'entre le moment où il l'avait aidée à transporter les pots de peinture jusqu'à la voiture et celui où il les avait mis dans le coffre, elle avait réussi à lui faire accepter de peindre lui-même la chambre d'enfant. Il s'en souvenait vaguement, ça s'était trouvé comme ça, c'est tout, et juste après, ils étaient partis, avec la femme au volant qui conduisait à travers la ville abandonnée, entre les épaves de voitures et les corps boursouflés, les camions de l'armée retournés et les vestiges encore fumants des immeubles éventrés.

— Franchement, remarqua-t-elle en contournant la masse calcinée d'un camion de livraison Fed-Ex, en y jetant à peine un coup d'œil, les gens pourraient quand même avoir l'idée d'appeler une dépanneuse au lieu de laisser leur voiture au milieu de la chaussée.

Elle se lança dans un babillage portant sur la chambre d'enfant – il avait vraiment mis dans le mille avec ses lapins –, glissant dans son discours d'autres allusions à David, sans doute son mari, se dit Grey. Il avait dû partir quelque part en la laissant seule à la maison. À en juger d'après tout ce que Grey avait vu, il s'était vraisemblablement fait tuer. Peut-être que la femme était déjà folle avant, mais sans doute que non. Il lui était arrivé quelque chose de moche, vraiment moche. Ça portait un nom, il le savait : un truc post-traumatique. En réalité, la femme savait mais ne savait pas, et son esprit, sidéré par la terreur, la protégeait de la vérité – une vérité que, tôt ou tard, Grey devrait lui annoncer.

Ils arrivèrent à la maison, une grande bâtisse Tudor de brique qui paraissait cabrée au-dessus de la rue. Il avait déjà deviné, à sa façon de parler, que la femme était aisée, mais pas à ce point-là. Grey récupéra tout ce qu'ils avaient mis dans le coffre de la Volvo – en plus de la peinture, elle avait pris un paquet de rouleaux, un plateau et un assortiment de pinceaux –, et gravit les marches du perron. Arrivée à la porte de devant, Lila farfouilla dans ses clés.

— Le bois a un peu gonflé...

Elle poussa la porte avec l'épaule, et Grey la suivit dans l'entrée, où il fut accueilli par une odeur de renfermé. Alors qu'il s'attendait à se retrouver dans une sorte de château, plein de draperies étouffantes, de meubles trop lourds et de candélabres dégoulinants, l'intérieur ressemblait davantage à une espèce de bureau qu'à un lieu de vie. À gauche, une vaste arcade donnait sur la salle à manger, meublée d'une longue table de verre entourée de chaises à l'air inconfortable ; à droite, un salon, un vaste espace vide seulement meublé d'un canapé très bas, et d'un grand piano noir. L'espace d'un moment, Grey resta planté là, tenant maladroitement les pots de peinture, essayant de rassembler ses idées. Il sentait quelque chose, aussi – une odeur de vieilles ordures, prenante, qui montait des profondeurs de la maison.

Dans le silence qui se prolongeait, Grey chercha quelque chose à dire.

— Vous en jouez ? demanda-t-il.

Lila déposa son sac et ses clés sur la petite console à côté de la porte.

— Jouer ? De quoi ?

Grey eut un geste en direction du piano. Elle tourna la tête et regarda l'instrument, l'air vaguement surprise.

— Non, répondit-elle en fronçant les sourcils. C'était une idée de David. Un peu prétentieux, à mon avis.

Elle le précéda dans l'escalier, la température se réchauffant au fur et à mesure qu'ils montaient. Grey la suivit le long d'un couloir moquetté.

— C'est là, annonça-t-elle.

Au milieu de cette vaste demeure, la pièce lui parut étonnamment douillette. Il y avait un escabeau dans un coin, et le sol était recouvert d'une bâche en plastique scotchée aux plinthes. Par cette chaleur, le rouleau oublié dans un bac avait commencé à sécher. Grey entra plus avant dans la pièce. À l'origine, les murs devaient être d'une espèce de crème neutre, mais quelqu'un – Lila, sans doute – avait peint de larges bandes jaunes de haut en bas, n'importe comment, au petit bonheur. Il faudrait bien passer trois couches rien que pour couvrir tout ça.

Lila se tenait sur le seuil de la pièce, les mains sur les hanches.

— J'imagine que c'est assez évident : je ne suis pas vraiment douée pour la peinture, dit-elle avec une petite grimace. Sûrement pas une professionnelle comme vous.

Elle avait l'air d'y tenir, songea Grey. Enfin, puisqu'il avait décidé de jouer le jeu, il ne voyait pas de raison de la détromper.

— Vous avez besoin d'autre chose avant de vous y mettre ?

— Ça devrait aller, parvint à articuler Grey.

Elle mit sa main devant sa bouche et étouffa un bâillement. Une soudaine lassitude semblait s'être emparée d'elle. On aurait dit un ballon qui se dégonflait lentement.

— Dans ce cas, je pense que je vais aller m'allonger un peu et vous laisser faire.

Sur ces mots, elle quitta la pièce. Grey entendit une porte se refermer, un peu plus loin dans le couloir. Eh bien, pour une drôle d'histoire, c'était une drôle d'histoire, songea-t-il. Quand il s'était réveillé, au motel, il ne se voyait assurément pas repeindre une chambre de bébé dans la maison d'une femme riche. Il tendit l'oreille, mais n'entendit plus aucun bruit. Le plus drôle de tout c'était peut-être que ça ne l'ennuyait pas, au fond. La femme était complètement givrée, et un peu directive.

Enfin, ce n'était pas comme s'il lui avait menti sur ce qu'il était ; elle ne lui avait posé aucune question. Ça faisait du bien de sentir qu'on lui faisait confiance, même s'il ne le méritait pas.

Il retourna dans l'entrée récupérer le matériel et se mit au travail. Il n'avait jamais fait beaucoup de peinture, mais ce n'était pas sorcier, loin de là, et il prit rapidement le coup, l'esprit agréablement vide. Il arriva presque à oublier son réveil au motel, le Zéro, Richards, le Chalet et tout le reste. Une heure passa, puis une autre. Il attaquait les joints le long du plafond quand Lila apparut dans l'embrasure de la porte avec un plateau sur lequel étaient posés un sandwich et un verre d'eau. Elle s'était changée et avait mis une robe de grossesse en jean, à taille haute, qui la faisait paraître encore plus enceinte.

— J'espère que vous aimez le thon.

Il descendit de l'escabeau pour prendre le plateau. Le pain était couvert d'une moisissure verte, pelucheuse, et sentait la mayonnaise rance. Grey en eut l'estomac retourné comme une chaussette.

— Peut-être plus tard, bredouilla-t-il. Je voudrais passer la deuxième couche avant.

Lila n'insista pas et se contenta de reculer pour parcourir la pièce du regard.

— Je dois avouer que c'est vraiment mieux. Beaucoup mieux. Je me demande comment je n'ai pas tout de suite pensé au blanc.

Elle braqua à nouveau son regard sur Grey.

— J'espère que vous ne me trouverez pas trop abrupte, Lawrence, et je ne voudrais pas m'occuper de ce qui ne me regarde pas, mais vous n'auriez pas, par hasard, besoin d'un endroit où dormir cette nuit ?

Grey fut pris au dépourvu. Il n'y avait pas réfléchi jusque-là. Il n'y avait pas réfléchi du tout, comme si l'état délirant de la femme était contagieux. Mais bien sûr qu'elle allait lui demander de rester. Après tous ces jours de solitude, elle ne risquait pas de le laisser repartir maintenant – le garder ici, c'était ça l'idée. Et puis d'ailleurs, où aurait-il bien pu aller ?

— Bon. Eh bien, c'est d'accord.

Elle eut un petit rire nerveux.

— Je dois avouer que je suis vraiment soulagée. Je me sentais tellement coupable de vous avoir attiré là, sans même penser à vous demander si vous n'aviez pas d'autres obligations. Et vous avez été tellement serviable.

— C'est bon, répondit Grey. Je veux dire, je serai ravi de rester.

— Il n'y a pas de quoi.

La conversation paraissait terminée, mais à la porte, Lila se retourna et fronça le nez d'un air dégoûté.

— Désolée pour le sandwich. Je me doute qu'il ne doit pas avoir l'air très appétissant. Il faudrait vraiment que j'aille au marché. Mais je vais vous préparer un bon dîner.

Grey travailla tout l'après-midi. Il finissait de passer la troisième couche lorsque le soleil disparut derrière l'horizon. Force était de le reconnaître, la pièce avait fière allure. Il posa ses pinceaux et ses rouleaux dans le bac, descendit au rez-de-chaussée et suivit le couloir qui menait à la cuisine. Comme le reste de la maison, c'était un endroit dépouillé, moderne – des placards blancs, des plans de travail en granit noir, des appareils électroménagers chromés étincelants. L'effet était toutefois un peu gâché par les sacs-poubelle entassés partout, et qui sentaient vraiment mauvais. Lila était devant la cuisinière – il y avait encore du gaz, apparemment – et touillait une casserole à la lumière d'une bougie. Le couvert était mis sur la table : assiettes de porcelaine, serviettes et argenterie. Il y avait même une nappe.

— J'espère que vous aimez la tomate, dit-elle en lui souriant.

Elle le conduisit vers une petite pièce, derrière la cuisine, où se trouvait un évier de service. Il n'y avait pas d'eau pour laver les pinceaux, alors Grey les laissa dans le bac. La seule idée de soupe à la tomate le révulsait, mais il faudrait qu'il fasse mine d'essayer de manger – pas moyen d'y couper. Quand il revint, Lila était en train de verser, à la louche, la soupe fumante dans deux bols. Elle les posa sur la table avec une assiette de crackers.

— Bon appétit.

La première cuillerée lui leva le cœur. Ça ne paraissait même pas mangeable. Il dut se faire violence pour réussir à avaler. De l'autre côté de la table, Lila ne paraissait pas remarquer son désarroi. Elle cassait des crackers dans sa soupe avant d'enfourner la mixture. Au prix d'un gros effort de volonté, Grey prit une autre cuillerée, puis une troisième. Il sentait la soupe s'accumuler au fond de son estomac, telle une masse inerte. Il tenta d'en absorber une quatrième cuillerée, mais quelque chose se bloqua définitivement en lui.

— Excusez-moi une seconde.

Il se retira, en se retenant de courir, dans l'arrière-cuisine, et arriva à l'évier juste à temps. D'habitude, quand il vomissait, ça faisait beaucoup de bruit, mais pas cette fois : la soupe sembla jaillir sans effort. Bon sang, qu'est-ce qui n'allait pas chez lui ? Il s'essuya la bouche, prit le temps de se redonner une contenance et retourna s'asseoir à la table. Lila le regardait, l'air soucieux.

— Comment trouvez-vous la soupe ? demanda-t-elle avec délicatesse.

Il ne pouvait même pas regarder cette chose. Il se demanda si son haleine ne sentait pas le vomi.

— Elle est très bonne, réussit-il à dire. C'est juste que... j'ai bien peur de ne pas avoir très faim.

La réponse parut la satisfaire. Elle le considéra un long moment avant de reprendre.

— J'espère que ma question ne vous ennuiera pas, Lawrence, mais vous ne chercheriez pas du travail, par hasard ?

— D'autres choses à peindre, vous voulez dire ?

— Eh bien, il y a ça, assurément, mais d'autres travaux aussi. Parce que j'ai l'impression – pardonnez-moi si je tire des conclusions hâtives – que vous pourriez être un peu... démuni. Ce n'est pas grave. Ne le prenez pas en mauvaise part surtout. Ce sont des choses qui arrivent.

Elle le regarda en plissant les paupières.

— Vous ne travaillez pas vraiment au Home Depot, n'est-ce pas ?

Grey secoua la tête.

— C'est bien ce que je pensais. Vraiment, vous m'avez drôlement fait marcher là-bas. Mais peu importe, vous vous en êtes rudement bien tiré. C'est vraiment du beau boulot ! Ce qui me conforte dans mon choix, si vous voyez ce que je veux dire. Parce que ce que je voudrais, c'est vous aider à retomber sur vos pattes. Vous m'avez tellement aidée, je voudrais vous rendre la pareille. Dieu sait qu'il y a plein de petits travaux à effectuer, ici, avec David qui est parti je ne sais où. Il faudrait poser la frise, et il y a le problème de la climatisation, bien sûr, et le jardin de derrière, vous avez vu le jardin sûrement...

Grey savait que s'il ne coupait pas court tout de suite, il ne s'en sortirait jamais.

— Madame...

— Je vous en prie, fit-elle en levant la main, avec un sourire chaleureux. C'est Lila.

Il inspira profondément.

— Lila, d'accord. Vous n'avez rien remarqué de... bizarre ?

Un froncement de sourcils intrigué.

— Je ne vois pas ce que vous voulez dire.

Mieux valait y aller en douceur, songea Grey.

— Eh bien, prenez l'électricité par exemple.

— Ah, ça, fit-elle avec un geste de la main comme pour évacuer le problème. Vous en avez déjà parlé, au magasin.

— Mais vous ne trouvez pas curieux que le courant soit encore coupé ? Vous ne pensez pas qu'ils auraient dû le rétablir, depuis le temps ?

— Je n'en ai pas la moindre idée, convint-elle, l'air vaguement troublée. Franchement, je ne vois pas où vous voulez en venir.

— Et David, vous dites qu'il n'a pas téléphoné. Ça fait combien de temps ?

— Eh bien, il doit être occupé. C'est un homme très occupé.

— Je ne pense pas que ce soit la raison pour laquelle il n'a pas appelé.

— Vous ne le pensez pas, répéta-t-elle d'une voix rigoureusement atone.

— Non.

Lila étrécit les yeux d'un air suspicieux.

— Lawrence, sauriez-vous quelque chose que vous ne me dites pas ? Parce que si vous êtes un ami de David, j'espère que vous auriez l'honnêteté de me mettre au courant.

Autant essayer d'attraper une mouche au vol, songea Grey.

— Non, ce n'est pas un de mes amis. Ce qui se passe...

Il n'y avait rien d'autre à faire que de cracher le morceau.

— Vous n'avez pas remarqué qu'il n'y avait plus personne ?

Lila le regardait intensément, avec une colère à peine rentrée, les bras croisés sur son gros ventre. Elle se leva brusquement, arracha littéralement son bol vide de la table et se dirigea vers l'évier.

— Lila...

Elle secoua la tête avec force, sans le regarder.

— Je ne vous permets pas de me parler de cette façon.

— Il faut qu'on s'en aille d'ici.

Elle lâcha le bol au-dessus de l'évier, où il tomba avec fracas, et tenta de faire couler l'eau, actionnant violemment le levier du robinet, sans résultat.

— Bon sang, il n'y a pas d'eau ! *Pourquoi cette putain de flotte est-elle coupée ?*

Grey se leva à son tour. Elle fit volte-face, les poings serrés, furieuse.

— Vous ne comprenez pas ? Je ne peux pas la perdre à nouveau ! Je ne peux pas !

Mais de quoi parlait-elle ? Du bébé ? Et pourquoi « à nouveau » ?

— Nous ne pouvons pas rester ici.

Il fit encore un pas vers elle, avec la prudence du chasseur approchant un animal craintif.

— Nous ne sommes pas en sûreté, ici.

Des larmes de rage commencèrent à rouler sur les joues de Lila.

— Pourquoi faites-vous ça ? Pourquoi ?

Elle tangua vers lui, les poings levés, le faisant basculer en arrière, et se mit à lui marteler la poitrine. C'était comme si elle voulait enfoncer une porte, mais son assaut était désordonné, traduisant une panique intense, la tempête émotionnelle qui faisait rage en elle. Enfin, elle eut un mouvement de recul, et Grey, qui avait repris son équilibre, l'attira contre lui comme un boxeur fatigué cherchant à éviter les coups en s'accrochant à son adversaire. Son attitude était purement machinale, il ne voyait pas quoi faire d'autre.

— Ne dites pas ça ! s'écria-t-elle tout en se débattant tandis qu'il lui immobilisait fermement les bras. Ne dites pas ça !

Soudain, à bout de souffle, elle s'effondra contre lui avec un gémissement, rendant les armes.

Ils restèrent ainsi pendant une longue minute peut-être, enlacés dans une étreinte maladroite. Grey n'aurait pu être plus sidéré – moins par sa réaction violente, qu'il aurait pu anticiper, que par la présence d'une femme dans ses bras. Qu'elle était légère ! Que son corps était différent du sien ! Depuis combien de temps n'avait-il pas tenu une femme – tenu quelqu'un dans ses bras ? Ou même seulement touché une autre personne ? Il sentait la dure bosse ronde du ventre de Lila collé contre le sien, sa présence insistante. Un bébé, se dit-il, et pour la première fois ce que cela impliquait s'imposa à lui. Au milieu du chaos et du carnage d'un monde devenu fou, cette pauvre femme allait avoir un bébé.

Il relâcha sa prise et fit un pas en arrière. Lila regardait le sol. La femme vive, efficace qu'il avait rencontrée au rayon peinture avait disparu ; à sa place se tenait une créature fragile, blessée, presque enfantine.

— Je peux vous demander quelque chose, Lawrence ? dit-elle d'une toute petite voix.

Grey hocha la tête.

— Qu'est-ce que vous faisiez, avant ?

Il ne comprit pas tout de suite le sens de sa question, puis il réalisa qu'elle voulait parler de son métier.

— J'étais dans l'entretien, répondit-il avec un haussement d'épaules. Homme de ménage.

Lila médita sa réponse, le visage inexpressif.

— Eh bien, vous marquez un point, reprit-elle misérablement en s'essuyant le nez sur le dos de la main. Quant à moi, pour vous dire la vérité, je pense que je n'étais rien du tout.

Elle regardait toujours le carrelage crasseux. Grey cherchait quoi répondre, sentant que leur survie dépendait de ce qu'il trouverait à dire. Enfin, elle rompit le silence :

— J'en ai déjà perdu une avant. Une petite fille.

Grey attendit.

— C'était le cœur, reprit-elle en posant la main à plat sur sa poitrine. Elle avait une malformation cardiaque.

Que c'était bizarre ! Planté là, devant elle, en silence, Grey eut l'impression de l'avoir su depuis le début. Pas ça précisément, mais d'avoir su quelque chose de ce genre sur elle. C'était comme quand on regarde une de ces images qui ne veulent rien dire vues de près et qui se révèlent quand on prend un peu de recul.

— Comment s'appelait-elle ? demanda-t-il.

Lila releva son visage ruisselant de larmes. L'espace d'un instant, elle se contenta de le dévisager, les paupières plissées comme si elle s'efforçait de le jauger. Il se demanda s'il n'avait pas eu tort de lui poser cette question. Elle avait fusé sans qu'il puisse la retenir.

— Merci, Lawrence. Personne ne me le demande jamais. Je ne pourrais même pas vous dire quand on m'en a parlé pour la dernière fois.

— Et pourquoi cela ?

— Je ne sais pas.

Elle eut un imperceptible mouvement de tête.

— Ils doivent croire que ça porte malheur, ou je ne sais quoi.

— Pas moi.

Un bref instant de silence. Il ne pensait pas s'être jamais, de sa vie, senti aussi attristé pour quelqu'un.

— Eva, dit Lila. Ma fille s'appelait Eva.

Ce nom resta en suspens entre eux, dans le silence de la pièce. Dehors, autour de la maison de Lila, la nuit établissait son empire. Grey se rendit compte qu'il avait commencé à pleuvoir – une pluie d'été, dense, régulière, qui crépitait sur les vitres.

— Je ne suis pas vraiment celui que vous croyez, avoua-t-il.

— Non ?

Qu'allait-il lui raconter ? La vérité, sûrement, ou du moins une certaine version de la vérité, mais au cours des dernières trente-six heures, cette notion semblait avoir perdu toute pertinence. Il ne savait même pas par où commencer.

— C'est bon, dit Lila. Vous n'avez pas à vous justifier. Qui que vous ayez été jusqu'ici, ça n'a plus aucune importance maintenant.

— Ça pourrait. J'ai eu... des ennuis.

— Eh bien, vous êtes donc comme tout le monde, non ? Quelqu'un de plus qui a un secret. En réalité, quand on y réfléchit, c'est ça le pire, ajouta-t-elle en détournant le regard. On a beau faire, personne ne saura jamais réellement qui on est. On est juste un individu tout seul dans une maison, avec ses pensées et rien d'autre.

Grey hocha la tête. Qu'y avait-il à répondre ?

— Promettez-moi de ne pas partir, reprit Lila. Quoi qu'il arrive, ne faites pas ça.

— D'accord.

— Vous veillerez sur moi. Nous veillerons l'un sur l'autre.

— C'est promis.

La conversation semblait devoir s'arrêter là. Elle redressa les épaules, poussa un soupir las.

— Enfin, je ferais sûrement mieux d'aller me coucher. Vous voudrez sans doute que nous partions demain matin, à la première heure, si je vous comprends bien.

— Je pense que ça vaudrait mieux.

Elle promena un regard nostalgique sur la cuisine, ses appareils électroménagers étincelants, ses sacs-poubelle débordants et son évier plein de vaisselle sale.

— C'est vraiment dommage. J'aurais bien voulu finir la chambre du bébé. Enfin, j'imagine que ça devra attendre. Une seule chose, ajouta-t-elle en le dévisageant. Vous ne devez pas m'y faire penser.

Grey comprenait ce qu'elle lui demandait. *Ne me faites pas penser au monde.*

— Si c'est ce que vous voulez.

— On fait..., commença-t-elle en hésitant, juste une balade à la campagne. Qu'en dites-vous ? Vous croyez pouvoir faire ça pour moi ?

Grey hocha la tête. La requête lui paraissait étrange, voire un peu idiote, mais il aurait enfilé un costume de clown s'il l'avait fallu pour la convaincre de partir de là.

— Bon, eh bien, puisque c'est arrangé...

Il attendit qu'elle poursuive, ou qu'elle quitte la pièce, mais elle en resta là. Elle changea d'expression – elle parut se concentrer intensément, comme si elle lisait de tout petits caractères qu'elle était seule à pouvoir déchiffrer. Et tout à coup, elle ouvrit de grands yeux et sembla sur le point d'éclater de rire.

— Oh, mon Dieu ! La scène que je vous ai faite ! Je ne peux pas le croire !

Elle porta ses mains à son visage, à ses cheveux.

— Je dois avoir l'air affreuse. J'ai l'air affreuse ?

— Je vous trouve très bien, bafouilla Grey.

— Et voilà, un invité à la maison, et plus d'eau ! Ça rend Brad absolument dingue.

C'était la première fois qu'il l'entendait prononcer ce nom.

— Brad ? Qui est-ce ?

Lila fronça les sourcils, troublée.

— Mon mari, bien sûr.

— Je pensais que votre mari s'appelait David.

— Eh bien, oui, David, je veux dire.

— Mais vous avez parlé de...

— Je raconte beaucoup de choses, Lawrence, il faut que vous le sachiez. Vous devez me prendre pour une folle, eh bien, vous n'avez peut-être pas tort.

— Mais non, pas du tout, mentit Grey.

Elle eut un sourire ironique.

— Nous savons tous les deux que vous dites ça par gentillesse. Mais j'apprécie l'attention.

Elle parcourut la pièce du regard et eut un vague hochement de tête.

— Ça a été une sacrée journée, vous ne trouvez pas ? J'ai bien peur que nous n'ayons pas vraiment une chambre d'amis digne de ce nom, mais je vais vous préparer le canapé. Si ça ne vous ennuie pas, je crois que je vais laisser la vaisselle pour demain et vous dire bonne nuit.

Grey n'avait pas la moindre idée de ce qu'il devait comprendre à tout ça. Elle donnait l'impression de ne sortir de sa transe, de son déni que pour mieux y retomber. *Pas y retomber*, rectifia-t-il, *s'y replonger*. C'était elle qui le voulait, qui s'obligeait par un effort de volonté à remettre ses idées sur un certain chemin. Il la suivit des yeux, comme frappé d'étonnement.

Arrivée à la porte, elle se retourna.

— Je suis vraiment contente que vous soyez là, Lawrence, dit-elle avec un sourire vide. Nous allons être de grands amis, tous les deux. Je le sens.

Et puis elle disparut. Grey l'écouta s'éloigner à pas lents dans le couloir et remonter à l'étage. Il débarrassa la table. Il aurait bien voulu faire la vaisselle, pour qu'elle trouve une cuisine impeccable le lendemain matin, en descendant, mais comme ce n'était pas possible, il se contenta de déposer son bol dans l'évier avec les autres.

Il prit une des bougies et l'emporta dans le salon. Pourtant, à la seconde où il s'allongea sur le canapé, il sut qu'il ne serait pas question de dormir. Les idées se bousculaient dans son cerveau. Il avait encore un peu mal au cœur à cause de la soupe. Il repensa à la scène dans la cuisine, et au moment où il l'avait prise dans ses bras. Il ne l'avait pas vraiment serrée contre lui. Il voulait simplement l'empêcher de lui taper dessus. Mais à un moment donné, c'était devenu une espèce d'étreinte. La sensation avait été agréable – plus qu'agréable, en fait. Rien de sexuel, pas comme dans ses souvenirs. Il y avait des années qu'il n'avait rien éprouvé qui ressemble même de loin à une pulsion sexuelle – les anti-androgènes y veillaient –, et plus dingue encore, la femme était enceinte, bon sang ! Mais quand il y réfléchissait, c'était peut-être ce qu'il y avait de si agréable là-dedans. Les femmes enceintes ne s'amusaient pas à prendre les gens dans leurs bras sans raison. Quand il avait serré Lila contre lui, il avait eu l'impression d'entrer dans un cercle, un cercle dans lequel ils n'étaient pas deux mais trois – le bébé était là aussi. Lila était peut-être zinzin, mais peut-être pas. Il était mal placé pour en juger. De toute façon, ça ne changeait rien à rien. Elle l'avait choisi pour l'aider, et c'était exactement ce qu'il allait faire.

Grey avait presque réussi à se convaincre de dormir quand le silence fut traversé par un jappement animal. Il se redressa d'un bond, reprenant ses esprits. Le bruit venait du dehors. Il se précipita vers la fenêtre.

C'est alors qu'il repensa au pistolet d'Iggy. Il était tellement distrait qu'il l'avait oublié au Home Depot. Comment avait-il pu être aussi bête ?

Il colla son visage à la vitre. Une masse sombre, à peu près de la taille d'un golden retriever, gisait au milieu de la rue. Il n'avait pas l'air de bouger. Grey attendit un instant, en retenant sa respiration. Une forme pâle bondissait à la cime des arbres. L'image s'estompa, puis disparut.

Grey savait qu'il ne fermerait pas l'œil de la nuit. Mais ça n'avait pas d'importance. En haut, Lila dormait, rêvant d'un monde qui n'existait plus, pendant que dehors un mal monstrueux rôdait – un mal dont Grey faisait partie. Il repensa à la scène de la cuisine, à Lila devant l'évier, les joues ruisselantes de larmes de désespoir, les poings crispés de rage. « Je ne peux pas la perdre à nouveau, je ne peux pas. »

Il allait monter la garde devant la fenêtre jusqu'au matin, et puis, dès le lever du jour, il la tirerait de là.

Lila Kyle ruminait dans le noir.

Elle avait entendu le jappement, dehors. Un chien, il était arrivé quelque chose à un chien. Un automobiliste qui roulait trop vite, sans faire attention, dans la rue ? C'était sûrement ça. Les gens devraient faire plus attention à leurs animaux.

N'y pense pas, se dit-elle. Ne pense à rien ne pense à rien ne pense à rien.

Lila se demanda ce que pouvait être une vie de chien. Elle voyait les avantages que cela pouvait comporter. Une existence sans penser à rien, sans rien dans le crâne, à être content d'une caresse sur la tête, d'une promenade autour du pâté de maisons, de se sentir le ventre plein. Roscoe (parce que c'était Roscoe, elle l'avait bien entendu, pauvre Roscoe) n'avait probablement même pas compris ce qui lui arrivait. Peut-être un petit peu, à la fin. Il se promenait dans la rue, en reniflant à la recherche de quelque chose à manger – Lila repensa à la chose molle qu'elle lui avait vue dans la gueule, ce matin-là, et repoussa aussitôt ce souvenir désagréable –, et en moins d'une seconde... eh bien, c'était fini. Roscoe disparaissait déjà dans le néant.

Et maintenant, il y avait cet homme. Ce Lawrence Grey. Dont elle ne savait absolument rien, elle en avait une conscience aiguë. Il était homme de ménage. Nettoyeur. Que nettoyait-il ? David aurait probablement piqué une crise s'il avait su qu'un parfait étranger était dans la maison. Elle aurait aimé voir sa tête. Certes il se pouvait qu'elle se trompe sur cet homme, ce Lawrence Grey, mais elle en doutait. Elle avait toujours eu un bon jugement. D'accord, ce soir-là, dans la cuisine, Lawrence lui avait dit des choses perturbantes, très perturbantes. Au sujet de la coupure d'électricité, des gens qui avaient disparu, et de tout le reste. (Mort, mort, tout le monde était mort.) Il avait bel et bien réussi à la bouleverser. Mais il fallait être juste : il avait fait un drôlement beau boulot dans la chambre du bébé, et elle voyait, rien qu'en le regardant, qu'il avait un cœur d'or. Encore une des expressions favorites de son père. Qu'est-ce que ça pouvait bien vouloir dire au juste ? Comment aurait-on pu avoir un bloc de métal à la place du cœur ? « Papa, je suis médecin, lui avait-elle dit une fois en riant, je peux t'affirmer que personne ne peut avoir un cœur en or. »

Elle s'entendit soupirer. Quel effort, rien que pour suivre une idée. Parce que c'était ce qu'il fallait faire, il fallait suivre son idée, et ne pas se disperser ; quoi qu'il arrive, il fallait rester concentré sur son objectif. Autrement, on risquait de se laisser submerger, de se noyer dans le monde comme dans une vague, et alors, que deviendrait-on ? La maison proprement dite, elle ne la regretterait pas ; elle l'avait secrètement détestée dès le premier jour où elle y avait mis les pieds, cette baraque immense, prétentieuse, avec ses pièces trop nombreuses et sa lumière d'un jaune nébuleux. Pas du tout comme celle où ils habitaient, Brad et elle, sur Maribel Street – douillette, chaleureuse, pleine des choses qu'ils aimaient –, mais comment aurait-il pu en être autrement ? Qu'est-ce que c'était une maison sinon la vie qu'elle hébergeait ? Cette monstruosité pompeuse, ce musée du rien du tout, c'était l'idée de David, évidemment. La maison de David : c'était dans la Bible, non ? La Bible était pleine de maisons, la maison de ceci, la maison de cela. Lila se rappelait, quand elle était petite fille, avoir regardé, roulée en boule dans le canapé, « Un Noël de Charlie Brown » – elle aimait presque autant Snoopy que Pierre Lapin – et le moment où Linus, le petit génie, celui qui était en réalité un homme faisant semblant d'être un enfant avec sa couverture, expliquait à Charlie Brown ce qu'était vraiment Noël : « Et il y avait dans la même contrée des bergers demeurant aux champs, et gardant leur troupeau durant les veilles de la nuit. Et vint un ange du Seigneur qui se trouva avec eux, et la gloire du Seigneur resplendit autour d'eux ; et ils furent saisis d'une fort grande peur. Et l'ange leur dit : N'ayez point de peur, car voici, je vous annonce un grand sujet de joie qui sera pour tout le peuple ; car aujourd'hui, dans la cité de David, vous est né un sauveur, qui est le Christ, le Seigneur. »

La cité de David, la maison de David. David, David, David.

Mais le bébé, pensa Lila. Le bébé, c'était autour de lui que tournaient ses pensées. Pas autour de la maison ou des bruits du dehors (il y avait des monstres), ou de David qui ne rentrait pas à la maison (David était mort), ou de n'importe quoi d'autre. Toute la littérature montrait clairement, indéniablement que les émotions négatives affectaient le fœtus. Il pensait comme on pensait, il ressentait ce qu'on ressentait, et si on avait peur tout le temps, alors quoi ? Ces choses dérangeantes que Lawrence avait dites dans la cuisine : cet homme était plein de bonnes intentions, il essayait seulement de faire ce qu'il croyait être le mieux pour elle, et pour Eva (Eva ?), mais ces choses devaient-elles être vraies rien que parce qu'il les avait dites ? Ce n'étaient que des théories. Ce n'était que son avis. Ce qui ne voulait pas dire qu'elle n'était pas d'accord. Il était probablement temps de partir. C'était devenu terriblement silencieux dans le coin. (Pauvre Roscoe.) Si Brad avait été là, c'est ce qu'il lui aurait dit. « Lila, il est temps de partir. »

Parce qu'il y avait des moments, souvent, tout le temps, où elle avait l'impression que le bébé qu'elle portait n'était pas un nouvel être, une toute nouvelle personne. Depuis le jour où, assise sur le siège des toilettes, la petite languette de plastique entre les cuisses, elle avait regardé avec une stupeur muette apparaître la petite croix bleue, cette pensée avait grandi en elle. Le bébé n'était pas une nouvelle Eva, une autre Eva, une Eva de substitution : c'était Eva, leur propre petite fille, qui rentrait à la maison. Comme si le monde s'était ravisé, avait réparé la terrible erreur, l'erreur cosmique, terrible de la mort d'Eva.

Elle aurait voulu en parler à Brad. Voulu, et plus que cela : à la seule évocation de son nom elle était prise d'une telle nostalgie qu'elle en avait les larmes aux yeux. Elle n'avait jamais eu l'intention d'épouser David ! Pourquoi s'était-elle mariée avec lui – David le moralisateur devant l'Éternel, supérieur, bien-pensant – alors qu'elle était déjà la femme de Brad ? Surtout maintenant qu'Eva allait arriver, revenant faire d'eux une famille ?

Parce que Lila l'aimait toujours, c'était ça, le truc. Le triste et douloureux mystère sous-jacent. Elle n'avait jamais cessé d'aimer Brad, et lui n'avait jamais cessé de l'aimer, pas une seconde, même quand leur amour les faisait tellement souffrir qu'ils ne pouvaient plus le supporter, ni l'un ni l'autre, après que leur petite fille eut disparu. Ils s'étaient séparés pour oublier, ne pouvant pas y arriver ensemble, tous les deux. Une séparation triste, inévitable, comme la séparation primordiale des continents. Jusqu'au bout, ils avaient livré combat. Le soir précédant son départ – les valises dans l'entrée de la maison de Maribel Street, les avocats dûment informés, tant de larmes avaient été versées qu'ils ne savaient même plus pour quoi ils pleuraient encore, c'était tout un environnement, comme le temps qu'il faisait, un monde de larmes éternelles –, il était venu la rejoindre dans la chambre où il n'était pas entré depuis longtemps, il s'était glissé sous les couvertures, et pendant une heure, une unique heure, ils avaient été un couple à nouveau, bougeant ensemble, en silence, leurs corps voulant encore ce que leurs cœurs ne supportaient plus. Ils n'avaient pas échangé une parole ; le lendemain matin, Lila s'était réveillée seule.

Mais à présent, tout cela avait changé. Eva allait arriver ! Eva était pratiquement là ! Elle allait laisser un mot à Brad, voilà ce qu'elle allait faire. Parce qu'il allait sûrement revenir la chercher, il était comme ça, Brad, on pouvait toujours compter sur lui quand tout se barrait en quenouille, et que penserait-il en découvrant qu'elle n'était pas là ? Le moral requinqué par cette décision, elle se traîna vers le petit bureau sous la fenêtre, fouilla dans le tiroir à la recherche d'un stylo et d'une feuille de papier. Bon et maintenant, qu'allait-elle écrire ? « Je m'en vais. Je ne sais pas vraiment où. Attends-moi, mon chéri. Je t'aime. Eva sera bientôt là. » Simple et clair, exprimant élégamment l'essence de la chose. Satisfaite, elle plia la feuille en trois, la glissa dans une enveloppe, écrivit « Brad » dessus, et la posa sur la table, afin de la voir le lendemain matin.

Elle retourna se coucher. À l'autre bout de la pièce, la lettre la regardait, rectangle de blancheur lumineuse. Lila ferma les yeux et passa les mains sur la courbe dure de son ventre. Un sentiment de plénitude, et puis, de l'intérieur, une contraction gazeuse, et une autre, et encore une autre. Le bébé avait le hoquet. *Hic !* faisait le petit bébé. Lila ferma les yeux et s'abandonna à cette sensation. En elle, nichée sous son cœur, une petite vie attendait de naître, et même plus : elle, Eva, rentrait à la maison. Le jour la rattrapait, Lila le savait ; son esprit voguait sur les courants du sommeil comme un surfeur épousant l'épaule d'une vague ; d'un instant à l'autre, la vague allait la submerger, les flots se refermer sur elle. Eva s'était calmée sous ses doigts. Je t'aime, Eva, pensa Lila Kyle. Et là-dessus, elle s'endormit.

10.

Il était près de dix heures du matin quand ils arrivèrent à Denver. En se dirigeant vers le centre-ville, Danny se retrouva bloqué par un dédale de barricades : des Humvee, des nids de mitrailleuses avec leurs empilements de sacs de sable, et même quelques chars d'assaut. Plus de dix fois il dut rebrousser chemin à la recherche d'une autre route, pour se retrouver à nouveau bloqué. Finalement, alors que le soleil chassait les derniers lambeaux de brume matinale, il trouva une voie dégagée sous l'autoroute et prit la rampe qui montait vers le stade.

Le parking était une mosaïque de tentes vert olive, d'un calme surnaturel sous le soleil matinal. Il était entouré d'un cercle de véhicules, des automobiles particulières, des ambulances et des voitures de police, dont bon nombre avaient été saccagées : les vitres fracassées, le pare-chocs et les portières arrachés. Danny arrêta le bus.

Ils descendirent dans une puanteur de pourriture tellement forte que Danny faillit vomir. Pire que maman, pire que tous les cadavres qu'il avait vus ce matin-là en allant au dépôt. C'était le genre d'odeur qui s'insinuait en vous, dans votre nez, dans votre bouche, et y restait plusieurs jours.

— Hé ho ! appela April, et sa voix éveilla des échos dans le parking. Il y a quelqu'un ? Hé ho !

Danny avait une sensation désagréable au creux de l'estomac. En partie à cause de l'odeur, mais pas seulement. Il se sentait tout nerveux à l'intérieur.

— Hé ho ! appela à nouveau April, les mains en porte-voix. Hé ho ! Répondez si vous m'entendez !

— On ferait peut-être mieux de s'en aller, suggéra Danny.

— L'armée devrait être là.

— Elle est peut-être déjà repartie.

April enleva son sac à dos, ouvrit la fermeture Éclair du haut et prit un marteau. Elle le fit tournoyer comme pour en tester le poids.

— Tim, tu restes près de moi, compris ? Tu ne t'éloignes pas.

Le petit garçon était debout au pied des marches du bus et se pinçait le nez.

— Qu'est-ce que ça pue ! dit-il d'une voix nasale.

April repassa les bras dans les courroies de son sac.

— Toute la ville pue. Il va falloir que tu t'y fasses. Allez, viens maintenant.

Danny n'avait pas envie d'y aller non plus, mais la fille avait l'air déterminée. Il les suivit tous les deux alors qu'ils se faufilaient dans le labyrinthe de véhicules. Peu à peu, il commença à comprendre ce qu'il voyait. Les voitures avaient été positionnées autour des tentes en guise de défense, comme au temps des pionniers, quand les colons formaient le cercle avec les chariots bâchés lorsque les Indiens attaquaient. Sauf que ce n'était pas à des Indiens qu'ils avaient affaire, Danny le savait, et quoi qu'il se soit passé ici, ça paraissait être fini depuis longtemps. Il y avait des cadavres quelque part – l'odeur semblait de plus en plus forte à mesure qu'ils avançaient – mais jusque-là, ils n'en avaient pas vu trace. Tout le monde semblait avoir disparu.

Ils arrivèrent aux premières tentes. April écarta le rabat et entra la première, tenant le marteau devant elle, prête à le balancer. L'intérieur recelait un chaos de brancards et de potences à perfusion renversés, de matériel éparpillé partout – des pansements, des bassins, des seringues. Mais encore aucun cadavre.

Ils regardèrent dans une deuxième tente, puis une troisième. C'était partout pareil.

— Bon sang, mais où sont-ils tous passés ? demanda April.

Il n'y avait plus qu'un endroit où aller voir – le stade. Danny n'en avait pas envie, mais April ne voulait pas en démordre : si l'armée avait dit de venir ici, il devait bien y avoir une raison. Ils remontèrent la rampe qui menait à l'entrée. April ouvrait la marche, tenant Tim d'une main, le marteau dans l'autre. Pour la première fois, Danny remarqua les oiseaux. Un énorme nuage noir qui planait au-dessus du stade, leurs cris rauques paraissant en même temps déchirer le silence et l'approfondir.

Et puis, derrière eux, une voix d'homme :

— À votre place, je n'entrerais pas là-dedans.

Le moteur de la Ferrari avait rendu l'âme alors que Kittridge entrait dans le parking. Depuis un moment déjà, la voiture se cabrait comme un cheval à moitié sauvage et des panaches de fumée huileuse montaient du capot et du châssis. Ce qui s'était passé était clair : lorsqu'il était sorti du garage souterrain comme une fusée, après ce bond dans le vide, le carter avait explosé au moment de l'atterrissage sur le béton. Au fur et à mesure que la voiture perdait de l'huile, le moteur avait surchauffé, le métal s'était dilaté et les pistons s'étaient bloqués dans les cylindres.

Désolé pour votre voiture, Warren. C'était une sacrée caisse, tant qu'elle marchait.

Après ce qu'il avait vu dans le stade, Kittridge avait eu besoin d'un peu de temps pour reprendre le dessus. Bon Dieu, quelle scène ! Ce n'était pas tout à fait une surprise, mais le voir de ses propres yeux, ça faisait quand même un drôle d'effet. Il en était tout retourné, ébranlé jusqu'à la moelle. Il en avait les mains qui tremblaient, au sens propre du terme. Il avait dû se retenir pour ne pas vomir tripes et boyaux. Il en avait vu, des choses horribles, dans sa vie. Des cadavres dans des fosses, alignés comme des stères de bois, des villages entiers gazés, des familles gisant à l'endroit où elles étaient tombées, leurs mains vainement tendues dans l'espoir d'un dernier contact avec un être aimé, les restes indéchiffrables d'hommes, de femmes et d'enfants réduits en charpie dans un marché par un dingue qui s'était attaché une bombe autour de la poitrine. Mais jamais rien de cette ampleur, même de loin.

Il était assis sur le capot de la Ferrari et tentait de décider de la suite – trouver une voiture avec la clé sur le contact était à l'évidence la meilleure chose à faire – quand, dans le lointain, il avait entendu approcher un véhicule. Il s'était aussitôt tendu, tous les sens en éveil. Un gros moteur diesel, à en juger par le bruit : un transport de troupe blindé ? C'est alors que, gravissant lourdement la rampe, était apparue la vision surréaliste d'un gros bus d'école jaune.

Pas possible, avait pensé Kittridge. Putain de merde ! Un bus d'école ! C'était quoi, ça ? Une sortie scolaire vers la fin du monde ?

Il avait regardé le bus s'arrêter et trois personnes en descendre : une fille avec une mèche rose dans les cheveux, un gamin aux genoux cagneux en short et tee-shirt, et un homme avec une drôle de casquette – le chauffeur, sans doute. « Hé ho ! avait appelé la fille. Hé ho, il y a quelqu'un ? » Un bref conciliabule, et puis ils s'étaient frayé un chemin dans le méli-mélo de véhicules, la fille en tête.

Kittridge s'était dit que le moment était probablement venu de dire quelque chose. Mais manifester sa présence pouvait provoquer toute une série de contraintes, ce qu'il s'était juré d'éviter depuis le début. S'associer à des compagnons de route ne faisait pas partie du plan. Le plan, c'était de mettre les voiles. De voyager léger, rester en vie le plus longtemps possible et entraîner autant de viruls que possible avec lui quand la fin viendrait, ce qu'elle ferait sûrement. Ultime Combat à Denver effectuerait une descente éblouissante, météorique dans le néant.

Et puis il avait compris ce qui allait arriver. Les trois nouveaux venus se dirigeaient droit vers le stade. Bien sûr que c'était là qu'ils allaient finir par se rendre, Kittridge avait fait pareil. C'étaient des gamins, bordel ! Plan ou pas plan, il ne pouvait pas les laisser entrer là-dedans.

Il avait pris son fusil et s'était précipité pour les devancer.

En entendant sa voix, le chauffeur eut une réaction si violente que Kittridge se retrouva momentanément tétanisé, incapable de réagir. L'homme émit un jappement et fit quelques pas en titubant, le dos rond, le visage caché au creux du coude. Les deux autres sursautèrent, et la fille plaqua le petit gamin contre elle dans une attitude protectrice avant de se retourner vers Kittridge en brandissant un marteau.

— Holà, du calme ! s'exclama-t-il.

Il braqua son fusil vers le ciel et leva les mains.

— Je suis un gentil, moi.

Il vit que la fille était plus âgée qu'il ne l'avait d'abord cru, dix-sept ans, par là. Ses cheveux roses étaient ridicules, et elle avait tellement de piercings dans les oreilles qu'elles avaient l'air rivetées à sa tête, mais la façon dont elle le considérait, froidement et sans la moindre panique, lui dit qu'il ne fallait pas se fier aux apparences : cette fille en avait, et Kittridge ne doutait pas une seconde qu'elle l'attaquerait à coups de marteau, ou du moins qu'elle essaierait, s'il faisait un pas de plus. Elle portait un tee-shirt noir moulant, un jean usé aux genoux jusqu'à la corde, des Converse Chuck Taylor, et ses bras disparaissaient sous des bracelets de cuir et de métal argenté. Un sac à dos, du même jaune que les rubans de scène de crime, pendait sur son dos. Le garçon était visiblement son frère, le lien de famille était évident, non seulement par la ressemblance frappante – le nez un peu trop petit avec son bout rond, les pommettes hautes, saillantes, les yeux du même bleu aquatique – mais aussi à en juger d'après la façon dont elle avait réagi, faisant farouchement rempart de son corps dans une attitude qui ne trompait pas.

Le troisième membre de leur groupe, le chauffeur, était plus difficile à cerner. Ce type avait définitivement quelque chose de décalé. Il portait un pantalon kaki et une chemise blanche boutonnée jusque sous le menton ; ses cheveux, une touffe blond-roux qui dépassait de chaque côté d'une étrange casquette, donnaient l'impression d'avoir été coupés aux ciseaux à cranter. Mais ce qui le distinguait vraiment ne venait d'aucun de ces détails. C'était sa façon de se comporter.

Le gamin fut le premier à prendre la parole. Il avait les pires épis que Kittridge ait jamais vus.

— C'est une vraie kalachnikov ? demanda-t-il en tendant le doigt.

— Tais-toi, Tim.

La fille le serra plus fort contre elle et leva le marteau comme si elle s'apprêtait à décrire un moulinet avec.

— Putain, qui vous êtes ?

Kittridge avait toujours les mains levées. Pour l'instant, mieux valait laisser croire que le marteau constituait une menace réelle.

— Je m'appelle Kittridge. Et, oui, jeune homme, c'est une vraie kalachnikov. Mais ne compte pas sur moi pour te laisser y toucher.

Le visage du gamin s'illumina d'excitation.

— Ça, c'est cool !

Kittridge eut un mouvement de menton en direction du chauffeur, qui regardait maintenant avec intensité ses chaussures.

— Il va bien ?

— Il n'aime pas qu'on le touche, c'est tout.

La fille observait encore Kittridge avec méfiance.

— L'armée disait de venir ici. On l'a entendu à la radio.

— Ça se comprend. Mais on dirait qu'ils se sont fait la malle. À propos, je ne crois pas avoir saisi vos noms.

La fille marqua une hésitation.

— Je m'appelle April. Lui, c'est mon frère, Tim. L'autre, c'est Danny.

— Ravi de vous rencontrer, April. Alors, continua-t-il avec son sourire le plus rassurant, vous ne croyez pas que je pourrais baisser les bras maintenant, puisque les présentations sont faites ?

— Vous les avez trouvées où, ces armes ?

— Outdoor World. Je suis vendeur.

— Vous vendez des armes ?

— Du matériel de pêche et de chasse, répondit Kittridge. Ils faisaient une belle remise. Alors, qu'est-ce que vous en dites ? On est tous du même bord, là, April.

— Et de quel bord ?

Il haussa les épaules.

— Celui des humains, je dirais.

La fille le soupesait du regard. Une gamine prudente, cette April. Kittridge se rappela que ce n'était pas simplement une fille, c'était une survivante. On pouvait être sûr d'une chose au moins, il ne fallait pas la prendre à la légère. Quelques secondes passèrent, puis elle abaissa son marteau.

— Qu'est-ce qu'il y a dans le stade ? demanda Tim.

— Rien qui vaille la peine que tu ailles voir, crois-moi.

Kittridge regarda à nouveau la fille. Décidément, elle faisait très April. C'était drôle, il y avait parfois des noms comme ça.

— Comment vous en êtes-vous sortis, tous les trois ?

— On s'était cachés dans la cave à vin.

— Et vos parents ?

— On ne sait pas. Ils étaient à Telluride.

Bon Dieu, pensa Kittridge, Telluride, c'était l'épicentre. L'endroit d'où tout était parti.

— Ça, c'était futé. Bien pensé.

Il désigna Danny d'un geste. Le chauffeur se tenait à dix pas de là, sur le côté, les mains dans les poches, les yeux rivés au sol.

— Et votre ami ?

— C'est Danny qui nous a trouvés. On l'a entendu klaxonner.

— Eh bien, bravo, Danny. Je dirais que ça fait de vous le héros du jour.

L'homme jeta à Kittridge un rapide coup d'œil en biais. Son visage était rigoureusement inexpressif.

— D'accord.

— Pourquoi je ne peux pas aller voir dans le stade ? intervint à nouveau Tim.

April et Kittridge échangèrent un coup d'œil : *Ce n'est pas une bonne idée.*

— Le stade, on s'en fiche, répondit April avant de reporter son attention sur Kittridge. Vous avez vu quelqu'un d'autre ?

— Pas depuis un bon moment. Ça ne veut pas dire qu'il n'y ait personne.

— Mais vous n'y croyez pas.

— Il vaudrait probablement mieux partir du principe que nous sommes seuls.

Il voyait où tout ça allait mener. Une heure plus tôt, il descendait encore en rappel le long d'un bâtiment pour sauver sa peau. Et voilà qu'il était confronté à la perspective de s'occuper de deux gamins et d'un homme qui n'arrivait même pas à le regarder en face. Enfin, à la guerre comme à la guerre.

— C'est votre bus, Danny ?

L'homme hocha la tête.

— Le numéro douze. Je fais la route bleue.

Un petit véhicule aurait été plus adapté, mais Kittridge avait le sentiment que le bonhomme ne voudrait jamais l'abandonner.

— Ça vous dirait de nous sortir d'ici ?

L'expression de la fille se durcit.

— Qu'est-ce qui vous fait penser que vous allez venir avec nous ?

Kittridge en resta bouche bée. Il ne lui était pas venu à l'idée que ces trois-là puissent ne pas vouloir de son aide.

— À vrai dire, rien, si vous me posez la question dans ces termes. J'imagine qu'il va falloir que vous m'invitiez.

— Pourquoi je ne peux pas aller voir ? pleurnicha Timmy.

April leva les yeux au ciel.

— Fiche-nous la paix, Tim. Lâche-nous avec ton putain de stade, tu veux bien ?

— Tu as dit un gros mot ! Je vais le dire !

— Et à qui tu vas le dire ?

Le petit garçon fut tout à coup au bord des larmes.

— Ne parle pas comme ça !

— Écoutez, fit Kittridge. Ce n'est vraiment pas le moment. D'après moi, nous n'avons plus que dix heures de jour devant nous. Je pense que nous n'avons aucun intérêt à traîner dans le coin après le coucher du soleil.

C'est alors que le petit garçon, apercevant une ouverture, pivota sur ses talons et gravit la rampe en courant.

— Et merde ! s'exclama Kittridge. Restez là, tous les deux.

Il partit en courant, clopin-clopant ; il n'était pas taillé pour la course. Le temps qu'il le rattrape, le gamin était déjà dans l'encadrement de l'une des portes et regardait le terrain, pétrifié. Quelques secondes seulement, mais cela suffit. Kittridge l'attrapa par-derrière et le souleva de terre. Le gamin n'opposa aucune résistance et s'effondra contre lui. Il n'émit pas un son. Bon Dieu, pensa Kittridge, pourquoi s'était-il laissé prendre de vitesse comme ça par ce môme ?

Pendant qu'ils redescendaient la rampe, Tim fut pris de drôles de sanglots qui tenaient plus du hoquet et du gémissement. Kittridge le reposa à terre devant April.

— Qu'est-ce qui t'a pris ? s'exclama-t-elle d'une voix étranglée par des larmes de colère.

— Je... pardon, bredouilla le gamin.

— Tu ne peux pas courir partout comme ça, tu m'entends ?

Elle le secoua par le bras, et puis elle l'attira contre elle en une étreinte désespérée.

— Je t'ai dit mille fois de rester près de moi.

Kittridge s'approcha de Danny, qui se tenait toujours raide comme un piquet, les yeux baissés, les mains dans les poches.

— Ils étaient vraiment tout seuls ? demanda-t-il à voix basse.

— Consuela était avec eux, répondit Danny. Mais elle est partie.

— Qui est Consuela ?

Il eut un haussement d'épaules un peu mou.

— Elle attend avec Tim à l'arrêt de bus, des fois.

Il n'y avait pas grand-chose d'autre à dire sur le sujet. Peut-être que Danny n'avait pas la lumière à tous les étages, mais il avait sauvé deux pauvres gamins sans défense dont les parents étaient très probablement morts. C'était plus que Kittridge n'en avait fait lui-même.

— Alors, mon ami, reprit-il. Ça vous dirait de faire chauffer le moteur de votre bus ?

— Où on va ?

— Je pensais au Nebraska.

11.

Ils partirent une heure après le lever du soleil. Grey ramassa tout ce qu'il réussit à trouver dans la cuisine et qui avait encore l'air comestible – quelques boîtes de soupe, des crackers hors d'âge, une boîte de céréales Wheaties, le « petit déjeuner des champions » – et mit le tout dans la Volvo. Il n'avait même pas une brosse à dents à lui, mais Lila apparut dans l'entrée avec deux valises à roulettes.

— J'ai pris la liberté de vous préparer quelques vêtements.

Elle était vêtue comme pour partir en vacances, des leggings noirs, une chemise d'homme empesée et un foulard de soie aux couleurs vives drapé autour des épaules. Elle s'était lavé le visage, brossé les cheveux, légèrement maquillée, et elle avait même des boucles d'oreilles. En la voyant, Grey comprit à quel point il était sale. Il n'aurait su dire à quand remontait sa dernière douche, et il ne devait pas sentir très bon.

— Je devrais peut-être faire un brin de toilette.

Elle lui indiqua la salle de bains, en haut de l'escalier, où elle avait déjà disposé des vêtements de rechange pour lui, soigneusement pliés sur le siège des toilettes. Une brosse à dents neuve, encore emballée, et un tube de dentifrice Colgate étaient posés sur une trousse à côté d'un broc d'eau. Grey enleva sa combinaison, se lava le visage, se passa de l'eau sous les aisselles et se brossa les dents devant le grand miroir. Il ne s'était pas regardé dans la glace depuis le motel, et ça lui fit encore un choc de voir à quel point il avait l'air jeune – la peau claire, lisse, le crâne couvert d'une toison abondante, les yeux brillants d'un éclat digne de deux diamants jumeaux. Il paraissait aussi avoir perdu pas mal de poids – ce qui n'avait rien d'étonnant puisqu'il y avait au moins deux jours qu'il n'avait pas mangé, mais à ce point-là, c'était surprenant. Il n'avait pas seulement minci, son corps s'était comme réarrangé. Il se mit de profil, sans quitter son reflet du regard, et passa une main sur son ventre, pour voir. Il avait toujours été rondouillard, et voilà qu'il discernait les contours nets de muscles tendus. Et il était tentant de faire saillir ses biceps comme un gamin qui s'admirait. Eh bien, eh bien, regardez-moi ça, se dit-il. De vrais biceps. *Puutain...*

Il enfila les vêtements que Lila lui avait mis de côté – un caleçon blanc, un jean et une chemise de sport à carreaux –, et découvrit à sa grande stupéfaction que tout lui allait plutôt bien. Il jeta un dernier regard approbateur à son reflet, redescendit au rez-de-chaussée et retrouva Lila au salon, assise sur le canapé en train de feuilleter un numéro du magazine *People.*

— Ah, vous voilà.

Elle le détailla de haut en bas.

— Vous avez vraiment fière allure, conclut-elle avec un sourire éthéré.

Il fit rouler les valises jusqu'à la Volvo. L'air matinal était humide de rosée, des oiseaux chantaient dans les arbres. Une promenade à la campagne, pensa Grey en secouant la tête, un jeu de faire semblant. En même temps, tel qu'il était là, dans l'allée, portant les vêtements d'un autre, ça paraissait presque vrai. C'était comme s'il était entré dans une autre vie – peut-être la vie de l'homme dont le jean et la chemise de sport mettaient en valeur son corps musclé, qui avait retrouvé une minceur nouvelle. Il inspira profondément, s'emplissant les poumons d'odeurs. L'air embaumait le frais et le propre – l'herbe, les nouvelles feuilles vertes, la terre humide. Il semblait ne receler aucune trace des terreurs de la nuit passée, comme si la lumière du jour avait nettoyé le monde.

Grey ferma le hayon et vit Lila devant la porte d'entrée. Elle la ferma à clé et prit quelque chose dans son sac à main : une enveloppe. Elle sortit ensuite un rouleau de gros ruban adhésif et scotcha l'enveloppe sur la porte, après quoi elle fit un pas en arrière pour la regarder. Une lettre ? s'étonna Grey. À qui pouvait-elle bien être destinée ? À David ? À Brad ? L'un des deux probablement, mais qui était qui, Grey ne l'avait pas encore compris. Les deux hommes semblaient interchangeables dans l'esprit de Lila.

— Là, annonça-t-elle. Je suis prête.

Arrivée à la Volvo, elle lui tendit les clés.

— Ça ne vous ennuierait pas de conduire ?

Et ça aussi, ça plut à Grey.

Il décida qu'il valait mieux éviter les routes principales, au moins jusqu'à ce qu'ils soient sortis de la ville – en vertu, apparemment, de l'accord tacite conclu avec Lila selon lequel il devait éviter de passer devant le genre de chose susceptible de la traumatiser. Ce qui se révéla superflu : c'est à peine si elle levait les yeux de son magazine. Il se fraya un chemin à travers la banlieue. Vers le milieu de la matinée, ils avaient atteint une région vallonnée de champs déserts, parcheminés, couleur de toast brûlé, et se dirigeaient vers l'est sur une route de campagne. La ville disparut derrière eux, suivie par la masse bleue des Rocheuses qui se vaporisait dans la brume. Le paysage autour d'eux avait quelque chose de stérile, d'oublié, avec juste un voile de nuages plumeux très haut, les champs arides et la route qui défilait sous les roues de la Volvo. Lila finit par arrêter de lire et s'endormit.

L'étrangeté de la situation était indéniable, et pourtant, alors que les kilomètres et les heures passaient, Grey sentait germer dans sa poitrine l'impression de bien faire. Jamais de toute sa vie il n'avait vraiment compté pour quelqu'un. Il se creusa la tête à la recherche de quelque chose à comparer à ce sentiment. Il ne trouva que l'histoire de Marie et Joseph, pendant la fuite en Égypte – un souvenir d'enfance, il n'était pas allé à l'église depuis des années. Joseph lui avait toujours donné l'impression d'être un drôle de type, pour avoir ainsi pris soin d'une femme qui portait l'enfant d'un autre. Mais il commençait à voir ce que ça recouvrait, à comprendre qu'on puisse s'attacher à quelqu'un uniquement parce qu'on sentait que cette personne avait besoin de vous.

En réalité, Grey aimait les femmes, il les avait toujours aimées. L'autre truc, avec les garçons, c'était différent. La question n'était pas ce qu'il aimait ou n'aimait pas, mais ce qu'il avait été poussé à faire, à cause de son passé et de ce qu'on lui avait fait. C'était comme ça que Wilder, le psy de la prison, l'expliquait. Les garçons, c'était une compulsion, disait-il, une façon de retourner au moment des abus dont il avait été lui-même victime, de les revivre, et en faisant cela, de les comprendre. Grey ne décidait pas plus de tripoter les garçons qu'il ne décidait de se gratter quand ça le démangeait. Une grande partie de ce que disait Wilder lui faisait l'effet de n'être qu'un ramassis de conneries, mais pas cette partie-là, et rien que de savoir que ce n'était pas complètement de sa faute, il se sentait un peu mieux. Ça ne le dédouanait pas complètement, ça non, et il s'était suffisamment autoflagellé pour ça. En réalité, quand ils l'avaient mis à l'ombre, il avait été soulagé. L'ancien Grey – celui qui se retrouvait à traîner aux alentours des terrains de sport, qui passait lentement en voiture le long des collèges vers quinze heures et qui rôdait dans les vestiaires, à la piscine communale, les après-midi d'été –, ce Grey-là, il ne voulait même plus y penser.

Son esprit retourna à l'étreinte dans la cuisine. Ce n'était pas un truc garçon-fille, Grey le savait, mais ce n'était pas rien non plus. Ça lui rappelait Nora Chung, la seule fille avec laquelle il était sorti au lycée. Enfin, sorti... Elle n'avait jamais vraiment été sa petite amie, en réalité ils n'avaient même pas flirté. Ils faisaient tous les deux partie du même orchestre – pendant un petit moment, Grey s'était mis dans la tête de jouer de la trompette – et parfois, après la répétition, il la ramenait chez elle. Ils ne se touchaient pas ni rien, et pourtant quelque chose dans ces promenades lui faisait pour la première fois sentir qu'il n'était pas seul sur terre. Il aurait bien voulu l'embrasser, mais il n'en avait jamais trouvé le courage, et elle avait fini par prendre ses distances. Bizarre de repenser à elle maintenant. Même son nom ne lui était pas venu à l'esprit en vingt ans.

À midi, ils étaient arrivés non loin de la frontière du Kansas. Lila dormait encore. Grey avait plongé dans un état semi-onirique et c'est à peine s'il faisait attention à la route. Il avait réussi à éviter les villes d'une certaine importance, mais ça ne pourrait pas durer, ils auraient bientôt besoin d'essence. Devant lui, un château d'eau se dressait sur la plaine.

La ville s'appelait Kingwood – juste une brève rue principale, poussiéreuse, la moitié des devantures masquées par du papier journal, et quelques pâtés de maisons sinistres de part et d'autre. L'endroit paraissait abandonné, inoffensif ; la seule preuve qu'il s'était passé quelque chose était symbolisée par une ambulance arrêtée devant la caserne de pompiers, les portes arrière ouvertes. Et pourtant Grey ressentait un curieux picotement dans les extrémités, comme si on observait leur progression dans l'ombre. Il parcourut lentement toute la longueur de la ville et tomba enfin, à la sortie est, sur une station-service sans marque appelée Frankie's.

Il coupa le moteur, et Lila se réveilla.

— Où sommes-nous ?

— Dans le Kansas.

Elle bâilla, plissa les yeux et regarda la ville désolée encadrée par le pare-brise.

— Pourquoi nous arrêtons-nous ?

— Pour faire le plein. C'est l'affaire d'une seconde.

Grey essaya de se servir à la pompe, en vain ; l'électricité était coupée. Il allait être obligé de siphonner de l'essence, mais pour ça il lui fallait une longueur de tuyau et un récipient. Il entra dans le bureau. Un meuble métallique qui en avait vu de toutes les couleurs, couvert de papiers, était placé le long de la vitrine ; un vieux fauteuil de bureau à roulettes basculé en arrière donnait l'impression fantomatique que son occupant venait de se lever. Grey passa la porte ouvrant sur l'atelier, un espace frais et sombre qui sentait l'huile. Une Cadillac Seville de la fin des années 1990 était perchée sur l'un des ponts élévateurs, l'autre était occupé par un 4 × 4 Chevy récent, avec une suspension surélevée et des pneus énormes, incrustés de boue. Il trouva par terre un jerrycan de vingt litres et sur l'un des établis, il repéra un tuyau. Il en coupa un mètre quatre-vingts, dévissa le bouchon du réservoir du 4 × 4, en glissa un bout dedans, aspira une gorgée qu'il recracha et commença à siphonner l'essence dans le jerrycan.

Le jerrycan était presque plein quand il entendit un frôlement vers le plafond. Toutes les fibres nerveuses de son corps se mirent en alerte, et il se figea sur place.

Il releva lentement les yeux.

Le monstre était suspendu la tête en bas, les genoux repliés sur l'une des poutres, comme un gamin aux agrès. Il était plus petit que le Zéro et il avait l'air plus humain. Leurs regards se croisèrent, et le cœur de Grey loupa un battement. De la gorge de la créature monta une sorte de trille.

N'aie pas peur, Grey.

Bon sang, qu'est-ce que c'était que ça ?

Il recula à tâtons, trébucha et se retrouva les quatre fers en l'air sur le béton. Il arracha le jerrycan du sol alors que l'essence coulait encore du tuyau, fonça vers la porte, traversa le bureau en courant et se retrouva à l'extérieur.

Lila était dehors, le dos appuyé à la voiture.

— Montez ! dit-il, à bout de souffle.

— Vous n'avez pas vu s'il y avait un distributeur automatique à l'intérieur ? J'aimerais vraiment prendre une barre chocolatée ou quelque chose.

— Putain, Lila, remontez dans la voiture !

Grey ouvrit à la volée le hayon de la Volvo, balança le jerrycan dedans et claqua le hayon.

— Il faut qu'on parte tout de suite !

Elle soupira.

— Bon, comme vous voudrez. Mais vous n'avez pas besoin d'être aussi grossier.

Ils démarrèrent en trombe. Ce n'est que lorsqu'ils furent à un ou deux kilomètres de la ville que le pouls de Grey commença à ralentir. Il s'arrêta, ouvrit la portière et sortit de la voiture en titubant. Il se pencha, les mains posées sur ses genoux, aspira l'air à grandes goulées. Bon Dieu, c'était comme si cette chose lui avait *parlé*. Comme si ses cliquetis étaient une langue étrangère qu'il pouvait comprendre. Elle savait même comment il s'appelait. Comment pouvait-elle connaître son nom ?

Il sentit la main de Lila sur son épaule.

— Lawrence, vous saignez.

En effet. Il s'était ouvert le coude. Il avait dû s'arracher un morceau de peau en tombant, mais il ne sentait rien.

— Laissez-moi voir ça.

Avec un air d'intense concentration, Lila palpa doucement les bords de la plaie du bout des doigts.

— Comment est-ce arrivé ?

— Je crois que je suis tombé.

— Vous auriez dû me le dire. Vous pouvez plier le coude ?

— Il me semble, oui. Oui.

— Attendez-moi ici, ordonna Lila. N'y touchez pas.

Elle ouvrit le hayon de la voiture et commença à fouiller dans sa valise. Elle prit une boîte de métal, une bouteille d'eau et rabattit le hayon.

— Asseyez-vous.

Grey s'installa à l'arrière, les pieds à l'extérieur. Lila ouvrit la boîte : c'était une trousse de premiers secours. Elle se frotta les mains avec une goutte de gel hydroalcoolique, prit des gants en latex, les enfila avec un claquement et lui reprit le bras.

— Vous avez des antécédents de saignements anormaux ? lui demanda-t-elle.

— Pas que je sache.

— D'hépatite, de VIH, quelque chose dans ce genre-là ?

Grey secoua la tête.

— Et votre dernier rappel de tétanos ? Vous vous rappelez quand vous l'avez eu ?

Qui était cette femme ? À qui Grey avait-il affaire ? Pas à la femme perdue du Home Depot, ni à la dépressive de la cuisine, c'était encore une autre personne, une troisième Lila, efficace et compétente.

— Ça fait un bail. Je devais être gamin.

Lila prit encore le temps d'examiner son bras.

— Eh bien, c'est une vilaine blessure. Je vais être obligée de vous faire des points.

— Vous voulez dire... des points de suture ?

— Faites-moi confiance. J'ai fait ça un million de fois.

Elle tamponna la plaie avec un coton imbibé d'alcool et prit une seringue jetable dans la boîte. Elle préleva le liquide contenu dans un petit flacon et tapota l'aiguille du bout de l'index.

— C'est juste pour vous insensibiliser. Vous ne sentirez rien, je vous le promets.

Une petite piqûre et en quelques secondes à peine, la douleur s'estompa. Lila déplia un linge sur le hayon, y disposa une pince stérile, une bobine de fil noir et des petits ciseaux.

— Vous pouvez regarder si vous voulez, mais la plupart des gens n'aiment pas ça.

Il sentit une série de petits tiraillements, et ce fut tout. Quelques instants plus tard, il baissa les yeux et vit, à la place de l'entaille et du morceau de peau, une fine ligne noire. Lila appliqua de la pommade dessus et lui fit un pansement.

— Les fils devraient se résorber d'ici quelques jours, dit-elle en enlevant ses gants. Ça va peut-être vous démanger un peu, mais vous ne devez pas vous gratter. N'y touchez pas.

— Comment savez-vous faire ça ? demanda Grey. Vous êtes infirmière ou quoi ?

La question sembla la prendre au dépourvu. Elle ouvrit la bouche comme si elle s'apprêtait à dire quelque chose, mais elle se ravisa.

— Lila ? Ça va ?

Elle referma la trousse médicale, rangea le matériel à l'arrière de la Volvo et referma le hayon.

— On ferait mieux d'y aller, vous ne croyez pas ?

En un clin d'œil, la femme qui lui avait recousu le bras avait disparu, l'épiphanie s'était évanouie. Grey aurait bien continué à l'interroger, mais il savait ce qui arriverait. Le pacte entre eux était clair : seules certaines choses pouvaient être dites.

— Vous voulez que je conduise ? demanda-t-elle. Normalement, ce serait mon tour.

Grey comprit que la question n'en était pas vraiment une. C'était la chose normale à proposer, tout comme il se devait de décliner.

— Non, je peux continuer.

Ils remontèrent en voiture, Grey enclencha une vitesse et Lila récupéra son magazine par terre.

— Si ça ne vous ennuie pas, je crois que je vais lire un peu.

Cent quatre-vingts kilomètres plus au nord, alors qu'ils roulaient vers l'est sur l'I-76, Kittridge commençait lui aussi à se préoccuper de trouver de l'essence. Le réservoir était plein quand ils étaient partis, maintenant il était aux trois quarts vide.

À quelques petits détours près, ils avaient réussi à rester sur l'autoroute depuis Fort Morgan. Bercés par les mouvements du bus, April et son frère s'étaient endormis. Au volant, Danny sifflotait entre ses dents – un petit air sans suite qui ne disait rien à Kittridge. Il tournait vaillamment le volant et appuyait sur l'accélérateur et le frein, la casquette inclinée sur le front, la tête et tout le corps bien droits, tel un capitaine de vaisseau affrontant la tempête.

Bon sang, pensa Kittridge, comment avait-il fait pour se retrouver en pareille compagnie, dans un bus scolaire ?

— Oh oh, fit Danny.

Kittridge se redressa d'un bloc. Une longue file de véhicules abandonnés, s'étirant jusqu'à l'horizon, leur barrait la route. Certaines voitures étaient renversées sur le côté, ou complètement retournées. Il y avait des cadavres éparpillés partout.

Danny s'arrêta. April et Tim s'étaient réveillés et regardaient le spectacle.

— April, ne le laisse pas voir ça ! ordonna Kittridge. Allez, vous deux, au fond, tout de suite !

— Qu'est-ce que vous voulez que je fasse ? demanda Danny.

— Attends-moi ici.

Kittridge descendit du véhicule. Une odeur renversante de chair pourrie imprégnait l'atmosphère. L'air était absolument immobile, comme s'il ne pouvait s'obliger à bouger. Les seuls signes de vie étaient d'énormes essaims de mouches noires, bourdonnantes, ainsi que des corbeaux et des vautours qui décrivaient leurs inlassables arabesques dans le ciel. Respirant par la bouche, Kittridge remonta la file de voitures. Aucun doute, c'était l'œuvre des viruls, et ils devaient être des centaines, sinon des milliers. Qu'est-ce que ça voulait dire ? Et pourquoi les voitures étaient-elles toutes massées là, comme si quelque chose les avait obligées à s'arrêter ?

Tout à coup, Danny fut à côté de lui.

— Je croyais t'avoir dit de rester avec les autres.

L'homme regardait autour de lui en plissant les yeux, ébloui par le soleil. Il leva la main.

— Attendez... J'entends quelque chose.

Kittridge tendit l'oreille. Rien. Juste le crissement des criquets dans les champs vides. Et puis il discerna des bruits assourdis. Cela ressemblait à des coups frappés sur du métal.

Danny tendit le doigt.

— Ça vient de par là.

Le son était plus distinct à chaque pas. Il y avait encore quelqu'un de vivant là-bas, piégé dans les épaves. Peu à peu, ce qu'ils percevaient commença à se préciser : les coups sourds étaient soulignés par les échos étouffés de voix humaines.

— Laissez-nous sortir ! Il y a quelqu'un ? Par pitié... !

— Ohé ! répondit Kittridge. Vous m'entendez ?

— Qui est là ? Aidez-nous, s'il vous plaît ! Dépêchez-vous ! On est en train de rôtir là-dedans !

Le bruit venait d'un semi-remorque arborant sur ses flancs le logo jaune vif de la FEMA. Les martèlements étaient devenus frénétiques, les voix formaient maintenant un chœur strident de paroles incompréhensibles.

— Tenez bon ! cria Kittridge.

La porte avait été enfoncée de guingois dans son cadre. Il chercha du regard un objet susceptible de faire levier et trouva un cric de voiture. Il introduisit la lame sous le panneau.

— Danny, aide-moi.

La porte, d'abord inébranlable, commença presque imperceptiblement à céder. Alors que l'interstice s'élargissait, une rangée de doigts qui s'efforçaient de la relever apparut sous le bord.

— Tout le monde, à trois ! ordonna Kittridge.

Avec un grincement métallique, la porte se souleva.

Ils venaient de Fort Collins. Un couple d'une trentaine d'années, Joe et Linda Robinson, tous les deux habillés comme pour aller au bureau, avec un petit bébé qu'ils appelaient Boy Junior. Un grand Noir baraqué, en uniforme d'agent de sécurité, prénommé Wood, et sa petite amie, Delores, une infirmière pédiatrique qui parlait avec un fort accent antillais. Une femme âgée, Mme Bellamy – Kittridge ne devait jamais apprendre son prénom –, à la tête entourée d'un halo de cheveux bleutés et munie d'un énorme sac à main blanc qu'elle serrait contre elle. Un certain Jamal, un jeune homme d'environ vingt-cinq ans, la tête rasée comme un caniche sur les côtés, et affublé de tatouages multicolores qui montaient et descendaient le long de ses bras nus. Le dernier était un homme d'une cinquantaine d'années au poil gris, rêche, et au torse pareil à un tonneau, un athlète vieillissant, qui se présenta comme le pasteur Don. Pas un vrai pasteur, leur précisa-t-il, il était expert-comptable de son métier. Il tenait ce surnom de l'époque où il était coach d'une équipe de football junior.

— Je leur disais toujours de prier pour qu'on ne se fasse pas botter le cul, expliqua-t-il à Kittridge.

Celui-ci avait d'abord cru qu'ils voyageaient ensemble, mais en fait ils s'étaient trouvés réunis par hasard. Tous racontaient plus ou moins la même histoire. Fuyant la ville, ils avaient été bloqués derrière une longue file de véhicules immobilisés à la frontière du Nebraska. L'information avait circulé de voiture en voiture : l'armée avait bloqué la route, en amont, et ne laissait passer personne en attendant l'ordre de lever le barrage. Ils étaient restés sur place pendant une journée entière. Quand la lumière avait commencé à décliner, les gens s'étaient mis à paniquer. Tout le monde disait que les viruls arrivaient ; on allait les laisser crever là.

Et c'était plus ou moins ce qui s'était passé.

Selon le pasteur Don, l'horreur avait commencé juste après le coucher du soleil. Quelque part vers l'avant du bouchon, il y avait eu des hurlements, des coups de feu et des bruits de métal torturé ; les gens s'étaient mis à courir dans tous les sens. Mais il n'y avait nulle part où se cacher. En l'espace de quelques secondes, les viruls avaient surgi des champs et plongé sur la foule par centaines.

— J'ai couru comme un dératé, comme tout le monde, avoua le pasteur Don.

Kittridge et lui s'étaient éloignés de quelques pas pour discuter ; les autres étaient assis par terre, à côté du bus. April passait à la ronde des bouteilles d'eau récupérées au Mile High Stadium. Le pasteur Don prit un paquet de Marlboro dans sa poche de chemise et en fit sortir deux d'un coup de poignet. Kittridge n'avait pas fumé depuis qu'il avait une vingtaine d'années, mais qu'est-ce qu'il avait à perdre maintenant ? Il en prit une et tira une bouffée prudente. Le shoot nicotinique fut instantané.

— Je ne peux même pas vous décrire la scène, poursuivit Don au milieu d'un panache de fumée. Ces putains de créatures étaient partout. J'ai vu le camion et je me suis dit que ça valait mieux que rien. Les autres étaient déjà à l'intérieur.

— Pourquoi l'armée ne vous laissait-elle pas passer ?

Don eut une moue désabusée.

— Vous savez comment ça marche, quelqu'un avait probablement oublié de remplir le bon formulaire.

Il jeta un regard à Kittridge entre ses paupières étrécies.

— Et vous, vous avez quelqu'un ?

Kittridge comprit qu'il lui demandait s'il avait de la famille, quelqu'un qu'il avait perdu, ou qu'il cherchait. Il secoua la tête.

— Moi, j'ai un fils, à Seattle, chirurgien plasticien. La belle vie. Il a épousé sa petite amie de fac, et ils ont deux gamins, un garçon et une fille. Une grande maison sur l'eau. Ils viennent de refaire la cuisine. La dernière fois qu'on s'est parlé, poursuivit-il en secouant la tête d'un air nostalgique, c'est de ça qu'on a discuté : d'une putain de cuisine.

Le pasteur Don avait un fusil, un 30-06, dans lequel il lui restait trois cartouches. Wood avait un .38 mais plus de munitions, et Joe Robinson un pistolet .22 avec quatre cartouches – peut-être utile pour partir à la chasse à l'écureuil, mais guère plus.

Don jeta un coup d'œil vers le bus.

— Et le chauffeur ? C'est quoi, son histoire ?

— Il est un peu simplet, et à votre place, je n'essaierais pas de le toucher, au risque de lui faire piquer une crise. À part ça, il est cool. Il traite son bus comme si c'était le *Queen Mary*.

— Et les deux autres ?

— Ils s'étaient terrés dans la cave, chez leurs parents. Je les ai trouvés en train d'errer dans le parking du Mile High Stadium.

Don tira une dernière fois, avidement, sur sa cigarette avant d'écraser le mégot sous son pied.

— Le Mile High Stadium, répéta-t-il. J'imagine que ça ne devait pas être joli à voir.

Il n'y avait pas moyen de contourner les épaves, ils allaient devoir faire demi-tour et trouver un autre chemin. Ils récupérèrent tout ce qu'ils purent dénicher d'intéressant – des bouteilles d'eau, deux torches électriques en état de marche, une lampe au propane, divers outils et une longueur de corde qui n'avait pas d'usage immédiat mais pourrait se révéler utile par la suite – et ils remontèrent dans le bus.

Alors que Kittridge mettait le pied sur la première marche, le pasteur Don le prit par le coude.

— Vous devriez peut-être dire quelque chose.

Kittridge haussa un sourcil étonné.

— Moi ?

— Il faut bien que quelqu'un prenne l'initiative. Et c'est votre bus.

— Pas vraiment. Ce serait plutôt celui de Danny.

— Ce n'est pas ce que je veux dire, reprit le pasteur Don en le regardant dans les yeux. Ces gens sont épuisés, ils ont peur. Ils ont besoin de quelqu'un comme vous.

— Vous ne me connaissez même pas.

— Oh, si ! Mieux que vous ne croyez, fit-il avec un sourire entendu. J'étais réserviste dans le temps. En réalité, je faisais surtout la compta de l'intendant militaire. Mais il y a des signes qui ne trompent pas. Je sais reconnaître un gars des Forces spéciales quand j'en vois un. Dans les rangers, peut-être ?

Kittridge ne répondit pas.

— Bon, enfin, c'est votre affaire, reprit le pasteur Don avec un haussement d'épaules. Mais il est évident que vous savez foutrement mieux ce que vous faites que n'importe qui dans le secteur. À vous d'assurer le show, mon vieux, que ça vous plaise ou non. À mon avis, ils attendent que vous preniez la parole.

Kittridge savait qu'il avait raison. Il parcourut le groupe du regard. Les Robinson avaient pris place à l'avant, Linda tenant Boy Junior sur ses genoux. Juste derrière eux, Jamal était assis tout seul. Ensuite, il y avait Wood et Delores. Don avait pris la banquette de l'autre côté de l'allée. Mme Bellamy était à l'arrière, cramponnée des deux mains à son grand sac blanc, comme une retraitée en virée au casino. April était assise avec son frère juste derrière Danny. Leurs regards se croisèrent. Elle écarquilla les yeux. *Et maintenant ?* demanda-t-elle silencieusement.

Kittridge s'éclaircit la gorge.

— Bon, vous tous, je sais que vous avez peur. Moi aussi, j'ai peur. Mais on va vous sortir de là. Je ne sais pas encore très bien où on va, mais si on continue vers l'est, tôt ou tard on trouvera un endroit sûr.

— Et l'armée ? lança Jamal. Ces salauds nous ont bien laissés tomber.

— On ne sait pas vraiment ce qui s'est passé. Mais par sécurité, on va rester autant qu'on pourra sur les routes secondaires.

— Ma mère habite Kearney, déclara Linda Robinson. C'est là que nous allions.

— Kearney ? Oh, putain ! s'esclaffa Jamal. Kearney, c'est exactement comme Fort Collins. Je l'ai entendu à la radio.

Impossible d'y couper, il y en avait toujours un comme ce

type dans un groupe, pensa Kittridge. Il n'avait franchement pas besoin de ça.

Le mari de Linda, Joe, se retourna sur son siège.

— Vous ne pourriez pas la fermer pour une fois ?

— Désolé de devoir cracher le morceau, mais à l'heure qu'il est sa mère a probablement bouffé le chien, et elle est accrochée au plafond.

Tout à coup, tout le monde se mit à parler en même temps. Deux jours enfermés dans une remorque, songea Kittridge, évidemment qu'ils étaient prêts à se sauter à la gorge.

— S'il vous plaît, écoutez-moi...

— Et qui c'est qui vous a désigné comme chef ? reprit Jamal, le doigt pointé vers lui. Tout ça parce que vous vous baladez avec un flingue de merde ?

— Je suis d'accord, intervint Wood. Je pense qu'on devrait voter.

C'était la première fois que Kittridge entendait sa voix.

— Voter sur quoi ? rétorqua Jamal.

Wood braqua sur lui un regard dur.

— Pour commencer, si on va ou non vous flanquer dehors.

— Va te faire foutre, espèce de sous-flic !

En un éclair, Wood fut debout. Avant que Kittridge ait eu le temps de réagir, il se jeta sur Jamal et lui fit une clé de cou par-derrière. Dans un méli-mélo de bras et de jambes, ils dégringolèrent à bas de la banquette. Tout le monde criait. Linda, cramponnée au bébé, essayait de reculer. Joe Robinson se joignit à la mêlée et tenta d'attraper Jamal par les jambes.

Un coup de feu retentit. Tout le monde se figea. Les regards se tournèrent vers l'arrière du bus où Mme Bellamy braquait un énorme pistolet vers le haut.

— Oh, putain, la vieille ! cracha Jamal. C'est quoi, ce bordel ?

— Jeune homme, je pense parler au nom de tout le monde en disant que je commence à en avoir marre de vos conneries. Vous êtes aussi terrorisé que nous tous. Vous devez des excuses à ces gens.

C'était complètement surréaliste, pensa Kittridge, partagé entre la peur rétrospective et l'envie de rire.

— D'accord, d'accord, bredouilla Jamal. Mais posez ce canon.

— Vous pouvez sûrement faire mieux que ça.

— Je suis désolé, d'accord ? Mais arrêtez d'agiter ce truc-là.

Elle réfléchit un instant, puis abaissa son pistolet.

— Je suppose qu'il faudra nous en contenter. Maintenant, l'idée de voter me plaît assez. Ce gentil monsieur, là, devant – je suis désolée, je n'entends plus très bien, comment avez-vous dit que vous vous appeliez ?

— Kittridge.

— M. Kittridge. Il me paraît très bien faire l'affaire, à moi. Je suis à fond pour le laisser diriger les opérations. Voyons, qui veut lever la main ?

Toutes se levèrent sauf celle de Jamal.

— Ce serait bien d'avoir l'unanimité, jeune homme.

— Bon sang, espèce de vieille peau, lança Jamal, le visage brûlant d'humiliation. Qu'est-ce que vous voulez encore que je fasse ?

— Quarante ans d'enseignement, croyez-moi, des gamins comme vous, j'en ai dressé plus d'un. Allez, allez, vous verrez comme vous vous sentirez mieux après.

Avec un regard de défaite, Jamal leva la main.

— C'est mieux.

Elle regarda à nouveau Kittridge.

— Nous pouvons y aller maintenant, monsieur Kittridge.

Lequel jeta un coup d'œil au pasteur Don, qui faisait des efforts méritoires pour ne pas éclater de rire.

— Bon, Danny, dit-il, on va faire demi-tour et essayer de trouver un moyen de sortir d'ici.

12.

Ils l'avaient perdu. Bon Dieu, comment avaient-ils pu le perdre ?

La dernière fois qu'ils l'avaient repéré, Grey entrait à Denver. Après ça, il avait disparu des écrans – le réseau de Denver était nase –, mais le lendemain, une antenne relais avait à nouveau capté son signal, à Aurora. Guilder avait demandé un drone pour balayer la zone, sans résultat, et si Grey évitait les autoroutes, ce qui paraissait bel et bien être le cas désormais, s'il se dirigeait vers l'est de l'État, moins peuplé, il pourrait parcourir des kilomètres sans laisser de trace.

Et aucun signe de la fille. Elle aurait aussi bien pu disparaître de la surface de la Terre.

N'ayant pas grand-chose à faire en attendant des nouvelles de Nelson, Guilder avait tout le temps de se pencher sur le dossier Grey, notamment sur les mémos des psychiatres de l'administration pénitentiaire. Mais à quoi pensait Richards ? Embaucher des types comme ça.... des hommes jetables – sauf que c'était justement le but, sans doute. Au même titre que les douze sujets d'expérience originaux, Babcock, Sosa, Morrison et autres salopards, les employés du nettoyage ne risquaient pas de manquer à qui que ce soit.

Pour mémoire : Lawrence Alden Grey, né en 1970 à McAllen, Texas. La mère femme au foyer, le père mécanicien, tous les deux décédés. Le père avait fait trois périodes au Vietnam comme infirmier militaire, démobilisé avec les honneurs et médaillé – étoile de bronze et Purple Heart –, mais le type était au bout du rouleau. Il s'était tiré une balle dans la cabine de son camion, et c'était Grey, six ans, qui l'avait trouvé. Ensuite, une série de pseudo-beaux-pères, une belle brochette d'ivrognes, une histoire d'abus sexuels, etc. À dix-huit ans, Grey avait pris son indépendance et travaillé comme ouvrier sur les champs de pétrole près d'Odessa, puis sur des plateformes dans le golfe. Il ne s'était jamais marié, ce qui n'avait rien d'étonnant : son profil psychologique était un sac de nœuds. La totale : troubles obsessionnels compulsifs, dépression, stress post-traumatique. De l'avis du psy, le type était hétérosexuel, mais avec tellement de blocages que toute relation avec une fille était simplement inenvisageable ; les garçons étaient un moyen de revivre les abus sexuels dont il avait été victime dans son enfance, et que son esprit conscient avait refoulés. Il avait été arrêté deux fois, la première pour exhibitionnisme, le chef d'accusation ayant été ramené au rang de simple infraction, la seconde pour agression sexuelle avec circonstances aggravantes. Dans les faits, il avait tripoté un gamin – ce qui n'était pas un crime passible de la pendaison, mais n'était pas glorieux non plus. Comme une condamnation figurait déjà au dossier, le juge avait requis le maximum, de dix-huit à vingt-quatre ans, mais personne n'exécutait la totalité de sa peine de toute façon, et il avait obtenu sa liberté conditionnelle au bout de quatre-vingt-dix-sept mois.

Après ça, plus grand-chose. Il était retourné s'installer à Dallas, où il avait vécu de petits boulots précaires et rencontré son agent de probation toutes les deux semaines pour pisser dans un gobelet et jurer ses grands dieux qu'il n'avait pas remis les pieds à moins de cent mètres d'un terrain de sport ou d'une école. La castration chimique à base d'anti-androgènes ordonnée par le tribunal était standard, de même que l'obligation de se soumettre à une évaluation psychiatrique tous les six mois. Selon tous les critères, Lawrence Grey était un citoyen modèle – enfin, pour un agresseur d'enfants chimiquement castré.

Mais rien de tout ça ne disait à Guilder comment ce type avait survécu. Il avait réussi, allez savoir comment, à s'échapper du Chalet et il avait évité de se faire tuer depuis. Ça n'avait tout simplement pas de sens.

Le nouveau plan de Nelson était de détourner tous les relais de téléphonie mobile du Kansas et du Nebraska, de couper toutes les communications dans les deux États pendant deux heures et d'essayer d'isoler le signal de la puce de Grey. Dans des circonstances normales, cela aurait exigé un mandat de la cour fédérale, une pile de paperasses de dix kilomètres de haut et un mois de palabres, mais Nelson avait pris un raccourci en s'adressant à la Sécurité du territoire, qui avait accepté de promulguer un décret-loi spécial conformément à l'article 67 de la loi d'orientation et de programmation de la sécurité intérieure – communément dénommée dans la communauté du renseignement « loi RAB » : *Faites ce qui vous chante*, on n'en a *Rien à branler*. La puce que Grey avait dans le cou était un émetteur à basse puissance de mille quatre cent trente-deux mégahertz ; quand ils auraient déblayé tout le reste, et en supposant que Grey passe à moins de quelques kilomètres d'un relais, ils pourraient trianguler sa position et rediriger un satellite pour obtenir une image.

La coupure générale était prévue pour huit heures du matin. En arrivant à six heures, Guilder avait trouvé Nelson en train de pianoter sur son ordinateur. Un petit fond musical grinçant suintait des oreillettes enfoncées dans ses conduits auditifs.

— Laissez travailler Mozart, dit-il en faisant signe à Guilder de dégager.

Ledit Guilder, qui fonctionnait au café et à l'adrénaline, descendit dans la salle de repos à la recherche de quelque chose à manger. Il n'y avait que des distributeurs automatiques. Il avait déjà mis trois dollars dans la fente pour un Snickers quand il s'avisa que ce serait trop difficile à avaler pour lui. Il le jeta à la poubelle et prit un Reese à la place, mais même avec ça il eut du mal, le beurre d'arachide était trop compact. Il alluma la télé sur CNN. On signalait de nouveaux cas un peu partout – Amarillo, Baton Rouge, Phoenix. Les Nations unies abandonnaient leur quartier général de New York pour se relocaliser à La Hague. Une fois la loi martiale déclarée, les militaires seraient rappelés de l'outre-mer. Un sacré fiasco en perspective. À côté, la boîte de Pandore ressemblerait à un panier pique-nique.

Nelson apparut à la porte.

— On s'incline, annonça-t-il avec un sourire. Houston, nous avons un criminel sexuel.

Nelson avait déjà redirigé le satellite. Ils eurent à peine le temps d'arriver devant l'ordinateur que l'image était déjà affichée sur l'écran.

— Bon Dieu, c'est quoi, ça ?

Nelson s'activait sur le clavier pour faire le point sur l'image.

— L'ouest du Kansas.

Une image aérienne faisait apparaître un patchwork de champs de maïs et, au centre, un long bâtiment bas avec un damier de parkings devant. Il n'y avait qu'un seul véhicule sur le parking : un petit 4 × 4, apparemment. Une silhouette sortit du bâtiment, traînant une valise.

— C'est notre bonhomme ? demanda Nelson.

— Je n'en suis pas sûr. Vous pouvez zoomer ?

L'image devint floue, puis retrouva sa netteté, se stabilisant à une distance verticale approximative de vingt-cinq mètres. Guilder eut alors la confirmation que c'était Lawrence Grey qu'il voyait. Il n'avait plus sa combinaison d'homme à tout faire, mais c'était bien lui. Grey retourna dans le bâtiment et en ressortit, une minute plus tard, avec une deuxième valise qu'il déposa dans le coffre du véhicule. Il resta un instant à côté de la voiture, comme perdu dans ses pensées. Et puis une autre silhouette émergea du bâtiment : une femme. Un peu lourde, les cheveux noirs. Elle était en pantalon et en chemise de couleur claire.

Bordel de Dieu !

Ils avaient moins de trente secondes devant eux. L'image était déjà moins piquée. Grey ouvrit la portière côté passager, la femme s'assit dans la voiture. Grey parcourut à nouveau le parking du regard – comme si, pensa Guilder, il se savait observé. Il monta dans le véhicule qui démarra à l'instant où l'image se dissolvait dans un bouillon de culture d'électricité statique.

Nelson releva les yeux de son terminal.

— On dirait que notre cible s'est fait une copine. D'après le dossier des psys, je dois dire que c'est assez surprenant.

— Repassez la dernière image avec la femme. Et essayez de l'agrandir.

Malgré les efforts de Nelson, le résultat n'apporta guère plus.

— On peut savoir ce que c'est que ce bâtiment ?

Nelson avait fait rouler son fauteuil devant un autre terminal.

— 3812 Main Street, Ledeau, Kansas. Un endroit appelé Angie's Resort.

Qui était cette femme ? Et de toute façon, que fichait Lawrence Grey avec une femme ? Venait-elle du Chalet ?

— Quelle direction a-t-il prise ?

— On dirait qu'il se dirige vers l'est. Droit au milieu de nulle part. Si vous voulez lui mettre le grappin dessus, on ferait mieux de se bouger.

— Repérez nos locaux les plus proches. Quelque chose en dehors du périmètre de la Quarantaine.

Encore quelques tapotements sur le clavier, et Nelson annonça :

— Le truc le plus proche serait le vieux labo NBC de Fort Powell. L'armée l'a fermé il y a trois ans quand ils ont délocalisé toutes les installations à White Sands, mais il devrait être facile de rebrancher le courant.

— Quoi d'autre dans le coin ?

— Pas grand-chose. Une fac, Midwest State, cinq kilomètres environ plus à l'est. C'est le centre de formation sportif classique avec quelques classes attenantes. À part ça, il y a aussi une armurerie de la Garde nationale, une installation de conditionnement de viande porcine et bovine, une usine – de l'industrie légère. Et aussi un petit équipement hydroélectrique, mais il a été fermé quand ils en ont construit un autre plus en aval. En gros, l'endroit doit plus ou moins sa survie uniquement à la fac.

Guilder s'accorda un instant de réflexion. Jusque-là, ils étaient seuls à être au courant de l'existence de Grey. Il était probablement temps de mettre le Centre de contrôle des maladies et l'USAMRIID[1] dans le coup.

Et pourtant, il hésitait. En partie à cause de la sale impression qu'il avait gardée de la réunion avec les chefs d'état-major. Comment le commandement central avalerait-il le fait qu'ils aient confié la surveillance des monstruosités de Lear à une bande de criminels sexuels libérés sur parole ? Il en entendrait parler jusqu'à la fin de ses jours.

Mais ce n'était pas la vraie raison.

« Un remède à tout. » N'étaient-ce pas les paroles exactes de Lear ? N'était-ce pas là que toute l'affaire avait tourné en eau de boudin ? Et si Grey avait été contaminé mais n'avait pas flippé pour une raison ou une autre, se pouvait-il que le virus qu'il avait dans le sang ait en quelque sorte muté, parvenant au résultat même que Lear escomptait ? Qu'il soit à tous points de vue un sujet aussi précieux que la fille ? Par ailleurs, bien que la mort soit un problème universel, surtout maintenant, l'enjeu était plus urgent et plus personnel pour Guilder – dans la mesure où le destin qui l'attendait était irrémédiablement scellé. Dès lors, n'avait-il pas le droit de mobiliser toutes les ressources à sa disposition dans le but d'assurer sa propre survie ? Tout le monde en ferait autant, non ?

« On va tous mourir, mon chou. » C'était bien vrai. Mais pour certains plus que pour d'autres.

Grey était-il sa réponse ? Peut-être que oui, et peut-être que non. Peut-être n'était-ce qu'un pauvre crétin qui avait réussi à se sortir d'un bâtiment en feu et à éviter les fluos assez longtemps pour arriver jusque dans le Kansas. Mais plus Guilder y réfléchissait, moins il y croyait. Les chances que ce soit le cas étaient tout simplement trop faibles. Et quand il aurait remis le type entre les pattes des militaires, il doutait que quiconque entende plus jamais parler de lui, ou de cette femme mystérieuse.

Ça n'allait pas se passer comme ça. Horace Guilder, directeur adjoint de la division des Armes spéciales, allait garder Lawrence Grey pour lui.

---

1. US Army Medical Research Institute of Infectious Diseases : Institut de recherche médicale militaire sur les maladies infectieuses, laboratoire militaire de recherche en guerre biologique. *(N.d.T.)*

— Alors ? Que voulez-vous que je fasse ?

Nelson le regardait fixement. Guilder se livra à de savants calculs. De qui d'autre aurait-il besoin ? Même si Nelson n'était pas un parangon de loyauté, pour le moment leurs intérêts convergeaient, et c'était l'homme de la situation, une bande de Géo Trouvetou de la biochimie à lui tout seul. Il finirait tôt ou tard par flairer ce que son supérieur mijotait, et il y aurait alors des décisions à prendre, mais Guilder s'en occuperait le moment venu. Quant à la récupération, il y avait toujours des individus qui ne figuraient sur aucune liste du personnel pour se charger de ce genre de tâche. Un coup de fil et tout serait mis en branle.

— Emballez vos affaires, décréta-t-il. On part pour l'Iowa.

13.

Le lendemain, au lever du soleil, ils arrivèrent dans le fin fond du Nebraska. Danny avait conduit toute la nuit. Il était penché sur le volant, les yeux brûlants de sommeil. Tout le monde sauf Kittridge s'était endormi, même ce parasite de Jamal.

Ça faisait du bien d'avoir à nouveau des gens dans le bus. D'être redevenu utile, une petite locomotive utile. Ils avaient trouvé du diesel dans un petit aéroport, à McCook. Les rares villes qu'ils avaient traversées étaient vides et abandonnées, comme dans les westerns. D'accord, peut-être qu'alors ils étaient perdus, plus ou moins, mais Kittridge et l'autre homme, le pasteur Don, disaient que ça ne faisait rien, tant qu'ils continuaient à aller vers l'est. « C'est tout ce que tu as à faire, Danny, disait Kittridge. Emmène-nous vers l'est. »

Il pensait à ce qu'il avait vu sur l'autoroute. C'était vraiment quelque chose. Il avait vu beaucoup de cadavres au cours des derniers jours, mais rien d'aussi moche que ça. Il aimait bien Kittridge, qui lui rappelait un peu M. Purvis. Pas physiquement, parce qu'il ne lui ressemblait pas du tout. Non, c'était la façon dont il parlait à Danny – comme s'il était important.

Tout en conduisant, il pensait à maman, et à M. Purvis, à Thomas, à Percy, à James, et combien il était utile. C'est maman et M. Purvis qui seraient fiers de lui maintenant.

Le soleil apparaissait au-dessus de l'horizon, et Danny était obligé de plisser les yeux tellement il était aveuglant. D'ici peu, tout le monde serait réveillé. Kittridge se pencha par-dessus son épaule.

— On a encore beaucoup d'essence ?

Danny vérifia. Ils n'avaient plus qu'un quart du réservoir.

— On va faire une halte et le remplir avec les jerrycans, décida Kittridge. Ça permettra aux gens de se dérouiller un peu les jambes.

Ils quittèrent la route et s'arrêtèrent sur une aire de repos. Kittridge et le pasteur Don vérifièrent les toilettes et leur donnèrent le feu vert.

— Trente minutes, annonça Kittridge.

Ils avaient récupéré des provisions : des boîtes de crackers, du beurre de cacahuète, des pommes, des barres énergétiques, des bouteilles de soda et de jus de fruit, des couches et du lait maternisé pour Boy Junior. Kittridge avait même trouvé pour Danny une boîte de Lucky Charms, ses céréales préférées, celles avec des marshmallows, mais le lait qui se trouvait dans le réfrigérateur de l'épicerie avait tourné. Il devrait encore s'en passer. Danny, Kittridge et le pasteur Don déchargèrent les jerrycans de diesel stockés au fond du bus et commencèrent à remplir le réservoir. Danny leur avait dit que le bus avait une capacité de cent quatre-vingt-neuf litres exactement. Chaque plein leur permettrait de faire quatre cent quatre-vingts kilomètres.

— Tu es très précis, remarqua Kittridge.

Lorsqu'ils eurent fini de remplir le réservoir, Danny prit la boîte de Lucky Charms, une cannette de Dr Pepper tiède et alla s'asseoir sous un arbre. Les autres étaient assis à une table de pique-nique, même Jamal. Ils ne parlaient pas beaucoup, mais Danny avait l'impression que tout le monde avait décidé de faire table rase du passé. Linda Robinson changeait Boy Junior en roucoulant et lui faisait remuer les bras et les jambes. Danny n'avait jamais été très attiré par les bébés. Il croyait savoir qu'ils pleuraient beaucoup, mais jusque-là, Boy Junior était resté aussi silencieux qu'une souris. Il y avait de bons bébés et de mauvais bébés, disait maman, et Boy Junior en était un bon. Danny essayait de se rappeler comment c'était quand il était un bébé lui-même, juste pour voir s'il y arrivait, mais son esprit ne voulait pas remonter aussi loin, pas d'une façon ordonnée. C'était bizarre comme il y avait toute une partie de sa vie qu'on n'arrivait pas à se rappeler, à part de petites images : le soleil qui brillait sur une vitre, une grenouille morte écrasée dans l'allée par une roue de voiture, ou un quartier de pomme sur une assiette. Il se demanda s'il avait été un bon bébé, comme Boy Junior.

Il regardait le groupe en se fourrant dans la bouche des poignées de Lucky Charms qu'il faisait descendre avec le Dr Pepper, quand Tim se leva de la table et vint vers lui.

— Hé, Timmy. Ça va ?

Le petit garçon avait les cheveux complètement ébouriffés. Il avait bien dormi dans le bus.

— Pas mal, on va dire.

Il eut une sorte de haussement d'épaules comme s'il avait été désossé.

— Ça t'ennuie si je viens m'asseoir avec toi ?

Danny se poussa un peu.

— Je suis désolé que les autres enfants se moquent parfois de toi, dit Tim au bout d'une minute.

— Ça ne fait rien, répondit Danny. Ça m'est égal.

— Billy LeDoux est une vraie tête de nœud.

— Il s'en prend à toi aussi ?

— Des fois. Il s'en prend à tout le monde, ajouta le petit garçon avec un vague hochement de tête.

— Tu n'as qu'à l'ignorer. C'est ce que je fais.

Au bout d'une minute, Tim reprit :

— Tu aimes vraiment *Thomas le petit train*, hein ?

— Ça oui.

— Moi aussi, je le regardais. J'avais, tu sais, cette énorme maquette de Thomas et ses amis au sous-sol, chez moi. Avec le convoyeur de charbon, le poste de lavage, j'avais tout ça.

— J'aurais bien voulu voir ça. Ça devait être super.

Un bref silence passa. Le soleil était chaud sur le visage de Danny.

— Tu veux savoir ce que j'ai vu dans le stade ? demanda Tim.

— Si tu veux.

— Genre un millier de millions de gens morts.

Danny ne savait pas quoi répondre. Il devina que Tim avait besoin d'en parler à quelqu'un ; ce n'était pas le genre de chose qu'on devait garder enfermée en soi.

— C'était vraiment moche.

— Tu l'as dit à April ?

Tim secoua la tête.

— Tu veux que ça reste secret ?

— Ce serait mieux ?

— Sûr, répondit Danny. Je sais garder les secrets.

Tim avait récupéré un peu de terre à la base de l'arbre et la regardait couler entre ses doigts.

— Tu n'es pas très peureux, hein, Danny ?

— Si, un peu.

— Mais là, tu n'as pas peur, déclara le garçon.

Danny dut réfléchir. Il supposait qu'il aurait dû avoir peur, mais non, il n'avait pas peur. Il se sentait plutôt, disons, *intéressé*. Qu'allait-il arriver ensuite ? Où allaient-ils se retrouver ? Il s'étonnait de se découvrir aussi adaptable. Le Dr Francis aurait été fier de lui.

— Non, je crois que non.

Dans la zone de pique-nique ombragée, tout le monde remballait. Danny aurait bien voulu trouver les mots pour que le petit garçon se sente mieux, pour effacer de son esprit le souvenir de ce qu'il avait vu dans le stade. Ils retournaient vers le bus quand une pensée lui traversa l'esprit.

— Hé, j'ai quelque chose pour toi.

Il fouilla dans son sac, récupéra son penny porte-bonheur et le tendit au gamin.

— Garde-le toujours, et je te promets qu'il ne pourra rien t'arriver de mal.

Tim le prit dans la paume de sa main.

— Qu'est-ce qui s'est passé ? Il est tout aplati.

— Un train a roulé dessus. C'est pour ça qu'il porte bonheur.

— Où tu l'as trouvé ?

— Je ne sais plus. Mais je l'ai toujours eu. Allez, tu peux le garder, ajouta-t-il avec un mouvement de menton vers la paume ouverte du gamin.

Un instant d'hésitation, puis Tim fourra le penny aplati dans la poche de son short. Ce n'était pas grand-chose, Danny le savait, mais ce n'était pas rien. Il y avait des moments comme celui-ci où même une petite chose pouvait aider à se sentir mieux. Par exemple, la bouteille de Popov de maman, vers laquelle elle se tournait quand elle avait ses nerfs, et les visites de M. Purvis, les soirs où Danny les entendait rire. Le rugissement du gros moteur diesel du Redbird qui revenait à la vie quand il tournait la clé le matin. Prendre la bosse à toute vitesse sur Lindler Avenue, et entendre tous les gamins crier quand ils décollaient de leur banquette. Des petites choses comme ça. Danny était content de lui, content d'avoir eu cette idée, d'avoir transmis une chose à laquelle il savait que tout le monde n'aurait pas songé, et alors qu'il se trouvait là, dans le soleil du matin, avec le garçon, il vit du coin de l'œil le visage de l'enfant changer, comme s'il s'était illuminé. Peut-être même qu'il avait souri.

— Merci, Danny, dit le petit.

Omaha était en feu.

Ils virent d'abord une lueur mouvante au-dessus de l'horizon, à l'heure où tous les chats sont gris. Ils approchaient de la ville par le sud-ouest, sur l'I-80. Il n'y avait pas une seule voiture sur la route et tous les bâtiments étaient plongés dans le noir. Un abandon plus profond, plus intense que tout ce qu'il leur avait été donné de voir jusque-là ; *normalement,* c'était une ville de près d'un demi-million d'habitants. Une forte odeur de fumée commençait à filtrer par les bouches d'aération du bus. Kittridge demanda à Danny de s'arrêter.

— Il faut qu'on traverse le fleuve d'une façon ou d'une autre, dit le pasteur Don. Prenez par le sud ou par le nord, mais il faut qu'on trouve un moyen de passer.

Kittridge releva les yeux de la carte.

— Danny, où on en est côté carburant ?

Ils n'avaient plus qu'un huitième de réservoir, et les jerrycans étaient vides. Encore de quoi rouler quatre-vingts kilomètres, tout au plus. Ils comptaient refaire le plein à Omaha.

— Ce qui est sûr, commenta Kittridge, c'est qu'on ne peut pas rester ici.

Ils prirent vers le nord. Le pont suivant se trouvait dans la ville d'Adair, sauf qu'on l'avait fait sauter – il n'en restait pas une pierre debout. Devant eux le fleuve, large et noir, coulait inlassablement. Le prochain pont était celui de Decatur, une cinquantaine de kilomètres plus au nord.

— On est passés devant une école élémentaire il y a deux kilomètres, dit le pasteur Don. C'est mieux que rien. On cherchera du carburant demain matin.

Un silence se fit dans le bus. Tout le monde attendait la réponse de Kittridge.

— D'accord. On fait ça.

Ils retournèrent vers le centre de la petite ville. Toutes les lumières étaient éteintes, les rues vides. Ils arrivèrent à l'école, un bâtiment moderne en retrait de la route, juste en bordure des champs. Une banderole, au fond du parking, proclamait, en grandes lettres capitales : « Allez les Lions ! Bonnes vacances ! »

— Attendez-moi ici, ordonna Kittridge.

Il entra dans le bâtiment. Quand il en ressortit quelques minutes plus tard, il échangea un rapide coup d'œil avec le pasteur Don, et les deux hommes hochèrent la tête.

— On va passer la nuit ici, annonça Kittridge. Restez groupés, que personne ne s'éloigne. Il n'y a pas d'électricité, mais il y a l'eau courante, et de quoi manger à la cafétéria. Si vous avez besoin d'aller aux toilettes, allez-y deux par deux.

Dans l'entrée, ils furent accueillis par l'odeur caractéristique d'une école primaire, mélange de sueur et de chaussettes sales, de fournitures à dessin et de linoléum ciré. Une vitrine de trophées se dressait à côté d'une porte qui menait sans doute vers le bureau. Sur les murs peints étaient exposés des collages représentant des personnages et des animaux découpés dans des journaux et des magazines. À côté de chacun des chefs-d'œuvre, une étiquette imprimée indiquait le nom et la classe de l'artiste : « Wendy Mueller, 10e », « Gavin Jackson, 7e », « Florence Ratcliffe, petite section de maternelle ».

— April, va avec Wood et Don chercher des matelas. Il devrait y en avoir dans les salles de jardin d'enfants.

Dans une réserve, derrière la cafétéria, ils trouvèrent des boîtes de haricots et de macédoine de fruits, ainsi que du pain et de la confiture pour faire des tartines. Il n'y avait pas de gaz pour réchauffer les haricots, alors ils durent les manger froids, dans les alvéoles des plateaux de cafétéria en métal. La nuit était tombée, Kittridge distribua des torches électriques. Ils parlaient tout bas, en chuchotant, de crainte que les viruls les entendent.

À neuf heures, tout le monde était couché. Kittridge laissa Don en faction au rez-de-chaussée, et monta à l'étage avec une lanterne. Beaucoup de portes étaient fermées à clé, mais pas toutes ; il choisit la salle de sciences, un grand espace dégagé avec des paillasses et des armoires vitrées pleines de matériel de laboratoire, béchers et autres. Une légère odeur de butane planait dans l'air. Sur le tableau blanc était écrit : « Dernières révisions, chap. 8-12. TP mercredi. »

Il y avait un lavabo dans le coin. Kittridge enleva son tee-shirt et fit une toilette de chat, puis il s'assit pour enlever ses rangers. Sa prothèse – il avait été amputé juste sous le genou gauche – était faite d'une armature d'alliage de titane recouverte de silicone ; un cylindre hydraulique contrôlé par un microprocesseur, alimenté par une minuscule pile à hydrogène qui recalculait cinquante fois par seconde l'angle correct de l'articulation de la cheville, lui donnait une démarche naturelle. C'était le dernier cri en matière d'appareillage prothétique. Kittridge ne doutait pas qu'elle avait coûté un paquet à l'armée. Il roula la jambe de son pantalon, baissa la longue chaussette et lava son moignon avec le savon du distributeur, près du lavabo. Le cal était épais, mais après deux jours sans soins, la peau, au point de contact, était à vif et sensible. Il sécha à fond le moignon, le laissa prendre l'air quelques minutes, puis remit sa prothèse et baissa la jambe de son pantalon.

Il fut surpris par un bruit furtif derrière lui. Se retournant il trouva April dans l'embrasure de la porte.

— Pardon, je ne voulais pas...

Il remit rapidement son tee-shirt et se releva. Qu'avait-elle vu au juste ? Enfin, il n'y avait pas beaucoup de lumière, et il était en partie caché derrière l'une des paillasses.

— Pas de problème. J'essayais juste de me laver un peu.

— Je n'arrivais pas à dormir.

— Tout va bien. Tu peux venir si tu veux.

Elle entra dans la pièce d'un pas incertain. Kittridge se dirigea vers la fenêtre avec son AK et prit le temps d'inspecter la rue en contrebas.

— Comment ça se passe, dehors ?

Elle était à côté de lui à présent.

— Jusque-là, c'est calme. Et Tim, ça va ?

— Il s'est endormi comme on souffle une bougie. Il est plus coriace qu'il n'en a l'air. Plus coriace que moi, en tout cas.

— Ça, ça m'étonnerait. Moi, je te trouve plutôt cool.

April fronça les sourcils.

— Vous vous trompez. J'ai l'air calme comme ça, mais c'est de la frime. Si vous voulez tout savoir, je suis tellement terrorisée que je n'éprouve quasiment plus rien.

Une étagère profonde courait sur toute la longueur de la pièce, sous les fenêtres. April se hissa dessus, le dos appuyé à l'encadrement, et releva ses genoux sur sa poitrine. Kittridge fit de même. Ils étaient face à face maintenant. Un silence d'attente, mais pas désagréable, s'établit entre eux. Elle était jeune, et pourtant il sentait un noyau de résilience en elle. Le genre de chose qu'on avait ou qu'on n'avait pas.

— Alors, tu as un petit ami ?

— C'est quoi, un interrogatoire ?

Kittridge eut un petit rire, se sentit rougir.

— Il faut bien parler de quelque chose. Tu es comme ça avec tout le monde ?

— Juste les gens que j'aime bien.

Un ange passa.

— Alors, d'où ça vient April comme nom ?

Il n'avait rien trouvé d'autre à dire.

— Tu es née en avril ?

Elle secoua la tête.

— Ça vient de *La Terre vaine.*

Et comme Kittridge ne répondait pas, elle haussa les sourcils d'un air interrogateur.

— Le poème ? De T. S. Eliot ?

Le nom lui disait quelque chose, mais c'était bien tout.

— Je ne peux pas dire que je connaisse. Ça donne quoi ?

Son regard se perdit au loin. Lorsqu'elle reprit la parole, ce fut d'une voix emplie d'une richesse de sentiment que Kittridge ne parvint pas à identifier, à la fois heureuse et triste, et comme chargée de souvenir.

Avril est le mois le plus cruel.
De la terre morte, il fait jaillir des lilas, souvenirs et désir.
Par ses pluies de printemps il réveille les racines assoupies
L'hiver nous tenait au chaud, sous sa couverture
De neige oublieuse, couvant
Une petite vie dans d'arides tubercules.
L'été nous surprit, sur le Starnbergersee,
Par une averse[1]...

— Eh bien, fit-il. C'est vraiment quelque chose.

Elle leva vers lui ses yeux couleur de mousse, piquetés de points dorés, et haussa les épaules.

---

1. D'après la traduction de Pierre Leyris, Le Seuil, 1995. *(N.d.T.)*

— C'est de là que ça vient. À la base, ce type était complètement dépressif.

Elle tirailla un des fils apparents sur les genoux de son jean.

— Le nom, c'était l'idée de ma mère. Elle était prof d'anglais avant de rencontrer mon beau-père. On ne manquait de rien, quoi, on était riches et tout ça.

— Tes parents sont divorcés ?

— Mon père est mort quand j'avais six ans.

— Désolé. Je ne...

Elle ne le laissa pas finir.

— Ne vous excusez pas. Ce n'était pas quelqu'un de très recommandable. Un résidu de la période mauvais garçons de ma mère. Il était chargé comme une mule et il a foncé avec sa voiture dans les piles d'un pont. Et voilà, comme dit Winnie l'Ourson.

Elle énonça ces faits sans émotion, comme si elle lui avait parlé de la pluie et du beau temps. Dehors, la nuit d'été était voilée de ténèbres. Kittridge se dit qu'il l'avait sans doute mal jugée, mais il avait appris que c'était bien souvent le cas. L'histoire n'était jamais l'histoire, et on était toujours étonné par ce que les autres pouvaient trimballer.

— Je vous ai vu, vous savez, poursuivit April. Votre jambe. Les cicatrices sur votre dos. Vous avez fait la guerre, hein ?

— Qu'est-ce qui te fait penser ça ?

Elle eut une grimace incrédule.

— Pff ! Qu'est-ce que vous voulez que je vous réponde, à part : tout. D'abord, vous êtes le seul à savoir ce qu'il faut faire. Et puis vous êtes style superpro avec les flingues et tout le bordel...

— Je te l'ai dit, je vends du matériel de camping.

— N'importe quoi !

Elle était d'une franchise tellement désarmante que l'espace d'une seconde il ne répondit pas. Mais elle avait visé juste.

— Tu es sûre de vouloir que je te raconte ça ? Ce n'est pas très joli.

— Si vous voulez m'en parler, oui.

Il tourna machinalement le regard vers la fenêtre.

— Eh bien, tu as raison, c'est ça. Je me suis enrôlé juste à la sortie de la fac. Pas dans l'armée, dans les marines. Je me suis retrouvé sergent-chef dans les MP. Tu sais ce que c'est ?

— Vous étiez flic, quoi.

— Plus ou moins. Ça consistait pour l'essentiel à sécuriser les installations américaines, les bases aériennes, les infrastructures sensibles, ce genre de chose. On nous a pas mal baladés. En Iran, en Irak, en Arabie saoudite, en Tchétchénie, pour une brève période. Ma dernière affectation, c'était à la base aérienne de Bagram, en Afghanistan. Généralement, c'était la routine, on vérifiait la provenance du matériel, on contrôlait les employés étrangers à l'entrée et à la sortie. Mais une fois de temps en temps, il arrivait quelque chose. C'était avant le coup d'État, le territoire était encore contrôlé par les Américains, mais il y avait des talibans partout, sans parler d'Al-Qaïda, et d'une vingtaine de chefs de guerre locaux qui se bagarraient entre eux.

Il s'accorda une brève pause. La suite était plus pénible, encore maintenant.

— Et puis, un jour, on voit une voiture, un tas de boue comme il y en avait tant, arriver sur la route. Les postes de contrôle sont bien visibles, tout le monde sait qu'il faut s'y arrêter, mais ce type continue. Il fonce droit sur nous. Deux personnes dans la voiture, à ce qu'on croit voir, un homme et une femme. Tout le monde ouvre le feu. La voiture fait une embardée, quelques tonneaux et se retrouve sur ses roues. On pense qu'elle va exploser, c'est sûr, mais non. Je suis le plus gradé, et donc c'est à moi d'aller voir. La femme est morte, mais l'homme est encore en vie. Il est affaissé sur le volant, couvert de sang. Et sur la banquette arrière, il y a un gamin, un petit garçon. Il ne doit pas avoir plus de quatre ans. Ils l'ont attaché sur un siège bourré d'explosifs. Je vois les fils qui courent vers l'avant du véhicule où le père tient le détonateur. Il marmonne entre ses dents : *Anta al-mas'ul.* Il répète ça : *Anta al-mas'ul.* Le gamin gémit, il tend la main vers moi. Cette petite main, je ne l'oublierai jamais. Il n'a que quatre ans, mais on dirait qu'il sait ce qui va se passer.

— Oh, mon Dieu, souffla April avec une expression horrifiée. Alors, qu'est-ce que vous avez fait ?

— La seule chose qui me soit venue à l'esprit : je me suis tiré comme si j'avais le diable à mes trousses. Je ne me souviens pas vraiment de l'explosion. Je me suis réveillé à l'hôpital, en Arabie saoudite. Deux gars de mon unité avaient été tués, un autre avait pris un éclat d'obus dans la colonne vertébrale.

April le regardait, les yeux écarquillés.

— Je t'avais prévenu que ce n'était pas très joli.

— Il a fait sauter son propre gamin ?
— C'est à peu près ça, ouais.
— Mais c'est qui, des monstres capables de faire des trucs pareils ?
— Là, tu me poses une colle. Je n'ai jamais réussi à comprendre.
April ne répondit pas, et Kittridge se demanda, comme chaque fois, s'il n'en avait pas trop dit. Pourtant ça faisait du bien de vider son sac, et si elle en avait entendu plus qu'elle ne l'aurait voulu, elle avait le chic pour le cacher. Dans l'absolu, Kittridge savait que son histoire était dérisoire ; il y en avait cent, mille comme la sienne. Cette cruauté imbécile, ça faisait partie de la vie, voilà tout. Mais c'était une chose de le comprendre, c'en était une autre de l'accepter quand on l'avait soi-même vécu.
— Et après, qu'est-ce qui s'est passé ? demanda April.
— Rien du tout, fit Kittridge avec une moue désabusée. L'histoire s'arrête là. Ils sont partis danser avec les vierges pour l'éternité.
— Non, je voulais dire, pour vous, insista-t-elle, les yeux rivés aux siens. Moi, un truc pareil, ça m'aurait mise sacrément en rogne.
Ça, c'était nouveau, se dit-il – la partie de l'histoire sur laquelle on ne l'interrogeait jamais. Inévitablement, une fois les faits de base dévoilés, son interlocuteur n'avait qu'une envie : prendre la poudre d'escampette. Mais cette fille, cette April, n'était pas de la même trempe.
— Eh bien, pas moi. Ou du moins je ne crois pas. J'ai passé près de six mois à l'hôpital des vétérans, à réapprendre à marcher, à m'habiller et à manger tout seul, et puis ils m'ont fichu dehors. *La guerre est finie, mon pote, au moins pour vous.* Je n'étais pas amer, pas du tout, contrairement à un tas de types. Je ne me jetais pas sous mon lit à la moindre pétarade de moteur, ni rien de ce genre. Je me disais simplement : *Ce qui est arrivé est arrivé.* Au bout de six mois, une fois remis, je suis retourné chez moi, dans le Wyoming. Mes parents étaient morts, ma sœur était partie s'installer en Colombie Britannique avec son mari, et elle avait plus ou moins disparu de la circulation, mais je connaissais encore des gens là-bas, des gamins avec qui j'étais allé à l'école, sauf que ce n'étaient plus des gamins. L'un d'eux a voulu organiser une fête pour mon retour, une grande

sauterie. Ils avaient tous fondé des familles à eux entre-temps, ils avaient des femmes, des gosses, des boulots, mais avant, c'était une bande de sérieux buveurs. Cette fête n'était qu'un prétexte pour se soûler, enfin, quel mal y avait-il à ça ? « D'accord, j'ai dit, éclatez-vous », et c'est ce qu'ils ont fait. Il y avait au moins cent personnes, une grande banderole avec mon nom accrochée au-dessus du porche, et même un orchestre. Tout ce bazar m'a mis KO. J'étais dans la cour, en train d'écouter la musique, quand mon ami m'a dit : « Allez, viens, il y a des femmes qui veulent faire ta connaissance. Ne reste pas planté là comme un crétin. » Alors il m'a emmené à l'intérieur, et il y en avait trois, trois filles assez chouettes d'ailleurs. J'en avais un peu connu une autrefois. Elles discutaient, elles parlaient d'une émission de télé, elles se racontaient des potins, les trucs habituels. Des choses normales, de tous les jours. Moi, je sirotais une bière en les écoutant quand tout à coup je me suis rendu compte que je ne comprenais rien à ce qu'elles racontaient. Ce n'était pas les mots eux-mêmes que je ne comprenais pas, c'est ce qu'ils *voulaient dire.* Rien ne paraissait avoir de sens, comme s'il existait deux mondes, un monde intérieur et un monde extérieur, pas reliés entre eux. Je suis sûr qu'un psy aurait un nom pour ça. Tout ce que je sais, c'est que je me suis réveillé par terre, et tout le monde était autour de moi. Après ça, j'ai passé quatre mois au fond du trou avant d'être capable de me retrouver parmi des gens.

Il s'arrêta, un peu surpris de lui-même.

— Si tu veux tout savoir, je n'avais jamais raconté ça à personne. Tu dois être la première.

— Pour moi, ça ressemble à une journée ordinaire au lycée.

Kittridge ne put s'empêcher de rire.

— Touché.

Il croisa son regard, et ne détourna pas les yeux. Comme c'était bizarre... On était tout seul avec ses pensées, et voilà que quelqu'un débarquait tout à coup, qui paraissait connaître ce qu'il y avait tout au fond de vous, qui lisait en vous comme dans un livre. Il n'aurait su dire combien de temps ils restèrent ainsi à se dévisager. Il lui sembla que ça durait, ça durait, comme s'ils n'avaient ni la volonté, ni le courage, ni même le désir de détourner le regard. Quel âge avait-elle ? Dix-sept ans ? Elle ne les faisait pas. Elle n'avait pas d'âge. Une « âme ancienne » :

Kittridge connaissait l'expression mais n'en avait jamais tout à fait compris le sens. C'est ce qu'avait April : une âme ancienne.

Pour sceller l'accord tacite conclu entre eux, Kittridge prit l'un des Glock de son holster d'épaule et le lui tendit.

— Tu sais te servir de ça ?

April le regarda d'un air incertain.

— Voyons voir. Ce n'est pas comme à la télévision.

Kittridge retira le chargeur et fit coulisser la glissière en arrière pour éjecter la balle du canon. Il lui mit l'arme dans la main, enroula ses doigts autour des siens.

— Ne presse pas la détente avec la jointure, le tir partirait vers le bas. Tu appuies avec le bout du doigt, doucement, comme ça.

Il lui lâcha la main et se tapota le sternum.

— Une balle là, ça suffit, mais tu n'auras droit qu'à une seule. Prends le temps de viser avant de tirer.

Il remit le chargeur et lui rendit l'arme.

— Allez, tu peux le garder. Laisse une cartouche dans la chambre, comme je t'ai montré.

Elle eut un sourire en coin.

— Hé, merci. Mais moi, je n'ai rien pour vous.

— Peut-être la prochaine fois, répondit-il en lui rendant son sourire.

Un moment passa. April tournait et retournait l'arme dans sa main, l'examinant comme si c'était un objet inexplicable.

— Qu'a dit le père ? *Anta* je ne sais quoi ?

— *Anta al-mas'ul.*

— Vous avez réussi à savoir ce que ça voulait dire ?

Kittridge hocha la tête.

— Ça signifie : « C'est vous qui avez fait ça. »

Un silence prolongé, différent des autres. Pas une barrière entre eux, mais au contraire la conscience d'être tous les deux là, vivants, entre les murs d'une pièce dans laquelle ils auraient été les derniers êtres humains sur terre. Ça faisait vraiment drôle, songea Kittridge, de prononcer ces mots. *Anta al-mas'ul. Anta al-mas'ul.*

— C'était la seule chose à faire, vous savez, dit-elle. Sans ça, vous vous seriez fait tuer aussi.

— On a toujours le choix, répondit-il.

— Qu'est-ce que vous auriez pu faire d'autre ?

C'était une question de pure forme, il le savait bien. Une question sans en être une. « Qu'est-ce que vous auriez pu faire d'autre ? » La réponse, Kittridge la connaissait. Il l'avait toujours connue.

— J'aurais pu retenir sa main.

Il monta la garde à la fenêtre toute la nuit. Le manque de sommeil n'était pas un problème pour lui, il avait appris à tenir le coup en fermant les yeux quelques instants seulement. April était roulée en boule par terre, sous la fenêtre. Kittridge avait enlevé son blouson et l'avait mis sur elle. Il n'y avait de lumière nulle part. La vue que l'on avait de la fenêtre était celle d'un monde en paix, sous un ciel constellé d'étoiles. Lorsque les premières lueurs de l'aube blanchirent l'horizon, il s'autorisa à fermer les yeux pour de bon.

Il fut réveillé par un bruit de moteurs qui approchaient. Un convoi se dirigeait vers eux dans la rue, vingt véhicules militaires. Kittridge dégaina rapidement son second pistolet et le passa à April, qui s'était assise aussi et se frottait les yeux.

— Prends ça.

Il descendit rapidement l'escalier. Il arriva à la porte alors que le convoi n'était plus qu'à une trentaine de mètres de là. Il sortit en coup de vent, en agitant les bras.

— Stop !

Le Humvee de tête s'arrêta à quelques mètres seulement de lui. Le soldat qui se trouvait sur le toit du véhicule suivait ses mouvements avec sa mitraillette. Un masque chirurgical blanc lui dissimulait le bas du visage.

— Restez où vous êtes.

— Je ne suis pas armé, dit Kittridge, les bras levés très haut.

Le soldat arma sa mitraillette.

— N'approchez pas !

Pendant cinq secondes de tension, Kittridge crut qu'il allait tirer. Puis la portière du Humvee s'ouvrit côté passager. Une femme baraquée en émergea et s'avança vers lui. De près, il vit qu'elle avait le visage ridé, fatigué, encroûté de poussière. Une femme officier, et pas du genre à rester derrière un bureau.

— Commandant Porcheki, neuvième bataillon d'appui au combat, garde nationale de l'Iowa. Et vous, qui êtes-vous ?

Il n'avait qu'une carte à jouer.

— Sergent-chef Bernard Kittridge, compagnie Charlie, premier bataillon de police militaire, corps des marines des États-Unis.

Elle étrécit les yeux.

— Vous êtes marine ?

— Libéré pour raisons de santé, commandant.

La femme jeta un coup d'œil derrière lui vers l'école. Kittridge n'avait pas besoin de regarder pour savoir que les autres les observaient depuis les fenêtres.

— Combien de civils avez-vous à l'intérieur ?

— Onze. Nous n'avons presque plus d'essence dans notre bus.

— Des malades, ou des blessés ?

— Tout le monde est épuisé et terrifié, mais rien à signaler en dehors de cela.

Elle réfléchit à la situation avec une expression neutre. Et puis :

— Caldwell ! Valdez !

Deux caporaux arrivèrent au trot. Eux aussi portaient des masques chirurgicaux. Comme tous les autres, sauf Porcheki.

— Dites au ravitailleur de s'occuper du réservoir de ce bus.

— On prend des civils ? On peut faire ça, maintenant ?

— Je vous ai demandé votre opinion, le spécialiste ? Et dites à un médecin de venir.

— Oui, commandant. Désolé.

Ils s'éloignèrent au pas de course.

— Merci, commandant. Nous aurions eu une longue marche devant nous...

Porcheki décrocha une gourde de sa ceinture et prit le temps de se désaltérer.

— Vous avez eu de la chance que nous passions par là. Le carburant devient vraiment rare. Nous retournons à l'armurerie de la garde à Fort Powell, et nous ne pourrons pas vous emmener plus loin. La FEMA y a organisé un centre de traitement des réfugiés. À partir de là, vous serez probablement évacués vers Chicago ou Saint Louis.

— Si je puis me permettre de vous poser la question, vous avez des nouvelles ?

— Vous pouvez, mais je ne sais pas très bien quoi vous dire. Ces satanées créatures ont le chic pour surgir de partout et disparaître en un clin d'œil. Elles aiment les arbres, mais n'importe quel abri fait l'affaire. Au commandement central, on dit qu'il y en a un énorme essaim massé le long de la frontière entre le Kansas et le Nebraska.

— Un essaim ?

Elle s'octroya encore une gorgée d'eau.

— C'est comme ça qu'on appelle les regroupements de ces créatures : des essaims.

Le médecin apparut ; tout le monde sortit de l'école en rang. Kittridge informa ses compagnons de la situation pendant que les soldats établissaient un périmètre de sécurité. Le médecin examina chacun des civils, prit leur température, inspecta leur bouche. Quand tout le monde fut prêt à partir, Porcheki retrouva Kittridge au pied des marches du bus.

— Juste une chose. Il vaudrait peut-être mieux que vous évitiez de dire que vous venez de Denver. Si on vous le demande, dites que vous venez de l'Iowa.

Il repensa à l'autoroute, aux files de voitures déchiquetées.

— Je transmettrai l'info.

Kittridge monta et prit place juste derrière Danny, son fusil calé entre ses genoux.

— Bon sang, fit Jamal en souriant d'une oreille à l'autre, un convoi militaire ! Je retire tout ce que j'ai dit sur vous, Kittridge.

Du pouce, il indiqua Mme Bellamy, qui s'épongeait le front avec un mouchoir en papier pris dans sa manche.

— Et merde, ça m'est même égal maintenant que la vieille taupe m'ait braqué avec son flingue.

— La bave du crapaud, jeune homme. La bave du crapaud, répondit la vieille dame, depuis l'autre côté de l'allée centrale.

Il se tourna vers elle.

— Il y a un truc qui m'intrigue. Pourquoi est-ce que les petites vieilles ont toujours un tire-jus coincé dans la manche ? Ce n'est vraiment pas hygiénique, vous ne trouvez pas ?

— Quand on pense que ça vient d'un jeune homme qui a assez d'encre dans les bras pour faire tourner une ronéo !

— Une ronéo ! Mais de quel siècle venez-vous ?

— Quand je vous regarde, il ne me vient qu'un mot à l'esprit : « hépatite ».

— Vous nous les brisez, tous les deux, gémit Wood. Vous ne pouvez pas aller vous engueuler ailleurs ?

Le convoi s'ébranla.

14.

Le plan était lancé. Son équipe était réunie, le jet serait là à l'aube. Guilder avait joint son contact chez Blackbird, tout était organisé. Le serveur et les disques durs de l'entrepôt avaient tous été nettoyés. « Rentrez chez vous, avait-il dit aux gars de son équipe. Allez retrouver vos familles. »

Il était plus de minuit quand il reprit sa voiture et rentra chez lui, par les rues silencieuses, luisantes de pluie. La radio ne cessait de déverser son flot de mauvaises nouvelles : le chaos sur les autoroutes, l'armée qui se regroupait, des grondements à l'étranger. De la Maison Blanche, le discours lénifiant habituel – la situation était sous contrôle, les plus brillants esprits étaient sur le coup –, mais tout le monde savait à quoi s'en tenir. Une déclaration de loi martiale à l'échelon national leur pendait aux nez, ce n'était qu'une question d'heures. D'après CNN, la flotte de guerre de l'OTAN convergeait vers les côtes. Le continent nord-américain allait se faire claquer la porte au nez. Le monde a beau nous mépriser, pensa Guilder, que deviendra-t-il quand nous aurons disparu ?

Il conduisait l'œil rivé au rétroviseur. Non qu'il soit parano, juste parce que c'était comme ça que ça se passait généralement ; un crissement de pneus, un van qui vous faisait une queue de poisson, des hommes en costume sombre qui en descendaient. *Horace Guilder ? Suivez-nous.* Il était sidérant que ce ne soit pas encore arrivé.

Il entra dans le garage, ferma la porte derrière lui. Dans sa chambre, il emballa un petit nécessaire de choses indispensables – des vêtements de rechange pour quelques jours, une trousse de toilette, ses médicaments – et descendit au rez-de-chaussée. Il récupéra son ordinateur portable dans son bureau, le mit dans le micro-ondes et grilla les circuits dans une gerbe d'étincelles. Son téléphone avait déjà disparu, balancé par la vitre de la Camry.

Dans le salon, il éteignit la lumière et écarta les rideaux. De l'autre côté de la rue, un voisin rangeait des valises à l'arrière de son 4 × 4. La femme du type se tenait sur le seuil de leur maison, un petit enfant endormi dans les bras. Comment s'appelaient-ils ? S'il l'avait su, il ne s'en souvenait pas. Il avait vu de temps en temps la femme promener la petite fille dans une poussette aux couleurs vives dans l'allée. En les regardant tous les trois, Guilder fut effleuré par un souvenir de Shawna – pas leur dernière et terrible rencontre, non, eux deux allongés côte à côte après l'amour, et sa voix douce, son murmure qui lui chatouillait la poitrine. « Tu es heureux des choses que je te fais ? Je veux être ta seule, ton unique. » Des paroles qui n'étaient qu'une comédie, des répliques de théâtre à deux sous pour couronner une heure d'amour tarifé. Ce qu'il avait pu être bête !

L'homme prit l'enfant des bras de sa femme et la déposa délicatement sur le siège arrière. Ils montèrent tous les deux dans la voiture. Guilder imaginait ce qu'ils se disaient : *Tout ira bien. Les autorités s'occupent du problème. On va juste rester une semaine ou deux chez ta mère en attendant que ça se tasse.* Il entendit le moteur tourner, vit le 4 × 4 reculer dans l'allée, regarda ses feux de position disparaître au loin dans la rue. Bonne chance, pensa-t-il.

Il attendit encore cinq minutes. Les rues étaient silencieuses, et toutes les maisons noires. Quand il fut sûr que personne ne l'observait, il porta son bagage vers la Camry.

Il était plus de deux heures du matin quand il arriva à Shadowdale. Le parking était désert, une unique lumière brillait près de l'entrée. Il n'y avait personne à l'accueil, juste un fauteuil à roulettes, et un autre dans le couloir. On n'entendait pas un bruit, nulle part. Des caméras de sécurité étaient probablement braquées sur lui en ce moment même, mais qui irait visionner les bandes ?

Son père gisait sur son lit, dans l'obscurité. Il fut saisi par l'odeur épouvantable qui régnait dans la chambre ; il y avait des heures, peut-être même une journée entière que personne n'avait mis les pieds dans la pièce. Sur le plateau, à côté du lit, quelqu'un avait abandonné une douzaine de petits pots pour bébé Gerber et une cruche d'eau. Un gobelet renversé montrait que son père avait essayé de boire, mais il n'avait pas touché à la nourriture ; même s'il avait voulu, il n'aurait pas pu ouvrir les pots.

Guilder n'avait pas beaucoup de temps devant lui, mais l'heure n'était pas à la précipitation. Son père avait les yeux fermés, sa voix – cette voix pontifiante – s'était tue. C'était aussi bien. Le moment de se parler était révolu. Il fouilla dans sa mémoire à la recherche de quelque chose de gentil sur son père, si dérisoire que ce soit. Ce qu'il trouva de mieux fut un jour où son père l'avait emmené dans un parc quand il était petit. Le souvenir était vague et se limitait plus ou moins à une image – il se pouvait que ça ne soit jamais arrivé –, mais c'était tout ce qu'il avait. C'était par une journée d'hiver, son souffle faisait de la buée devant son visage et les arbres dénudés montaient et descendaient devant lui alors que son père le poussait sur une balançoire, le rattrapait et l'envoyait dans l'espace, sa grosse main d'homme plaquée au milieu de son dos. Guilder ne se rappelait rien d'autre de cette journée. Il avait peut-être cinq ans, sûrement pas beaucoup plus.

Il tira l'oreiller de sous la tête de son père. Les paupières du vieil homme papillotèrent, mais il n'ouvrit pas les yeux. Le moment du précipice, pensa Guilder, le moment fatal de ce qui, une fois accompli, ne pourrait plus être défait. Le mot « parricide » se présenta à son esprit. Du latin *pater*, « père », et *caedere*, « abattre ». Lui qui n'avait pas eu le courage de se tuer, il n'eut pas une hésitation au moment de poser l'oreiller sur le visage de son père. Cramponné aux bords de la taie, il appuya dessus jusqu'à être sûr que l'air ne pouvait plus passer dans sa bouche ou son nez. Il attendit une minute en décomptant les secondes tout bas. La main de son père, posée sur la couverture, eut un spasme houleux. Combien de temps cela prendrait-il ? Comment saurait-il quand ce serait fini ? Si l'oreiller ne suffisait pas, alors quoi ? Il regarda encore un instant la main de son père, mais elle ne bougeait plus. Graduellement, il lui vint à l'esprit que l'immobilité du corps allongé en dessous de lui ne pouvait vouloir dire qu'une chose. Son père avait cessé de respirer.

Il retira l'oreiller. Le visage de son père était toujours le même, c'était comme si son passage dans la mort n'avait constitué qu'un infime changement d'état. Guilder glissa doucement sa main en coupe sous sa tête et remit l'oreiller à sa place. Il n'essayait pas de dissimuler son crime – il doutait fortement que quiconque se présente pour enquêter sur son décès –, il voulait simplement que son père ait la tête posée sur un oreiller, d'autant qu'il resterait probablement étendu là un long, très long moment. Guilder s'était attendu à éprouver à cet instant un sursaut d'émotion, de chagrin, de regret... Son enfance exécrable. La vie solitaire de sa mère. Sa propre existence désolée, sans amour, avec une femme de location pour seule compagne. Mais il n'éprouvait que du soulagement. C'était l'épreuve la plus sincère de sa vie – et il l'avait réussie.

Dehors, le couloir demeurait silencieux. Qui pouvait dire quelles déchéances étaient dissimulées derrière les autres portes, combien de familles seraient confrontées à la même cruelle décision ? Guilder jeta un coup d'œil à sa montre : dix minutes s'étaient écoulées depuis qu'il était entré dans le bâtiment. Dix petites minutes seulement, mais tout était différent à présent. Il était différent, le monde était différent. Son père n'en faisait plus partie. Et à cette pensée, des larmes lui montèrent aux yeux.

Il longea rapidement le couloir, passa devant la salle commune et le poste d'infirmière déserts et poursuivit son chemin dans le petit matin.

15.

À la fin du deuxième jour, en approchant de la frontière du Missouri, Grey tomba sur un barrage. Ils étaient au milieu de nulle part, à des kilomètres de la plus proche ville. Il arrêta la voiture.

Lila releva les yeux du magazine qu'elle lisait, *Parents d'aujourd'hui*. Grey le lui avait trouvé dans une supérette, à Ledeau, ainsi qu'une pile d'autres, *Famili, Babymag, Ma grossesse, mon enfant*. Au cours de la journée, son attitude envers lui s'était quelque peu modifiée. Peut-être à cause de l'effort mental qu'elle déployait pour entretenir la fiction selon laquelle leur voyage n'avait rien d'extraordinaire, elle se montrait de plus en plus irritable avec lui, et lui parlait comme à un mari peu coopératif.

— Regardez-moi ça !

Elle laissa tomber le magazine sur ses cuisses. Sur la couverture, la photo d'une fille aux joues rougeaudes, en sweatshirt rose, était accompagnée de la légende « Quand les jeux d'enfants tournent mal ».

— Qu'est-ce que c'est que ça ?

— Je crois que c'est un char d'assaut.

— Qu'est-ce qu'il fait là ?

— Il est peut-être égaré, allez savoir.

— Je ne pense pas qu'on perde des chars d'assaut comme ça, Lawrence, du genre *Excusez-moi, vous n'auriez pas vu mon char d'assaut ? Il devrait être dans le coin.*

Elle poussa un gros soupir.

— Qui a pu arrêter un char d'assaut au milieu de la rue comme ça ? Il va falloir qu'ils le déplacent.

— Vous voudriez que je leur demande de le déplacer, c'est bien ce que vous voulez dire ?

— Oui, Lawrence. C'est exactement ce que je veux dire.

La démarche était absurde, mais il ne voulait pas la contrarier. Il descendit de voiture dans le crépuscule.

— Hé, vous, là-bas ! appela-t-il. Hé ho ? !

Il jeta un coup d'œil à Lila, qui le regardait, la tête penchée par la vitre baissée, de son côté.

— J'ai l'impression qu'il n'y a personne.

— Peut-être qu'ils ne vous ont pas entendu.

— On va juste faire demi-tour, on trouvera une autre route.

— C'est une question de principe. Ils ne peuvent pas bloquer le passage comme ça. Essayez d'entrer par la trappe du haut, il doit bien y avoir quelqu'un dedans.

Même si Grey en doutait, il n'avait pas envie de discuter. Il grimpa sur la chenillette et se hissa vers le haut de la tourelle. Il pencha la tête au-dessus de la trappe mais il faisait trop sombre pour distinguer quoi que ce soit à l'intérieur. Lila était en bas, une lampe torche à la main.

— Je ne suis pas sûr que ce soit une si bonne idée que ça, dit-il.

— Ce n'est qu'un char, Lawrence. Ah, les hommes ! Pas un pour rattraper l'autre !

Elle lui passa la torche. Il n'avait pas le choix, il devait regarder à l'intérieur. Il braqua le faisceau de la lampe dans la trappe.

Bon Dieu de merde...

— Alors ? Il y a du monde, là-dedans ?

Grey supposa qu'ils devaient être deux. Ils n'étaient pas très faciles à différencier. On aurait dit que quelqu'un avait lâché une grenade dans la tourelle du char, tellement les corps étaient déchiquetés. Mais ce n'était pas une grenade.

Tu vois, Grey ?

Il sursauta comme s'il avait reçu une décharge électrique. La voix. Pas comme l'autre dans le garage, la voix était dans sa tête. La voix du Zéro. Lila le regardait d'en bas. Il essaya de dire quelque chose, de l'avertir, mais les mots ne voulaient pas franchir ses lèvres.

Tu n'as pas... faim, Grey ?

Oh que si, il avait faim. Et même plus que ça : il était affamé. La sensation semblait s'emparer de chaque fibre de son être, chaque cellule, chaque molécule, les plus minuscules atomes qui tourbillonnaient en lui. Jamais de sa vie il n'avait éprouvé une faim si dévorante.

C'est le cadeau que je te fais. Le don du sang.

— Lawrence, qu'y a-t-il ?

Il déglutit.

— J'en ai pour... une seconde.

Il descendit dans le poste de conduite. Il avait lâché sa torche, mais ça n'avait pas d'importance : les sombres entrailles du char d'assaut étaient éclatantes à ses yeux, chaque surface luisait sous son merveilleux revêtement sanglant. Une avidité titanesque s'empara de lui, et il appliqua son visage sur le métal froid afin de le lécher.

— Lawrence ! Qu'est-ce que vous fabriquez là-dedans ?

Il était à quatre pattes, il léchait le sol, le visage enfoui dans les résidus sirupeux. Quelle merveille ! C'était comme s'il n'avait pas mangé depuis un an, dix ans, un siècle, et voilà qu'on lui offrait le plus beau festin de l'histoire du monde ! Toutes les joies du corps condensées en une seule, une transe de plaisir à l'état pur !

Le charme fut rompu par une explosion. Il avait les doigts dans la bouche, le visage couvert de sang. Au nom du ciel, que faisait-il ? Et qu'est-ce que c'était que ce bruit, ce coup de tonnerre ?

— Lawrence ! Venez vite !

Une autre détonation, plus forte que la première. Il remonta à l'échelle. Il y avait quelque chose de bizarre dans le ciel, tout semblait éclairé par une lumière satanique. Lila était toujours au pied du blindé.

Elle lui jeta un coup d'œil et se mit à hurler.

Deux avions à réaction fendirent l'air très bas au-dessus d'eux à une vitesse hallucinante, leur rugissement inonda le ciel, suivi d'un éclair blanc, violent. Grey fut heurté par une muraille d'air surchauffé qui le fit dégringoler de la coupole du tank. Il atterrit à plat ventre, le souffle coupé par le choc. D'autres chasseurs passèrent au-dessus d'eux comme des boulets de canon, et le ciel, à l'est, s'illumina.

Lila reculait devant lui, les mains levées devant le visage.

— N'approchez pas !

Il n'avait pas le temps de lui expliquer, et d'ailleurs, qu'aurait-il pu dire ? Ce qui se passait était clair comme de l'eau de roche : ils étaient entrés en guerre. Grey l'attrapa par le bras et commença à l'entraîner vers la voiture. Elle donna des coups de pied, elle cria, elle se débattit pour échapper à sa poigne. Il réussit malgré tout à ouvrir la portière côté passager et la poussa à l'intérieur avant de comprendre son erreur : à la seconde où il referma la portière, elle appuya sur le bouton de verrouillage.

Il tapa sur la vitre.

— Lila, laissez-moi entrer !

— Fichez le camp ! Partez !

Il lui fallait un objet lourd. Il parcourut du regard le sol autour de la voiture, mais il n'y avait rien. D'une seconde à l'autre, Lila allait comprendre qu'elle n'avait qu'une seule issue : prendre le volant et s'enfuir.

Pas question de la laisser faire.

Grey recula, serra le poing et l'enfonça dans la vitre côté conducteur. Alors qu'il s'attendait à heurter un mur de souffrance, à se fracasser tous les os de la main, son poing traversa le verre comme si de rien n'était, le fit exploser en une cascade d'échardes étincelantes. Avant que Lila ait eu le temps de réagir, il ouvrit la portière, s'assit au volant et passa la marche arrière. Il négocia un demi-tour et accéléra, mais impossible de fuir ; tout à coup, ils se retrouvèrent au milieu du chaos. Les avions de chasse se succédaient au-dessus d'eux, et un mur de feu leur barrait la route. Grey braqua à fond et précipita la voiture à travers les rangées de maïs. Les pneus dérapèrent follement dans la terre meuble, les lourdes feuilles vertes giflèrent le pare-brise, puis ils jaillirent hors du champ. C'est alors que Grey vit le fossé – trop tard. La Volvo piqua du nez, remonta et partit en vol plané avant de retomber lourdement sur ses roues. Lila cria, hurla, beugla, brailla – et puis, enfin, Grey retrouva une route. Il tira sur le volant et colla l'accélérateur au plancher. Ils suivaient une trajectoire parallèle au fossé ; le soleil avait disparu sous l'horizon, plongeant les champs dans une nuit d'encre tandis que le ciel explosait, s'emplissait de flammes.

Et pas seulement de flammes : soudain une lumière éblouissante baigna la voiture.

— *Arrêtez le véhicule !*

Le pare-brise s'emplit d'une immense forme sombre, pareille à un grand oiseau noir. Grey appuya sur le frein, les projetant tous les deux brutalement vers l'avant. Alors que l'hélicoptère se posait sur la route, Grey entendit un tintement de verre brisé et quelque chose lui tomba sur les genoux : une sorte de boîte, à peu près de la taille et du poids d'une conserve de soupe, et qui émettait un sifflement.

— Lila ! Courez !

Il ouvrit sa portière à la volée, mais son cerveau, son cœur, ses poumons avaient déjà absorbé la neurotoxine. Il réussit à parcourir trois mètres avant de succomber. Le sol monta à sa rencontre comme une gigantesque vague. Le temps sembla se défaire. Le monde était devenu liquide, et très lointain. Un vent furieux lui soufflait dans la figure. Il vit du coin de l'œil des hommes en combinaison spatiale s'approcher d'une démarche pesante. Deux autres entraînaient déjà Lila vers l'hélicoptère. Elle était tout alanguie, penchée vers le sol, les pieds traînant par terre.

— Ne lui faites pas de mal ! s'écria Grey. Par pitié, ne faites pas de mal au bébé !

Peine perdue. Les silhouettes le dominaient de toute leur hauteur, le visage invisible derrière la visière de leur casque, flottant comme désincarnées au-dessus de lui tels des fantômes. Les étoiles commençaient à apparaître.

Des fantômes, pensa Grey. *Cette fois, je dois être vraiment mort.* Puis il sentit leurs mains sur lui.

16.

Ils roulèrent toute la journée. Le convoi s'arrêta vers la fin de l'après-midi. Porcheki émergea du Humvee de tête et remonta la file jusqu'au bus.

— C'est là que nous vous laissons. Les sentinelles qui sont à la porte vous diront quoi faire.

Ils se trouvaient dans une sorte de zone de transit : des camions de matériel, des bâtiments en préfabriqué, des ravitailleurs, et même de l'artillerie. Kittridge estima qu'ils contemplaient une force au moins équivalente à deux bataillons. Le périmètre jouxtait une ville de tentes, entourée par une palissade démontable surmontée de fil de fer barbelé.

— Pour où partez-vous à présent ? s'informa Kittridge.

Il se demandait où le théâtre des opérations s'était déplacé.

Porcheki écarta les mains dans un geste évasif : *Là où on m'enverra.*

— Je vous souhaite bonne chance, sergent. N'oubliez pas ce que je vous ai dit.

Le convoi redémarra.

— Allez, Danny, avance, ordonna Kittridge. Doucement.

Deux soldats masqués armés de M-16 étaient en faction à la porte. Un grand panneau fixé aux barbelés arborait l'inscription : « Centre de traitement des réfugiés de la FEMA. Toute sortie est définitive. Les armes à feu sont interdites au-delà de ce point ».

À vingt pas de l'entrée, les soldats leur firent signe de s'arrêter. L'une des sentinelles – un gamin boutonneux d'à peine vingt ans – s'approcha de la vitre du conducteur.

— Combien ?

— Douze, répondit Kittridge.

— Ville d'origine ?

Le bus avait depuis longtemps perdu ses plaques signalétiques.

— Des Moines.

Le soldat recula et marmonna dans la radio fixée à son épaule. Le second se tenait encore à côté de la porte fermée, l'arme pointée vers le ciel.

— D'accord. Coupez le moteur et restez où vous êtes.

Quelques instants plus tard, le soldat revint avec un sac de toile qu'il leva vers la vitre.

— Mettez toutes les armes et les téléphones portables dedans et repassez-le par l'avant.

L'interdiction des armes, Kittridge la comprenait, mais des téléphones portables ? Il y avait plusieurs jours qu'aucun d'eux ne captait plus rien.

— Avec autant de monde, s'ils essayaient de les utiliser, ils satureraient le réseau local. Désolé, mais c'est le règlement.

Kittridge trouva l'explication un peu faiblarde, mais il n'était pas en position de discuter. Il prit le sac et parcourut l'allée centrale dans un sens puis dans l'autre. Lorsqu'il arriva à Mme Bellamy, la femme serra farouchement son sac sur son ventre.

— Jeune homme, je ne vais même pas chez le coiffeur sans lui.

Kittridge s'efforça de sourire.

— Et vous avez bien raison. Mais ici, nous sommes en sécurité, vous avez ma parole.

Avec une répugnance visible, elle sortit son énorme revolver et le déposa avec les autres. Kittridge traîna le sac vers l'avant du bus et le laissa en haut des marches, où le premier soldat vint le récupérer. On leur donna l'ordre de descendre avec toutes leurs affaires et de se tenir à l'écart du véhicule. Un infirmier militaire masqué les réexamina pendant que l'on fouillait leurs bagages. Des soldats patrouillaient le long de la palissade. Par la porte, Kittridge apercevait un grand hangar ouvert devant lequel étaient massés des gens.

— Bon, fit la sentinelle lorsque l'examen fut achevé, vous pouvez y aller. Rendez-vous à la zone de traitement, on vous indiquera votre cantonnement.

— Et le bus ? demanda Kittridge.

— Tous les véhicules et le carburant sont réquisitionnés par l'armée des États-Unis. Quand vous entrez là-dedans, vous n'en sortez plus.

Kittridge vit l'expression consternée de Danny : l'un des soldats montait à bord du bus et s'apprêtait à partir avec.

— Qu'est-ce qu'il a ? s'étonna la sentinelle.

Kittridge se tourna vers Danny.

— Pas de problème. Ils vont bien s'en occuper.

Il lut dans son regard le combat qui se déroulait sous le crâne du jeune homme, puis celui-ci hocha la tête.

— Ils ont intérêt.

L'endroit était rempli de gens qui faisaient la queue devant une longue table. Des familles avec des enfants, des personnes âgées, des couples, et même un aveugle avec son chien. Une jeune femme aux cheveux auburn retenus en arrière et portant un tee-shirt de la Croix-Rouge remontait le long de la file, une tablette à la main.

— Des mineurs non accompagnés ? demandait-elle.

Comme Porcheki, elle avait renoncé à porter son masque. Elle avait l'air à bout, épuisée par le manque de sommeil. Elle regarda April et Tim.

— Et vous deux ?

— C'est mon frère, déclara April. J'ai dix-huit ans.

La femme eut l'air dubitatif, mais n'objecta rien.

— On voudrait rester ensemble, intervint Kittridge.

La femme prenait des notes sur son portable.

— Ce n'est pas dans mes attributions.

— Comment vous appelez-vous ?

Kittridge pensait qu'il était toujours bon d'avoir un nom à donner.

— Vera.

— Le soldat qui nous a fait entrer nous a dit qu'on allait nous évacuer vers Chicago ou Saint Louis.

Une bande de papier sortit d'une fente de la tablette. Vera la déchira et la tendit à Kittridge.

— On attend les bus, ça ne devrait plus être long. Montrez ça à l'employé au bureau.

On leur attribua une tente et on leur distribua des disques de plastique en guise de tickets de rationnement, puis ils entrèrent en contact avec le bruit et les odeurs du camp : la fumée des feux de bois, les toilettes chimiques, les odeurs corporelles de la foule. Le sol boueux était jonché de détritus. Les gens faisaient la popote sur des feux de camp, mettaient leur lessive à sécher sur les cordes des tentes, faisaient la queue à une pompe pour remplir leurs seaux, se prélassaient sur des chaises longues comme à un pique-nique, le visage empreint d'un mélange de stupeur et de lassitude. Des nuages de mouches planaient au-dessus des bennes à ordures qui débordaient, tout cela sous un soleil d'été écrasant. En dehors des camions de l'armée, Kittridge ne vit pas un seul véhicule. Tous les réfugiés semblaient être arrivés à pied, après avoir abandonné leur voiture tombée en panne sèche.

Deux personnes s'étaient déjà vu attribuer une tente, un couple âgé, Fred et Rita Wilkes. Ils venaient de Californie, mais ils avaient de la famille dans l'Iowa où ils s'étaient rendus pour un mariage quand l'épidémie avait frappé. Il y avait six jours qu'ils étaient au camp.

— Des nouvelles des bus ? demanda Kittridge.

Joe Robinson était allé se renseigner sur les rations alimentaires, Wood et Delores s'occupaient de l'eau. April avait laissé son frère courir avec quelques enfants de la tente voisine, après lui avoir ordonné de ne pas s'éloigner. Danny l'avait accompagné.

— Que disent les gens ?

— C'est toujours pour demain.

Fred Wilkes était un homme frêle d'au moins soixante-dix ans, aux yeux bleus, brillants. Comme il faisait très chaud, il avait enlevé sa chemise, exhibant un triangle de duvet blanc sur sa poitrine. Sa femme était une matrone aux formes aussi généreuses qu'il était menu. Ils jouaient au gin rami, assis face à face sur deux lits de camp, avec un carton en guise de table de jeu.

— Si l'évacuation tarde trop, les gens vont perdre patience. Et là...

Kittridge ressortit. Ils étaient protégés par des soldats, et en sûreté pour le moment. Mais la situation paraissait figée, tout le monde attendant qu'il se passe quelque chose. Des fantassins espacés tous les cent mètres montaient la garde le long de la palissade. Ils portaient tous des masques chirurgicaux. La seule façon d'entrer ou de sortir semblait être la porte de devant. Un bâtiment bas, sans fenêtre, sans marque ou signe distinctif, dont l'entrée était protégée par une chicane de blocs de béton, était accolé au camp, du côté nord. Kittridge l'examinait lorsque deux hélicoptères noirs, profilés comme des squales, arrivèrent de l'est, décrivirent un arc de cercle et se posèrent sur le toit. Quatre hommes descendirent du premier hélico. Lunettes noires, casquettes de baseball, gilets en Kevlar et fusils d'assaut – pas des militaires, pensa Kittridge. Ça sentait la boîte de sécurité privée. Blackbird peut-être, ou Riverstone. Les quatre hommes prirent position aux coins du toit.

Les portes du second appareil s'ouvrirent. Kittridge mit sa main en visière. L'espace d'un instant il ne se passa rien, puis un premier gars en combinaison orange biologique descendit, suivi de cinq autres individus portant la même tenue. Les rotors des hélicoptères tournaient toujours. Il y eut une brève négociation, et les gars en combinaison biologique sortirent du ventre de l'hélicoptère deux longs coffres en acier, deux espèces de sarcophages sous lesquels ils déployèrent des pieds munis de roulettes. Ils les firent rouler vers une petite structure en béton, sur le toit : un monte-charge, supposa Kittridge. Quelques minutes passèrent, puis les six hommes reparurent et remontèrent dans le second hélicoptère. Les deux appareils reprirent l'air avant de s'éloigner dans un bruit syncopé.

April arriva derrière lui.

— Moi aussi, je l'ai vu, dit-elle. Vous avez une idée de ce que ça peut être ?

— Peut-être rien, répondit Kittridge en laissant retomber sa main. Où est Tim ?

— Il s'est déjà fait des amis. Il est allé jouer au foot avec des gamins.

Ils regardèrent les hélicoptères disparaître au loin. Quoi que ce soit, pensa Kittridge, ce n'était pas rien.

— Vous croyez que ça va aller, ici ? demanda April.

— Pourquoi ça n'irait pas ?

— Je ne sais pas.

Mais son visage disait le contraire ; elle pensait la même chose que lui.

— Hier soir, au labo... Je veux dire, je peux être comme ça, des fois. Je ne voulais pas être indiscrète.

— Je ne te l'aurais pas raconté si je n'en avais pas envie.

Elle réussissait à regarder dans sa direction tout en regardant ailleurs. Dans ces moments-là, elle faisait plus que son âge. Non, rectifia Kittridge, elle ne faisait pas, elle *avait* plus que son âge.

— Tu as vraiment dix-huit ans ?

Elle parut amusée.

— Pourquoi ? Je ne les fais pas ?

Kittridge haussa les épaules pour dissimuler sa gêne. La question lui avait échappé.

— Non. Enfin, je veux dire, si, tu les fais. C'est juste que... Je ne sais pas.

April s'amusait manifestement beaucoup.

— Une fille n'est pas censée dire son âge. Mais si ça peut vous rassurer, ouais, j'ai dix-huit ans. Dix-huit ans, deux mois et dix-sept jours. Ce n'est pas que je compte, mais bon.

Ils se regardèrent dans les yeux et ne se quittèrent plus du regard, comme ils semblaient en avoir pris le pli. Qu'avait donc cette fille, cette April ? se demanda Kittridge.

— J'ai encore une dette envers vous, pour le pistolet, poursuivit-elle. Même s'ils l'ont pris. Je crois que c'est le plus beau cadeau qu'on m'ait jamais fait, vrai de vrai.

— J'ai bien aimé le poème. Disons qu'on est quittes. Comment s'appelait ce type, déjà ?

— T. S. Eliot.

— Il a fait d'autres trucs ?

— Pas grand-chose de significatif. Pour moi, il n'a fait qu'un seul et unique tube.

Ils n'avaient pas d'armes, pas moyen d'envoyer un message vers le monde extérieur. Kittridge se demanda, et ce n'était pas la première fois, s'ils n'auraient pas mieux fait de poursuivre leur route.

— Eh bien, quand on sortira d'ici, il faudra que je me renseigne sur lui.

17.

Grey.

Que du blanc, et une sensation de flottement. Grey se rendit compte qu'il était dans un véhicule. C'était curieux, parce que la voiture était aussi une chambre de motel, avec des lits, des commodes et une télévision ; depuis quand construisaient-ils des voitures comme ça ? Il était assis au pied de l'un des lits, et il conduisait la pièce – la colonne de direction montait en biais du plancher, la télévision était le pare-brise – et Lila, assise sur le lit voisin, serrait un paquet rose sur sa poitrine.

— On arrive bientôt, Lawrence ? demanda-t-elle. Le bébé a besoin d'être changé.

Le bébé ? pensa Grey. Quand était-ce arrivé ? Elle ne devait pas accoucher avant plusieurs mois, non ?

— Elle est tellement belle, reprit Lila en roucoulant doucement. On a un si beau bébé. C'est vraiment dommage qu'il faille la tuer.

— La tuer ? Et pourquoi ? s'étonna Grey.

— Ne dis pas de bêtises, répondit Lila. On tue tous les bébés, maintenant. Pour qu'ils ne se fassent pas manger.

Lawrence Grey...

Le rêve changea – tout au fond de lui, il savait qu'il rêvait, et en même temps, il l'ignorait – et maintenant il était dans le char d'assaut. Quelque chose venait le chercher, mais il n'arrivait pas à se décider à bouger. Il était à quatre pattes et il léchait le sang. Son boulot était de le boire, de tout boire, ce qui était impossible : le sang se déversait par la trappe, inondait l'habitacle. Un océan de sang. Il lui arrivait au menton, continuait à monter, lui emplissait la bouche et le nez, il étouffait, se noyait...

Lawrence Grey. Réveillez-vous.

Il ouvrit les yeux dans une lumière crue. Il avait l'impression d'avoir quelque chose coincé dans la gorge, il se mit à tousser. Une sensation de noyade ? Mais le rêve se délitait déjà, ses images s'atomisaient, abandonnant derrière elles un résidu de peur.

Où était-il ?

Une espèce d'hôpital. Il portait une chemise d'hôpital sans rien dessous, il sentait le froid de la nudité. D'épaisses lanières lui retenaient les poignets et les chevilles aux montants du lit, l'immobilisant comme une momie dans un sarcophage. Des fils qui partaient de sous sa chemise de nuit étaient reliés à des appareils médicaux posés sur un chariot, il avait une perfusion dans le bras droit.

Il y avait quelqu'un dans la chambre.

Deux personnes, en fait. Deux hommes qui se tenaient au pied du lit, vêtus de combinaisons biologiques énormes, le visage protégé derrière une visière en plastique. Derrière eux, une lourde porte d'acier, et placée tout en haut, dans le coin du mur, scrutant la scène de son œil qui ne cillait pas, une caméra de sécurité.

— Monsieur Grey, je suis Horace Guilder, dit celui de gauche, sur un ton qui lui parut étrangement cordial. Et voici mon collègue, le Dr Nelson. Comment vous sentez-vous ?

Grey s'efforça de se concentrer sur leurs visages. Aucun des deux ne lui était familier. Celui qui avait parlé était un type banal, sans âge, avec une grosse tête à la mâchoire carrée et une mine de papier mâché. Le deuxième était beaucoup plus jeune, avec des yeux sombres, durs, et une petite barbichette pelée. Il ne ressemblait à aucun des médecins que Grey avait rencontrés.

Il passa sa langue sur ses lèvres et avala sa salive.

— Qu'est-ce que c'est que cet endroit ? Pourquoi je suis attaché ?

Le dénommé Guilder répondit sur un ton apaisant :

— C'est pour votre propre bien, monsieur Grey. Jusqu'à ce que nous ayons compris quel est votre problème. Quant à l'endroit où vous êtes, nous ne pouvons malheureusement pas encore vous le dire. Contentez-vous de savoir qu'ici, vous êtes parmi des amis.

Grey se rendit compte qu'ils avaient dû lui donner un sédatif, c'était à peine s'il arrivait à bouger un muscle, et pas seulement à cause des sangles ; il avait les membres aussi lourds que du plomb, et ses pensées se mouvaient sans but, pâteusement, dans sa tête, comme des poissons rouges dans un bocal. Guilder lui présenta un gobelet d'eau devant les lèvres.

— Allez, buvez.

Grey eut un haut-le-cœur – la seule odeur de l'eau le révulsait, comme celle d'une piscine qu'on aurait bourrée de chlore. Des pensées lui revinrent, de sombres pensées. Le sang dans le char d'assaut, et lui qui plongeait avidement le visage dedans. Était-ce vraiment arrivé ? L'avait-il rêvé ? Il n'avait pas plus tôt formulé ces questions qu'une sorte de rugissement parut lui emplir l'esprit, une faim immense, envahissante, tapie tout au fond de lui. Il essaya de toutes ses forces d'arracher ses sangles.

— Holà ! fit Guilder avec un mouvement de recul. Du calme !

D'autres images lui revinrent à travers le brouillard. Le char d'assaut qui barrait la route, les soldats morts, les explosions tout autour, son poing fracassant la vitre de la Volvo, les champs qui entraient en éruption sous un déluge de feu, la voiture qui fonçait à travers les champs de maïs, la lumière aveuglante de l'hélicoptère et les hommes en combinaison spatiale qui entraînaient Lila.

— Où est-elle ? Qu'avez-vous fait d'elle ?

Le regard de Guilder se posa fugitivement sur Nelson. Celui-ci eut un mouvement de sourcils qui semblait vouloir dire : *Intéressant.*

— Ne vous inquiétez pas, monsieur Grey. Nous nous occupons bien d'elle. Elle est juste de l'autre côté du couloir.

— Ne lui faites pas de mal, reprit-il, les poings serrés, en tiraillant sur ses sangles. Si vous touchez à un cheveu de sa tête, je...

— Vous, quoi, monsieur Grey ?

Rien à faire, les sangles tenaient bon. Quoi qu'ils lui aient donné, ça l'avait privé de toutes ses forces.

— Essayez de ne pas vous énerver, monsieur Grey. Votre amie va parfaitement bien. Et le bébé aussi. Nous ne savons pas encore très bien comment vous vous êtes connus, tous les deux. J'espérais que vous pourriez nous éclairer sur ce point.

— Qu'est-ce que ça peut vous faire ?

Derrière la visière, l'homme haussa un sourcil incrédule.

— Pour commencer, il semblerait que vous soyez, tous les deux, les dernières personnes à avoir réussi à sortir vivantes du Colorado. Croyez-moi si je vous dis que la question nous intéresse. Était-elle au Chalet ? Est-ce là que vous l'avez rencontrée ?

Ce simple mot plongea Grey dans une sorte de panique.

— Le Chalet ?

— Oui, monsieur Grey. Le Chalet.

Il secoua la tête.

— Non.

— Alors où ?

Il avala sa salive.

— Au Home Depot.

Guilder resta un instant sans voix.

— Où était-ce ?

Grey essaya de réfléchir, mais il n'avait vraiment pas les idées claires.

— Quelque part à Denver. Je ne sais pas où exactement. Elle voulait que je repeigne sa chambre d'enfant.

Guilder se tourna vivement vers l'autre homme.

— Il se peut que ce soit le fentanyl, dit Nelson. Il lui faudra peut-être un petit moment pour retrouver ses esprits.

Mais Guilder n'entendait pas se laisser décourager. Il trouvait que l'homme avait l'air plus assuré à présent. Il semblait le transpercer du regard.

— Il faut que nous sachions ce qui s'est passé au Chalet. Comment vous êtes-vous échappé ?

— Je ne me rappelle pas.

— Il y avait une fille, là-bas ? Vous l'avez vue ?

Une fille ? Quelle fille ? Qu'est-ce qu'ils racontaient ?

— Je n'ai vu personne. Je... J'ai juste... Je ne sais plus. C'était le chaos complet. Je me suis réveillé au Red Roof.

— Le Red Roof ? Qu'est-ce que c'est ?

— Un motel, sur l'autoroute.

Un haussement de sourcils intrigué.

— Quand était-ce ?

Grey essaya de calculer.
— Il y a trois jours... Non, quatre.
Il hocha la tête sur son oreiller.
— Quatre jours.
Les deux hommes échangèrent un regard.
— Ça n'a pas de sens, dit Nelson. Le Chalet a été détruit il y a vingt-deux jours. Ce n'est pas la Belle au Bois dormant.
— Où avez-vous passé ces trois semaines ? insista Guilder.
Qu'est-ce que c'était que cette question ? ! Trois semaines ?
— Je ne sais pas.
— Je vais vous le redemander, monsieur Grey. Lila était-elle au Chalet ? C'est là que vous l'avez rencontrée ?
— Je vous l'ai déjà dit, répondit-il d'un ton implorant, toute résistance abolie. Je l'ai rencontrée au Home Depot.
Ses pensées tournoyaient furieusement. Ce qu'ils lui avaient administré, quoi que ce soit, avait bel et bien réussi à lui embrouiller les idées. Avec un soudain serrement de cœur, il comprit ce qu'impliquaient les sangles. Ils allaient l'étudier. Comme les fluos. Comme le Zéro. Et quand ils en auraient fini avec lui, Richards ou un gars dans son genre braquerait la petite lumière rouge sur lui, et ce serait terminé.
— Je vous en prie, c'est moi que vous vouliez. Je suis désolé de m'être enfui. Mais ne faites pas de mal à Lila.
Les deux hommes restèrent un instant sans répondre et se contentèrent de le regarder derrière leur visière. Puis Guilder se tourna vers Nelson et eut un mouvement de tête.
— Rendormez-le.
Nelson prit une seringue et un petit flacon de liquide transparent sur le chariot. Grey le regarda, impuissant, insérer l'aiguille dans le cathéter de la perfusion et appuyer sur le piston.
— Je m'occupe de l'entretien, c'est tout, dit faiblement Grey. Je suis juste nettoyeur.
— Oh, je pense que vous êtes beaucoup plus que ça, monsieur Grey.
Ces mots résonnaient encore à ses oreilles quand il sombra de nouveau.

Guilder et Nelson entrèrent dans le sas de décontamination. D'abord la douche avec leur combinaison biologique, puis ils se déshabillèrent et se récurèrent de la tête aux pieds avec un savon granuleux qui sentait le désinfectant, enfin ils se rincèrent la bouche, crachèrent dans l'évier et se gargarisèrent une minute avec un puissant antiseptique. Un rituel contraignant, mais tant qu'ils n'en sauraient pas davantage sur l'état de Grey, il était plus sage de s'y conformer.

Il n'y avait qu'un personnel réduit dans le bâtiment : trois techniciens de laboratoire – que Guilder avait secrètement rebaptisés Oui-oui, Non-non et Sissi –, un médecin et quatre agents de sécurité de Blackbird. Le bâtiment avait été construit à la fin des années 1980 pour héberger les soldats exposés à des contaminations nucléaires, biologiques et chimiques, et tout tombait en déliquescence : le chauffage et la climatisation déconnaient à plein tube, de même que la surveillance vidéo de l'ensemble des installations, lesquelles avaient quelque chose de désespérément désert. Mais c'était le dernier endroit où on penserait à venir les chercher.

Nelson et Guilder entrèrent dans le labo, une vaste salle pleine de paillasses et de matériel, notamment des puissants microscopes et des centrifugeuses dont ils avaient besoin pour isoler le virus et le mettre en culture. Pendant que Grey et Lila étaient inconscients, ils leur avaient prélevé des échantillons de sang et leur avaient fait passer à chacun un scanner complet ; les analyses n'avaient rien révélé de particulier, mais le scanner de Grey avait fait apparaître un thymus prodigieusement hypertrophié, typique des sujets contaminés. Et pourtant, apparemment, il ne présentait aucun autre symptôme discernable. Il donnait l'impression d'être en pleine forme, à tous les points de vue. Mieux que ça : il paraissait taillé pour courir le marathon.

— Je vais vous montrer quelque chose, annonça Nelson.

Il emmena Guilder vers un bureau voisin, où il s'était installé avec son matériel, en l'occurrence un ordinateur. Nelson ouvrit un fichier, cliqua sur un JPEG et fit apparaître sur l'écran la photo de Lawrence Grey. Ou plutôt d'un homme qui ressemblait à Grey, si ce n'est que le type de la photo avait l'air beaucoup plus vieux : la peau flasque, une maigre mèche de cheveux plaquée sur le crâne, des yeux enfoncés qui posaient sur l'objectif un regard morne, presque bovin.

— Ça a été pris quand, ça ? demanda Guilder.

— Il y a dix-sept mois. C'était dans le dossier de Richards.

Bon sang, pensa Guilder. C'était exactement ce que Lear avait dit.

— S'il a été infecté par le virus, la question est : pourquoi agit-il différemment sur son organisme ? Il se pourrait que ce soit une variante qui nous a échappé, une souche qui active le thymus comme les autres mais reste dormante pour une raison inconnue. À moins que ça ne vienne d'autre chose, une caractéristique qui lui serait particulière.

Guilder fit la moue.

— Comme quoi, par exemple ?

— Aucune idée. On pourrait incriminer une espèce d'immunité naturelle, ce serait le plus vraisemblable, mais il n'y a pas moyen de savoir au juste. Il se pourrait que ça vienne des anti-androgènes qu'on lui administrait. Tous les gars du nettoyage prenaient des doses assez importantes de Depo-Provera, de spironolactone et de prednisone.

— Vous pensez que ça pourrait être un effet des stéroïdes ?

Nelson eut un haussement d'épaules évasif.

— C'est un facteur à prendre en compte. On sait que le virus réagit avec le système endocrinien, tout comme les anti-androgènes.

Il referma le fichier et pivota sur son fauteuil.

— Ce n'est pas tout. J'ai fait quelques recherches sur la femme. Je n'ai pas trouvé grand-chose, mais le peu qu'il y a est extrêmement intéressant. Je vous ai fait un tirage.

Nelson lui tendit une mince chemise en papier. Guilder jeta un coup d'œil à la première page.

— Elle est toubib ?

— Chirurgien orthopédiste. Allez voir plus loin.

Guilder lut : Lila Beatrice Kyle, née le 29 septembre 1982, à Boston, Massachusetts ; parents universitaires, le père professeur d'anglais à l'université de Boston, la mère historienne à l'université de Simmons ; Andover, puis Wellesley, suivi par quatre années à Dartmouth-Hitchcock où elle avait obtenu son diplôme de médecine ; internat et une bourse d'orthopédie au Denver General. Très impressionnant, se dit-il, mais ça lui faisait une belle jambe. Il regarda la dernière page. Voyons voir... La photocopie d'une déclaration de revenus datant de quatre ans plus tôt.

Lila Kyle était mariée à Brad Wolgast.

— C'est une blague ?

Nelson arborait un de ses sourires victorieux.

— Je vous avais dit que ça vous plairait. *Notre* agent Wolgast. Ils ont eu un enfant, une fille, décédée. Une espèce de malformation cardiaque congénitale. Trois ans plus tard, ils divorçaient. Elle s'est remariée il y a quatre mois avec un médecin qui travaillait dans le même hôpital, un grand cardiologue. Il y a quelques pages sur lui aussi, mais ça n'apporte vraiment rien.

— D'accord, alors elle est toubib. Quelque chose qui la relie au Chalet ? Se pourrait-il qu'elle ait fait partie du personnel ?

Nelson secoua la tête.

— *Nada.* Et je doute sérieusement que ça aurait échappé à Richards. D'après ce que je vois, il n'y a aucune raison de penser que Grey n'est pas tombé sur elle comme il l'a dit.

— Elle aurait pu être dans le véhicule de Grey dans la première vue aérienne que nous avons obtenue. On ne l'aurait pas vue.

— C'est vrai. Mais je ne pense pas qu'il mente sur l'endroit où il l'a rencontrée. Une histoire aussi tordue, ça ne s'invente pas. Et j'ai vérifié son adresse à Denver : elle habitait à quelques kilomètres à peine d'un Home Depot. Vu la direction que suivait Grey, il aurait pu tomber pile dessus. Vous lui avez parlé. Elle semble prendre Grey pour une espèce d'homme à tout faire. Je ne pense pas qu'elle ait la moindre idée de ce qui se passe. Cette femme est complètement ravagée.

— C'est votre diagnostic officiel ?

Nelson haussa les épaules.

— En langue profane. Si vous voulez du jargon scientifique, je pourrais vous parler de dissociation post-traumatique. Il n'y a pas d'antécédents de maladie psychiatrique dans le dossier, mais réfléchissez à sa situation. Elle est enceinte, toute seule, elle se cache, elle est en fuite. Les gens se font réduire en lambeaux. Elle réussit, on ne sait comment, à rester en vie, mais elle est abandonnée, livrée à elle-même. Que ressentiriez-vous à sa place ? Le cerveau est un organe réactif. Pour le moment, il lui réécrit la réalité, et il fait un sacré bon boulot. Finalement, en voyant le dossier de Grey, je dirais qu'ils ont pas mal de points communs, ce bonhomme et elle.

Guilder médita un instant ces informations et reposa le dossier sur le bureau.

— Eh bien, moi, je ne gobe pas cette histoire. Quelles étaient les chances que ces deux-là tombent simplement l'un sur l'autre ? La coïncidence aurait été trop énorme.

— Peut-être, convint Nelson. D'une façon ou d'une autre, qu'est-ce que ça nous apporte comme information ? Il se pourrait que la femme ait été contaminée et que nous ne le voyions pas. Peut-être que la grossesse le masque.

— À combien de mois en est-elle ?

— Je ne suis pas un expert, mais d'après la taille du fœtus, je dirais au moins trente semaines. Vous pourrez vérifier avec Suresh.

Suresh était le médecin spécialiste des maladies infectieuses que Guilder avait fait venir de l'USAMRIID. Il n'avait fait partie de la force d'intervention des Armes spéciales que pendant six mois. Guilder ne lui avait pas raconté grand-chose, juste que Grey et la femme étaient des « sujets intéressants ».

— Combien de temps avant qu'il nous donne une culture utilisable ?

— Difficile à dire. Si nous arrivons à isoler le virus, entre quarante-huit et soixante-douze heures. Mais si vous voulez vraiment mon avis, le plus sage serait de l'expédier à Atlanta. C'est là-bas qu'ils sont le mieux équipés pour gérer un truc pareil, et si Grey est immunisé, je ne vois pas pourquoi ils ne se contenteraient pas de passer l'éponge. L'enjeu est trop important.

Guilder secoua la tête.

— Attendons d'avoir du concret.

— À votre place, je n'attendrais pas trop, vu la façon dont la situation évolue.

— Ne vous en faites pas. Mais vous avez entendu notre bonhomme : il se croyait en train de dormir dans un motel. Si c'est tout ce que nous avons, je doute fort que quelqu'un nous prenne au sérieux. On pourra s'estimer heureux s'ils se contentent de nous enfermer et de jeter la clé.

Nelson fronça les sourcils.

— Pas faux...

— Je ne dis pas que nous ne les mettrons pas au courant. Mais allons-y prudemment. Soixante-douze heures, d'accord ? Et on les appelle. Vous avez ma parole.

Nelson acquiesça. Il avait vraiment avalé ça ?

— Continuez à creuser, reprit Guilder en lui assenant une claque sur l'épaule. En attendant, dites à Suresh de les maintenir sous sédation. Si l'un des deux flippe, je ne veux pas prendre de risque.

— Vous pensez que ces sangles résisteraient ?
À cette question de pure forme, les deux hommes connaissaient la réponse.

Guilder laissa Nelson dans le labo et prit l'ascenseur qui remontait vers le toit. Sa jambe gauche lui jouait à nouveau des tours, lui donnant une démarche tressautante, une sorte de hoquet. Dehors, le gars de Blackbird responsable de l'équipe de sécurité – un dénommé Masterson – le salua avec raideur, d'un hochement de tête, mais ne lui adressa pas la parole. Du Blackbird pur sucre : bâti comme un camion-poubelle avec des bras gros comme des bouches d'incendie et l'éternel sourire satisfait d'un membre de fraternité étudiante monté en graine. Avec ses lunettes noires enveloppantes, sa casquette et son gilet pare-balles, il ressemblait moins à un être vivant qu'à une figurine de combat. Où trouvaient-ils ce genre de types ? Ils les cultivaient dans des boîtes de Petri ou quoi ? C'étaient des brutes, des primitifs, et Guilder n'avait jamais aimé traiter avec eux – Richards en étant le plus beau spécimen. D'un autre côté, il fallait reconnaître que leur obéissance quasi robotique en faisait les auxiliaires idéaux pour certaines tâches ; s'ils n'avaient pas existé, il aurait fallu les inventer.

Guilder s'approcha du bord du toit. Il était à peine plus de midi, il n'y avait pas un souffle d'air sous le soleil blanc, informe, qui aplatissait le paysage comme un rouleau compresseur. Les seules discontinuités sur l'horizon parfaitement linéaire étaient un bâtiment étincelant en forme de dôme, sans doute rattaché à l'université, et juste au sud, le saladier ovale d'un stade de football. Guilder connaissait ce genre de fac – une équipe sportive déguisée en école où des criminels séchaient des cours bidon et passaient les après-midi d'automne à réduire leurs adversaires en purée pour remplir les caisses de l'association des anciens élèves.

Il parcourut du regard le camp de la FEMA en contrebas. La présence de réfugiés était un accroc qu'il n'avait pas prévu, et ça l'avait tout d'abord ennuyé. Et puis, en réfléchissant à la situation, il s'était dit que ça ne faisait aucune différence. D'après l'armée, d'ici un jour ou deux ils seraient tous partis de toute façon. Des gosses jouaient dans la poussière, près des barbelés. Il les regarda pendant quelques minutes donner des coups de pied dans un ballon à moitié dégonflé. Le monde pouvait bien s'écrouler, les enfants seraient toujours des enfants ; ils avaient le pouvoir d'oublier tous leurs soucis en tapant dans un ballon. C'était peut-être ce qu'il avait éprouvé avec Shawna : quelques minutes pendant lesquelles il pouvait être l'enfant qu'il n'avait jamais été. Peut-être que c'était la seule chose qu'il avait jamais vraiment attendue de sa vie – ce que tout le monde en attendait.

Mais Lawrence Grey... Il y avait chez ce bonhomme quelque chose qui le turlupinait, et ce n'était pas seulement son histoire incroyable, ou l'improbable coïncidence voulant que la femme en question soit l'ex-épouse de l'agent Wolgast. C'était la façon dont Grey avait parlé d'elle. « Je vous en prie, ne lui faites pas de mal. C'est moi que vous vouliez. Ne faites pas de mal à Lila. » Jamais Guilder n'aurait cru Grey capable de s'en faire à ce point pour quelqu'un, et surtout pas pour une femme. Tout dans son dossier laissait penser qu'il était au mieux un loup solitaire, au pire un sociopathe. Or la façon dont il les avait suppliés d'épargner Lila venait manifestement du cœur. Il était arrivé quelque chose entre eux, un lien s'était créé.

Il promena son regard sur le campement. Tous ces gens piégés, et pas seulement par les barbelés qui les entouraient... Les barrières physiques n'étaient rien à côté des barrières mentales. En réalité, leur prison, c'était les autres. Leurs maris, femmes, parents, enfants, amis et compagnons. Ils s'imaginaient que c'était là qu'ils puisaient leur force vitale alors que c'était tout le contraire. Guilder se rappela le couple qui vivait de l'autre côté de la rue, en face de chez lui, en train de se passer leur fillette endormie pour la déposer dans la voiture. Ce fardeau devait peser bien lourd dans leurs bras. Et quand la fin s'abattrait sur eux tous, ils quitteraient le monde emportés par une vague de souffrance, et leur agonie serait amplifiée un million de fois par la perte de la petite. Seraient-ils obligés de la regarder mourir ? Mourraient-ils avant elle, en sachant ce qui lui arriverait lorsqu'ils ne seraient plus là ? Que valait-il mieux ? Réponse : ni l'un ni l'autre. L'amour avait scellé leur destin. C'était son prix. Son père lui avait assez bien enseigné cette leçon.

Guilder était mourant. C'était une réalité indiscutable, incontournable. Tout comme le fait que Lawrence Grey – ce rebut de l'humanité, ce nettoyeur de merde, un homme qui n'avait jamais apporté que du mal au monde dans sa pathétique petite existence – n'existait pas. Le corps de Lawrence Grey recelait le secret de la liberté ultime, et Horace Guilder allait le découvrir, pour le faire sien.

18.

Les jours se traînaient. Et toujours sans nouvelles des bus, les gens ne tenaient plus en place. De l'autre côté des barbelés, l'armée allait et venait, mais ses effectifs se raréfiaient. Tous les matins, Kittridge se rendait aux renseignements, sous le hangar ; tous les matins il revenait avec la même réponse : « Les bus sont en route, soyez patients. »

Pendant une journée entière, il avait plu, et le camp s'était changé en bain de boue géant. Puis le soleil était revenu, encroûtant toutes les surfaces d'une gangue de gadoue recuite. Tous les après-midi, on leur balançait depuis l'arrière d'un camion militaire des rations individuelles de combat, mais aucune information, pas une bribe. Les toilettes chimiques étaient dans un état innommable, les bennes à ordures débordaient plus que jamais. Kittridge passait des heures à surveiller la porte d'entrée ; il n'arrivait plus de nouveaux réfugiés. L'endroit ressemblait chaque jour un peu plus à une île entourée par une mer hostile.

Il s'était fait une alliée de Vera, la volontaire de la Croix-Rouge qui les avait abordés dans la file, lors de leur arrivée. Plus jeune qu'il ne l'avait tout d'abord pensé, elle était étudiante infirmière à l'université de Midwestern State. Comme tous les civils qui travaillaient au campement, elle paraissait complètement épuisée, et la tension se lisait sur son visage. Elle comprenait la frustration de Kittridge – « Tout le monde la comprend », disait-elle. Elle aussi, elle avait hâte que les bus arrivent, hâte de quitter cet endroit ; elle était coincée comme eux tous. Un jour les bus devaient arriver de Chicago, le lendemain on les attendait de Kansas City, et le jour suivant c'était de Joliet. Un loupé de la FEMA. Ils étaient également censés recevoir une livraison de téléphones satellite, pour permettre aux gens d'appeler leurs familles et leur faire savoir qu'ils allaient bien. Où était passé ce matériel, personne ne le savait. Même le réseau de téléphonie mobile local était en panne.

Kittridge commençait à reconnaître certaines têtes : une femme élégamment vêtue qui promenait un chat en laisse, une bande de jeunes Noirs portant la chemise blanche et la cravate noire des témoins de Jéhovah, une fille en tenue de pom-pom girl. Une sorte d'apathie s'était abattue sur le camp ; le drame sans cesse différé du non-départ frappait tout le monde d'indolence. Selon certaines rumeurs, les réserves d'eau étaient contaminées, et la tente médicale était pleine de gens qui se plaignaient de maux de ventre, de crampes, de fièvre. Quelques personnes avaient des postes de radio qui marchaient encore, mais elles ne captaient qu'une tonalité stridente suivie de la déclaration maintenant familière du Service de radiodiffusion d'urgence : « Ne sortez pas de chez vous. Restez à l'abri. Obéissez à tous les ordres de l'armée et des représentants de l'ordre. » Une autre minute de tonalité, puis le message se répétait.

Kittridge commençait à se demander s'ils sortiraient jamais de là. Et toute la nuit, il surveillait la palissade.

C'était à la fin de l'après-midi du quatrième jour ; il faisait une énième partie de cartes avec April, le pasteur Don et Mme Bellamy. Ils étaient passés du bridge au poker à cinq cartes, pariant des sommes faramineuses, purement hypothétiques. April, qui prétendait ne jamais avoir joué au poker, avait déjà extorqué à Kittridge près de cinq mille dollars. Les Wilkes avaient disparu : personne ne les avait vus depuis le mercredi. Ils avaient emporté leurs bagages avec eux.

— Bon sang, on crève de chaud, ici, soupira Joe Robinson.

Il ruisselait de sueur et c'est à peine s'il avait quitté son lit de camp de la journée.

— Venez jouer avec nous, proposa Kittridge. Ça vous fera oublier la chaleur.

— Mon Dieu, gémit le bonhomme. Je n'arrive même plus à bouger.

Kittridge, qui n'avait qu'une paire de six, se coucha. April, affichant une expression parfaitement impassible, ratissa le pot à nouveau.

— Je m'ennuie, annonça Tim.

Sa sœur faisait des piles avec les bouts de papier qu'ils utilisaient en guise de jetons.

— Tu veux jouer avec moi ? Je vais te montrer comment parier.

— Je voudrais jouer au huit américain.

— Fais-moi confiance, dit-elle à son frère. Le poker, c'est beaucoup plus marrant.

Le pasteur Don distribuait à nouveau les cartes quand Vera apparut à l'entrée de la tente. Elle croisa rapidement le regard de Kittridge.

— Je pourrais vous dire deux mots ?

Il se leva et sortit.

— Il y a du nouveau, commença Vera. La FEMA vient d'apprendre que tous les transports de civils à l'est du Mississippi avaient été temporairement suspendus.

— Vous en êtes sûre ?

— Je les ai entendus parler dans le bureau du directeur du camp. La moitié du personnel de la FEMA a déjà pris ses cliques et ses claques.

— Qui d'autre est au courant ?

— Vous plaisantez !? Je ne vous en ai même pas parlé.

C'était donc ça, on les avait abandonnés.

— Qui est l'officier responsable ?

— Une femme, le commandant je ne sais quoi. Porcheki, je crois.

Un coup de chance.

— Où est-elle, en ce moment ?

— Elle devrait être dans le hangar. Il y avait un colonel, mais il est parti. Beaucoup de gens ont déjà décampé.

— Je vais lui parler.

Vera eut une moue dubitative.

— Qu'espérez-vous en tirer ?

— Peut-être rien. Mais ça vaut toujours la peine d'essayer.

Elle repartit précipitamment, et Kittridge retourna sous la tente.

— Où est Delores ?

Wood releva les yeux de ses cartes.

— Je pense qu'elle travaille dans l'une des tentes médicales. La Croix-Rouge a fait appel aux volontaires.

— Que quelqu'un aille la chercher.

Quand tout le monde fut réuni, Kittridge expliqua la situation. Même si – et c'était un grand si – Porcheki leur fournissait le gazole pour le bus, ils seraient obligés d'attendre le lendemain matin, au plus tôt.

— Vous pensez vraiment qu'elle va nous aider ? demanda le pasteur Don.

— J'admets que ce n'est pas gagné.

— Moi, je dis qu'on n'a qu'à le faucher et mettre les bouts, décréta Jamal. Ne traînons pas ici.

— Il se peut que nous en arrivions là, et je serais d'accord à deux détails près. D'abord, c'est de l'armée que nous parlons. Voler du carburant me paraît être un bon moyen de nous faire descendre. Ensuite, nous n'avons plus que deux heures de jour devant nous, au maximum. Chicago n'est pas tout près, et je ne veux pas tenter le coup dans le noir. Pigé ?

Jamal hocha la tête.

— Le plus important c'est de nous serrer les coudes, continua Kittridge, et de ne pas ébruiter l'affaire. Quand ça se saura, ce sera une pagaille monstre. Ne vous éloignez pas de la tente. Toi non plus, Tim. Reste auprès de nous.

Kittridge venait de sortir quand Delores le rejoignit.

— Ce qui m'inquiète, dit-elle très vite, c'est cette fièvre. Les postes de soin sont complètement débordés. On manque de tout, il n'y a plus d'antibiotiques, ni rien d'autre. La situation nous échappe complètement.

— De quoi s'agit-il à votre avis ?

— Le coupable tout désigné est le typhus. C'est ce qui est arrivé à La Nouvelle-Orléans après le cyclone Vanessa. Avec tous ces gens entassés les uns sur les autres, ce n'était qu'une question de temps. Croyez-moi, plus vite nous partirons, mieux ça vaudra.

Encore un souci, pensa Kittridge. Pressant le pas, il se dirigea vers le hangar, et passa devant des bennes à ordures où les corbeaux festoyaient dans les détritus. Les sales bêtes étaient apparues la veille au soir, attirées sans doute par la puanteur des immondices. L'endroit semblait maintenant grouiller de charognards, tellement culottés qu'ils vous arrachaient pratiquement votre pitance des mains. Quand les corbeaux apparaissent, ce n'est jamais bon signe, se dit-il.

À la tente de commandement, il choisit l'approche la plus directe et ne fit même pas mine d'annoncer sa présence avant d'entrer. Porcheki était assise à son bureau et parlait dans un téléphone satellite. Il y avait trois sous-offs avec elle, au milieu de tout un fatras de matériel électronique. L'un des soldats arracha son casque et se leva d'un bond.

— Qu'est-ce que vous faites ici ? L'accès est interdit aux civils !

Porcheki arrêta le soldat qui s'apprêtait à barrer la route à Kittridge et raccrocha le téléphone. Elle avait l'air complètement exténuée.

— C'est bon, caporal. Sergent Kittridge, que puis-je faire pour vous ?

— Vous levez le camp, n'est-ce pas ?

L'idée s'était formée dans son esprit au moment même où il articulait ces paroles.

Porcheki le soupesa du regard et lança à ses hommes :

— Vous pouvez nous laisser ?

— Commandant...

— Ce sera tout, caporal.

Avec une récalcitrance visible, les trois hommes quittèrent la tente.

— Oui, dit Porcheki. On nous a ordonné de reculer jusqu'à la frontière de l'Illinois. Tout l'État sera mis en quarantaine demain soir à dix-huit heures.

— Vous ne pouvez pas abandonner ces gens comme ça. Ils sont complètement démunis.

— Ça aussi, je le sais.

Elle le regarda attentivement. Elle paraissait sur le point de lui annoncer quelque chose. Et puis :

— Vous étiez à Bagram, n'est-ce pas ?

— Pardon ?

— Il me semblait bien vous avoir reconnu. J'y étais, avec le soixante-douzième corps expéditionnaire médical. Vous ne devez pas vous souvenir de moi, ça m'étonnerait. Comment va votre jambe ? demanda-t-elle en baissant rapidement les yeux.

Kittridge était presque trop stupéfait pour répondre.

— Je m'en sors pas mal.

Un imperceptible hochement de tête, et sur son visage préoccupé apparut ce qui aurait pu passer pour un sourire.

— Je me réjouis de voir que vous vous en êtes tiré, sergent. J'ai appris ce qui s'était passé. C'était terrible, cette histoire avec ce gosse.

Puis elle retrouva son attitude officielle.

— Quant au reste, j'ai vingt-quatre cars en route depuis l'arsenal de Rock Island et deux camions ravitailleurs. Avec votre bus, ça fait vingt-cinq. Pas assez, manifestement, mais c'est tout ce que j'ai réussi à obtenir. Attention, cette information ne regarde pas l'ensemble de la population. Inutile de déclencher une émeute. Je sors de ma réserve en vous disant cela, c'est bien clair ?

Kittridge hocha la tête.

— Quand les bus vont arriver, vous avez intérêt à être prêts. Vous savez comment se passent ces choses-là. On garde le contrôle le plus longtemps possible, mais tôt ou tard, la situation finit par sombrer dans le chaos. Les gens vont vite piger, et vous pouvez parier que personne ne voudra rester en plan. Nous devrions avoir le temps de faire quatre allers-retours avant la fermeture de la frontière. Vous avez un chauffeur pour votre bus ?

Kittridge opina.

— Oui, Danny.

— Le type à la casquette ? Excusez-moi, sergent, je ne voudrais pas être désobligeante, mais j'ai besoin d'être sûre qu'on peut compter sur ce garçon.

— Vous ne trouverez pas meilleur que lui. Vous avez ma parole.

Une rapide hésitation, puis elle acquiesça.

— Qu'il vienne au rapport ici à trois heures du matin. Le premier convoi partira à quatre heures et demie. Rappelez-vous juste ce que je vous ai dit. Si vous voulez que les gens de votre groupe quittent cet endroit, débrouillez-vous pour qu'ils montent dans ces bus.

Ce qu'elle fit ensuite surprit Kittridge plus que tout le reste. Elle se pencha, ouvrit le tiroir du bas de son bureau et y prit deux pistolets. Ses Glock, encore dans leurs holsters.

— Cachez-les bien. Présentez-vous au caporal Danes, dehors, et il vous escortera à l'armurerie. Prenez toutes les munitions que vous voudrez.

Kittridge passa ses bras dans les courroies, remit son blouson par-dessus. Le sens des paroles de Porcheki était clair : ils étaient derrière les lignes à présent, le front était passé devant eux.

— À quelle distance sont-ils ? demanda-t-il.

L'expression du commandant s'assombrit.

— Ils sont déjà là.

Lawrence Grey n'avait jamais eu aussi faim.

Depuis combien de temps était-il là ? Trois jours ? Quatre ? Il avait perdu toute notion du temps, le passage des heures n'était plus marqué que par les visites des hommes en combinaison orange. Ils apparaissaient sans prévenir, émergeant d'un brouillard narcotique. Le sas sifflait et déjà ils étaient là, ensuite venaient la piqûre de l'aiguille et le lent remplissage de la poche en plastique avec son précieux butin écarlate. Il avait quelque chose dans le sang, une chose qu'ils cherchaient à obtenir. Mais ils n'avaient jamais l'air satisfaits ; ils allaient le traire comme une vache. « Que voulez-vous ? implorait-il. Pourquoi me faites-vous ça ? Où est Lila ? »

Il mourait de faim. Il était la faim incarnée, un trou de forme humaine, qui attendait d'être rempli. N'importe quel individu serait devenu fou. À supposer qu'il soit encore un individu. L'essence même de son existence avait changé – le Zéro l'avait changé, il l'avait enrôlé dans ses légions. Son esprit retentissait de voix, de murmures qui ressemblaient à la rumeur d'une foule dans le lointain. Heure après heure, le son s'amplifiait, la foule se rapprochait. Il se débattait pour échapper aux sangles comme un poisson pris dans un filet. À chaque poche de sang qu'on lui volait, ses forces s'amenuisaient. Il se sentait vieillir de l'intérieur, dans un déclin précipité, au cœur de ses cellules. L'univers l'avait abandonné à son destin. Il aurait bientôt disparu, dispersé dans le néant.

Celui qui s'appelait Guilder et l'autre, le dénommé Nelson, l'observaient : Grey sentait leur présence à l'affût derrière l'objectif de la caméra de sécurité, il sentait les rayons scrutateurs de leurs yeux. Ils avaient besoin de lui, ils avaient peur de lui. Il était comme un paquet cadeau d'où, une fois ouvert, risquaient de jaillir des serpents. Il n'avait pas de réponses pour eux, ils avaient renoncé à l'interroger. Le silence était le dernier moyen à sa disposition.

Il pensait à Lila. Lui faisaient-ils subir le même traitement ? Son bébé allait-il bien ? Il voulait juste la protéger, faire cette unique bonne chose dans toute sa misérable existence. C'était une espèce d'amour. Comme Nora Chung, en mille fois plus profond, une énergie qui ne voulait rien, ne prenait rien, qui ne demandait qu'à se donner. Voilà la vérité : son apparition dans sa vie avait un but, lui donner une dernière chance. Et pourtant, il lui avait fait défaut.

Il entendit le sifflement du sas ; quelqu'un entrait. L'un des hommes en scaphandre se pencha vers lui tel un gros bonhomme de neige orange.

— Monsieur Grey, je suis le docteur Suresh.

Grey ferma les yeux et attendit la piqûre de l'aiguille. Allez-y, pensa-t-il, prenez-moi tout. Mais il ne se passa rien. Grey rouvrit les paupières, et vit le médecin retirer une aiguille du cathéter. À petits mouvements précis, il la reboucha et la déposa dans la poubelle, avec un claquement métallique. D'un seul coup, Grey sentit le brouillard qu'il avait dans la tête se dissiper.

— Bon, nous allons pouvoir parler. Comment vous sentez-vous ?

Il aurait voulu répondre : Comment vous sentiriez-vous à ma place ? Ou peut-être simplement : Allez vous faire foutre.

— Où est Lila ?

Le docteur prit un petit stylo lumineux dans une poche de sa combinaison et se pencha sur le visage de Grey. Derrière la visière de son casque, Suresh lui apparut avec un front lourd, une peau sombre, vaguement jaunâtre, de petites dents blanches. Il promena le faisceau lumineux sur les yeux de Grey.

— Elle vous gêne, la lumière ?

Grey secoua la tête. Il commençait à distinguer un nouveau son – une palpitation régulière. Il entendait battre le cœur de l'homme, le rugissement pulsatile du sang dans ses veines. Une décharge de salive inonda sa bouche.

— Vous n'allez pas à la selle, n'est-ce pas ?

Grey déglutit et secoua à nouveau la tête. Le médecin s'approcha du pied du lit et prit une petite sonde en argent avec laquelle il lui effleura rapidement la plante des pieds.

— Excellent.

L'examen se poursuivit. Son cœur, ses poumons, son pouls. Chaque donnée était enregistrée sur une tablette. Suresh releva la chemise de Grey et prit ses testicules dans sa main.

— Toussez, s'il vous plaît.

Il réussit à tousser faiblement. Le visage du docteur, derrière sa visière, ne révélait rien. La pulsation emplissait le cerveau de Grey, annihilant toute autre pensée.

— Je vais vérifier vos ganglions.

Le médecin tendit ses mains gantées vers le cou de Grey. Alors que le bout de ses doigts entrait en contact avec sa peau, Grey plongea la tête en avant dans un mouvement réflexe. Il n'aurait pu se retenir, même s'il l'avait voulu. Ses dents s'enfoncèrent dans la chair tendre de la paume de Suresh et se refermèrent comme un étau. Le goût chimique du latex, profondément répugnant, puis une explosion de douceur lui emplirent la bouche. Le médecin hurla, se débattit pour lui échapper. De sa main libre, il repoussa le front de Grey, espérant lui faire lâcher prise. Il prit son élan et lui assena un coup de poing au visage. Pas douloureux, mais surprenant. Grey ouvrit la bouche. Suresh recula en titubant, serrant sa main ensanglantée au niveau du poignet, le pouce et l'index enroulés autour comme un bracelet. Grey s'attendait à ce qu'il se passe quelque chose d'énorme, qu'une alarme retentisse, que des hommes se précipitent, mais rien de tel ne se produisit ; le temps semblait s'être figé, personne ne viendrait. Suresh recula. Ses yeux écarquillés par la panique étaient rivés sur Grey. Il enleva son gant ensanglanté et se rua vers le lavabo. Il tourna le robinet et se frotta frénétiquement la main en marmonnant tout bas :

— Oh mon Dieu, oh mon Dieu, oh mon Dieu...

Puis il disparut. Grey resta un moment allongé. Dans la bagarre, sa perfusion s'était détachée. Il avait du sang sur le visage, sur la bouche. Avec délectation, il se pourlécha les lèvres. Pas beaucoup de goût, mais suffisant : l'énergie afflua en lui comme le ressac déferlant sur le rivage. Il banda ses forces pour arracher ses sangles, sentit que les rivets commençaient à lâcher. Le sas serait un autre problème, mais il finirait bien par se rouvrir, tôt ou tard, et à ce moment-là, lui, il serait prêt. Il leur fondrait dessus. Il plongerait sur eux comme un ange de la mort.

Lila, j'arrive.

19.

À trois heures et demie, le groupe était réuni devant la tente avec tout son matériel et attendait l'aube. Kittridge avait recommandé à tous d'essayer de dormir en prévision du voyage qui s'annonçait. Peu après minuit, les cars promis étaient apparus devant la palissade, formant une longue ligne grise. L'armée n'avait donné aucune information, mais l'arrivée des véhicules n'était pas passée inaperçue. Dans tout le camp, on parlait de départ. Qui partirait en premier ? D'autres bus allaient-ils venir ? Et les malades ? Seraient-ils évacués en priorité ?

Kittridge se rendit avec Danny à la tente de commandement pour le briefing de Porcheki. Ce qui restait du personnel civil, les volontaires de la FEMA et de la Croix-Rouge superviseraient l'embarquement, pendant que les derniers hommes de Porcheki, trois pelotons, canaliseraient la foule. Une douzaine de Humvee et deux véhicules blindés de transport de troupe attendaient de l'autre côté de la palissade pour escorter le convoi. Le trajet jusqu'à Rock Island devait prendre un peu moins de deux heures. Si tout se passait comme prévu, le dernier des quatre convois arriverait à destination vers dix-sept heures trente, juste avant l'heure limite.

À la fin de la réunion, Kittridge prit Danny à part :

— S'il arrive quelque chose, n'attends pas. Emmène tous ceux que tu peux transporter et démarre. Évite les routes principales. Si le pont de Rock Island est fermé, va vers le nord, comme on a fait la dernière fois. Suis le fleuve jusqu'à ce que tu trouves un pont intact. Tu as compris ?

— Ne pas attendre. Éviter les routes principales. Remonter vers le nord.

— Exactement.

Les autres chauffeurs se dirigeaient déjà vers les cars. Kittridge n'avait que peu de temps pour conclure.

— Quoi qu'il arrive, Danny, on ne serait jamais allés aussi loin sans toi. Je suis sûr que tu le sais, mais je voulais te le dire.

Le jeune homme eut un petit hochement de tête, le regard fuyant.

— D'accord.

— Je voudrais te serrer la main. Ça serait possible, tu crois ?

Danny plissa le front avec une expression presque douloureuse. Kittridge craignit d'être allé trop loin, puis Danny tendit la main très vite, presque furtivement, et les paumes des deux hommes entrèrent en contact. La poigne du garçon, bien qu'hésitante, n'était pas dépourvue de force. Un mouvement de bielle, vigoureux, l'espace d'une seconde, Danny croisa son regard, et puis ce fut fini.

— Bonne chance, dit Kittridge.

Il regagna la tente. Il n'y avait plus rien à faire, maintenant, à part attendre. Il s'assit par terre, adossé à une caisse en bois. Quelques minutes passèrent, et les rabats de la tente s'écartèrent. April vint s'asseoir à côté de lui, les genoux remontés sur la poitrine.

— Je peux ?

Kittridge opina du bonnet. Ils surveillaient l'entrée du camp, à quelques centaines de mètres de là. Sous la lumière éclatante des projecteurs, la zone ressemblait à une scène de théâtre vivement éclairée.

— Je voulais juste te remercier, dit April. Pour tout ce que tu as fait.

— Tout le monde aurait fait pareil.

— Non. Pas tout le monde. C'est ce que tu voudrais croire, mais non.

Kittridge se demanda si c'était vrai. Et conclut que ça n'avait pas d'importance. Le destin les avait poussés les uns vers les autres, voilà tout. Puis il repensa aux pistolets.

— J'ai quelque chose qui t'appartient.

Il passa la main sous son blouson et tira l'un des Glock de son holster. Il fit coulisser la glissière pour engager une cartouche dans la chambre et le retourna pour lui présenter la crosse.

— N'oublie pas ce que je t'ai dit : une balle au centre de la poitrine. Si tu t'y prends bien, ils s'écroulent comme un château de cartes.

— Comment tu l'as récupéré ?

— Je l'ai gagné au poker, répondit-il en souriant, puis il le lui tendit. Allez, prends-le.

Il était devenu important pour lui qu'elle ait cette arme. April s'en saisit, se pencha en avant et glissa le canon dans la ceinture de son jean afin de le caler contre ses reins.

— Merci, dit-elle avec un sourire. J'en ferai bon usage.

Le silence s'éternisa pendant une longue minute. Puis April reprit :

— Pas la peine de se demander comment tout ça va finir, hein ? Tôt ou tard, on y passera tous.

Kittridge tourna la tête vers elle, mais elle semblait éviter son regard. La lumière des projecteurs vitrifiait ses traits.

— Il y a toujours de l'espoir.

— Merci. Tu es vraiment gentil de me dire ça, mais ça ne sert à rien. C'est peut-être ce que les autres ont besoin d'entendre, pas moi.

Il faisait soudain plus frais. April s'appuya contre lui, d'un mouvement instinctif, mais qui voulait dire quelque chose. Kittridge la prit par les épaules et l'attira contre lui pour lui tenir chaud. Elle appuya la tête contre sa poitrine.

— Tu y penses, hein ? demanda-t-elle. Au gamin dans la voiture...

— Oui.

— Dis-le-moi.

Kittridge prit une profonde inspiration.

— J'y pense constamment.

On n'entendait plus un bruit. Il régnait dans le camp le genre de silence qui s'installe dans une maison après que tout le monde est allé se coucher.

— J'ai une faveur à te demander, reprit April.

— Je t'écoute.

Il sentit que le corps de la jeune fille se raidissait.

— Je t'ai dit que j'étais vierge ?

Il ne put retenir un petit rire ; en même temps, cette réaction ne paraissait pas déplacée.

— Non. Je crois que je m'en souviendrais.

— Ouais. Bon... on ne peut pas dire qu'il y ait eu beaucoup d'hommes dans ma vie.

Et comme il ne répondait pas, elle poursuivit :

— Je ne mentais pas en disant que j'avais dix-huit ans. De toute façon, ça n'a plus aucune importance. Je doute que ce genre de truc veuille encore dire quelque chose dans le monde où on vit.

— Probablement pas, en effet.

— Ce que je veux dire, c'est qu'on n'a pas besoin d'en faire toute une affaire.

— C'est toujours toute une affaire.

April lui prit la main et enroula ses doigts autour, passant doucement son pouce sur ses jointures dans une caresse douce et légère comme un baiser.

— C'est drôle. Avant même de voir tes cicatrices, j'avais compris qui tu étais. Pas seulement un soldat, ça, c'était évident pour tout le monde, mais qu'il t'était arrivé quelque chose à la guerre.

Un silence, et puis :

— Je crois que je ne connais même pas ton prénom.

— Bernard.

Elle releva la tête et le regarda. Elle avait les yeux brillants de larmes.

— S'il te plaît, Bernard. S'il te plaît, d'accord ?

Il ne pouvait pas lui refuser ça, et d'ailleurs, il n'en avait pas envie. Ils prirent possession de l'une des tentes voisines ; Dieu seul savait où ses occupants étaient passés. Kittridge manquait de pratique, mais il s'efforça de faire preuve de douceur, d'attention, et ne quitta pas des yeux le visage d'April dans la lumière crépusculaire. Elle émit quelques sons, très peu, puis quand ce fut fini, elle l'embrassa longuement, tendrement, lovée contre lui, et bientôt elle s'endormit profondément.

Kittridge resta allongé dans le noir, à l'écouter respirer, sentant la chaleur de son corps contre le sien. Cette situation qui pouvait paraître étrange ne l'était pas du tout, c'était en fait la continuation naturelle de tout ce qui s'était passé. Ses pensées dérivèrent, se posant çà et là. Ses meilleurs souvenirs, des souvenirs d'amour. Il n'en avait pas beaucoup. Maintenant, ça lui en faisait un de plus. Comme il avait été stupide de vouloir renoncer à cette vie !

Il venait de fermer les yeux quand, de la porte du Camp, se fit entendre un rugissement de moteurs accompagné de lumières mouvantes : des phares. À côté de lui, April bougea. Il se rhabilla rapidement et, alors qu'il écartait les rabats de la tente, un grondement de tonnerre retentit à l'ouest. Il ne manquait plus que ça, ils allaient partir sous la pluie.

— Ils sont arrivés ?

Le pasteur Don émergeait de la tente en se frottant les yeux. Wood était juste derrière lui.

Kittridge hocha la tête.

— Prenez tous vos affaires. C'est l'heure.

Nom de Dieu, où était Suresh ?

Il y avait des heures que personne ne l'avait vu. Il était allé examiner Grey, et puis il s'était volatilisé. Guilder avait envoyé Masterson et ses sbires à sa recherche. Vingt minutes plus tard, ils étaient revenus bredouilles. Suresh n'était pas dans le bâtiment, visiblement.

Leur première défection, s'était dit Guilder. Et la brèche ne pouvait que s'élargir. Où cet homme espérait-il aller ? Ils étaient au milieu des champs de maïs, et la nuit n'allait plus tarder. Ils avaient perdu des journées entières. Ils n'avaient pas réussi à isoler le virus, à l'extraire des cellules. Grey avait été contaminé, aucun doute à ce sujet, c'était prouvé par l'hypertrophie du thymus. Mais le virus semblait « se cacher », selon les termes mêmes de Nelson. Se cacher ! Comment un virus pouvait-il *se cacher* ? « Putain, trouvez-le et c'est tout, avait répondu Guilder. Le temps presse. »

Guilder passait de plus en plus de temps sur le toit, attiré par l'impression d'espace. Une fois de plus, à minuit passé, il était là-haut. Le sommeil n'était plus qu'un lointain souvenir ; dès qu'il s'endormait, il était aussitôt réveillé par une sorte de décharge électrique, et les parois de sa gorge se resserraient. Le délai de soixante-douze heures avait été dépassé, et Nelson s'était contenté de hausser les sourcils : *Bon, et alors ?* Guilder avait le larynx tellement contracté que c'était à peine s'il arrivait à déglutir ; sa main gauche papillonnait tel un oiseau. Un côté de son corps l'entraînait vers le bas, comme alourdi par un haltère de cinq kilos attaché à la cheville. Il ne pouvait plus dissimuler la situation à Nelson.

Du toit, Guilder avait regardé les rangs de l'armée se dégarnir de jour en jour. À quelle distance étaient les viruls ? Combien de temps avaient-ils devant eux ?

Sa tablette bourdonna dans sa poche-poitrine. Nelson.

— Vous devriez venir voir ça.

Il l'attendait devant la porte de l'ascenseur. Il portait une blouse de labo crasseuse et il avait les cheveux dans tous les sens. Il tendit à Guilder une feuille de papier.

— Qu'est-ce que je suis censé voir ?

— Lisez, c'est tout, insista Nelson d'un ton funèbre.

MINISTÈRE DES ARMÉES
Commandement central des États-Unis
7115 South Boundary Boulevard
Base aérienne de MacDill, FL 33621-5101

16JUIN010500

USCENTCOM – Ordre d'opération – Immaculata
Réf. : Décret exécutif 929621, 1er ORDOP BRIG. RECON 18-26 – f. carte topo. V107.

Organisation opérationnelle : Force opérationnelle interarmées (FOI) ERADIK, composée d'éléments des unités suivantes : 388e escadre de chasse (388 EC), 23e groupe de chasseurs de l'USAF (23 GC), 62e groupe de défense aérienne du territoire (62 GDAT), garde nationale de l'armée du Colorado (GN AC), garde nationale de l'armée du Kansas (GN AK), garde nationale de l'armée du Nebraska (NE ANG), et garde nationale de l'armée de l'Iowa (GN AI).

1. SITUATION

a. Force de l'ennemi : Inconnue, +/– 200k.

b. Terrain : Mixte, plateaux/plaines/urbain.

c. Climat : Conditions variables, visibilité diurne modérée, visibilité nocturne limitée, faible sans clair de lune.

d. Situation de l'ennemi : Au 16JUIN010500, 763 groupes (« modules ») de sujets contaminés observés, localisés dans les zones 1-26 ci-après désignées zone de Quarantaine (ZQ). Mouvement de l'ennemi attendu immédiatement après le coucher du soleil (21:16).

2. MISSION

La FOI ERADIK conduira les opérations de combat du 16JUIN012100 au 17JUIN052400 dans la zone désignée ZQ afin de détruire tous les sujets contaminés.

3. EXÉCUTION

Objectif final : La FOI conduira les opérations de combat aériennes et terrestres à l'intérieur de la ZQ. La tâche prioritaire de la FOI ERADIK est l'élimination de tous les sujets contaminés dans le périmètre de la ZQ. Tous les individus, civils compris, situés dans le périmètre de la ZQ sont supposés contaminés, et leur élimination est autorisée conformément au décret exécutif 929621. L'objectif recherché est l'élimination de tous les sujets contaminés dans le périmètre de la ZQ.

Conception de l'opération : L'opération se déroulera en 2 phases :

PHASE 1 : La FOI déploiera les unités aériennes tactiques des 388 EC, 23 GC et 62 GDAT au plus tard le 16JUIN012100 afin d'effectuer des bombardements massifs des zones 1-26. La PHASE 1 sera achevée par la saturation à 100 % de la ZQ consécutivement au raid aérien intensif. La PHASE 2 commencera aussitôt après la fin de la PHASE 1.

PHASE 2 : La FOI déploiera 6 divisions d'infanterie motorisée à partir des groupes tactiques des GN AC, GN AK, NE ANG et GN AI afin de mener des assauts avec feu à volonté sur les forces ennemies subsistant à l'intérieur des zones 1-26, ou zone de Quarantaine (ZQ). La PHASE 2 sera achevée lorsque 100 % des sujets contaminés seront détruits dans la ZQ.

Et ainsi de suite : soutien opérationnel, logistique, commandement et signaux. La bureaucratie en temps de guerre dans toute sa splendeur. La conclusion était claire : tous ceux qui se trouvaient en arrière de la ligne de Quarantaine étaient passés par pertes et profits.

— Oh, bon Dieu !

— Je vous l'avais bien dit, fit Nelson. Tôt ou tard, ça devait arriver. D'ici deux heures, même pas, le soleil va se lever. On devrait s'en sortir pour cette nuit, mais croyez-moi, on n'a pas intérêt à traîner.

Le compte à rebours était terminé. Après tous les efforts qu'il avait déployés, devoir accepter la défaite...

— Que voulez-vous que je fasse ?

Guilder respira bien à fond afin de se ressaisir.

— Évacuez les techniciens dans les véhicules, mais gardez Masterson ici. On pourrait remettre Grey et la femme dans les caissons et demander qu'on vienne nous récupérer.

— Vous voulez que j'informe Atlanta ? Au moins pour les mettre au courant de la situation...

Il fallait lui rendre justice : Nelson lui fit grâce d'un second « Je vous l'avais bien dit ».

— Non, je vais m'en occuper.

Il y avait une ligne téléphonique terrestre sécurisée dans le bureau du chef de poste. Guilder remonta et prit le couloir vide en traînant pitoyablement la jambe gauche. Les locaux avaient été vidés, il ne restait dans la pièce qu'un fauteuil, un vilain bureau de métal et un téléphone. Il se laissa tomber dans le fauteuil et resta un instant sans bouger, à regarder l'appareil. Il finit par se rendre compte qu'il avait les joues humides, trempées de larmes. D'étranges pleurs dépourvus d'émotion qu'il avait fini par prendre pour un présage du destin qui l'attendait, une ratification de sa misérable petite existence. Comme si son corps lui disait : Attends un peu. Attends un peu, tu vas voir ce que je te réserve : un calvaire, mon petit père.

Mais ça n'arriverait jamais ; à l'instant où il décrocherait le téléphone, ce serait terminé. Piètre réconfort que de savoir qu'au moins il ne vivrait pas assez longtemps pour supporter jusqu'au bout le fardeau de son déclin. Ce qu'il n'avait pas réussi à accomplir ce jour-là dans son garage, quelqu'un allait le faire à sa place.

Monsieur Guilder ? Suivez-nous. Une main sur l'épaule. La marche dans le couloir...

Non.

20.

Le temps qu'ils arrivent aux bus, les soldats avaient déjà établi un périmètre autour. La foule se massait dans l'obscurité qui précède l'aube. Le bus de Danny était en troisième position ; Kittridge voyait le jeune chauffeur à travers le pare-brise, sa casquette enfoncée sur la tête, les mains sur le volant. Vera était devant le marchepied, une planchette à pince dans les mains.

Dieu te bénisse, Danny Chayes, dit mentalement Kittridge. Ce sera le trajet de ta vie.

— S'il vous plaît, tout le monde ! Restez calmes !

Porcheki longeait les rangées de bus dans un sens et dans l'autre, derrière le barrage de soldats, en hurlant dans un porte-voix :

— Mettez-vous en rang et entrez dans les véhicules par l'arrière ! Si vous ne trouvez pas de siège, attendez le convoi suivant !

Les soldats avaient disposé des barrières afin de matérialiser une espèce de couloir. La foule se pressait derrière, canalisée vers l'ouverture, comme dans un entonnoir. Les gens demandaient où on les emmenait. Allaient-ils comme prévu à Chicago ou ailleurs ? Juste devant leur groupe, dans la file, se trouvait une famille avec deux enfants, un garçon et une fille, en pyjama crasseux, les pieds sales, les cheveux feutrés. Ces enfants ne devaient pas avoir plus de cinq ans. La fille avait à la main une Barbie toute nue. D'autres coups de tonnerre retentirent, accompagnés d'éclairs sur l'horizon à l'ouest. Kittridge et April tenaient tous les deux Tim par l'épaule, craignant que la foule ne l'avale.

Une fois le passage franchi, leur petite troupe se dirigea rapidement vers le bus de Danny. Les Robinson et Boy Junior furent les premiers à monter à bord, suivis par les Wood et Delores, Jamal et Mme Bellamy. Le pasteur Don fermait la marche, derrière Kittridge, Tim et April.

Un éclair d'un blanc fantomatique embrasa l'air, figeant la scène dans l'esprit de Kittridge comme un flash d'appareil photo. Il fut suivi, une demi-seconde plus tard, par un long roulement de tonnerre. Kittridge sentit l'impact de la foudre à travers la semelle de ses chaussures.

Ce n'était pas un orage. C'étaient des explosions.

Trois avions de chasse passèrent au-dessus d'eux, puis deux autres. Soudain, tout le monde se mit à hurler. Ce fut un long hurlement strident, un déchaînement de panique qui s'éleva derrière eux, engloutit la foule comme une vague. Kittridge se tourna vers l'ouest.

Jamais il n'avait vu un grand rassemblement de viruls. De son perchoir en haut de la tour, il en avait parfois vu un triplet – trois sujets, jamais plus, jamais moins –, et bien sûr il y avait eu ceux du parking, qui pouvaient être une vingtaine. Ce n'était rien à côté de ce spectacle. Pareille à un nuage d'oiseaux à terre, une masse coordonnée de plusieurs centaines de monstres se précipitait vers les barbelés. *Un essaim,* se rappela Kittridge. *Voilà comment ils appellent ça, un essaim.* Pendant une seconde, il resta le souffle coupé, en proie à une espèce de crainte respectueuse, de pur émerveillement devant la majesté organique du phénomène.

Ils allaient déferler sur le camp comme un tsunami.

Des Humvee fonçaient vers les barbelés, à l'ouest, leurs roues soulevant des panaches de poussière bouillonnants. Tout à coup, la foule se rua sur les bus que personne ne gardait plus. Une marée humaine s'écrasa sur le dos de Kittridge. Alors que la foule l'enveloppait, il entendit April hurler :

— Tim !

Il suivit la direction de sa voix, fendant la foule comme un nageur remontant le courant, écartant les corps à coups de coudes. Un noyau de gens jouaient des pieds et des mains pour s'entasser dans le bus de Danny. Kittridge vit l'homme qui était devant eux dans la file lever une fillette au-dessus de sa tête et hurler :

— Je vous en prie, prenez-la ! Prenez ma fille !

Puis il vit April, prisonnière de la meute. Il agita les bras en l'air.

— Monte dans le bus !

— Je ne le vois plus ! Tim ! Je l'ai perdu !

Kittridge entendit un rugissement de moteurs : les cars démarraient. Dans une explosion de rage, il se propulsa vers la jeune fille, la prit par la taille et plongea vers la porte du bus tandis qu'elle se débattait, essayait de lui échapper.

— Je ne peux pas partir sans lui ! Lâche-moi !

Devant lui, près des marches, il vit le pasteur Don. Kittridge poussa April vers lui.

— Don, aidez-moi ! Faites-la monter dans le bus !

— Je ne peux pas partir ! Je ne peux pas !

— Je vais le chercher, April ! Don, emmenez-la !

Après une dernière poussée à travers la mêlée, Don se pencha en avant, attrapa la main de la jeune fille, la tira par la porte, et elle disparut. Le bus n'était qu'à moitié plein, mais il n'avait pas de temps à perdre. La dernière vision que Kittridge eut d'April fut son visage collé à la vitre, qui l'appelait.

— Danny ! cria-t-il. Tire-les de là !

Les portes se refermèrent, le bus s'éloigna.

Dans la chambre qu'elle occupait au sous-sol du laboratoire NBC de Fort Powell, Lila Kyle avait passé les quatre derniers jours dans un état de suspension hypnotique – un crépuscule de semi-conscience dans lequel elle appréhendait son environnement comme s'il n'était qu'un écran de cinéma parmi tous ceux qu'elle voyait simultanément. Elle était endormie, et rêvait : un rêve simple, heureux. C'était la nuit, elle était dans une voiture, et on la conduisait à l'hôpital où elle allait mettre son bébé au monde. Elle ne voyait pas le conducteur, les limites de son champ de vision se perdaient dans le noir. Brad ? disait-elle. Tu es là ? Et puis les ténèbres s'effacèrent, comme se lève le rideau sur une scène de théâtre, et elle vit que c'était bien lui. Tout son être se mit à palpiter d'une joie dorée, frémissante, aérienne comme le soleil de juin. Nous sommes bientôt arrivés, ma chérie, disait Brad. Nous y serons d'une minute à l'autre. Tout ne va pas se barrer en quenouille. Cramponne-toi, c'est tout. Le bébé arrive. Le bébé est pratiquement là.

Lila se répétait ses paroles – Le bébé arrive, le bébé arrive – quand une violente explosion fit sauter la porte. Des débris de verre volèrent dans tous les sens, des objets dégringolèrent, le sol commença à tanguer et à rouler comme un petit bateau secoué par les flots – et elle se mit à hurler.

21.

L'essaim de viruls qui envahit le centre de traitement des réfugiés de l'est de l'Iowa le 9 juin, aux petites heures du matin, faisait partie d'une nuée plus vaste, massée juste à la frontière du Nebraska. La force opérationnelle interarmées, nom de code ERADIK, effectua par la suite des estimations divergentes : certains l'évaluaient à cinquante mille individus, d'autres à beaucoup plus. Pendant les jours suivants, elle fusionna avec un second essaim, d'une importance bien plus considérable, venu du nord du Missouri, puis avec un troisième, encore plus énorme, descendu du Minnesota. Leur nombre ne cessait de croître. Lorsqu'ils arrivèrent à Chicago, ils étaient un demi-million. Ils enfoncèrent le périmètre défensif le 17 juillet et submergèrent la ville en vingt-quatre heures.

Les premiers viruls franchirent les barbelés du camp de réfugiés à quatre heures cinquante-huit heure locale. À ce moment-là, des opérations aériennes extensives avaient été lancées depuis huit heures dans les secteurs central et oriental de l'État, et tous les ponts sur le Mississippi, sauf un – celui de Dubuque –, avaient déjà été détruits ; le timing de la Quarantaine avait été délibérément retardé par la force d'intervention. Les chefs de la FOI pensaient généralement – conclusion étayée par les réflexions combinées des forces armées et du renseignement américains – qu'une concentration de présences humaines à l'intérieur de la zone de Quarantaine pouvait faire office d'appât pour les sujets infectés, et les amener à se rassembler dans certains secteurs, accroissant ainsi l'efficacité des bombardements aériens. L'un des membres de la force d'intervention établit une analogie avec l'usage que les chasseurs de cerf faisaient de la pierre à lécher. Abandonner derrière soi une population de réfugiés était tout simplement le prix à payer dans une guerre qui n'avait pas de précédent. Quoi qu'il en soit, les gens étaient sûrement morts à présent.

Le commandant Verlinda Porcheki, de la garde nationale de l'Iowa – qui était, dans le civil, responsable régionale pour une boîte de vêtements de sport –, n'était pas au courant de la mission de la FOI ERADIK, mais elle n'était pas idiote non plus. Ses états de service étaient irréprochables, elle avait été décorée pour sa bravoure dans trois conflits distincts, mais Porcheki était aussi une fervente catholique qui trouvait la lumière et le réconfort dans sa foi. C'était cette conviction profonde qui avait dicté son choix de ne pas abandonner les réfugiés placés sous sa protection, comme on le lui avait ordonné. C'était cette même conviction qui lui avait fait prendre la décision de consacrer ses dernières forces, et celle des soldats encore sous son commandement – cent soixante-cinq hommes et femmes qui prirent tous sans exception position le long des barbelés de l'ouest –, à couvrir le départ des bus qui s'échappaient. À ce moment-là, malgré les efforts et les cris des civils abandonnés, il n'y avait plus rien à faire. Porcheki, résignée, regretta amèrement de ne pas avoir pu en sauver davantage. Une pâle lumière verte était apparue à l'ouest – un rideau de rayonnement frémissant, comme une haie luisante. Des chasseurs sillonnaient le ciel au-dessus d'eux et déchaînaient au cœur de l'essaim la fureur de leurs charges explosives dans un grand jaillissement de flammes. Les déflagrations ébranlaient l'air. Bravant le chaos et la destruction, l'essaim émergea et continua sa progression. Porcheki bondit de son Humvee sans attendre qu'il s'immobilise, en hurlant :

— Ne tirez pas ! Attendez qu'ils arrivent aux barbelés !

Elle se laissa tomber en position de tir – n'ayant plus d'ordre à donner, elle affronterait l'ennemi dans les mêmes conditions que ses hommes –, et se mit à prier.

On aurait dit que le temps même s'était disloqué. Au milieu du chaos, des vies se superposaient selon des schémas imprévisibles. Au sous-sol du labo NBC, un combat sans merci se déroulait. Au moment où l'hélicoptère de Blackbird se posait sur le toit, Horace Guilder, qui avait évité Nelson en se cachant dans le bureau dès le début de l'attaque – sa décision de ne pas appeler ses homologues du CDC ne l'ayant allégé d'un fardeau que pour l'accabler d'un autre (il n'avait pas idée de ce qu'il allait faire ensuite) –, avait descendu au prix d'un effort considérable l'escalier menant au sous-sol et trouvé Masterson et Nelson en train d'entasser frénétiquement des échantillons de sang dans une glacière pleine de glace sèche. Ils l'accueillirent en hurlant des reproches et des paroles confuses trahissant leur panique :

— Où étiez-vous passé, bon Dieu ? ! Il faut qu'on se tire d'ici ! Tout est en train de nous tomber sur la gueule !

Guilder n'en avait cure. Une seule chose comptait maintenant : Lawrence Grey. Et tout à coup, comme s'il avait pris une gifle en pleine figure, il sut ce qu'il avait à faire.

La voie à suivre était pourtant claire. Pourquoi ne l'avait-il pas vue depuis le début ?

Il était en proie à de violents spasmes qui le paralysaient ; sa trachée qui se contractait de plus en plus l'empêchait de respirer. Et pourtant, il trouva la volonté – la volonté des mourants – de tendre la main, d'attraper l'arme que Masterson avait au côté et de la sortir de son holster.

Puis, se surprenant lui-même, Guilder le descendit d'une balle.

Kittridge se faisait piétiner.

Au moment où les bus s'étaient éloignés, il avait été pris dans la bousculade et plaqué à terre. Il tenta de se relever, mais un pied lui heurta le côté du visage, et son propriétaire s'affala sur lui avec un grognement. D'autres pieds et d'autres corps vinrent le marteler. Il ne lui resta plus qu'à adopter une position de défense en se roulant en boule, les mains sur la tête.

— Tim ! Où es-tu ?

Soudain, il vit l'enfant assis dans la poussière, à moins de dix mètres de là. Kittridge se traîna vers lui en clopinant.

— Ça va ? Tu peux courir ?

Le gamin se tenait le côté de la tête. Le regard perdu dans le vague, il sanglotait et hoquetait, la morve au nez.

Kittridge lui attrapa la main et l'aida à se relever.

— Allez, viens.

Il n'avait pas d'idée précise. Le seul plan était la fuite, or les bus étaient partis, il n'en restait que des fantômes de poussière et de gaz d'échappement. Kittridge souleva Tim par la taille et le fit passer sur son dos en lui disant de se cramponner. Au bout de trois pas, la douleur arriva. Son genou tremblait de douleur. Il tituba, reprit son équilibre, réussit à rester debout. Une chose était certaine : avec sa jambe, et le poids du gamin en plus, il n'irait pas loin à pied.

Et puis il repensa à l'armurerie. Il avait vu un Humvee à l'intérieur. Le capot était soulevé, l'un des soldats fourrageait dans le moteur. Le véhicule serait-il encore là ? En état de marche ?

Les soldats massés le long des barbelés du côté ouest ouvrirent le feu. Kittridge serra les dents et fonça.

Lorsqu'il arriva au hangar, il sentit que sa jambe était sur le point de le lâcher. Il ne savait même pas comment il avait réussi à franchir ces deux cents mètres. La chance était avec lui. Le véhicule était garé à l'endroit où il l'avait vu, à côté des étagères maintenant vides. Le capot était refermé, ce qui était bon signe, mais démarrerait-il ? Il déposa Tim sur le siège passager, se mit au volant, et appuya sur le démarreur.

Rien. Il prit le temps d'inspirer profondément pour se ressaisir. Réfléchis, Kittridge, réfléchis. Un écheveau de fils déconnectés pendouillait sous le tableau de bord. Quelqu'un s'était occupé de l'allumage. Il libéra les fils, en prit deux, fit contact avec les extrémités. Toujours rien. Il ne savait pas ce qu'il faisait ; pourquoi avait-il pensé que ça marcherait ? Il choisit arbitrairement deux autres fils, un vert et un rouge.

Il y eut une étincelle, et le moteur se mit à ronfler. Il enclencha une vitesse, visa la sortie et appuya à fond sur l'accélérateur.

Ils foncèrent vers la porte. Mais un nouveau problème les attendait : comment réussir à passer ? Plusieurs milliers de gens essayaient de faire la même chose, une masse humaine bouillonnante qui tentait de s'insinuer par ce goulet d'étranglement. Sans lever le pied de l'accélérateur, Kittridge appuya sur le klaxon, et se rendit compte trop tard que c'était une idée désastreuse : la foule n'avait rien à perdre.

Elle se retourna. Le vit. Chargea.

Kittridge freina, braqua : la horde déchaînée avala le Humvee comme une vague déferlant sur un rivage. Sa portière s'ouvrit à la volée, des mains s'emparèrent de lui, essayèrent de lui arracher le volant auquel il se cramponnait. Il entendit Tim crier tandis qu'il se bagarrait pour ne pas lâcher prise. Les gens se jetaient sur le véhicule de tous les côtés à la fois, l'emprisonnant à l'intérieur. Une tête heurta le pare-brise, et disparut. Des mains se tendaient par-derrière vers son visage, le griffaient, tandis que d'autres lui tiraient sur les bras.

— Lâchez-moi ! hurlait-il en se débattant dans l'espoir illusoire de les mettre en fuite.

Peine perdue. Ils étaient tout simplement trop nombreux. D'autres corps roulèrent par-dessus le pare-brise, sous les pneus du véhicule, et le Humvee commença à basculer. Alors il tendit les mains vers Tim, banda ses muscles en sachant qu'il allait être écrasé, et ce fut terminé.

Pendant ce temps, à cinq kilomètres de là, la file de bus – transportant un total de deux mille quarante-trois réfugiés civils, trente-six membres de la FEMA et de la Croix-Rouge, et vingt-sept militaires – fonçait vers l'est. Beaucoup de ceux qui se trouvaient à bord sanglotaient, d'autres priaient avec ferveur. Ceux qui avaient des enfants les serraient farouchement contre eux. Quelques-uns, malgré les récriminations de leurs compagnons qui les imploraient de se taire, continuaient à crier. Si une poignée se reprochaient déjà amèrement d'avoir laissé tant des leurs derrière eux – les psychologues appelaient cela la « culpabilité des survivants » –, l'immense majorité n'avaient pas de tels remords. Ils étaient les veinards, ceux qui s'en étaient sortis.

Au volant de son Redbird, Danny Chayes éprouvait, pour la première fois de sa vie, une émotion qu'on ne saurait mieux décrire que comme une merveilleuse plénitude. C'était comme si, durant les vingt-six années de sa vie, il avait vécu confiné dans un espace étriqué de sa personnalité et qu'enfin les écailles lui tombaient des yeux. Comme le bus dont il guidait la course, Danny avait été projeté en avant, propulsé vers un nouvel état dans lequel une gamme de sentiments contraires bien définis existaient simultanément dans son esprit. Il avait peur, vraiment peur, peur de toute son âme, et en même temps cette peur, loin d'être paralysante, était une source de pouvoir, un puits fertile de courage qui semblait monter et déborder en lui. « Tu es le capitaine de ce vaisseau », disait M. Purvis, et c'était exactement ce qu'était Danny. Par-dessus son épaule gauche, le pasteur Don et Vera discutaient, parlaient de choses et d'autres avec une sorte de véhémence. Derrière eux, sur les banquettes, les gens étaient collés les uns contre les autres, deux par deux. Les Robinson avec leur bébé, qui émettait une espèce de petit miaulement ; Wood et Delores se tenaient les mains et priaient ; Jamal et Mme Bellamy, chose extraordinaire, étaient cramponnés l'un à l'autre. April était assise toute seule, désespérée, trop choquée pour pleurer. Leur sauvetage était devenu le seul et unique but de la vie de Danny, le point fixe de son cosmos personnel autour duquel tournait tout le reste, même si, dans l'excitation du moment, et la découverte stupéfiante du fait qu'il était vivant, leur présence était une pure abstraction.

Au volant de son Redbird 450, Danny Chayes était en communion avec lui-même et avec l'univers, et quand il vit, ainsi que le virent sans doute les conducteurs des autres bus, un deuxième essaim de viruls, plus gros, surgir du sud dans l'obscurité précédant l'aube, puis quand il vit le troisième, venant du nord, et discerna mentalement, à l'issue d'un rapide calcul en trois dimensions, qu'ils allaient tous les trois s'unir pour former une unique masse destinée à encercler et submerger leurs véhicules comme des frelons lâchés d'une ruche, il sut ce qu'il avait à faire. Il braqua à gauche, quitta le convoi et roula pied au plancher, dépassant à toute vitesse les autres bus de la file – cent quinze, cent vingt, cent trente kilomètres-heure –, en souhaitant ardemment pouvoir rouler plus vite encore.

— Qu'est-ce que tu fais ? hurlait le pasteur Don. Pour l'amour de Dieu, Danny, qu'est-ce que tu fais ?

Mais Danny savait très bien ce qu'il faisait. Son but n'était pas l'évasion, parce qu'il n'y avait pas d'évasion possible ; son but était d'être le premier. De foncer dans le tas à une vitesse si folle qu'elle lui permettrait de passer au travers, et d'y forer un couloir de destruction. Derrière lui, c'était un chœur de hurlements ; devant lui, les essaims fusionnaient, formaient une légion de lumière qui allait en s'enflant.

— Couchez-vous ! s'écria-t-il. Baissez-vous !

— Bordel de merde !

Nelson reculait, les mains levées devant le visage comme pour se protéger. Guilder comprit qu'il s'attendait plus ou moins à ce qu'il le liquide à son tour. Bon, il n'était pas fondamentalement contre, mais dans l'immédiat il avait d'autres projets.

— Allez chercher la femme, ordonna-t-il en le menaçant de son pistolet.

— Pas le temps ! Bon Dieu, vous n'étiez pas obligé de le descendre !

Au-dessus, les explosions se poursuivaient. L'air était plein de tourbillons de poussière.

— C'est à moi d'en juger. Allez !

Par la suite, Guilder aurait tout lieu de se demander comment il avait su qu'il fallait d'abord récupérer la femme. Ce devait être l'une des décisions les plus lourdes de conséquences de sa vie. Il aurait pu décider de l'abandonner, et provoquer ainsi une issue tout à fait différente. L'intuition, peut-être. Par sentimentalisme, parce qu'il était touché par le lien qu'il avait discerné entre Grey et elle – cette sorte de lien qui lui avait échappé pendant toute sa vie ? Poussant Nelson devant lui, le pistolet dans les reins, il traversa le labo et s'arrêta devant la porte de la chambre de Lila.

— Ouvrez-la.

Lila Kyle, réveillée par les explosions, s'était mise à pousser des cris incohérents et terrifiés. Elle n'avait aucune idée de l'endroit où elle se trouvait, ni de ce qui se passait. Elle était attachée sur un lit, le lit était dans une chambre, la chambre et tout ce qu'il y avait dedans bougeaient. Elle crut s'être réveillée d'un rêve pour se retrouver perdue dans un autre, aussi irréel que le précédent, et elle n'eut que partiellement conscience de la présence de Nelson et de Guilder lorsqu'ils entrèrent dans la pièce. Les deux hommes discutaient. Elle entendit le mot « hélicoptère ». Elle entendit le mot « fuir ». Le plus petit des deux lui enfonça une aiguille dans le bras. Elle était incapable d'opposer la moindre résistance, pourtant à l'instant où l'aiguille lui perça la peau, ce fut comme si elle avait reçu une décharge électrique dans le cœur, comme si elle avait été reliée à une batterie géante. L'adrénaline, se dit-elle. Ils m'ont sédatée, et là ils m'injectent de l'adrénaline pour me réveiller. Le plus petit des deux hommes l'aida à se lever. Sous sa chemise d'hôpital, elle ressentit le froid picotement de la nudité. Tiendrait-elle debout ? Pourrait-elle marcher ?

— Faites-la sortir d'ici, c'est tout, ordonna le deuxième homme.

Visiblement mû par un terrible sentiment d'urgence qu'elle n'arrivait pas à partager, il l'entraîna, tantôt la tirant, tantôt la portant jusqu'à l'autre bout de la grande pièce, une sorte de laboratoire. L'électricité était coupée, seuls les boîtiers de sécurité étaient allumés. Au loin se succédaient des grondements, suivis par des tremblements prolongés qui ébranlaient le sol. Des objets en verre entrechoqués cliquetaient. Ils arrivèrent devant une lourde porte munie d'une poignée circulaire, comme un sas de sous-marin. Le petit homme l'ouvrit en grand et entra. C'était à présent le plus grand qui la soutenait, un pistolet à la main. Il la tenait par-derrière, une main passée autour de sa taille, l'autre lui enfonçant le canon de son arme dans les côtes. Ses pensées commençaient à s'éclaircir à présent. Son cœur battait comme un métronome. Qu'est-ce qui allait émerger de la porte ? Le souffle de l'homme, sur son visage, avait des relents de pourriture chaude. Dans ses mains crispées sur elle, dans le frémissement de tout son corps, elle sentait qu'il avait peur.

— Je suis enceinte, commença à dire Lila, comme si cela pouvait changer quoi que ce soit à la situation.

Mais elle fut interrompue par un cri, de l'autre côté de la porte, un hurlement aux accents quasiment féminins.

Les opérations aériennes qui se déroulèrent pendant la nuit du 9 juin au-dessus de l'ouest et du centre de l'Iowa présentaient un certain nombre de risques, le principal étant que les pilotes n'obéissaient pas à leurs ordres. De fait, certains les transgressèrent : sept équipages refusèrent de larguer leur charge utile sur des cibles civiles, et trois autres invoquèrent des avaries mécaniques qui les avaient empêchés de le faire ; un taux d'échec opérationnel de six pour cent. (Sur ces dix équipages, trois furent ensuite traduits en cour martiale et fusillés, cinq réprimandés et renvoyés au front, deux disparurent dans la nature, et on n'entendit plus parler d'eux.) Au cours des semaines suivantes, alors que la mission de la FOI ERADIK s'élargirait afin d'inclure les localités de toute la partie centrale et de la région montagneuse de l'ouest des États-Unis, les membres de la force d'intervention repenseraient à cette statistique avec un sentiment voisin de la nostalgie – le bon vieux temps. Le 1er août, la proportion d'aviateurs emprisonnés pour délit d'opinion, ou disparus avec leur avion au-dessus du continent agonisant, serait telle qu'il deviendrait de plus en plus difficile de monter une offensive aérienne cohérente. Résultat : toute la mission de la FOI ERADIK serait gravement compromise. À ces problèmes viendraient s'ajouter les mouvements séparatistes de la Californie et du Texas, qui auraient l'un et l'autre décidé de déclarer leur souveraineté et de s'approprier toutes les ressources militaires fédérales localisées à l'intérieur de leurs frontières, mettant Washington au défi de les en empêcher par la force – pari d'une habileté remarquable, tant politiquement que sur le plan militaire, car à ce moment-là la situation serait partie complètement en vrille. On se livrerait de part et d'autre à pas mal de rodomontades, et l'affaire atteindrait son paroxysme lors des batailles de Wichita Falls et de Fresno, au cours desquelles un grand nombre de soldats américains, sur terre et dans les airs, jetteraient l'éponge, déposeraient les armes et demanderaient l'asile. C'est ainsi qu'au milieu du mois d'octobre de l'année que les générations futures appelleraient l'« an zéro », on pourrait dire que la nation connue sous le nom d'États-Unis avait cessé d'exister.

Mais ce matin-là, le 9 juin, avant l'aube, sous le ciel sans lune de l'Iowa, la FOI ERADIK était encore aux commandes et jouissait de la coopération de tous ses actifs, ou quasiment. Comme pour confirmer les projections de la force d'intervention, de grandes masses de sujets contaminés s'étaient regroupées en quatre points chauds répartis dans l'État : Mason City, Des Moines, Marshalltown, et le camp de traitement de réfugiés de la FEMA à Fort Powell. À deux heures du matin, les trois premiers avaient été anéantis ; Fort Powell était le dernier site. Une combinaison de A-10 Warthogs et de bombardiers de combat F-18 partis de la base de l'armée de l'air d'Edwards lança l'assaut. Simultanément, un gros porteur Hercules C-130 fut envoyé de Pensacola. La soute contenait une bombe à souffle, une GBU/43-B Massive Ordnance Air Blast, ou MOAB, surnommée Mother of All Bombs – la mère de toutes les bombes. Avec ses huit tonnes et demie de H6 hautement explosif, la MOAB était la plus grosse bombe non nucléaire de l'arsenal militaire des États-Unis, capable de produire un cratère d'impact de cent cinquante mètres de diamètre, et une onde de choc suffisante pour anéantir une zone équivalente à neuf pâtés de maisons. Le brasier brûla pendant plusieurs jours.

Alors que Nelson se penchait pour détacher les sangles de Grey – lesquelles ne retenaient plus rien –, celui-ci se redressa d'un bond, l'attrapa par le haut des bras et plongea ses dents dans son cou. Il le mordit si fort qu'il sentit la trachée de Nelson s'écraser entre ses mâchoires. Les deux hommes basculèrent en arrière sur le lit, Grey secouant sa proie comme un loup qui aurait tenu un lapin entre ses dents. Un jet de sang chaud emplit sa bouche. Ils se retrouvèrent par terre, Nelson sur le dos, Grey au-dessus de sa proie. Des spasmes d'agonie agitèrent les mains et les pieds de Nelson, puis ce fut fini. Grey enfonça plus profondément ses mâchoires dans la chair tendre.

Il but.

Zéro avait-il trouvé cela aussi facile, aussi délectable ? se demanda-t-il, alors que se déversait en lui une vitalité nouvelle, un merveilleux océan de sensation à l'état pur. En lui, un puissant moteur s'éveillait à la vie, une vie rugissante. Sur une dernière, une exaltante gorgée de sang, il détourna le visage. Il s'accorda quelques secondes pour considérer le cadavre qui gisait à terre. La chair du visage de Nelson donnait l'impression de s'être rétractée, tel un film d'emballage, sur sa structure osseuse ; ses yeux exorbités, un peu reptiliens, comme ceux de la fille dans le parking du motel Red Roof, contemplaient l'éternité. Grey se creusa la tête à la recherche d'une émotion qui aurait fait écho à ses actes – de la culpabilité peut-être, ou de la pitié, voire du dégoût. Il était un meurtrier, il avait tué, volé une vie. Mais il n'éprouvait rien de tout ça. Il avait fait ce qu'il avait à faire.

La porte de sa chambre était ouverte. Lila, se dit-il, je viens vous sauver, tout ce qui s'est passé l'ordonne.

Il sortit de la pièce.

L'être qui franchit la porte était un homme. Un homme éclairé à contre-jour, perdu dans les ténèbres. Il avança, et la lueur des boîtiers de sécurité tomba de biais sur son visage. Sa chemise d'hôpital était trempée de sang.

Lawrence ?

— Non !

L'homme au pistolet entraînait Lila à reculons, le canon de son arme toujours enfoncé dans ses côtes. Il marchait mal, d'un pas incertain, vacillant. Tout son corps tremblait comme une feuille. Il donnait l'impression d'être sur le point de s'écrouler.

— N'approchez pas !

Grey tendit ses mains sanglantes devant lui dans une attitude implorante.

— Lila, c'est moi !

L'horreur, la répulsion, un engourdissement mental qui la protégeait contre la violente succession des événements – tout cela se combinait dans l'esprit de Lila pour la maintenir figée dans un état de terreur glacée, sans point d'ancrage, dans lequel son corps et son cerveau semblaient n'être que marginalement associés. À travers le brouillard, elle avait compris ce qu'impliquaient les hurlements émanant de la chambre. Si l'état de sa chemise d'hôpital lui en donnait une indication, Lawrence ne s'était pas contenté de tuer l'autre homme, le petit : il l'avait déchiqueté. Tout cela se tenait, Lila aurait dû le voir venir. Elle se souvint du char d'assaut. Elle revit Lawrence quand il était ressorti de la trappe, le visage pareil à un masque sanglant, une horreur digne de Halloween, elle se rappela comment la vitre de la Volvo avait explosé sous son poing. Lawrence était devenu un monstre. Il était devenu une de ces... choses. (Pauvre Roscoe.) En même temps, quelque chose dans ses yeux lui disait de ne pas avoir peur. Elle ne pouvait en détourner le regard. Ils semblaient plonger droit en elle, brillant d'une lueur presque sacrée.

— Vous ne savez pas ce qui se passe ? lança l'homme. Il faut qu'on s'en aille d'ici.

— Lâchez-la.

Une nouvelle détonation, en surface, et le sol tangua comme soulevé sur le dos d'une vague. Il y eut des bruits de verre fracassé. Tout s'effondrait. Le canon de l'arme braqué sur son flanc lui faisait l'effet d'un doigt glacé pointé sur son cœur. D'un mouvement de tête, l'homme désigna un coin de la chambre.

— L'escalier, vite ! Un hélicoptère nous attend.

— Posez ce revolver et je vous suis.

— Bon sang, ce n'est pas le moment !

Elle sentait une transformation s'opérer en elle. Une sorte d'éveil, qui ne venait pas seulement du pistolet. Elle avait l'impression de reprendre conscience après des années de sommeil. Quelle idiote ! Repeindre la chambre d'enfant, et puis quoi encore ?! Faire comme s'ils partaient en balade dans la campagne, comme si ça pouvait changer quoi que ce soit ! Parce que David était mort, Eva était morte, et Brad aussi, Brad dont elle avait brisé le cœur. Elle s'était convaincue que ce n'était pas la fin du monde, parce que le monde était déjà fini. Et voilà que cet homme, ce Lawrence Grey, était tombé sur elle comme un rédempteur, un ange qui allait la mener vers la sécurité, comme si le bébé qu'elle portait était le sien, et elle sut ce qu'il fallait dire.

— Je vous en prie, Lawrence. Faites ce qu'il dit. Pensez à notre bébé.

Un moment de flou s'ensuivit, tellement suspendu qu'il semblait échapper au courant du temps. Lila déchiffra l'expression interrogative de Lawrence : pourrait-il arracher le pistolet des mains de l'homme avant qu'il fasse feu ? Et s'il y arrivait, que se passerait-il après ?

— D'accord, dit-il. Montrez-nous comment sortir d'ici.

Lorsqu'ils arrivèrent sur le toit, les pales de l'hélicoptère tournaient, soulevant des tourbillons de vent. Le ciel brillait d'une étrange lumière verdâtre, vaguement organique, qui évoquait l'intérieur d'une serre. L'hélicoptère paraissait sur le point de s'envoler sans eux, ce qui aurait été le comble de l'ironie, mais Lila vit le pilote leur faire signe de se dépêcher. Ils prirent place à bord, et Guilder claqua la porte derrière eux.

Ils décollèrent aussitôt.

Kittridge se retrouva à plat ventre dans la poussière, un goût de sang dans la bouche. Il essaya de se relever, et se rendit compte qu'il n'avait qu'un pied. Sa prothèse avait disparu. Il releva la tête et vit le Humvee couché sur le côté à cent mètres de là, comme une créature marine échouée sur le rivage. Le pare-brise avait volé en éclats, de la vapeur montait du capot et de sous le châssis. La foule s'était abattue dessus comme une horde d'animaux sauvages, et quelques personnes tentaient de le remettre sur ses roues, mais la tentative, venant de tous les côtés à la fois, était désorganisée. D'autant que d'autres, juchés dessus, les repoussaient à coups de pieds, défendant leur position comme si la seule possession d'une telle prise pouvait leur assurer une protection.

Kittridge se rapprocha de Tim en rampant. Le gosse respirait, mais il était inconscient – un instant de grâce lui était accordé. Son corps était étalé selon un angle pas naturel ; il avait les cheveux poissés par le sang qui coulait de sa bouche et de son nez. Kittridge s'aperçut que les tirs avaient cessé. Les soldats s'enfuyaient coudes au corps, sauf qu'il n'y avait nulle part où fuir. Une masse de viruls tombés sous leurs balles gisaient le long des barbelés, mais en parcourant la scène du regard, Kittridge comprit que l'attaque n'était qu'une diversion, une force avancée envoyée pour épuiser leurs défenses. Un second essaim, beaucoup plus important, se regroupait et fondait sur eux dans un rugissement. La nuée entourait le campement en coulant comme un liquide vert frémissant. L'assaut final allait venir de toutes les directions à la fois.

Kittridge prit Tim par les épaules, le souleva et le serra sur sa poitrine. Accroupis dans la poussière, au milieu du chaos, entourés de gens qui couraient dans tous les sens, de voix qui hurlaient, de bombes qui tombaient, ils paraissaient curieusement enveloppés par une bulle d'inactivité silencieuse qui les protégeait de la destruction. Kittridge scruta l'horizon à l'est. L'espace d'un bref instant, il crut voir le bus de Danny foncer dans les ténèbres, mais ce n'était qu'une illusion, forcément. Ils étaient déjà loin, hors de vue. *Bon vent à toi, Danny Chayes.* Un calme profond l'envahit, amenant avec lui un sentiment de déjà-vu : il était là sans y être, ici et également ailleurs, un petit garçon en train de jouer, un homme en guerre et en même temps la troisième chose qu'il était devenue. Il eut une succession de flashs : la virule en robe de mariée cramponnée au capot de la Ferrari ; les reflets du soleil sur une rivière où il était allé pêcher, il y avait des années de cela. April, le soir où ils avaient regardé les étoiles derrière la fenêtre, et son expression tranquille, apaisée, quand ils avaient fait l'amour ; l'enfant dans la voiture, la terrible certitude qu'il avait lue dans ses yeux, sa main – sa main de petit garçon, désespérément tendue vers lui, et puis plus rien. Tout cela, et bien d'autres choses encore. Il eut aussi une vision de sa mère, en train de lui chanter une chanson, son haleine chaude sur son visage, et l'impression d'être très petit, un nouveau-né dans le monde. « Le monde n'est pas ma maison, entonnait-elle de sa voix soyeuse, parce que je ne fais que passer. Les trésors reposent quelque part, loin au-delà du bleu. Les anges me font signe depuis la porte ouverte du ciel, et je ne peux plus me sentir chez moi dans ce monde. »

Tim s'était mis à hoqueter comme s'il étouffait ; ses paupières frémissaient, il essaya de les ouvrir. Puis elles restèrent closes. Les viruls, leur encerclement achevé, se jetaient sur les barbelés. Kittridge constata qu'il n'y avait plus un bruit autour d'eux ; le combat était terminé, les avions étaient partis. Alors, dans le silence, il décela, très loin, très haut au-dessus d'eux, le bourdonnement d'un gros avion. Kittridge leva le visage vers le ciel. Un Hercules C-130 venait du sud. Comme il les survolait, un objet tomba de son ventre. Sa chute fut aussitôt freinée par l'ouverture d'un champignon – un parachute. Puis l'avion disparut dans les hauteurs.

Kittridge ferma les yeux. C'était donc la fin. Elle surviendrait instantanément, le départ serait indolore, il n'aurait même pas le temps d'y penser. Il éprouva une dernière fois la présence de son corps : la sensation de l'air dans ses poumons, le sang qui rugissait dans ses veines, le martèlement de son cœur, comme un tambour. La bombe tombait vers eux.

— Je te tiens, dit-il en serrant Tim contre lui farouchement, répétant ces paroles comme une litanie, afin que le gamin les entende. Je te tiens, je te tiens, je te tiens, je te tiens.

L'onde de choc de la MOAB heurta de plein fouet l'hélicoptère qui emportait Grey et Lila, dans un rideau aveuglant de lumière, suivi par une gifle de chaleur et d'un bruit à déchirer les tympans. L'hélicoptère fut d'abord soulevé puis projeté en avant, comme emporté par une vague, formant avec le sol un angle de quarante-cinq degrés. Il remonta en flèche et se mit à tournoyer de plus en plus vite, tel un patineur sur la glace. Il tourna, tourna, tourna, si bien que le pilote bascula sur le côté, et se brisa le cou contre le pare-brise. Mais à ce moment-là, entre le rauquement de l'alarme et la force centrifuge de leur rotation, les occupants de l'habitacle ne pensaient plus à grand-chose. Sans la dynamique qui les maintenait en l'air, il ne se produirait plus rien désormais tant qu'ils n'auraient pas percuté le sol.

Lawrence Grey perçut l'impact comme une rupture temporelle : il était calé contre la paroi de l'hélicoptère engagé dans sa spirale mortelle et une seconde plus tard il gisait dans une épave. Il avait ressenti le moment du choc mais ne s'en souvenait pas précisément. Il en gardait, imprimée en lui, une sensation de tintement, comme s'il était une cloche qu'on aurait frappée. Ça sentait le fuel et les isolants surchauffés, et il entendait une sorte de crépitement électrique. Une masse inerte, lourde et molle pesait sur lui. C'était Guilder. Il respirait, mais il était inconscient. L'hélico, ou ce qui en restait, était couché sur le flanc ; à l'endroit où aurait dû se trouver le rotor, il y avait maintenant une porte.

— Lawrence, aidez-moi !

La voix venait de derrière lui. Il repoussa le corps de Guilder et se dirigea à tâtons, comme un grand animal aveugle, vers l'arrière de l'hélico. L'un des sièges, tordu, arraché, immobilisait Lila et l'écrasait au niveau de la taille. Ses jambes nues, le tissu léger de sa chemise d'hôpital, tout cela brillait, trempé d'un sang noir, épais.

— Aidez-moi, hoqueta-t-elle.

Elle avait les yeux clos, et des larmes perlaient aux coins de ses paupières.

— Mon Dieu, aidez-moi, s'il vous plaît. Je saigne, je saigne.

Il essaya de la libérer en la prenant par les pieds, mais elle se mit à pousser des cris de souffrance. Pas moyen de faire autrement, il fallait soulever le siège. Il le saisit par ses montants et commença à le faire pivoter. Un grincement, un bruit sec, et le fauteuil se détacha de la carcasse.

Lila sanglotait, gémissait de douleur. Grey savait qu'il n'aurait pas dû la déplacer, mais il n'avait pas le choix. Positionnant le siège sous la porte ouverte, il la souleva sur son épaule, se releva et la déposa sur le dessus de l'appareil. Il la rejoignit en grimpant par le côté opposé. Puis il redescendit le long de la carlingue, fit le tour et se redressa pour la recevoir, faisant glisser son corps le long de l'hélicoptère.

— Mon Dieu, je vous en prie, faites que je ne la perde pas. Faites que je ne perde pas mon bébé.

Il la déposa doucement sur le sol jonché des débris du laboratoire pulvérisé – des poutrelles tordues, du béton réduit en charpie, des éclats de verre. Il était en larmes lui aussi. C'était trop tard, il le savait, le bébé était mort. Des grumeaux de sang noir, coagulé, coulaient d'entre les jambes de Lila, en un flot impossible à arrêter. D'un instant à l'autre, elle allait suivre le bébé dans la nuit. Une prière remontant de son enfance franchit les lèvres de Grey, et il commença à répéter, et répéter, dans un murmure :

— Sainte Marie, Mère de Dieu, priez pour nous, pauvres pécheurs, maintenant et à l'heure de notre mort, amen. Sainte Marie, Mère de Dieu, priez pour nous, pauvres pécheurs, maintenant et à l'heure de notre mort, amen...

Sauve-la, Grey.

Tu sais ce qu'il faut faire.

Il le savait, bien sûr. La réponse était en lui depuis le début. Depuis le motel et Ignacio, le Home Depot, le projet Noé, et bien avant ça.

Tu vois, Grey ?

Il releva la tête et les examina. Les viruls. Il y en avait partout, tout autour d'eux, émergeant de l'obscurité et des flammes : des chairs de sa chair, démoniaques, mues par le sang, les encerclaient. Il était agenouillé devant eux, le visage ruisselant de larmes. Il n'éprouvait aucune crainte, juste de l'étonnement.

Ce sont les tiens, Grey. Ceux que je te donne.

— Oui. Ce sont les miens.

Sauve-la. Fais-le.

Il avait besoin d'un objet tranchant. Il fouilla le sol, à tâtons, et tomba sur un bout de métal, un vestige d'un monde de choses métalliques, broyées. Vingt centimètres de long, aux bords aussi déchiquetés qu'une scie. Il le plaça en travers de son poignet, ferma les yeux et s'entailla profondément la chair. Le sang jaillit en un flot sombre, profond, qui lui remplit la paume. Le sang de Grey, le Déchaîneur de la nuit, Familier de celui nommé le Zéro. Lila gémissait, elle était mourante. Son prochain souffle pouvait être le dernier. Un instant d'hésitation – une ultime lueur humaine, sur le point de s'éteindre, tout au fond de lui – et Grey plaça son poignet contre ses lèvres, tendrement, comme une mère présente son sein aux lèvres d'un nouveau-né.

— Bois, dit-il.

Grey ne le vit pas : un bloc de béton, une masse de quinze kilos de ciment et de pierre que Guilder, rassemblant ses dernières forces, souleva au-dessus de sa tête et abattit sur lui.

22.

Ils atteignirent Chicago alors que le soleil se couchait, emplissant le ciel d'une lumière dorée. D'abord un anneau extérieur de banlieue déserte et silencieuse puis, se dressant devant eux comme une promesse, les contours de la ville. Les survivants isolés, unis par le lien mystérieux de leur survie, voyageaient en silence, rêveurs dans une contrée oubliée, le ronflement du moteur pour seule marque de leur progression, le sifflement hypnotique de l'asphalte sous les roues. Des fantômes étaient assis à côté d'eux, les fantômes de ceux qu'ils avaient perdus.

Alors que le paysage urbain se précisait, le pasteur Don, qui avait pris place derrière Danny, se pencha vers lui. Des hélicoptères planaient au-dessus de la ville, bourdonnant autour des gratte-ciel comme des abeilles autour d'une ruche. Plus haut dans le ciel, les sillages des avions faisaient des rubans de couleur sur le bleu qui allait en s'approfondissant. L'endroit semblait être une zone de sécurité, mais ça ne durerait pas. Dans leur cœur, ils savaient qu'il n'y avait plus d'endroit sûr.

— Arrêtons-nous une minute.

Danny stoppa le bus sur la chaussée. Le pasteur Don se leva pour s'adresser au groupe. La décision leur appartenait. Voulaient-ils s'arrêter ou continuer ? Ils avaient le bus, de l'eau, à manger, du carburant. Personne ne savait ce qui les attendait plus loin.

— Prenez une minute pour réfléchir, leur suggéra le pasteur Don.

Un murmure d'assentiment, puis les mains se levèrent. Le verdict était unanime.

— C'est bon, Danny.

Ils contournèrent la ville par le sud et poursuivirent vers l'est sur une route de campagne. La nuit tomba sur la terre comme un rideau de fer. Le lever du jour les trouva quelque part dans l'Ohio. C'était un paysage rigoureusement quelconque, ils auraient pu être n'importe où. Le temps semblait s'étirer, se traîner. Les champs, les arbres, les maisons, les boîtes aux lettres défilaient, l'horizon était à jamais inaccessible, reculant toujours. Dans les petites villes, un semblant de vie persistait ; les gens ne savaient ni où aller ni quoi faire. On disait que les autoroutes étaient complètement embouteillées. À une supérette où ils s'arrêtèrent pour se ravitailler, la caissière, jetant un coup d'œil vers le bus, derrière la vitre, leur demanda tout bas, pour ne pas être entendue, si elle pouvait les accompagner. Sur le mur derrière elle, un écran de télévision montrait une ville en flammes. Elle ne s'inquiéta pas de savoir où ils allaient – ailleurs, juste ailleurs, telle était leur destination. Un rapide coup de fil, et quelques minutes plus tard, son mari et deux adolescents montaient dans le bus avec leurs valises.

D'autres se joignirent à eux. Ils embarquèrent un homme en salopette qui marchait seul sur la route, un fusil à l'épaule, un couple âgé habillé comme pour aller à l'église, qu'ils trouvèrent à côté de leur voiture arrêtée sur la route, le capot soulevé, un panache de vapeur montant du radiateur percé. Deux cyclistes, des Français, qui traversaient le pays quand la crise avait éclaté. Des familles entières s'entassèrent à bord, souvent en pleurs, éperdues de reconnaissance. Tels des poissons rejoignant un banc de leurs congénères, les nouveaux arrivants se fondaient dans la masse. Ils évitèrent les villes les unes après les autres : Colombus, Akron, Youngstown, Pittsburgh. Même leurs noms avaient commencé à prendre une tonalité historique : Gizeh, Carthage, Pompéi. Autant de cités d'un empire perdu. Des coutumes s'établissaient entre eux, comme s'ils formaient une sorte de ville roulante. Certaines questions étaient posées, d'autres pas.

— Vous avez des nouvelles de Salt Lake City ? Tulsa, Saint Louis ? Ça y est, ils ont trouvé ce que c'était ? Ils ont enfin une réponse ?

Ils n'étaient en sécurité qu'en se déplaçant. Toute halte était périlleuse. Pendant un moment, ils chantèrent. « La marche des fourmis », « Sur mes spaghettis », « Cent bouteilles de rhum sur le mur ».

Le paysage montait et descendait, les enserrait dans une étreinte de verdure : la Pennsylvanie, les Montagnes sans fin. Les traces d'occupation humaine étaient rares, et très espacées, vestiges d'une ère depuis longtemps révolue. Des villes minières délabrées, des hameaux oubliés autour d'une unique usine fermée depuis des années, des cheminées de brique rouge, solitaires, dressées comme un index vers le bleu du ciel estival. L'air sentait fortement le sapin. Ils étaient plus de soixante-dix à présent, entassés par terre, dans l'allée centrale, les enfants sur les genoux des grands, les visages collés aux vitres. Le carburant était un souci constant, et pourtant ils réussissaient toujours à en trouver lorsqu'il le fallait, comme si leur voyage était protégé par une main invisible.

L'après-midi du troisième jour, ils arrivèrent dans les environs de Philadelphie. Ils avaient traversé la moitié d'un continent ; devant eux s'étendait la côte Est avec sa barrière de villes, muraille d'humanité agglutinée à la mer. Une impression de fin dernière s'était emparée d'eux. Il n'y avait pas d'autre endroit où fuir. Ils entrèrent dans la ville en longeant la Schuylkill. La surface du fleuve était aussi noire et impénétrable que du granit. Les villes de la périphérie semblaient vouloir disparaître, avec leurs maisons bardées de planches, leurs routes sans une voiture. Le réservoir du bus était maintenant presque à sec. Le fleuve s'élargit, formant un large bassin ; des arbres lourds, tavelés par le soleil, étaient drapés le long de la route comme un rideau. Une pancarte annonçait : « Poste de contrôle : 3 km. » Une brève discussion, et tous tombèrent d'accord : ils étaient arrivés au bout de la route. C'est là qu'ils rencontreraient leur destin.

Au poste, les soldats leur donnèrent des directives. Le couvre-feu n'entrerait en vigueur que dans deux heures, mais les rues étaient déjà silencieuses. Rien ne bougeait en dehors des véhicules de l'armée et de quelques voitures de police. Ils longèrent des allées étroites, parcheminées par le soleil, des bâtiments de pierre délabrés, les coins tristement célèbres où des bandes de jeunes traînaient naguère, et tout à coup, le parc – une oasis de verdure au cœur de la ville.

Après le barrage, ils suivirent les indications de soldats masqués qui leur faisaient signe d'avancer. Le parc grouillait de gens, ils auraient aussi bien pu être à un concert. Des tentes, des caravanes, des silhouettes roulées en boule par terre, à côté de leurs valises, épaves oubliées par la marée. Quand la foule devint trop dense, ils durent laisser le bus sur le côté de la route et continuer à pied. Le dernier acte. L'abandonner paraissait déloyal, comme d'abattre un chien bien-aimé qui ne pouvait plus marcher. Ils se déplaçaient avec ensemble, incapables de se séparer encore, de se fondre dans une masse sans visage. Une longue file s'était formée, l'air était lourd. Au-dessus d'eux, invisibles, des armées d'insectes bourdonnaient dans les arbres qui allaient en s'assombrissant.

— Je ne peux pas faire ça, dit le pasteur Don.

Il s'était arrêté sur le chemin avec une soudaine expression d'horreur.

Wood l'avait imité. Vingt mètres devant eux, des projecteurs fixés à des mâts éclairaient à peine une série de chicanes. Les gens donnaient leur nom, se soumettaient à une fouille symbolique.

— Je vois ce que vous voulez dire.

— Bon sang, c'est comme si on était revenus à notre point de départ.

Ils laissèrent avancer la foule, à côté d'eux. Les deux Français passèrent, leur maigre bagage dans les bras ; c'est à peine s'ils leur accordèrent un regard. Chacun le sentait, quelque chose était en train de disparaître. Ils s'écartèrent de la file.

— Vous croyez qu'on arriverait à trouver du carburant ? demanda Jamal.

— Tout ce que je sais, c'est que je n'irai pas là-bas, répondit le pasteur Don.

Ils regagnèrent leur bus. Un homme essayait déjà de mettre le moteur en route en faisant contact avec les fils, un type osseux, le visage noir de crasse, les yeux tournant dans leurs orbites comme s'il était défoncé. Wood le prit par la nuque et le balança à bas des marches.

— Fous le camp d'ici.

Ils remontèrent à bord. Danny tourna la clé de contact. Le moteur se mit à ronfler. Ils reculèrent lentement, la foule s'ouvrant autour d'eux comme les flots autour d'un navire. Le soir absorbait les dernières bribes de lumière. Ils décrivirent un large cercle sur l'herbe et repartirent.

— Où on va ? demanda Danny.

Personne n'avait de réponse.

— Je ne pense pas que ça ait de l'importance, répondit le pasteur Don.

Ça n'en avait aucune. Ils passèrent la nuit dans le parc de Valley Forge, dormant par terre à côté du bus, puis ils prirent la direction du sud, en évitant les grandes routes. Le Maryland, la Virginie, la Caroline du Nord : ils allaient de l'avant, voilà tout. Le voyage avait acquis un sens propre, indépendant de toute destination. Le but était d'avancer, de continuer à avancer. Ils étaient ensemble, c'était tout ce qui comptait. Le véhicule rebondissait sur ses amortisseurs fatigués. L'une après l'autre, les villes tombaient, les lumières s'éteignaient. Le monde se dissolvait, emportant ses histoires avec lui. Bientôt, il aurait disparu.

Elle s'appelait April Donadio. L'enfant qui avait déjà commencé à germer en elle serait un garçon, Bernard. April l'appellerait Donadio, comme elle, pour qu'il y ait un peu de chacun d'eux dans son nom. Et au fil des ans, elle lui parlerait souvent de son père, du genre d'homme qu'il était – lui disant combien il était courageux, et doux, un peu triste aussi, et comment, bien qu'ils ne soient pas restés longtemps ensemble, il lui avait fait le plus énorme des cadeaux : il lui avait donné le courage de continuer. « C'est ça, l'amour, dirait-elle au garçon, c'est ce que fait l'amour. J'espère qu'un jour tu aimeras quelqu'un comme je l'ai aimé. »

Mais cela n'arriverait que plus tard. Ces survivants, dans leur bus, auraient pu continuer ainsi éternellement. Et d'une certaine façon, c'est ce qu'ils firent. Les champs verts de l'été, les villes délaissées, figées par le temps, les forêts aux ombres épaisses, le bus qui roulait à l'infini... tout cela était une vision. Ils avaient glissé dans l'éternité, dans une zone hors du temps. Ils étaient là sans être là, présence invisible mais ressentie, comme les étoiles dans le ciel en plein jour.

Troisième partie

Le Champ

Complexe agricole nord
Zone orange, hors les murs
Kerrville, Texas

Juillet 79 ap. V.

« Car celui qui aujourd'hui versera son sang avec moi,
Sera mon frère. »

SHAKESPEARE, *Henri V*

AVERTISSEMENT
VOUS ENTREZ EN ZONE ORANGE

Surveillez l'heure.

Repérez l'emplacement du caisson le plus proche.

Évitez les zones non dégagées.

Si vous manquez le dernier transfert,
ne comptez pas sur les secours.

Abritez-vous sur place.

Obéissez aux instructions des autorités locales.

Les contrevenants seront passibles d'amende
et/ou d'emprisonnement,
conformément à l'article 694, section 12
du code de loi martiale modifié de la République du Texas.

En cas de doute, courez.

23.

Dee Vorhees avait décrété qu'elle voulait emmener les enfants. Et elle n'était pas la seule. Vorhees devait bientôt découvrir que toutes les femmes étaient pour. La cousine de Dee, Sally, et Mace Francis, Shar Withers, Cece Cauley, Ali Dodd, et même Matty Wright – Matty la babillarde, perpétuellement sur les nerfs – toutes avaient dit la même chose à leur mari. Une véritable conspiration. Les femmes avaient pris leurs hommes en étau, avec une insistance toute féminine à laquelle il était impossible de résister : « Quelques heures au soleil, disaient-elles, répétaient-elles toutes, au lit, en faisant la vaisselle ou en préparant les enfants pour l'école. Faisons venir les enfants, cette fois. Quel mal y aurait-il à cela ? »

Ce n'était pas comme s'ils n'avaient jamais emmené les filles hors les murs, ainsi que l'avait rappelé Dee, alors qu'ils profitaient d'un moment de calme dans la cuisine après avoir mis les filles au lit. Elle lui avait rappelé la fois – ça faisait combien de temps ? – où ils étaient allés au Champ pour l'anniversaire de Nitia. La petite Siri marchait à peine, et Nitia traînait encore partout sa couverture crasseuse. Ces heures paisibles, sous le déversoir... et les papillons – s'en souvenait-il ? Se rappelait-il comment ils semblaient flotter sur une rivière aérienne, faisant battre leurs ailes éclatantes à petits coups précipités ? Et celui qui les avait tous surpris en se posant sur le nez de Nitia. Comment ne pas sentir la présence de Dieu dans un moment pareil ? avait demandé Dee. La douceur de se sentir libre, les rires des filles, la sirène d'alarme qui ne retentirait pas avant des heures, dans un lointain avenir, le ciel bleu tendu au-dessus de leur tête tel le paradis même, et eux quatre, ensemble, hors les murs. La Zone orange, d'accord, elle ne disait pas le contraire, mais le périmètre était visible de là-bas, avec les tours de guet et les sentinelles, les palissades et leurs rouleaux de barbelés, et puis d'abord, qui décidait de ces choses-là ? Qui décidait où une zone finissait et où commençait l'autre ? Franchement, en quoi une sortie vers le Complexe agricole nord était-elle différente, plus dangereuse ? Cruk serait là, et Tifty aussi (le nom lui avait échappé avant qu'elle ait eu le temps de le retenir, que voulez-vous...) ; s'il arrivait quelque chose, il y avait les caissons, mais pourquoi arriverait-il quoi que ce soit ? Au milieu d'une journée d'été ? Les pièges étaient vides depuis des mois, même pas un groggy dans les parages, tout le monde le disait. Quelques heures au soleil, loin de la grisaille et de la crasse de la ville, un pique-nique estival dans les champs : elle ne demandait pas la lune, quand même.

Il pouvait bien faire ça pour elle, non ? Pour elle, la femme qui l'aimait, et pour les filles ? Pourquoi ne pas tout simplement dire oui ?

Et voilà comment, deux heures plus tard, par un matin de juillet étouffant – il faisait déjà vingt-cinq degrés, et le thermomètre grimperait sans doute jusqu'à quarante –, Curtis Vorhees, trente-deux ans, chef d'équipe du Complexe agricole nord, le vieux .38 de son père coincé dans sa ceinture, avec trois balles dans le barillet (son père avait tiré les trois autres), se retrouva dans un véhicule plein de familles – des familles avec enfants : Nitia, Siri et leur cousin Carson, qui malgré ses douze ans était tellement petit que ses pieds flottaient à dix centimètres du sol ; Bab et Dunk Withers, les jumeaux ; les filles Francis, Rena et Jules, qu'on avait mises tout au fond afin d'éviter qu'elles approchent les garçons ; la petite Jenny Apgar, assise sur les genoux de Gunnar, son frère aîné ; Dean et Amelia Wright, toutes les deux assez grandes pour prendre l'air blasé et même exaspéré ; Merry Dodd, son petit frère Satch, encore bébé, et le petit Louis Cauley dans son couffin ; Reese Cuomo, Dash Martinez et Cindy-Sue Bodine. Dix-huit en tout, masse concentrée de chaleur et de bruits enfantins qui évoquaient pour Vorhees le bourdonnement d'un essaim d'abeilles. Les femmes avaient l'habitude de se joindre à leurs maris pour le repiquage, et évidemment au moment des récoltes quand toute la main-d'œuvre était la bienvenue. Mais cette escapade était une nouveauté, voilà ce que se disait Curtis Vorhees alors que le bus quittait l'enceinte en faisant ronfler et pétarader son vieux moteur, et que le châssis fatigué ballottait ses passagers. Une tâche fastidieuse, au cours de laquelle on transpirait beaucoup, devenait soudain un événement ; cette journée lancerait peut-être une nouvelle tradition, et c'était porteur d'espoir. Pourquoi n'avaient-ils pas pensé plus tôt qu'emmener les enfants en ferait une sorte de fête ?

Passé le barrage, le dépôt de carburant et la ligne de clôture avec ses sentinelles qui leur firent signe au passage, ils descendirent vers la vallée, dans la lumière dorée de ce matin de juillet. Assises à l'arrière avec les paniers pique-nique et le matériel, les femmes bavardaient et riaient entre elles. Les enfants, après une tentative infructueuse de l'une des mères – Ali Dodd, forcément – de leur faire chanter en chœur, avec enthousiasme, l'hymne du Texas, le seul chant que tout le monde connaissait – « Texas, notre Texas ! Salut à toi, puissant État ! Texas, notre Texas ! Si grand, si merveilleux ! » –, les enfants, donc, s'étaient répartis en diverses factions rivales : les plus grandes filles chuchotaient, gloussaient et feignaient scrupuleusement d'ignorer les garçons, lesquels feignaient scrupuleusement de s'en fiche, les petits sautaient sur les banquettes et couraient dans l'allée centrale pour lancer divers assauts. Les hommes assis à l'avant, silencieux, sur leurs gardes, comme toujours, ne communiquaient qu'en échangeant parfois un regard entendu ou un haussement de sourcils : *Dans quoi est-ce qu'on s'est fourrés ?* C'étaient des hommes des champs, imberbes, aux mains calleuses, durcies par le travail, aux cheveux coupés presque à ras et aux ongles en deuil.

Vorhees tira de sa poche la vieille montre de son père et regarda l'heure : sept heures cinq. Onze heures avant la sirène, douze avant le dernier transfert, treize avant la nuit. « Surveillez l'heure. Repérez l'emplacement du caisson le plus proche. En cas de doute, courez. » Des mots gravés dans sa conscience, aussi indélébiles qu'une comptine enfantine, ou que les prières des sœurs. Il se retourna et croisa le regard de Dee. Elle tenait Siri sur ses genoux, et la petite fille regardait défiler le monde, le nez collé à la vitre. Dee lui lança un sourire las, qui voulait dire : *Merci.* Siri se mit à faire des petits bonds de joie sur les genoux de sa mère et tendit un doigt potelé vers la vitre en couinant de délice. *Merci pour tout ça.*

Et puis, en moins de temps qu'il n'en fallait pour le dire, ils arrivèrent en vue du Complexe agricole nord, qui révéla son patchwork de champs bariolés, pareils aux carrés d'une couverture piquée – des champs de maïs, de blé, de coton, de haricots, de riz, d'orge et d'avoine. Six mille hectares cousus ensemble par une dentelle de route poussiéreuses, bordés de brise-vent de chênes et de peupliers ; un territoire ponctué de tours de guet et de stations de pompage avec leurs bassins de retenue et leurs fouillis de tuyaux, et, dispersés à intervalles réguliers, des caissons, signalés par de grandes bannières orange qui pendaient mollement dans l'air immobile. Vorhees connaissait par cœur leur emplacement, mais quand le maïs était haut, comme en ce moment, ils auraient pu être difficiles à trouver rapidement sans les bannières.

Il se leva et s'approcha de l'avant du véhicule où Nathan, le frère de Dee – que tout le monde appelait Cruk –, se tenait derrière le chauffeur. Le chef d'équipe était Vorhees, mais c'était Cruk qui était vraiment responsable, en tant qu'officier supérieur de la Sécurité intérieure.

— On dirait que nous avons bien choisi notre journée, remarqua Vorhees.

Son beau-frère haussa les épaules sans répondre. Comme les ouvriers agricoles, il portait ce qu'il pouvait – un jean rapiécé, une chemise kaki élimée au col et aux poignets, et par-dessus un gilet de plastique orange vif arborant dans le dos l'inscription « Ministère des Transports du Texas ». Il tenait son fusil en travers de la poitrine, un Springfield 30-06 canon long avec une lunette de visée, et il avait un .45 semi-automatique reconditionné dans un étui à sa cuisse. Le fusil était standard, mais le .45, une vieille arme militaire, peut-être de la police, avec une finition noire, huilée, et une crosse en bois poli, était plutôt spécial. Il lui avait même donné un nom : il l'appelait Abigail. Il fallait connaître quelqu'un pour posséder une arme pareille, et Vorhees n'avait pas besoin de chercher loin pour savoir de qui il pouvait bien s'agir : il était plus ou moins de notoriété publique que Tifty trempait dans toutes sortes de combines. Le .38 de Vorhees, avec ses trois misérables cartouches, ne faisait pas le poids à côté, mais il n'aurait jamais pu s'offrir une arme pareille.

— Tu pourras toujours dire que c'était l'idée de Dee, déclara Cruk.

— J'en déduis que tu ne trouves pas ça très malin.

Cruk étouffa un rire. C'était dans ces moments-là que sa ressemblance avec sa sœur était la plus flagrante. Cela dit, physiquement, ils ne se ressemblaient pas tant que ça ; c'était le genre de chose que Vorhees était seul à noter. En réalité, la plupart des gens remarquaient plutôt combien ils étaient différents.

— Peu importe ce que je pense, tu le sais aussi bien que moi. Quand Dee a une idée dans la tête, tu peux toujours t'accrocher pour la faire changer d'avis.

Le bus passa sur un dos-d'âne, et la secousse les ébranla jusqu'à la moelle. Vorhees se retint de justesse pour ne pas tomber. Derrière eux, les enfants poussèrent des cris de joie.

— Hé, Dar ! protesta Cruk. Tu ne pourrais pas essayer de ralentir sur les dos-d'âne ?

La vieille femme qui conduisait répondit d'un reniflement. Tenter de lui expliquer comment elle devait conduire son bus équivalait à une déclaration de guerre. Tous les véhicules étaient conduits par des femmes d'un certain âge, généralement veuves. Ce n'était prescrit par aucun règlement, c'était juste comme ça que ça se passait. Avec son perpétuel froncement de sourcils, Dar aurait pu servir de modèle à un sculpteur qui aurait voulu représenter l'archétype de la femme acariâtre. C'était la créature la plus pragmatique de la Terre. Elle regardait l'heure sur un chrono pendu à son cou, et celui qui avait ne fût-ce qu'une minute de retard pour le dernier transfert était abandonné dans un nuage de poussière. Plus d'un ouvrier agricole avait passé la nuit dans un caisson, terrifié, comptant les minutes qui le séparaient de l'aube.

— Un bus plein de gamins ! Bon sang, avec tout ce boucan, je ne m'entends même plus penser.

Elle jeta un coup d'œil furibond dans le rétroviseur piqueté fixé en haut du pare-brise.

— Nom d'une pipe, vous ne pouvez pas faire moins de raffut ?! Duncan Withers, descends tout de suite de cette banquette ! Et toi, Jules Francis, si tu crois que je ne te vois pas ! C'est à toi que je parle, mademoiselle, fit-elle en la foudroyant du regard. Tu ne vas pas sourire longtemps, fais-moi confiance.

Tout le monde se tut subitement, même les femmes. Mais quand Dar ramena son regard sur la route, Vorhees se rendit compte que sa colère était feinte et qu'elle se retenait pour ne pas rigoler.

Cruk lui flanqua une grande claque sur l'épaule.

— Du calme, Vor. Que tout le monde profite de la journée.

— J'ai dit que je me tracassais ?

L'expression de son beau-frère se fit sérieuse.

— Écoute, je sais que tu aurais préféré que Tifty ne vienne pas. D'accord. Je comprends. Mais c'est ma meilleure gâchette. Tu auras beau dire, ce type pourrait te faire un troisième œil à trois cents mètres.

Vorhees ne se souvenait pas d'avoir accordé une seule pensée à Tifty. Mais à présent que Cruk abordait le sujet, il se demanda si ce n'était pas le cas.

— Tu penses donc qu'on aura besoin de lui ?

Cruk eut un haussement d'épaules.

— Mais non. Par une journée d'été comme celle-ci, on n'aura pas de problème. C'est une question de prudence, rien d'autre. Ce sont mes filles aussi, tu sais.

Il détendit l'atmosphère d'un sourire.

— J'espère seulement que Dee n'en fera pas une habitude. J'ai dû rendre une cinquantaine de services rien que pour mettre cette petite expédition sur pied, et tu pourras lui répéter ce que je viens de te dire.

Le bus entra dans la zone de déchargement. Les derniers nettoyeurs sortaient des rangs de maïs, équipés de leur énorme rembourrage, leurs gros gants et le casque garni d'une grille métallique qui leur dissimulait le visage. Ils étaient bardés de tout un assortiment d'armes : fusils, carabines, pistolets et même quelques machettes. Cruk ordonna aux enfants de rester à leur place et d'attendre pour quitter le bus qu'on leur en donne l'autorisation. Pendant que les adultes commençaient à décharger les provisions, Tifty descendit de la plateforme, sur le toit du bus, et alla retrouver Cruk à l'arrière, afin de s'entretenir avec le responsable de la sécurité de l'équipe de nettoyage, un dénommé Dillon. Les nettoyeurs, huit hommes et quatre femmes, en profitèrent pour aller chercher de l'eau à l'abreuvoir, près de la station de pompage.

Cruk rejoignit Vorhees qui attendait avec les autres hommes. Le soleil était déjà très chaud, la rosée matinale s'était évaporée.

— On a passé toute la zone au peigne fin, même les brise-vent. Ça va coûter un supplément à Dee, fit-il avec un clin d'œil à Vorhees.

Cruk n'avait pas fini de parler que les enfants avaient déjà bondi de leur siège et s'écoulaient hors du bus, laissant la place aux nettoyeurs qui retournaient en ville. En voyant les gamins s'éparpiller dans la nature, tout excités et la mine radieuse, Vorhees resta un instant figé sur place par un afflux de souvenirs. L'excursion de la journée était la première sortie hors les murs pour beaucoup d'entre eux, surtout parmi les plus jeunes ; il le savait, et pourtant, c'était quelque chose d'assister à ce moment de ses propres yeux. L'air qu'ils respiraient, le soleil sur leur visage, le sol sous leurs pieds leur paraissaient-ils différents ? Ces choses lui avaient-elles fait une impression différente lorsqu'il était descendu du véhicule la première fois, il y avait tant d'années de cela ? Bien sûr que oui : sortir hors les murs revenait à découvrir un monde aux dimensions illimitées – un monde dont on connaissait l'existence, mais dont on n'avait jamais pensé faire partie. Il gardait de cette sensation le souvenir d'une joie physique, d'une espèce d'apesanteur, en même temps effrayante, comme un rêve dans lequel il aurait eu le don de voler et se serait aperçu qu'il ne savait pas se poser.

Au pied de la tour de guet, Fort et Chess plantaient des piquets pour tendre une toile afin de donner de l'ombre. Les femmes disposaient les tables, les chaises et les paniers de nourriture. Ali Dodd, le visage ombragé par le rebord de son large chapeau de paille, essayait déjà de faire jouer certains des gamins au jeu de Nim. Exactement comme l'avait prévu Dee quand elle avait évoqué l'idée d'emmener les enfants.

— C'est quelque chose, hein ?

Ty, le cousin de Vorhees, l'avait rejoint, un panier pique-nique sous le bras. Avec son mètre quatre-vingts et son long visage endeuillé, il avait quelque chose d'un chien à l'air particulièrement triste. Derrière eux, Dar donna trois coups de klaxon et le bus s'éloigna dans une éructation de fumée huileuse.

— Je ne t'ai jamais raconté ma première sortie hors les murs ?

— Je ne crois pas.

— *Ça*, c'était quelque chose, je te prie de le croire, reprit Ty en secouant la tête, et Vorhees comprit qu'il n'en dirait pas davantage.

Cruk, qui avait supervisé le déchargement, appela les enfants sous la bâche pour répéter une nouvelle fois les règles, que chacun connaissait déjà mais qu'il fallait toujours réviser.

Premièrement, la règle du copain. Le copain pouvait être n'importe qui, un frère, une sœur ou un ami, mais chacun d'eux devait en avoir un, et ils devaient rester ensemble à tout moment. C'était le plus important. Le terrain dégagé au pied de la tour de guet était sûr, ils pouvaient aller partout où ils voulaient à l'intérieur de ce périmètre, mais ils ne devaient s'aventurer dans le maïs sous aucun prétexte. Le bouquet d'arbres, à l'extrémité sud, était également interdit.

Ensuite, Cruk tendit la main vers le Champ.

— Bon, vous voyez ces drapeaux ? Les drapeaux orange accrochés aux mâts ? Qui peut me dire ce que c'est ?

Une demi-douzaine de mains se levèrent. Cruk parcourut le groupe du regard avant de s'arrêter sur Dash Martinez. Sept ans, tout en coudes et en genoux, avec une tignasse noire. L'enfant se figea, pétrifié d'avoir été élu par Cruk. Il était assis entre Merry Dodd et Reese Cuomo, qui s'efforçaient de ne pas rire, la main plaquée sur la bouche.

— Les caissons ? risqua le gamin.

— C'est ça, répondit Cruk en hochant la tête. Ils indiquent les caissons. Maintenant, dites-moi, poursuivit-il à la cantonade. Si la sirène retentit, que devez-vous faire ?

— Courir, dit l'un, puis un autre, et encore un autre. Courir !

— Courir où ça ? demanda Cruk.

Tous en chœur cette fois :

— Courir vers les caissons !

Il se détendit, sourit.

— C'est bien. Allez, vous pouvez vous amuser.

Ils filèrent tous, sauf les ados qui s'attardèrent encore un instant près de l'auvent, peu désireux de se mêler aux plus jeunes. Vorhees savait qu'ils finiraient quand même par aller se mettre au soleil. Les jeux de cartes apparurent, suivis par les écheveaux de laine à tricoter. Peu après, les femmes, restées à l'ombre, étaient toutes occupées, et surveillaient les enfants du coin de l'œil en s'éventant le visage. Étant donné la chaleur, Vorhees demanda aux hommes restés dans les parages de distribuer des comprimés de sel ; même en buvant à intervalles réguliers, la déshydratation était un danger bien réel. Ils remplirent leur gourde à la pompe. Il n'était pas nécessaire de leur expliquer la tâche qui les attendait, l'écimage du maïs était un travail simple, mais pénible, qu'ils avaient tous effectué plusieurs fois. Tous les trois rangs, un quatrième rang d'une souche différente avait été planté. Les plants de cette rangée devaient être dépouillés de la fleur qui se trouvait au sommet afin d'empêcher l'autopollinisation. Au moment de la récolte, ils obtiendraient des épis d'une espèce nouvelle, un hybride plus vigoureux qu'ils utiliseraient pendant les années suivantes comme maïs de semence.

Quand son père lui avait expliqué ce processus, il y avait bien longtemps, Vorhees avait trouvé l'affaire excitante, et même vaguement érotique. Au fond, cette activité faisait partie du processus de reproduction, même s'il ne s'agissait que de maïs. Mais les désagréments physiques associés à la tâche – les heures passées sous un soleil accablant, le pollen qui lui collait au visage et aux mains, les insectes qui lui bourdonnaient autour de la tête en essayant de s'insinuer dans ses oreilles, son nez et sa bouche – avaient rapidement dissipé son enthousiasme. Il était dans le Champ depuis moins d'une semaine quand un homme s'était écroulé, victime d'un coup de chaleur. Vorhees ne se rappelait ni son nom ni ce qu'il était devenu. Ils l'avaient mis dans le premier véhicule qui repartait et avaient repris le travail. Il était tout à fait possible que le type soit mort.

Gros gants de toile, chapeaux à large bord et chemises à manches longues boutonnées aux poignets : le temps que les hommes soient équipés et prêts à se mettre au travail, ils ruisselaient de sueur. Vorhees leva les yeux vers le sommet de la tour de guet d'où Tifty parcourait la lisière des arbres avec son viseur. Cruk avait raison : s'il y avait un homme à poster là-haut, c'était bien Tifty Lamont. On pouvait raconter ce qu'on voulait, c'était vraiment un tireur d'élite hors pair. Pourtant, rien que d'entendre prononcer son nom, même après toutes ces années, Vorhees éprouvait un sursaut de colère renouvelé. Le passage du temps n'avait fait qu'exacerber ce sentiment ; chaque année de plus était une année que Boz n'avait pas vécue. Pourquoi Tifty avait-il eu le droit de grandir, de devenir un homme, et pas Boz ? Quand Vorhees parvenait à considérer les faits de manière objective, il se rendait compte que ces sentiments étaient irrationnels. Certes, Tifty était l'instigateur de cette nuit tragique, mais il aurait suffi que n'importe lequel d'entre eux refuse pour que Boz soit toujours vivant. Et pourtant, Dee et Cruk auraient beau dire, ainsi que Tifty lui-même – Tifty qui en ce moment précis balayait la lisière des arbres avec son fusil, offrant une promesse silencieuse de protection aux enfants de Vorhees –, rien ne pourrait lui ôter de la tête qu'une responsabilité particulière incombait à Tifty. Il en était arrivé à voir dans ses sentiments un défaut de son caractère et à les garder pour lui.

Il répartit les travailleurs en trois équipes, chacune chargée de quatre rangées, puis ils retournèrent à l'abri dire au revoir aux autres. Dans le Champ, un match de kickball avait commencé ; de la fosse située derrière la tour de guet montaient les tintements caractéristiques d'un jeu de fer à cheval. Dee, Sally et Lucy Martinez se reposaient à l'ombre en jouant à la dame de pique. Leurs parties étaient épiques, et pouvaient durer des jours. La table était déjà mise pour le déjeuner : des assiettes en porcelaine avec des fêles étoilés incrustés, fins comme des cheveux, des gobelets de terre cuite, et même une nappe.

— Voilà, on va pouvoir y aller.

Dee posa son jeu et leva le visage vers lui.

— Bon. Mais avant, viens un peu par ici.

Il enleva son chapeau et se plia en deux pour recevoir son baiser. Elle fronça le nez et se mit à rire.

— Bonté divine ! Tu pues déjà ! Ce sera le dernier bécot de la journée, je te préviens.

Puis elle ajouta :

— Dois-je te rappeler de faire attention ?

C'était ce qu'ils se disaient à chaque fois.

— Si tu veux.

— Bon, eh bien, fais attention.

Nit et Siri avaient regagné l'ombre de la tente. Elles avaient des brins d'herbe plein les cheveux et les vêtements. On aurait dit deux chiots qui se seraient roulés par terre.

— Embrassez votre père, les filles.

Vorhees s'agenouilla et les serra dans ses bras, tel un bouquet tout chaud.

— Soyez gentilles avec maman, d'accord ? Je reviens pour déjeuner.

— On est le copain l'une de l'autre, déclara Siri.

Il caressa leurs cheveux trempés de sueur pour en chasser les brins d'herbe. Parfois, le seul fait de les voir l'envahissait d'une telle vague d'amour qu'il en avait les larmes aux yeux.

— C'est bien, ça. N'oubliez pas ce que votre oncle Cruk vous a dit : ne vous éloignez pas. Il faut que vous puissiez toujours voir maman.

— Carson dit qu'il y a des monstres dans le Champ, dit Siri. Des monstres buveurs de sang.

Vorhees jeta un coup d'œil à Dee, qui haussa les sourcils. Ce n'était pas la première fois que le sujet revenait sur le tapis.

— Eh bien, c'est de la blague, répondit-il. Il dit des bêtises pour vous faire peur.

— Alors pourquoi est-ce qu'on n'a pas le droit d'aller dans le Champ ?

— Parce que c'est la règle.

— Tu le promets ?

Il se fabriqua un sourire. Vorhees et Dee étaient d'accord pour taire la vérité aux filles le plus longtemps possible ; en même temps ils savaient bien qu'ils ne pourraient pas éternellement les laisser dans l'ignorance.

— Promis.

Il les embrassa encore une fois, à tour de rôle, puis à nouveau ensemble, et alla rejoindre son équipe à la lisière du Champ, un mur de verdure d'un mètre quatre-vingts de hauteur. Les rangées de maïs, une série de longues allées, allaient se perdre jusqu'au brise-vent. Vers midi, le soleil franchit une frontière invisible ; personne ne parlait plus. Vorhees vérifia sa montre une dernière fois. « Surveillez l'heure. Repérez l'emplacement du caisson le plus proche. En cas de doute, courez. »

— C'est bon, dit-il en enfilant ses gants. On s'y met.

Sur ces mots, ensemble, ils entrèrent dans le Champ.

D'une certaine façon, ils étaient tous devenus ceux qu'ils étaient à cause d'une unique nuit – la dernière nuit de leur enfance. Cruk, Vorhees, Boz, Dee... ils étaient inséparables et couraient partout en meute, leurs déplacements uniquement limités par les murs de la ville, par le regard perçant des sœurs qui dirigeaient l'école, et celui de la Sécurité intérieure, qui dirigeait tout le reste. C'était le temps des ragots, des rumeurs, des histoires échangées dans la poussière. Le visage crasseux, les mains noires, ils traînaient ensemble dans la ruelle derrière chez eux, en rentrant de l'école. *Où* était le monde ? D'ailleurs, qu'est-ce que c'était, et quand le verraient-ils ? Où allaient leurs pères, et parfois leurs mères aussi, qui revenaient sentant le travail, le devoir et avec de mystérieux sujets de préoccupation ? Dehors, oui, mais en quoi était-ce différent de la ville ? Qu'est-ce que ça faisait comme impressions, comme sensations, comme bruits ? Pourquoi arrivait-il parfois que quelqu'un, un père ou une mère, parte pour ne jamais revenir, à croire que le royaume inconnu, au-delà des murs, avait le pouvoir de les avaler tout crus ? « Groggys », « dracs », « vampires », « jets » : ils connaissaient les noms, mais ils étaient incapables de leur donner un contenu. Les pires de tous étaient les dracs, qui étaient la même chose que les jets ou les vampires (un mot que seuls les vieux utilisaient) ; et puis il y avait les groggys, qui étaient la même chose mais pas pareils. Dangereux, oui, mais pas autant, plutôt du genre empoisonnant, comme les serpents, ou les scorpions. Certaines personnes disaient que les groggys étaient des dracs qui avaient vécu trop longtemps, d'autres que c'étaient des créatures complètement différentes. Qu'ils n'avaient seulement jamais été humains.

Ce qui posait encore une autre question : si les viruls avaient jadis été des gens comme eux, comment étaient-ils devenus ce qu'ils étaient ?

Mais la plus grande histoire de toutes, c'était celle du grand Niles Coffee : le colonel Coffee, fondateur de l'expéditionnaire, des hommes sans peur qui traversaient le monde pour se battre et mourir. Les origines de Coffee, comme tout ce qui le concernait, étaient voilées de mythe. C'était un troisième né, élevé par les sœurs, un orphelin de l'incursion de Pâques 38 qui avait vu mourir ses parents. Un retardataire qui était apparu à la porte, un jour, jeune enfant soldat vêtu de peaux de bête, brandissant la tête coupée d'un virul au bout d'une pique. Il avait tué à mains nues une centaine de viruls, mille, dix mille, la rumeur en augmentait sans cesse le nombre. Il ne mettait jamais les pieds en ville. Il se déplaçait parmi eux incognito, habillé comme tout le monde, se faisant passer pour un ouvrier agricole ; il n'avait aucune existence. On disait que ses hommes prêtaient serment – un serment de sang – non à Dieu, mais les uns envers les autres, et qu'ils se rasaient la tête en témoignage de cette promesse, qui était la promesse de mourir. Loin au-delà des murs, ils voyageaient, et pas seulement au Texas. À Oklahoma City. À Witchita, dans le Kansas. À Roswell, au Nouveau-Mexique. Sur le mur au-dessus de son lit, Boz avait punaisé une carte des anciens États-Unis, des blocs de couleurs passées imbriqués comme les pièces d'un puzzle ; pour marquer chaque nouvel emplacement, il plantait une des épingles de leur mère, et il reliait ces épingles avec un fil pour indiquer les routes que Coffee avait empruntées. À l'école, ils interrogeaient sœur Peg, dont le frère travaillait sur la Route du pétrole : qu'avait-elle entendu dire, que savait-elle ? Était-il vrai que l'expéditionnaire avait trouvé d'autres survivants, dehors, des villes entières, et même des métropoles pleines de gens ? Autant de questions auxquelles la sœur ne répondait pas. C'était ça, Coffee : d'où qu'il soit venu, quoi qu'il ait pu faire, il était une raison d'espérer.

Viendrait un temps, bien des années plus tard, bien après la disparition de Boz, et de leur mère aussi, où Vorhees se demanderait pourquoi son frère et lui n'avaient jamais parlé de tout ça avec leurs parents. Normalement, c'était ce qu'ils auraient dû faire, et pourtant, il avait beau fouiller dans ses souvenirs, il n'arrivait pas à se rappeler l'avoir fait une seule fois, pas plus qu'il ne se rappelait que son père ou sa mère aient dit un seul mot au sujet de la carte de Boz. Et pourquoi cela ? Et qu'était devenue la carte elle-même ? Dans les souvenirs de Vorhees, elle avait disparu du jour au lendemain. C'était comme si les histoires de Coffee et de l'expéditionnaire avaient fait partie d'un monde secret – un monde d'enfance qui, une fois parti, ne revenait jamais. Pendant plusieurs semaines, ces questions l'avaient tellement obsédé qu'un matin, au petit déjeuner, il avait fini par trouver le courage d'interroger son père, qui s'était mis à rire. « Tu plaisantes ? » Thad Vorhees n'était pas encore un vieil homme, mais il en avait l'air : il avait perdu la moitié de ses dents et tous ses cheveux, sa peau luisait d'une moiteur aigre, et ses mains posées sur la table de la cuisine étaient des sacs d'os. « Tu plaisantes ? Disons que, toi, ça pouvait encore aller, mais Boz – ce gosse ne parlait que de ça, toute la journée. Coffee, Coffee, Coffee. Tu ne te rappelles pas ? » Ses yeux s'étaient embrumés d'un soudain chagrin. « Cette idiote de carte. Pour te dire la vérité, je n'avais pas eu le cœur de l'arracher, et j'ai été étonné que tu le fasses. Je ne t'avais jamais vu pleurer comme ça. J'ai deviné que tu avais compris que ce n'était qu'un ramassis de conneries, Coffee et tous les autres. Que ça ne mènerait à rien. »

Mais ce n'était pas rien, ça ne l'avait jamais été, ça ne pourrait jamais l'être. Cela ne pouvait pas être *rien*, puisqu'ils avaient aimé Boz comme ils l'avaient aimé.

Tout ça à cause de Tifty, évidemment – Tifty le menteur, Tifty le baratineur, Tifty qui voulait si désespérément attirer l'attention sur lui qu'il était capable de raconter n'importe quelle idiotie, Tifty qui prétendait avoir vu Coffee de ses propres yeux. « Tu es complètement mytho, disaient-ils tous en riant. Allez, Tifty, tu n'as jamais vu Coffee, ni personne d'autre. » Pourtant, malgré leurs quolibets, l'idée faisait son chemin. Il avait vraiment le don de vous faire croire des choses dont vous saviez pertinemment qu'elles n'étaient pas vraies. Il s'était insinué dans leur cercle si subrepticement que personne ne pouvait dire comment c'était arrivé ; il n'y avait jamais eu de Tifty, et puis un beau jour, pouf, comme ça, il avait fait son apparition. Un jour qui avait commencé comme n'importe quel autre, par la chapelle, l'école, et la lente, la torturante attente de la cloche de trois heures ; la sonnerie, leur soudaine libération, l'irruption de deux cents gamins se déversant dans les couloirs et dans les escaliers en plein après-midi, et ensuite, le trajet de l'école à la maison, le groupe de camarades s'amenuisant tandis que leurs chemins divergeaient, jusqu'à ce qu'ils se retrouvent tous les quatre.

Enfin, pas exactement. Alors qu'ils se frayaient un chemin dans la ruelle envahie par les vieux chariots de supermarché, les matelas détrempés et les chaises cassées – l'intendance aurait beau faire, il y aurait toujours des gens pour y jeter leurs vieilleries –, ils s'aperçurent qu'ils étaient suivis. C'était un garçon, maigre comme un clou, au visage émacié surmonté par un casque de cheveux blond-roux qui donnait l'impression d'être tombé de très haut sur sa tête. On était en janvier, l'air vif était chargé d'humidité, pourtant il n'avait pas de veste, rien qu'un pull, un jean et des tongs en plastique aux pieds. Il venait de la direction de l'école, mais ils étaient sûrs de ne l'avoir jamais vu. Il les suivait à distance, les mains enfoncées dans les poches, juste assez près pour susciter leur curiosité sans paraître vraiment collant. Une distance prudente, comme s'il disait : « Il se pourrait que je sois quelqu'un d'intéressant et que vous vouliez me donner ma chance. »

— À ton avis, qu'est-ce qu'il veut ? demanda Cruk.

Ils étaient arrivés au bout de la ruelle, où ils avaient construit une petite cabane avec des bouts de bois de récupération. Un matelas moisi, qui vomissait ses ressorts, servait de plancher. Le garçon s'était arrêté à une dizaine de mètres et traînait les pieds dans la poussière. À voir sa façon de se tenir, on aurait dit qu'il était composé de pièces prélevées sur quatre garçons différents et vaguement reliées entre elles.

— Tu nous suis ? l'apostropha Cruk.

Le garçon ne répondit pas. Comme un chien qui aurait évité le contact visuel, il regardait par terre, en détournant la tête, et sous cet angle, ils virent tous la marque, sur son profil gauche.

— Tu es sourd ? Je t'ai posé une question.

— Nan, j'vous suis pas.

Cruk se tourna vers les autres. Étant leur aîné d'un an, il était aussi leur chef non officiel.

— Quelqu'un connaît ce garçon ?

Personne ne le connaissait. Cruk revint à l'inconnu.

— Comment tu t'appelles ?

— Tifty.

— Tifty ? C'est quoi, ça, comme nom, Tifty ?

Ses yeux inspectaient la pointe de ses chaussures.

— C'est juste un nom.

— C'est comme ça que ta mère t'appelle ? reprit Cruk.

— J'en ai pas.

— Elle est morte ou elle t'a abandonné ?

Le garçon tripotait quelque chose dans sa poche.

— Les deux, apparemment. Puisque vous le demandez. Vous êtes une espèce de club ? demanda-t-il en plissant les paupières.

— Qu'est-ce qui te fait dire ça ?

Le garçon haussa ses épaules osseuses.

— Je vous ai vus, c'est tout.

Cruk jeta un coup d'œil aux autres, regarda à nouveau le garçon et poussa un soupir las.

— Eh bien, pas la peine de rester planté là comme un crétin. Amène-toi, qu'on te voie un peu.

Le garçon s'approcha d'eux. Vorhees lui trouvait quelque chose de familier, avec son allure de chien perdu. Mais c'était peut-être juste parce que n'importe lequel d'entre eux aurait pu être seul comme lui. Ils virent que la marque sur son visage était une grosse ecchymose.

— Hé, je connais ce gosse ! s'exclama Dee. Tu habites aux Assistés, non ? Je t'ai vu t'installer avec ton papa.

Les Hébergements assistés de la cité des Collines : une garenne de logements où s'entassaient des familles. Tout le monde disait les Assistés.

— C'est vrai ? demanda Cruk. Tu viens d'arriver ?

Le dénommé Tifty hocha la tête.

— De C-City.

— C'est avec lui que tu vis ? demanda Cruk. Avec ton père ?

— J'ai une tante aussi. Rose. C'est surtout elle qui s'occupe de moi.

— Qu'est-ce que tu as dans la poche ? Ce truc avec lequel tu joues ?

Le garçon sortit la main de sa poche et le leur montra : un couteau pliant, un gros, avec plein d'outils. Cruk le prit et les trois autres se rapprochèrent. Les lames habituelles, plus une scie, un tournevis, des petits ciseaux, un tire-bouchon, et même une loupe à la lentille dépolie par le temps.

— Où tu as eu ça ? demanda Cruk.

— C'est mon père qui me l'a donné.

Cruk fronça les sourcils.

— Il est dans le trafic ?

Le garçon secoua la tête.

— Non, non. Il est hydro. Il travaille sur le barrage. Tu peux le prendre si tu veux, ajouta-t-il en indiquant le couteau.

— Qu'est-ce que tu voudrais que j'en fasse, de ton canif ?

— Hé, s'il en veut pas, je le garde, intervint Boz. Donne-le-moi.

— Ferme-la, Boz. Qu'est-ce que tu t'es fait à la figure ? reprit Cruk en regardant attentivement le garçon.

— Je suis tombé, c'est tout.

Il ne parlait pas sur un ton défensif, c'était dit d'une manière anodine. Et pourtant, tous sentirent que le mensonge sonnait creux.

— Tombé sur un poing, ouais ! C'est ton père qui t'a fait ça, ou quelqu'un d'autre ?

Le garçon ne répondit pas. Vorhees vit un muscle de sa mâchoire se crisper.

— Laisse-le tranquille, Cruk, intervint Dee.

Mais les yeux de son frère restaient fixés sur le garçon.

— Je t'ai posé une question.

— Ça lui arrive, des fois. Quand il a picolé. Rose dit qu'il ne le fait pas exprès. C'est à cause de ma mère.

— Parce qu'elle vous a quittés ?

— Parce qu'elle est morte en me mettant au monde.

Les paroles du gamin planèrent un instant dans le vide. Était-ce vrai ou non ? D'une façon ou d'une autre, maintenant, ils pouvaient difficilement le rembarrer.

Cruk lui tendit le couteau.

— Allez, reprends-le. Je ne veux pas le couteau de ton père.

Le garçon le remit dans sa poche.

— Je m'appelle Cruk. Dee est ma sœur. Les deux autres, c'est Boz et Vor.

— Je sais qui vous êtes.

Il les dévisagea en plissant les yeux d'un air incertain.

— Alors, je fais partie du club maintenant ?

— Combien de fois il faudra que je te le répète ? rétorqua Cruk. On n'est pas un club.

C'était arrivé comme ça : Tifty était devenu l'un des leurs. Avec le temps, ils avaient tous fini par faire la connaissance de Bray Lamont, un homme farouche, presque terrifiant, aux yeux perpétuellement injectés de sang par le whisky de contrebande que tout le monde appelait la « liche ». Tous les soirs, quand la sirène retentissait, il se penchait par la fenêtre et gueulait d'une voix brûlée par l'alcool :

— Tifty ! Bon sang, Tifty, rentre tout de suite ! M'oblige pas à venir te chercher !

Le pauvre garçon arrivait régulièrement dans la ruelle avec un nouveau cocard. Une fois même il débarqua le bras en écharpe. Dans un accès de rage alcoolique, son père l'avait propulsé à l'autre bout de la pièce, lui déboîtant l'épaule. Devaient-ils en parler à la Sécurité ? À leurs parents ? Et sa tante Rose, elle ne pouvait rien faire pour l'aider ? Tifty secouait toujours la tête. Ces plaies et ces bosses n'avaient même pas l'air de le mettre en colère, il la bouclait avec un fatalisme qu'ils ne pouvaient s'empêcher d'admirer. Ça paraissait être une espèce de force.

— N'en parlez à personne, disait le gamin. Il est comme ça, c'est tout. Un truc pareil, on n'y peut rien.

Il y avait d'autres histoires. L'arrière-grand-père de Tifty, ou du moins c'était ce qu'il prétendait, avait été l'un des signataires de la Déclaration d'indépendance du Texas, et avait supervisé le nettoyage de la Route du pétrole. Son grand-père était un héros de l'incursion de Pâques 38 ; mortellement mordu lors de la première vague, il avait mené la charge depuis le déversoir et s'était sacrifié sur le champ de bataille devant ses hommes, s'ôtant la vie en se jetant sur sa lame. Un cousin, dont Tifty refusait de donner le nom (« Tout le monde l'appelle Cousin »), était un gangster recherché, l'un des plus grands bouilleurs de cru de C-City. Sa mère, une grande beauté, avait été demandée en mariage par neuf prétendants différents avant son seizième anniversaire, et notamment par un homme qui devait par la suite faire partie de l'équipe de la présidente. Des héros, des dignitaires, des criminels, un large éventail de personnalités hautes en couleur, dans la vie qui était la leur et dans les bas-fonds, le monde du trafic. Tifty connaissait des gens qui connaissaient des gens. Les portes s'ouvraient en grand devant Tifty Lamont. Peu importait qu'il soit le fils d'un hydro de C-City, alcoolique de surcroît, un gamin qui n'avait que la peau sur les os, des bleus plein le visage et des vêtements jamais lavés trop grands pour lui, sur qui veillait une vieille fille, sa tante, et qui vivait aux Assistés, exactement comme eux : les histoires de Tifty étaient trop belles, trop fascinantes pour qu'on n'y croie pas.

Mais quand il disait avoir vu Coffee – là, c'était simplement trop gros. Une telle affirmation était formellement incompatible avec tous les faits connus. Il était impossible de connaître Coffee. Coffee était comme les viruls, une créature de l'ombre. Et pourtant l'histoire de Tifty avait les accents de la vérité. Il s'était rendu avec son père à C-City, ses rues sans lois et ses taudis, voir Cousin, le gangster. Là, dans une pièce secrète, au fond du hangar aux machines, où se trouvait l'alambic – une chose colossale, une espèce de dragon vivant fait de tuyaux, de câbles et de cuves haletantes –, au milieu d'hommes aux regards inquiétants et aux sourires repoussants dévoilant des dents noires, avec des pistolets passés dans la ceinture, de l'argent avait changé de main et un cruchon de liche était apparu. Ces expéditions étaient routinières, Tifty leur en avait parlé à de nombreuses reprises, mais la dernière fois, il y avait eu du nouveau. Un homme. Il était différent des autres, pas dans le trafic, Tifty l'avait tout de suite compris. Il était grand et il se tenait droit, avec l'allure d'un soldat. Il était debout dans un coin sombre, le visage perdu dans les ténèbres, et il portait un pardessus foncé ceinturé à la taille. Tifty avait vu qu'il avait les cheveux coupés presque à ras. À l'évidence, cet homme, quel qu'il soit, était là pour une affaire pressante. D'ordinaire, le père de Tifty s'attardait un moment, pour boire et évoquer des histoires de C-City avec les autres, mais pas ce soir-là. Cousin, sa grande masse ronde coincée derrière son bureau comme un œuf dans un nid, avait pris les billets de son père sans commentaire. Sitôt arrivés, ils avaient été quasiment fichus dehors. Son père avait attendu qu'ils soient à distance respectable du hangar pour lui dire : « Tu sais qui est l'homme que tu as vu là-dedans, mon garçon ? Hein ? Non ? Eh bien, je vais te dire qui c'était. C'était Niles Coffee en personne. »

— Je vais vous raconter autre chose.

Ils étaient tous les cinq entassés dans la cabane de la ruelle. Tout en parlant, Tifty tailladait la poussière avec son couteau de poche, qu'il avait finalement gardé.

— Mon vieux dit qu'il a un campement sous le barrage. En plein air, comme si pour eux être dehors c'était rien du tout. Ils laissent approcher les dracs, et ils les carbonisent dans des pièges.

— Je le savais ! s'écria Boz, le visage illuminé par l'excitation. Qu'est-ce que je t'avais dit ? ajouta-t-il en se tournant vers Vorhees.

— Absolument impossible, pouffa Cruk.

Il jouait dans leur petit groupe le rôle du sceptique, emploi qu'il considérait comme une responsabilité.

— Je vous dis que c'était lui. Ça se sentait, rien qu'à la façon dont tout le monde se comportait avec lui.

— Et que ficherait Coffee avec une bande de trafiquants, dis-moi un peu ça ?

— Comment veux-tu que je le sache ? Peut-être qu'il achète de la liche pour ses hommes.

Une nouvelle idée lui passa visiblement par la tête. Il se pencha en avant et baissa la voix.

— Ou des armes.

— Écoutez-moi ce gamin ! lança Cruk avec un rire sarcastique.

— Tu peux toujours plaisanter, je les ai vues. Je parle de vraies armes de l'armée, du temps d'Avant. Des M-16, des pistolets automatiques, et même des lance-grenades.

— La vache ! fit Boz.

— Où Cousin trouverait-il des armes comme ça ? demanda Vorhees.

Tifty se redressa à genoux et regarda autour de lui, comme pour s'assurer que personne ne pouvait les entendre.

— Je ne suis pas sûr d'avoir raison de vous le dire, fit-il d'une voix réduite à un murmure. Il y a un bunker, une vieille base de l'armée, près de San Antonio. Cousin y emmène des patrouilles.

— Qu'est-ce qu'il faut pas entendre ! Tu n'as pas vu Coffee, ni personne d'autre, décréta Cruk.

— Tu dis que tu ne crois pas à son existence ?

L'idée était sacrilège.

— Je n'ai pas dit ça. Tout ce que je dis, c'est que tu ne l'as pas vu.

— Et toi, Vor ?

Il se sentait piégé. La moitié de ce que disait Tifty n'était qu'un ramassis de conneries – peut-être même plus de la moitié. D'un autre côté, l'envie d'y croire était forte.

— Je ne sais pas, réussit-il à articuler. Disons que... Je ne sais pas.

— Eh bien, moi, je le crois, déclara Dee.

Tifty écarquilla les yeux.

— Vous voyez ?

Cruk évacua l'argument d'un geste.

— C'est une fille. Elle croirait n'importe quoi.

— Hé !

— Enfin, quoi, c'est vrai !

Tifty regarda l'autre bien en face.

— Et si je te disais que tu pourrais voir Coffee de tes propres yeux ?

— Et comment je pourrais faire ça ?

— Facile. On peut passer par une des conduites du déversoir. J'y suis allé des tas de fois. À cette époque de l'année, ils ne libèrent pas les eaux avant l'aube. Les évacuations débouchent juste à la base du barrage, on devrait voir le campement de là.

Le défi avait été lancé, il n'y avait pas moyen de reculer.

— C'est des conneries. Il n'y a pas de campement, Tifty !

Il leur avait fallu trois jours pour trouver le cran d'y aller, et Cruk avait interdit à sa sœur de les accompagner. Le plan était de se faufiler dehors quand leurs parents seraient endormis, et de se retrouver à la cabane. Tifty avait concocté un itinéraire qui devait leur permettre d'atteindre le barrage en évitant de se faire repérer par les patrouilles.

Tifty arriva passé minuit. Les autres l'attendaient déjà. Il apparut au bout de la ruelle et se dirigea vers eux d'un pas décidé, la capuche de son blouson sur la tête, les mains enfoncées dans les poches. Arrivé à la cabane, il leur tendit un bidon de plastique.

— Du courage en bouteille.

Il dévissa le bouchon et tendit le bidon à Vorhees.

C'était de la liche. Les parents de Vorhees et Boz, des gens pieux qui allaient à l'église des sœurs tous les dimanches, ne voulaient pas de ça chez eux. Vorhees mit son nez au-dessus du goulot. Le liquide transparent avait une odeur de lessive âcre, chimique.

— Donne ça, ordonna Cruk.

Il attrapa le bidon, but une gorgée et le rendit à Vorhees.

— T'as jamais bu de liche, hein ? lança Tifty.

Vorhees s'efforça de prendre l'air offusqué.

— Bien sûr que si. Des tas de fois.

— Et quand est-ce que tu en aurais bu ? se gaussa Boz.

— Il y a plein de choses que tu ne sais pas, frangin.

En regrettant de ne pas pouvoir se boucher le nez, Vorhees en absorba une gorgée, en avalant très vite pour éviter de sentir le goût. Un éclair de chaleur cuisante lui envahit les sinus, un fleuve de feu dévala sa gorge. Bon sang, c'était atroce ! Il fut pris d'une quinte de toux sifflante, les larmes lui montèrent aux yeux, et tout le monde se mit à rigoler.

Boz but ensuite. À la grande honte de Vorhees, son petit frère réussit à s'octroyer une gorgée respectable sans seulement cligner de l'œil. Le bidon refit encore trois fois le tour du cercle. Au quatrième passage, Vorhees lui-même avait pigé le coup, et il réussit à en avaler une bonne lampée sans s'étrangler. Il se demanda pourquoi il n'éprouvait rien, mais lorsqu'il se releva, il se rendit compte que le sol tanguait sous ses pieds, et il dut tendre une main pour se stabiliser.

— On y va, déclara Tifty.

Ils arrivèrent au barrage en rigolant tous comme des fous. Le passage du temps s'était plus ou moins modifié, il semblait qu'il leur avait fallu un long moment pour arriver là, et à la fois pas du tout. Vorhees se souvenait vaguement d'avoir dû se cacher sous un camion pour ne pas se faire repérer par une patrouille ; il était incapable de se rappeler les circonstances exactes, ni comment ils avaient évité de se faire pincer. Tout en sachant qu'il était ivre, son esprit n'arrivait pas à se concentrer sur ce fait. Ils firent une halte parmi les ombres pendant que l'un d'eux – Boz, comprit Vorhees, qui était le plus soûl de tous – vomissait dans une touffe de mauvaises herbes. Et Dee, qu'est-ce qu'elle faisait là ? Est-ce qu'elle les avait suivis ? Cruk lui aboyait de rentrer chez elle, mais Dee était Dee, quand elle avait une idée dans la tête, elle ne l'avait pas ailleurs. Autant essayer d'enlever un os de la gueule d'un chien. Le fait était que Vorhees adorait Dee. Il l'avait toujours aimée. Soudain, il fut submergé par cet amour, c'était comme si une bulle d'émotion avait gonflé dans sa poitrine, et il essayait de trouver le courage de lui avouer ses sentiments quand Tifty revint d'on ne sait où, s'approcha d'eux et leur dit de le suivre.

Il les conduisit vers un petit bâtiment de béton d'où partait un escalier de métal qui disparaissait dans les profondeurs. En bas, il y avait un puits d'entretien, humide, obscur, aux parois ruisselantes. Ils étaient à l'intérieur du barrage, quelque part au-dessus des vannes du déversoir. Des ampoules protégées par des cages de métal allongeaient leurs ombres sur les murs. Une décharge d'adrénaline rendit soudain sa lucidité à Vorhees. Ils atteignirent une trappe dans le mur, fermée par un anneau de métal rouillé. Cruk et Tifty se positionnèrent de chaque côté et essayèrent de toutes leurs forces de tourner la roue, mais elle ne voulait rien savoir.

— Il nous faudrait un levier, déclara Tifty.

Il disparut à nouveau dans le tunnel et revint une minute plus tard avec un bout de tuyau. Il le passa entre les rayons de la roue et exerça une pression dessus. L'anneau d'acier commença à tourner avec un grincement ; la trappe s'ouvrit.

Elle donnait sur un puits vertical dans lequel était fixée une échelle métallique. Tifty fit apparaître une torche chimique, racla le grattoir et la laissa tomber dans le trou. Il descendit en premier, suivi de Vor, Dee et Boz, Cruk fermant la marche.

Ils se retrouvèrent dans un large boyau, l'une des six conduites qui reliaient le lac de retenue au déversoir. C'était par ces vannes que l'eau du bassin était libérée une fois par jour et allait irriguer les champs. Derrière eux s'accumulaient quatre millions de litres d'eau. L'air était froid et sentait la pierre. Un filet d'eau courait sur le sol, vers un cercle de clarté lunaire : l'embouchure de la conduite. Ils rampèrent dans cette direction, tournant le dos à la lumière de la torche de Tifty.

Vorhees sentait son cœur battre très fort dans sa poitrine. Le monde de la nuit, hors les murs : ça dépassait l'imagination. Tifty s'accroupit à trois mètres de l'embouchure, et les autres l'imitèrent. De lourds barreaux d'acier fermaient l'accès.

— Je passe en premier, chuchota Tifty.

Il avança à quatre pattes vers l'extrémité de la conduite. Les autres étaient absolument immobiles. Dans son esprit embrumé par l'alcool, voir le camp de Coffee était devenu pour Vorhees tout à fait secondaire ; la soirée était une pure épreuve de courage, son but initial n'avait plus autant d'intérêt. Les barreaux étaient assez robustes pour empêcher un virul d'entrer, mais le danger ne venait pas de là. Vorhees s'attendait presque à voir une patte griffue passer entre les barreaux, attraper leur ami et le réduire en lambeaux. À travers le brouillard alcoolique qui planait encore autour de lui, la pensée l'effleura que Dee devait avoir peur aussi, et qu'il pourrait lui apporter son réconfort, mais il n'arrivait pas à trouver quoi dire, et l'idée mourut dans son esprit.

Arrivé au bout de la conduite, Tifty se mit à genoux, attrapa les barreaux et regarda au-dehors.

— Qu'est-ce que tu vois ? chuchota Cruk.

Une pause, et puis ces mots :

— Putain... de merde !

Le ton sur lequel Tifty les avait prononcés fit à Vorhees l'impression de sonner faux. Ce n'était pas une exclamation de surprise mais de peur soudaine.

— Qu'y a-t-il ? chuchota Cruk sur un ton plus pressant. Coffee est là ?

— Je veux le voir ! s'écria Boz.

— Chut ! aboya Cruk. Tifty, bon sang, qu'est-ce qu'il y a ?

Vorhees le sentit à travers ses genoux. Un grondement, comme un grondement de tonnerre, suivi par un gémissement strident de rouages de métal s'engrenant. Le bruit venait de derrière eux.

Tifty se releva d'un bond.

— Fichons le camp !

C'était l'eau. Le bruit que Vorhees entendait était celui de l'eau libérée du bassin de retenue. Une vanne, puis la suivante, et puis la troisième, l'une après l'autre. Voilà ce que Tifty avait vu.

Ils allaient être réduits en bouillie.

Vorhees se releva et prit Boz par le bras pour l'entraîner, mais son frère se tortilla pour se libérer.

— Je veux le voir !

— Il n'y a rien à voir !

— Mais si, mais si ! hurla le gamin d'une voix brisée par les larmes.

Boz se précipita vers l'embouchure du boyau.

Tifty et les autres couraient déjà vers l'échelle. Le bruit de tonnerre se rapprochait. La conduite adjacente déversait son contenu, la leur serait la suivante. Dans quelques secondes, un mur d'eau allait s'abattre sur eux. À l'embouchure, Vorhees saisit son frère par la taille, mais le garçon se cramponnait aux barreaux.

— Je le vois ! C'est Coffee !

Vorhees le tira de toutes ses forces. Ils tombèrent par terre. Les autres les appelaient :

— Venez, venez !

Vorhees prit son frère par la main et se mit à courir. Cruk leur faisait de grands signes depuis le pied de l'échelle. Les tympans de Vorhees claquèrent et il reçut en pleine face une bourrasque de vent glacé. Il vit Cruk disparaître vers le haut de l'échelle et commença à grimper, son frère juste derrière lui.

Et puis l'eau arriva.

Elle le heurta comme un poing, cent poings, mille poings. En dessous de lui, Boz poussa un hurlement de terreur. Vorhees réussit à rester agrippé à l'échelle, mais il ne pouvait rien faire de plus. S'il avait libéré une de ses mains, il aurait été emporté comme un fétu de paille. L'eau lui entrait dans le nez, dans la bouche. Il essaya d'appeler son frère, mais ne réussit à émettre aucun son. C'est comme ça que ça finit, pensa-t-il. Une erreur, et tout s'arrête. C'était tellement simple. Pourquoi les gens ne mouraient-ils pas plus souvent comme ça ? Mais si, comprit-il alors qu'il commençait à lâcher prise. Des gens mouraient comme ça tout le temps.

Ce fut Cruk qui le libéra. Cruk qui serait pour toujours son ami, qui se tiendrait à ses côtés lorsqu'il épouserait Dee, qui veillerait sur ses enfants le jour où tout le monde emmènerait les jeunes en pique-nique dans le Champ, qui serait avec lui pour livrer les derniers combats de leurs vies, à des kilomètres et des années de là. Alors que les mains de Vorhees lâchaient prise, Cruk se pencha, le rattrapa de justesse, le hissa à la force des poignets, et l'instant suivant, Vorhees se retrouva en train de grimper derrière lui, dans le puits, vers un lieu sûr.

Mais pas Boz. On ne retrouverait son corps que le lendemain matin, écrasé contre les barreaux. Peut-être avait-il vu Coffee, qui sait. Tifty ne leur donna jamais la réponse. Avec le temps, Vorhees en était venu à penser que ça n'avait pas d'importance. Quand bien même son frère l'aurait vu, Vorhees n'en aurait tiré aucun réconfort.

Lorsque Vorhees donna le signal de la pause de midi, l'équipe d'écimage avait couvert six hectares et demi. Le soleil était accablant, il n'y avait pas un nuage dans le ciel ; même les enfants, après une matinée de jeux et de rires, s'étaient réfugiés sous l'abri. À la pompe, Vorhees enleva son chapeau, remplit son quart, le vida à longs traits, et le remplit à nouveau pour se verser de l'eau sur le visage. Il enleva sa chemise trempée de sueur et s'essuya avec. Dieu tout-puissant, ce qu'il faisait chaud !

Les femmes et les enfants avaient déjà mangé. L'équipe de travail s'attabla sous l'abri pour déjeuner. Du pain et du beurre, des œufs durs, de la viande séchée, de gros morceaux de fromage, des cruches d'eau et de limonade. Cruk descendit de la tour de guet pour se remplir une assiette. Tifty était invisible. Bon, et alors ? Tifty pouvait bien faire ce qu'il voulait. Ils mangèrent de bon appétit, sans parler. Bientôt, ils somnoleraient tous à l'ombre.

— Une heure, dit Vorhees en se levant de table. Ne vous installez pas trop confortablement.

Il monta en haut de la tour, où il trouva Cruk en train de scruter le Champ à la jumelle. Son fusil était appuyé contre la rambarde.

— Rien d'intéressant aux environs ?

Cruk resta un instant sans répondre. Il passa les jumelles à Vorhees.

— À six heures, derrière l'orée du bois, dis-moi ce que tu vois.

Vorhees regarda. Ne vit rien. Juste des arbres et, derrière, les collines brunâtres, desséchées.

— Qu'est-ce que tu voulais me montrer ?

— Je ne sais pas. Un truc brillant.

— Brillant ? Comme un reflet sur du métal ?

— Ouais.

Au bout d'un moment, Vorhees baissa les jumelles.

— Eh bien, ce n'est plus là. C'était peut-être seulement la réverbération du soleil sur les lentilles. Il y a beaucoup de lumière ici.

— Ça doit être ça.

Cruk prit un peu d'eau à sa gourde.

— Et en bas, comment ça se passe ?

— Tout le monde sera bientôt dans les bras de Morphée. La plupart des gamins dorment déjà. Je crois que personne ne s'attendait à ce qu'il fasse aussi chaud.

— C'est le Texas, et on est en juillet, mon frère.

— Gunnar voulait savoir s'il pouvait nous donner un coup de main. C'est un cœur, ce môme, dommage qu'il n'ait pas de cervelle.

Cruk prit son fusil.

— Qu'est-ce que tu lui as répondu ?

— « Attends un peu. Un jour, tu comprendras que ce serait de la folie. »

Cruk se mit à rire.

— Enfin, on était pareils. On avait hâte de découvrir le vaste monde.

— Toi, peut-être.

Son beau-frère resta un instant silencieux. Il regardait par-dessus la rambarde. Vorhees sentit que quelque chose le troublait, et pas seulement l'éclat brillant dans les bois.

— Voilà, commença Cruk. J'ai pris une décision et je ne voudrais pas que tu l'apprennes par un autre. Tu sais qu'il est question de remonter l'expéditionnaire.

Vorhees avait entendu ces rumeurs, lui aussi. Ce n'était pas nouveau : des rumeurs, il en circulait tout le temps. Depuis que Coffee et ses hommes avaient disparu – il y avait combien d'années de ça ? –, le sujet refaisait régulièrement surface.

— On en parle souvent, oui.

— Cette fois, on ne se contente pas d'en parler. L'armée recrute des volontaires de la Sécurité intérieure. Ils voudraient monter une unité de deux cents hommes.

Vorhees scruta le visage de son ami. Qu'est-ce qu'il lui racontait ?

— Cruk, tu n'es pas sérieux ? Tout ça, c'étaient des histoires de gosses.

— Peut-être que ce n'était que ça à l'époque. Et je sais ce que tu peux ressentir après ce qui est arrivé à Boz. Mais regarde comment je vis. Je ne me suis jamais marié. Je n'ai pas de famille. Qu'est-ce que j'ai à perdre ?

Le sens de ses paroles le frappa aussitôt.

— Bon sang... tu as déjà signé, c'est ça ?

Cruk hocha la tête.

— J'ai donné ma démission de la Sécurité hier. Mais ce ne sera pas officiel tant que je n'aurai pas prêté serment.

Vorhees se sentit accablé.

— Écoute, ne le dis pas à Dee, poursuivit Cruk d'un ton pressant. Je veux le faire moi-même.

— Elle va mal le prendre.

— Je sais. C'est pour ça que je t'en parle à toi d'abord.

La conversation fut interrompue par le bruit d'un pick-up qui arrivait sur la route de service. Il s'engagea dans la zone de déchargement, s'arrêta devant l'abri, et Tifty en descendit. Il alla abaisser le hayon du véhicule.

— Qu'est-ce qu'il y a là-dedans ?

C'étaient des pastèques. Tout le monde se massa autour de lui. Tifty commença à découper les fruits en grosses tranches dégoulinantes qu'il passa aux enfants. Des pastèques ! Quel régal, par cette chaleur !

— Nom d'un chien, gémit Vorhees en observant ce numéro. Où a-t-il bien pu les dégotter ?

— Tifty a toujours des combines incroyables. Enfin, une chose est sûre, il ne mourra pas seul et sans amis.

— Je n'ai jamais dit ça.

Cruk le dévisagea.

— Tu n'es pas obligé de l'aimer, Vor, ça va sans dire. Mais il fait des efforts. Il faut lui reconnaître ça.

La porte qui donnait sur l'escalier s'ouvrit. Dee apparut avec deux tranches roses posées sur deux assiettes.

— Tifty a apporté...

— Merci. On a vu.

Elle ravala son sourire et son expression trahit une pensée que Vorhees ne connaissait que trop bien : *Calmos, je t'en prie, juste pour aujourd'hui. Ce ne sont que des pastèques.*

Cruk lui prit les assiettes des mains.

— Merci, Dee. C'est vraiment une super idée. Remercie Tifty de notre part.

Son regard se posa rapidement sur son mari, puis revint à son frère.

— Je n'y manquerai pas.

Vorhees savait que cette attitude le faisait passer pour un type rancunier, et aussi que s'il ne disait rien, s'il ne changeait pas de sujet, il traînerait ce sentiment d'aigreur toute la journée.

— Comment vont les enfants ?

Dee haussa les épaules.

— Siri dort à poings fermés, Nit est partie avec Ali et quelques autres cueillir des fleurs des champs.

Elle s'essuya le front du dos de la main.

— Tu vas vraiment y retourner ? Je ne sais pas comment tu fais pour supporter ça. Tu ferais peut-être mieux d'attendre que le soleil soit un peu moins haut.

— Il faut finir le boulot. Ne t'en fais pas pour moi.

Son regard s'attarda encore un peu sur lui. Puis :

— Mouais. Ce que j'en dis, moi... Je peux te rapporter autre chose, Cruk ?

— Rien du tout, merci.

— Alors je vous laisse.

Quand Dee fut partie, Cruk lui tendit l'une des assiettes. Mais Vorhees secoua la tête.

— Pas question. Merci.

Le grand gaillard haussa les épaules. Il engloutissait déjà sa part, des filets de jus coulant le long de son menton. Quand il ne resta plus que l'écorce, il esquissa un geste en direction de la seconde assiette posée sur le parapet.

— Je peux ?

Vorhees répondit d'un mouvement de menton. Cruk finit la seconde tranche, s'essuya la bouche sur sa manche et balança les écorces dans le vide.

— Tu devrais en parler à Dee, et rapidement, soupira Vorhees.

Trois heures. La journée avançait. La légère brise qui s'était levée vers la fin de la matinée était retombée, et il n'y avait plus un souffle d'air. Sous la bâche, Dee jouait sans conviction au tourniquet avec Cece Cauley. Le petit Louis était couché à leurs pieds, dans son couffin. C'était un bébé potelé, de bonne composition, avec de petits doigts boudinés, de petits orteils boudinés et une petite bouche renflée, toute douce. Malgré la chaleur, c'est à peine si on l'avait entendu de la journée, et maintenant il dormait du sommeil du juste.

Dee se souvenait de ce temps-là, quand ses filles étaient toutes petites. Les sensations particulières, les bruits, les odeurs, et le lien physique viscéral, comme si on ne faisait qu'un avec son bébé. Beaucoup de femmes se lamentaient – « Je n'ai pas un moment à moi, j'ai vraiment hâte qu'il marche ! » – mais pas Dee, jamais. Elle n'avait que trente ans, elle en aurait volontiers eu un autre, peut-être même deux. Ce serait rudement bien d'avoir un fils, se disait-elle. Mais le règlement était clair : *uno, deuzio, et finito,* comme on disait. Au cabinet du gouverneur, on envisageait une extension de la palissade, et peut-être qu'alors l'interdiction serait levée. Mais ça viendrait probablement trop tard ; en attendant, l'espace disponible était limité, tout comme les ressources alimentaires et énergétiques.

Quant à Vor – que pouvait-elle faire pour lui ? La mort de Boz était un obstacle incontournable dans son esprit. La réalité des faits s'était altérée, amplifiée au fil des ans, au point de devenir la seule et unique blessure de sa vie. Tifty était, et serait toujours Tifty. Il pouvait parfaitement se retrouver en prison pour avoir fait passer un type à travers une vitre dans une bagarre de salle de bar, et le lendemain, par une journée d'été étouffante, se ramener avec un camion de pastèques récupérées au marché noir, par un de ces tours de magie dont il avait le secret. Il finirait probablement en taule pour de bon, ce n'était qu'une question de temps. En attendant, on aurait beau dire, Tifty serait toujours l'un des leurs, surtout pour Dee. Il y avait des moments où elle regardait sa fille aînée et ne savait pas, honnêtement, quelle était la vérité. Cela pouvait aussi bien être l'un que l'autre : sous un certain éclairage, Nitia était le portrait craché de Vor, et puis elle vous jetait un de ses regards en coulisse, et là, elle ressemblait à Tifty Lamont.

Une seule nuit, même pas. Toute l'affaire, leur liaison si l'on pouvait dire, n'avait probablement pas duré plus d'une heure et demie. Comment quatre-vingt-dix minutes pouvaient-elles à ce point changer une vie ? Dee et Tifty étaient tombés d'accord, après coup, pour dire que cette aventure avait été une terrible erreur – inévitable peut-être, née d'une force accumulée depuis des années à laquelle ils n'avaient pu résister ni l'un ni l'autre – et qu'il n'était pas question que ça se reproduise. Ils aimaient tous les deux Vor, oui ou non ? Ils avaient tourné la chose à la blague, se serrant même la main pour sceller leur pacte, comme les deux vieux amis qu'ils étaient, sauf que, bien sûr, c'était loin d'être une blague : ni sur le moment ni neuf mois plus tard. Et ça ne l'était pas davantage aujourd'hui.

« Je ne permettrai jamais qu'il t'arrive du mal, lui avait dit Tifty, non seulement cette nuit-là mais bien des fois, bien des nuits par la suite. Ni à toi, ni aux filles, ni à Vor. Peu importe tout le reste, je t'en fais la promesse solennelle, je le jure devant Dieu. Je serai là, pour toi, comme le sol sous tes pieds. Sache-le pour toujours et à jamais : je suis là. » Et Dee le savait, en effet. Elle devait bien le reconnaître : si l'idée du pique-nique dans le Champ lui était venue, c'était uniquement parce que Tifty avait accepté d'en être.

Est-ce qu'elle l'aimait ? Et si elle l'aimait, de quel genre d'amour s'agissait-il ? Elle n'avait pas pour lui les mêmes sentiments que pour Vor. Vor était stable, fiable. Un homme de devoir, solide, et un bon père pour les filles. On pouvait s'appuyer sur lui alors que Tifty était volatil, le produit de rumeurs autant que de faits avérés. Et puis Vor et elle s'appartenaient l'un à l'autre, la question ne s'était jamais posée. Quand ils étaient seuls dans le noir, dans leurs moments d'intimité, il prononçait son nom avec tant de ferveur que c'en était presque douloureux. Voilà comment Vor l'aimait. Avec lui, elle se sentait... plus réelle. Comme si elle, Dee Vorhees – épouse et mère, fille de Sis et Jedediah Crukshank, rappelés à Dieu, citoyenne de Kerrville, Texas, dernière oasis de lumière et de sécurité dans un monde qui ne savait plus ce que c'était –, existait vraiment.

Alors pourquoi fallait-il qu'elle repense, une fois de plus, à Tifty Lamont ?

Elle revint à la partie de cartes, à cette chaude, chaude, chaude après-midi de juillet où ils se trouvaient tous réunis ensemble au Champ. La tête ailleurs, Dee n'avait pas remarqué ce que faisait Cece. Quand elle s'en aperçut, celle-ci arborait un sourire victorieux : elle avait réussi à la feinter afin de lui prendre sa dame. Deux plis, trois, et c'était cuit. Cece nota avec jubilation le score sur un bloc.

— On en refait une ?

En d'autres circonstances, Dee aurait répondu oui, ne serait-ce que pour passer le temps, mais par cette chaleur, jouer commençait à ressembler à une corvée.

— Ali voudra peut-être faire une partie...

Ladite Ali, qui était revenue sous la tente chercher de l'eau, écarta la proposition, la louche devant les lèvres.

— Très peu pour moi !

— Allez, juste quelques donnes, insista Cece.

Dee se leva.

— Je ferais mieux d'aller voir ce que font les filles.

Elle quitta l'abri. Au loin, le haut des épis de maïs remuait aux endroits où les hommes s'affairaient. Elle leva la tête vers le sommet de la tour, une main en visière pour se protéger les yeux de la lumière aveuglante. Une lune diurne, d'un blanc fantomatique, planait près du soleil. Ça, c'était bizarre. C'était la première fois qu'elle voyait ça. Cruk et Tifty étaient tous les deux en faction, Cruk avec ses jumelles, Tifty balayant le Champ avec son fusil. Il l'aperçut et lui fit un signe, ce qui la déconcerta ; c'était comme s'il savait qu'elle pensait à lui. Elle lui répondit d'un petit geste coupable.

Un groupe d'une douzaine d'enfants jouaient au kickball. Dash Martinez attendait près du marbre. Gunnar, le lanceur, s'était improvisé baby-sitter au cours de l'après-midi.

— Hé, Gunnar !

Le jeune homme – il avait seize ans – se tourna vers elle.

— Tiens, Dee ! Vous voulez jouer ?

— Il fait trop chaud pour moi, merci. Tu as vu les filles quelque part ?

Gunnar parcourut les environs du regard.

— Elles étaient là il y a une seconde. Vous voulez que je les cherche ?

Dee éprouva une soudaine lassitude. Où étaient-elles passées ? Elle envisagea un instant de monter en haut de la tour et de demander à Cruk de les repérer avec ses jumelles. Mais gravir toutes ces marches lui paraissait trop pénible, à la réflexion. L'un dans l'autre, elle aurait aussi vite fait de chercher les filles elle-même.

— Non, merci. Si elles reviennent, dis-leur que je veux qu'elles se mettent un petit moment à l'ombre.

— Gunnar, tu l'envoies, ce ballon ? ! cria Dash.

— Une seconde !

Le garçon se retourna vers Dee.

— Je suis sûr qu'elles ne sont pas loin. Elles étaient là il y a un instant.

— C'est bon. Je les trouverai toute seule.

Les fleurs des champs, pensa-t-elle. Elles étaient probablement allées cueillir des fleurs. Elle était plus agacée qu'inquiète. Elles n'auraient pas dû s'éloigner sans prévenir. Satanée Nit ! Ça devait être son idée. Elle mijotait toujours quelque chose.

Ils n'avaient plus que cinq minutes devant eux.

Du poste d'observation, Tifty regarda Dee s'éloigner.

— Cruk, passe-moi les jumelles.

Celui-ci les lui tendit. Le champ où se trouvaient les fleurs sauvages était au nord de la tour, adjacent au maïs. C'était par là qu'elle semblait aller. Peut-être qu'elle veut juste faire un petit tour, se dit Tifty, loin des enfants et des autres femmes.

Il rendit les jumelles à Cruk. Il balaya le Champ avec son fusil, puis braqua la visée vers la lisière des arbres.

— La chose brillante est revenue.

— Où ça ?

— Droit devant, dix degrés à droite.

Tifty regarda attentivement dans la visée : au loin, une forme rectangulaire, réfléchissante, brillait derrière les arbres.

— Qu'est-ce que ça peut bien être ? s'étonna Cruk. Un véhicule ?

— Ça se pourrait. Il y a une voie de service de l'autre côté.

— Il ne devrait rien y avoir là-bas en ce moment.

Cruk abaissa les jumelles, se figea un instant.

— Écoute !

Tifty fit le vide dans son esprit. Le crépitement des criquets, la brise qui chantait à ses oreilles, le goutte-à-goutte de l'eau dans le système d'irrigation. Et puis il l'entendit.

— Un moteur ?

— C'est ce que j'entends aussi, répondit Cruk. Reste là.

Il descendit les marches. Tifty colla son œil à la visée du fusil. L'image était claire, à présent : un grand semi-remorque, dont la caisse était recouverte d'une espèce de métal galvanisé.

Il prit son talkie-walkie.

— Cruk, c'est un camion. De l'autre côté des arbres. Ça n'a pas l'air d'être un véhicule de la Sécurité.

Un crépitement sur la ligne.

— Je sais. Grouille-toi.

Il vit Cruk émerger du pied de la tour et se diriger à grands pas vers l'abri en faisant signe à Gunnar de ramener les enfants. Tifty promena sa visée sur le Champ : les hommes au travail, les rangées de maïs, les drapeaux indiquant les caissons qui pendouillaient dans le silence de l'après-midi, tout était exactement à sa place.

Sauf que pas exactement. Il y avait quelque chose de différent. Était-ce sa vision qui lui jouait des tours ? Il leva la tête. Une lame d'ombre se déplaçait sur le Champ.

Et puis il entendit la sirène.

Il se tourna vers le soleil, et instantanément il sut. Il y avait bien des années qu'il n'avait pas eu peur, pas depuis cette funeste nuit dans le barrage. Mais à cet instant, c'est ce qu'il éprouva.

Plus qu'une minute.

Vorhees ressentit d'abord le changement de luminosité comme une baisse de son acuité visuelle, un assombrissement soudain, une sorte de crépuscule prématuré. Mais il portait des lunettes noires pour se protéger de la pluie de pollen et de la lumière éclatante de l'après-midi, et son esprit n'interpréta pas tout de suite ce changement comme un événement notable. Puis il entendit les cris, et il enleva ses lunettes.

Une énorme forme ronde, environnée d'une pénombre incandescente, glissait sur le soleil.

Une éclipse.

Alors que les sirènes se taisaient, il se rua dans la rangée. Tous les autres couraient aussi en criant :

— Éclipse ! Éclipse ! Les caissons ! Allez tous aux caissons !

Il ressortit des rangs de maïs en courant, et manqua de heurter Cruk et Dee.

— Où sont les filles ?

Sa femme était folle d'angoisse.

— Je ne les trouve pas !

Les ténèbres se répandaient comme de l'encre. Bientôt, tout le Champ en serait baigné.

— Cruk, fais entrer tout le monde dans les caissons. Dee, va avec lui.

— Je ne peux pas ! Où sont-elles ?

— Je m'en occupe.

Il tira son pistolet de sa ceinture.

— Cruk, emmène-la !

Vorhees retourna en courant vers le Champ.

En haut de la tour, Tifty, le cœur battant la chamade, balayait les lieux. Encore aucun signe, mais ce n'était qu'une question de temps. Et le camion, qu'est-ce que c'était ? Il continuait à avancer, derrière le brise-vent. Il essaya d'appeler Cruk avec son talkie-walkie, en vain. Sans doute ne l'entendait-il pas dans ce tohu-bohu. Tifty songea à descendre le prévenir, mais il avait un meilleur angle de tir depuis la tour.

Il assura la crosse contre son épaule. D'où viendraient-ils ? Des arbres ? D'un champ voisin ? L'équipe de Dillon avait sécurisé la zone, et Tifty n'avait rien vu de toute la journée, mais ça ne voulait pas dire qu'il n'y avait pas de viruls ; c'était juste qu'il ne pouvait pas les voir.

Là ! À la limite de son champ de vision, près d'un des drapeaux, un faible mouvement des tiges de maïs. Il braqua la visée dessus, colla son œil à l'oculaire. Le couvercle du caisson était ouvert.

C'était le seul endroit qu'ils n'avaient pas vérifié. Ils n'avaient jamais regardé dans les caissons.

Tout le monde courait, attrapait ses enfants, se précipitait dans le Champ vers les drapeaux. Tifty émergea du pied de la tour en courant à perdre haleine.

— Non !

Cruk portait deux enfants, Presh Martinez et Reese Cuomo, un sous chaque bras. Dee courait à côté de lui, Cece et Ali quelques pas derrière – Cece serrait le petit Louis contre sa poitrine, Ali tenait Merry et Satch par la main.

— Les caissons ! criait Cruk. Allez vers les caissons !

— Non ! Ils sont dans les caissons !

Un bruit de fusillade retentit dans le Champ. Dee vit Tifty se laisser tomber sur un genou et tirer trois coups de feu en rafale. Elle se retourna alors que le premier virul surgissait du maïs.

Il se jeta sur Ali Dodd.

Dee eut une subite envie de vomir. Tout à coup, ses pieds ne lui obéissaient plus. Le virul, qui en avait fini avec Ali, enfonça ses mâchoires dans le cou de Cece. Celle-ci se tortillait, hurlait, agitait les bras et les jambes comme un insecte retourné sur le dos. L'image se grava sur la rétine de Dee comme un éclair ;

elle ne pouvait rien faire, condamnée à regarder, horrifiée, impuissante.

Cruk fit un pas en avant, appuya le canon de son fusil contre la tempe de la créature et fit feu.

Où était Satch ? Tout à coup, ce gamin n'était plus nulle part. Merry hurlait. Dee la ramassa, la cala contre sa hanche et se mit à courir.

Il y avait des viruls partout. En proie à une panique aveugle, tout le monde se précipitait vers la tente, par un réflexe inutile ; elle ne pouvait pas leur offrir la moindre protection. Les viruls se ruèrent dessus, la réduisirent en charpie, et l'air s'emplit de cris.

— La tour ! hurlait Tifty. Allez vers la tour !

Mais il était trop tard ; personne ne l'écoutait. Dee pensa à ses filles, leur dit adieu. En un instant, ce monde cruel pouvait distiller tous les souhaits qu'on avait formulés pour ses enfants et les réduire à un seul, désespéré : que la mort les prenne vite. Elle priait pour qu'elles ne souffrent pas. Et surtout pour qu'elles ne soient pas emportées. C'était ce qu'il y avait de pire : être emporté.

Une force prodigieuse la heurta par-derrière. Elle s'écroula, la petite Merry jaillit hors de ses bras comme un boulet de canon. À plat ventre dans la poussière, elle releva les yeux et vit son frère, à six mètres de là, qui pointait son fusil sur elle. *Tue-moi*, pensa Dee. *Je ne sais pas ce qui nous attend, mais je le refuse.* Une prière enfantine lui vint aux lèvres et elle la murmura rapidement, les yeux fermés, dans la poussière.

Un coup de feu. Derrière elle, quelque chose tomba avec un grognement animal. Avant que son esprit ait réussi à enregistrer ce qui se passait, Cruk la tirait déjà pour la relever, sa bouche remuant de façon incompréhensible, articulant des paroles qu'elle n'arrivait même pas à entendre. Son fusil avait disparu, il n'avait plus que son pistolet, Abigail. Quelle idée d'appeler un pistolet Abigail ! Et d'ailleurs, quelle idée de donner un nom à un pistolet ! Elle se dit qu'elle avait dû prendre un coup sur la tête pour se préoccuper de l'arme de Cruk alors que tout le monde mourait autour d'elle. D'autres pensées lui vinrent à l'esprit, des choses étranges, des choses terribles. L'effet que ça ferait d'être déchirée en deux, comme Ali Dodd. Ses filles, dans le Champ, et ce qui était en train de leur arriver. Quelle horreur, pensa Dee, de vivre plus longtemps que ses bébés, ne fût-ce qu'une seconde. C'était sûrement ce qu'il pouvait y avoir de plus horrible dans un monde d'horreurs. Cruk la traînait vers la porte de la tour. Il croyait bien faire, mais ce n'était pas ce qu'elle voulait, pas du tout. En réalité, elle appelait la mort. Dans un sursaut d'énergie, Dee s'arracha à lui et courut dans le Champ en appelant ses enfants.

Vorhees entendait le rire de ses filles dans les maïs. Il savait qu'elles étaient trop jeunes pour avoir peur. Elles s'étaient échappées pour faire précisément ce qu'on leur avait dit de ne pas faire, et pour elles, cette drôle de chose qui arrivait à la lumière était une espèce de jeu. Vorhees fonça entre les rangées en les appelant, la gorge étranglée par la panique. Leurs voix lui parvenaient de derrière, puis de devant, puis d'un côté, puis de l'autre. Elles paraissaient venir de partout, même de sa tête.

— Nit ! Siri ! Où êtes-vous ?

C'est alors qu'il vit une femme. Elle se dressait entre les rangs de maïs, drapée dans une cape noire, comme dans les contes de fées. Une habitante de la forêt. Elle portait une capuche sur la tête, des lunettes noires dissimulaient la partie supérieure de son visage. Vorhees était tellement surpris que l'espace d'un instant, il se demanda si ce n'était pas le fruit de son imagination.

— Ce sont vos filles ?

Qui était-elle, qui était cette femme du maïs ?

— Où sont-elles ? demanda-t-il, haletant. Vous savez où elles sont ?

D'un geste languide, elle enleva ses lunettes, révélant un visage lisse, sensuel, d'une beauté juvénile, et des yeux brillants comme des diamants. Il éprouva une soudaine nausée.

— Vous êtes fatigué, dit-elle.

Et tout à coup il le fut. De sa vie, jamais Curtis Vorhees n'avait été aussi fatigué. Il avait la tête lourde, elle pesait une tonne. Il dut mobiliser toute sa volonté pour rester debout.

— J'ai une fille. Elle est si belle...

Derrière lui, il entendit les derniers coups de feu tirés au hasard, dans la panique. Le Champ et le ciel étaient plongés dans des ténèbres qui n'étaient pas de ce monde. Il aurait voulu pleurer, mais même ça paraissait échapper à sa volonté. Il se laissa tomber à genoux. Il n'allait pas tarder à s'écrouler.

— Je vous en prie, fit-il d'une voix étranglée.

— Venez à moi, beaux enfants. Venez à moi dans le noir.

Une force titanesque le souleva, le remit sur ses pieds. Tifty. Son visage était tout proche. Vorhees arrivait tout juste à se concentrer dessus. Tifty le tirait par le bras.

— Vor, viens vite !

— La femme..., articula-t-il péniblement, la langue pâteuse.

Mais il n'y avait plus personne à l'endroit où elle s'était tenue.

— Tu l'as vue ?

— Pas le temps ! s'écria Tifty. Grouille, il faut courir à la tour !

Il n'en était pas question. Vorhees réunit ses dernières forces et s'échappa.

— Il faut que je les retrouve !

La crosse du fusil de Tifty mit fin à la controverse. Un unique coup, bien net, sur la tête, adroitement administré. La vision de Vorhees s'emplit d'étoiles. Puis le monde bascula alors que Tifty l'empoignait par la taille, le balançait par-dessus son épaule et se mettait à courir. De grosses feuilles défilaient sur les côtés, lui giflaient le visage, pendant qu'il continuait à appeler :

— Nit ! Siri ! Revenez !

Mais il n'avait pas la force de résister. Sa famille était morte, il le savait, Tifty ne serait pas venu le chercher si elles étaient encore en vie. D'autres coups de feu, les cris d'agonie des mourants tout autour de lui.

— Les caissons, disait une voix. Ils sont sortis des caissons.

Quels seraient ceux qui survivraient à cette journée ? Et Vorhees comprit, avec un chagrin incommensurable, qu'une fois de plus ce serait lui le veinard.

Ils sortirent du Champ et se retrouvèrent à découvert. L'abri était dévasté, la bâche déchirée, tout éparpillé. Des corps jonchaient le sol un peu partout, mais il ne vit pas trace des filles, elles avaient disparu. « Venez à moi, beaux enfants. Venez à moi dans le noir. » Quand la porte de la tour se referma en claquant derrière lui, il s'effondra, sombrant enfin dans une inconscience miséricordieuse, et sa dernière pensée fut celle-ci :

Pourquoi avait-il fallu que ce soit Tifty ?

Quatrième partie

La Grotte

Automne 97 ap. V.

« Point de lumière, mais plutôt les ténèbres, visibles,
Ne servaient qu'à entrevoir des visions d'horreur. »

MILTON, *Le Paradis perdu*

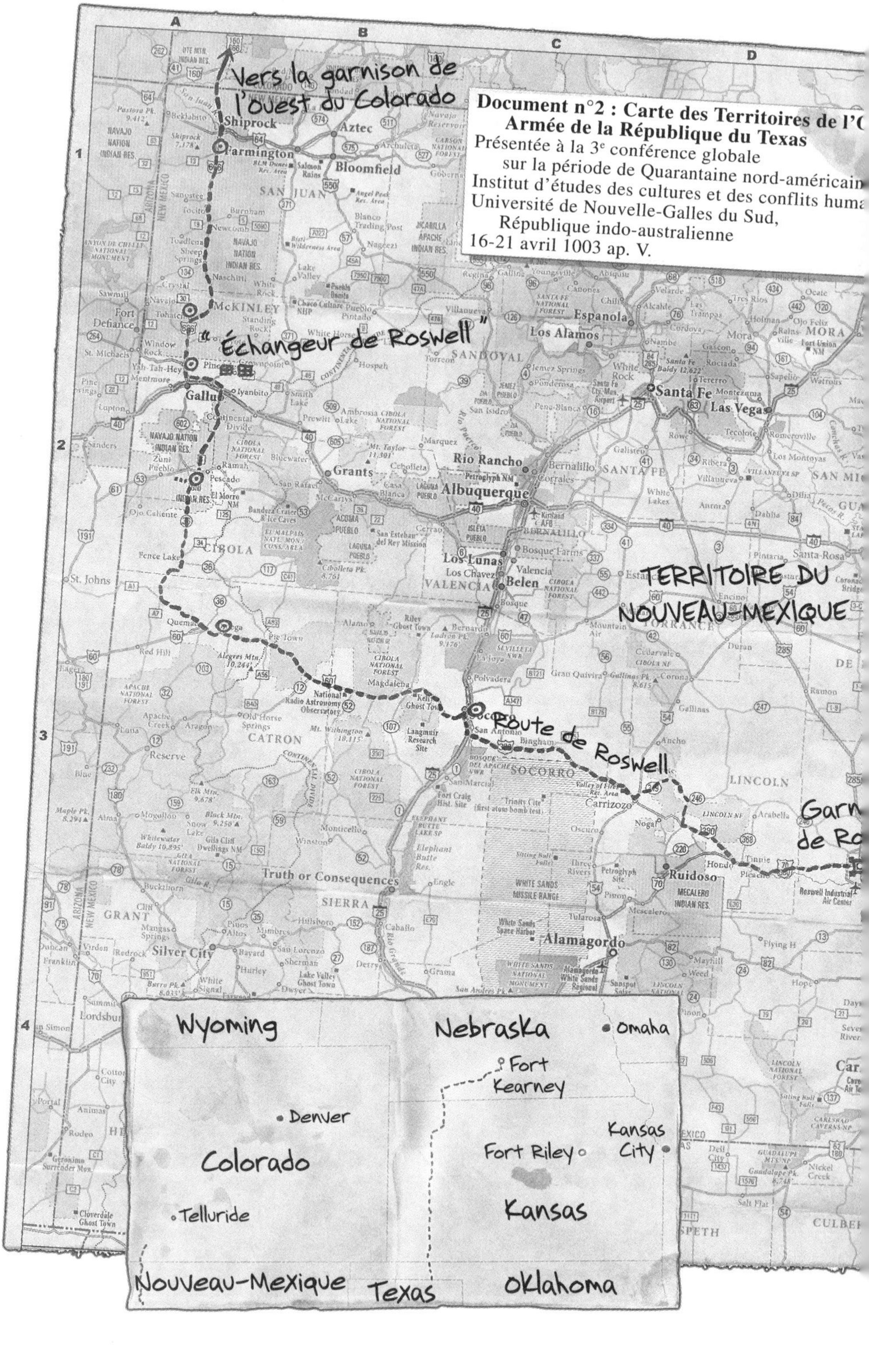
Document n°2 : Carte des Territoires de l'O
Armée de la République du Texas
Présentée à la 3e conférence globale
sur la période de Quarantaine nord-américain
Institut d'études des cultures et des conflits huma
Université de Nouvelle-Galles du Sud,
République indo-australienne
16-21 avril 1003 ap. V.
Vers la garnison de l'ouest du Colorado
« Échangeur de Roswell »
TERRITOIRE DU NOUVEAU-MEXIQUE
Route de Roswell
Garn
de Ro
Wyoming
Nebraska
Omaha
Fort Kearney
Denver
Colorado
Kansas City
Fort Riley
Kansas
Telluride
Nouveau-Mexique
Texas
Oklahoma

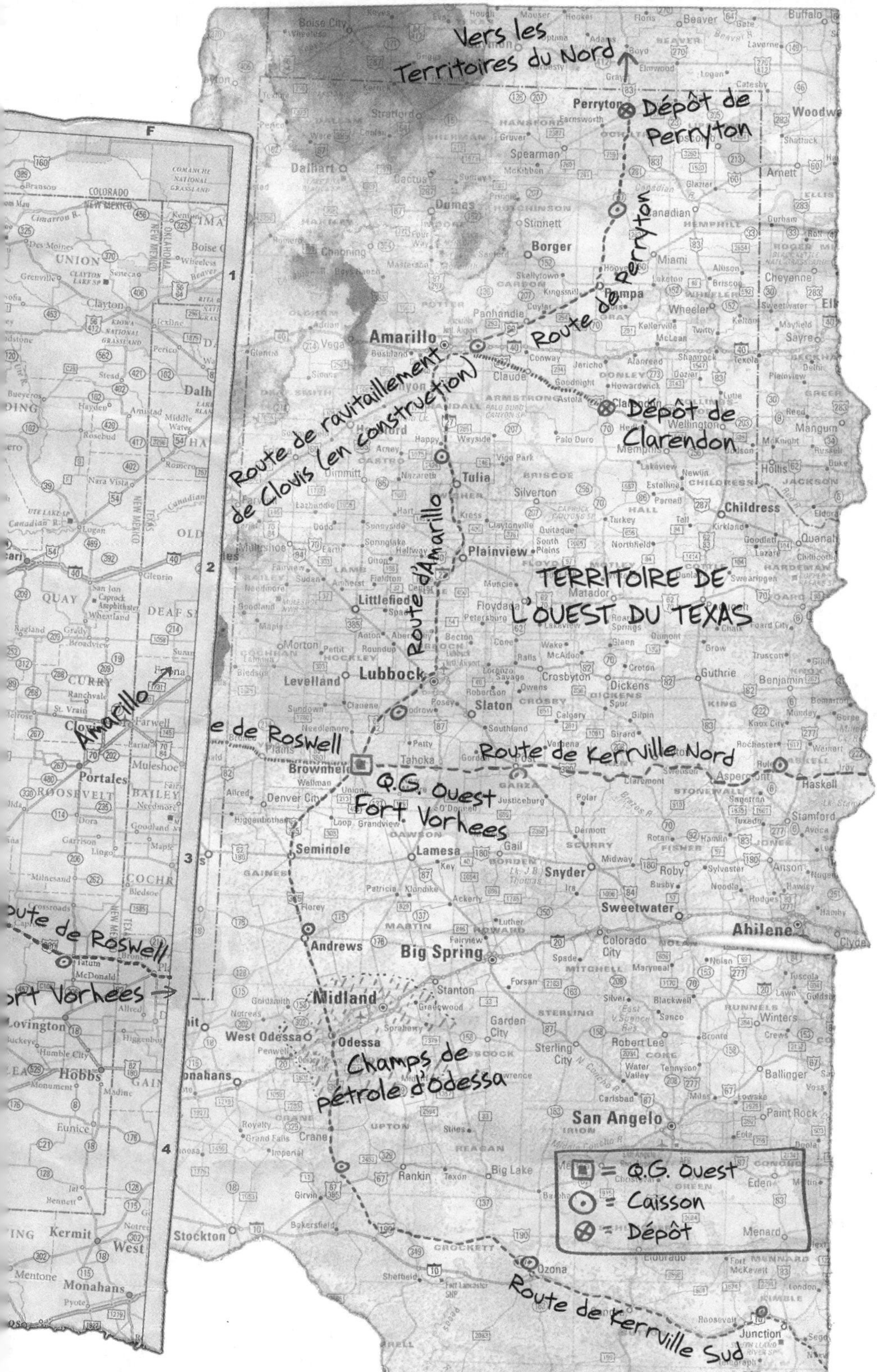

Vers les Territoires du Nord
Dépôt de Perryton
Route de Perryton
Dépôt de Clarendon
Route de ravitaillement de Clovis (en construction)
Route d'Amarillo
TERRITOIRE DE L'OUEST DU TEXAS
Amarillo
Route de Roswell
Q.G. Ouest Fort Vorhees
Route de Kerrville Nord
Fort Vorhees
Champs de pétrole d'Odessa
Route de Kerrville Sud
Q.G. Ouest
Caisson
Dépôt

24.

Il était venu à Amy, enfin. Il était venu à elle dans ses rêves.

Des rêves qui se déroulaient tantôt dans un endroit, tantôt dans un autre. Des histoires réelles, des choses, des événements et des sentiments du passé revisités. C'était un bric-à-brac, une mosaïque, une superposition d'images qui, ainsi reconfigurées, paraissaient rigoureusement nouvelles. Elles étaient sa vie, son passé et son présent mélangés, et elles occupaient si complètement sa conscience qu'en se réveillant elle n'en revenait pas de se voir exister dans une simple réalité d'objets concrets et de temps ordonné. Elle avait l'impression qu'il y avait eu interversion entre le monde éveillé et le monde endormi, et que le monde du sommeil était investi d'une vivacité prépondérante, qui ne s'estompait pas tout au long de la journée. Elle était en train de verser l'eau d'une casserole dans un récipient, de faire la lecture aux enfants assis en rond par terre, ou de balayer les feuilles dans la cour, quand, abruptement, son esprit était envahi de sensations. C'était comme si elle avait glissé, sous la surface du monde visible, dans les courants d'une rivière souterraine.

Un manège avec son tourbillonnement de lumières et sa musique tintinnabulante. Un goût de lait froid et une poussière de sucre glace sur ses lèvres. Une pièce plongée dans une lumière bleutée, ses pensées disloquées par la fièvre, et un bruit de voix – la voix de Wolgast – qui la faisait doucement sortir des ténèbres.

Reviens à moi, Amy, reviens.

Mais le plus puissant de tous était le rêve de la chambre – la crasse, l'odeur de renfermé, les vêtements épars, les cartons de vieille nourriture posés n'importe où, la télévision qui hurlait impitoyablement ses insanités dans un coin, et la femme qui était apparemment sa mère – Amy en prenait conscience avec un sursaut de nostalgie impuissante –, sa mère qui allait et venait dans l'espace exigu avec l'énergie du désespoir, ramassant des objets par terre, les jetant dans des sacs. *Amy, mon chou, allez, réveille-toi. Amy, il faut qu'on s'en aille.* Elles s'en allaient, sa mère s'en allait, le monde se divisait en deux, Amy d'un côté, sa mère de l'autre, le moment et les sentiments liés à la séparation anormalement étirés, comme si elle observait sa mère depuis la proue d'un bateau qui s'éloignait. Elle comprenait que c'était là, dans cette chambre, que sa vie avait vraiment commencé. Qu'elle assistait à une sorte de naissance.

Mais elles n'étaient pas seules. Wolgast était là lui aussi. Ça n'avait pas de sens : Wolgast n'était entré dans sa vie qu'après. En même temps, la logique du rêve était telle que sa présence était intrinsèquement non observable : Wolgast était là parce qu'il y était. Au début, Amy éprouvait sa présence non comme une réalité matérielle mais comme le rayonnement diffus d'une émotion qui planait sur la scène. Plus elle sentait sa mère s'éloigner d'elle, obéissant à une urgence personnelle qu'Amy ne partageait pas, ne comprenait pas – il était arrivé quelque chose de terrible –, plus fortement elle ressentait sa présence. Un calme profond s'emparait d'elle, elle observait la scène avec un sentiment de détachement, sachant que ces événements, s'ils semblaient bel et bien se dérouler dans le présent, s'étaient en réalité produits longtemps auparavant. Elle les vivait pour la première fois en même temps qu'elle se les remémorait – elle était à la fois actrice et spectatrice –, avec la présence anormale de Wolgast tel qu'elle le découvrait à présent, assis au bord du lit, sa mère n'étant plus là. Il portait un costume sombre et une cravate, il était pieds nus. Il regardait comme distraitement ses mains jointes devant lui. *Voici l'église,* entonnait-il en croisant les doigts, sauf les index, *et voici le clocher. Ouvre la porte* (il écartait les pouces, révélant ses doigts qui bougeaient), *tu vois les gens. Salut, Amy.*

— Salut !

Je suis désolé, j'étais parti. Tu m'as manqué.

— Toi aussi, tu m'as manqué.

L'espace autour d'eux s'était modifié, la pièce s'était dissipée, laissant place à une obscurité dans laquelle ils étaient seuls tous les deux, comme deux acteurs sur une scène éclairée par un projecteur.

Quelque chose est en train de changer.

— Oui, je le pense aussi.

Amy, il va falloir que tu ailles vers lui.

— Vers qui ? Vers qui devrai-je aller ?

Il est différent des autres. Je l'ai vu la première fois que j'ai posé les yeux sur lui. Un verre de thé glacé, c'est tout ce qu'il voulait, pour se rafraîchir dans la chaleur. Il aimait cette femme de tout son cœur. Mais tu le sais aussi, n'est-ce pas, Amy ?

— Oui.

« Un océan de temps », c'est ce que je lui ai dit. « C'est ce que je peux vous donner, Anthony, un océan de temps. » Une soudaine amertume assombrissait son visage. *J'ai toujours détesté le Texas, tu sais.*

Il ne l'avait pas encore regardée ; Amy sentait que la conversation ne l'exigeait pas, et ne le permettait pas.

J'étais en train de repenser au Camp, reprenait-il. *Nous deux, en train de lire ensemble, de jouer au Monopoly. Manhattan Plaza, Rockefeller Center, Carnegie Hall. Tu gagnais toujours.*

— Je crois que tu me laissais gagner.

Il avait un petit rire. *Non, c'était toujours toi qui gagnais, à la loyale. Et Jacob Marley.* Un chant de Noël, *c'était ton livre préféré. Je pense que tu l'avais appris par cœur. Tu te souviens ?*

— Je me souviens de tout. Du jour où il a neigé. On avait fait des anges de neige.

« Il portait les chaînes qu'il s'était forgées dans la vie. » Wolgast fronça les sourcils, manifestant une soudaine perplexité. *C'était une histoire tellement triste.*

Le fleuve, pensait Amy. Le grand fleuve tumultueux du passé.

Pour moi, les choses auraient pu durer toujours. Wolgast leva les yeux au ciel, et dit aux ténèbres : *Tu vois, Lila ? Voilà ce que je voulais. Voilà ce que j'avais toujours voulu.* Et puis : *Amy, tu sais... tu connais cet endroit ?*

— Je ne crois pas qu'il existe. Je crois que je suis en train de dormir.

Il accueillait sa réponse avec un petit hochement de tête. *Oui. Tu as raison. Maintenant que tu le dis, ça me semble tout à fait plausible.* Il inspirait profondément, laissait doucement s'échapper l'air de ses poumons. *C'est étrange. Il y a tant de choses dont je ne garde aucun souvenir. C'est comme ça, tu sais. Comme si on ne pouvait conserver qu'une toute petite partie de soi. Mais ça s'éclaircit, maintenant.*

— Tu me manques, papa.

Je sais bien, ma chérie. Toi aussi, tu me manques, tu ne peux pas savoir à quel point. Je crois que je n'ai jamais été plus heureux que quand j'étais avec toi. J'aurais voulu pouvoir te sauver, Amy.

— Mais tu l'as fait. Tu m'as sauvée.

Tu n'étais qu'une petite fille seule au monde. Je n'aurais jamais dû les laisser te prendre. J'ai essayé, mais pas assez. C'est le vrai test, tu sais. C'est la vraie mesure d'une vie d'homme. J'avais toujours trop peur. J'espère que tu me pardonneras.

Une vague de chagrin déferlait en elle. Elle aurait tellement voulu le consoler, le serrer dans ses bras. Mais elle savait que si elle essayait, si elle se rapprochait ne serait-ce que d'un pas, le rêve se dissiperait, et elle serait à nouveau toute seule.

— Mais je te pardonne. Bien sûr que je te pardonne. Il n'y a rien à pardonner.

Il y a tant de choses que je ne t'ai jamais dites. Il regardait intensément ses mains. *Au sujet de Lila, et d'Eva. Notre petite fille à nous. Tu lui ressemblais tellement.*

— Tu n'avais pas besoin de me le dire, papa. Je le savais, je le savais. Je l'ai toujours su.

Tu as comblé mon cœur, Amy. C'est ce que tu as fait pour moi. Tu as rempli la place où se trouvait Eva. Et moi, je n'ai pas pu te sauver, pas plus que je n'ai pu la sauver.

Comme sous l'effet de ses paroles, l'image de la pièce commençait à reculer, et la distance entre eux deux s'allongeait. Un soudain désespoir s'emparait d'elle.

C'est bon de se remémorer tout cela avec toi, Amy. Si ça te convient, je pense que je vais rester ici un moment.

Il la quittait, image télescopique qui s'éloignait, toujours plus.

— Papa, je t'en prie. Ne t'en va pas.

Ma brave petite fille. Ma brave Amy. Il t'attend. Il t'a attendue tout ce temps, dans le vaisseau. Les réponses sont là-bas. Le moment venu, il faudra que tu ailles vers lui.

— Quel vaisseau ? Je ne connais aucun vaisseau.

Mais ses questions restaient sans réponse, le rêve s'estompait, Wolgast disparaissait progressivement. Il était à la limite extrême des ténèbres qui l'enveloppaient.

— Je t'en prie, papa ! s'écriait-elle. Ne me quitte pas. Je ne sais pas quoi faire.

Enfin, il tournait la tête vers elle et son regard se posait sur elle. Lumineux, brillant, il lui perçait le cœur.

Oh, Amy, je ne pense pas que je te quitterai un jour.

25.

Camp Vorhees, ouest du Texas
QG ouest de l'expéditionnaire

Le lieutenant Peter Jaxon, vétéran décoré lors de trois campagnes et dont on se racontait les exploits, avait parfois l'impression que sa vie s'était arrêtée.

Il attendait les ordres, il attendait la bouffe, il attendait pour aller aux latrines. Il attendait que le temps s'arrange, et comme il ne s'arrangeait pas, il continuait à attendre. Les armes, les outils, le ravitaillement, les nouvelles – il attendait tout ça. Il attendait pendant des jours, des semaines, parfois des mois, comme si son passage sur terre avait été voué à l'attente, comme s'il avait été une machine à attendre faite homme.

En ce moment même, il attendait.

Aucun doute, il se passait quelque chose d'important sous la tente de commandement. Apgar et les autres étaient restés enfermés toute la matinée. Peter avait commencé à craindre le pire. Depuis des mois, tout le monde entendait les rumeurs, une sorte de grondement dans les collines, au-dessus de leurs têtes : si le commando n'en tuait pas un très vite, la traque serait abandonnée.

Cinq ans s'étaient écoulés depuis qu'il était parti à cheval dans les montagnes, avec Amy. Cinq années qu'il avait passées à traquer les Douze. Cinq années sans rien à montrer au bout du compte.

Houston, d'où venait Anthony Carter, le sujet numéro douze, aurait été le point de départ logique si l'endroit n'avait été un marécage impénétrable. De même que La Nouvelle-Orléans, le foyer du numéro cinq, Thaddeus Turrell. Tulsa, Oklahoma, d'où Rupert Sosa était originaire, n'avait rien rapporté, qu'un désastre : la ville était un champ de ruines, grouillant de dracs ; ils avaient perdu seize hommes avant de réussir à s'échapper.

Il y en avait d'autres : Jefferson City, dans le Missouri, Oglala, dans le Dakota du Sud, Everett, dans l'État de Washington, Bloomington, dans le Minnesota, Orlando, en Floride, Black Creek, dans le Kentucky, les chutes du Niagara, dans l'État de New York. Tous très éloignés, et inaccessibles, à des kilomètres et des années de distance. Peter avait collé à l'intérieur de la porte de son casier une carte sur laquelle il avait entouré à l'encre chacun de ces endroits. Les fiefs des Douze. Tuer l'un des Douze, c'était tuer ses descendants, libérer leur esprit et leur permettre d'effectuer le voyage vers la mort. C'est ce qu'il avait découvert quand Lacey avait fait exploser la bombe qui avait tué Babcock, le sujet numéro un, et ce qu'Amy lui avait montré, en sortant de la cabane de Lacey dans le champ de neige, où la Multitude s'était exposée au soleil pour mourir.

« Tu es Smith, tu es Tate, tu es Dupree tu es Erie Ramos Ward Cho Singh Atkinson Johnson Montefusco Cohen Murrey Nguyen Elberson Lazaro Torres... »

À ce moment-là, ils formaient un groupe de dix. Ils n'étaient plus que six à présent. Le frère de Peter avait disparu, et Maus, et Sara aussi. Des cinq d'entre eux qui s'étaient retrouvés à la garnison de Roswell, les seuls survivants étaient Hollis et Caleb – Bébé Caleb, sauf que ce n'était plus un bébé. Il était à l'orphelinat de Kerrville, où il était élevé par les sœurs. Quand les viruls avaient enfoncé les défenses du camp de Roswell, Hollis s'était réfugié avec Caleb dans l'un des caissons. Theo et Maus étaient déjà morts. Personne ne savait ce qui était arrivé à Sara. Elle avait disparu au cours des combats. Hollis avait eu beau chercher son corps après, il ne l'avait pas retrouvé. La seule explication était qu'elle avait dû être emportée.

Les années avaient dispersé les autres comme le vent. Michael était opérateur de première classe à la raffinerie de Freeport. Greer, qui les avait rejoints dans le Colorado, était en prison. Il avait pris six ans pour avoir déserté son poste de commandement. Et qui pouvait dire où était Hollis ? Anéanti par la mort de Sara, l'homme qu'ils connaissaient et aimaient comme un frère avait été entraîné par le chagrin dans les bas-fonds de la ville, le sombre monde du trafic. Peter avait entendu dire qu'il avait grimpé dans la hiérarchie et serait devenu l'un des plus proches lieutenants de Tifty. Du groupe de départ, seuls Peter et Alicia avaient participé à la traque.

Et Amy. Ah, Amy...

Peter pensait souvent à elle. Elle avait plus ou moins l'air de ce qu'elle avait toujours été – une fille de quatorze ans, et pas de cent trois ans, son âge réel –, mais il y avait eu bien du changement depuis leur première rencontre. La Fille de nulle part, qui ne parlait que par énigmes, et encore, très peu, n'existait plus. Elle avait laissé place à une personne beaucoup plus présente, plus *humaine.* Elle parlait souvent de son passé, de ses années de solitude, d'errance, et de ses premiers souvenirs, qui remontaient au temps d'Avant : de sa mère, de Lacey, d'un camp dans les montagnes et de l'homme qui l'avait sauvée. Brad Wolgast. Pas son vrai père, disait-elle, celui-là, Amy n'avait jamais su qui il était, mais un père quand même. Quand elle parlait de lui, on lisait un profond chagrin dans son regard. Peter avait compris sans avoir besoin de le lui demander que Wolgast était mort en la protégeant, et que c'était une dette dont elle ne pourrait jamais s'acquitter, même si elle y consacrait sa vie – cette vie infinie, d'une durée incommensurable.

Elle était avec Caleb maintenant, parmi les sœurs, car elle avait revêtu la chasuble grise de l'ordre. Peter ne pensait pas qu'Amy partageait leur foi – les sœurs formaient une bande de femmes plutôt austères, et professaient une chasteté morale et physique qui reflétait leur conviction de vivre les derniers temps de l'humanité –, mais cette tenue lui convenait on ne peut mieux. Après ce qui s'était passé à la Colonie, ils étaient tous convenus qu'en dehors du commandement, mieux valait que personne ne sache qui elle était véritablement, ni de quel pouvoir elle était dotée.

Peter alla au mess, où il resta une heure, à tuer le temps. Son peloton, vingt-quatre hommes, venait de rentrer d'une mission de repérage à Lubbock, en quête de tout ce qui était récupérable. Ils avaient eu de la chance : non seulement leur mission s'était déroulée sans incident, mais encore ils avaient fait une belle trouvaille, une décharge de vieux pneus. Dans un jour ou deux, ils retourneraient avec un camion en chercher autant qu'ils pourraient et les rapporteraient à l'usine de vulcanisation de Kerrville.

Les hauts gradés étaient sous la tente depuis des heures. De quoi pouvaient-ils bien parler ?

Ses pensées dérivèrent à nouveau vers la Colonie. Bizarre : il n'y pensait pas pendant des semaines, voire des mois, et puis, inopinément, tous ces souvenirs lui revenaient à l'esprit. Il avait maintenant l'impression que les événements qui avaient précipité son départ étaient arrivés à quelqu'un d'autre – pas au lieutenant de l'expéditionnaire, ni même au garde à Part entière de la Colonie, mais à une espèce d'homme-enfant dont l'imagination était circonscrite au minuscule territoire qui délimitait toute sa vie. Avec quelle énergie il avait entretenu le complexe d'infériorité qu'il exprimait par sa rivalité mesquine avec son frère, Theo ! Il pensait avec une fierté nostalgique à ce que son père, le Grand Demitrius Jaxon, chef de la Maisonnée, capitaine des Longues Chevauchées, lui aurait dit en cet instant : *Tu as bien agi. Tu les as affrontés. Je suis fier de t'appeler mon fils.* Et pourtant Peter aurait échangé tout cela contre une heure, une seule heure de plus en compagnie de Theo.

Et chaque fois qu'il regardait Caleb, c'était son frère qu'il voyait.

Satch Dodd vint s'asseoir à sa table. Officier subalterne, comme Peter, Satch était encore un petit enfant – c'était le plus jeune survivant – lorsque s'était produit le massacre du Champ au cours duquel toute sa famille avait été tuée. Il n'y faisait jamais allusion, mais l'histoire était bien connue.

— Une idée de ce qui se trame ? demanda Satch.

Il avait un visage rond, juvénile, et affichait un air perpétuellement sérieux.

Peter fit signe que non. Puis :

— Vous avez fait une bonne pêche, à Lubbock.

— Ce ne sont que des pneus.

En réalité, ils avaient la tête ailleurs, et bavardaient pour combler le vide.

— Des pneus, c'est toujours des pneus. On peut difficilement s'en passer.

L'équipe de Satch allait partir dans la matinée pour Midland, à cent cinquante kilomètres de là. C'était un sale boulot. L'endroit était un cloaque où bouillonnait encore le pétrole d'anciens puits qui n'avaient jamais été bouchés.

— Je vais te dire ce que j'ai entendu, reprit Satch. L'Autorité civile procède à des études pour voir si oui ou non certains de ces vieux puits ne pourraient pas être remis en service, en prévision du moment où les réserves seront à sec. Je ne serais pas surpris qu'on nous envoie bientôt en garnison là-bas.

Peter fut étonné. Il n'avait jamais envisagé cette possibilité.

— Je pensais qu'on avait assez de pétrole à Freeport pour tenir le coup éternellement.

— Il y a éternité et éternité. En théorie, ouais, on a tout le brut qu'on veut ici. Mais tout finit inévitablement par s'épuiser... Tu n'as pas un ami qui bosse dans une raffinerie ? L'un des membres de votre groupe de Californie ?

— Michael.

Satch secoua la tête d'un air rêveur.

— Venir à pied de Californie... c'est l'histoire la plus dingue que j'aie entendue de ma vie.

Il posa les mains à plat sur la table et se leva.

— Tu me diras si tu as des nouvelles des grands chefs, hein ? Mais je te parie qu'ils vont tous nous expédier à Midland, patauger dans les boues d'hydrocarbure, et ça ne va pas traîner.

Il repartit, abandonnant Peter, lequel se dit que les paroles de Satch ne risquaient pas de lui remonter le moral, au contraire. Une demi-douzaine de jeunes recrues entrèrent dans le mess avec aux pieds leurs grosses galoches, et parlant entre eux avec la familiarité brute de décoffrage des hommes qui venaient chercher leur pitance. Peter aurait apprécié un peu de compagnie, pour se changer les idées, mais lorsqu'ils se mirent à la recherche d'une table, aucun n'eut un regard dans sa direction. La conjugaison de la barrette d'argent terni qu'il arborait au col et de sa tête d'enterrement faisait office de repoussoir.

De quoi les officiers supérieurs pouvaient-ils bien parler ?

D'abandonner la traque ? C'était impensable ! Depuis cinq ans, Peter n'avait quasiment pas pensé à autre chose. Il s'était engagé dans l'expéditionnaire juste après Roswell, comme beaucoup d'hommes. Pour chacun de ceux qui avaient trouvé la mort cette nuit-là, il y avait un ami, un frère ou un fils qui avait pris sa place. Ceux qui n'étaient motivés que par la soif de vengeance avaient tendance à perdre le feu sacré rapidement, ou à se faire tuer. Il fallait avoir une motivation plus puissante, et Peter ne se faisait pas d'illusions sur lui-même ; la hargne vengeresse n'était pas étrangère à sa résolution. Mais les racines de son engagement remontaient à plus loin. Toute sa vie, depuis le temps des Longues Chevauchées, il avait eu envie de faire partie de quelque chose, d'une cause qui le dépasserait. Il l'avait senti au moment où il avait prêté le serment qui l'attachait à ses compagnons ; sa cause, son destin, sa personne étaient maintenant liés aux autres. Il avait craint de perdre un peu de lui-même d'une certaine façon, de voir son identité se dissoudre dans la collectivité, et c'était le contraire qui était arrivé. De tout cela, il ne pouvait plus parler maintenant que Theo et les autres avaient disparu, mais quand il avait rejoint l'expéditionnaire il s'était senti plus vivant qu'il ne l'avait jamais été. En regardant les soldats manger, rire et plaisanter tout en s'enfournant des haricots dans la bouche comme si ce devait être le dernier repas de leur vie, il repensait avec envie à ces premiers jours.

Parce qu'en cours de route, la flamme l'avait abandonné. Des combats avaient été livrés, des hommes étaient morts, des territoires avaient été récupérés et reperdus, et rien de tout cela ne paraissait plus vouloir dire grand-chose, le sens lui en avait lentement échappé. Le lien qui l'unissait à ses hommes demeurait ; c'était une force aussi contraignante que la gravité, et il se serait sacrifié pour n'importe lequel d'entre eux sans une hésitation, tout comme, il en était fermement convaincu, ils l'auraient fait pour lui. Mais il lui manquait quelque chose, sans qu'il puisse vraiment dire quoi. Il savait ce qu'Alicia lui aurait dit : *Tu es fatigué, c'est tout. Nous sommes engagés pour un bail. Ça arrive à tout le monde. Patience !* Ce n'était pas faux, mais il y avait encore autre chose.

Finalement, incapable d'en supporter davantage, Peter quitta la tente et traversa le campement. Il n'avait besoin que d'un prétexte pour entrouvrir la porte ; avec un peu de chance, ils le laisseraient entrer, et il pourrait peut-être avoir une petite idée de ce qu'ils mijotaient.

Il n'eut même pas besoin de se donner cette peine. Il approchait de la tente quand le rabat s'ouvrit à la volée devant le commandant Henneman, l'aide de camp du colonel. Un homme bien découplé, avec des cheveux blonds, coiffés en brosse, et des dents de travers qu'il dévoilait quand il souriait – ce qui n'arrivait jamais.

— Ah, Jaxon ! J'allais justement vous chercher. Venez.

Peter entra dans la tente et s'arrêta pour laisser à sa vue le temps de s'adapter à la pénombre. Tout l'état-major était assis autour de la grande table, les commandants Lewis et Hooper, les capitaines Rich, Perez et Childs, le colonel Apgar, l'officier chargé de la force d'intervention – ainsi qu'une autre personne.

— Salut, Peter.

Alicia.

— J'ai pu repérer deux entrées, là et là, dit Alicia.

L'attention générale était rivée sur la table, où était étalée une carte intitulée « Bureau des études géologiques des États-Unis, sud du Nouveau-Mexique ». À côté était dépliée une seconde carte, plus petite, aux couleurs passées : « Service des parcs nationaux, grottes de Carlsbad ».

— L'entrée principale de la grotte fait près de trois cents mètres de largeur. Impossible de l'obstruer, même avec les plus puissants explosifs à notre disposition, et de toute façon le terrain est trop accidenté pour monter jusque là-haut avec des engins de nettoyage.

— Alors, que proposez-vous ? demanda Apgar.

— De l'emprisonner à l'intérieur.

Elle indiqua un autre point sur la carte.

— J'ai repéré une seconde issue, environ cinq cents mètres plus loin. C'est un ancien puits de mine, avec un monte-charge. Martínez doit être quelque part entre ces deux entrées. Si on fait sauter une charge explosive au fond de l'entrée principale, à l'intérieur du tunnel qui mène vers le puits de mine, ça devrait l'attirer vers la base de l'ascenseur, où on postera un homme, un seul, pour l'intercepter avant la sortie.

— Un seul homme, répéta Apgar. C'est-à-dire vous.

Alicia hocha la tête.

Le colonel se cala au dossier de son fauteuil. Tout le monde retint son souffle.

— Je voudrais que vous me compreniez bien, lieutenant. Je sais de quoi vous êtes capable. Nous le savons tous. Mais si cette chose ressemble à celle que vous avez vue dans le Nevada, ça me fait l'effet d'être une mission suicide.

— Y aller à plusieurs ne ferait que me ralentir.

Il fronçait les sourcils d'un air sceptique.

— Et vous êtes sûre que Martínez est en bas, quelque part ?

— Ça se tient, mon colonel. Babcock utilisait aussi une grotte. Et El Paso n'est qu'à cent cinquante kilomètres de Carlsbad. Il est chez lui.

Apgar réfléchit un instant.

— Je suis d'accord, le schéma colle, mais comment pouvez-vous en être si certaine ?

Alicia hésita.

— Je ne peux pas vraiment l'expliquer, colonel. Je le sais, c'est tout.

Peter était assis tout au bout de la table.

— Puis-je dire un mot, mon colonel ?

Apgar jeta un regard résigné sur lui.

— C'est bon, Jaxon, allez-y. Nous savons déjà ce que vous allez dire, mais dites-le quand même.

— Je suis la seule autre personne ici qui ait vu l'une de ces créatures. Je me fie au jugement du lieutenant Donadio. Si elle dit que Martínez est au fond, eh bien, il est au fond.

— Nous sommes tous au courant de votre histoire, lieutenant. Il n'empêche que nous nous fondons là sur une simple intuition. Je ne me sens pas de risquer la vie de qui que ce soit à moins d'en avoir la certitude.

— Alors peut-être qu'il y a un autre moyen. Tous les sujets de l'expérience étaient munis d'une puce, comme Amy. On pourrait utiliser le signal pour le localiser.

— J'y ai déjà pensé. Il n'y a qu'un problème : les ondes radio ne peuvent pas traverser la roche. Comment vous proposez-vous de détecter un signal à plus de trois cents mètres sous terre ?

— Nous ne le détecterions pas de la surface, mais de l'intérieur de la grotte.

Peter indiqua la carte.

— Je reprends l'idée d'Alicia de positionner une charge explosive dans la galerie, au fond de l'entrée principale. Ça devrait suffire à attirer l'attention de Martínez. La charge serait connectée à la base de l'entrée principale par liaison radio, ce qui permettrait de la déclencher à une distance de sécurité. Appelons cette équipe le « commando bleu ».

Apgar hocha la tête.

— Jusque-là, je vous suis.

— Bon, mais au lieu d'envoyer un seul et unique homme en bas de la cage d'ascenseur pour intercepter Martínez sur le chemin de la sortie, je suggère d'en envoyer deux, avec un radiogoniomètre. Disons qu'il s'agit du « commando rouge ». Celui-ci commence par déposer près du fond du puits une deuxième charge explosive, déclenchée par minuterie, avec un retardateur réglé sur quinze secondes par exemple. Le premier homme entre dans la grotte et localise Martínez à l'aide du radiogoniomètre tandis que le second tient la position au pied de l'ascenseur. Tout le problème consistant à établir des lignes de visée afin de maintenir le contact radio avec la surface, ce sera le rôle du second homme, qui fera office de relais. Ils formeront une chaîne humaine : l'homme numéro un sera en liaison radio avec le numéro deux, qui sera en contact avec l'homme positionné en haut du puits, le numéro trois, lui-même en contact avec le commando bleu. De cette façon, tous les éléments de l'opération seront coordonnés, il n'y aura pas de discontinuité.

— Certes, mais je vois déjà le problème, lieutenant. C'est un labyrinthe en bas. Et si la liaison est interrompue entre les numéros un et deux ? Tout le dispositif s'effondre.

— C'est un risque, mais il n'y a pas de raison qu'ils perdent le contact, tant que le premier homme ne se risque pas au-delà de ces trois bifurcations.

Peter les leur montra sur la carte.

— De là, nous n'aurons pas une vue complète sur la grotte, mais nous devrions pouvoir en surveiller la majeure partie.

— Continuez.

— Donc nous mettons les deux charges en place, l'homme numéro un va chercher Martínez, le numéro deux attend, aux aguets. Après cela, ce n'est qu'une question de timing. Le numéro un localise Martínez, il envoie le message radio au numéro deux, qui le transmet à la surface. Le commando bleu fait sauter la grotte. Ça met Martínez en rogne. Le numéro un remonte en vitesse vers le puits, l'attirant vers l'ascenseur. Le numéro deux déclenche la minuterie. Ils remontent, la seconde charge saute, fin de l'histoire pour Martínez.

Il claqua des doigts.

— Simple comme bonjour.

Apgar marqua un instant de réflexion.

— Ça ne nous laisse pas beaucoup de marge d'erreur. Je sais que Donadio est rapide, mais quinze secondes, c'est bien peu pour dégager avant l'explosion. Je ne suis pas sûr que nous puissions treuiller qui que ce soit aussi vite.

— Ce ne sera pas nécessaire. Le puits proprement dit offrira une protection suffisante. Une quinzaine de mètres devrait suffire.

— Rien que par souci de clarté : vous parlez d'utiliser le numéro un comme appât.

— Affirmatif, mon colonel.

— On dirait que vous avez déjà fait ça auparavant.

— Pas moi. Sœur Lacey.

— Votre nonne mystique.

— Lacey était beaucoup plus que cela, mon colonel.

Apgar joignit le bout de ses doigts, jeta un coup d'œil à la carte et releva les yeux sur Peter.

— Le numéro un sera Donadio, manifestement. Une idée de qui pourrait être l'autre candidat au suicide ?

— Oui, mon colonel. J'aimerais me porter volontaire.

— Pour une surprise ! ironisa Apgar avant de se tourner vers les autres. Quelqu'un veut participer à l'opération ? Hooper ? Lewis ?

Les deux hommes acceptèrent.

— Donadio ?

Elle jeta un coup d'œil à Peter – *Tu es sûr de vouloir faire ça ?* – et acquiesça d'un bref hochement de tête.

— Je marche, colonel.

Une brève pause, suivie d'un soupir résigné.

— C'est bon, lieutenant. C'est vous qui menez la danse. Henneman, vous pensez que deux pelotons devraient suffire ?

— Je crois, mon colonel.

— Briefez le lieutenant Dodd et montez un détachement pour équiper les caissons. Et occupons-nous de ce radiogoniomètre. Je voudrais que nous soyons en mesure de passer à l'action sous quarante-huit heures.

Après un nouveau regard à Peter, Apgar reprit :

— C'est votre dernière chance de changer d'avis, lieutenant.

— Pas question, mon colonel.

— C'est bien ce que je pensais. Très bien, ajouta-t-il en parcourant la pièce du regard. Nous allons montrer au commandement de quel bois nous sommes faits, et tuer ce salopard.

Deux nuits plus tard, ils établirent le campement au pied de la montagne : deux caissons mobiles, vingt-quatre hommes dormant sur des couchettes superposées. Ils se réveillèrent à l'aube pour préparer l'ascension. La poussière, autour des caissons, était zébrée de traces laissées par les visiteurs nocturnes, attirés par l'odeur des deux douzaines de proies endormies, festin magnifique qui leur était refusé par les parois d'acier. La montagne était trop abrupte et le chemin trop sinueux pour quelque véhicule que ce soit. Tout le matériel devrait être transporté à dos d'homme. Sans la protection des caissons au sommet de la montagne, ils n'auraient pas de seconde chance. Dans la lumière vive du matin, les termes de leur mission étaient définis en lignes bien nettes : trouver Martínez et le tuer, ou mourir dans le noir.

Henneman était officier supérieur – une anomalie. Il s'aventurait rarement hors des murs de la garnison. Mais il avait conquis cette relative sécurité et gagné ses galons, au fil des ans, en faisant le baroud. Tulsa, La Nouvelle-Orléans, Kearney, Roswell –, il avait gravi tous les échelons de la hiérarchie sur une échelle ruisselante du sang des combats. Personne ne doutait de sa valeur, et sa présence était significative. Peter mènerait un commando et Dodd l'autre. Alicia était Alicia : l'éclaireuse, la tireuse d'élite, la chose étrange, celle qui ne s'intégrait pas tout à fait, et qui donnait généralement l'impression de ne rendre de comptes à personne. Tout le monde savait de quoi elle était capable, et en même temps elle mettait les hommes un peu mal à l'aise. À la connaissance de Peter, ils n'en parlaient jamais – en tout cas pas en sa présence –, et pourtant leur gêne était évidente à voir la façon dont ils gardaient leurs distances et les coups d'œil prudents qu'ils lui lançaient, comme s'ils n'arrivaient pas vraiment à soutenir son regard. Elle faisait le lien entre l'humain et le virul, elle se situait quelque part entre les deux, mais où exactement ?

Ils se mirent en route juste après l'aube. C'était une course contre la montre : ils devaient mettre les charges en place et prendre eux-mêmes position avant le coucher du soleil. La nuit froide du désert avait laissé place à un soleil implacable qui leur avait d'abord rôti le dos, puis les épaules, et enfin le crâne. Ils n'avaient pas le temps de faire une halte. Ils se passaient les rations le long de la file tout en grimpant. Alicia menait la marche, revenant parfois en arrière pour s'entretenir avec Henneman et les autres. Ils arrivèrent à l'entrée de la grotte à la fin de l'après-midi.

— Eh bien !... Vous disiez vrai, fit le commandant.

Ils se tenaient devant l'ouverture. Le soleil dardait ses rayons vers l'intérieur, mais il ne plongeait pas très loin ; au-delà, la caverne ouvrait sa gueule ténébreuse. L'amphithéâtre, avec ses bancs de pierre incurvés, séparés par des creux remplis de feuilles mortes et d'autres débris, les interloqua : si un public s'asseyait là, que regardait-il ? Des rambardes de métal encadraient une piste qui décrivait une courbe et redescendait vers le fond de la grotte. Ils n'avaient plus que trois heures de jour devant eux.

Ils revirent leur plan une dernière fois. L'équipe de Dodd allait installer les charges explosives au fond de la grotte. D'après la carte d'Alice, la piste descendait à une soixantaine de mètres de profondeur, avant de céder la place à une étroite galerie, sur cent mètres, puis à la première d'une succession de vastes salles. Les explosifs devaient être installés dans la galerie, reliés à un détonateur radio, visible depuis l'entrée de la caverne. L'explosion devait provoquer dans la galerie une onde de choc dont la puissance destructrice serait amplifiée par l'exiguïté du boyau, projetant – en théorie – tout ce qui se trouvait au fond vers la cage d'ascenseur, laquelle était posée en bas, à deux cents mètres de profondeur, et maintenue par ses contrepoids, situés en haut. Une fois les charges mises en place, les hommes de Dodd seraient treuillés vers la surface, après quoi Peter et Alicia amorceraient leur descente par le même moyen.

Dodd et son équipe s'engagèrent dans la grotte. Quinze minutes plus tard, Dodd envoya un signal radio depuis le fond. Ils étaient arrivés à l'embouchure du tunnel.

— Ça fout vraiment la trouille, confia-t-il. Il faut le voir pour le croire.

Ils le verraient bien assez tôt. L'équipe de Dodd avait cent mètres de câble à relier au détonateur de la charge explosive. Cinq minutes de silence s'ensuivirent, et puis la voix de Dodd annonça que la bombe et le câble étaient en place ; son équipe avait amorcé sa remontée. Peter et Alicia attendaient en haut de la cage d'ascenseur, située à cinq cents mètres de là, dans un bâtiment qui hébergeait jadis les bureaux du parc. Le treuil avait été installé. Il était dix-sept heures. Ils n'avaient plus beaucoup de temps devant eux.

La voix de Dodd, à la radio :

— Commando bleu, allez-y.

Alicia et Peter bouclèrent leur harnais, Henneman leur souhaita bonne chance. Ils restèrent un instant suspendus en haut du puits, appliquèrent une poussée sur le rebord et se laissèrent tomber dans l'obscurité. Des tubes fluorescents portatifs fixés à leur blouson baignaient les parois d'une lueur jaunâtre. Peter avait l'esprit clair et tous les sens en éveil. Il existait une forme de peur qui dopait l'esprit et aiguisait la conscience, la peur qu'il éprouvait était de cette nature. La température tombait vite, ils commençaient à avoir la chair de poule. Trente mètres, soixante, cent, ils descendaient rapidement, soutenus par leur harnais. Les câbles de l'ascenseur défilaient à toute allure. Une forme sombre émergea en dessous d'eux : la cabine. Les câbles étaient boulonnés à une plaque, sur le toit. Ils s'y posèrent avec un choc sourd.

— Commando rouge, contact établi.

Alicia souleva la trappe et ils se laissèrent tomber dans la cabine. Les portes étaient restées ouvertes. L'espace qui s'étendait au-delà donnait une impression d'immensité, comme s'ils se trouvaient à l'entrée d'une cathédrale. Dans l'air humide et froid planaient une forte odeur de terre et de vagues relents d'urine. Ils balayèrent le vide avec le rayon lumineux de leur fusil. Dans leur faisceau, les ténèbres infinies révélaient d'étranges formes à l'air organique.

— Dracs ! Vise un peu ça, souffla Alicia.

Elle avait enlevé ses lunettes ; elle était dans son élément en ce lieu, cette zone de nuit permanente. À la lueur des tubes fluorescents, elle s'agenouilla et préleva deux objets dans son sac à dos. D'abord, la charge explosive – huit bâtons de plastic reliés à une minuterie mécanique – qu'elle déposa prudemment sur le sol de la grotte. Ensuite, le radiogoniomètre, un petit objet compact pourvu d'une antenne directionnelle et d'un mesureur de puissance réglé pour détecter un signal de mille quatre cent trente-deux mégahertz. Elle actionna l'interrupteur et s'écarta de la cabine, tenant le radiogoniomètre devant elle pour balayer l'espace environnant. L'appareil commença à émettre un bip faible mais régulier, comme une sorte de pulsation. Le détecteur s'anima.

— Je l'ai.

Peter envoya l'information vers la surface : la cible était localisée. Il n'avait aucune raison de mettre en doute les intuitions d'Alicia, mais tout à coup la situation avait acquis une réalité plus concrète. Quelque part dans ces cavernes sans fond, Julio Martínez, le numéro dix des Douze, les attendait.

— Dites à Todd de se tenir prêt et d'attendre mon signal, ajouta Peter.

— Bien reçu, répondit Henneman. Vigilance, vigilance, lieutenants !

Le moment était arrivé. Peter et Alicia échangèrent un dernier long regard. Une fois de plus, ils étaient là, tous les deux, au bord du précipice. Les paroles étaient inutiles, tout avait été dit. Ils ne pouvaient exister l'un sans l'autre, et pourtant la distance qui les séparait était infranchissable. Ils étaient ce qu'ils étaient – des soldats en guerre. Ce lien transcendait tous les autres, à l'exception d'un seul, d'une unique chose qui n'existerait jamais entre eux. Alicia portait ses éternelles cartouchières croisées sur la poitrine, mais elle avait troqué son arbalète pour un fusil d'assaut M4 doté d'un gros tube lance-grenades fixé sous le canon. Martínez ne pouvait compter sur sa clémence, ni espérer recevoir une dernière bénédiction.

— Allez, à plus !

Elle disparut dans les ténèbres.

À l'embouchure de la caverne, le peloton de Satch Dodd avait formé une ligne de feu le long de la première rangée de l'amphithéâtre. Le ciel au-dessus d'eux avait commencé à s'assombrir et, dans le jour finissant, toutes les couleurs prenaient une intensité nouvelle. Dodd tenait le détonateur qui enverrait une décharge de courant le long du câble, jusqu'à la bombe.

Même à cette distance, le vacarme produit serait considérable.

Il ne voulait pas le montrer à ses hommes, mais la descente au fond de la grotte l'avait ébranlé. De toute sa vie, Dodd n'avait jamais vu un endroit pareil – un monde qui n'avait rien de terrestre, fait de formes inconnues, de couleurs étranges et de distorsions, comme si les parois étaient faites de chair fripée. Où que porte le regard, des poches de ténèbres s'abîmaient dans le néant. En s'avançant le long de cette galerie, il avait eu l'impression de descendre dans sa propre tombe. À l'orphelinat, Dodd avait appris ce qu'était l'enfer, un royaume de ténèbres perpétuelles, où les âmes des damnés se tortillaient pour l'éternité dans des souffrances atroces. L'idée l'avait d'abord terrifié, puis quelque chose dans cette affaire lui avait paru un peu incroyable. Il n'était qu'un gamin, mais il avait déjà à l'époque senti que l'enfer n'était qu'une histoire concoctée par les sœurs pour que les enfants se tiennent tranquilles, et pas très éloignée des fables qu'elles leur lisaient pour leur inculquer des leçons de morale simplistes. Son statut de plus jeune survivant du Massacre du Champ lui avait toujours valu un rang un peu à part, un peu au-dessus des autres gamins, comme si cette expérience lui avait, d'une certaine façon, conféré un supplément de sagesse. Ce qui était à côté de la plaque, bien sûr. Il n'avait jamais connu ses parents, il ne souffrait donc pas de leur perte, et il ne gardait absolument aucun souvenir de cette journée. Cependant, flatté par la considération de ses camarades pour le fardeau imaginaire de son chagrin, il en était venu à se voir comme un garçon doté de pouvoirs de perception spéciaux, surtout en ce qui concernait les proclamations mystiques des sœurs. Dieu, d'accord, il voulait bien, cela avait plus ou moins un sens. Et le paradis était une idée agréable à laquelle il était prêt à adhérer, d'autant qu'il ne coûtait rien d'y croire. Mais pour l'enfer, il ne marchait plus, c'était une pure stupidité.

Maintenant, devant l'entrée de la grotte, le détonateur à la main, il n'en était plus si sûr.

L'attente n'était jamais facile. À partir du moment où les coups de feu commençaient à retentir, un sentiment de clarté prenait toujours le relais. On mourait ou non, on tuait ou on était tué, c'était l'un ou l'autre, il n'y avait pas de demi-mesure. On savait où on en était, et pendant ces minutes de violence qui faisaient battre le cœur à se rompre, Dodd se sentait porté par une vague d'adrénaline qui éradiquait virtuellement tout ce que la situation pouvait avoir d'un tant soit peu personnel. Dans le chaos du combat, tout se passait comme si l'homme connu sous le nom de Satch Dodd cessait purement et simplement d'exister, et quand la poussière retombait, et qu'il se découvrait toujours là, il éprouvait une rage de vivre à l'état brut, comme s'il avait été propulsé dans le monde tel un boulet de canon.

Dans l'attente en revanche, on se penchait trop sur soi. Les souvenirs, les doutes, les regrets, les angoisses, tout le champ des possibles et la somme des futurs vous tournaient dans la tête, et ça faisait une sacrée soupe. D'un côté, Dodd était intensément concentré sur la situation – le détonateur qu'il tenait à la main, la présence de ses hommes autour de lui, et le talkie-walkie fixé à son épaule par lequel arriverait l'ordre donné par Henneman de déclencher l'explosion –, et de l'autre, ses pensées ricochaient sous son crâne tout en paraissant observer sa propre personne avec un certain recul. Ce n'est que lorsque Henneman donnerait le signal de faire sauter la bombe que ce sentiment, une espèce de nausée mentale impliquant tout le corps, retomberait, provoquant l'étincelle qui lui permettrait d'agir.

La radio crépita, et puis, la voix du commandant :

— Commando bleu, attention ! Donadio avance.

Quelque chose se tendit en lui, il sentit qu'il revenait au présent.

— Bien reçu.

Le moment était enfin venu.

Deux cents mètres plus bas, dans les cavernes aveugles que des eaux chargées de soufre avaient abandonnées en remontant dans les dépôts de grès fissurés d'un ancien récif, Alicia Donadio avançait en suivant le signal, sûre qu'il émanait de la puce implantée dans le cou de Julio Martínez, l'un des douze condamnés à mort contaminés par le virus créé par le projet Noé à l'aube de la nouvelle ère.

Louise, pensa-t-elle. *Louise.*

À la seconde où ils étaient arrivés au fond de la grotte, ce nom s'était imposé à elle. Ce qui était curieux : d'après les dossiers qu'ils avaient récupérés dans le complexe du projet Noé, Martínez avait été envoyé dans le couloir de la mort pour le meurtre d'un policier, et non pour le viol et l'assassinat d'une femme ; peut-être ce crime n'avait-il jamais été découvert, à moins qu'on ne l'ait jamais relié à l'affaire. Le meurtre du policier, un acte gratuit d'une violence inouïe, Alicia le percevait également, tel un éclair d'une blancheur aveuglante. Chacun des Douze recelait une histoire singulière – l'histoire unique qui était au cœur de son être, son essence véritable, et pour Martínez, cette histoire était Louise.

D'après la carte, deux galeries partaient de la cage d'ascenseur et menaient vers des grottes qui portaient des noms évocateurs de leur grandeur : le Palais du roi, la Chaussée des géants, la Chambre de la reine et, plus simplement, la Grande Salle. Pour conserver le contact visuel avec Peter, et donc la communication avec la surface, Alicia ne pouvait pas aller plus loin que la bifurcation, au bout de chacune des galeries. Au-delà, elle serait livrée à elle-même.

Le Palais du roi, pensa-t-elle. C'était bien son genre.

— Je prends à gauche.

Elle s'engagea dans le boyau. Aussitôt, l'aiguille fit un bond sur le cadran du radiogoniomètre dont le bip-bip s'accéléra. Elle avait vu juste. Elle progressait dans les galeries en sentant croître la pression des tonnes de roche accumulées au-dessus d'elle. Le rayon lumineux de son fusil rasant les parois faisait étinceler des éclats d'une substance brillante incrustée dedans. Il y avait des viruls à cet endroit, une horde gigantesque, tel un trésor enfoui sur lequel régnait Martínez. Alicia le sentait nettement, à chaque pas son image se précisait dans son esprit. Louise, la corde qui se resserrait autour de son cou, les yeux écarquillés par un mélange de terreur et de stupéfaction, mais quelque chose avait changé. À présent, Alicia observait la scène depuis deux directions simultanées : elle regardait Louise et en même temps elle voyait par ses yeux. Comment était-ce possible ? Depuis quand était-elle sur la même longueur d'onde que le monde invisible ? Par les yeux de Louise, elle voyait Martínez. Un homme soigné de sa personne, au visage bien dessiné, aux cheveux argent coiffés en arrière, formant un accroche-cœur délicat sur son front. Un visage humain et à la fois pas tout à fait : derrière ses yeux, il n'y avait pas un individu, il n'y avait qu'un vide dépourvu d'âme. Le plaisir qu'il prenait était animal. Louise n'était rien pour lui. Ce n'était qu'un agencement de surfaces chaudes créées uniquement pour son désir, et pour être anéanties. Son nom était écrit en clair sur sa blouse, et pourtant l'esprit de Martínez ne pouvait relier ce nom à la femme qu'il étranglait tout en la violant, parce que la seule réalité qui existait était la sienne propre. Alicia sentait la terreur de Louise, sa souffrance, et puis quelque chose de plus sombre, quand elle comprenait que la mort était imminente ; sa vie arrivait à son terme, elle mourrait sans que l'univers reconnaisse seulement qu'elle avait existé, et la dernière chose qu'elle sentirait en quittant ce monde était Martínez, qui la violait.

Mais il y avait encore autre chose, un troisième sentiment sous-jacent dans la conscience d'Alicia, une sorte de bourdonnement en fond sonore. Un sentiment d'abandon, de solitude et de désolation, qu'elle ne s'expliquait pas. Elle était arrivée à la bifurcation, un endroit appelé l'Ossuaire. Une forte odeur d'urine l'assaillit, tapissant les muqueuses de sa bouche et de sa gorge. Dans l'air humide, son souffle formait un nuage de buée glacée. Le *bip-bip* du gonio s'était régulièrement accéléré au point de devenir un bruit continu.

Elle sut alors ce qu'elle allait faire. Ce qu'elle projetait depuis le début. Le plan n'était qu'un leurre, une ruse élaborée pour dissimuler son but.

Elle voulait tuer Martínez elle-même. Elle voulait le sentir mourir.

Peter, resté auprès de l'ascenseur, comprit que quelque chose clochait quelques secondes à peine avant qu'Alicia sorte de son champ visuel. Il n'existait pas d'explication rationnelle à cette certitude, elle était issue du silence, d'un sentiment qui trouvait sa source dans la moelle de ses os.

— Liss, reviens !

Pas de réponse.

— Liss, tu me reçois ?

Un crépitement, puis :

— Reste où tu es.

Il y avait quelque chose d'inquiétant dans sa voix. Une sorte de résignation, comme si elle coupait la corde qui la maintenait au-dessus d'un abîme. Avant qu'il ait eu le temps de répondre, la voix d'Alicia se fit à nouveau entendre :

— Je ne plaisante pas, Peter.

Et elle disparut.

Il renvoya le signal radio vers la surface.

— Il y a un problème. Je l'ai perdue.

— Jaxon, maintenez la position !

Elle avait bien parlé de la galerie de gauche ? Oui, celle de gauche.

— Je vais la suivre, annonça-t-il à Henneman.

— Négatif. Restez où vous...

Mais Peter n'entendit pas la suite du message de Henneman. Il était déjà parti.

Au même moment, le lieutenant Dodd venait d'amorcer une ruée sauvage le long de la courbe qui descendait dans la grotte. Il ignorait que la liaison radio avait été interrompue, et que ni Peter ni a fortiori Alicia ne savaient que la bombe, à la base de l'entrée principale, était désarmée – le premier incident d'une cascade d'événements qui ne seraient jamais clarifiés à la pleine et entière satisfaction du commandement. Allez savoir pourquoi – un court-circuit sur la ligne, un défaut mécanique, un caprice du destin –, la surface avait perdu le contact avec le récepteur placé au fond de la grotte. Un ratage de première, hors concours, qui maintenant précipitait Dodd dans la gueule de l'enfer.

La première phase de descente demanda quinze minutes. Ensuite, Dodd prit son élan et dévala le sentier accidenté, sinueux, à toute allure. Il arriva au fond en moins de cinq minutes. Du coin de l'œil, il entrevit un vague mouvement au-dessus de sa tête, accompagné par un piaulement suraigu, mais dans sa hâte, il n'enregistra rien de tout cela. Car si son équipe recevait l'ordre de faire sauter la charge avant qu'il ait réussi à ressortir, ses hommes obtempéreraient, et il périrait dans l'explosion. Il n'avait qu'une idée en tête : arriver au fond, réparer le détonateur, rebrousser chemin et ressortir.

Il était là. Le récepteur. Dodd l'avait laissé sur un rocher plat situé à l'entrée de la galerie. Voilà qu'il gisait par terre, couché sur le côté. Qu'est-ce qui avait pu le renverser ? Dodd se laissa tomber à genoux, à bout de souffle, le visage ruisselant de sueur. Une puanteur épouvantable planait dans l'air. Il prit délicatement l'appareil dans sa main. Le récepteur était muni de deux boutons, un pour armer le détonateur, l'autre pour fermer le circuit et déclencher la mise à feu. Pourquoi ne marchait-il pas ? Puis il comprit que l'antenne s'était détachée, qu'elle s'était repliée en tombant. Il prit un tournevis dans son paquetage.

La voûte de la grotte commença à bouger.

Alicia remarqua d'abord les ossements. Les ossements et l'odeur, pestilentielle, sidérante – une odeur crue, organique, qui rappelait les gaz emprisonnés dans une tombe. Elle fit un pas en avant. Alors que son pied touchait le sol, elle sentit, puis entendit un craquement d'os. Le squelette d'une petite créature. La délicatesse du crâne, son sourire plein de dents minuscules : une espèce de rongeur ? Son champ de vision s'élargit. Le sol était couvert de restes craquants entassés comme des congères qui lui montaient parfois jusqu'aux genoux, voire à la taille.

Où es-tu ? pensa-t-elle. *Montre-toi, espèce d'ordure. J'ai un message de Louise.*

Martínez n'était plus très loin. Elle en était tout près. Pour la première fois depuis bien des années, Alicia connut le goût de la peur, et bien davantage : de la haine. Une force pure, qui animait et imprégnait chaque fibre de son être. Sa vie entière semblait avoir été créée pour ce moment. Martínez était le grand malheur du monde. Elle ne cherchait pas la gloire, même pas la justice, mais la vengeance. Ce n'était pas sa mort qu'elle voulait, mais le tuer elle-même. Et lui dire : *C'est de la part de Louise.* Elle voulait le sentir expirer sous sa propre main.

Viens à moi. Viens à moi.

Des ténèbres, une forme émergea, un éclair de peau blanche dans le rayon de son fusil. Alicia se figea. Bon sang... Elle fit un pas en avant, un second.

C'était un homme.

Une loque humaine, décharnée, qui n'avait que la peau – une peau incolore, presque translucide – sur les os, un squelette ambulant, vieux au-delà de la vieillesse. Il était recroquevillé, nu comme un ver, sur le sol de la grotte. Le faisceau lumineux du fusil d'Alicia passa sur son visage, mais il ne cilla même pas ; ses yeux étaient de pierre, inertes, aveugles. Une chauve-souris se tortillait dans ses mains. La pauvre bête agitait futilement ses longues ailes de cerf-volant, membranes translucides étirées sur l'éventail formé par les os effilés des doigts. L'homme la porta devant sa face et, avec une énergie saisissante, se fourra la petite tête de l'animal dans la bouche. Un couinement d'agonie, étouffé, une dernière vibration des ailes, puis un claquement. L'homme imprima une torsion au corps de la bestiole, arracha la tête et la recracha par terre. Il pressa le corps contre ses lèvres et le téta vigoureusement en se balançant au rythme de ses aspirations, la gorge palpitant d'un doux roucoulement, presque enfantin.

La voix d'Alicia retentit dans l'espace caverneux avec une puissance disproportionnée.

— Mais qui êtes-vous ?

L'homme tendit son visage rigide, aveugle, vers la source du bruit. Il avait les lèvres et le menton ruisselants de sang. Alicia remarqua alors un dessin bleuté sur son cou : un serpent qui rampait vers sa mâchoire.

— Répondez ! Comment vous appelez-vous ?

Un vague soupir, des bulles d'air plus que des mots :

— Ig... Ig...

— Ig ? C'est votre nom, Ig ?

— ... nacio. Ignacio ? articula-t-il péniblement, les sourcils froncés.

Derrière elle se fit entendre un bruit de pas. Elle se retourna d'un bond, et le rayon du fusil de Peter balaya son visage.

— Je t'avais dit d'attendre.

Il était atone, pétrifié par la vision de l'homme ratatiné.

Alicia braqua le canon de son fusil vers la tête de l'homme.

— Où est-il ? Où est Martínez ?

Des larmes coulaient de ses yeux aveugles, et c'est dans un gémissement de douleur qu'il répondit :

— Il nous a quittés. Pourquoi nous a-t-il quittés ?

— Comment ça, il vous a quittés ?

Le bonhomme leva une main tâtonnante vers le fusil d'Alicia, enroula son poing autour et attira le canon contre son front.

— Je vous en prie. Tuez-moi.

Des chauves-souris. Des centaines, des milliers, des millions de chauves-souris. Elles explosèrent du toit de la galerie et de tout l'espace environnant, en une masse compacte, volante, qui submergea tous les sens de Dodd par sa chaleur, sa densité, son vacarme et son odeur. Elles fondirent sur lui comme une vague, l'enveloppèrent dans un tourbillon de pure frénésie animale. Il agita follement les bras dans le vain espoir de les détourner de son visage et de ses yeux. Il ressentait abstraitement, comme une série de piqûres d'épingles lointaines, les morsures de leurs dents qui s'enfonçaient dans sa chair. Elles vont te déchiqueter, lui disait son esprit, c'est comme ça que ça va finir. Tu vas connaître le terrible destin de mourir dans cette caverne, réduit en charpie par des chauves-souris. Dodd hurla, et à travers ce hurlement, sa conscience de la douleur devint la douleur elle-même. Elle atteignit ses pleines dimensions, son esprit et son corps se muèrent instantanément en un bloc de souffrance à l'état pur qui annihilait tout, et alors qu'il basculait en avant sur le détonateur, ses voyants lumineux et ses interrupteurs – son corps adoptant dans ce bref instant d'éternité les propriétés d'un marteau –, alors qu'il tombait, il n'eut qu'une pensée, qui fut aussi la dernière : *Et merde !*

L'onde de choc de la première explosion prématurément déclenchée se propulsa avec l'énergie d'une locomotive emballée de la galerie vers le dédale de tunnels et de cavités de la grotte et atteignit le Palais du roi avec une violence effroyable. Elle fut accompagnée par un claquement dû au changement de pression, et par un tremblement souterrain profond, aussitôt suivi d'une seconde secousse qui fit tanguer le sol sous leurs pieds comme le pont d'un bateau agité par une vague géante. Ce phénomène tout à la fois atmosphérique, audible, calorique et sismique fut si puissant qu'il ébranla le noyau même de la Terre.

On les appelait les « suspens ». C'étaient des viruls endormis, dont le processus métabolique était suspendu et qui survivaient dans un état d'hibernation prolongée. Dans cet état, ils pouvaient subsister pendant des années, voire des dizaines d'années, et préféraient, pour une raison inconnue – peut-être leur proximité biologique avec les chauves-souris, un souvenir enfoui de leur espèce –, se suspendre la tête en bas à n'importe quelle aspérité, les bras sagement croisés sur la poitrine, comme des momies dans leur sarcophage. Dans les diverses salles des grottes de Carlsbad, sauf dans le Palais du roi où Ignacio était seul, ils patientaient, masse de stalactites biologiques assoupies, armée somnolente de concrétions luisantes que la détonation de la bombe avait ramenées à la conscience. Comme n'importe quelle espèce, ils virent dans cette modification de leur environnement une menace mortelle, et comme les viruls, ils perçurent instantanément l'odeur du sang humain parmi eux.

Peter et Alicia se mirent à courir.

Si Alicia avait été seule, elle aurait pu rester sur place et défendre sa position. Elle aurait été avalée par la horde, mais il était dans sa nature de faire front et de combattre, et cette tâche impossible lui aurait paru bizarrement satisfaisante : tel était son destin, et celui-ci lui offrait une sortie honorable de ce monde. Mais Peter était avec elle, et c'était son sang à lui que les viruls voulaient. Ils se ruèrent sur eux en s'engouffrant dans les galeries souterraines de la grotte. Alicia et Peter n'étaient qu'à une centaine de mètres de la cabine d'ascenseur, et pourtant la distance leur parut interminable. Les viruls rugissaient derrière eux. Ils se précipitèrent dans l'ascenseur. Trop tard pour déclencher l'explosion, leur stratégie initiale était inapplicable. Alicia ramassa la charge sur le plancher de l'ascenseur, prit Peter par le poignet, le poussa à travers la trappe du plafond, se propulsa derrière lui et atterrit avec un choc retentissant.

— Attrape un câble ! hurla-t-elle.

Un moment d'incompréhension.

— Fais ce que je te dis ! Cramponne-toi !

Comprit-il ce qu'elle avait en tête ? Peu importe : il s'exécuta. Alicia laissa tomber la charge sur le haut de la cabine, pointa son fusil vers la plaque de fixation du câble et pressa la détente.

Libérés de la masse de la cabine, les contrepoids plongèrent. Il y eut une traction violente, qui les propulsa vers le haut comme une fusée. Peter subit l'expérience dans une sorte de brouillard, la sensation du mouvement concentrée dans ses mains, son seul lien avec la vie. Il aurait irrémédiablement lâché prise sans Alicia, dont la poigne infaillible, agissant comme un butoir, l'empêchait de glisser le long du câble et de plonger dans la gueule de l'enfer. Ils tourbillonnaient dans une confusion de bras et de jambes, un tournoiement de folie. Peter ne vit même pas les viruls bondir du puits derrière eux, ricochant de mur en mur, chaque rebondissement les propulsant vers le haut, les rapprochant d'eux.

Mais Alicia voyait tout cela. Contrairement à Peter dont les sens n'étaient qu'humains, elle disposait des mêmes gyroscopes internes que leurs poursuivants, et de la faculté de recalculer constamment le temps, les distances et le mouvement, ce qui lui permit, sans lâcher prise, de viser, avec son fusil équipé du lance-grenades, la charge restée sur le toit de l'ascenseur.

Elle fit feu.

26.

Prison militaire fédérale, Kerrville, Texas

Le commandant Lucius Greer, ancien du second expéditionnaire, désormais uniquement connu sous le matricule 62 à la prison fédérale de la République du Texas – Lucius le Fervent, Celui qui croyait – attendait une visite.

Il était emprisonné dans une cellule de trois mètres et demi de côté – un bat-flanc, des toilettes, un lavabo, une petite table, une chaise et rien d'autre. La seule source de lumière était une petite fenêtre de verre armé très en hauteur. C'est là, dans cette pièce, que Lucius avait passé les quatre dernières années de sa vie, quatre ans, neuf mois et onze jours exactement. Il avait été condamné pour désertion – ce qui était quelque peu injuste, à son avis. On aurait pu considérer qu'en abandonnant son commandement pour suivre Amy dans la montagne afin d'affronter

Babcock, il n'avait fait que suivre des ordres d'une sorte différente, plus profonde. Mais Lucius était un soldat, il avait le sens du devoir des soldats, et il avait accepté la sentence sans discuter.

Il passait ses journées en contemplation – une nécessité, et pourtant Lucius connaissait des hommes qui n'y étaient jamais arrivés, ceux dont il entendait la nuit les hurlements de solitude. Il y avait une petite cour, dans la prison ; une fois par semaine, les détenus étaient autorisés à sortir, mais un par un, et pour une heure, pas davantage. Lucius lui-même avait cru devenir fou pendant les six premiers mois de son incarcération. Un homme ne pouvait faire qu'un nombre limité de pompes, il ne pouvait dormir qu'un certain nombre d'heures, et Lucius n'était pas incarcéré depuis un mois qu'il avait déjà commencé à parler tout seul : des monologues délirants à propos de tout et de rien, le temps, les repas, des pensées et des souvenirs, le monde au-delà des murs de la prison militaire et ce qui s'y passait à présent. Était-ce l'été ? Avait-il plu ? Y aurait-il des biscuits au repas du soir ? Au fur et à mesure que les mois passaient, ces soliloques s'étaient de plus en plus concentrés sur ses geôliers, dont il était convaincu qu'ils l'espionnaient, puis qu'ils avaient l'intention de le tuer. Lucius avait cessé de dormir et de manger, il avait arrêté de faire de l'exercice, il était même allé jusqu'à refuser de quitter sa cellule. Il passait ses nuits assis au bord de son lit de camp à regarder la porte par où entreraient ses meurtriers.

Après avoir supporté cette torture un certain temps, Lucius avait décidé qu'il n'en pouvait plus. Il ne subsistait plus qu'un infime vestige de son moi rationnel, il l'aurait bientôt complètement perdu ; mourir décervelé, privé de ses schémas mémoriels, de toutes les expériences qui composaient sa personnalité, était une perspective insupportable. Or se tuer dans une cellule n'était pas facile, mais on pouvait y arriver. Un candidat déterminé au suicide pouvait monter sur la table, baisser la tête, le menton sur la poitrine, se pencher en avant et se briser le cou en tombant.

Lucius avait fait trois tentatives, trois échecs. Il avait commencé à prier – une prière simple, d'une phrase, demandant l'aide de Dieu. *Faites-moi mourir.* À la suite des chocs répétés sur le sol de ciment, il avait des bourdonnements d'oreilles, il s'était fendu une dent. Une fois de plus, il était monté sur la table, avait calculé l'angle de sa chute, et s'était jeté dans les bras de la gravité.

Il n'aurait su dire combien de temps il était resté inconscient. Il était allongé sur le ciment froid. L'univers n'avait pas voulu de lui cette fois encore. La mort était une porte qu'il n'arrivait pas à ouvrir. Il avait été saisi par un désespoir insondable et les larmes lui étaient montées aux yeux.

Lucius, pourquoi m'as-tu abandonné ?

Ce n'étaient pas des mots qu'il entendait. Rien d'aussi simple, d'aussi banal. C'était le *sentiment* d'une voix – une présence douce, inspiratrice, qui existait sous la surface du monde.

Tu ne sais pas que je suis seul à pouvoir te retirer cela ? Qu'il m'appartient à moi seul de donner la mort ?

Ce fut comme si son esprit s'était ouvert, tel un palimpseste, révélant une réalité cachée. Il gisait à terre, le corps occupant un point donné de l'espace et du temps, et en même temps il sentait sa conscience s'épanouir, s'unir à une immensité inexprimable. Elle était partout et nulle part, à la manière d'une existence invisible, que l'esprit pouvait voir mais pas les yeux, distraits par des choses triviales – ce lit de camp, ces toilettes, ces murs. Il s'était immergé dans une paix qui coulait à travers son être sur des vagues de lumière.

L'œuvre de ta vie n'est pas accomplie, Lucius.

Et c'est ainsi, tout simplement, que sa captivité avait pris fin. Les parois de sa cellule étaient de l'étoffe la plus fine, une ruse de la matière. Jour après jour, son esprit s'était abîmé dans la contemplation, avait fusionné avec la force de paix, de pardon et de sagesse qu'il avait découverte. C'était Dieu, bien sûr, ou du moins on pouvait lui donner ce nom, et pourtant même ce terme paraissait trop petit, un mot forgé par les hommes pour ce qui ne pouvait être nommé. Le monde n'était pas le monde, c'était l'expression d'une réalité plus profonde, à la façon dont un tableau était une expression des pensées de l'artiste. Comme il en prenait conscience, il avait su que le voyage de sa vie n'était pas achevé, que son vrai but restait encore à dévoiler.

Autre chose : Dieu paraissait être une femme.

Il avait été élevé à l'orphelinat, par les sœurs ; il n'avait aucun souvenir de ses parents, ni d'une autre vie. À seize ans, il s'était enrôlé dans la Sécurité intérieure, comme presque tous les garçons de l'orphelinat en ce temps-là. Quand il y avait eu un appel à volontaires pour intégrer le second expéditionnaire, Lucius avait été parmi les premiers à répondre présent. C'était juste après le massacre du Champ – onze familles tombées dans un guet-apens lors d'un pique-nique, vingt-huit personnes tuées ou emportées, dont douze enfants – et beaucoup de ceux qui avaient survécu ce jour-là s'étaient aussi enrôlés. Lucius, lui, avait des motivations moins claires. Même étant enfant, il n'avait jamais été transporté par les histoires du grand colonel Coffee, dont les actes d'héroïsme paraissaient hautement improbables. Quel être sensé s'amuserait vraiment à traquer les dracs ? Mais Lucius était jeune, comme tous les jeunes gens il ne tenait pas en place, et il en avait assez des tâches qui lui incombaient : monter la garde sur le mur d'enceinte de la cité, nettoyer les champs, courir après les gamins qui enfreignaient le couvre-feu. Évidemment, il y avait toujours des groggys dans le coin – on avait généralement le droit, à condition de ne pas exagérer, de les abattre depuis les plateformes d'observation, quoique ce soit mal vu, car considéré comme un gâchis de munitions –, et occasionnellement, en guise de dérivatif, une bagarre de bar à C-City. Mais si divertissant que ce soit, rien de tout cela n'arrivait à rompre la monotonie. Si la seule autre option pour Lucius Greer consistait à s'engager parmi une bande de dingues amoureux de la mort, eh bien, ainsi soit-il.

Et pourtant, c'était dans l'expéditionnaire que Lucius avait trouvé *la* chose dont il avait vraiment besoin au fond, et qui avait toujours manqué à sa vie : une famille. Pour sa première mission, il avait été détaché sur la route de Roswell, où il escortait des convois d'hommes et de ravitaillement vers la garnison – qui n'était à l'époque qu'un avant-poste démuni de tout. Dans son unité, il y avait deux nouvelles recrues, Nathan Crukshank et Curtis Vorhees. Comme Lucius, Cruk s'était engagé après avoir quitté la Sécurité intérieure, tandis que Vorhees était, ou avait été, fermier. Lucius aurait parié qu'il n'avait jamais tiré un coup de feu de sa vie. Mais il avait perdu une femme et deux petites filles dans le Champ, et les circonstances étant ce qu'elles étaient, on ne pouvait rien lui refuser. Les camions roulant toujours de nuit, leur convoi était tombé dans une embuscade lors du trajet de retour vers Kerrville. L'attaque avait eu lieu une heure avant l'aube. Lucius faisait le trajet avec Cruk et Vor dans un Humvee, derrière le premier camion-citerne. Quand les viruls s'étaient jetés sur eux, Lucius s'était dit : Ça y est, on est fichus. Je n'ai aucune chance de m'en sortir. Mais Crukshank, au volant, n'était pas d'accord, ou n'en avait rien à fiche. Il avait collé le pied au plancher, pendant que Vorhees commençait à les mitrailler depuis le toit. Ils ne savaient pas que le conducteur du camion-citerne était déjà mort, tué par un virul qui avait traversé le pare-brise. Au moment où ils doublaient le véhicule, celui-ci avait fait une embardée à gauche, arrachant l'avant du Humvee. Lucius avait dû tomber dans les pommes, parce que la seule chose dont il se souvenait ensuite, c'était de Cruk l'extirpant de l'épave. Le camion-citerne était en flammes. Le reste du convoi avait disparu, volatilisé sur la route de Roswell.

Ils étaient restés en rade.

L'heure suivante avait été à la fois la plus courte et la plus longue de la vie de Lucius. De temps à autre, les viruls revenaient. Chaque fois, les trois hommes avaient réussi à les repousser, économisant leurs munitions jusqu'au dernier moment, attendant souvent que les créatures ne soient plus qu'à quelques mètres d'eux. Ils auraient pu essayer de s'enfuir, mais le Humvee retourné était encore leur meilleure protection, et Lucius, qui avait une cheville cassée, ne pouvait aller nulle part.

La patrouille partie à leur rescousse les avait retrouvés, assis sur la chaussée auprès du Humvee retourné, pleurant de rire. Lucius savait qu'il ne se sentirait jamais plus proche de personne que des deux hommes qui l'avaient accompagné cette nuit-là sur la sombre route.

Roswell, Laredo, Texarkana ; Lubbock, Shreveport, Kearney, le Colorado. Des années entières avaient passé sans que Lucius revoie Kerrville, le havre de son mur d'enceinte et de ses lumières. Son foyer était ailleurs à présent. Son foyer était l'expéditionnaire.

Jusqu'à ce qu'il rencontre Amy, la Fille de nulle part, et que tout change.

Il devait recevoir trois visites.

La première, tôt, un matin de septembre. Greer avait fini son petit déjeuner de porridge à l'eau et terminé sa gymnastique matinale – cinq cents pompes et redressements assis, suivis d'autant de flexions et d'extensions. Il se suspendait au tuyau qui courait au plafond de sa cellule, et il faisait cinquante tractions par séries de dix, en pronation et en supination, comme Dieu l'avait ordonné. Quand il avait fini, il s'asseyait au bord de son lit de camp et apaisait son esprit avant d'entreprendre son voyage invisible.

Il commençait toujours par une prière rituelle, apprise chez les sœurs. Ce n'étaient pas les paroles qui comptaient, mais plutôt leur rythme. Comme l'échauffement avant l'exercice, elles préparaient l'esprit au saut à venir.

Il entamait sa méditation quand ses pensées furent interrompues par un bruit de serrure, et la porte de sa cellule s'ouvrit devant un garde, un homme solidement bâti d'une cinquantaine d'années.

— Soixante-deux, quelqu'un veut te voir.

Lucius se leva en voyant entrer une frêle femme aux cheveux noirs, striés de quelques fils d'argent et dont les yeux sombres irradiaient une autorité indéniable. Une femme à laquelle on ne pouvait s'empêcher de se révéler, pour qui tous les secrets étaient un livre ouvert. Elle tenait un petit porte-documents sous le bras.

— Bonjour, commandant Greer.

— Bonjour, madame la présidente.

Elle se tourna vers le garde.

— Merci, sergent. Vous pouvez nous laisser.

Le garde s'appelait Coolidge. On finissait par connaître ses geôliers, et ils se connaissaient bien, Lucius et lui, même si Coolidge semblait ne pas trop savoir quoi penser de la dévotion du prisonnier. Un homme ordinaire, ce Coolidge, terre à terre, sérieux mais pas très vif d'esprit, qui avait deux grands fils, tous les deux dans la Sécurité intérieure, comme lui.

— Vous êtes sûre ?

— Oui, sergent. Merci. Ce sera tout.

L'homme sortit et referma la porte derrière lui. La présidente s'avança dans la cellule, la parcourut du regard et se tourna vers Lucius.

— Extraordinaire. Il paraît que vous ne sortez jamais d'ici.

— Je n'en vois pas la nécessité.

— Mais que pouvez-vous bien faire toute la journée ?

Il lui dédia un sourire.

— Ce que je faisais quand vous êtes entrée : je réfléchis.

— Vous réfléchissez, répéta la présidente. Et à quoi réfléchissez-vous ?

— Je réfléchis, c'est tout. Je pense à des choses.

La visiteuse se garda de tout commentaire et s'assit sur la chaise. Lucius suivit son exemple et s'installa au bord du lit de camp, face à elle.

— Avant tout, sachez que je ne suis jamais venue vous voir. Ça, c'est la version *officielle*. Officieusement, je suis venue vous demander votre aide pour une affaire d'une importance cruciale. Vous avez fait l'objet de nombreuses discussions, et je compte sur votre discrétion. Personne ne doit être au courant de notre conversation, c'est clair ?

— C'est entendu.

Elle ouvrit le porte-documents, en retira une feuille de papier jauni et la tendit à Lucius.

— Vous reconnaissez ceci ?

Une carte, dessinée au charbon de bois : la ligne sinueuse d'un fleuve, une route schématiquement tracée, et des pointillés indiquant les limites d'un complexe. Non, pas un complexe : toute une ville.

— Où avez-vous trouvé cela ? demanda Lucius.

— C'est sans importance. Ça vous dit quelque chose ?

— Et comment !

— Pourquoi ?

— Parce que c'est moi-même qui l'ai dessiné.

C'était la réponse attendue. Lucius le lut sur le visage de la femme.

— Pour répondre à votre question, cette carte était dans les affaires personnelles du général Vorhees, à la division. Il a fallu creuser un peu pour trouver qui était avec lui. Vous, Crukshank, et une jeune recrue appelée Tifty Lamont.

Tifty. Depuis combien d'années Lucius n'avait-il entendu prononcer ce nom ? Pourtant, tout le monde à Kerrville connaissait Tifty, bien sûr. Et Crukshank... Lucius eut un pincement au cœur en pensant à son ami perdu, tué lorsque la garnison de Roswell avait été envahie, cinq ans plus tôt.

— Cet endroit, sur la carte, vous pensez que vous pourriez le retrouver ?

— Je ne sais pas. Ça fait longtemps.

— En avez-vous parlé à qui que ce soit ?

— Lorsque nous avons fait notre rapport à la division, on nous a ordonné on ne peut plus clairement de ne pas en parler.

— Vous vous souvenez d'où émanait l'ordre ?

Lucius secoua la tête.

— Je ne l'ai jamais su. Crukshank était l'officier chargé du détachement, et Vorhees son second. Tifty était le S2, l'officier de renseignement.

— Pourquoi Tifty ?

— D'expérience, personne n'était capable de suivre une piste comme Tifty Lamont.

La présidente fronça à nouveau les sourcils à l'énoncé de ce nom, celui du grand gangster Tifty Lamont, qui régnait sur le trafic, le criminel le plus recherché de la ville.

— Combien d'habitants pensez-vous qu'il y avait là ?

— Difficile à dire. Beaucoup. L'endroit était au moins deux fois plus étendu que Kerrville. D'après ce que j'ai vu, ils étaient bien armés aussi.

— Ils avaient l'électricité ?

— Oui, et sans doute pas obtenue à partir de fuel mais plus vraisemblablement d'origine hydroélectrique. Les véhicules devaient rouler au biocarburant. Les installations agricoles et industrielles étaient immenses. La population logeait dans des baraquements. Trois grands bâtiments, un au centre, une espèce de dôme, et un deuxième au sud qui ressemblait à un ancien terrain de football. Le troisième se trouvait sur le côté ouest du fleuve, nous n'avons pas vraiment réussi à savoir ce que c'était. Il était apparemment en cours de construction. Ils y travaillaient nuit et jour.

— Vous n'avez pas pris contact avec eux ?

— Non.

La présidente lui indiqua le mur d'enceinte.

— Ça, là...

— Des fortifications. Une palissade. Pas négligeable, mais pas suffisante pour empêcher les dracs d'entrer.

— Alors, à quoi pouvait-elle servir, selon vous ?

— Je ne saurais le dire. Mais Crukshank avait une théorie.

— Laquelle ?

— Elle devait empêcher les gens de sortir.

La présidente ramena son regard sur la carte, puis de nouveau sur Lucius.

— Et vous n'avez jamais parlé de tout ça à personne ?

— Non, madame. C'est la première fois.

Un ange passa. Lucius avait l'impression qu'il n'y aurait pas d'autres questions ; la présidente avait obtenu ce qu'elle était venue chercher. Elle remit la carte dans son porte-documents. Comme elle se levait, Lucius dit :

— Si je puis me permettre, madame la présidente, pourquoi me parlez-vous de ça maintenant ? Après toutes ces années ?

La présidente s'approcha de la porte et frappa deux coups. Alors que les serrures s'actionnaient, elle se retourna vers Lucius.

— Il paraît que vous êtes devenu très pieux.

Lucius hocha la tête.

— Alors, peut-être voudrez-vous bien prier pour que je me trompe.

27.

Peter était à l'infirmerie depuis dix jours. Trois côtes cassées, une épaule démise, des brûlures aux jambes et aux pieds, les mains à vif, des ecchymoses, des plaies et des bosses sur tout le corps, trop nombreuses pour être dénombrées. Il avait été estourbi, mais apparemment, malgré tous ses efforts, il n'avait pas réussi à se fendre le crâne. Il avait mal partout ; le seul fait de respirer était douloureux.

— D'après ce que j'ai entendu, vous avez une sacrée chance d'être encore en vie, commença le docteur.

Cet homme d'une soixantaine d'années, au nez bourgeonnant, veiné par des années passées à carburer à la liche, avait une voix tellement rauque qu'on aurait dit une bande passant au ralenti. Son attitude, au chevet des malades, rappelait plus ou moins le comportement que l'on aurait adopté avec un chien incurablement désobéissant.

— Restez couché, lieutenant. Vous êtes à moi jusqu'à ce que je dise le contraire.

Le commandant Henneman avait débriefé Peter le jour même du retour de l'équipe à la garnison. Il était encore un peu déphasé, à cause des antidouleurs. Les questions glissaient sur son cerveau avec la logique chaotique d'une conversation qui se serait déroulée dans une autre pièce, entre des gens qu'il connaissait à peine. Un vieillard avec un serpent tatoué sur le cou ? Oui, avait confirmé Peter en hochant péniblement la tête contre l'oreiller, c'était ce qu'ils avaient vu. Avait-il dit comment il s'appelait ? « Ignacio, avait répondu Peter. Il a dit qu'il s'appelait Ignacio. » Le commandant n'avait à l'évidence aucune idée de ce qu'il fallait déduire de ces réponses, et Peter non plus. Henneman paraissait poser et reposer toujours les mêmes questions, sous une forme légèrement différente. À un moment donné, Peter avait perdu connaissance. Lorsqu'il avait rouvert les yeux – un jour et une nuit plus tard, ainsi qu'il devait le découvrir par la suite –, il était de nouveau seul.

Il n'avait vu personne en dehors du docteur jusqu'à l'après-midi du quatrième jour, quand Alicia apparut à son chevet. Peter était assis dans son lit, le bras gauche en écharpe pour maintenir sa clavicule. Cet après-midi-là, il avait marché pour la première fois jusqu'aux latrines, ce qui était un véritable exploit, et le trajet, quelques pas traînants, l'avait littéralement épuisé. Maintenant il s'évertuait à essayer de se nourrir tout seul, avec ses mains entourées de bandages qui lui faisaient comme des moufles.

— Dracs ! Tu as vraiment mauvaise mine, lieutenant !

La lumière sous la tente était suffisamment atténuée pour qu'elle puisse enlever ses lunettes. Peter était maintenant habitué à la couleur orange de ses yeux, qu'elle laissait rarement voir aux autres. Elle s'assit sur une chaise à côté de son lit et eut un mouvement de menton vers la bouillie de maïs qu'il essayait, sans grand succès, de se pelleter dans la bouche.

— Tu veux que je t'aide à manger ?

— Ça te ferait trop plaisir.

Elle lui décocha un sourire.

— Je constate avec satisfaction que tu n'as pas perdu ton petit orgueil. Henneman t'a passé sur le gril ?

— C'est à peine si je m'en souviens. Je ne pense pas qu'il ait beaucoup apprécié mes réponses.

La cuillère lui échappa, étalant un grumeau de pâte visqueuse sur son tee-shirt.

— Et merde !

— Attends, laisse-moi faire.

— Je te dis que j'ai pris le coup, dit-il en essayant de pincer le manche de la cuillère entre son pouce et le bord du bol pour le coincer dans sa paume.

— Vraiment ? Allez, arrête !

Peter laissa retomber la cuillère sur le plateau. Alicia la plongea dans le bol et la dirigea vers sa bouche.

— Une cuillerée pour maman...

— Tu sais, tu ne m'as jamais fait l'impression d'être du genre maternel.

— Dans ton cas, je suis prête à faire une exception. Allez, mange.

Cuillerée après cuillerée, le bol se retrouva vide. Lorsqu'elle eut fini de lui donner la becquée, Alicia prit un torchon et lui essuya le menton.

— Ça, j'y arrive, tu sais.

— Nan-nan. C'est compris dans le service.

Elle se redressa et reposa le torchon.

— Là, tu es tout beau, tout propre. La cérémonie pour Satch a eu lieu ce matin. C'était bien. Henneman et Apgar ont pris la parole tous les deux.

Satch avait disparu dans l'explosion. Il était présumé mort, mais Henneman avait tout de même envoyé une équipe de recherche dans la montagne pour le récupérer. C'était un geste symbolique : ils ne l'avaient évidemment pas retrouvé. Personne ne saurait jamais ce qui s'était passé au fond de la grotte.

— Eh oui, qu'est-ce que tu veux...

— Satch était un brave type. Tout le monde l'aimait bien.

— C'est ce qu'on dit toujours dans ces cas-là.

— Ce n'en est pas moins vrai.

Peter savait qu'ils pensaient la même chose : c'était leur plan à tous les deux, et à présent Satch était mort.

— Bon, maintenant que tu as quelque chose dans l'estomac, je crois que je ferais mieux d'y aller. Apgar m'envoie vers le sud, reconnaître certains des champs de pétrole.

— Liss, comment savais-tu qu'il y avait quelque chose en bas ?

La question sembla la prendre au dépourvu.

— Je n'ai pas vraiment de réponse, Peter. C'était juste un... une intuition.

— Une intuition.

Le regard d'Alicia se perdit dans le lointain.

— Je ne sais pas trop comment traduire ça en mots.

— Je croyais qu'il n'y avait qu'Amy qui en était capable.

Alicia eut un geste comme pour évacuer le sujet : *N'insiste pas.*

— En tout cas, j'ai une dette envers toi. C'était sympa de me suivre comme ça, sur un truc aussi risqué. Au moins, je ne suis pas la seule brebis galeuse.

— Avec cette histoire, mon compte est bon, non ? demanda-t-il sur un ton chagrin.

— Agpar fera ce qu'il doit faire. Je ne lis pas dans les pensées.

— À ton avis, il nous croit ?

— Pourquoi ne nous croirait-il pas ?

— Il faut bien admettre que c'est assez tiré par les cheveux.

Alicia ne répondit pas. Son regard glissa très loin derrière lui, puis elle reprit, l'air perplexe :

— Peter, tu te souviens de ce film, *Dracula* ?

Sa question le ramena cinq ans en arrière. Il assistait à sa projection avec les hommes de Vorhees dans la garnison du Colorado le soir où Alicia était rentrée de mission, après avoir découvert un nid de viruls dans une vieille mine de cuivre. Le soir où elle avait mis fin aux jours du soldat Muncey, qui avait été contaminé, et où Peter avait découvert qu'elle appartenait à l'expéditionnaire, corps et âme. Et bien qu'il ne l'ait pas compris sur le coup, c'était aussi le soir où il avait su qu'il la suivrait.

— Je ne savais pas que tu l'avais vu.

— Si je l'ai vu ? Tu parles ! Je l'ai *étudié*. C'est un véritable manuel d'instruction, un vade-mecum des viruls. Oublie la cape, le château et tout le décorum, le reste colle parfaitement : l'être humain à la vie « anormalement prolongée », la façon de le tuer en lui plantant un pieu dans le cœur, le fait qu'il doive dormir dans sa terre natale, et même le détail des miroirs...

— Comme les poêles, à Las Vegas, coupa Peter. Je pensais la même chose.

— On dirait que leur reflet, comment dire... Les déstabilise d'une façon ou d'une autre. Et tout le film est comme ça.

— Liss, où veux-tu en venir ?

Elle hésita.

— Il y a une chose qui m'avait toujours titillée, une pièce du puzzle que je ne savais pas où placer. Dracula a un acolyte, une espèce de serviteur qui a encore l'air humain.

Peter réfléchit un instant.

— Le fou qui mange les araignées ?

— C'est ça. Renfield. Dracula le contamine, mais il ne flippe pas, du moins pas complètement. C'est plutôt comme s'il en restait aux premières phases de la contamination. Ça m'a amenée à me poser une question : et s'ils avaient tous une espèce de serviteur ? poursuivit-elle en plissant les paupières. Tu te souviens de ce qu'Olson avait dit à propos de Jude ?

Olson était le chef du Refuge, la communauté qu'ils avaient découverte dans le Nevada, une ville entière dont les habitants étaient prêts à sacrifier les êtres qui leur étaient les plus chers à Babcock, le Premier des Douze. Olson était officiellement leur chef, mais en réalité c'était Jude qui dirigeait les opérations. Il avait avec Babcock une relation particulière, dont la nature était restée inexpliquée.

— « C'était un... familier », cita Peter. Je n'ai jamais compris ce qu'Olson voulait dire par là. J'ai pensé qu'il baragouinait n'importe quoi. Après tout, tu lui braquais un pistolet sur la tempe.

— Ça, c'est vrai. Et crois-moi, il y a des jours où je regrette de ne pas avoir appuyé sur la détente. Mais je ne pense pas qu'il racontait n'importe quoi. En rentrant à Kerrville, j'ai consulté le mot « familier » dans le dictionnaire, à la bibliothèque. Il s'agit d'un terme « archaïque » – j'ai dû chercher aussi ce mot-là, ça veut juste dire « vieux » – qui désignait une espèce d'aide pour les démons, comme le chat de la sorcière. Un genre d'assistant. C'était peut-être ce que voulait dire Olson.

Peter s'accorda quelques secondes de réflexion.

— Ce que tu sous-entends, c'est qu'Ignacio aurait été le « familier » de Martínez ?

Alicia esquissa une moue incertaine.

— D'accord, je reconnais que c'est une extrapolation. Disons que je fais des rapprochements. Mais il y a un détail à considérer : le signal. Ignacio avait une puce en lui, exactement comme Amy et les Douze. Ça veut dire qu'il était lié au projet Noé. Il était là au début, dans la montagne, il y a quatre-vingt-dix-sept ans maintenant.

— Tu en as parlé à Apgar ?

— Tu rigoles ! ? fit-elle en secouant la tête. J'ai assez d'ennuis comme ça.

Peter n'en doutait pas. Pas plus qu'il ne doutait que quel que soit le blâme qu'elle encourait pour le fiasco du raid dans la grotte, il y aurait droit aussi.

Alicia se leva, se disposant à partir.

— D'une façon ou d'une autre, nous devrions en savoir plus long sur le sort qui nous attend quand je reviendrai d'Odessa. D'ici là, inutile de s'inquiéter. Je sais que tu te crois indispensable, mais on arrivera à se passer de toi pendant quelques jours.

— Ce n'est pas avec ça que je risque de me sentir mieux.

Elle eut un sourire.

— Ne compte pas sur moi pour revenir te donner la becquée, lieutenant, se moqua-t-elle avec un sourire. Ça ne se reproduira pas.

Elle s'apprêtait à sortir quand Peter la rappela :

— Liss, attends une seconde.

Elle se retourna et le regarda.

— Ce qu'Ignacio a dit, « Il nous a quittés »... à ton avis, qu'est-ce que ça veut dire ?

— Aucune idée. Tout ce que je sais, c'est qu'il aurait dû être là.

— Où est-il allé, d'après toi ?

Elle ne répondit pas tout de suite. Une ombre passa sur son visage, une sorte de noirceur venue de l'intérieur. Ça, se dit Peter, c'était nouveau. Même dans les circonstances les plus dramatiques, il ne l'avait jamais vue perdre le contrôle d'elle-même. C'était une femme concentrée sur son but, qui accordait toujours toute son attention à la mission en cours. Et c'était encore le cas, sauf que son énergie n'était pas la même. Elle semblait sourdre d'un endroit plus profond.

— Crois-moi, je voudrais bien le savoir, répondit-elle.

Elle remit ses lunettes et disparut, faisant claquer les rabats de la tente derrière elle. Peter ressentit aussitôt le vide de son absence, comme toujours. C'était vrai : ils n'arrêtaient pas de se quitter, tous les deux.

Peter ne la revit pas. Six jours plus tard, il était libéré. Ses côtes n'étaient pas encore ressoudées, et il devrait faire attention pendant quelques semaines, mais au moins il n'était plus cloué au lit. En traversant la garnison pour se présenter à son poste, il se sentit propulsé par un élan qui allégeait ses pas. Ce sentiment le renvoya à la lointaine époque où il était enfant : il avait été très malade, et quand la fièvre était retombée, quand il avait pu se lever et vaquer à ses occupations, même les tâches les plus ordinaires lui avaient paru riches d'une vitalité nouvelle.

Quelque chose avait changé. Tout paraissait normal autour de lui, les mouvements ordonnés de l'activité militaire, les sentinelles en faction, le bourdonnement des générateurs, et pourtant il sentait un changement, une baisse d'intensité notable.

Il entra dans la tente de commandement et trouva Apgar debout derrière son bureau de métal bosselé. Il examinait une pile de papiers en fronçant les sourcils.

— Tiens, Jaxon ! Je ne m'attendais pas à vous voir avant encore quelques jours. Comment vous sentez-vous ?

La question parut à Peter étrangement directe.

— Ça va. Merci, mon colonel.

— Asseyez-vous, je vous en prie.

Apgar continua un instant à brasser ses papiers. Ce n'était pas un homme gigantesque – Peter faisait au moins deux mains de plus que lui –, mais il irradiait une présence forte, et ses mouvements précis traduisaient une grande économie de moyens. Après deux bonnes minutes, il parut satisfait de la façon dont il avait classé ses documents et s'assit à son bureau, en face de Peter.

— J'ai de nouveaux ordres pour vous. C'est arrivé ce matin dans la sacoche de Kerrville. Avant que vous ne disiez quoi que ce soit, je veux que vous sachiez que ça n'a aucun rapport avec ce qui s'est passé à Carlsbad. À vrai dire, je m'y attendais depuis un moment.

Peter sentit sombrer ses derniers espoirs. Et voilà, fin de l'histoire.

— On abandonne la traque, c'est ça ?

— « Abandonner » est un mot trop fort. Disons que la situation est en cours de réévaluation. Le commandement central estime que nous devons reconsidérer certaines de nos sources d'approvisionnement. Vous êtes momentanément transféré sur la Route du pétrole.

C'était pire que tout ce qu'il redoutait.

— C'est un boulot pour la Sécurité intérieure.

— Normalement, oui. Mais il y a des précédents, et l'ordre émane du bureau de la présidente. Elle estime apparemment que la sécurité des transports de carburant n'est pas suffisamment assurée, et elle veut la confier à l'armée. Un convoi part à la fin de la semaine pour Kerrville, et je veux que vous en soyez. À partir de là, vous dépendrez de la Sécurité de Freeport.

Apgar avait beau dire, Peter savait que la décision avait tout à voir avec Carlsbad. Le colonel aurait pu y envoyer n'importe qui d'autre. Il était dégradé – pas au sens propre, il n'était pas destitué de son grade, mais c'était dégradant du point de vue de ses responsabilités.

— Vous ne pouvez pas faire ça, mon colonel.

Un haussement de sourcils, rien de plus.

— J'ai sans doute mal entendu, lieutenant. Je jurerais vous avoir entendu me dicter ma conduite.

Peter sentit ses joues devenir brûlantes.

— Désolé, mon colonel. Ce n'est pas ce que je voulais dire.

Apgar l'observa un instant.

— Très bien, Jaxon. Je comprends. Dites-moi une chose : depuis combien de temps êtes-vous là ?

Le colonel le savait évidemment, il ne posait la question que pour introduire un argument.

— Seize mois.

— Seize mois au milieu de nulle part. Ça fait long. Vous auriez dû être relevé depuis longtemps. La seule raison pour laquelle vous ne l'avez pas été, c'est que vous posiez toujours une demande pour rester. J'ai laissé passer parce que je savais ce que la traque représentait pour vous. D'une certaine façon, vous êtes la raison pour laquelle nous sommes tous là.

— C'est le seul endroit où j'aie envie d'être, mon colonel.

— Vous nous l'avez suffisamment fait comprendre, lieutenant. Mais vous n'êtes qu'un homme. Franchement, vous avez besoin de faire une pause. Dès que j'aurai fini ici, je repartirai pour Kerrville, et je présenterai une requête à la division pour qu'on vous renvoie vers les Territoires. Je n'ai pas l'habitude de faire des compromis, alors je vous suggère d'accepter celui-ci.

Il n'avait pas le choix.

— Si je puis me permettre, mon colonel... et le lieutenant Donadio ?

— Elle a également reçu de nouveaux ordres. Vous n'êtes pas le seul concerné. Dès qu'elle reviendra des champs de pétrole, elle partira pour le nord, pour Kearney.

Fort Kearney était l'avant-poste le plus au nord de l'expéditionnaire. Sa ligne de ravitaillement remontait d'Abilene, et elle était généralement fermée avant les premières neiges.

— Pourquoi Kearney ? Dans deux mois, ce sera l'hiver là-haut...

— Le commandement ne me dit pas tout, mais d'après ce que j'ai compris, la situation devient assez sérieuse dans le coin. Compte tenu de ses aptitudes, je devine qu'ils veulent un nouvel officier de renseignement pour les aider à éliminer la vermine avant l'évacuation.

L'explication était mince, mais Peter savait qu'il n'avait pas intérêt à insister.

— Je suis désolé pour Satch, poursuivit Apgar. C'était un bon officier. Je sais que vous étiez amis.

— Merci, mon colonel.

— Vous pouvez disposer, lieutenant.

Pour Peter, le temps parut suspendre son cours pendant le reste de la semaine. Faute de mieux, il ne bougea quasiment pas de ses quartiers. La carte fixée à l'intérieur de la porte de son casier, qui était naguère la matérialisation d'un but, lui donnait désormais l'impression d'une mauvaise blague. Il y avait peut-être quelque chose dans la théorie d'Alicia, mais ce n'était pas certain. Il devenait de plus en plus probable qu'ils ne le découvriraient jamais. Il repensa à l'époque précédant son engagement dans l'expéditionnaire, et se demanda s'il n'avait pas fait une erreur en s'enrôlant. À l'époque, il se battait seul. Il était désormais absorbé dans une organisation plus vaste, avec ses règles, ses protocoles et ses chaînes de commandement, dans laquelle il n'avait pas son mot à dire. Il avait abandonné sa liberté pour devenir un officier subalterne parmi tant d'autres, dont les gens diraient un jour : *C'était un brave type.*

Le matin de son départ arriva. Peter transporta sa cantine vers la zone de chargement où attendait le véhicule, un semi-remorque plein des pneus que le peloton de Peter avait rapportés de Lubbock. Il hissa son bagage dans le compartiment marchandises du véhicule d'escorte et prit place sur le siège passager.

— Ça doit faire du bien de rentrer chez soi, pas vrai, lieutenant ?

Peter se contenta d'un hochement de tête en guise de réponse. Tout ce qu'il aurait pu dire aurait été chargé d'amertume, et le chauffeur, un caporal de l'escouade de Satch, ne méritait pas de faire les frais de sa mauvaise humeur.

— Eh bien, moi, je vais vous dire : dès que j'aurai récupéré mon cash, reprit le caporal avec une exubérance à peine contenue, j'irai direct à C-City investir la moitié en liche et l'autre moitié dans un bordel. Voilà ce que je vais faire.

Tout à coup gêné, il jeta un coup d'œil à Peter avec un regard confus.

— Euh, désolé, lieutenant.

— Pas de problème, caporal.

— Ne m'en veuillez pas de ma curiosité, lieutenant, mais quelqu'un vous attend chez vous ?

La réponse était trop compliquée pour qu'il s'engage dans des explications.

— Oui, d'une certaine façon.

Le caporal eut un sourire compréhensif.

— Eh bien, qui que ce soit, sûr qu'elle sera heureuse de vous voir.

L'ordre fut donné, le convoi s'ébranla dans un rugissement accompagné de fumées de diesel. Peter s'installait déjà dans la sorte de transe qu'il espérait bien prolonger pendant les trois prochains jours, quand il entendit quelqu'un crier pour se faire entendre malgré le bruit des moteurs.

— Vous, là-bas, à la porte ! Arrêtez-vous !

Alicia courait vers le Humvee. Peter baissa sa vitre.

— Je suis rentrée il y a moins d'une heure, commença-t-elle. Quoi, tu n'allais quand même pas partir sans me dire au revoir ?

Son visage était un masque de crasse huileuse, elle sentait vaguement le pétrole. Mais le regard de Peter fut attiré par un éclat métallique sur son col : les deux barrettes de capitaine.

— Eh bien, dis donc ! fit-il en réussissant à esquisser un sourire torve qui masquait, du moins l'espérait-il, sa jalousie. Je suppose qu'il va falloir que je t'appelle « chef » ?

— Mmm, ça sonne bien. Il serait temps, si tu veux mon avis.

— Apgar m'éjecte, au titre de la relève.

— Je sais. La Route du pétrole.

Inutile de s'étendre sur le sujet.

— C'est du gâteau comme boulot, Peter. Tu l'as bien mérité.

— C'est ce qu'on m'a dit.

— Dis bonjour au Circuit pour moi. Et à Greer, si tu le vois.

Peter hocha la tête. Certaines choses n'étaient pas faites pour les oreilles du chauffeur.

— Quand pars-tu pour Kearney ?

— Dans deux jours.

— Fais attention là-bas. Apgar dit que ça devient plutôt chaud.

— Toi aussi, fais attention.

Elle jeta un coup d'œil au chauffeur, les yeux rivés sur son volant, puis elle regarda à nouveau Peter.

— Ne t'en fais pas pour... ce dont on a parlé. Ce n'est pas fini, d'accord ?

Il sentit, dans ses paroles, tout le poids du sous-entendu. Derrière eux s'élevait un grondement de moteurs impatients. Tout le monde attendait.

— Mon lieutenant, il faut vraiment qu'on y aille, dit le chauffeur.

— C'est bon. On a terminé.

Alicia regarda Peter une dernière fois.

— Tout ira bien, Peter. Je t'assure. Va voir ton garçon.

28.

La première douleur se manifesta par une de ces chaudes après-midi de la fin septembre dont le Texas avait le secret. Amy était dans la cour, sous un immense bol de ciel bleu, et regardait jouer les enfants ; dans une dizaine de minutes, la cloche les appellerait à rentrer en classe, et elle retournerait à la cuisine pour aider à préparer le dîner. Ces moments étaient un îlot de calme dans le torrent continu des tâches quotidiennes effectuées et sans cesse à recommencer. Tous les jours, après déjeuner, quand les tables étaient débarrassées et les enfants enfin libres de relâcher la pression accumulée pendant la matinée, Amy les suivait au-dehors et s'installait dans un coin de la cour de récréation, assez près pour profiter de leur énergie et en même temps assez loin pour éviter qu'ils essaient de l'entraîner dans leurs activités. C'était sa demi-heure préférée de la journée. Elle venait de fermer les yeux, le visage levé vers les chauds rayons du soleil, quand la douleur la frappa, une violente crispation au milieu du ventre. Elle se plia en deux et vacilla, en étouffant un petit cri de surprise qui ne pouvait pas passer inaperçu, même au milieu du tohu-bohu de la cour de récréation.

— Amy ? Ça va ?

L'image de sœur Catherine – des yeux bleu myosotis dans un long visage pâle – se précisa devant Amy. Celle-ci était en nage, mais elle avait les pieds et les mains gelés. Tout le bas de son corps lui paraissait avoir perdu sa sensibilité. D'un instant à l'autre, elle allait se liquéfier et se répandre sur le sol. Elle résista à l'envie de vomir tout en se disant que cela la soulagerait, conflit intérieur qui la mettait dans l'incapacité de parler.

— Tu devrais t'asseoir, lui conseilla sœur Catherine. Tu es blanche comme un linge.

Elle la conduisit vers un banc, le long du mur de l'orphelinat – à une vingtaine de pas, mais il aurait aussi bien pu se trouver à un kilomètre. Elle s'écroula dessus juste à temps. Elle aurait été incapable de faire un mètre de plus. Saisie d'une agitation angoissée, sœur Catherine fila chercher un gobelet d'eau qu'elle lui mit dans la main de force. L'activité, autour d'Amy, semblait avoir suivi son cours, mais elle sentait que certains des enfants la regardaient. La douleur s'était dissipée, laissant place à la nausée, accompagnée d'une grande faiblesse. Elle se sentait à la fois brûlante et glacée. D'autres sœurs s'étaient massées autour d'elle, et échangeaient des murmures d'une voix grave, interrogeant sœur Catherine sur ce qui s'était passé. Amy n'avait pas envie de boire l'eau – elle craignait de la rendre aussitôt –, mais devant l'insistance générale, elle y plongea timidement les lèvres.

— Je suis désolée, murmura-t-elle péniblement. J'allais bien, et tout à coup...

— Par ici, ma sœur, insista Catherine, en faisant de grands signes en direction de la porte de l'orphelinat. Venez vite !

La petite foule s'écarta et sœur Peg s'approcha. La vieille femme étudia Amy d'un air pincé qui réussissait à la faire paraître à la fois inquiète et agacée. Elle se tourna vers les autres.

— Alors ? On va me dire ce qui s'est passé ou il va falloir que je devine ?

— Je ne sais pas, répondit sœur Catherine. Elle s'est juste... trouvée mal.

Tout s'était arrêté dans la cour de récréation. Les enfants la dévisageaient. Amy chercha Caleb du regard, mais sœur Peg, plantée devant elle, lui bouchait la vue. Elle ne se rappelait pas avoir jamais été malade. Elle connaissait la notion de maladie, mais n'en avait jamais éprouvé la réalité dans sa chair, jusqu'à présent du moins. Et il y avait presque pire que la douleur : une sorte d'humiliation de sentir son propre corps se retourner contre elle. Elle eut envie de dire quelque chose, n'importe quoi, pour que tout le monde arrête de la regarder.

— Amy ? C'est bien ce qui s'est passé ?

— J'ai eu un malaise, c'est tout. J'ai eu mal au ventre. Je ne sais pas ce que c'était.

La vieille femme lui appliqua la paume de sa main sur le front.

— En tout cas, je ne crois pas que tu aies de la fièvre.

— Ça doit être quelque chose que j'ai mangé. Je vais rester assise ici un petit moment et je suis sûre que ça va passer.

— Je ne trouve pas qu'elle ait l'air d'aller si bien que ça, pépia sœur Catherine, et les autres hochèrent la tête. Franchement, Amy, j'ai bien cru que tu allais tomber dans les pommes !

Il y eut un murmure général. Non, elle n'avait pas l'air en forme, vraiment pas. C'était peut-être la grippe ? Ou pire ? Si ça venait de ce qu'elle avait mangé, ne risquaient-elles pas de tomber malades, elles aussi ?

Sœur Peg laissa le groupe se perdre en conjectures, puis elle leva la main, ramenant le silence.

— Je ne veux pas prendre de risques. Allez, Amy, au lit !

— Mais je me sens mieux, vraiment. Je vous assure que ça va.

— Laisse-moi en juger, s'il te plaît. Sœur Catherine, pouvez-vous l'accompagner au dortoir ?

Catherine aida Amy à se relever. Elle avait les jambes un peu flageolantes et elle éprouvait une curieuse sensation dans le ventre. Mais le pire était passé. Catherine la ramena dans le bâtiment et lui fit monter les marches jusqu'à la grande salle commune où toutes les sœurs dormaient, sauf sœur Peg qui, étant la responsable, disposait d'une cellule à elle. Amy se déshabilla et se mit au lit.

— Je peux faire quelque chose pour toi ? proposa sœur Catherine en fermant les rideaux.

— Ça va, répondit Amy en s'efforçant de sourire. Je pense que j'ai juste besoin de me reposer un peu.

Depuis le pied du petit lit, Catherine la dévisagea un moment.

— Tu sais ce que ça pourrait être, n'est-ce pas ? Une fille de ton âge.

« *De ton âge.* » Si elle savait..., pensa Amy. Cela dit, elle comprenait à quoi la sœur faisait allusion. Cette idée la prit au dépourvu.

Sœur Catherine lui adressa un sourire bienveillant.

— Eh bien, si c'est ça, tu le sauras assez vite. Crois-moi, nous avons toutes connu ça.

Après lui avoir fait promettre de l'appeler si elle avait besoin de quoi que ce soit, la sœur quitta la pièce. Amy se rallongea sur son petit lit et ferma les yeux. La cloche de l'après-midi avait sonné ; en bas, les enfants devaient rentrer en classe, sentant le soleil, la sueur et l'air frais, certains se demandant peut-être ce que c'était que tout ce remue-ménage. Caleb devait s'inquiéter pour elle. Elle aurait dû suggérer à sœur Catherine de le rassurer : *Elle est juste fatiguée, c'est tout. Elle ne se sentait pas très bien. Elle sera bientôt en pleine forme, tu vas voir.*

En même temps : « une fille de ton âge », était-ce possible ? Toutes les sœurs se plaignaient de cette « calamité », comme elles disaient. On en plaisantait souvent à l'orphelinat : à force de vivre les unes sur les autres, elles avaient toutes leurs règles en même temps, ce qui transformait une semaine sur quatre en un cauchemar de linges sanglants et de sautes d'humeur. Pendant cent ans, Amy avait vécu dans l'ignorance complète de ce phénomène élémentaire, et maintenant encore, elle n'aurait pas affirmé qu'elle le comprenait parfaitement, mais elle en saisissait l'idée essentielle. On saignait, pas beaucoup, juste un peu, pendant quelques jours, et c'était désagréable. Elle avait d'abord considéré cette perspective avec horreur, et puis, avec le temps, ce sentiment avait laissé place à une attente farouche, presque viscérale, et à la peur que rien de tout cela ne lui arrive jamais, que cette porte vers l'appartenance à l'espèce humaine lui reste à jamais fermée, et qu'elle vive pour toujours dans un corps d'enfant.

Elle vérifia : non, elle ne saignait pas. Était-ce bon ou mauvais signe ? Si sœur Catherine disait vrai, dans combien de temps cela commencerait-il ? Elle regrettait de ne pas avoir profité de l'occasion pour lui poser des questions : combien de sang perdait-on, est-ce que ça faisait vraiment mal, en quoi se sentirait-elle différente ? Sauf que dans son cas, songea Amy après réflexion, ce ne serait sûrement pas tout à fait pareil. Peut-être que ce serait pire, peut-être que ce serait moins embêtant, peut-être que ça n'arriverait jamais.

Elle aurait bien aimé être une femme. Voir sa féminité se refléter dans les yeux des autres. Que son corps sache ce qu'elle savait déjà dans son cœur.

Un miaulement rauque interrompit le cheminement de ses pensées. Souricet, venu voir ce qui lui arrivait, bien sûr. Le vieux chat gris s'approcha de son lit. Il faisait vraiment pitié avec ses prunelles voilées par la cataracte, sa fourrure feutrée, poisseuse. Il n'arrivait même plus à relever la queue tellement il était fatigué.

— Tu te demandes comment je vais, c'est ça, hein, mon petit vieux ? Allez, viens par ici.

Amy le cueillit d'une main, le posa sur sa poitrine et se rallongea sur son oreiller. Elle lissa son pelage. Il répondit d'une caresse à sa façon, en lui donnant des petits coups de tête dans la poitrine : *Que fais-tu au lit, alors que le soleil brille, dehors ?* Il fit trois tours sur lui-même avant de se coucher sur elle et se mit à ronronner comme un moteur : *Tout va bien. Dors. Je veille sur toi.*

Elle ferma les yeux.

Et puis Amy se retrouva à l'extérieur, et c'était la nuit.

Comment était-elle arrivée là ?

Elle était encore en chemise de nuit, et elle avait les pieds nus, humides de rosée. Impossible de savoir quelle heure il était, mais il devait être tard. Était-ce un rêve ? Et si elle dormait, pourquoi tout paraissait-il tellement réel ? Elle parcourut son environnement du regard. Elle était près du barrage, en amont. L'air était frais et humide. Elle éprouvait un sentiment d'urgence, pressant, comme si elle s'était éveillée d'un rêve où elle aurait été pourchassée. Que faisait-elle là ? Était-ce une crise de somnambulisme ?

Quelque chose lui frôla la jambe, la faisant sursauter. Elle baissa les yeux et vit Souricet qui la regardait de ses yeux embrumés. Il se mit à miauler, très fort, puis il trotta vers le barrage, s'arrêta à quelques mètres et la regarda à nouveau.

Ce qu'il voulait était clair. Amy le suivit. Le vieux chat la conduisit au pied du barrage, vers une petite structure de béton. La structure abritant une machinerie ? Souricet s'arrêta devant la porte et se mit à miauler.

Elle ouvrit la porte et entra. L'obscurité était totale, comment allait-elle trouver son chemin ? Elle chercha à tâtons un interrupteur sur le mur. Là ! Une batterie d'appareils d'éclairage clignota et s'alluma. Au centre de la petite pièce, une rampe de métal entourait un escalier en colimaçon. Souricet était planté sur la première marche. Il se tourna vers elle, poussa un miaulement insistant et descendit.

Les marches plongeaient en spirale dans le noir. Arrivée en bas, dans l'obscurité complète, Amy tâtonna à nouveau à la recherche d'un interrupteur, et la lumière fit apparaître une énorme canalisation, qui n'allait que dans une direction. Souricet était déjà loin devant elle, et son ombre s'allongeait sur les parois. Il avançait avec une hâte contagieuse, l'attirant toujours plus avant dans ce monde souterrain. Ils atteignirent une seconde trappe, scellée par un anneau. Un bout de tuyau était posé par terre, juste à côté. Amy le passa entre les rayons de la roue et poussa dessus. La porte s'ouvrit, révélant une échelle. Elle se retourna vers Souricet. Il la regardait d'un air dubitatif : *Je crains que ce ne soit pas pour moi. Maintenant, tu es livrée à toi-même.*

Elle descendit. Quelque chose l'attendait en bas, elle le sentait au plus profond d'elle-même. C'était terrible, triste et plein de nostalgie. Ses pieds touchèrent le fond. Elle était dans une autre conduite, plus large que la précédente. Un filet d'eau suintait sur le sol. Tout au bout, elle vit un cercle de lumière. Elle savait où elle était : dans l'une des canalisations de délestage du barrage. C'était le clair de lune qu'elle voyait. Elle s'avançait vers sa lumière crépusculaire quand une ombre la traversa. Pas une ombre : une silhouette.

Elle sut.

Amy, Amy, petite fille de mon cœur.

Il tendait les bras à travers les barreaux : une longue main aux doigts distendus, terminés par des griffes incurvées. Elle avança encore, leva sa propre main vers la sienne. Il recourba ses doigts, d'abord à travers la grille, puis autour des doigts d'Amy. Elle n'éprouvait aucune crainte, seulement une impression de légèreté rayonnante. Les larmes brouillèrent sa vision.

Amy, je me souviens. Je me souviens de tout.

Ils se tenaient très fort par la main. La sensation du contact rayonnait dans tout son corps, la plongeant dans sa chaleur – la chaleur de l'amour, la chaleur du foyer.

Je serai toujours là, dit-il. *Je serai celui qui veillera sur ta sécurité. Ma brave, ma courageuse petite Amy. Ne pleure pas, va.*

Un long sanglot la secouait, un torrent d'émotion à l'état pur. Elle était heureuse, elle était triste, elle sentait le poids de sa vie.

— Qu'est-ce qui m'arrive ? Je me sens toute drôle. Pourquoi ? Dis-le-moi, je t'en prie.

Son visage n'exprimait rien, parce que ça lui était impossible ; tout son être se trouvait concentré dans ses yeux.

Toutes tes questions trouveront des réponses. Il t'attend, dans le vaisseau. Je te montrerai le chemin, le moment venu.

— Quand ? Quand viendra-t-il ?

Amy se rendit compte qu'elle connaissait la réponse alors même qu'il l'énonçait :

Bientôt, répondit Wolgast. *Très, très bientôt.*

Cinquième partie

La Route du pétrole

« Puis-je voir le malheur d'autrui
Et ne pas souffrir aussi ?
Puis-je voir le chagrin d'autrui
Sans tâcher de l'adoucir ? »

WILLIAM BLAKE,
Sur la douleur d'autrui

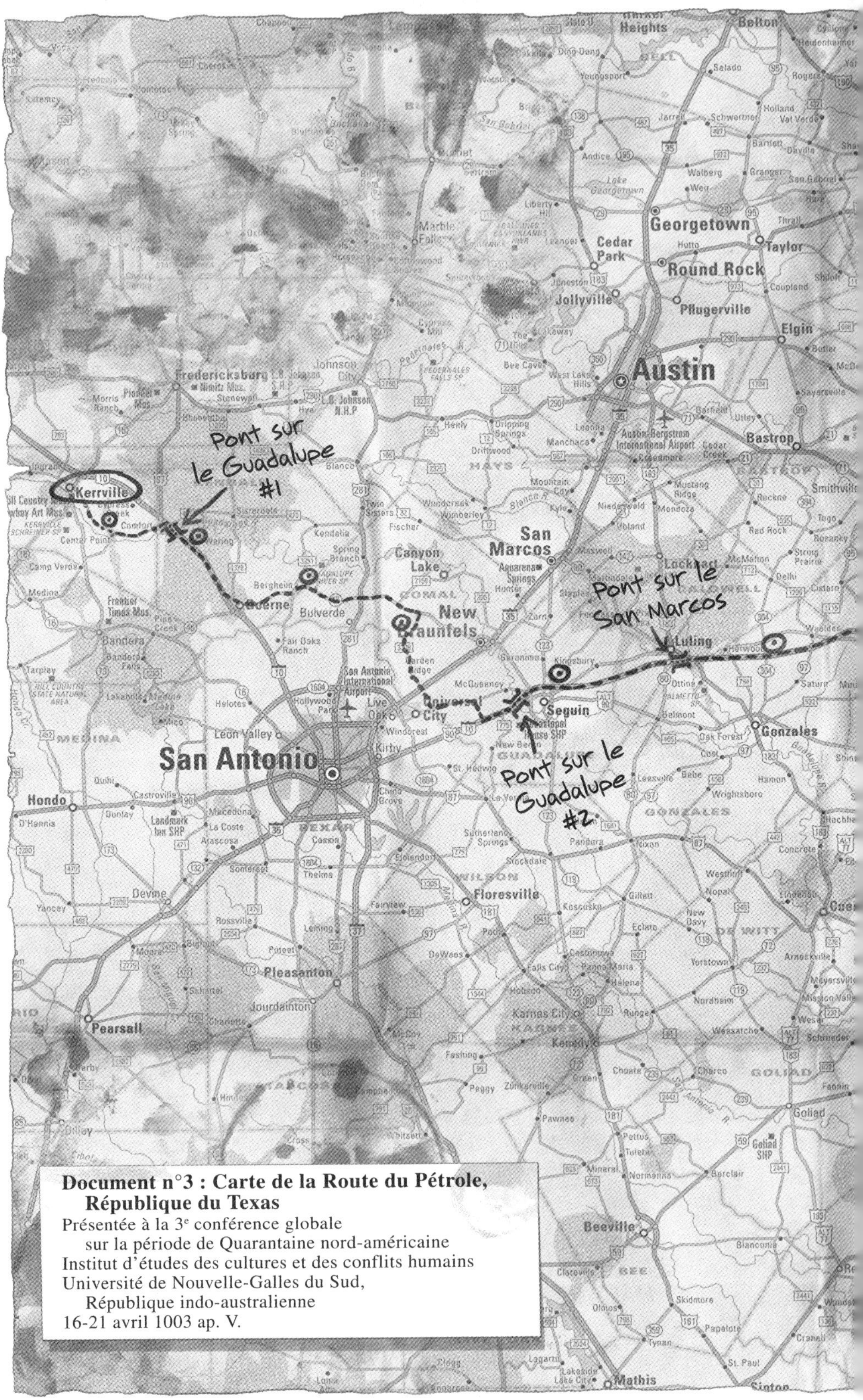

**Document n°3 : Carte de la Route du Pétrole,
République du Texas**
Présentée à la 3e conférence globale
sur la période de Quarantaine nord-américaine
Institut d'études des cultures et des conflits humains
Université de Nouvelle-Galles du Sud,
République indo-australienne
16-21 avril 1003 ap. V.

Pont sur le San Bernard
Pont sur le Colorado
Rocade de Rosenberg
Raffinerie de Freeport
GULF OF MEXICO
Houston
= Pont
= Caisson

29.

Raffinerie de Freeport, Texas

Michael Fisher, opérateur de première classe – Michael le Futé, Passerelle entre les mondes –, fut tiré d'un sommeil profond et sans rêve par l'impression sans équivoque que quelqu'un le baisait.

Il ouvrit les yeux. Lore était à califourchon sur lui, penchée en avant, le front luisant de sueur, tout entière embrasée de désir. Dracs ! pensa-t-il. Ils venaient juste de le faire, non ? Ils n'avaient même fait que ça pendant la majeure partie de la nuit, dans toutes les positions permises par la physiologie humaine sur une couchette pas plus grande qu'un cercueil, et ça avait été gigantesque, délirant...

— Salut, claironna-t-elle avec un sourire. Ça ne t'ennuie pas que je commence sans toi, j'espère ?

Enfin... amen, songea Michael. Il y avait sûrement des façons bien pires de démarrer la journée. À voir ses joues enfiévrées, il pouvait dire que Lore était déjà bien partie, et à la réflexion, il n'était pas loin derrière. Elle avait commencé à remuer les hanches, son sexe le caressait comme les vagues léchant la grève, et les vagues allaient et venaient...

— Pas si vite, m'sieur.

— Pour l'amour du ciel, mets-la en sourdine ! beugla une voix, à côté.

— Ta gueule, Ceps, rétorqua Lore. Je travaille, moi.

— Tu me fais bander ! C'est répugnant !

Cet échange faisait à Michael l'effet de se dérouler sur une orbite lointaine. Tout le monde dormait dans des couchettes contiguës, séparées par un mince rideau censé préserver l'intimité, et on apprenait à s'abstraire. Mais ce qu'il éprouvait était au-delà de ça. Tandis que ses sens s'investissaient dans l'acte purement physique, quelque chose dans son rythme hypnotique provoquait chez lui une sorte de dissociation. Comme si son esprit s'attardait trois pas derrière son corps, se frayant un chemin à travers une forêt de préoccupations, de tristesses et d'images variées, dénuées d'émotion, qui planaient devant lui pareilles aux bulles de gaz en expansion dans une chaudière. Un joint défectueux qu'il fallait remplacer... Le programme de livraison de brut depuis le dépôt... Des souvenirs de la Colonie, à laquelle il ne pensait jamais en dehors de ces moments-là. Pendant qu'il dérivait dans ce courant de trahison mentale, Lore poursuivait sa chevauchée. Il essaya de se remettre en phase avec elle – c'était la moindre des choses, non ?

Il finit par y arriver. Lore accélérait le mouvement et son excitation atteignit son paroxysme. Lorsqu'ils écartèrent leur rideau, Ceps était parti. La pendule, au-dessus de la porte, indiquait six heures et demie.

— Et merde !

Michael posa pied à terre et enfila sa combinaison. Lore se coula derrière lui, l'entourant de ses bras.

— Reste. Je ne te le ferai pas regretter.

— Je suis de la première équipe. Si je suis encore en retard, je vais me faire souffler dans les bronches par Karlovic.

Il enfonça ses pieds dans ses bottes et tourna la tête pour l'embrasser : un goût de sel, de sexe, et de quelque chose qui n'appartenait qu'à elle. Michael n'aurait pas dit qu'il y avait de l'amour entre eux, pas exactement. Le sexe était un moyen de passer le temps, mais au fil des mois, leur relation avait peu à peu évolué, s'élevant au-dessus d'une simple habitude.

— Tu étais encore perdu dans tes réflexions, hein ?

— Qui ça, moi ?

— Ne mens pas, affirma-t-elle sans amertume. Tu sais, un jour, je te ferai oublier tous tes soucis rien qu'en baisant. Allez, soupira-t-elle en élargissant son sourire. Vas-y.

Il se leva, récupéra son casque et ses gants.

— On se voit plus tard ?

Elle s'était déjà rallongée sur la couchette.

— Plutôt deux fois qu'une.

Quand Michael quitta les chambrées, le soleil se levait sur le golfe, et l'eau étincelait comme une feuille de métal martelé. Pour une première semaine d'octobre, il faisait très chaud, et l'air qui venait de l'océan charriait déjà un mélange âcre d'odeur iodée et de puanteur sulfureuse de butane en combustion. Il passa très vite, son estomac criant famine – le petit déjeuner devrait attendre –, devant les cages à pesée, les bureaux de l'intendance et de la Sécurité intérieure, et se dirigea vers le quonset où l'équipe du matin était réunie. Karlovic, l'ingénieur en chef, distribuait les postes à partir de la liste des effectifs. Il braqua sur Michael un regard glacé.

— Alors, Fisher, tu te prends pour la Belle au Bois dormant ? Vraiment navré d'avoir interrompu ta grasse matinée.

— Ouais. Nan, fit Michael en remontant la fermeture à glissière de sa combinaison. Désolé.

— T'as pas fini d'être désolé. C'est toi qui vas allumer la Bombe. Ceps te secondera. Essaie de ne pas faire sauter toute ton équipe.

La colonne de distillation numéro un, connue sous le nom de la Bombe, était la plus ancienne du parc, et sa masse rouillée ne tenait plus qu'à coups de rustines, de fil de fer et de prières. Tout le monde disait que ce n'était qu'une question de temps avant qu'elle soit réformée, ou qu'elle expédie une équipe en flammes vers la planète Mars.

— Merci, chef. C'est chic de votre part.

— Y a pas de quoi. Bon, les gars, reprit Karlovic en parcourant le groupe du regard, vous savez ce que vous avez à faire. Plus que sept jours avant l'expédition et je veux que ces citernes soient remplies avant. Et, euh, Fisher, une minute, tu veux ? J'ai deux mots à te dire.

L'équipe se dispersa, chacun gagnant sa tour de craquage. Michael suivit Karlovic dans le quonset. Bon sang, quoi encore ? Il n'avait pas plus de deux minutes de retard, vraiment pas de quoi se faire engueuler.

— Écoute, Dan, je suis désolé pour ce matin...

Karlovic ne le laissa pas finir.

— Laisse tomber, ce n'est pas de ça que je veux te parler.

Il remonta son pantalon et déposa sa masse dans le fauteuil placé derrière son bureau. Karlovic était lourd au sens plein du terme, pas gros, mais surdimensionné ; c'était un homme de poids et de puissance. Des dizaines de feuilles de papier étaient punaisées au mur derrière lui – des tableaux de service, des plannings, des programmes de livraison.

— Je t'aurais mis sur la Bombe de toute façon. Ceps et toi, vous êtes mes deux meilleurs gars pour les travaux délicats. Prends comme un compliment que je vous mette tous les deux sur cette vieille saloperie grinçante. Si ça ne tenait qu'à moi, ce truc serait déjà à la décharge.

Michael n'en doutait pas ; d'un autre côté, il savait reconnaître quand on le caressait dans le sens du poil.

— Et alors ?

— Alors voilà.

Karlovic poussa un papier vers lui. Les yeux de Michael tombèrent rapidement sur la signature sophistiquée, en bas : « Victoria Sanchez, présidente de la République du Texas. » Il parcourut rapidement les trois brefs paragraphes de la lettre. *Ben ça alors...*, pensa-t-il.

— Une idée de quoi il s'agit ? demanda Karlovic.

— Qu'est-ce qui te fait penser que je pourrais le savoir ?

— Tu es le chef d'équipe le plus récemment débarqué. Peut-être que tu as eu vent de quelque chose pendant que tu étais là-haut. Des bavardages au dépôt, des militaires de passage dans le coin, n'importe quoi.

— Ça ne me dit rien du tout.

Michael haussa les épaules.

— Tu en as parlé à Stark ? Il est peut-être au courant...

Stark était le principal responsable de la sécurité de la raffinerie. C'était une grande gueule, et il abusait un peu de la liche, mais dans l'ensemble il se faisait respecter des ouvriers comme de la Sécurité, ne serait-ce que pour ses prouesses à la table de poker. Sa façon de manier les cartes avait coûté un paquet à Michael, non que le kash soit une grande perte – dans l'enceinte de la raffinerie, il n'y avait rien à acheter avec.

— Pas encore. Mais il risque de ne pas apprécier.

Karlovic l'observa un instant.

— Vous n'êtes pas copains, vous deux ? Toute cette histoire en Californie... ?

— Je le connais, ouais.

— Alors peut-être que tu pourrais mettre un peu d'huile dans les rouages. Faire office de... je ne sais pas, d'intermédiaire officieux entre la Sécurité et l'armée.

Michael prit quelques secondes pour analyser ses émotions. Il était content à l'idée de revoir quelqu'un du bon vieux temps, et en même temps il était en proie à un trouble intérieur, un sentiment de vulnérabilité. La vie cadrée de la raffinerie l'avait, par bien des côtés, sauvé du chagrin d'avoir perdu sa sœur, en occupant l'espace mental qu'elle avait laissé vacant. Tout au fond de lui il savait que c'était une sorte de fuite, mais quelle importance, au fond ?

— Ça ne devrait pas poser de problème.

— Parfait. Je considérerai ça comme une faveur. Gère ça comme tu veux.

Karlovic eut un mouvement de menton vers la porte.

— Maintenant, fiche le camp d'ici. Tu as du pétrole à faire cuire. Et je pensais ce que je t'ai dit : fais gaffe à ton cul avec ce vieux machin.

En arrivant à la colonne de distillation, Michael trouva son équipe, une douzaine de bonshommes, des coriaces, plantés les bras ballants, l'air visiblement déconfits. Personne ne s'occupait de la citerne de brut tiré de la réserve, et Ceps était invisible.

— Bon, les gars, vous pouvez me dire pourquoi vous n'avez pas commencé à remplir ce truc-là ?

Ceps sortit en rampant de sous l'élément chauffant à la base de la colonne. Il avait les mains et les bras poisseux de magma noir.

— Il va falloir la vidanger avant. Il y a au moins deux mètres de résidus au fond.

Michael se mit en rage.

— Putain, ça va prendre toute la matinée ! Qui était le dernier chef d'équipe ?

— Ce truc n'a pas fonctionné depuis des mois. Il va falloir que tu demandes à Karlovic.

— Combien on a à drainer ?

— Plusieurs centaines de barils, c'est sûr.

Trente mille litres de pétrole partiellement raffiné qui stagnaient depuis on ne savait combien de temps : il allait leur falloir une grande citerne à déchets, peut-être deux, un camion-pompe et des tuyaux de vapeur à haute pression pour purger la colonne. Ce qui prendrait au moins une douzaine d'heures, plus seize pour la remplir de nouveau et allumer l'élément chauffant, soit vingt-quatre heures avant que la première goutte tombe du tuyau. Karlovic allait péter un câble.

— Bon, eh bien, on ferait mieux de s'y mettre. Je vais prévenir le chef, et vous, préparez les tuyaux. Si je trouve celui qui a fait ça, ajouta Michael en secouant la tête, je lui botte si bien le cul qu'il ne pourra plus s'asseoir pendant huit jours.

Le soutirage prit toute la matinée. Michael décréta que le pétrole oublié était inutilisable, et envoya le camion aux bassins de déchets pour le faire brûler. La vidange du pétrole était la partie facile, c'était le nettoyage que tout le monde redoutait. L'eau injectée dans le haut de la colonne éliminerait la majeure partie des résidus – le magma collant, toxique, résultant du processus de raffinage – mais il en resterait. Trois hommes devraient revêtir une combinaison et se faufiler à l'intérieur pour récurer le fond de la cuve à la brosse afin d'éliminer les bitumes. L'unique accès était une trappe d'un mètre de côté par laquelle ils devraient ramper à quatre pattes. On appelait ça « remonter par l'anus », ce qui n'était pas une mauvaise image, de l'avis de Michael... qui ferait partie des trois. Le règlement ne l'y obligeait pas, c'était simplement son habitude, l'attitude à avoir selon lui. Pour les deux autres, la coutume était de tirer à la courte paille.

Le premier désigné par le sort fut Ed Pope, le plus âgé de l'équipe. C'était lui qui avait formé Michael, qui lui avait montré les ficelles du métier. Trois décennies passées sur les colonnes de distillation avaient laissé des traces sur sa carcasse. Un répertoire de calamités à lui tout seul : trois doigts tranchés par la projection d'une lame de cisaille de fer à béton, un côté de la tête et du cou brûlés, réduits à une flaque rose, glabre, par une explosion de propane qui avait tué neuf hommes. Il était sourd de cette oreille-là, et il avait les genoux tellement amochés que rien que de le regarder se pencher, Michael avait mal pour lui. Il lui aurait volontiers évité cette corvée, mais il savait qu'Ed était trop fier pour se faire remplacer, et il le regarda retourner vers le quonset pour revêtir sa combinaison.

La seconde courte paille fut pour Ceps.

— Laisse tomber, j'ai besoin de toi aux pompes, décréta Michael.

Ceps secoua la tête. Le boulot de la matinée les avait tous épuisés et exaspérés.

— Fais pas chier. Allez, qu'on en finisse.

Ils s'insinuèrent dans leur combinaison de protection, attachèrent le harnais de leur bouteille d'oxygène, et se munirent du matériel nécessaire : de lourdes brosses à long manche, des seaux de solvant et des lances à haute pression alimentées par un compresseur. Michael abaissa son masque devant son visage, scella les joints de ses gants, vérifia son oxygène. La colonne avait été ventilée, mais l'air à l'intérieur était encore mortel : une soupe volatile de vapeurs de pétrole et de sulfides qui pouvaient vous calciner les poumons et les réduire en viande séchée. Les tympans de Michael claquèrent, signe que la pression avait monté dans son masque. Il alluma sa lampe frontale et s'agenouilla pour déverrouiller la trappe.

— Allez, *hombres.*

Il se glissa à l'intérieur, se laissa tomber et se retrouva dans dix centimètres de magma résiduel. Ed et Ceps rampèrent à sa suite.

— Quelle merde !

Michael tâtonna dans la boue noirâtre, ouvrit la bonde de drainage des bitumes, et les trois hommes se mirent à balayer le résidu vers le trou. Il ne devait pas faire loin de quarante degrés dans la colonne. Ils ruisselaient de sueur et la buée de leur respiration embrumait la visière de leur casque. Une fois qu'ils auraient nettoyé le plus gros, ils verseraient le solvant et commenceraient à asperger le sol et les parois avec leurs lances.

À l'intérieur de leur combinaison, avec le bruit du compresseur, toute conversation était pratiquement impossible. Ils n'avaient qu'une idée en tête : faire le boulot et ressortir. Ils s'y étaient mis depuis deux minutes quand Michael sentit qu'on lui tapotait l'épaule. Il se retourna et vit que Ceps tendait le doigt vers Ed. Celui-ci était face au mur, raide comme une statue, sa lance pendouillant mollement au bout de son bras. Elle lui échappa, mais il n'eut pas l'air de s'en rendre compte.

— Il a un problème ! hurla Ceps pour couvrir le bruit.

Michael s'approcha d'Ed et le prit par les épaules pour le retourner vers lui. Il ne reçut en retour qu'un regard vide.

— Ed, ça va ?

Le visage de l'homme s'anima.

— Oh, hé, Michael, répondit-il un peu trop vivement. Hé, hé, hé, hé ! Hou-hou !

— Qu'est-ce qu'il dit ? appela Ceps.

Michael se passa un doigt en travers de la gorge pour lui demander de couper le compresseur. Il regarda Ed bien en face.

— Parle-moi, mon pote !

Un gloussement de petite fille s'échappa des lèvres de l'homme. Il cherchait visiblement sa respiration, et leva la main pour la porter à sa visière.

— Abachiss. Tanchion. Tanchion !

Michael vit ce qui était sur le point de se produire. Il n'eut que le temps de saisir Ed par les bras alors qu'il tendait la main vers son masque. Le bonhomme n'était ni un gamin ni un avorton. Il se débattit farouchement pour se libérer de son emprise, essayant d'échapper à sa poigne, le visage bleu de panique. Non, comprit Michael, pas de panique, mais d'hypoxie. Ed eut une convulsion, un spasme de tout le corps, ses genoux cédèrent sous son poids, et il s'effondra, énorme masse inerte, dans les bras de Michael.

— Ceps, aide-moi à le sortir de là !

Ceps attrapa le blessé par les pieds. Il était tout mou. Ensemble, ils le ramenèrent vers la trappe.

— Attrapez-le, vous autres ! cria Michael.

Des mains apparurent de l'autre côté de l'écoutille et le tirèrent tandis que ses collègues le poussaient à travers l'ouverture. Michael rampa à sa suite et à la seconde où il arriva à l'air libre, il arracha sa visière et ses gants. Ed était étendu sur le dos, à même le béton du sol. Quelqu'un lui avait enlevé son masque et sa bouteille d'oxygène. Michael se laissa tomber à genoux à côté de lui. L'homme était d'une immobilité inquiétante, il ne respirait plus. Michael posa sa main à plat sur sa poitrine, positionna la gauche dessus, croisa les doigts et appuya. Rien. Encore et encore, il recommença, comptant jusqu'à trente, comme il avait appris à le faire, puis il passa la main sous le cou du blessé, fit basculer sa tête afin de dégager sa trachée, lui pinça le nez et colla sa bouche sur les lèvres bleues du bonhomme. Une insufflation, deux insufflations, trois. Michael avait les idées aussi claires que de l'eau de roche, entièrement concentrées sur une unique tâche. Tout semblait perdu quand il sentit une brève contraction du diaphragme. La poitrine d'Ed se gonfla, inspira une énorme goulée d'air. Il tourna le visage sur le côté, hoqueta, toussa.

Michael bascula sur ses talons et se retrouva assis par terre dans la poussière. Son pouls battait à se rompre, dopé par une décharge d'adrénaline. Quelqu'un lui tendit une gourde. Ceps.

— Ça va, mon pote ?

La question n'avait aucun sens pour Michael. Il but une longue gorgée, se rinça la bouche et cracha.

— Ouais.

Quelqu'un finit par aider Ed à se relever. Michael et Ceps l'escortèrent dans le quonset et l'assirent sur l'un des bancs.

— Comment tu te sens ? demanda Michael.

L'homme avait retrouvé un peu de couleurs, mais il avait la peau moite et poisseuse. Il secoua misérablement la tête.

— Je ne sais pas ce qui m'est arrivé. J'aurais juré que j'avais vérifié mon oxygène.

Michael avait déjà contrôlé : sa bouteille était vide.

— Il est peut-être temps de raccrocher les gants, Ed.

— Bon sang, Michael, tu veux me virer ?

— Non. À toi de décider. Je dis juste qu'il n'y a pas de honte à ça.

Voyant qu'il ne répondait pas, Michael se leva.

— Réfléchis-y. Je t'appuierai, quoi que tu décides de faire. Tu veux qu'on te ramène en voiture aux baraquements ?

Ed regardait dans le vide, l'air malheureux. Michael comprit : il n'avait rien d'autre dans la vie.

— Je crois que je préfère rester ici. Juste le temps de récupérer.

En ressortant du quonset, Michael découvrit le reste de son équipe en train de glandouiller près de la porte.

— Bon sang, qu'est-ce que vous foutez tous plantés là ?

— Ben, c'est l'heure, chef.

Il regarda sa montre. En effet.

— Non, pour nous, ce n'est pas l'heure. Allez, la récréation est terminée. Ramenez-vous, bande de feignants, on se remet au boulot.

Il était plus de minuit quand Lore lui dit :

— Vous avez eu du bol, avec Ed.

Ils étaient blottis sur la couchette de Michael. Malgré tous les efforts de Lore, il n'arrivait pas à s'abstraire des événements de la journée. Quand il fermait les yeux, il ne voyait que le regard d'Ed dans le quonset, un regard de bête qu'on emmenait à l'abattoir.

— Comment ça, du bol ?

— Que tu sois là, je veux dire. Ce que tu as fait, toi.

— Ce n'était rien.

— Oh si, c'était quelque chose. Il aurait pu mourir. Comment tu as su ce qu'il fallait faire ?

Le passé remonta en lui comme une vague. Une vague de souffrance.

— C'est ma sœur qui me l'a appris, répondit Michael. Elle était infirmière.

30.

La ville
Kerrville, Texas

Ils arrivèrent après la pluie. D'abord les champs détrempés, l'air qui sentait la terre, et puis, alors qu'ils remontaient de la vallée, le mur d'enceinte de la ville, haut comme une maison de huit étages, qui se détachait sur les collines brunes du Texas. Ils franchirent la porte dans une longue file de véhicules – des engins de transport ou de chantier, des pick-up de la Sécurité pleins d'hommes portant de grosses tenues rembourrées. Peter descendit du véhicule, demanda au chauffeur de déposer sa cantine aux chambrées et montra sa lettre de mission au garde posté à l'entrée du tunnel pour piétons, qui le laissa passer.

— Bon retour chez vous, mon lieutenant.

Après dix-sept mois passés dans les Territoires, tous les sens de Peter furent immédiatement assaillis, submergés par le grouillement d'humanité qui régnait ici. Il avait passé trop peu de temps en ville pour s'adapter à la densité étouffante de sons et d'odeurs, et au déferlement de visages. Il n'y avait jamais eu plus d'une centaine de personnes dans la Colonie. Là, il y en avait plus de quarante mille.

Peter se rendit à l'intendance chercher sa solde. Il ne s'était jamais vraiment habitué à l'idée d'argent non plus. Pour lui, la Part équitable, l'unité économique en vigueur dans la Colonie, avait un sens. On avait sa part, et on l'utilisait comme on voulait, mais tout le monde avait la même, ni plus ni moins. Comment ces bouts de papier imprimés – des austins, du nom de l'homme dessiné dessus, le front haut, le crâne dégarni, le nez en forme de bec, et un bizarre accoutrement de vêtements compliqués –

pouvaient-ils vraiment correspondre à la valeur du travail d'un individu ?

Le guichetier, un civil, lui compta son cash, prélevé dans une boîte qui fermait avec un cadenas, en faisant bien claquer les billets sur le comptoir, et poussa un porte-bloc vers lui à travers la fente, tout cela sans croiser une seule fois son regard.

— Signez là.

L'argent, une liasse épaisse, faisait drôle dans sa poche. Peter réfléchissait déjà à la façon de s'en débarrasser quand il retrouva le soleil de l'après-midi. Il avait encore six heures avant le couvre-feu – juste le temps d'aller à l'orphelinat et à la prison avant de se présenter aux chambrées. Il n'avait que l'après-midi devant lui, le convoi pour la raffinerie partait à six heures du matin.

Greer d'abord, comme ça Peter ne serait pas obligé de décevoir Caleb en partant juste avant la sirène. Greer était aux arrêts dans la vieille prison, située à la limite ouest du centre-ville. Peter signa le registre à l'entrée – à Kerrville, on passait son temps à signer des choses, encore une bizarrerie –, se dépouilla de son couteau et de son arme de poing, et il s'apprêtait à avancer quand le garde l'arrêta.

— Il faut que je vous fouille, mon lieutenant.

En tant que membre de l'expéditionnaire, Peter était habitué à respecter l'autorité sans discuter – même celle d'un jeune agent de sécurité, tout juste âgé de vingt ans.

— C'est vraiment nécessaire ?

— Désolé, mon lieutenant. Ce n'est pas moi qui fais le règlement.

Agaçant, mais Peter n'avait pas le temps de palabrer.

— Bon. Faites vite.

Le garde lui tapota les bras et les jambes, dans un sens puis dans l'autre, sortit un gros trousseau de clés de sous son bureau et le conduisit dans la zone de détention, un long couloir sur lequel donnaient de lourdes portes d'acier, chacune munie d'une minuscule vitre de verre armé. Dans l'air planaient des remugles de corps mal lavés. Ils arrivèrent à la cellule numéro soixante-deux.

— C'est drôle, remarqua le garde en farfouillant dans son anneau de clés. Greer ne voit personne en près de trois ans et voilà qu'il reçoit deux visites en à peine un mois.

— Qui était l'autre ?

— Je n'étais pas de service. Il faudra que vous lui demandiez.

Une fois la bonne clé trouvée, le garde la glissa dans la serrure et ouvrit la porte sur ses charnières grinçantes. Greer, sans chaussures, vêtu seulement d'un pantalon de toile grossière serré à la taille, était assis au bord de sa couchette. Sa poitrine large luisait de sueur ; ses mains étaient calmement repliées sur ses cuisses ; ses cheveux blanc argenté étaient coiffés en arrière, et retombaient en éventail sur ses épaules tandis qu'une grande barbe – une barbe de prophète ou d'ermite errant dans la nature sauvage – lui envahissait les joues. Il irradiait un calme profond, une impression de sûreté de soi, comme s'il avait réduit son corps et son esprit à leur essence. L'espace d'un moment déstabilisant, il parut ne pas avoir conscience de la présence des deux personnages debout devant la porte ouverte, et Peter se demanda si l'isolement ne lui avait pas atteint le cerveau. Puis le prisonnier releva les yeux, et son visage s'illumina.

— Peter ! Vous voilà !

— Bonjour, mon commandant. Quel plaisir de vous voir !

Il eut un petit rire sarcastique.

— Il y a un moment que personne ne m'a appelé ainsi, remarqua-t-il d'une voix éraillée par les journées de silence. Maintenant, c'est juste Lucius. Ou Soixante-deux, si vous préférez. Ce qui semble être le cas pour la plupart des gens.

Il se tourna vers le garde :

— Sanders, vous pouvez nous laisser quelques minutes ?

— On ne doit pas laisser les visiteurs seuls avec un prisonnier.

— Je crois que je saurais me défendre, nota Peter.

Un instant d'hésitation, et le gaillard se résigna.

— Bon, vu que c'est vous, mon lieutenant, je pense que pour dix minutes ça devrait aller. Mais pas plus, après c'est l'heure de la relève. Je ne voudrais pas avoir d'ennuis.

Peter fronça les sourcils.

— On se connaît ?

— J'ai vu votre signature. Tout le monde sait qui vous êtes. Vous êtes l'homme de Californie. Une espèce de légende, quoi.

Toute velléité d'autorité disparue, il n'était plus soudain qu'un gamin médusé, au visage rayonnant d'admiration.

— C'était comment ? De venir de si loin, je veux dire ?

Peter ne savait trop quoi répondre.

— C'était une sacrée trotte.

Sanders secoua la tête, émerveillé.
— Je me demande comment vous avez fait. Moi, j'aurais eu la trouille de ma vie.
— Croyez-moi, lui assura Peter, c'était le cas, et pas qu'un peu.
Sanders les laissa seuls. Peter prit la seule chaise de la pièce, la retourna et s'assit à califourchon devant Greer.
— On dirait que vous avez fait une forte impression sur notre jeune homme. Je vous avais bien dit que ce serait une histoire difficile à passer sous silence.
— Ça fait tout de même bizarre à entendre, remarqua Peter. Alors, comment ça va ?
Greer haussa les épaules.
— Oh, je fais aller. Et vous ? Vous avez l'air en forme, Peter. L'uniforme vous va bien.
— Liss vous dit bonjour. Elle vient d'être bombardée capitaine.
Greer eut un hochement de tête appréciateur.
— Une fille remarquable, notre Liss. Promise à un grand destin, je pense. Alors, où en est la guerre ? Mais est-il bien utile de vous poser la question ?
— Ça ne va pas fort. On en est à trois à zéro. L'opération Martínez s'est soldée par un fiasco. Et maintenant, il semblerait que le commandement ait des projets secrets.
— Ça a toujours été leur spécialité. Pas de quoi s'en faire, le vent va tourner. Une des choses qu'on apprend là-dedans, c'est la patience.
— Ce n'est pas pareil sans vous. Je ne peux pas m'empêcher de penser que ce serait différent si vous étiez là.
— J'en doute fort. C'est toujours vous qui avez mené la danse. Je l'ai su à la seconde où je vous ai vu. Piégé, la tête en bas dans un filet tournoyant, si je me souviens bien ?
À ce souvenir, Peter rigola.
— Michael nous avait vomi dessus.
— C'est vrai, je m'en souviens. Comment va-t-il ? J'imagine que ce n'est plus le gamin que j'ai connu à l'époque. Il avait toujours une solution à tout.
— Il n'a probablement pas beaucoup changé. N'importe comment, je le saurai demain. Ils m'envoient à la raffinerie.
— Pourquoi là-bas ?

— Pour sécuriser la Route du pétrole. Ils prennent de nouvelles mesures.

— La Sécurité va adorer ça. Eh bien, on dirait que vous avez de quoi faire.

Il se donna une claque sur les genoux comme pour ponctuer un changement de sujet.

— Et Hollis, vous avez de ses nouvelles ?

— Rien de fameux. Il a mal vécu la mort de Sara. D'après les rumeurs, il serait dans le trafic.

Greer médita un instant cette nouvelle.

— Que voulez-vous, on ne peut pas l'en blâmer. Ça va peut-être vous paraître curieux, connaissant Hollis, mais quand on se retrouve dans des circonstances semblables, il est difficile de ne pas sombrer. Il finira bien par s'en sortir. Il a la tête sur les épaules.

— Et vous ? Vous serez bientôt libéré. Si vous voulez, je pourrais intercéder en votre faveur auprès du commandement. Ils vous permettront peut-être de vous réengager.

Greer secoua la tête.

— J'ai bien peur que ce temps-là soit révolu pour moi, Peter. N'oubliez pas que je suis un déserteur. Même s'ils acceptaient de me réintégrer, j'ai franchi le point de non-retour.

— Qu'allez-vous faire ?

Greer afficha un sourire mystérieux.

— Il se présentera bien quelque chose. C'est toujours ce qui se passe.

Pendant un moment, ils parlèrent des autres, échangèrent des nouvelles, des bribes d'histoires du passé. Revoir Greer emplissait Peter d'un plaisir sincère, en même temps que d'un sentiment de perte. Le commandant était entré dans sa vie juste au moment où il avait besoin de lui ; sa présence, sa solidité lui avaient donné la volonté d'avancer alors qu'il sentait faiblir sa propre résolution. C'était une dette que Peter ne pourrait jamais tout à fait rembourser : il lui devait d'avoir repris courage. En le revoyant, Peter comprenait que la prison avait changé Greer. C'était toujours le même homme, mais il était parcouru par un courant plus profond, un fleuve de calme intérieur. Il paraissait avoir puisé de la force dans son isolement.

Comme la fin des dix minutes approchait, Peter lui parla de la grotte, de l'étrange personnage – Ignacio – et de la théorie d'Alicia sur la nature de cet individu. Tout en lui exposant cette idée, il mesurait combien elle pouvait paraître tirée par les cheveux, et en même temps il en ressentait la justesse. Du reste, il en était un peu plus convaincu chaque jour, ainsi que de l'importance de cette information.

— Il y a peut-être quelque chose de vrai là-dedans, acquiesça Greer. Il a dit : « Il nous a quittés » ?

— Exactement.

Greer resta un instant silencieux et caressa sa longue barbe.

— La question, évidemment, est : où Martínez est-il allé ? Alicia a une idée sur la question ?

— Elle ne m'en a rien dit.

— Et vous, qu'en pensez-vous ?

— Je crois qu'il sera plus compliqué de les trouver que nous ne le supposions.

Il attendit en observant le visage de Greer. Comme le commandant ne répondait pas, il poursuivit :

— Mon offre tient toujours. Nous saurions vraiment à quoi vous employer.

— Vous me surestimez, Peter. Je me suis toujours contenté de suivre le mouvement.

— Pas pour moi. Alicia dirait la même chose. Ainsi que chacun de nous.

— J'accepte le compliment, mais ça ne change rien. Ce qui est fait est fait.

— Quand même, je ne trouve pas juste que vous soyez là.

Greer eut un haussement d'épaules indifférent.

— C'est peut-être injuste, et peut-être pas. Croyez-moi, j'ai eu le temps de ruminer la question. L'expéditionnaire était toute ma vie et il me manque, mais j'ai fait ce que je croyais être bien sur le moment. En fin de compte, c'est tout ce qui reste à un homme pour apprécier la valeur de sa vie, et c'est beaucoup.

Il regarda Peter en plissant les paupières.

— Mais je n'ai pas besoin de vous le dire, n'est-ce pas ?

Le commandant l'avait bel et bien percé à jour.

— Certes non.

— Vous êtes un bon soldat, Peter. Vous l'avez toujours été, et je ne vous mentais pas à propos de cet uniforme, il vous va bien. La question est : est-ce que *vous*, vous lui allez bien ?

Ce n'était pas une accusation – bien au contraire.

— Il y a des jours où je me le demande, avoua Peter.

— Comme tout le monde. L'armée est ce qu'elle est. On ne peut pas aller aux latrines sans remplir une fiche en trois exemplaires. Mais dans votre cas, je dirais que la question va plus loin. L'homme que j'ai trouvé accroché la tête en bas dans ce filet ne suivait les ordres de personne d'autre que de lui-même. À mon avis, il n'aurait pas su comment faire. Et vous voilà, cinq ans plus tard, en train de me dire que le commandement veut que vous arrêtiez la traque. Dites-moi, est-ce qu'ils ont raison ?

— Bien sûr que non.

— Et pouvez-vous le leur faire comprendre ? Les amener à changer d'avis ?

— Je ne suis qu'un officier subalterne, ils ne m'écouteront pas.

Greer hocha la tête

— Je suis d'accord. Voilà donc où nous en sommes.

Un silence, et puis :

— Écoutez, ça vous aidera peut-être... Vous vous souvenez de ce que je vous ai dit cette nuit-là dans l'Utah ?

— Il y a eu beaucoup de nuits, Lucius. On s'est dit des tas de choses.

— Pour ça, oui. Mais celle-ci en particulier – je ne sais plus très bien où on était, juste qu'on avait quitté la Ferme depuis quelques jours. On s'était abrités sous un pont. Il y avait des rochers à l'air bizarre partout. Je m'en souviens à cause de la façon dont ils prenaient la lumière au coucher du soleil, comme s'ils étaient éclairés de l'intérieur. Vous aviez pris le premier tour de garde, j'étais venu vous relever, et on a commencé à parler tous les deux. La nuit où je vous ai demandé ce que vous aviez l'intention de faire des ampoules que Lacey vous avait données.

Tout lui revenait. Les rochers rouges, le profond silence de la nature, Greer et lui assis près du feu et leur conversation à bâtons rompus. C'était comme si, avant cet instant, les souvenirs avaient flotté dans l'esprit de Peter pendant cinq ans, sans jamais affleurer tout à fait la surface.

— Je me rappelle.

— C'est bien ce que je pensais. Laissez-moi simplement vous dire ceci : lorsque vous vous êtes porté volontaire pour vous faire injecter le virus, c'était la chose la plus couillue que j'aie jamais vue, et des choses couillues, j'en ai vu. Chapeau bas.

Je n'en aurais jamais été capable. J'avais déjà beaucoup d'estime pour vous avant cela, mais après...

Il marqua une pause.

— Ce soir-là, dans l'Utah, je vous ai dit ceci : « Il doit bien y avoir une raison à tout ce qui est arrivé. Ça ne peut pas être un hasard. » En réalité, je parlais tout seul à ce moment-là, j'essayais de mettre des mots sur une notion que j'avais du mal à formuler, et depuis j'ai beaucoup réfléchi. Le fait que vous ayez trouvé Amy, que je vous aie trouvé, Lacey, Babcock, tout ce qui s'est passé dans cette montagne... les événements peuvent donner l'impression d'être le fruit du hasard tant qu'on les vit, mais avec le recul, qu'est-ce qu'on voit ? Un enchaînement de coïncidences ? De la chance, purement et simplement ? Ou quelque chose de plus ? Je vais vous dire ce que je vois, Peter, très clairement : un chemin. Et même davantage : un chemin de vérité. Quelles étaient les probabilités pour que l'ensemble de ces choses adviennent toutes seules ? Que chaque pièce se mette en place exactement quand il le fallait ? Une force est à l'œuvre, là, mon frère, une force qui dépasse notre entendement. Appelez-la comme vous voudrez, mais inutile de lui donner un nom finalement, parce qu'elle connaît le vôtre, mon ami. Alors vous vous demandez ce que je fais ici toute la journée, la réponse est très simple : j'attends de voir ce qui va se passer. J'ai confiance dans le dessein de Dieu.

Il lança à Peter un sourire énigmatique. Un film de sueur faisait luire son visage et son torse nu, musclé, musquant l'air de la cellule.

— Vous ne trouvez pas bizarre de m'entendre parler comme ça ? Vous vous dites probablement : *Pauvre type, tout seul dans cette petite boîte, il a dû perdre les pédales.* Vous ne seriez pas le premier.

Peter ne répondit pas tout de suite.

— En réalité, non. Je me disais que vous me rappeliez beaucoup quelqu'un.

— Qui donc ?

— On l'appelait Tantine.

À ce souvenir, Greer hocha la tête avec équanimité.

— Évidemment. La femme que nous avons enterrée en revenant à la Colonie. Vous ne m'avez jamais parlé d'elle, et j'en ai toujours été intrigué. Mais je ne voulais pas être indiscret.

— Vous ne l'auriez pas été. À mon sens, nous étions proches, mais avec Tantine, difficile d'être affirmatif. La moitié du temps, je pense qu'elle me prenait pour quelqu'un d'autre. J'avais l'habitude d'aller voir comment elle allait. Elle aussi, elle aimait parler de Dieu.

— Vraiment ? fit Greer, l'air content. Et qu'en disait-elle ?

C'était vraiment drôle de repenser à Tantine après toutes ces années, songea Peter. Et de la même façon que l'évocation de la nuit dans l'Utah avec Greer, les souvenirs de la vieille femme, les moments qu'ils avaient passés ensemble lui revinrent en mémoire comme s'il s'agissait de la veille. Sa cuisine surchauffée, ses atroces tisanes, l'ordonnancement précis, presque sacré des objets dans sa petite maison exiguë, les meubles, les livres, les photos et les objets, ses vieux pieds déformés, toujours nus, ses lèvres rentrées sur ses gencives édentées, et le nid de cheveux blancs, vaporeux, qui semblait planer dans l'air autour de sa tête sans la toucher. Tout comme Tantine elle-même semblait n'être attachée à rien. Toute seule dans sa bicoque au bord de la clairière, elle semblait exister dans un royaume totalement différent, dans une poche de souvenirs humains accumulés, hors du temps. Quand Peter y réfléchissait, c'était probablement ce qui l'avait attiré chez elle. Avec Tantine, les combats quotidiens de la vie paraissaient toujours plus légers.

— Plus ou moins la même chose que vous. Ce n'était pas la femme la plus facile à comprendre.

Un souvenir particulier remonta à la surface.

— Je me souviens d'une chose. C'était la nuit où Amy est apparue devant la porte.

— Oh ?

— Elle a dit : « Le Dieu auquel je crois ne nous abandonnerait pas sans nous laisser une chance. »

Greer le regardait avec une intense attention.

— Elle vous a dit ça ?

Peter hocha la tête. Il était encore un peu surpris par la netteté du souvenir.

— Sur le coup, j'ai juste pensé que c'était... Tantine, quoi.

Greer rompit le charme en lui décochant un large sourire.

— Eh bien, dit-il, j'ai l'impression que cette femme en savait long. Je regrette de ne pas l'avoir connue. Je parie que nous nous serions bien entendus tous les deux.

Peter eut un petit rire.

— C'est aussi mon avis.

Un instant passa. Les yeux de Greer étaient rivés au visage de son interlocuteur.

— Alors, Peter, il est peut-être temps que vous ayez un peu plus confiance. C'est tout ce que je dis, vraiment. Laissez les choses venir à vous.

— Comme Martínez, vous voulez dire ?

— Peut-être que oui, peut-être que non. On ne peut pas savoir à l'avance. Je ne vous ai jamais demandé en quoi vous croyez, Peter, et je ne vais pas le faire. À chacun d'en décider par lui-même. Et ne vous méprenez pas sur le sens de mes paroles. Moi aussi je suis un soldat, ou du moins j'en étais un. Le monde a besoin de ses guerriers, et le jour viendra où quasiment plus rien d'autre ne comptera. Vous serez là pour le combat, mon ami, je n'en doute pas. Mais il y a plus de choses en ce monde que n'en peut embrasser le regard. Je n'ai pas toutes les réponses, ça, au moins, je le sais.

— Je voudrais bien avoir votre confiance.

Le commandant évacua sa réplique d'une grimace désabusée.

— Vous essayez juste de trouver des solutions, comme chacun de nous. Quand j'étais enfant, dans cet orphelinat, les sœurs nous enseignaient qu'avoir la foi, c'est croire en quelque chose qu'on ne peut prouver. Je ne suis pas en désaccord, mais ce n'est que la moitié de la vérité, la fin, pas les moyens. Il y a cent ans, l'humanité a failli s'autodétruire. Il serait facile de penser que Dieu ne nous aime pas beaucoup. Ou qu'il n'y a pas de Dieu, que rien n'a de sens et que nous pourrions aussi bien laisser tomber, jeter l'éponge. *Merci, planète Terre, ravis de t'avoir connue.* Mais ça, Peter, ça ne vous ressemble pas. Pour vous, traquer les Douze n'est pas une réponse, c'est une question : Est-ce que quelqu'un en a quelque chose à fiche ? Est-ce que nous valons la peine d'être sauvés ? Qu'est-ce que Dieu attendrait de moi, s'il y avait un Dieu ? Croire, au fond, c'est vouloir poser des questions, contre toute raison. Avoir la foi, pas seulement en Dieu, mais en nous tous. Vous êtes dans une position difficile, et pour un bon moment à mon avis. Mais vous y êtes à votre place, et c'est bien.

Peter comprit alors ce qu'il voyait : Greer était libre, un homme libre. Les murs de sa cage ne voulaient rien dire pour lui, sa vie, son être étaient entièrement ailleurs, ignorant les contraintes physiques. Que c'était surprenant d'envier un homme dont toute la vie se déroulait dans une cellule à peine plus grande que des latrines.

On entendit un bruit de clé dans la serrure ; le temps imparti arrivait à son terme. Sanders entra, et les deux hommes se levèrent.

Greer frappa dans ses mains en guise de conclusion.

— Enfin, un petit séjour à Freeport, aux bons soins du commandement. L'odeur n'est pas fameuse, mais la vue est belle. Un bon endroit pour méditer un peu. Vous ne l'avez pas volé, c'est sûr.

— C'est ce qu'a dit le colonel Apgar.

— Un type bien, Apgar, fit Greer en tendant la main. C'était un plaisir de vous revoir, mon ami.

Ils se saluèrent.

— Prenez soin de vous, d'accord ?

Il sourit à travers le maquis de sa barbe.

— Vous savez ce qu'on dit : trois repas chauds et un lit de camp. Ce n'est pas une si mauvaise vie, quand on y réfléchit. Quant au reste, je vous connais, Peter. Vous trouverez ce que vous cherchez, le moment venu. En réalité, c'est vous qui m'avez appris cette leçon.

Peter suivait Sanders dans le couloir quand il songea d'abord qu'il avait oublié de parler à Greer de l'autre visite qu'il avait reçue, et ensuite que celui-ci ne lui avait pas posé de question sur Amy.

— Dites, fit Sanders alors qu'ils franchissaient la seconde porte, j'espère que vous ne m'en voudrez pas, mais vous pourriez me signer ça ?

Il lui tendit un papier et un bout de crayon.

— C'est pour ma femme, expliqua-t-il, pour lui prouver que je vous ai bien rencontré.

Peter accepta le papier, gêné, griffonna son nom et le lui rendit. Sanders se contenta de le regarder pendant un moment, avant de s'exclamer :

— Waouh !

— Oncle Peter !

Caleb s'échappa du groupe d'enfants et vola vers lui à travers la cour de récréation. Au dernier moment, il fit trois bonds et se catapulta dans les bras de Peter, manquant de le renverser.

— Holà, du calme, toi !

Le visage du gamin s'illumina de joie.
— Amy m'avait dit que tu allais venir !
Peter se demanda comment elle pouvait le savoir, et rectifia aussitôt : Amy savait les choses, comme si son esprit était en phase avec les rythmes cachés du monde. Caleb dans ses bras, il fut envahi par sa présence physique à nulle autre pareille, son poids, sa chaleur de gamin, son souffle tiède, l'odeur de lait de ses cheveux et de sa peau, moite de s'être tant démené, mêlée au parfum chimique, prégnant, des flocons de lessive qu'utilisaient les sœurs... À l'autre bout de la cour, les enfants les observaient. Peter entrevit sœur Peg qui dardait sur lui un regard froid depuis son poste, près des agrès. Son arrivée inopinée constituait une rupture de la routine qu'elle appréciait tant.
— Laisse-moi te regarder.
Il déposa Caleb par terre. Comme toujours, Peter fut frappé par la ressemblance étrange du gamin avec son frère. Il éprouva une pointe de regret à l'idée de cette époque révolue, qu'il avait laissée fuir sans y prendre garde.
— Tu as vraiment grandi, je n'arrive pas à le croire.
La poitrine du petit garçon se gonfla de fierté.
— Où tu étais, qu'est-ce que tu as vu ?
— Des tas de choses. J'étais au Nouveau-Mexique.
— Au Nouveau-Mexique !
Une expression émerveillée s'inscrivit sur son visage, comme si Peter lui avait dit qu'il était allé sur la Lune. Contrairement à ce qui se passait dans la Colonie, à Kerrville on ne cachait pas aux enfants l'existence des viruls pour les protéger, mais son esprit de gamin de cinq ans n'en avait pas encore intégré les implications. Pour Caleb, l'expéditionnaire était une grande aventure, comme les aventures des chevaliers du temps jadis, ou des pirates qui traversaient les mers, dont les sœurs leur lisaient les histoires.
— Combien de temps tu peux rester ? implora le gamin.
— Pas longtemps, malheureusement. Enfin, nous avons tout le reste de l'après-midi. Et je reviendrai bientôt, sans doute d'ici moins d'une semaine. Qu'est-ce que tu voudrais faire ?
La réponse de Caleb fut instantanée.
— Aller au barrage !
— Pourquoi ?
— On peut tout voir !

Peter ne put retenir un sourire. Dans ces moments-là, il retrouvait un peu de lui-même chez son neveu : la curiosité irrépressible qui avait gouverné sa vie.

— Eh bien, va pour le barrage.

Sœur Peg s'approcha d'eux. Bien qu'aussi fragile qu'un moineau, elle avait quelque chose de profondément intimidant, avec ses petits yeux noirs capables de vous ratatiner d'un regard. Les camarades de Peter qui avaient été élevés à l'orphelinat – des hommes qui supportaient de vivre dans des conditions épouvantables et constamment en danger – parlaient d'elle avec un respect confinant à la terreur. « Bon sang, cette femme nous foutait une sacrée pétoche ! »

— Bonjour, ma sœur.

Son visage, une topographie de plaines arides burinées de profondes crevasses, avait la fixité d'un jugement sur le point de s'abattre. Elle s'était immobilisée juste au-delà de la distance normale de conversation, nuance à peine perceptible et néanmoins significative qui magnifiait sa présence imposante. Ses dents étaient teintées de brun jaunâtre à force de fumer les soies de maïs – une habitude incompréhensible, répandue dans la ville, que Peter considérait avec un mélange de fascination et de répulsion.

— Lieutenant Jaxon, je ne vous attendais pas.

— Désolé, ce n'était pas prévu. Ça vous ennuie si je l'emmène pour la journée ?

— Il aurait été assurément préférable que vous nous préveniez. Les choses ici obéissent à certaines règles.

Le corps de Caleb frémissait d'énergie.

— S'il vous plaît, ma sœur !

Le regard impérieux de sœur Peg se posa vivement sur lui, se fit appréciateur. Ses joues se creusèrent, approfondissant deux deltas de rides aux commissures de ses lèvres.

— Je suppose que, compte tenu des circonstances, cela pourrait se faire. Mais comprenons-nous bien, lieutenant : que cela reste exceptionnel. Et surtout, prenez garde à la sirène. Je sais que vous autres de l'expéditionnaire, vous vous croyez au-dessus des règles, mais je ne saurais l'autoriser.

Peter laissa passer la pique. Après tout, elle comportait un fond de vérité.

— Je vous le ramène à six heures.

Sous son regard flétrissant, ce fut d'un ton faussement désinvolte qu'il posa sa question suivante :

— Amy est dans le coin ? J'aimerais la voir avant mon départ.

— Elle est allée au marché. Vous venez de la manquer.

Suivit un soupir amer.

— Je suppose que vous allez vouloir rester dîner.

— Merci, ma sœur. C'est vraiment gentil de votre part.

Caleb, ennuyé par ces formalités, le tirait par la main.

— Je t'en prie, oncle Peter, on y va ?!

L'espace d'une demi-seconde, guère plus, l'expression sévère de la femme parut à nouveau se craqueler. Une étincelle de tendresse presque maternelle vacilla dans ses yeux et disparut aussitôt, si vite que Peter se demanda s'il ne l'avait pas imaginée.

— Attention à l'heure, lieutenant. Je vous ai à l'œil.

Le barrage était à bien des égards le cœur de la ville et de son fonctionnement. On attribuait la longévité de la cité au pétrole qui faisait tourner les générateurs et à la domestication du Guadalupe, le fleuve qui traversait Kerrville, fournissant à la fois l'eau d'irrigation et une barrière de protection vers le sud et l'ouest – personne n'avait jamais vu un virul ne fût-ce qu'essayer de nager ; on pensait généralement qu'ils avaient la phobie de l'eau, ou tout simplement qu'ils couleraient comme une pierre. Le Guadalupe était jadis une modeste rivière qui se réduisait à un filet d'eau en été. Mais au printemps 22, une inondation dévastatrice, annonciatrice d'un changement climatique qui relèverait le niveau de l'eau de façon permanente de trois bons mètres, avait nécessité sa domestication. Ce projet, à tous points de vue énorme, avait exigé le détournement temporaire de son courant, et le déplacement d'énormes quantités de terre et de grès afin de creuser la dépression qui formerait le bassin de retenue, suivi par l'érection du barrage proprement dit, un exploit d'ingénierie à une échelle que Peter avait toujours associée au temps d'Avant, et non au monde qu'il connaissait. Le jour du premier déversement passait pour l'un des événements fondateurs de l'histoire de la République. Plus que n'importe quoi d'autre à Kerrville, l'apprivoisement de forces naturelles que représentait le barrage lui faisait comprendre à quel point la Colonie était fragile, par comparaison. Ils avaient eu de la chance de survivre aussi longtemps.

Un grand escalier montait sur le barrage. Caleb gravit les marches à toute vitesse, malgré les cris de protestation de Peter qui voulait le faire ralentir. Le temps que ce dernier arrive en haut, Caleb contemplait déjà, au-delà de l'étendue d'eau, la crête de collines ondulantes à l'horizon. Dix mètres plus bas, la surface liquide avait une clarté stupéfiante. Peter voyait même, dans les profondeurs, les formes blanches des poissons qui sinuaient paresseusement dans les eaux cristallines.

— C'est quoi, là-bas ? demanda le gamin.

— Eh bien, c'est encore le Texas. Les collines que tu vois ne sont qu'à quelques kilomètres.

— Et le Nouveau-Mexique, c'est où ?

Peter tendit le doigt vers l'ouest.

— Là-bas, mais vraiment très très loin. À trois jours de route, en véhicule à moteur, et à condition de ne pas s'arrêter.

Le gamin se mordillait la lèvre inférieure.

— Je veux le voir.

— Tu iras peut-être un jour.

Ils suivirent la courbe supérieure du barrage en direction du déversoir de l'ouest. Une série de vannes libéraient l'eau à intervalles réguliers dans un vaste bassin, d'où des pompes volumétriques l'envoyaient vers le complexe agricole afin d'irriguer les cultures. Dans le lointain, des tours régulièrement espacées marquaient le début de la Zone orange. Ils s'arrêtèrent pour s'imprégner du paysage. Peter fut à nouveau frappé par la sophistication du site. Il semblait qu'en cet unique endroit l'histoire humaine coulait encore en un continuum ininterrompu, resté intact malgré la violence avec laquelle les viruls avaient séparé le temps d'Avant de l'ère actuelle.

— Tu lui ressembles.

Peter se retourna et vit que Caleb l'observait pensivement, en plissant les yeux.

— Ah bon ? À qui ?

— À Theo. Mon père.

La déclaration le prit de court. Comment le gamin aurait-il pu savoir de quoi Theo avait l'air ? C'était évidemment impossible, mais là n'était pas la question. L'affirmation de Caleb était une sorte de vœu, il le comprenait. C'était une façon de garder son père en vie.

— C'est ce que tout le monde disait. Je le retrouve beaucoup en toi, tu sais.

— Il te manque ?

— Je pense à lui tous les jours.

Un sombre silence passa, et puis Peter reprit :

— Je vais te dire : tant qu'on pense à quelqu'un, cette personne ne disparaît pas complètement. Ses pensées, ses sentiments, ses souvenirs, tout ça fait partie de nous. Et même si tu crois ne pas te rappeler tes parents, tu en gardes quand même la mémoire. Ils sont en toi, de la même façon qu'ils sont en moi.

— Mais je n'étais qu'un bébé.

— C'est encore plus vrai pour les bébés.

Une pensée lui passa par la tête.

— On t'a parlé de la Ferme ?

— L'endroit où je suis né ?

— C'est ça. Elle avait quelque chose de spécial. On avait l'impression qu'on y serait toujours en sécurité, comme si quelque chose veillait sur nous. Ton père disait que ce quelque chose était un fantôme, ajouta-t-il en regardant le gamin.

Celui-ci ouvrit de grands yeux.

— Et toi ?

— Moi, je ne sais pas. J'y ai beaucoup réfléchi pendant toutes ces années. Peut-être que c'en était un. Ou du moins une espèce de fantôme. Peut-être que les lieux ont des souvenirs, eux aussi. Tout ce que je sais, Caleb, conclut-il en lui mettant la main sur l'épaule, c'est que le monde voulait que tu naisses.

Le petit resta un instant silencieux. Et puis son visage s'illumina d'un sourire malicieux de conspirateur.

— Tu sais ce que je voudrais faire maintenant ?

— Dis-moi.

— Je voudrais aller nager.

Il était un peu plus de quatre heures lorsqu'ils arrivèrent en bas du déversoir. Ils se déshabillèrent au bord du bassin, ne gardant que leur caleçon. Alors que Peter se dirigeait vers les cailloux, il se retourna et vit Caleb figé sur place.

— Il y a un problème ?

— Je ne sais pas nager.

Celle-là, il ne l'avait pas vue venir. Il prit l'enfant par la main.

— Allez, viens. Je vais t'apprendre.

L'eau était d'une fraîcheur surprenante, et avait un goût minéral prononcé. Au début, Caleb ne se montra pas rassuré, mais au bout de trente minutes passées à projeter l'eau dans tous les sens, il prit confiance en lui. Et dix minutes plus tard, il évoluait tout seul à la surface en nageant comme un petit chien.

— Regarde-moi ! Regarde-moi !

Peter n'avait jamais vu le gamin aussi heureux.

— Accroche-toi à moi, dit-il.

Le gamin monta sur son dos et le prit par les épaules.

— Qu'est-ce que tu vas faire ?

— Tu inspires un bon coup et tu gardes l'air dans tes poumons.

Ensemble, ils s'enfoncèrent sous l'eau.

Peter chassa l'air de ses poumons, tendit les bras, et d'un coup de pied fouetté, se propulsa le long des pierres du fond, traînant derrière lui, comme une cape, le petit garçon cramponné à ses épaules. L'eau était d'une transparence cristalline. Des images d'enfance, de jeux dans l'eau de la grotte passèrent par la tête de Peter. Son père lui avait fait faire la même chose quand il était petit.

Encore trois coups de pied, et ils remontèrent, jaillissant à la lumière.

— C'était comment ? demanda Peter.

— J'ai vu des poissons !

— Qu'est-ce que je t'avais dit !

Ils replongèrent ainsi, encore et encore. La joie du gamin était inépuisable. Il était plus de cinq heures et demie et les ombres commençaient à s'allonger quand Peter décida de mettre fin au jeu. Ils remontèrent sur les pierres en faisant bien attention et se rhabillèrent.

— J'ai hâte de raconter à sœur Peg qu'on est sortis, déclara Caleb, radieux.

— Il vaudrait mieux pas. On garde ça pour nous, d'accord ?

— Comme un secret ?

Le garçon prononça le mot avec un plaisir illicite. Ils étaient de grands conspirateurs maintenant.

— Exactement.

L'enfant glissa sa petite patte mouillée dans celle de son oncle, et ils retournèrent vers la porte de l'usine hydroélectrique. Dans quelques minutes, la sirène retentirait. Peter se sentit envahi par une vague d'amour : *C'est pour ça que je suis ici.*

Il la trouva à l'office, devant un grand fourneau couvert de marmites bouillonnantes, au milieu de la chaleur et du vacarme produit par les assiettes entrechoquées, les sœurs qui trottaient dans tous les sens, le brouhaha de voix excitées alors que les enfants s'engouffraient dans le réfectoire. Amy lui tournait le dos. Ses cheveux, d'un noir lumineux, étaient nattés en une grosse tresse qui lui tombait jusqu'à la taille. Il hésita sur le seuil et l'observa. Elle touillait le contenu d'un chaudron avec une longue cuillère en bois, l'air totalement absorbé par sa tâche. Elle goûta et rectifia l'assaisonnement, puis s'approcha vivement de l'un des fours de brique rouge et retira, sur une longue palette, une demi-douzaine de pains tout chauds.

— Amy !

Elle se retourna et lui sourit. Ils allèrent à la rencontre l'un de l'autre au milieu de l'agitation. Un instant d'incertitude, puis ils s'embrassèrent.

— Sœur Peg m'a dit que tu étais là.

Il recula. Il l'avait senti en la touchant : elle avait quelque chose de changé. La petite fille errante, traumatisée, sans voix, aux cheveux feutrés et vêtue de guenilles avait disparu. Elle semblait grandir par à-coups, et sa croissance était moins un phénomène physique qu'un approfondissement de ce qu'elle était, comme si elle prenait possession de sa vie. Et toujours le même paradoxe : celle qui était debout devant lui, qui paraissait à tous points de vue être une jeune adolescente était en réalité l'être humain le plus vieux de la Terre. La longue absence de Peter, qui avait duré une éternité pour Caleb, n'avait été pour Amy qu'un clin d'œil.

— Combien de temps peux-tu rester ?

Ses yeux ne quittaient pas son visage.

— Juste ce soir. J'accompagne un convoi demain.

— Amy, appela l'une des sœurs depuis le fourneau, elle est prête, cette soupe ? Ils commencent à s'impatienter !

Amy répondit vivement, par-dessus son épaule :

— Juste une seconde.

Et puis, à Peter, son sourire s'élargissant :

— Apparemment, je ne suis pas mauvaise cuisinière. Garde-moi une place.

Elle lui serra rapidement la main.

— Ça me fait vraiment plaisir de te voir.

Peter retourna dans le réfectoire, où tous les enfants avaient pris place autour de longues tables, regroupés par âge. Le bruit était assourdissant. Cette puissante énergie faite de corps et de voix rappelait le vacarme d'un immense moteur. Il venait de s'asseoir au bout d'un banc, à côté de Caleb, quand sœur Peg apparut à l'entrée de la salle et claqua dans ses mains.

L'effet fut celui d'un coup de tonnerre ; le silence se fit instantanément. Les enfants se prirent par la main et inclinèrent la tête. Peter se joignit au cercle, tenant Caleb d'une main et de l'autre une petite fille aux cheveux bruns.

— Notre Père qui êtes aux cieux, entonna la sœur, les yeux fermés, nous Vous remercions de ce repas pris ensemble, de nous accorder la bénédiction de Votre amour et du soin que Vous prenez de nous dans Votre infinie miséricorde. Nous Vous remercions de la richesse de la terre et du ciel, et de Votre protection jusqu'à ce que la vie à venir nous accueille. Et enfin, nous Vous remercions de la compagnie d'un hôte très spécial, l'un de Vos braves soldats, qui a suivi un long et périlleux chemin pour être avec nous ce soir. Nous prions pour que Vous le protégiez, ainsi que ses compagnons, et que Vous veilliez sur leur voyage. Amen.

— Amen, répondit un chœur de voix.

Peter fut sincèrement touché. Tiens donc, peut-être sœur Peg n'était-elle pas contre sa présence, après tout.

Le dîner arriva : de pleins chaudrons de soupe, d'épaisses tranches de pain tout chaud, des brocs d'eau et de lait. Au bout de chaque table, l'une des sœurs servait la soupe à la louche dans des écuelles que les petits convives se passaient de l'un à l'autre tandis que les brocs circulaient. Amy vint se glisser sur le banc à côté de Peter.

— Comment trouves-tu la soupe ?

Elle était délicieuse – à vrai dire, il n'avait rien mangé d'aussi bon depuis des mois. Le pain, moelleux et fondant, faillit lui arracher un gémissement de plaisir. Il se retint d'en redemander, pensant que ce serait impoli, mais lorsque son bol fut vide, l'une des sœurs apparut avec un autre qu'elle déposa devant lui.

— Nous n'avons pas souvent des visiteurs, expliqua-t-elle avant de détaler, le visage rose de confusion.

Ils parlèrent de l'orphelinat, des tâches qui incombaient à Amy – préparer la cuisine, mais aussi apprendre à lire aux plus jeunes et, selon ses propres termes, « tout ce qu'il y a à faire ». Peter lui donna des nouvelles des autres, mais sans entrer dans les détails ; ils ne pourraient pas parler sérieusement ensemble avant le coucher des enfants. À côté de lui, Caleb était plongé dans une conversation animée avec un autre garçon, conversation que Peter ne réussissait que partiellement à suivre, mais où il était apparemment question de cavaliers, de reines et de pions. Quand son compagnon quitta la table, Peter demanda à son neveu de quoi il s'agissait.

— D'échecs.

— D'échelles ?

Caleb leva les yeux au ciel.

— Non, d'*échecs*. C'est un jeu. Je t'apprendrai, si tu veux.

Peter jeta un coup d'œil à Amy, qui se mit à rire.

— Prépare-toi à perdre.

Après le dîner et la vaisselle, ils se rendirent tous les trois dans la salle commune, où Caleb installa l'échiquier, indiqua à Peter les noms des diverses pièces et lui expliqua les mouvements qu'elles effectuaient. Arrivé au cavalier, Peter en avait le tournis.

— Tu arrives vraiment à te souvenir de tout ça ? Combien de temps t'a-t-il fallu pour apprendre à jouer ?

L'enfant haussa les épaules d'un air innocent.

— Pas longtemps. C'est assez simple.

— Moi, je trouve ça plutôt compliqué.

Il se tourna vers Amy, qui arborait un sourire réservé.

— Ne compte pas sur moi, protesta-t-elle. Débrouille-toi.

Caleb agita la main au-dessus de l'échiquier.

— Tu peux commencer.

La bataille s'engagea. Peter envisageait d'y aller mollo avec le gamin – après tout, ce n'était qu'un jeu d'enfant, et il était convaincu qu'il en apprendrait rapidement toutes les ficelles –, mais il découvrit très vite qu'il avait lourdement sous-estimé son jeune adversaire. Celui-ci semblait anticiper sa tactique, réagissait sans hésitation, par des mouvements rapides et assurés. En désespoir de cause, Peter décida de passer à l'attaque et de prendre l'un des fous de Caleb avec un de ses cavaliers.

— Tu es sûr de vouloir faire ça ? demanda le gamin.

— Euh... Non ?

Son neveu étudiait l'échiquier, le menton posé sur les mains. Peter sentait les rouages complexes de son raisonnement : il échafaudait une stratégie, imaginait une série de mouvements et de ripostes en le devançant de plusieurs coups. Cinq ans, pensa Peter. Pas croyable.

Caleb avança une tour de trois cases et prit le dernier cavalier de son oncle, que celui-ci avait par inadvertance laissé vulnérable.

— Regarde bien, dit-il.

Un rapide mouvement de pièce et le roi de Peter se retrouva acculé.

— Échec et mat, déclara le gamin.

Peter regardait l'échiquier, l'air accablé.

— Comment tu as réussi à faire ça si vite ?

À côté de lui, Amy éclata de rire – un rire chaleureux, contagieux.

— Je t'avais prévenu.

Le sourire de Caleb s'élargit d'un kilomètre. Peter comprenait ce qui était arrivé : d'abord la natation, et maintenant ça... son neveu avait inversé les rôles à ses dépens, lui montrant avec une aisance dérisoire de quoi il était capable.

— Il faut prévoir plusieurs coups d'avance, dit Caleb. Essayer de voir ça comme une histoire.

— Dis-moi, tu es vraiment bon à ce jeu-là ?

Le gamin eut une moue modeste.

— Il y avait des grands qui arrivaient à me battre, mais c'était avant.

Peter éprouva un sursaut d'orgueil. De sa vie, il n'avait jamais été plus heureux de perdre.

— Vraiment ? Eh bien, remets donc les pièces en place, mon petit gars. Je veux ma revanche.

Caleb venait de remporter sa troisième victoire d'affilée, chacune plus formelle et implacable que la précédente, quand la cloche sonna l'heure du coucher. Le temps avait passé trop vite. Amy partit pour le quartier des filles, laissant Peter emmener son neveu au dortoir. Dans la vaste salle pleine de petits lits, Caleb troqua ses vêtements pour une chemise de nuit, puis il s'agenouilla sur le sol de pierre, joignit les mains et dit ses prières, une longue série de « Dieu bénisse » commençant par « mes parents au ciel » et qui s'acheva par Peter lui-même.

— Je te garde toujours pour la fin, expliqua le gamin en montant dans son lit. Pour qu'il veille bien sur toi.

— Qui est Souricet ?

Souricet était leur chat, lui expliqua le garçon. Peter avait vu la pauvre bête étalée sur un appui de fenêtre dans la salle commune – un pitoyable vieux débris, la peau pendant lamentablement sur ses os friables. Peter remonta la couverture sous le menton de Caleb et se pencha pour l'embrasser sur le front. Les sœurs arpentaient les rangées de petits lits, faisant taire les enfants. Les lumières avaient déjà été éteintes dans la pièce.

— Quand est-ce que tu reviens, oncle Peter ?

— Je ne sais pas encore. Bientôt, j'espère.

— On pourra retourner nager ?

Un sentiment de chaleur l'envahit.

— Seulement si tu me promets de rejouer aux échecs avec moi. Je ne suis pas sûr d'avoir tout compris. J'aurais bien besoin de quelques tuyaux.

Le visage du garçon s'illumina.

— Promis !

Amy l'attendait dans la salle commune désertée, le chat tournoyant autour de ses pieds. Peter devait être aux chambrées à vingt et une heures, ils n'avaient que quelques minutes devant eux.

— Pauvre bête, dit-il. Pourquoi est-ce que personne ne met fin à ses souffrances ? C'est de la cruauté, non ?

Amy passa la main sur le dos de l'animal. Il courba l'échine pour venir à la rencontre de sa caresse, et un léger ronronnement monta de son corps frémissant.

— Il serait grand temps, en effet. Mais les enfants l'adorent, et les sœurs n'y sont pas favorables. Seul Dieu a le droit d'ôter la vie.

— Il est évident qu'elles ne sont jamais allées au Nouveau-Mexique.

Il plaisantait, mais pas tout à fait. Ils étaient assis face à face, de part et d'autre d'une table basse. Amy le regarda d'un air soucieux.

— On dirait que quelque chose te préoccupe, Peter.

— C'est que la situation devient inquiétante. Tu veux que je te raconte ?

Elle réfléchit un instant. Elle était un peu pâle, Peter se demanda si elle se sentait bien.

— Une autre fois peut-être.

Elle scruta son visage.

— Il t'aime, tu sais. Il parle tout le temps de toi.

— Tais-toi, je me sens déjà assez coupable comme ça. Et pour de bonnes raisons, sûrement.

Elle ramassa Souricet et le posa sur ses genoux.

— Caleb comprend. Si je te dis ça, c'est juste pour que tu saches à quel point tu comptes pour lui.

— Et toi ? Tu es bien, ici ?

Elle hocha la tête.

— Dans l'ensemble, ça me va bien. J'aime la compagnie des enfants et des sœurs. Et puis, évidemment, il y a ton neveu. Pour la première fois de ma vie peut-être, je me sens vraiment, je ne sais pas... utile. C'est agréable d'être une personne comme les autres.

Peter fut frappé par le tour franc, spontané de la conversation. Une barrière entre eux était tombée.

— Les autres sœurs sont au courant ? À part sœur Peg, bien sûr.

— Quelques-unes savent, ou s'en doutent du moins. Il y a cinq ans que je suis là, elles ont bien dû remarquer que je ne vieillissais pas. Je crois que je chiffonne un peu sœur Peg, je ne dois pas cadrer avec sa vision des choses, mais elle ne m'en parle jamais. Après tout, ajouta Amy avec un sourire, je ne fais pas trop mal la soupe d'orge.

Trop vite, le moment du départ arriva. Elle le raccompagna jusqu'à l'entrée. Peter tira la liasse de billets de sa poche et la lui remit.

— Tu veux bien donner ça à sœur Peg ?

Amy hocha la tête sans faire de commentaire et glissa le petit paquet dans la poche de sa jupe. Elle serra Peter contre elle à nouveau, plus fortement cette fois.

— Tu m'as vraiment manqué.

Sa voix était douce contre sa poitrine.

— Fais attention à toi, d'accord ? Tu me le promets ?

Il y avait quelque chose de fragile dans son insistance, un sentiment de gravité presque comme s'il s'agissait d'adieux définitifs. Qu'est-ce qu'elle ne lui disait pas ? Et il y avait autre chose : elle irradiait une chaleur fébrile. Il la sentait littéralement palpiter à travers le tissu épais de sa chasuble.

— Il ne faut pas t'en faire pour moi. Ça va aller.

— Je le pense vraiment, Peter. S'il t'arrivait quelque chose, je ne pourrais pas...

Sa voix mourut, comme entraînée par un vent invisible.

— Je ne pourrais pas, c'est tout.

Il en était certain, maintenant : Amy lui cachait quelque chose. Il scruta son visage, espérant y déceler un indice. Une fine couche de sueur lustrait son front.

— Ça va ?

Elle prit sa main, la souleva et posa sa paume contre la sienne de sorte que leurs doigts se touchaient à peine. Ça paraissait être un geste de séparation en même temps que de rapprochement, d'union et de séparation.

— Tu te souviens quand je t'ai embrassé ?

Ils n'en avaient jamais reparlé – un rapide baiser, pareil à un petit coup de bec, au centre commercial, alors que les viruls se jetaient sur eux. Il s'était passé bien des choses depuis, mais ça, Peter ne l'avait pas oublié. Comment aurait-il pu ?

— Ça m'a toujours intrigué, avoua-t-il.

Leurs mains levées paraissaient planer dans le vide assombri qui les séparait. Amy les étudia du regard. On aurait dit qu'elle s'efforçait de deviner la signification d'une chose qu'elle avait elle-même produite.

— J'étais seule depuis si longtemps. Je ne peux même pas décrire ce que c'était. Et tout à coup, tu étais là. Je n'arrivais pas à y croire.

Enfin, comme si elle sortait brusquement d'une transe, elle retira sa main, en proie à un trouble soudain.

— C'est tout. Tu ferais mieux d'y aller, tu vas être en retard.

Il n'avait pas envie de partir. De même que son baiser, le contact de leurs mains semblait receler le pouvoir unique de se prolonger dans ses sens. Il aurait voulu en dire davantage, mais n'arrivait pas à trouver les mots, et le moment passa.

— Tu es sûre que ça va ?

Elle réussit à se fabriquer un sourire.

— Mieux que bien.

Elle n'en avait pourtant pas du tout l'air.

— Bon. Enfin, je reviens d'ici dix jours.

Elle ne répondit pas.

— On se verra à ce moment-là, d'accord ?

Il se demanda pourquoi il lui posait cette question.

— Évidemment, Peter. Où voudrais-tu que j'aille ?

Après le départ de Peter, Amy se dirigea vers la résidence des sœurs, une version réduite des dortoirs des enfants. Elles étaient toutes couchées, quelques-unes, les plus âgées, ronflotaient doucement. Elle ôta sa chasuble et s'allongea sur sa couchette.

Un peu plus tard, elle se réveilla en sursaut. Elle baignait dans une sueur glacée, qui trempait sa chemise de nuit. La turbulence de ses rêves agités faisait encore rage en elle.

Amy, aide-le.

Elle se raidit.

Il t'attend, Amy. Dans le vaisseau.

— Papa ?

Va à lui va à lui va à lui va à lui...

Elle se leva, consciente d'obéir à un dessein. Le moment était venu.

Elle avait encore une chose à faire, une tâche ultime à effectuer en ces derniers jours d'une vie qu'elle avait aimée, bien que brièvement. Elle alla pieds nus dans les couloirs silencieux, vers la salle commune. Elle trouva Souricet à l'endroit où elle l'avait laissé, étalé sur l'appui de fenêtre. Son regard trahissait son épuisement, ses pattes étaient flasques, et c'est à peine s'il put soulever la tête.

Je t'en prie, disaient ses yeux. *J'ai mal. Ça n'a que trop duré.*

Doucement, elle le souleva vers sa poitrine. Elle lui caressa le dos en s'orientant de façon à le tourner vers la fenêtre qui encadrait la nuit étoilée.

— Tu vois le joli monde, Souricet ? lui murmura-t-elle à l'oreille. Tu vois les jolies étoiles ?

C'est... beau.

Son cou se rompit avec un claquement sec et son petit corps devint tout mou dans les bras d'Amy. Elle resta ainsi quelques minutes, le temps que sa présence s'estompe, à caresser sa fourrure, à lui embrasser la tête et le museau. *Au revoir, Souricet. Bon vent à toi. Les enfants t'aimaient, et vous serez à nouveau réunis.* Puis elle l'emporta vers l'abri de jardin, où elle chercha une pelle.

31.

— Hé, regardez qui voilà !

Un ouvrier maculé de graisse avait envoyé Peter vers l'intendance, où il trouva Michael assis avec une dizaine d'hommes et de femmes aux mains noires de crasse, qui s'empiffraient de platées de fayots. Michael se leva d'un bond et lui flanqua une claque sur l'épaule.

— Peter Jaxon ! Bon sang de bonsoir !

— Dracs, Michael ! Tu es énorme !

La poitrine de son ami semblait avoir doublé de volume et tendait le tissu de sa combinaison, ses muscles faisaient des bosses sur ses bras, et ses joues étaient hérissées d'une sorte de chaume blond, dru.

— Si tu veux savoir, à part cuire du pétrole et soulever des charges, il n'y a pas grand-chose à faire par ici. Oh, et puis, personne ne dit « dracs » dans le coin. C'est « putain de ci » et « putain de ça ».

Il balaya la table d'un geste.

— Et voilà mon équipe. Dites bonjour à Peter, *hombres.*

Ils se présentèrent à la ronde. Peter fit de son mieux pour retenir les noms, mais il savait qu'ils lui auraient échappé quelques minutes plus tard.

— Tu as faim ? demanda Michael. La bouffe n'est pas mauvaise, suffit d'apprendre à respirer par la bouche.

— Il faut d'abord que je me signale auprès du chef de la Sécurité.

— Stark ? Il attendra. De toute façon, il est plus d'une heure, et il y a gros à parier qu'il est déjà bourré. En réalité, c'est Karlovic qu'il faut que tu voies, mais il est parti aux réserves. Je vais te chercher une assiette.

Ils échangèrent les dernières nouvelles en déjeunant, rapportèrent leurs plateaux aux cuisines et sortirent.

— Ça pue toujours comme ça ? s'étonna Peter.

— Oh, aujourd'hui, c'est un bon jour. Si le vent tourne, tu verras, tu vas pleurer à chaudes larmes. On récupère toute la merde du canal. Allez, viens, je vais te faire faire le grand tour.

Leur premier arrêt fut pour les chambrées, une construction en parpaing avec un toit de tôle ondulée rouillée. Les couchettes réparties sur les quatre murs étaient dissimulées par des rideaux. Assis à une table, au milieu de la pièce, un énorme gaillard au visage long comme un jour sans pain battait et rebattait un jeu de cartes.

— Ça, c'est mon bras droit, Juan Sweeting, annonça Michael. On l'appelle Ceps.

Ils échangèrent une poignée de main, que l'homme accompagna d'un grommellement.

— Ceps ? s'étonna Peter. C'est la première fois que j'entends ce surnom. D'où vous vient-il ?

L'homme replia les bras et fit jaillir deux biceps gros comme des pamplemousses.

— Ah, dit Peter. Je vois !

— T'en fais pas, reprit Michael. Ce n'est pas l'individu le plus civilisé du monde et il lit en remuant les lèvres, mais tant qu'on n'oublie pas de le nourrir, il arrive à se tenir.

De l'une des couchettes émergea une femme en sous-vêtements. Elle mit son poing devant sa bouche et bâilla.

— Putain, Michael, j'essayais de pioncer un peu.

À la grande surprise de Peter, elle se jeta au cou de Michael, et son visage s'illumina d'un sourire avide.

— À moins, bien sûr, que...

— Pas le temps, *mi amiga*. Au cas où tu ne l'aurais pas remarqué, ajouta-t-il en se libérant doucement, nous avons de la visite. Lore, Peter. Peter, Lore.

Elle avait un corps mince et puissant, les cheveux courts, décolorés par le soleil. Séduisante, dans un genre peu conventionnel, légèrement masculin, qui affichait une sensualité franche, presque carnivore.

— C'est vous, le nouveau ?

— C'est ça.

Elle eut un rire entendu.

— Eh bien, bonne chance, l'ami.

— Lore a tété le pétrole au biberon. Sa famille est dans la raffinerie depuis quatre générations, expliqua Michael.

— C'est un mode de vie, commenta Lore. Bon, vous avez l'air de vous connaître depuis longtemps tous les deux. Vous pourriez me mettre dans le coup ? Comment il était avec vous ? demanda-t-elle à Peter.

— C'était quasiment le plus futé de la bande. On l'appelait le Circuit. Une sorte de surnom.

— Un surnom stupide, d'ailleurs. Merci tout plein, Peter.

— Le Circuit, répéta Lore, tournant et retournant le mot dans sa bouche comme un bonbon. Ouais, je crois que ça me plaît assez.

À la table, Ceps, qui n'avait pas prononcé un mot, poussa un gémissement féminin.

— *Oh, le Circuit, le Circuit, fais-moi sentir ma part féminine...*

— Vos gueules, tous les deux.

Michael était écarlate, ce qui collait mal avec sa nouvelle musculature, mais Peter voyait bien qu'au fond il ne détestait pas être au centre de l'attention.

— Quel âge vous avez ? Treize ans ? Allez, Peter, fit-il en le poussant vers la porte. Laissons ces sales mômes entre eux.

— À plus tard, lieutenant, s'écria joyeusement Lore alors qu'ils sortaient. J'ai hâte d'entendre les histoires que vous avez à raconter.

Dans la chaleur de plus en plus forte de l'après-midi, Michael décrivit la situation générale à Peter tout en l'emmenant vers l'une des colonnes, et il lui expliqua le processus de raffinage.

— Ça paraît assez dangereux, nota Peter.

— Il y a parfois des accidents, c'est vrai.

— Où sont les réserves ?

Peter savait que le pétrole venait d'une poche située dans les profondeurs du sol.

— À un peu moins de dix kilomètres d'ici. En réalité, c'est un dôme de sel naturel qui fait partie des anciennes réserves stratégiques de pétrole. Le pétrole flotte, alors on injecte de l'eau de mer dans la poche, et on le fait sortir comme ça.

Peter remarqua que son ami avait été quelque peu contaminé par l'accent nasal, traînant du Texas. Il ne disait pas « pétrole », mais « pétraaul ».

— Il en reste beaucoup au fond ?

— Apparemment, il y en aurait encore un sacré paquet. D'après nos estimations, suffisamment pour alimenter les colonnes de distillation pendant une bonne cinquantaine d'années.

— Et quand il n'y en aura plus ?

— Ben, on ira en chercher ailleurs, je suppose. Il y a plein de réservoirs le long du canal navigable de Houston. Le coin est pollué à mort, et ça grouille de groggys, mais ça pourrait nous permettre de tenir le coup un moment. Le dôme le plus proche est Port Arthur. Il ne serait pas facile de redéployer les installations là-bas, mais avec le temps, on pourrait y arriver.

Il eut une moue désabusée.

— De toute façon, je ne serai sûrement plus là pour m'en préoccuper.

Il lui annonça ensuite qu'il avait une surprise à lui montrer. Ils passèrent par l'armurerie, où Michael récupéra une carabine, puis au garage prendre un pick-up. Michael fixa le fusil sur un trépied dans la cabine et dit à Peter de monter.

— Où on va ?

— Tu vas voir.

Ils quittèrent le périmètre des installations et prirent vers le sud sur une chaussée fissurée qui longeait la baie. Un vent salé soufflait par les vitres ouvertes du véhicule, leur apportant un peu de fraîcheur. Peter n'avait vu le golfe que deux fois. L'antique étendue, dont il avait oublié l'immensité, lui coupa le souffle. Plus fascinantes encore étaient les vagues, de longs rouleaux qui se renforçaient, devenaient énormes en approchant de la plage et retombaient dans un jaillissement de mousse brunâtre. Peter ne pouvait en détacher le regard. Il aurait pu rester pendant des heures assis sur le sable, à regarder les vagues.

Certains tronçons de la plage étaient dégagés alors que d'autres arboraient toutes les séquelles d'une catastrophe à grande échelle. Des montagnes de métal rouillé, tordu dans des formes incompréhensibles ; des vaisseaux de toutes les tailles, échoués, la coque décolorée, rongée par la rouille, ou dépouillés jusqu'à la carcasse, inclinés sur la grève comme des cages thoraciques mises à nu ; des crêtes de débris indifférenciés, que la marée avait poussés vers le rivage.

— Si je te disais la quantité qui en arrive encore, tu ne me croirais pas, révéla Michael en faisant un geste par la vitre. Il en vient beaucoup du Mississippi, en suivant la côte. Les plus gros ont pratiquement disparu, mais tout ce qui est en plastique a l'air de durer.

Michael avait quitté la route et longeait maintenant la plage au plus près. Peter regardait par la vitre.

— Vous voyez encore arriver de gros bâtiments ?

— De temps en temps. L'an dernier, une barge chargée d'énormes conteneurs s'est échouée. Cette putain de chose dérivait depuis cent ans. On était tous assez excités.

— Qu'est-ce qu'il y avait dedans ?

— Des squelettes humains.

Ils arrivèrent à une anse et bifurquèrent vers l'ouest, suivant le bord d'une baie tranquille. Devant eux, un petit bâtiment de béton se dressait au bord de l'eau. Michael arrêta le pick-up, et Peter vit que ce n'était qu'une coquille vide. Sur la vitre, on devinait encore l'inscription « Chez Art – Crabes et fruits de mer ».

— Bon, et alors ? s'impatienta Peter. C'est quoi, la surprise ?

Son ami eut un sourire malicieux.

— Tu peux laisser ton pétard ici, dit-il en indiquant le Browning attaché à la cuisse de Peter. Tu n'en auras pas besoin.

Peter mit l'arme dans la boîte à gants et suivit Michael vers l'arrière du bâtiment en se demandant ce qu'il avait en tête. Un petit ponton posé sur des piles en béton avançait d'une dizaine de mètres dans l'eau.

— C'est quoi, ça ?

— Ben, un bateau, tu vois bien.

Un petit voilier était amarré au bout du ponton et oscillait doucement au gré des vagues.

— Où tu l'as trouvé ?

Le visage de Michael s'illumina de fierté.

— En plusieurs endroits, en réalité. La coque, on l'a dénichée dans un garage, à une quinzaine de kilomètres à l'intérieur des terres. Le reste, on l'a ramassé à droite et à gauche, ou on l'a fait nous-mêmes.

— On ?

— Lore et moi.

Il s'éclaircit la gorge et parut soudain dans ses petits souliers.

— J'imagine que c'est plutôt clair...

— Tu n'as pas à te justifier, Michael.

— Ce que je veux dire, c'est que ce n'est pas tout à fait ce qu'on pourrait croire. Enfin, peut-être que si. Mais je ne dirais pas qu'on est vraiment ensemble. Lore est juste... enfin, c'est Lore, quoi.

Peter se rendit compte qu'il trouvait un plaisir pervers à la gêne de son ami.

— Elle a l'air assez sympa. Et il est évident que tu lui plais.

— Ouais, enfin..., fit Michael en haussant les épaules. « Sympa » n'est pas le premier mot qui vient à l'esprit, si tu vois ce que je veux dire. En réalité, c'est à peine si j'arrive à tenir le choc avec elle.

Comme il montait à bord, Peter se rendit soudain compte que le bateau était en réalité un frêle esquif.

— Il y a un problème ? demanda Michael.

— On va vraiment prendre la mer sur ce truc ?

Michael était occupé à enrouler des bouts et à les empiler au fond de la coque.

— Je t'ai amené ici pour quoi, à ton avis ? Allez, arrête de t'en faire et monte.

Peter descendit prudemment dans la cabine. La coque bougeait bizarrement sous ses pieds, réagissant à ses déplacements par des mouvements léthargiques. Il se cramponna au bastingage, priant pour que le bateau cesse de tanguer.

— Tu sais vraiment faire ça ?

— Ne fais pas ta poule mouillée, répondit Michael en riant sous cape. Aide-moi à hisser la voile.

Il effectua rapidement les manœuvres de base : la voile, le gouvernail, la barre, l'écoute de grand-voile. Il largua les amarres, se précipita vers l'arrière et fit quelque chose avec la barre, si bien que la voile se gonfla subitement, puis tout à coup c'était parti : ils s'éloignèrent du ponton à une vitesse stupéfiante.

— Alors, qu'est-ce que tu en penses ?

Peter lorgna nerveusement le rivage qui reculait.

— J'essaie de m'y faire.

— Allez, dis-toi une chose : pour la première fois de ta vie, tu es quelque part où tu ne risques pas de te faire tuer par un virul.

— Je n'y avais pas réfléchi.

— Pendant quelques heures à partir de maintenant, mon ami, tu n'es plus au boulot.

Ils traversèrent la baie en tirant des bords et se retrouvèrent dans des eaux plus profondes. La couleur changea, passant d'un vert mousse à un bleu noir, insondable, le soleil ricochant sur les irrégularités de la surface. Sous la voile tendue, le bateau donnait une plus grande impression de solidité, et Peter commença à se détendre. Pas complètement toutefois. Michael paraissait savoir ce qu'il faisait, mais l'océan restait l'océan.

— Tu es allé loin avec cette chose-là ?

Michael regarda vers l'avant en plissant les yeux dans la lumière.

— Difficile à dire. Au moins cinq milles, je dirais.

— Et la barrière ?

On pensait généralement que dans les premiers temps de l'épidémie, les nations du monde s'étaient alliées pour imposer une quarantaine au continent nord-américain en plaçant des mines le long de toutes les côtes et en bombardant les bateaux qui tentaient de quitter le rivage.

— S'il y en a une, je ne l'ai pas encore trouvée, répondit Michael avec une moue dubitative. Et si tu veux que je te dise le fond de ma pensée, pour moi, c'est foutaises et compagnie.

Peter le scruta.

— Tu ne la cherches pas, hein ? Dis-moi que ce n'est pas ça !

Michael ne répondit pas, mais son expression révéla à Peter qu'il avait vu juste.

— C'est de la folie.

— Pas plus que ce que tu fais. Et même si la barrière avait existé, combien de mines pourraient encore flotter dans le coin ? Cent ans passés dans l'océan, ça suffit à ronger n'importe quoi. Et n'importe comment, avec tous ces débris, elles auraient sauté depuis belle lurette.

— Quand même, c'est imprudent. Tu pourrais te retrouver réduit en charpie.

— Peut-être. Et peut-être que demain une de ces colonnes de craquage va me péter à la gueule. Tu sais, dans cette partie du monde, les critères de sécurité individuelle sont assez relatifs, conclut-il avec une grimace comique. Mais ce n'est pas le sujet. Pour commencer, je pense que ce satané truc n'a jamais existé. Toute la côte ? Si tu inclus le Mexique et le Canada, ça fait près de deux cent cinquante mille kilomètres. C'est impossible.

— Et si tu te trompais ?

— Eh bien, comme tu dis, il se pourrait qu'un jour je me retrouve réduit en charpie.

Peter laissa tomber. Bien des choses avaient changé, mais Michael était toujours Michael, un homme d'une curiosité insatiable. Ils avaient traversé l'anse et mettaient le cap sur le large. La brise forcit et projeta des vagues d'émeraude liquide pardessus la proue. Il commençait à éprouver une curieuse sensation au creux de l'estomac. Pas seulement due aux mouvements du bateau. Toute cette eau, partout...

— Peut-être que pour cette fois, tu pourrais rester plus près de la côte...

Michael ajusta la voile, affermit sa poigne sur la barre.

— Je te le répète, Peter, ici la donne est radicalement différente. Je ne peux pas t'expliquer. C'est comme si tout ce qu'il y a de mauvais disparaissait. Il faut absolument que tu voies ça par toi-même.

— Je dois vraiment rentrer. On fera ça une autre fois.
Michael lui jeta un coup d'œil et éclata de rire.
— Bien sûr. Une autre fois.

32.

Alicia traversait les grands espaces en direction du nord. C'était la queue de la poêle du Texas. Le paysage plat, à perte de vue, pareil à une immense mer calmée, offrait au regard une houle d'herbe caressée par le vent, sous le ciel immense, d'un bleu automnal, le cercle parfait de l'horizon parfois interrompu le long d'un cours d'eau par un bouquet de peupliers, de pacaniers ou de saules pleureurs qui inclinaient leurs longues frondes mélancoliques sur son passage, dans une attitude de soumission. Les journées étaient chaudes, mais le soir, la température chutait, chargeant l'herbe de rosée. Le trajet au cours duquel elle utiliserait le carburant de caches réparties le long de sa route devait prendre quatre jours.

Elle atteignit la garnison de Kearney le matin du 6 novembre. Et eut confirmation de ce que le commandement redoutait en ne voyant pas revenir le convoi de ravitaillement : il ne restait pas âme qui vive pour l'accueillir. La garnison était une tombe à ciel ouvert. Les échos des cris d'agonie des soldats semblaient encore retentir dans le silence battu par les vents. Alicia passa deux jours à charger les restes desséchés de ses compagnons sur la plateforme d'un camion et à les transporter vers le site qu'elle avait choisi, une clairière au bord de la Platte. Là, elle les allongea en une longue rangée, pour qu'ils soient ensemble, les arrosa d'essence et y mit le feu.

C'est le lendemain matin qu'elle vit le cheval.

Il paissait juste de l'autre côté de l'enceinte. Un étalon rouan bleu, noir avec des taches blanches asymétriques, son long cou mâle incurvé vers l'herbe épaisse, à la limite du champ de manœuvre – présence inexplicable, comme celle d'une unique maison restée intacte après le passage d'une tornade. L'animal faisait au moins dix-huit mains de haut. Alicia s'approcha prudemment, les paumes offertes. Un instant, il sembla prêt à détaler, les narines épatées, les oreilles couchées en arrière, un grand œil tourné vers elle. Quelle est cette étrange nouvelle créature ? semblait-il se demander. Quelles sont ses intentions ? Alicia fit un pas de plus, il ne bougea pas. Elle sentait la sauvagerie qui courait dans ses veines, sa puissance sauvage, impétueuse.

— Bon garçon, murmura-t-elle. Tu vois ? Je ne suis pas méchante. Si on faisait ami-ami tous les deux, hein ? Qu'en dis-tu ?

Quand elle en fut à une portée de bras, elle tendit sa main ouverte sous le nez de l'animal. Le corps tendu, en alerte, il retroussa les lèvres, révélant la muraille jaune de ses dents. Son œil était une grosse bille noire qui l'évaluait. Le moment décisif. Enfin, il baissa la tête et combla sa main ouverte avec la chaude moiteur de son souffle.

— Bon, je crois que je viens de me trouver une monture.

L'animal lui fourrait son nez dans la main en hochant la tête. Des flocons d'écume marquaient les coins de sa bouche. Elle lui caressa l'encolure. Sa robe luisante était trempée de sueur. Son corps ressemblait à une sculpture, dure, pure, et pourtant c'était son regard qui dégageait une formidable impression de puissance.

— Il te faut un nom. Voyons, comment je vais t'appeler ?

Elle l'appela Briscard. Dès l'instant où elle bondit sur son dos, ils s'appartinrent. C'était comme s'ils étaient de vieux amis qui s'étaient retrouvés après une longue séparation, des compagnons de toute une vie qui auraient pu se livrer l'un à l'autre en toute confiance, mais également capables de ne rien dire s'ils préféraient se taire. Elle s'attarda encore deux jours dans la garnison vide, pour faire le point de la situation et programmer la suite de son voyage. Elle affûta ses lames à une finesse extrême. Ses ordres de mission étaient dans sa sacoche. À Alicia Donadio, capitaine de l'expéditionnaire. Signé Victoria Sanchez, présidente de la République du Texas.

Le matin du 12, ils prirent la route, en direction de l'est.

Un pont était resté intact sur le Mississippi, à soixante-cinq kilomètres au nord d'Omaha, au niveau de la ville de Decatur. Ils l'atteignirent le sixième jour. Les matins étaient vitrifiés par le givre, l'hiver était dans l'air. Renonçant à toute pudeur, les arbres exhibaient leurs fourches dénudées. Alors qu'ils s'approchaient, Alicia perçut dans la démarche de Briscard un soupçon d'hésitation : *Le fleuve, vraiment ?*

Ils parvinrent aux falaises ; tout en bas, l'eau bouillonnait dans son large lit. Des tourbillons agitaient la surface, aussi noire que la pierre. Quatre cents mètres plus au nord, le pont enjambait le fleuve sur des piles de béton massives, telles des bottes de géants.

Oui, dit Alicia. *Vraiment.*

C'était une entreprise hasardeuse. Par endroits, la surface de béton s'était éboulée, révélant les eaux tumultueuses en dessous. Elle mit pied à terre et mena Briscard par la bride. Péniblement, chaque pas entravé par le risque de voir le pont s'effondrer sous leur poids, ils finirent par arriver au bout. Qui a eu cette idée stupide ? semblait demander Briscard. Ah oui, toi !

Parvenus de l'autre côté, ils s'arrêtèrent. Le soir tombait. Le soleil avait amorcé son déclin derrière les falaises. Le rythme d'Alicia s'était inversé. À pied, elle aurait pu dormir le jour et voyager de nuit comme elle en avait l'habitude. Mais à cheval, ce n'était pas possible. Elle alluma un feu sur la berge du fleuve et mit une casserole d'eau à bouillir. Elle prit ses dernières provisions dans son sac de selle : une poignée de haricots secs, une boîte de pâté, un bout de biscuit de troupe dur comme du bois. Elle serait bien allée chasser, mais elle n'avait pas envie de laisser Briscard seul. Elle mangea son frugal repas, rinça sa casserole dans le fleuve et s'allongea sur son matelas pour regarder le ciel. Elle avait constaté qu'il suffisait d'attendre un moment pour voir une étoile filante. Comme en réponse à ses pensées, une traînée brillante stria le ciel, suivie de deux autres, coup sur coup. Michael lui avait dit, il y avait des années, que certaines étaient les créations oubliées de l'humanité du temps d'Avant, appelées des « satellites ». Il avait tenté de lui expliquer à quoi cela servait – un truc en rapport avec le temps qu'il faisait –, mais Alicia avait oublié ce qu'il lui avait raconté, à moins qu'elle ne l'ait même pas écouté, n'y voyant qu'une démonstration de monsieur-je-sais-tout dispensant son savoir aux simples d'esprit. Elle n'en avait gardé qu'une impression abstraite, une association de force et lumière : des objets inexplicables servant un but impénétrable, qui tournaient autour de la Terre comme des pierres dans une fronde, suivant une trajectoire déterminée par les influences conjuguées de la volonté et de la gravité jusqu'à ce qu'ils renoncent, comme accablés, à leurs tribulations et plongent vers la Terre dans un éclair de gloire. D'autres étoiles tombèrent, Alicia commença à les compter. Plus elle regardait, plus elle en voyait. Dix, quinze, vingt. Elle les comptait encore quand elle s'endormit.

Le jour se leva, frais et clair. Alicia mit ses lunettes et s'étira, sentant courir dans ses membres l'agréable énergie du repos de la nuit. Le bruit du fleuve paraissait plus fort dans l'air matinal. Elle avait gardé un bout de biscuit de troupe pour le petit déjeuner. Elle en mangea la moitié, donna le reste à Briscard et se remit en selle.

Ils étaient dans l'Iowa maintenant. Ils avaient fait la moitié du trajet. Le paysage changea, commença à se muer en collines limoneuses, avachies, séparées par des vallées plates de terre noire, riche. Des nuages bas venus de l'ouest voilaient la lumière, gommant tout relief. Vers la fin de l'après-midi, Alicia détecta un mouvement sur la ligne de crête et se figea. Le vent charriait une odeur d'animaux ; Briscard la sentait aussi. S'obligeant à l'immobilité, elle attendit que son origine se révèle.

Là ! Une famille de cerfs se découpa en ombres chinoises en haut de la crête, vingt individus, dont un gros mâle. Sa ramure impressionnante évoquait un arbre dépouillé par l'hiver. Alicia devrait l'approcher sous le vent ; c'était un miracle qu'il ne l'ait pas encore repérée. Elle glissa son fusil dans son étui, prit son arbalète, une provision de carreaux et mit pied à terre. Briscard l'observait avec méfiance.

— Allez, ne me regarde pas comme ça. Une fille, ça doit manger.

Elle lui tapota l'encolure pour le rassurer.

— Tu ne t'éloignes pas, d'accord ?

Elle contourna la crête par le sud. Le cerf paraissait encore ignorer sa présence. Elle rampa à quatre pattes vers le haut de la pente. Elle était rapide, mais ces animaux l'étaient plus encore ; un trait d'arbalète, peut-être deux, elle ne pouvait en espérer davantage. Après de longues minutes passées à grimper, elle arriva au sommet. Les cerfs se déployèrent en éventail le long de la crête. Le mâle était à une douzaine de mètres de là. Toujours plaquée au sol, Alicia encocha un carreau.

Une bouffée de vent peut-être. Un instant de perception animale aiguë. En un éclair, la harde de cerfs se dispersa d'un même élan. Le temps qu'Alicia se relève, ils dévalaient la pente en bondissant, hors d'atteinte.

— Et merde !

Elle jeta l'arbalète par terre, tira un couteau et se lança à leur poursuite, concentrée sur son but ; rien ne l'en détournerait. À cinq mètres du bas de la crête, le sol se dérobait subitement, et Alicia vit l'occasion à saisir – une convergence de trajectoires que son esprit prit en compte avec une précision absolue : alors que le cerf filait sous le surplomb, elle leva son poignard et se lança dans le vide.

Elle lui tomba dessus comme un faucon, balançant sa lame au bout de son bras selon un arc tendu, et la plongea à la base de sa gorge. Un jaillissement de sang, et les pattes avant de l'animal fléchirent sous son poids. Alicia comprit trop tard ce qui allait se passer. Comme elle plongeait par-dessus son encolure, la gravité la rattrapa, et avant d'avoir réalisé ce qui lui arrivait, elle dégringola la tête la première le flanc de la colline.

Elle s'immobilisa à la base de la crête. Elle avait perdu ses lunettes, arrachées à un moment quelconque. Elle roula rapidement à plat ventre, se cacha le visage dans les bras. Et merde ! Est-ce qu'elle allait être obligée de rester étalée là, complètement impuissante, jusqu'à la nuit ? Dégageant l'un de ses bras, elle commença à tapoter le sol autour d'elle. Rien. La seule chose à faire était d'ouvrir les yeux et de regarder. Le visage caché derrière son bras, Alicia se mit à genoux, le cœur battant. Enfin, se dit-elle, quand faut y aller, faut y aller...

Au début, elle ne perçut que du blanc – une blancheur choquante, qui abolissait tout, comme si elle avait fixé le cœur du soleil. Elle eut l'impression qu'on lui enfonçait une aiguille dans le crâne. Et puis, avec une soudaineté inattendue, un changement se produisit. Sa vision s'adaptait. Des couleurs et des formes émergeaient vaguement du brouillard qu'elle percevait à travers la fente étroite de ses paupières. Elle se risqua à ouvrir un tout petit peu plus les yeux. Graduellement, la clarté diminua, et ce qui l'entourait se révéla à elle.

Après cinq longues années passées dans l'obscurité, Alicia Donadio, capitaine de l'expéditionnaire, contemplait le monde à la lumière du jour.

Et c'est alors qu'elle vit où elle se trouvait.

Elle l'appela le Champ d'ossements. Sauf que ce n'était ni un champ, au sens strict du terme, ni précisément des ossements, mais plutôt les restes friables, décomposés par le soleil, d'une multitude de viruls, qui couvraient le sol jusqu'à l'horizon comme des bancs de neige chassée par le vent. Combien étaient-ils ? Cent mille ? Un million ? Davantage ? Alicia s'avança, prit place parmi eux. À chaque pas elle soulevait un nuage de cendres. Elle en avait le goût dans le nez et dans la gorge, ils lui emplissaient la bouche comme un enduit. Des larmes inexplicables lui brûlèrent les yeux. De tristesse ? De soulagement ? Ou simplement de stupéfaction devant cet événement inexplicable ? Ce n'était pas leur faute s'ils étaient ce qu'ils étaient. Ça n'avait jamais été leur faute. Elle mit un genou à terre, tira un poignard de sa cartouchière et le porta respectueusement à sa tête et à son cœur. Les yeux clos, elle inclina la tête, ouvrit son esprit et projeta une prière au loin : *Je vous renvoie chez vous, mes frères et mes sœurs. Je vous libère de la prison de votre existence. Vous avez quitté la terre pour lever le voile sur ce qui gît au-delà de cette vie. Puisse votre force passer en moi afin de me permettre d'affronter les temps qui nous attendent. Bon vent à vous.*

Briscard était exactement là où elle l'avait laissé. Lorsqu'il la vit approcher, ses yeux lancèrent des éclairs d'irritation. Je pensais qu'on avait conclu un pacte, disaient-ils. Où étais-tu passée ? Mais au fur et à mesure qu'elle se rapprochait, son regard s'approfondissait comme s'il comprenait. Alicia lui caressa la croupe, embrassa son long museau sage. Sa langue musculeuse lécha les larmes de ses yeux à nu.

— Mon bon garçon, dit-elle. Mon bon, bon garçon.

Elle aurait aimé continuer le voyage, mais sa prise ne pouvait pas attendre. Elle accrocha sa bâche entre les arbres, s'assit par terre et enleva son sac à dos. À l'intérieur, une toile huilée emballait une masse frémissante, sanglante : le foie du cerf. Elle le pressa sous son nez et inspira, inhala profondément son odeur délectable, son parfum de terre imprégnée de sang. Pas besoin de feu pour le faire cuire ce soir, il était parfait tel quel.

Quelque chose changeait, le monde était en train de changer, Alicia le sentait au plus profond d'elle-même. Un changement de grande ampleur – sismique, cyclique – comme si la Terre basculait sur son axe. Mais elle aurait tout le temps de s'en inquiéter plus tard.

En attendant, cette nuit, elle allait manger.

33.

Peter ne vit pas beaucoup Michael pendant les trois jours suivants. La date du départ approchait ; toutes les équipes d'opérateurs pétroliers faisaient les deux huit. N'ayant pas de cash à perdre aux cartes, Peter passait le plus clair de son temps à dormir, à marcher inlassablement dans le complexe et à tourniquer autour de l'intendance. Il aimait bien Karlovic, mais Stark, c'était une autre paire de manches. Celui-ci avait accueilli l'arrivée de Peter avec la rancœur que Greer avait anticipée. C'était à peine s'il consentait à lui adresser la parole. Très bien, se disait Peter, qu'il marine dans son jus. Ce n'est pas comme si j'avais demandé ce boulot, de toute façon.

C'était avec Lore qu'il passait les moments les plus intéressants. Sa soif d'informations sur la Colonie, et sur Michael en particulier, était à la mesure du reste de sa personne. Entre deux équipes, elle venait le chercher à l'intendance et l'emmenait vers une table vide où ils pouvaient bavarder, hors de portée des oreilles indiscrètes. Michael avait beau dire, il était clair que sous ses dehors libertins, elle était très attachée à lui. Ses questions avaient quelque chose d'insidieux, comme si Michael était une serrure qu'elle n'arrivait pas à ouvrir complètement. Comment était-il à l'époque ? Futé, d'accord, ça, c'était évident pour tous ceux qui le connaissaient, mais encore ? Qu'est-ce que Peter pouvait lui dire sur Sara ? Et sur leurs parents ? Du voyage qui les avait amenés depuis la Californie, Lore ne connaissait que l'histoire que tout le monde racontait : la centrale électrique de la Colonie donnait des signes de défaillance, ils étaient partis vers l'est en quête d'autres hommes et ils étaient tombés par hasard sur la garnison du Colorado. D'Amy, et de ce qui s'était passé dans les montagnes à Telluride, elle ne savait absolument rien, et Peter ne lui en parla pas.

L'aspect le plus étonnant de leur échange était l'intérêt que Lore portait à Alicia. Michael lui avait apparemment beaucoup parlé d'elle. Sous la surface, Peter détectait dans les questions de Lore un courant souterrain de rivalité, voire de jalousie, et après réflexion, il soupçonna que là était le sujet sous-jacent d'une bonne partie de leurs conversations. Il alla jusqu'à lui assurer qu'elle n'avait rien à craindre d'elle. Michael et Alicia étaient comme l'huile et l'eau, lui dit-il. On ne pouvait pas imaginer deux personnes plus différentes. Lore réagit avec un rire confiant.

— Qu'est-ce qui a pu vous faire penser que je m'en faisais ? Une cinglée de l'expéditionnaire, partie au diable ? Croyez-moi, dit-elle avec un geste démonstratif de la main, c'est le cadet de mes soucis !

Peter passa sa dernière journée avec Karlovic et Stark, à revoir les détails du trajet. Dix camions-citernes pleins de pétrole, moitié diesel, moitié haut indice d'octane, étaient garés devant la porte. D'ici le lendemain matin, il y en aurait deux de plus. La sécurité du convoi serait assurée par six véhicules, des Humvee et des 4 × 4 avec des mitrailleuses montées sur le plateau. La distance était de quatre cent quatre-vingts kilomètres. En partant de Freeport, ils remonteraient vers le nord, ils prendraient la route 36, puis l'autoroute, l'I-10, vers l'ouest jusqu'à Sealy, droit vers la périphérie de San Antonio, qu'ils contourneraient par une succession de quatre-voies, et de nouveau l'I-10 pour les quatre-vingts derniers kilomètres. Des caissons étaient situés à intervalles réguliers le long du parcours, mais en temps normal ils ne s'arrêtaient pas. En roulant à une vitesse moyenne de trente kilomètres-heure, ils arriveraient à Kerrville un peu après minuit.

L'attention de Peter se porta sur les cinq principaux passages délicats de l'itinéraire : un pont sur le fleuve de San Bernard à l'ouest de Sealy, un deuxième à Columbus, qui enjambait le Colorado, un troisième sur le San Marcos, à Luling, et les deux ponts qui franchissaient le Guadalupe, l'un juste à l'ouest de Seguin, l'autre au niveau de la ville de Comfort. Les trois premiers ne posaient pas de gros problème – le convoi les traverserait de jour –, mais ils n'arriveraient pas à Seguin avant le coucher du soleil. On savait que les viruls longeaient le fleuve dans un sens et dans l'autre pour chasser, et le ronflement des moteurs diesel les attirait, c'était bien connu. Pour ne rien arranger, le pont de San Marcos était dans un triste état, et les camions-citernes devraient l'emprunter l'un après l'autre. Éclairer la zone fournirait une mesure de protection, mais le convoi serait interrompu pendant un certain temps.

Tout le monde se réunit auprès des véhicules dans la lumière glauque qui précédait l'aube. L'air était humide et froid. Pour la plupart des gars, cette expédition était de la routine. Blasés, ils l'envisageaient même avec une pointe d'ennui. Des tasses de café à la chicorée passèrent à la ronde. En tant que chef d'équipe, Michael ferait le trajet dans le Humvee de tête, avec Peter. Ceps conduirait le premier camion-citerne, Lore le deuxième. Histoire de faire un geste, Peter avait proposé à Stark de l'accompagner comme copilote, mais à son grand soulagement, celui-ci avait refusé, préférant rester à la raffinerie avec le détachement restant de la Sécurité.

Aux premiers rayons du soleil, on ouvrit les portes. Une douzaine de gros moteurs diesel commencèrent à ronfler, crachant des nuages noirs, épais, de gaz d'échappement. Michael remonta la file en partant de l'arrière, distribuant les talkies-walkies et discutant une dernière fois avec chacun des chauffeurs. Il prit place au volant du Humvee et les appela par radio l'un après l'autre :

— Camion un ?

— Paré !

— Camion deux ?

— Paré !

— Camion trois ?

Et ainsi de suite. Michael tendit la radio à Peter et démarra.

— Tu vas voir, tu vas t'emmerder comme un rat mort. Une fois, j'ai dormi presque tout du long.

Et dans le jour qui commençait, le convoi s'ébranla.

À midi, ils avaient franchi la rocade de Rosenberg et prenaient vers l'I-10, à l'ouest. Les autoroutes d'État étaient une succession de nids-de-poule, et les camions avançaient à une allure de tortue, mais une fois sur l'Interstate, ils iraient plus vite.

La radio crépita, et la voix de Ceps se fit entendre :

— Michael, j'ai un problème.

Peter se retourna et jeta un coup d'œil vers l'arrière. Le convoi s'était immobilisé. Michael s'arrêta et passa la marche arrière. Monté sur le pare-chocs avant, Ceps avait ouvert le capot de son camion.

— C'est quoi le problème ? s'enquit Michael.

Ceps flanquait des coups de chiffon sur le moteur, pour chasser la vapeur.

— On dirait que c'est la pompe de refroidissement. On peut réparer, mais ça risque de prendre un moment. Au moins deux heures.

Deux options s'offraient à eux : attendre la fin de la réparation ou laisser le camion sur place et continuer. Pour compliquer la situation, la route était bordée de chaque côté par des fourrés impénétrables. Ils avaient dépassé depuis dix kilomètres le plus proche endroit permettant de faire demi-tour. Ils devraient faire reculer tout le convoi jusqu'à Wallis.

— Il peut le faire ? s'informa Peter.

— On a les pièces. Je ne vois pas pourquoi il n'y arriverait pas.

Peter donna le feu vert. Michael reprit le talkie-walkie.

— C'est bon, tout le monde, on coupe les moteurs.

— Tu plaisantes ? renvoya Lore. Dis à Ceps de déplacer son tas de boue, qu'on puisse passer.

— Non, je ne plaisante pas. Coupez les moteurs, tout le monde.

Peter positionna les équipes de sécurité de part et d'autre du convoi, les fusils braqués sur les murailles d'arbres et de broussailles. Il était très peu probable qu'il se produise quoi que ce soit en milieu de journée, mais un maquis pareil était une parfaite couverture pour les viruls. Ceps et Lore se mirent au travail sur le moteur. La plupart des chauffeurs étaient descendus de leurs cabines. Au bout de quelques minutes, les jeux de cartes commencèrent à sortir.

Quand Ceps annonça que le circuit de refroidissement était réparé, il était plus de trois heures de l'après-midi. Toute l'affaire avait pris près de quatre heures. Il y en avait encore douze jusqu'à Kerrville – et même davantage, puisqu'ils allaient rouler dans le noir.

— Il n'est pas trop tard pour rebrousser chemin, dit Michael. On pourrait prendre la sortie de Colombus sur l'I-10 pour faire demi-tour. Les bretelles sont en bon état.

— Qu'est-ce que tu en penses ? demanda Peter.

Ils étaient auprès du Humvee, à l'écart des autres.

— À mon avis, il vaudrait mieux continuer. Quelques heures de plus ou de moins dans le noir, ce n'est pas ça qui va changer grand-chose. Ce n'est pas comme si ce n'était jamais arrivé. Ces vieux tacots tombent tout le temps en panne, et les routes sont bien larges tout du long jusqu'à Seguin. En réalité, c'est à toi de décider, conclut Michael en pointant le doigt sur la poitrine de Peter.

Celui-ci s'accorda un instant de réflexion. C'était un risque, mais qu'est-ce qui n'était pas risqué ? Et le raisonnement de Michael se tenait.

Il hocha la tête.

— On continue.

— Bien parlé ! Allez, frangin, vigilance, vigilance !

Les panneaux indicateurs de sortie, rouillés et corrodés, penchaient comme des ivrognes ; l'antique autoroute avec ses glissières de sécurité enfoncées les incitait à avancer. Les restaurants de bord de route éventrés, les stations-service et les motels, dont certaines enseignes avaient résisté au vent, portaient des noms incompréhensibles : McDonald's, Exxon, Whataburger, Holiday Inn Express. Peter regardait défiler le paysage. Ils avançaient bien, mais ça ne durerait pas. Le soir tombait.

Quand le soleil disparut derrière l'horizon, ils étaient à Flatonia, à une cinquantaine de kilomètres à l'est du troisième pont. Ils roulaient en moyenne à quarante kilomètres-heure. La radio sur laquelle les occupants des véhicules avaient échangé toute la journée rodomontades et répliques finaudes s'était tue. À l'approche de la ville de Luling, le faisceau des phares du Humvee éclaira un panneau de sortie marqué d'un X rouge. Un caisson. Le prochain était après San Antonio, quatre-vingts kilomètres plus loin. Peter jeta un coup d'œil à Michael, guettant un éventuel changement d'expression, mais n'en détecta aucun. Ils continuaient.

Ils approchaient du pont quand Michael se pencha tout à coup sur son siège, scrutant intensément la route droit devant.

— Putain de merde...

Il pila sec, obligeant Peter à se cramponner au tableau de bord. La cabine s'emplit de lumière. Le deuxième Humvee freina de justesse, manquant de peu leur rentrer dedans. Tout le monde s'arrêta, laissant de la gomme sur la chaussée.

Michael scrutait la route à travers le pare-brise.

— J'ai des visions ou quoi ?

La radio grésilla, et la voix de Lore se fit entendre :

— Qu'est-ce qui se passe ? Pourquoi on s'arrête ?

Peter saisit le micro sur la planche de bord.

— Sécurité trois et quatre, passez devant, et fissa ! Un et deux, maintenez la position. Tous les autres, restez au volant.

Une silhouette se dressait au milieu de la route. Pas une

virule, une humaine. Une femme, tête baissée, portant une espèce de cape.

— Qu'est-ce qu'elle fout, plantée là comme ça ? s'étonna Michael.

— Attends-moi.

Peter descendit du véhicule. La femme ne bougeait pas. Elle ne donnait même pas l'impression d'avoir conscience de leur présence. Les deux véhicules de la Sécurité, deux 4 × 4, s'étaient positionnés le long des Humvee. Peter dégaina son arme et s'avança précautionneusement.

— Veuillez décliner votre identité !

La femme était juste devant le pont. Les poutrelles d'acier traçaient des lignes de ténèbres sur le fond de ciel. Peter leva son arme et se rapprocha lentement. Elle tenait quelque chose à la main.

— Hé ! s'exclama-t-il. Je vous parle !

Elle leva la tête. Les phares des camions éclairèrent son visage. Peter n'aurait su dire ce qu'il voyait. Une femme ? Une jeune fille ? Une vieille sorcière ? Ses traits paraissaient fluctuants, se déformant et se reformant comme s'il la regardait à travers un plan d'eau agité. Il fut pris d'une vague nausée.

— Nous savons où vous êtes, dit-elle d'une voix aussi éthérée qu'un voile de gaze. Ce n'est qu'une question de temps.

Peter arma son pistolet, la mit en joue.

— Répondez-moi !

Elle avait les yeux brillants, d'un bleu intense. En croisant son regard, Peter se rendit compte que la femme qu'il regardait était belle. Avec ses lèvres pleines, pulpeuses, son nez délicatement retroussé, l'ossature idéalement proportionnée de son visage et la peau éclatante de ses joues, c'était peut-être la plus belle femme qu'il ait vue de sa vie. La contempler c'était se laisser emporter par un courant d'une sensualité presque insupportable. Il se sentit soudain la bouche sèche.

— Vous êtes fatigué, dit-elle.

Cette affirmation, rigoureusement déconcertante, le tira de sa stupeur. Il était *quoi* ?

— J'ai dit : vous êtes fatigué, répéta-t-elle.

— Je ne comprends pas ce que vous racontez.

L'expression de la femme changea, trahit sa stupéfaction. Il l'avait visiblement déçue. Les yeux de Peter tombèrent sur l'objet qu'elle tenait à la main. Un coffret métallique. De sa main libre, elle tira sur une longue tige métallique enfoncée dans le dessus de la boîte.

Peter comprit.

Il se jeta sur elle alors qu'elle actionnait le détonateur. Il y eut un éclair aveuglant, suivi d'une énorme déflagration, et un rideau de chaleur ardente le projeta à la renverse. Le pont, pensa-t-il. L'étrange femme avait fait sauter le pont. Allongé sur le dos, Peter regardait le ciel entre ses paupières papillotantes. Le temps avait brièvement rompu ses amarres. Du haut du ciel, une énorme masse en feu plongeait vers lui selon un arc paresseux.

Une traverse enflammée s'écrasa sur la chaussée à quelques mètres de sa tête. Peter l'esquivait en roulant sur lui-même quand il sentit des mains se poser sur lui, et soudain il se retrouva sur ses pieds. Michael l'entraînait vers le Humvee.

— Reculez !

Un bras passé autour de la taille de son ami, Michael hurlait dans le talkie-walkie.

— Reculez tous, immédiatement !

Des lumières se braquèrent sur eux d'un peu partout à la fois. Peter n'avait pas eu le temps d'interpréter ce qu'il voyait que, déjà, un pick-up surgissait des broussailles à vive allure, ses gros pneus couverts de boue franchissant le fossé d'un bond. Après une embardée, il s'arrêta de biais devant eux. Quatre formes noires se dressèrent comme des apparitions sur le plateau du pick-up et portèrent simultanément de longs objets cylindriques à leurs épaules.

— Oh, putain ! s'exclama Michael.

Ils se jetèrent à terre alors que des fusées jaillissaient des tubes dans un éclair aveuglant. Derrière eux, un crépitement de tirs fut instantanément avalé par l'explosion des véhicules de la Sécurité. Des débris enflammés fusèrent au-dessus de leurs têtes.

— Ceps ! aboya Michael dans le talkie-walkie. Tire-toi de là !

Les silhouettes dans le pick-up cessèrent le feu le temps de recharger. Le camion-citerne de Ceps serait le prochain. Peter chercha son pistolet, il avait disparu, perdu dans la première explosion. À l'arrière du convoi retentit un autre *bang* terrifiant. Les techniciens de la raffinerie bondissaient de leurs camions, couraient, hurlaient. L'attaque venait à présent des deux extrémités du convoi. Ils étaient pris en tenaille entre le fleuve et ce qui approchait de l'arrière, sans doute d'autres pick-up, avec des lance-roquettes. Ils pouvaient dire adieu à leur carburant. Ne restait plus qu'une chose à faire : fuir. Peter et Michael se ruèrent vers le camion-citerne de tête alors que Ceps sautait à bas de la cabine et lançait un fusil à Peter. Il l'attrapa au vol, se retourna d'un bloc, visa le pick-up et déclencha un tir de barrage, obligeant les silhouettes à se mettre à couvert. Il avait gagné quelques instants, rien de plus. Lore émergea de la cabine de son véhicule. Michael l'attrapa par le poignet et la plaqua au sol, puis il se mit à faire de grands gestes vers l'arrière du convoi en hurlant :

— Descendez des camions !

Les silhouettes qui venaient d'apparaître se relevèrent. Un tir bien ajusté vers le premier camion-citerne, et tout serait terminé. Onze mille litres de carburant par camion, plus de cent trente mille litres en tout. Le convoi entier allait exploser, sauter comme une guirlande de bâtons de dynamite. Peter s'aperçut que l'une des silhouettes était la femme à la cape. Il leva son fusil, pressa la détente – et entendit le déclic du percuteur tombant sur une chambre vide.

La femme leva les bras et les écarta largement.

Vers la queue du convoi, une sorte de véhicule tout différent était apparu. Il fonçait sur eux à toute vitesse, le moteur hurlant, des batteries de lampes à vapeur de sodium allumées sur le dessus de la cabine. C'était un semi-remorque à six roues qui tractait deux énormes conteneurs de métal galvanisé, au fini très réfléchissant. Au cours des semaines suivantes, cet aspect insolite se révélerait significatif, un indice dans une succession d'éléments parlants, mais sur le coup, à l'instant de l'irruption vertigineuse du véhicule sur la scène, personne n'y prêta une attention particulière. Quelques techniciens, le cerveau engourdi par la panique, privés de toute capacité de réflexion, prirent leurs jambes à leur cou. Ils ne remarquèrent pas que les plus petits véhicules qui avaient détruit les Humvee à l'arrière du convoi avaient disparu dans les fourrés, leur laissant entrevoir un espoir de salut. Ils étaient attaqués. Le raid impitoyable, absolument déboussolant, était venu de nulle part.

Les conteneurs étincelants, apparemment blindés, ressemblaient à des caissons mobiles. Ce qu'ils étaient précisément. À ceci près qu'ils transportaient un chargement bien particulier.

L'un de ceux qui s'en aperçurent fut l'opérateur de première classe Juan Sweeting. Sous sa mine rébarbative et sa musculature intimidante, Ceps avait une âme de poète. Seul dans sa couchette, à la fin de chaque journée, il prenait secrètement la plume et traduisait ses pensées les plus intimes en vers musicaux, lyriques, d'une sensibilité étonnante. Malgré les épreuves que la vie lui avait infligées, il croyait fermement que le monde était un bel endroit, effleuré par le doigt de Dieu, digne de l'espérance humaine ; il était souvent inspiré par la mer, dont il chérissait la compagnie. Il n'avait jamais montré ces poèmes à personne, mais ils étaient au cœur de son existence, comme une amante secrète. Parfois, quand il raclait un magma noirâtre dans une colonne de distillation, ou quand il projetait une masse de fer au-dessus de sa tête dans les cages à pesée, Ceps était tellement embrasé du désir d'écrire qu'il devait résister de toutes ses forces pour ne pas abandonner sa tâche et foncer vers sa couchette afin de célébrer en vers les splendeurs de la Création.

L'arrivée du semi-remorque miroitant coïncida avec son soupçon naissant – qui était aussi celui de Peter – qu'il ne fallait pas se fier aux apparences. En réalité, rien dans cette attaque n'avait de sens. Pourquoi des êtres humains se seraient-ils jetés sur eux de cette manière ? Ils avaient un ennemi commun, non ? Alors pourquoi détruire une source d'énergie qui entretenait la survie même de l'humanité ? L'idée prit forme dans son esprit : leurs assaillants n'étaient pas alliés à leur espèce, et alors que le premier des deux compartiments étincelants déversait son contenu, ses soupçons se muèrent en certitude, mais il était trop tard. Il était trop tard depuis le début.

Les viruls submergèrent le convoi. Ils étaient des centaines. Pourtant, Ceps constata presque aussitôt qu'en réalité ils ne tuaient pas tout le monde. S'ils massacraient certains individus avec une rapidité implacable et dans de grandes effusions de sang, ils en prenaient d'autres par la taille, agitant les bras et hurlant, et les emportaient en bondissant.

Un sort pire que la mort. Être emporté.

Il prit sa décision sans traîner.

Le semi s'était arrêté non loin du dernier véhicule de la colonne. Ceps avait déjà vu sauter un camion-citerne. La destruction était totale et instantanée, la détonation énorme et fulgurante, mais dans le dixième de seconde qui précédait, il se passait quelque chose d'intéressant : l'expansion du carburant s'exerçait sur le point faible de la structure, et projetait les plaques avant et arrière du réservoir horizontalement, comme les bouchons d'une bouteille. Fondamentalement, un camion-citerne qui explosait était un canon avant d'être une bombe. Ceps était maintenant arrivé au dernier véhicule du convoi, à une vingtaine de mètres juste devant le semi argenté. Avec ses bras massifs, Ceps dévissa le bouchon de vidange et ouvrit la valve. L'essence jaillit de la tubulure en un jet étincelant. Il se plaça devant afin d'imbiber ses vêtements, en prit dans ses mains et s'aspergea les cheveux. Ce monde ravissant, pensa-t-il, tous ses sens s'imprégnant de cette odeur comme d'un feu en bouteille. Je quitte ce monde enchanteur, d'une beauté douce-amère, douloureuse. Peut-être trouverait-on la liasse de poèmes coincés sous son matelas, peut-être lirait-on dans ses pages les vérités cachées de son cœur. Les paroles d'un poème qu'il adorait lui revinrent à l'esprit. Un poème d'Emily Dickinson. Quand il avait huit ans, il avait trouvé un recueil de ses œuvres à la bibliothèque de Kerrville, dans une pièce où personne n'allait jamais. Il semblait que personne n'en faisait rien, alors, dans un élan de compassion pour le pauvre livre abandonné sur son étagère, Ceps l'avait fourré sous son blouson et emporté dans une ruelle. Là, assis sur une poubelle, il avait découvert une voix céleste, depuis longtemps disparue de la Terre, une voix qui l'avait atteint dans ce qu'il avait de plus secret. À présent, debout sous le jet d'essence qui s'échappait de la bonde, il ferma les yeux pour laisser une dernière fois couler en lui les vers gravés dans sa mémoire :

La Beauté m'oppresse à mourir
Beauté aie pitié de moi
Mais si j'expire aujourd'hui
Que ce soit face à toi...

Il prit son briquet dans sa poche, l'ouvrit du pouce et actionna la mollette.

À cent mètres de là, dans la cabine du troisième camion-citerne, Peter tentait de mettre le véhicule en marche. Il ne comprenait rien au sélecteur de vitesses, dont le marquage était depuis longtemps effacé, et chacune de ses tentatives était accueillie par un râle de protestation mécanique.

— Pousse-toi !

La portière s'ouvrit à la volée et Michael monta, Lore derrière lui. Peter glissa sur la banquette pour lui laisser la place au volant.

— C'est quoi, le plan ? demanda Michael.

— Y en a pas.

Michael jeta un coup d'œil dans le rétroviseur. Et ouvrit de grands yeux.

— Maintenant on en a un.

Il enclencha la première, tourna le volant à fond sur la gauche et arracha l'aile du deuxième camion-citerne. Derrière il y eut une détonation assourdissante, puis une autre. Michael accéléra à fond. Un affreux bruit de métal torturé et, soudain libérés, ils se retrouvèrent à bord d'un missile de vingt-cinq tonnes fonçant dans les broussailles.

Derrière eux, le monde explosa.

Leur camion fut propulsé en avant comme une fusée, collant Peter au dossier de son siège. L'arrière se souleva, tangua, et réussit à adhérer à la chaussée. La cabine rebondit furieusement, et l'espace d'un instant il parut certain que le véhicule allait se disloquer. Michael montait rageusement les vitesses en accélérant toujours. Des branchages fouaillaient le pare-brise. Ils volaient à l'aveuglette, comme des chauves-souris. Il braqua à nouveau à gauche, décrivant un long arc à travers le champ de broussailles, puis il y eut une seconde secousse, et ils se retrouvèrent sur l'autoroute, filant vers l'est.

Leur fuite n'était pas passée inaperçue. Dans le rétroviseur, Peter vit un banc de lumière vert pâle s'accumuler derrière eux.

— On ne les distancera pas avec ce bahut, dit Michael. Notre seule chance, c'est le caisson.

Peter changeait le chargeur de son fusil.

— Qu'est-ce que vous avez comme arme ? demanda-t-il à Lore.

Elle lui montra un pistolet.

— Ce n'est pas le seul problème, annonça Michael. Le coupleur de frein est flingué.

— Ce qui veut dire ?

— Je ne peux pas ralentir, ou la remorque se mettra en ciseaux. On va être obligés de sauter.

Les viruls se rapprochaient. Peter estima qu'ils étaient à deux cents mètres, peut-être moins.

— On pourrait prendre la bretelle de sortie ?

— Juste après, il y a un virage à quatre-vingt-dix degrés. À cette vitesse, je n'ai aucune chance de le négocier.

— Le caisson est loin du haut de la rampe ?

— Cent mètres, droit vers le sud.

Ils n'y arriveraient jamais s'ils sautaient en bas de la rampe. Cent mètres, ce serait déjà plus que juste, et encore, en espérant qu'ils ne se blessent pas dans la chute. Le panneau indicateur du caisson apparut dans les phares. Lore passa par-dessus le dossier de la banquette et se positionna auprès de la portière pendant que Michael rétrogradait, réduisant leur vitesse à une petite trentaine de kilomètres-heure. Il braqua à droite et s'engagea sur la bretelle de sortie. Ils ouvrirent les portières en grand, un vent turbulent s'engouffra dans la cabine.

— Allez, *go* !

À la seconde où ils arrivaient en haut de la rampe, Michael et Lore bondirent de la cabine, Peter juste derrière eux. Il atterrit sur ses deux pieds, les genoux fléchis pour amortir le choc, et fit quelques roulés-boulés sur la chaussée. Il en eut le souffle coupé. Il s'arrêta juste à temps pour voir les feux arrière du camion-citerne foncer à travers la glissière de sécurité. L'espace d'un infime instant, le véhicule, vingt-cinq tonnes de ferraille, parut sur le point de s'envoler. Puis il plongea hors de vue, et ce fut une nouvelle explosion titanesque dans une nuit qui en avait déjà connu plusieurs. Un nuage tourbillonnant autour d'un cœur chauffé à blanc illumina la scène comme un énorme flambeau.

Sur sa gauche, il entendit la voix de Lore :

— Peter, aidez-moi !

Michael était inconscient. Il avait les cheveux poissés de sang, un bras tordu de telle sorte qu'il était sûrement fracturé. Les premiers viruls arrivaient au pied de la rampe. Peter souleva Michael sur son épaule. Bon sang, pensa-t-il en croulant sous son poids, ç'aurait été plus facile quelques années plus tôt. Le drapeau du caisson détachait sa silhouette noire sur le fond d'étoiles.

Ils se mirent à courir.

34.

Elle apparut alors que Lucius achevait ses dévotions. La porte s'ouvrit et elle était là, un trousseau de clés à la main. Son calme, sa chasuble grise ne correspondaient en rien à ce qu'on aurait attendu de la part de quelqu'un qui s'apprêtait à faire évader un prisonnier. Lucius remarqua néanmoins qu'elle avait le front luisant de sueur, malgré la fraîcheur du soir.

— Commandant, ça fait plaisir de vous revoir.

Des événements se mettaient en mouvement, des cercles se refermaient, un destin se dévoilait, il en avait la certitude dans son cœur. Il lui semblait que toute sa vie, il avait anticipé ce moment.

— Il se passe quelque chose, n'est-ce pas ?

Amy hocha calmement la tête.

— Je crois que oui.

— J'ai prié pour ça. J'ai prié pour *vous.*

— Il faut faire vite, acquiesça-t-elle.

Ils quittèrent la cellule et suivirent le couloir plongé dans le noir. Sanders dormait à son bureau, dans la pièce de devant, la joue posée sur ses bras croisés. Le second garde, Coolidge, ronflait, affalé par terre.

— Ils ne vont pas se réveiller avant un moment, expliqua Amy. Et quand ils se réveilleront, ils n'auront aucun souvenir de tout ça. Vous serez simplement parti.

Lucius se pencha pour prendre le pistolet de Sanders dans son holster, et constata, en relevant les yeux, qu'Amy posait sur lui un regard circonspect.

— Rappelez-vous juste, lui dit-elle en forme d'avertissement, que Carter est des nôtres.

Il chargea une balle, remit la sécurité et glissa l'arme dans sa ceinture.

— Compris.

Dehors, ils se dirigèrent vers le tunnel piétonnier d'un pas à la fois rapide et mesuré, en restant dans l'ombre. À la porte extérieure, trois hommes de la Sécurité se réchauffaient les mains au-dessus d'une poubelle transformée en brasero.

— Bonsoir, messieurs, dit Amy.

Ils s'affaissèrent mollement avec une expression légèrement

étonnée. Lucius et Amy n'eurent que le temps de les retenir pour qu'ils ne se fassent pas mal en tombant.

— C'est un sacré tour, commenta-t-il. Il faudra que vous me l'appreniez, un jour.

À l'autre bout du tunnel, deux chevaux sellés les attendaient. Lucius aida Amy à mettre le pied à l'étrier, monta sur le second cheval et prit les rênes d'une main légère.

— J'ai une question à vous poser, commença-t-il. Pourquoi moi ?

Elle réfléchit un instant.

— Chacun de nous en a un, Lucius.

— Et Carter ? Qui est le sien ?

Une lueur insondable passa dans les yeux d'Amy, comme si ses pensées l'emmenaient très loin.

— Il est différent de tous les autres. Son familier, il le porte en lui.

— La femme, dans l'eau.

Amy hocha la tête.

— Il l'aimait plus que la vie même, et il n'a pas pu la sauver. Elle est dans son cœur.

— Et les groggys ?

— Ils sont sa Multitude, sa lignée virule. Ils tuent parce qu'ils y sont obligés. Ce n'est pas facile pour eux. Comme il pense, ils pensent, comme il rêve, ils rêvent. Ils rêvent d'elle.

Les chevaux piaffaient dans la poussière. Il était juste un peu plus de minuit.

— Comme moi de vous, dit Lucius Greer. Comme moi de vous.

Et ils s'éloignèrent dans la nuit, un ciel sans lune pour seul témoin de leur départ.

35.

Frères, frères.

Au loin, dans la nuit, Julio Martínez, le Dixième des Douze, ses légions défaites, abandonnées au vent, répondait à l'appel du Zéro.

Il est temps. Le moment de reconstruire est venu. Vous referez le monde à nouveau, vous deviendrez les vrais maîtres de la Terre, vous commanderez non seulement à la mort, mais à la vie. Vous êtes les saisons. Vous êtes la Terre qui tourne. Vous êtes le cercle dans le cercle dans le cercle. Mes frères dans le sang, vous êtes le temps même.

De son vivant, il avait été homme de loi, avocat. Il avait tenu tête à des juges, il avait défendu des accusés devant des jurys de civils. Il s'était fait une spécialité : les condamnés à mort, c'était son point fort. Il avait acquis une notoriété particulière. On l'appelait de partout : maître Martínez, le grand Julio Martínez, voulait-il défendre untel ou untel ? Accepterait-il de plaider sa cause ? La rock star qui avait écrabouillé le crâne de sa petite amie avec une lampe. Le sénateur aux mains trempées du sang de la putain morte. La banlieusarde qui avait noyé ses nouveau-nés, des triplés, dans la baignoire. Martínez les acceptait tous. Fous ou non. Qu'ils plaident coupables ou non. Qu'ils aient droit à l'injection mortelle, à la cellule exiguë ou qu'ils s'en sortent libres, pour maître Julio Martínez c'était sans importance ; il se fichait de l'issue, c'était le drame qu'il aimait. Savoir qu'on allait mourir, et pourtant se battre contre l'inéluctable, voilà ce qui le fascinait. Jadis, quand il était petit, dans le champ derrière chez lui, il était tombé sur un lapin pris dans un piège. Les mâchoires d'acier s'étaient refermées sur les pattes arrière de l'animal, arrachant la chair jusqu'à l'os. Dans ses petits yeux noirs pareils à des gouttes de pétrole, il avait vu la résignation de la mort. La vie s'échappait de lui par une succession de spasmes. Le petit Martínez s'était dit qu'il pourrait le regarder pendant des heures, et c'est ce qu'il avait fait. Et comme le lapin n'était pas encore mort à la tombée de la nuit, il l'avait emporté dans la grange, il était rentré chez lui pour dîner, il était allé dans sa chambre, avec ses jouets et ses trophées, en attendant de retourner, le lendemain matin, regarder à nouveau mourir le lapin.

Ça avait pris trois jours. Trois magnifiques journées.

Qui expliquaient sa vie et ses sombres investigations. Martínez avait ses raisons. Il avait sa logique. Il avait sa méthode particulière – le lambeau imprégné d'alcool, la fidèle corde et le ruban adhésif, infiniment souple, les compartiments moites, sombres, invisibles de l'élimination. Il choisissait des femmes de condition modeste, sans éducation ni culture, non parce qu'il les méprisait ou qu'il les désirait secrètement, mais parce qu'elles constituaient des proies faciles. Elles ne faisaient pas le poids devant ses beaux costumes, ses cheveux de vedette de cinéma et sa langue de velours, faite pour plaider devant les tribunaux. C'étaient des corps anonymes, sans histoire, sans personnalité, et quand le moment de l'extase approchait, il ne risquait pas de se laisser distraire par elles. Le timing, c'était tout ce qui comptait, le paroxysme orchestré, simultané. Le chœur antique, le chant du sexe et de la mort.

Cela exigeait une certaine pratique. Il y avait eu des loupés, force lui était de l'admettre, cela avait parfois viré à la comédie. La première était morte comme il fallait, mais trop vite, la deuxième avait fait tant d'histoires que l'affaire avait sombré dans le grotesque, la troisième avait pleuré d'une façon tellement pitoyable que c'est à peine s'il avait pu se concentrer. Et puis : Louise, Louise, avec son uniforme de serveuse gnangnan, ses chaussures moches et son collant gainant si peu sexy. Comme elle avait magnifiquement quitté la vie ! Quelle extase extraordinaire quand il l'avait possédée ! Elle était comme une porte qui se serait ouverte sur le grand inconnu de l'au-delà, un portail sur l'infinie noirceur du non-être. Il avait été anéanti, broyé, les vents de l'éternité avaient soufflé à travers lui, le laissant battu comme un tapis, nettoyé. C'était absolument comme il l'avait imaginé, en mieux.

Après cela, franchement, il n'en avait jamais eu assez.

Quant au patrouilleur de l'autoroute, l'univers n'était pas sans ironie. Il donnait et reprenait. Qu'on en juge : la Jag de Martínez avec un feu arrière cassé, et le corps de la femme emballé dans le coffre ; le flic qui s'approchait lentement de la voiture, les mains virilement posées sur la crosse du pistolet ; la vitre côté conducteur qui descendait ; le visage du flic tout près, avec son rictus d'ennui vertueux, ses lèvres qui commençaient à prononcer les paroles habituelles – « Monsieur, veuillez me présenter... » – et n'allaient pas jusqu'au bout. Dans la précipitation qui s'était ensuivie, Martínez avait réussi à se débarrasser du corps, ses pratiques nocturnes restant ainsi à jamais ignorées, jamais reliées à son destin. Mais le policier mort sur le bord de l'autoroute, toute la scène enregistrée par la caméra vidéo de son tableau de bord, eh bien... Au bout du compte, maître Martínez, le grand Julio Martínez, champion des causes perdues, défenseur des abjections indéfendables, n'avait plus eu qu'une chose à faire, selon la formule consacrée : se verser un verre de single malt de trente ans d'âge, le faire tourner dans sa bouche pendant que les fenêtres de la maison s'emplissaient des lumières de la justice, et sortir de chez lui, les mains dûment levées.

À vrai dire, compte tenu de la tournure prise par les événements, ce caprice du destin ne s'était pas révélé si funeste, finalement.

Martínez ne pouvait pas dire qu'il appréciait beaucoup ses acolytes. En dehors de Carter, qui lui donnait l'impression de n'être qu'un pauvre type – il n'avait même pas l'air de savoir ce qu'il était ou ce qu'il avait fait –, ce n'étaient que de vulgaires meurtriers, aux crimes hasardeux et banals. Un tueur de la route. Un vol à main armée qui avait mal tourné. Des bagarres de bar avec un mort sur le carreau. Et un siècle passé à mariner dans leurs propres déjections psychologiques n'avait rien fait pour les améliorer. Son existence n'était pas dépourvue d'aspects irritants. Le fait de ne jamais être tout à fait seul. La faim perpétuelle qu'il fallait constamment satisfaire. Le bavardage incessant dans sa tête, pas seulement de ses frères, mais du Zéro aussi. Et Ignacio : un sacré numéro, celui-là ! Une litanie de justifications pitoyables à lui tout seul. « Je n'avais pas l'intention de faire la moitié de ces choses. J'étais fait comme ça, et voilà tout. » Après cent années passées à écouter les jérémiades du bonhomme, Martínez ne le regretterait vraiment pas.

Alors que chez Babcock, il y avait une dinguerie assez séduisante. Il fallait lui reconnaître un certain sens de la métaphore. Couper comme ça le sifflet à sa mère avec un couteau de cuisine – dans une autre vie, il aurait sûrement été poète. Au fil des décennies, Martínez s'était mentalement assis dans cette cuisine répugnante un million de fois, et c'était vrai : cette femme ne voulait pas la fermer. Il y avait en ce bas monde des gens qui avaient besoin qu'on leur mette les points sur les i, et la mère de Babcock était de cette espèce-là.

Et puis, un jour, Babcock avait disparu, tout simplement, son signal s'était tu, comme une chaîne de télévision qui aurait cessé d'émettre. Il n'y avait plus rien dans le coin de la tête de Martínez où se trouvait Babcock, tranchant interminablement le gosier cartilagineux de ce moulin à paroles qu'était sa mère. Ils savaient tous ce qui était arrivé, leur existence collective, née dans le sang, l'imposait : l'un de leurs frères était tombé.

Dieu te garde et béni sois-tu, Giles Babcock. Puisses-tu trouver dans la mort la paix qui t'avait été refusée dans la vie, et ce qui venait après.

Et donc, les Douze n'étaient plus que Onze. Une perte, une entaille dans l'armure, mais finalement un problème de moindre importance dans la période vitale à venir. Dans l'ensemble, le siècle avait été bon pour Julio Martínez. Il se rappelait les premiers temps avec une tendresse poignante. Les jours du sang et du chaos, et du grand déchaînement de son espèce sur la Terre. Tuer était une chose, une chose glorieuse ; emporter en était une autre : un banquet qui offrait des satisfactions plus riches encore. De chacun, Martínez avait pris une savoureuse bouchée d'âme, les attirant dans le troupeau, étendant sa domination en corps et en esprit. Sa Multitude ne faisait pas partie de lui, c'était une extension de lui, ils étaient lui. Comme lui, Julio Martínez, était l'un des Douze, et le Zéro aussi, concomitant et coextensif, uni avec chacun des autres et avec les ténèbres dans lesquelles ils demeuraient en permanence.

Frères, frères, il est temps. Frères, frères, l'heure est proche.

Parce que c'était inévitable. Ils avaient fondé une race de pure rapacité. Leurs Multitudes, créées pour les protéger, avaient dévoré la Terre comme une nuée de sauterelles, ne laissant rien dans leur sillage. Le festin avait mené à la famine, la profusion de l'été à la disette hivernale ; il allait leur falloir un foyer, une zone de protection, de repos. Pour rêver leurs rêves. Rêver de Louise.

Mes frères, votre nouveau foyer vous attend. Ils s'inclineront devant vous, vous vivrez comme des rois.

Martínez trouvait que ça sonnait bien.

De sa Multitude, son troupeau de plusieurs millions d'êtres, il s'en était débarrassé sans cérémonie. Il les avait appelés à se réunir depuis toutes leurs cachettes et leur avait dit : *Mourez.* L'aube tendait sa main aux doigts rouges sur l'horizon. Ils avaient tourné leur visage vers elle, aveuglément, sans la moindre hésitation. Tout ce qu'il leur ordonnait, ils le faisaient. Le soleil avait avancé vers eux comme une lame de faux lumineuse. *Couchez-vous sur la terre, mes fils et mes filles, allongez-vous au soleil et mourez.*

Il en avait résulté pas mal de cris et de hurlements.

Nuit après nuit, il se dirigeait vers l'est, à travers la terre épuisée. Son instinct était affûté. Le monde ondoyait de sensualité, le caressait de ses sons et de ses odeurs. L'herbe. Le vent. Les mouvements plus subtils des arbres. Il prenait son temps, savourant toute chose. Il avait été trop longtemps absent. Il appelait ses compagnons, leurs voix se frayant un chemin dans les ténèbres, de tous les coins, jusqu'à l'endroit de leur renouveau.

Nous sommes Morrison – Chávez – Baffes – Turrell – Winston – Sosa – Echols – Lambright – Martínez – Reinhardt – Carter. Onze des Douze, un frère perdu.

Et le Zéro répondait de même :

Oh, mes frères, ma douleur est aussi grande que la vôtre. Mais vous serez Douze à nouveau, grâce à l'autre que j'ai fait naître, pour vous garder et veiller sur vous dans votre lieu de repos.

Qui ? demandaient-ils chacun comme un seul, puis ensemble. *Qui est l'autre que tu as fait ?*

Et le Zéro répondait, depuis les ténèbres : *Notre sœur.*

Sixième partie

L'Insurgé

Fort Powell, Iowa
69 172 habitants
97 ap. V.

« Ô soir, toi qui rassembles en ton sein
Tout ce que l'aube claire a dispersé,
Tu ramènes la brebis, tu ramènes la chèvre égarée,
Tu ramènes l'enfant à sa mère. »

SAPPHO (vers 612 av. J.-C.),
Fragment 120

ATTENTION !

Message du Directeur

Citoyens de la Nation ! Il y a des traîtres parmi nous !
Les agissements inqualifiables de cette soi-disant « insurrection » ont sombré à un niveau de bassesse jamais atteint. Des dizaines de vos concitoyens, des femmes et des enfants innocents, ont été assassinés de sang-froid par ces lâches conspirateurs.

Nous devons nous défendre !
Soutenez votre Directeur !
Mettons fin à l'épidémie de violence !

Nous faisons appel à tous les citoyens pour que ces traîtres méprisables soient traînés devant la justice. La sécurité de la Nation est en jeu.

Chacun doit jouer son rôle !

* Soyez vigilant. À côté de vous, quelqu'un complote peut-être, en ce moment même, la mort de centaines des nôtres.
* Signalez aussitôt toute activité suspecte aux collaborateurs des ressources humaines.
* Veillez au respect de la discipline dans vos locaux de travail et d'habitation.
* Tenez-vous prêt. Vous pouvez être appelé à tout moment à participer à la défense.
* Quiconque apportera son aide à l'insurrection ou fera obstacle à la mission des Autorités sera considéré comme un **ennemi** de la Nation.

Observez ! Écoutez ! Soyez sur vos gardes !
Ensemble nous pouvons restaurer la paix et la sécurité
dans notre bien-aimée Nation !

36.

Partout, les gens chuchotaient. Il y avait encore eu un attentat à la bombe au marché.

C'était un matin de novembre, froid et gris, annonciateur de l'hiver à venir. Sara avait été réveillée par le hurlement de la sirène, suivi par un concert de toux, de raclements de gorge et de craquements de membres revenant à une vie ambivalente. Elle avait les yeux et la bouche aussi rêches que du papier de verre. La chambre sentait les corps pas lavés, la mauvaise haleine et la poudre anti-poux, les miasmes biologiques de la dégradation humaine, mais c'est à peine si elle y prenait garde. Elle savait qu'elle n'était pas étrangère à ces remugles.

Encore un lever de soleil impitoyable, pensa-t-elle. Encore une matinée pour la citoyenne de la Nation qu'elle était.

Elle avait appris à ne pas lézarder sur sa couchette. Une minute de retard dans la file de distribution des rations et on pouvait se traîner toute la journée sans une miette dans l'estomac. Un bol de bouillie de maïs l'emportait à tous les coups sur quelques maigres minutes d'un demi-sommeil tourmenté. L'estomac grondant, elle écarta la couverture usée jusqu'à la corde, fit passer ses jambes par-dessus le bord de la couchette, en penchant bien la tête pour ne pas se cogner, et posa ses pieds chaussés de tennis sur le plancher. Elle dormait toujours avec ses tennis, pourtant en piètre état – des Reebok en lambeaux, hérités d'une voisine de couchette décédée –, parce qu'on se les faisait toujours voler. « Qui a pris mes chaussures ? » criait une voix, et la victime faisait rageusement le tour de la chambrée en implorant et en accusant avant de finir par s'écrouler par terre en sanglotant éperdument. « Sans elles, je vais mourir ! Aidez-moi, je vous en supplie ! » C'était vrai : sans rien aux pieds, on était mort. Sara travaillait à la production de biocarburant, mais la rumeur s'était répandue dans les Basses-Terres qu'elle avait été infirmière. Elle avait vu des orteils gelés pareils à des olives noires, les croûtes formées par les vers enfouis dans les chairs ; elle avait collé son oreille sur des poitrines creuses et reconnu les râles des poumons qui se remplissaient lentement de liquide ; elle avait palpé des ventres tendus comme des tambours par des péritonites et autres infections, ou tout simplement par la malnutrition ; elle avait tâté des fronts brûlants de fièvre et pansé des plaies suintantes, pourrissantes, qui finiraient par ronger le corps. Et à chacun, Sara avait dit, en sachant qu'elle mentait comme une arracheuse de dents : « Ça va aller. Ne vous en faites pas. D'ici quelques jours, vous serez sur pied, je vous le promets. » Ce n'étaient pas des soins médicaux qu'elle dispensait, mais une sorte de bénédiction. Vous allez mourir et ce sera douloureux, mais ça vous arrivera ici, parmi les vôtres, et la dernière chose que vous sentirez sera un contact compatissant, parce que ce sera celui de ma main.

Tout ça parce qu'on ne voulait pas que les cols sachent qu'on était malade, et encore moins les yeux-rouges. On n'en parlait jamais à voix haute, mais les gens des Basses-Terres ne se faisaient guère d'illusions sur l'hôpital et ce à quoi il servait en réalité. Homme ou femme, vieux ou jeune, peu importait : si vous passiez ces portes, on ne vous revoyait jamais. Vous vous retrouviez au nourrissage.

Les quartiers n'étaient pas tous de la même taille, celui de Sara était l'un des plus vastes. Les couchettes, dix rangées de vingt, étaient entassées sur quatre niveaux : huit cents âmes empilées comme des paquets dans un bâtiment à peu près aussi grand qu'une étable. Les gens se levaient, enfonçaient des bonnets sur la tête de leurs enfants, murmuraient entre eux en se dirigeant vers la porte avec la docilité pesante du bétail. Sara jeta un rapide coup d'œil dans la salle pour s'assurer qu'on ne l'observait pas, s'agenouilla près de sa couchette, souleva le matelas d'une main et passa l'autre dessous. Elle retira le bout de papier soigneusement plié de sa cachette, le glissa dans la poche de sa tunique et se redressa.

— Jackie, chuchota-t-elle. Réveille-toi.

La vieille femme était roulée en boule en position fœtale, la couverture remontée jusqu'au menton. Ses yeux larmoyants regardaient sans la voir la lumière grise qui tombait des hautes fenêtres de la carrée. Sara l'avait entendue tousser toute la nuit.

— La lumière, souffla Jackie. On se croirait en hiver.

Sara lui tâta le front. Pas de fièvre, elle avait même plutôt la peau froide. Il était difficile de lui donner un âge. Jackie était née dans les Basses-Terres, mais ses parents venaient d'ailleurs. Bien que la vieille femme ne soit pas du genre à s'appesantir sur le passé, Sara savait qu'elle avait perdu trois enfants et un mari, ce dernier ayant été envoyé au nourrissage pour avoir commis le crime de venir au secours d'un ami qu'un col était en train de matraquer.

L'endroit se vidait rapidement. Sara la prit par l'épaule et la secoua.

— Jackie, je t'en prie... Je sais que tu es fatiguée, mais il faut vraiment qu'on y aille.

Les yeux de la femme se rivèrent sur Sara. Elle tremblait, secouée par une toux sèche.

— Je suis désolée, mon chou, hoqueta-t-elle quand la quinte fut passée. Tu vas finir par trouver que je m'écoute trop, hein ?

— Je voudrais juste qu'on ne rate pas le petit déjeuner. Il faut que tu manges.

— Et voilà, tu t'occupes de moi, comme toujours. Tu veux bien aider une vieille dame à descendre ?

Sara lui offrit son épaule pour qu'elle prenne appui sur elle, et l'aida à descendre de sa couchette. Elle ne pesait pratiquement plus rien, une brindille, légère comme l'air. Une nouvelle quinte lui déchira la poitrine. Sa toux faisait un bruit de cailloux secoués dans un sac. Elle se redressa lentement.

— Voilà, fit Jackie en prenant le temps d'avaler sa salive.

Elle était toute rouge. Des gouttes de sueur perlaient sur son front.

— Ça va mieux.

Sara prit sa couverture sur sa couchette, et la lui mit sur les épaules.

— Il va faire froid. Reste auprès de moi, d'accord ?

Les lèvres de la vieille dame s'étirèrent sur un sourire édenté.

— Et où voudrais-tu que j'aille, mon chou ?

Sara ne conservait que des images floues de sa capture. Une impression de mort certaine, que tout était fini, n-i ni, et puis une force énorme, d'une énergie implacable, l'avait emportée.

Une vision fugitive du sol qui s'éloignait en dessous d'elle tandis que le virul la projetait dans les airs – pourquoi ne s'était-il pas contenté de la tuer ? –, une autre secousse, énorme, alors qu'on s'emparait d'elle à nouveau : un deuxième virul la rattrapait au vol, puis un troisième, et ainsi de suite, chaque bond aérien la catapultant plus loin des murailles et des lumières de la garnison dans les ténèbres environnantes, son corps passant d'une main à une autre comme un ballon dans un jeu d'enfant, tout cela échappant à sa compréhension. Enfin, le dernier impact, assez fort pour lui réduire la cervelle en compote, quand on l'avait lâchée dans le camion. Puis le terrible retour à la conscience, comme si elle avait gravi une échelle pour remonter de l'enfer et s'était retrouvée dans un autre enfer. Des jours sans boire, sans manger. Les heures interminables, exténuantes, à se chuchoter des questions sans réponse : où allaient-ils ? Qu'est-ce qui leur arrivait ? Presque tous les captifs étaient des femmes, une partie du corps des civils stationnés à Roswell, mais il y avait quelques militaires aussi, croupissant au milieu des cris des blessés, des hurlements de peur, de l'obscurité étouffante.

Sara n'avait vraiment retrouvé ses esprits qu'à leur arrivée à destination. C'était comme si le temps s'était étiré pendant leur voyage et avait repris son cours quand les portes s'étaient ouvertes dans une éruption déroutante de lumière du jour. Révélant... quoi ? Que plus de la moitié de la cargaison humaine du camion avait péri – quelques-uns étaient morts dès le début, et leurs cadavres emplissaient le compartiment d'une puanteur de chair corrompue, d'autres n'avaient pas survécu aux blessures subies lors de leur capture, ou avaient succombé à l'effet conjugué de la faim, de la soif et du désespoir qui les avait anéantis. Sara gisait au sol comme tous les autres, vivants et morts, les membres inertes, la langue gonflée, le dos appuyé contre la paroi luisante du compartiment, les yeux étroitement fermés pour se protéger de la clarté subite comme un bébé projeté hors du ventre maternel. Une inversion de ses proportions physiques semblait s'être produite, l'essentiel de sa masse s'étant logée dans sa tête. Elle avait vu mourir beaucoup de gens, se retrouver parmi eux était une première. La frontière qui les séparait ressemblait à une membrane aussi perméable qu'une gaze. Entre ses paupières brûlantes, elle vit une demi-douzaine d'hommes rigoureusement inexpressifs, en défroques kaki et chaussés de lourdes bottes, entrer dans le compartiment et commencer à débarquer les cadavres comme si c'était la routine. Elle comprit que ces hommes étaient habitués à cette masse inerte de corps, leur association inutile, absurde de composants ne méritant pas plus de considération que n'importe quel autre objet encombrant à transporter. L'un après l'autre, les morts furent extraits sans cérémonie. Quand ils vinrent la chercher, Sara leva la main en signe de protestation. Peut-être ajouta-t-elle quelque chose comme « Attention », « Attendez » ou « Vous ne pouvez pas faire ça ». Mais ces pitoyables efforts furent aussitôt réduits au silence par une gifle brûlante, suivie, pour faire bonne mesure, d'un coup de botte qu'elle aurait pris dans le ventre si elle ne s'était roulée en boule dans une attitude défensive.

— Fer-me-la !

Ce qu'elle fit. Elle la ferma. L'homme qui l'avait frappée était un col appelé Sodom, ainsi qu'elle devait l'apprendre par la suite. Pour les gens des Basses-Terres, tous les cols avaient des surnoms. Sodom était un violeur. Le viol était une activité prisée par la plupart des cols pour lesquels ce n'était qu'un jeu, mais Sodom se distinguait par l'éventail de ses inclinations : hommes, femmes, enfants, animaux, tout y passait. Sodom aurait violé le vent s'il y avait eu un trou dedans.

Sara y avait eu droit à son tour dans le hangar : bref, brutal, vite expédié. À court terme, la douleur des coups qu'il lui avait infligés avait eu pour effet paradoxal de lui rendre la conscience. Elle avait commencé à échafauder des stratégies, à hiérarchiser les priorités. L'un dans l'autre, rester en vie semblait souhaitable, et le fait de fermer sa gueule paraissait la meilleure façon d'y parvenir. Du calme, s'était-elle dit. Fonds-toi dans la masse. Observe tout ce que tu peux sans en avoir l'air. S'ils veulent te tuer, ils le feront de toute façon.

Ne parle pas du bébé.

Les matraques étaient sorties, poussant, cognant, les faisant avancer sous le soleil. Ils se trouvaient dans un endroit verdoyant. La luxuriance de la végétation lui avait fait l'effet d'un paradoxe, d'une blague cruelle. Le camion était arrêté dans une sorte de zone de chargement, un endroit entouré de barbelés, avec des bâtiments en béton coiffés de métal étincelant. Adjacent à cet endroit, à une distance de plusieurs centaines de mètres, se dressait une vaste structure avec des gradins comme elle n'en avait jamais vu. On aurait dit une énorme baignoire.

De gigantesques batteries d'appareils d'éclairage montaient à plusieurs dizaines de mètres au-dessus de ses parois incurvées. Sous le regard de Sara, un semi-remorque argent miroitant, identique à celui dont on les avait fait sortir, s'approcha de la base du bâtiment. Des hommes trottaient à côté, avec des fusils. Ils portaient d'épais rembourrages, des masques grillagés leur protégeaient le visage. Le camion arriva au pied du mur et sembla s'enfoncer dans le sol – le long d'une rampe qui descendait sous terre, réalisa Sara. Une porte s'ouvrit et le véhicule disparut.

— Baissez les yeux. Défense de parler. Deux files, les femmes à gauche, les hommes à droite.

Dans l'une des cabanes, on leur dit de se déshabiller et de déposer leurs vêtements en tas. Elles étaient maintenant debout, nues, vingt-trois femmes dans des attitudes identiques d'autoprotection réflexe, un bras à l'horizontale pour protéger leurs seins, l'autre main devant le bas-ventre. Trois des hommes en uniforme les regardaient, bien campés sur leurs pieds, alternant les grimaces de dégoût et les réflexions grivoises ou rigolardes. Le sol était strié de rigoles. Des rayons de lumière oblique tombaient d'une rangée de hautes fenêtres à barreaux placées juste sous le toit. Vingt-trois femmes nues qui regardaient au sol, la plupart en larmes ; parler aurait été violer un contrat implicite de survie. Quel que soit le sort qui les attendait, il semblait prendre son temps pour les atteindre.

Et puis, le tuyau.

L'eau les heurta comme un jet de glace. L'eau comme arme, l'eau comme poing, comme bélier. Tout le monde criait, les femmes tombaient à terre, les corps glissaient sur le sol. L'opérateur du tuyau s'amusait considérablement, hurlant comme un cavalier sur un cheval au galop. Il en visait une, puis l'autre, il les balayait pour les aligner. Il fit zigzaguer sa sonde meurtrière sur leurs visages, puis sur leurs seins, et plus bas. L'eau frappait, s'arrêtait, jaillissait à nouveau. Il n'y avait nulle part où fuir, se cacher ; qu'une chose à faire : endurer.

Ça s'arrêta.

— Debout, tout le monde !

On les fit sortir dans leur nudité frémissante, le visage ruisselant, les cheveux dégoulinants. L'évaporation leur donnait la chair de poule. Une chaise en bois avait été placée au milieu du terrain. Planté à côté, un garde, un malabar au nez porcin, aiguisait complaisamment un rasoir sur une lanière de cuir. Quatre autres approchèrent, chacun portant un grand bac en plastique.

— Habillez-vous.

On leur lança des vêtements – des pantalons informes avec un élastique à la taille, des tuniques à manches longues qui leur couvraient les fesses, tout cela fait de laine rêche, qui sentait fort, une drôle d'odeur chimique – puis un assortiment hétéroclite de chaussures – des tennis, des sandales en plastique, des bottes dont la semelle se détachait. Sara hérita de bottines en cuir à lacets trop grandes pour elle.

— Toi, approche !

L'homme au rasoir tendait le doigt vers elle. Les autres femmes s'écartèrent. Dans une attitude quelque peu déloyale, pensa Sara, mais elle ne pouvait pas leur en vouloir, elle aurait peut-être fait pareil. Un très mauvais pressentiment au creux de la poitrine, elle s'approcha de la chaise et s'assit. Elle était face aux autres femmes maintenant. Quoi qu'il puisse lui arriver, elle le verrait d'abord dans leurs yeux. L'homme lui prit les cheveux à poignée et lui tira violemment la tête en arrière. Un unique coup de rasoir, et les cheveux disparurent. Il commença à taillader aveuglément le reste, très près du cuir chevelu, d'une façon anarchique. Comme s'il s'ouvrait un chemin à coups de serpe dans une forêt. Les mèches de Sara tombèrent à ses pieds en rubans d'or.

— Retourne avec les autres.

Elle regagna le groupe. Elle se passa la main sur le crâne, et la retira poissée de sang. Elle le regarda, étudia sa texture du bout des doigts ; ça paraissait vouloir dire quelque chose. C'est mon sang, songea Sara. Et si c'est mon sang, ça veut dire que je suis en vie. La deuxième femme était maintenant sur la chaise. Sara pensait qu'elle s'appelait Caroline. Elle l'avait brièvement rencontrée à l'infirmerie, dans la garnison de Roswell ; comme Sara, elle était infirmière, une grande fille à la carcasse osseuse, impressionnante, qui pétait la santé, pleine de joie de vivre, de compétence. Elle pleura, la tête dans les mains, pendant que le barbier lui rasait la tête.

L'une après l'autre, elles furent tondues. Les cheveux renvoyaient à tant de choses... Cette semi-calvitie, cette défiguration les privait d'une part intime d'elles-mêmes, la leur volait, les fondant en une collectivité indistincte, comme les animaux d'un troupeau. Sara avait tellement faim qu'elle en avait le vertige, et elle craignait de ne pouvoir rester plus longtemps debout. Aucune d'elles n'avait eu quoi que ce soit à manger, sans doute pour les contraindre à la docilité : de cette façon, quand on leur apporterait la nourriture, elles éprouveraient un semblant de gratitude envers leurs geôliers.

Lorsque toutes les femmes eurent été tondues, on les fit mettre en rang et on les conduisit, à l'autre bout de la zone de rétention, vers un deuxième bâtiment de béton pour une opération appelée « traitement ». Elles défilèrent devant une longue table, où était assis un garde à l'air irrité qui paraissait, selon toute vraisemblance, être le responsable. Les femmes furent appelées à avancer à tour de rôle, tandis qu'il remplissait des fiches sur une planchette munie d'une pince en haut.

— Nom ?

— Sara Fisher.

— Âge ?

— Vingt et un ans.

Il la toisa de haut en bas.

— Tu sais lire ?

— Je sais lire, oui.

— Des compétences particulières ?

Elle hésita un peu.

— Je sais monter.

— Monter ?

— À cheval.

Il leva légèrement les yeux au ciel.

— Rien d'utile ?

— Je ne sais pas.

Elle chercha une réponse prudente.

— La couture ?

Il bâilla. Il avait de si mauvaises dents qu'elles paraissaient branler dans ses gencives. Il inscrivit quelque chose sur sa planchette à pince puis déchira la moitié inférieure de la fiche. D'un bac, sous la table, il tira une couverture mitée, une cuillère, une assiette et un quart en métal bosselé. Il lui remit le tout, posa le papier par-dessus. Sara y jeta un rapide coup d'œil : son nom, un numéro à cinq chiffres, « Quartier 216 » et dessous « Biocarburant 3 ». Tout cela d'une écriture maladroite, enfantine.

— Suivante !

L'un des gardes la prit par le bras et la conduisit vers un couloir sur lequel donnaient des portes fermées. Une petite pièce pareille à une boîte, une autre chaise, ou plutôt un fauteuil, mais comme Sara n'en avait jamais vu de sa vie : un système compliqué de cuir rouge craquelé et d'acier, au dos incliné à quarante-cinq degrés, avec des sangles au niveau des pieds, des poignets et de la poitrine. Une armature d'instruments métalliques étincelants était positionnée au-dessus comme les pattes d'une araignée menaçante descendant au bout d'un fil d'acier. Le garde la poussa vers la chose.

— Assise.

Il l'attacha sur le fauteuil et ressortit. De l'extérieur de la pièce lui parvenait une explosion de bruits inquiétants, stridents, étouffés par l'épaisseur des murs. Des cris ? Sara fut prise d'une envie de vomir. Encore aurait-il fallu qu'elle ait dans l'estomac quelque chose à rendre. Ses dernières défenses s'effondrèrent. Elle allait implorer. Supplier. Elle n'avait pas la force de résister.

La porte s'ouvrit derrière elle. Un homme entra dans son champ de vision, vêtu d'une blouse grise. Il avait un petit ventre rond, des lunettes aux verres rayés perchées sur le bout du nez et des sourcils broussailleux aux pointes relevées comme des ailes. Quelque chose de doux dans le visage lui donnait l'air d'une espèce de grand-père. Il tenait le même porte-bloc que le garde dehors. Il posa les yeux sur elle et lui sourit.

— Sara, c'est ça ?

Elle acquiesça, un goût de bile dans la bouche.

— Je suis le docteur Verlyn.

Il jeta un coup d'œil aux sangles, fronça les sourcils, secoua la tête.

— Ces gens sont idiots. De vulgaires brutes, si tu veux mon avis. Je parie que tu meurs de faim. Je vais tâcher de te faire sortir d'ici.

Elle espéra fugitivement qu'il allait la relâcher, mais il tira un tabouret à côté du fauteuil, enfila une paire de gants en caoutchouc avec un claquement, et elle comprit qu'il avait d'autres projets pour elle. Il la prit par le menton et lui écarta les mâchoires. Il regarda dans sa bouche, puis leva deux doigts devant son visage.

— Suis-les des yeux, s'il te plaît.

Sara suivit ses doigts alors qu'ils décrivaient un huit et disparaissaient de son champ de vision. Il lui prit le pouls, après quoi il tira un stéthoscope de la poche de sa blouse et l'ausculta. Il se redressa, ramena son attention sur son porte-bloc et plissa les yeux derrière ses lunettes.

— As-tu des problèmes de santé ? Des infections, des parasites, des suées nocturnes, des douleurs en urinant ?

Sara secoua la tête.

— Et tes règles ? continua-t-il en cochant des cases. Pas de soucis de ce côté-là, pas de saignements abondants par exemple ?

— Non.

— Je lis que tu as...

Il s'interrompit, feuilleta les pages.

— ... vingt et un ans. C'est ça ?

— Oui.

— Tu as déjà été enceinte ?

Quelque chose se noua dans son ventre.

— Ce n'est pas une question difficile que je te pose là.

Elle secoua la tête.

— Non.

S'il détecta son mensonge, il n'en laissa rien paraître. Il laissa retomber son porte-bloc sur ses cuisses.

— Eh bien, tu m'as l'air en parfaite santé. Des dents magnifiques, si tu me permets cette remarque. Rien à faire de ce côté-là.

Était-elle censée le remercier ? Au-dessus de sa tête, l'araignée planait toujours, étincelante, menaçante.

— Bon, tâchons d'en finir rapidement, et tu pourras repartir.

Soudain, quelque chose changea. Sara le sentit dans la subite tension de ses traits, mais pas seulement ; c'était comme si l'air de la pièce s'était subtilement altéré. Le docteur commença à pomper vigoureusement une pédale sous le fauteuil, produisant une sorte de bourdonnement, puis il leva la main au-dessus de sa tête et tira sur l'une des pattes de l'araignée. La pointe était munie d'une fraise vrombissante qui tournait au rythme de ses coups de pédale.

— Ne bouge pas, ce sera moins pénible.

Quelques minutes plus tard, Sara se retrouva dehors, cramponnant ses maigres possessions sur sa poitrine. Quand elle avait commencé à hurler, le docteur lui avait donné une lanière de cuir à mordre. Sur la peau pâle à l'intérieur de son avant-bras, d'abord gravée, puis cautérisée, était incrustée une plaque de métal brillant sur laquelle figurait le même numéro à cinq chiffres qu'elle avait lu sur le papier : 94801.

Le docteur lui avait enlevé de la bouche la lanière qui portait maintenant l'empreinte de ses dents, il avait ôté ses gants, s'était approché du lavabo pour se laver les mains et lui avait dit : « Voilà ce que tu es maintenant. Quelle que soit celle que tu croyais être, c'est fini ; tu es la citoyenne des Basses-Terres matricule 94801. »

Le semi-remorque avait disparu, remplacé par un gros camion dont les portes arrière étaient ouvertes. Sur la portière côté conducteur, Sara vit un sceau circulaire portant l'inscription « Garde nationale de l'Iowa » – le premier indice de l'endroit où elle se trouvait. Un garde lui fit signe de monter ; un deuxième, le dos appuyé contre la cabine, faisait tournoyer sa matraque au bout de sa lanière de cuir. Certaines des femmes étaient déjà montées dans le camion, avec quelques-uns des hommes. Tout le monde était avachi sur les bancs, le visage marqué, creusé par la stupeur des récents événements. Elle prit place à côté de l'un des hommes, un jeune officier qu'elle connaissait : le lieutenant Eustace. C'était l'éclaireur qui les avait amenés à Roswell. Comme elle s'asseyait sur le banc, il pencha sa tête rasée tout près de la sienne.

— Bon sang, qu'est-ce que c'est que cet endroit ? chuchota-t-il.

Avant que Sara ait pu répondre, le garde pointa le bout de sa matraque sur Eustace.

— Toi, là-bas ! aboya-t-il. Tais-toi !

— Qui êtes-vous, les gars ? Pourquoi ne voulez-vous rien nous dire ?

— Je t'ai dit de te taire !

Sara comprit ce qui allait se passer. C'était inévitable. Le thème de la journée augurait un tel couronnement : ils allaient avoir droit à une ultime démonstration de leur impuissance.

— Ah ouais ?

Une lueur de défi illuminait le regard d'Eustace. Il savait ce qui l'attendait, et il s'en fichait. Un dernier sursaut d'énergie jaillit de ses lèvres.

— Allez vous faire foutre, tous autant que vous êtes !

Le garde fit un grand pas en avant et avec une expression d'ennui absolu abattit sa matraque sur les genoux d'Eustace. Celui-ci se pencha en avant, les dents serrées, en proie à une souffrance qu'il avait peine à contenir. Personne ne bougea le petit doigt, tout le monde regardait fixement par terre.

— Fils de... pute, hoqueta-t-il.

Le garde retourna sa matraque et lui flanqua un revers du bout le plus lourd dans le nez. Un craquement humide, comme un bruit d'insecte écrasé sous le talon, et un jet de brume rouge décrivit un arc dans l'air, éclaboussant le visage de Sara. La tête d'Eustace bascula en arrière avec un claquement, ses paupières papillotèrent. Il passa sa langue à l'intérieur de sa lèvre supérieure et cracha un fragment de dent.

— Allez vous... faire... foutre.

Un coup après l'autre, un véritable pilonnage : la face, le crâne, les jointures des mains. Quand Eustace s'écroula, les yeux révulsés dans leurs orbites, le visage réduit à une pulpe sanglante, ils étaient tous couverts de sang.

— Faut vous y faire, déclara le garde.

Il prit le temps d'essuyer sa matraque sur la jambe de son pantalon et parcourut le groupe du regard.

— Voilà comment ça se passe ici.

Alors que le camion démarrait, Sara attira Eustace vers elle, offrant le berceau de ses bras à son visage massacré. Il était à peine conscient et son souffle gargouillait dans sa gorge. Il allait peut-être mourir, ça paraissait probable. Et pourtant, ce qu'il avait fait était une manière de victoire. Elle se pencha et lui murmura à l'oreille :

— Merci.

Et c'est ainsi, dans le sang, que cela commença.

— Un Peuple ! Un Directeur ! Une Nation !

Combien de fois Sara avait-elle dû hurler ces mots ? Et chanter toutes les paroles de l'hymne ? Ensuite, l'appel du matin et la dispersion, chacun se dirigeant vers le véhicule qui lui était désigné. Sara aida Jackie à monter dedans et grimpa elle-même à bord. Sara vit un nouveau visage, qu'elle reconnut : Constance Chou, la femme du Vieux Chou. Elles se saluèrent d'un bref hochement de tête, et ce fut tout. Sara avait appris par bribes au fil des ans ce qui s'était passé à la Colonie. L'histoire ressemblait à toutes celles qu'elle avait entendues, ne différant des événements de Roswell que par une question de degrés. Par bien des côtés, le plus grand choc avait été de découvrir qu'il avait existé tant d'autres îlots d'humanité. Lorsque Sara était arrivée, les survivants de la Colonie étaient déjà éparpillés dans les Basses-Terres. Sara avait entendu dire qu'ils étaient cinquante-six. Avec quelle facilité cinquante-six personnes se fondaient dans la masse...

Avec leurs crânes rasés et leurs tuniques identiques, les gens se ressemblaient tous. Pourtant, de temps à autre, un visage familier surgissait. Elle avait entrevu une femme qu'elle pensait être Penny Darrell, et une autre dont elle aurait juré que c'était Belle Ramirez, la femme de Rey, sauf que quand Sara l'avait appelée par son nom, elle n'avait pas répondu. Un matin, dans la queue pour le ravitaillement, son écuelle avait été remplie par un homme que Sara avait vu plusieurs fois avant de reconnaître son propre cousin, Russell Curtis. Il avait l'air beaucoup plus vieux que dans ses souvenirs, et lorsque leurs regards s'était croisés, elle avait mis un moment à le remettre. Pendant près d'un an, elle avait été hébergée dans le même quartier que Karen Molyneau, la veuve de Jimmy, et ses deux filles, Alice et Avery. C'était de Karen que Sara tenait le plus d'informations, et notamment les noms des morts : Ian Patal, qui avait été tué en défendant la Centrale ; Leigh, la sœur de Hollis, et leur bébé Dora, mortes pendant le transfert vers la Nation, ainsi que l'Autre Sandy, décédée peu après son arrivée, Karen ne savait pas très bien comment, et encore Gloria et Sanjay Patal... Aussi sombres qu'aient pu être ces nouvelles, Sara considérait aujourd'hui son année avec Karen et ses filles comme un bref répit, une période au cours de laquelle elle s'était sentie reliée au passé. Mais ils n'arrêtaient pas de déplacer les gens entre les quartiers, et un jour, elles étaient parties toutes les trois. Des étrangères dormaient maintenant dans les couchettes où elles avaient posé leur tête pendant un an et Sara n'avait pas revue Karen depuis.

Le trajet jusqu'à l'exploitation de biocarburant leur faisait longer la rivière et traverser un dédale de quartiers décrépits avant d'aboutir à la zone industrielle, à l'extrémité nord des Basses-Terres. Le temps ne semblait pas devoir s'améliorer. Un vent âpre leur crachait des grumeaux de pluie à la figure, et les odeurs de la plaine les prenaient à la gorge : la puanteur du lisier, les miasmes des êtres humains entassés les uns sur les autres, et par-dessus tout ça, comme un rideau d'odeurs, la terre sombre de la berge. Ils franchirent une succession infernale de postes de contrôle, de barrières qui s'ouvraient et se refermaient, où des cols avec leurs porte-blocs, leurs crayons et leur obsession pour la paperasserie et les organisations hiérarchiques leur firent signe de passer. La rive opposée du fleuve donnait sur une plaine inondable, dénudée, incolore, à perte de vue. Les récoltes d'avant l'hiver étaient terminées depuis longtemps. À l'est, montant en gradins au-dessus du fleuve, s'élevaient les bâtiments de grès soigneusement entretenus et les immeubles d'habitation rénovés des Sommités, ainsi que l'on appelait le haut de la colline, où vivaient tous les yeux-rouges, et que surmontait le Dôme du capitole, couronné d'or. On disait que ce bâtiment et ceux qui l'entouraient avaient jadis été une université, c'est-à-dire une espèce d'école, mais Sara, dont la seule référence en la matière était le Sanctuaire, avait du mal à se faire une idée de ce que cela représentait. Elle ne s'était jamais rendue en haut de la colline, et encore moins à l'intérieur du Dôme. Certains travailleurs avaient le droit d'y entrer, les jardiniers, les plombiers et les employés des cuisines, et bien sûr les servantes, des femmes sélectionnées pour servir le Directeur et son équipe d'yeux-rouges. Tout le monde disait que les servantes avaient de la chance, qu'elles vivaient dans le luxe – elles mangeaient bien, elles avaient de l'eau chaude et elles dormaient dans des lits douillets –, mais ce n'était que des on-dit. Aucune servante n'était jamais revenue dans les Basses-Terres pour en parler ; à partir du moment où elles y entraient, le Dôme devenait leur vie.

— Regarde un peu ça, murmura Jackie.

L'esprit engourdi par le froid, Sara avait laissé vagabonder ses pensées. Le véhicule s'éloignait du fleuve sur la route de service ; au nord, au-delà des limites de la Nation, Sara distinguait les silhouettes de deux grues qui dépassaient du haut des arbres comme d'énormes oiseaux squelettiques. C'était le Projet : une entreprise de plusieurs décennies destinée à ériger une structure d'acier et de béton massif, dont la vocation était inconnue. Les habitants des Basses-Terres qui y travaillaient – presque tous des hommes – étaient fouillés chaque jour en arrivant sur le site et quand ils en repartaient. Le seul fait de parler de ce qu'ils y faisaient était considéré comme une trahison et pouvait les faire envoyer au nourrissage, mais les rumeurs abondaient. Une théorie l'emportait pendant un moment avant de le céder à une autre, puis à une troisième, la première émergeant à nouveau pour relancer le cycle. Même les hommes employés sur le site, quand on arrivait à leur arracher quelque chose, ne savaient expliquer ce qu'ils construisaient. On parlait de dédales de couloirs, de salles immenses, de portes d'acier massif de trente centimètres d'épaisseur. Certains prétendaient que c'était un monument à la gloire du Directeur, d'autres qu'il s'agissait d'une usine. Quelques-uns affirmaient que ce n'était rien du tout, juste une diversion concoctée par les yeux-rouges pour occuper les terreux. Selon une quatrième hypothèse, qui gagnait en crédibilité depuis quelques mois, il s'agissait d'un bunker destiné à servir de refuge à la population en cas de situation d'urgence, si le mystérieux pouvoir qu'avait le Directeur de tenir les viruls à distance venait à flancher. Quoi qu'il en soit, les travaux paraissaient presque achevés : les navettes emmenaient de moins en moins d'hommes vers le site, et seulement les plus âgés, pour la plupart ceux qui y travaillaient depuis des années.

Mais ce n'étaient pas les grues qui avaient attiré l'attention de Jackie. Alors que le camion s'approchait du dernier poste de garde, Sara vit deux mots peints sur le mur d'enceinte, à grands coups de pinceau blanc dégoulinant :

VIVE SERGIO !

Deux terreux munis de balais-brosses et de seaux d'eau savonneuse s'apprêtaient à l'effacer. Un col, à côté d'eux, tenait un fusil sur sa poitrine, ce qui était inhabituel – généralement, les cols n'étaient armés que de matraques. Il regarda passer le véhicule d'un œil noir, et croisa, l'espace d'un instant glacé, le regard de Sara. Elle détourna les yeux.

— Fisher, tu as vu quelque chose d'intéressant ?

La voix était celle de l'un des deux cols qui faisaient le trajet à l'arrière du véhicule, un type bien bâti de vingt-cinq ans environ, appelé Vale.

— Non, monsieur.

Sara passa les cinq dernières minutes du trajet les yeux rivés au sol. Sergio, pensait-elle. Qui était Sergio ? Le nom, rarement prononcé ouvertement, avait un pouvoir presque incantatoire : Sergio, le chef de l'insurrection, organisateur d'attentats à la bombe dans les marchés, les postes de police et de garde, Sergio qui, avec ses compagnons invisibles, pareils à des fantômes, semblait se glisser à l'intérieur de la Nation pour déclencher ses armes de destruction. Sara comprenait que le slogan peint sur la palissade était fait pour narguer l'autorité : *Nous étions là,* proclamait-il, *nous sommes venus jusqu'ici, à l'endroit même où vous êtes à présent. Nous sommes partout, parmi vous.* Les méthodes de Sergio se caractérisaient par une cruauté presque incompréhensible. Ils ciblaient tous les lieux où les cols pouvaient se regrouper, dans le but d'y semer la mort et le chaos, et tant pis si vous vous trouviez au mauvais endroit au mauvais moment : votre présence ne changeait rien. Un homme, une femme, ou même, ainsi qu'on l'avait plus d'une fois rapporté, un petit gamin de dix ans ouvrait son manteau, révélant la ceinture de dynamite attachée autour de sa poitrine, et c'en était fini de vous. Et chaque fois, au dernier moment, en posant le pouce sur le bouton du détonateur, au moment d'être projeté dans le néant ainsi que tous ceux qui se trouvaient dans le rayon de l'explosion, l'auteur de l'attentat prononçait ces deux mots : « Vive Sergio ».

Le véhicule s'arrêta devant l'usine et ses passagers en descendirent. Une odeur de levure les assaillit. Quatre autres camions de travailleurs se rangèrent derrière le leur. Sara et Jackie étaient assignées aux broyeurs, comme la plupart des femmes. Pour quelle raison, Sara ne l'avait jamais compris, la tâche n'était ni plus ni moins pénible que les autres, c'était comme ça, voilà tout. Le maïs était réduit en purée, puis bouilli avec des enzymes fongiques, et sa fermentation produisait du carburant. L'odeur était tellement forte qu'elle donnait à Sara l'impression de faire partie de sa propre peau. Toutefois, elle reconnaissait qu'il y avait des travaux bien pires – s'occuper des cochons, travailler à l'usine de retraitement des eaux usées, ou à l'épandage du lisier. Elles firent la queue pour s'enregistrer auprès du contremaître, nouèrent leur mouchoir devant leur visage, entrèrent dans la salle aussi vaste qu'une caverne et gagnèrent leur poste de travail. Le maïs était stocké dans de grandes cuves munies en bas de becs verseurs au moyen desquels elles remplissaient des seaux qu'elles déversaient ensuite dans une trémie, où les pales rotatives réduisaient les grains en farine. L'humidité du maïs transformant la farine en un magma gluant, lequel adhérait aux parois du broyeur, la tâche de l'opératrice consistait à déloger la pâte agglomérée, ce qui exigeait une grande dextérité et de la rapidité parce que pendant ce temps les pales continuaient à tourner. Le froid compliquait encore la besogne en rendant visqueux et imprécis même les mouvements les plus simples.

Sara se mit au boulot. La journée qui s'annonçait passerait dans une espèce de transe. C'était une faculté qu'elle avait acquise au fil des mois puis des années : mettre à profit le rythme hypnotique du travail pour se vider l'esprit de toute pensée. Ne pas réfléchir, tel était le but, atteindre un état purement biologique, les sens n'absorbant que les données matérielles les plus immédiates : le ronflement des pales du broyeur, les remugles du maïs fermenté, le noyau de vide glacé dans son ventre à l'endroit où le maigre bol de gruau à l'eau avalé au petit déjeuner avait été digéré depuis longtemps. Pendant ces douze heures, elle était la citoyenne des Basses-Terres matricule 94801, rien de plus, rien de moins. La vraie Sara, celle qui pensait, ressentait et se rappelait – Sara Fisher, infirmière en chef, citoyenne de la Colonie, fille de Joe et Kate Fisher et sœur de Michael, bien-aimée de Hollis, amie de nombreuses personnes, mère d'un enfant –, était tapie dans un bout de papier plié glissé comme un talisman dans sa poche.

Elle s'efforçait de surveiller Jackie du coin de l'œil. Elle se faisait du souci pour elle ; une toux pareille n'augurait rien de bon. Dans les Basses-Terres, on n'avait pas vraiment d'amis, pas comme ceux que Sara avait eus jadis. Il y avait des gens qu'on connaissait, auxquels on faisait plus confiance qu'à d'autres, mais ça s'arrêtait là. On ne parlait pas de soi parce qu'en réalité on n'était personne, et on ne parlait pas non plus de ses espoirs parce qu'on n'en avait aucun. Pourtant, avec Jackie, elle avait baissé la garde. Elles avaient conclu un pacte non déclaré promettant de veiller l'une sur l'autre.

À midi, on leur accordait une pause de quinze minutes, juste le temps de foncer aux latrines – une plateforme de bois installée au-dessus d'un fossé, percée de trous au-dessus desquels on s'accroupissait –, et d'avaler le second bol de gruau de la journée. Il n'y avait nulle part où s'asseoir, on mangeait debout ou par terre, avec ses doigts pour tout ustensile, après quoi on refaisait la queue pour boire. On buvait à même une louche que les femmes se passaient de l'une à l'autre. Tout cela sous la surveillance des cols qui faisaient tournoyer leur matraque. L'appellation officielle était « collaborateurs des ressources humaines », mais personne ne les appelait comme ça dans les Basses-Terres. On disait « collabo », et le plus souvent « col ». Les cols étaient presque tous des hommes. Il y avait tout de même quelques femmes, souvent les plus cruelles de la bande. Une col – qu'ils appelaient la Siffleuse à cause de la fente profonde qu'elle avait dans la lèvre supérieure, difformité congénitale qui donnait à sa voix une sonorité caractéristique rappelant le sifflement d'un roseau –, paraissait prendre un plaisir particulier à inventer des façons originales et subtiles de les tourmenter. Elle avait pour spécialité de sélectionner quelqu'un, la plupart du temps une femme, comme si elle se livrait à une expérience. Et quand la Siffleuse avait jeté son dévolu sur vous, ça n'en finissait pas : elle vous faisait sortir de la file des latrines pour vous fouiller juste au moment où ça allait être votre tour, elle vous confiait une tâche impossible et inutile, ou on vous affectait à une autre équipe juste au moment où vous aviez terminé votre temps de travail. La seule chose à faire était d'encaisser, de serrer les dents pour oublier votre vessie pleine à éclater, votre estomac vide ou vos membres épuisés, en sachant que l'attention de la Siffleuse se reporterait bientôt sur quelqu'un d'autre, ce qui ne faisait qu'empirer les choses, et paraissait être l'unique but de l'exercice : en vous prenant à espérer qu'elle s'acharnerait bientôt sur quelqu'un d'autre, vous deveniez un complice, une partie du système, un rouage dans une mécanique de torture qui ne s'arrêtait jamais.

À la pause, Sara chercha Jackie, et ne la vit pas. Elle fit rapidement le tour de la salle de broyage pour tenter de la retrouver. Le sifflet du contremaître allait retentir d'un instant à l'autre, les renvoyant au travail. Elle s'apprêtait à laisser tomber quand, en se retournant, elle découvrit Jackie assise par terre dans un coin, le visage luisant de sueur, son mouchoir en boule devant la bouche.

— Je suis désolée, dit-elle. Je n'arrêtais pas de tousser.

Le chiffon était taché de sang. Sara comprit ce qui se passait : elle avait déjà vu cela, l'effet des années de poussière dans les poumons ; une personne qui allait très bien à un moment donné pouvait, la minute d'après, se noyer dans ses sécrétions.

— Il faut qu'on te sorte d'ici.

Elle l'aidait à se relever lorsque le coup de sifflet retentit. Un bras passé autour de la taille de Jackie, elle la guida vers la sortie. Son but était de l'emmener au-dehors avant que quelqu'un les remarque. On verrait bien ce qui arriverait ensuite. Le col de service était Vale. Pas le meilleur, mais pas le pire non plus. Sara l'avait plusieurs fois surpris en train de la lorgner d'une façon équivoque : il avait une idée derrière la tête à son sujet, quelque chose de personnel, bien que ça ne se soit jamais traduit en gestes. Le moment était peut-être venu. Une nausée frémissante la traversa à cette pensée, et pourtant elle savait que s'il fallait en passer par là, elle en serait capable.

Elles étaient presque arrivées à la sortie quand une silhouette leur barra le chemin.

— Où c'est que vous croyez aller comme ça ?

Ce n'était pas Vale mais Sodom qui se dressait devant elles, à contre-jour devant la porte ouverte. Sara eut l'impression qu'un hérisson de glace se formait au creux de son estomac.

— Elle a juste besoin d'air. La poussière...

— C'est vrai, la vieille ? La poussière t'incommode ?

Du bout de sa matraque, il tapota la poitrine de la femme, provoquant chez elle une toux étranglée.

— Retourne au travail.

— Ça va aller, souffla Jackie en écartant le bras de Sara. Ça va aller.

— Jackie...

— Non, vraiment.

Elle braqua sur Sara un regard qui voulait dire : *Ne fais pas ça.*

— Ce n'est qu'une mêle-tout. Elle croit savoir ce qui est le mieux pour moi.

Le col toisa Sara du regard.

— Ouais, c'est ce que j'ai entendu dire à propos de toi. Tu te prends pour une espèce de docteur, pas vrai ?

— Je n'ai jamais dit ça.

— Bien sûr que si.

Sodom se plaqua la main sur les parties génitales et bascula son bassin en avant.

— Hé, docteur, j'ai mal juste là. Qu'est-ce que tu dirais d'y jeter un petit coup d'œil ?

Le moment s'éternisa. Sara pensa à Eustace, dans le camion. Son visage ensanglanté, ses mains broyées, ses dents brisées. Son sourire fracassé mais triomphant. Plantée devant Sodom, elle essaya de s'obliger à prononcer les mots, à émettre les paroles fatales qui donneraient au col un prétexte pour se déchaîner sur elle. C'était si simple, si facile. Elle voyait la scène se dérouler dans son esprit. Elle n'avait que quelques syllabes à prononcer pour faire briller un éclair de rage dans ses yeux, et que sa matraque s'écrase sur elle. C'était sa vie, un millier d'humiliations subies quotidiennement. Ils lui avaient tout pris. Accepter le pire – non, le provoquer – était la seule résistance possible.

— Sara, *je t'en prie.*

Jackie la regardait d'un air implorant : *Pas comme ça. Pas pour moi.*

Sara ravala ses paroles. Tout le monde la regardait.

— D'accord.

Elle se retourna et s'éloigna. Un calme étrange planait dans la salle. Elle n'entendait que les battements de son cœur.

Dans son dos, Sodom partit d'un rire graveleux.

— T'en fais pas, Fisher, je sais où te trouver. Ce sera aussi bon que l'autre fois, je te le promets.

Plus tard, allongée sur sa couchette, Sara eut tout loisir de réfléchir à la portée des événements. Quelque chose avait changé en elle. Elle était à bout, au bord du précipice, n'attendait qu'un prétexte pour sauter. Cinq longues années qui en paraissaient mille. Le passé disparaissait en elle, dilué par le courant du temps, la froide amertume qu'elle avait dans le cœur, la monotonie des jours. Elle s'était trop longtemps repliée sur elle-même. L'hiver arrivait. La lumière de l'hiver.

Elle avait réussi, elle n'aurait su dire comment, à faire franchir à Jackie le cap de la journée. Pour le moment, la vieille femme dormait au-dessus d'elle, tendant les sangles de sa couchette quand elle se tournait et se retournait. Jackie aurait une fin pénible. La mort viendrait au bout de longues heures d'agonie, elle suffoquerait avant l'apaisement final. Sara connaîtrait-elle le même destin ? Le même calvaire aveugle, trébuchant, au fil des ans, d'un être sans but, sans liens, une coquille vide, pleine de rien ?

Elle n'avait pas remis l'enveloppe dans sa cachette sous le matelas mais sous les haillons qui lui servaient d'oreiller. Prise d'un soudain accès de solitude, elle l'en retira. Elle lui avait été donnée par l'assistante de la sage-femme, dans la salle d'accouchement – cette même femme qui lui avait dit que le bébé, arrivé prématurément, au milieu d'une hémorragie, n'avait pas survécu. « C'était une fille, lui avait-elle dit. Je suis désolée. » Puis elle lui avait glissé l'enveloppe dans la main, et elle avait disparu. Dans le brouillard du chagrin et de la douleur, Sara aurait désespérément voulu prendre sa fille dans ses bras, mais ça ne s'était pas produit. L'enfant lui avait été enlevée. Sara n'avait jamais revu la femme.

Elle déplia soigneusement, du bout des doigts, la pochette de papier fripé. Elle contenait une boucle de cheveux – des cheveux de bébé, couleur d'or pâle. Il faisait noir dans la chambrée, et pourtant la boucle brillait devant ses yeux. Elle la porta à son visage et inspira profondément, essayant d'en saisir l'odeur. Sara n'aurait jamais d'autre enfant, Kate serait la seule. C'était comme ça qu'elle l'avait appelée : Kate. Elle regrettait tellement de ne pas avoir pu l'annoncer à Hollis. Elle ne lui avait rien dit parce qu'elle attendait le bon moment, le moment idéal pour lui faire le cadeau de leur union à tous les deux. Ce qu'elle avait pu être bête. Je sais que c'est mieux pour toi, ma chérie, pensa-t-elle très fort. Où que tu sois maintenant, j'espère que c'est un endroit plein de lumière, de soleil et d'amour. Si seulement j'avais pu te serrer sur mon cœur, juste une fois, pour te dire combien je t'aime.

37.

L'affaire Sergio n'avait que trop duré.

Certes, il y avait déjà eu des soulèvements par le passé. En l'an 31, non ? Et de nouveau en 68, n'est-ce pas ? Sans parler des centaines de petites échauffourées dues à de pures provocations au fil des ans. Chaque fois, le problème se réduisait à un individu isolé, un renégat qui ne comprenait rien à rien, fatalement. Et quand on avait réglé son compte à cet homme (c'était toujours un homme), les foyers de résistance, privés de leur oxygène vital, s'éteignaient d'eux-mêmes, pas vrai ?

D'un autre côté, ce Sergio... n'avait pas l'air tout à fait comme les autres. Debout devant la fenêtre à la base du Dôme, le regard tourné vers la vile souillure des Basses-Terres et des champs hivernaux, incolores, au-delà, le Directeur Horace Guilder faisait le point. D'abord, les méthodes de cet individu étaient différentes ; des interventions non seulement plus nombreuses, mais aussi plus violentes. Des attentats suicides ! Des gens qui se faisaient sauter avec des ceintures de dynamite ou des bombes artisanales, bricolées avec des tuyaux bourrés d'éclats de verre et de vis, réduisant en une bouillie sanglante tous ceux qui les entouraient ! Ça allait au-delà de la folie, c'était une sorte de psychose qui ne pouvait vouloir dire qu'une chose : ce Sergio, quel qu'il soit, avait sur ses séides une emprise psychologique plus profonde que tous ses devanciers. Les gens des Basses-Terres avaient la sécurité, de quoi se mettre un repas chaud dans le ventre, ils dormaient dans leur lit la nuit, sans avoir à redouter les viruls. En d'autres termes, ils avaient le droit de vivre leur vie, et voilà comment on le remerciait ?! Ils ne voyaient pas que tout ce qu'il avait fait, il l'avait fait pour eux ? Qu'il avait construit un foyer pour l'humanité afin de lui permettre de se perpétuer, malgré les vents contraires de l'histoire ?

D'accord, il y avait une certaine... injustice là-dedans. Une distribution peut-être inégalitaire des ressources entre les possédants et les démunis, la gestion des tâches d'un côté, le travail de l'autre – *Nous et eux*. Un recours déplaisant à la prédisposition humaine à tirer la couverture à soi et à l'utilisation d'outils éprouvés pour imposer l'ordre social – les douches glacées, les files d'attente interminables, l'emploi systématique des noms propres, les haut-parleurs qui braillaient un flux constant d'inepties, et ainsi de suite. « Un Peuple ! Une Nation ! Un Directeur ! » Ce slogan le faisait grincer des dents, mais une certaine démagogie théâtralisée allait de pair avec la fonction. Rien de bien neuf, autrement dit, et rien que la situation ne justifie amplement. Mais il arrivait, comme à cet instant, par ce matin glacial où la première vague de froid arctique de la saison s'abattait sur l'Iowa, que Guilder ait un peu de mal à conserver son enthousiasme. Au cours de ses deux cents ans d'histoire, son vaste bureau, qui comptait aussi ses appartements, avait hébergé le gouverneur territorial de l'Iowa, le président du musée historique de l'État, et servi de local d'entreposage. Son dernier occupant du temps d'Avant avait été le prévôt de l'université de Midwestern State, un certain August Frye (c'est ce que révélait son papier à en-tête). Ce type avait sans doute passé bien des heures devant ses énormes fenêtres à se repaître du spectacle réconfortant d'étudiants joyeux, nourris au maïs, qui flirtaient comme des malades tout en se rendant à leurs cours en traversant le genre de pelouses luxuriantes dont l'Iowa avait le secret. Le jour où Guilder y avait établi ses pénates, il avait découvert avec surprise que le prévôt August Frye l'avait doté d'une décoration à prédominance nautique : des bateaux en bouteille, une ancre, des cartes avec des serpents de mer, des tableaux tarabiscotés représentant des phares et des paysages marins. Un choix incongru compte tenu du fait que cet État du Middlewest – « Allez les Bearcats ! » – devait être l'endroit le plus encerclé de terres du monde entier. Au bout de près d'une centaine d'années, Guilder aurait donné n'importe quoi pour un paysage un peu varié.

D'où le principal problème que posait l'immortalité, en dehors du régime particulier que cela exigeait. Tout finissait par devenir terriblement ennuyeux.

Dans ces moments-là, une seule chose lui mettait du baume au cœur : faire l'inventaire de ce qu'il avait accompli. Et le bilan n'était pas mince : ils avaient construit une ville à partir de rien, au sens propre du terme. Que c'était excitant, au début ! Le tintement constant des marteaux ; les camions qui revenaient de leur traversée d'un continent inhabité, regorgeant des trésors abandonnés de l'ancien monde ; les centaines de décisions tactiques prises quotidiennement, et l'énergie vibrante de son équipe – des hommes choisis parmi les survivants pour leurs compétences... En résumé, ils avaient créé un véritable pôle d'excellence en puisant dans le vivier des survivants humains de la catastrophe. Des chimistes. Des ingénieurs. Des urbanistes. Des agronomes. Et même un astronome (qui s'était révélé étonnamment utile) et un historien d'art, qui avait conseillé Guilder (lequel, pour être honnête, n'aurait pas su distinguer les *Nymphéas* de Monet des chiens jouant au poker de Coolidge) sur la façon de conserver l'énorme fonds de l'Art Institute de Chicago aujourd'hui exposé aux murs du Dôme, et notamment dans le bureau de Guilder. Ce qu'ils avaient pu s'amuser ! D'accord, leur comportement rappelait la mentalité d'une fraternité étudiante, les frasques sexuelles en moins, évidemment. (Le virus vous chassait plus ou moins ces idées-là de la tête, un peu comme on vide une truite, au point que la plupart des membres de l'équipe ne pouvaient se retenir de grimacer quand ils voyaient une femme.) Mais dans l'ensemble, les mots d'ordre étaient décorum et professionnalisme.

Des souvenirs tellement heureux !... Et maintenant : Sergio. Maintenant : des bombes artisanales. Maintenant : la bouillie sanglante.

Le fil des pensées de Guilder fut interrompu par un coup frappé à la porte. Il poussa un soupir. Encore une journée de formulaires à remplir, de tâches à déléguer, d'édits à promulguer. Assis à son bureau, une chose du XVIIIe siècle en acajou poli, à peu près de la taille d'une table de ping-pong, ainsi qu'il seyait à son poste de bien-aimé Directeur de la Nation, Guilder s'armait de courage en prévision d'une nouvelle matinée passée à satisfaire l'insatiable rapacité de ses acolytes avides de recueillir son avis – pensée qui éveilla presque instantanément dans ses entrailles les prémices d'une faim impérieuse, un vide gargouillant aux relents acides. Quoi, si vite ? C'était déjà ce moment du mois ? La seule chose pire que les rots était les pets qui venaient après, des gaz qui puaient l'oignon, faisaient fuir tout le monde, et que même le péteur ne pouvait apprécier.

— Entrez.

Alors que la porte s'ouvrait, Guilder redressa sa cravate et, pour se donner l'air occupé, brassa les papiers sur son bureau avec une concentration étudiée. Il en choisit un, au hasard – allons bon : un rapport sur les travaux d'entretien à la station d'épuration, autrement dit des histoires de merde, au sens propre du terme –, et fit semblant de s'y intéresser pendant trente bonnes secondes avant de relever les yeux avec une lassitude très directoriale sur le personnage en costume sombre planté devant la porte, muni d'une planchette à pince retenant une grosse liasse de papiers.

— Vous avez une seconde ?

Fred Wilkes, le chef de cabinet de Guilder, entra dans la pièce. Comme tous les résidents des Sommités, il avait les yeux rouges, des yeux de fumeur d'herbe invétéré. Il avait aussi l'apparence lisse, vitreuse d'un jeune homme de vingt-cinq ans – rien du septuagénaire chenu que Guilder avait vu la première fois qu'il l'avait rencontré. Wilkes avait été le premier à monter à bord. Guilder était tombé sur lui dans un des dortoirs de la fac au cours des premiers jours suivant l'attaque. Wilkes tenait – plus précisément était cramponné au corps de sa femme morte, dont les formes avantageuses n'avaient pas été améliorées par trois jours de putréfaction gazeuse dans la chaleur de l'Iowa. Comme il le lui avait raconté, voyant que les autobus n'arrivaient pas, le couple avait fui à pied le centre de traitement des réfugiés. Ils avaient parcouru cinq kilomètres dans une chaleur étouffante, quand sa femme avait crispé les mains sur sa poitrine, levé les yeux au ciel et s'était écroulée, victime d'une crise cardiaque. Incapable de la laisser sur place, Wilkes avait récupéré une brouette et transporté la morte éléphantesque jusqu'à la fac, où il s'était réfugié avec son cadavre et les souvenirs de toute leur vie à deux pour seule compagnie. Malgré l'odeur épouvantable, que Wilkes n'avait pas remarquée ou qui n'avait pas l'air de le gêner, ces deux vieux offraient un spectacle vraiment déchirant qui aurait pu émouvoir Guilder aux larmes si ça avait été son genre – le genre d'homme qu'il aurait peut-être pu être jadis, mais n'était plus. « Écoutez, avait commencé Guilder en s'agenouillant devant lui dans une attitude consolatrice. J'ai une proposition à vous faire. »

Et c'est ainsi que tout avait commencé. C'était ce jour-là, à cette heure-là en fait, alors qu'il regardait Wilkes avaler sa première gorgée avec écœurement, que Guilder avait entendu la Voix. À sa connaissance, il était encore le seul à l'entendre, aucun des membres de son état-major n'avait jamais paru ressentir la présence mentale du Zéro ; quant à la femme, qui pouvait dire ce qui se passait dans sa tête ?

Et maintenant, cent ans plus tard, une fois et demie la durée de vie humaine normale, alors que son grand dessein se réalisait et que ce qui restait de l'humanité était assemblé à ses pieds – mis à part Kerrville et Sergio, des détails qui, quoique significatifs, n'étaient que de petits sujets d'agacement, un petit pois sous le matelas du Projet –, Wilkes était là avec son éternelle planchette à pince, visiblement annonciateur de mauvaises nouvelles, à en juger par la tête qu'il faisait.

— Je me disais juste que je devais vous mettre au courant du retour de l'équipe de récupération. Enfin, de ce qu'il en reste.

Sur cette introduction déconcertante, il retira la feuille du dessus de la liasse, la posa sur le bureau de Guilder et recula comme s'il était soulagé d'en être débarrassé.

Le Directeur la parcourut rapidement du regard.

— Qu'est-ce que c'est que ça, Fred ?

— On pourrait dire que les choses ne se sont pas passées exactement comme prévu.

— *Personne ?* Pas un seul ? Mais qu'est-ce qui ne *va pas* chez ces gens-là ?

Wilkes eut un geste en direction de la feuille.

— Leur approvisionnement en pétrole a été au moins temporairement interrompu. C'est un point positif. Ça ouvre des perspectives.

Mais Guilder était dépité au-delà de toute expression. D'abord Kearney, et maintenant ça. Fut un temps où les opérations de repêchage de survivants se déroulaient sans bavure. La femme apparaissait ; les portes s'ouvraient, la roue de la chambre forte commençait à tourner, le pont-levis descendait sur les douves ; la femme faisait son truc, comme un dresseur de lions au cirque, et en moins de deux les camions regagnaient l'Iowa à toute allure avec leur cargaison humaine. Les grottes du Kentucky. Cette île du lac Michigan. Les silos à missiles abandonnés du Dakota du Nord... Plus récemment, le raid sur la Californie avait été une véritable aubaine, cinquante-six survivants récupérés, dont la plupart étaient montés comme des agneaux dans le camion une fois le courant coupé et les conditions énoncées : « Montez ou vous êtes cuits. » Taux de perte habituel, quelques morts en cours de route, quelques autres qui n'avaient pas réussi à s'adapter à leurs nouvelles conditions de vie, mais une bonne prise quand même.

Depuis, la situation échappait à tout contrôle ; ça n'était qu'une succession de bains de sang. À commencer par Roswell.

— Apparemment, il n'y a pas vraiment eu de phase de négociation. Le convoi était assez lourdement armé.

— Quand bien même ils auraient eu un missile nucléaire, ce n'est pas une excuse. On le savait dès le départ : c'étaient des *Texans*.

— D'une certaine façon, c'est exact.

— Nous sommes sur le point d'aboutir, et c'est tout ce que vous trouvez à me dire ? Il nous faut des corps, Fred. Des corps vivants, aux veines chaudes. Elle n'arrive plus à contrôler ces choses ?

— On pourrait procéder à l'ancienne, je l'ai toujours dit. Ça ne se ferait pas sans pertes, mais si nous continuons à frapper leurs réserves de pétrole, tôt ou tard leurs défenses s'affaibliront.

— Nous *récupérons* des survivants, Fred, nous ne les perdons pas. Je ne me suis pas bien fait comprendre ? *Les gens,* c'est tout ce qui nous intéresse.

Wilkes eut un haussement d'épaules, sur la défensive.

— Vous voulez lui parler ?

Guilder se frotta les yeux. Il pensait bien qu'il ne pourrait pas y couper, mais l'esprit de Lila fonctionnait un peu comme un flipper, ses pensées ricochaient d'une façon totalement incontrôlable. L'un des plus gros problèmes de ce boulot consistait à gérer les fantasmes singuliers de cette femme, un mur d'illusion que Guilder n'arrivait à traverser qu'en employant des moyens de persuasion particulièrement brutaux. Avec tous les experts qu'il avait réunis au fil des ans, pourquoi n'avait-il pas pensé à mettre la main sur un psy ? Le don unique de cette femme était un élément indispensable qu'il convenait de gérer avec délicatesse. Faire en sorte qu'elle ait toujours un bébé dans les bras la stabilisait. Mais quand elle était dans les affres de la maternité, elle était virtuellement inaccessible, et Guilder ne tenait pas à perturber davantage un psychisme déjà fragile.

Parce que c'était le problème avec Lila. De tous ceux qui avaient goûté au sang, elle était la seule à avoir le pouvoir de contrôler les viruls.

Les contrôler, et davantage : en présence de Lila, ils devenaient de vrais toutous, dociles et même affectueux. Et vice versa : il suffisait qu'elle se trouve à moins de deux cents mètres du nourrissage, et elle se changeait en une chatte ronronnant au milieu de ses chatons. Cet effet, Guilder n'avait jamais réussi à le reproduire lui-même, et ce n'était pourtant pas faute d'avoir essayé. Dans les premiers temps, c'était une véritable obsession. Il avait revêtu les rembourrages un certain nombre de fois et il était entré dans les corrals, en pensant que s'il arrivait à trouver la bonne posture mentale, le langage corporel capable de les amadouer ou le ton de voix qui les apaiserait, ils tomberaient à ses genoux comme ils le faisaient avec elle, de bons chienchiens attendant qu'on les grattouille derrière les oreilles. Mais rien à faire. Ils toléraient sa présence au très grand maximum trois secondes avant que l'un d'eux le projette en l'air – pour eux c'était un jouet à taille humaine, comme nourriture il ne valait pas tripette –, et il n'avait pas le temps de dire ouf qu'il faisait le tour de la salle en voltigeant jusqu'à ce que quelqu'un rallume la lumière et le fasse sortir.

Il avait depuis longtemps renoncé, évidemment. Servir de ballon de plage aux viruls, lui, Horace Guilder, Directeur de la

Nation, n'était pas précisément le genre d'image qu'il souhaitait donner. Par ailleurs, personne dans l'équipe médicale n'avait pu lui expliquer de façon convaincante ce qui faisait la différence de Lila. Son thymus se régénérait plus vite, elle avait besoin de sang tous les sept jours, et ses yeux ne présentaient pas les taches rétiniennes qui caractérisaient ceux des membres de l'équipe de direction. Mais sa sensibilité à la lumière était tout aussi prononcée, et selon Suresh, le virus qu'elle avait dans le sang était rigoureusement identique au leur. Guilder avait fini par baisser les bras et s'était résigné, faute de mieux, à attribuer ses facultés au fait que Lila était une femme – la seule femme de la tribu, et il tenait à ce que les choses en restent là.

« Peut-être qu'il ne faut pas chercher plus loin, avait conclu Suresh. Peut-être qu'ils la prennent juste pour leur mère. »

Guilder s'aperçut que Wilkes le dévisageait.

De quoi parlaient-ils déjà ? De Lila ? Non, du Texas. Mais Wilkes lui avait dit que ce n'était pas tout.

— Ce qui m'amène, euh, à la deuxième chose.

Et c'est alors qu'il lui annonça l'attentat suicide au marché. Et merde, merde, merde, *merde !*

— Je sais, je sais, fit Wilkes en secouant la tête à sa façon wilkésienne. Les événements ne prennent pas une très bonne tournure.

— Un homme isolé ! Un seul homme !

Le visage du Directeur, son corps entier le démangeaient, embrasés d'une juste colère. Il ne put retenir le rot qui lui remontait dans la gorge. Il voulait que vengeance soit faite. Il voulait que cette satanée situation se tasse. Il voulait la tête de ce Sergio, quel qu'il soit, au bout d'une putain de pique.

— Nous avons des gens qui s'en occupent. Les collaborateurs des ressources humaines font du porte-à-porte, et nous avons offert double ration à quiconque nous indiquerait une piste sérieuse. Tout le monde n'est pas vraiment enthousiasmé en bas de la colline.

— Bordel ! Quelqu'un pourrait m'expliquer comment il fait pour se déplacer dans les Basses-Terres comme sur une putain d'autoroute ? Il n'y a pas de patrouilles ? Il n'y a pas de postes de contrôle ? Quelqu'un pourrait-il, s'il vous plaît, m'apporter un peu de lumière sur ce petit détail ?

— Nous avons une théorie à ce sujet. Tous les indices portent à croire à une organisation cellulaire classique. Des groupuscules de quelques individus à peine, agissant dans un cadre opérationnel lâche.

— Merci, Fred. Je sais ce que c'est qu'une cellule terroriste.

Son chef de cabinet esquissa un geste d'impuissance.

— Tout ce que je dis, c'est que chercher un individu isolé n'est pas forcément la solution. Nous n'avons pas affaire à un Sergio proprement dit mais à un Sergio conceptuel. Si vous voyez ce que je veux dire.

Oh, pour ça, Guilder voyait très bien, et ce n'était pas une pensée réjouissante. Il avait déjà connu tout ça, d'abord en Irak, puis en Afghanistan, et enfin en Arabie saoudite, après le coup d'État. Vous abattiez le chef, décapitant l'organisation, mais le corps ne mourait pas, il se contentait de faire pousser une nouvelle tête. La seule stratégie opportune dans ces situations était psychologique. Tuer le corps n'était jamais suffisant, il fallait tuer l'esprit.

— On en a mis combien derrière les barreaux ?

Encore de la paperasse, donc. Guilder lut tout le rapport. D'après les témoins oculaires, le ou plutôt la terroriste du marché était une femme d'une trentaine d'années, qui travaillait dans les champs. Elle n'avait jamais posé le moindre problème, elle était à tous égards aussi docile qu'un agneau, qualité qui, à un point déconcertant, correspondait au profil des autres auteurs d'attentats suicides. Elle n'avait pas de famille vivante, juste une sœur ; son mari et son fils étaient morts six ans plus tôt, lors d'une épidémie de salmonellose. Elle avait apparemment franchi les postes de contrôle déguisée en col – le corps de sa victime avait été découvert dans une benne à ordures, la gorge tranchée, mystérieusement amputé d'un bras, au niveau du coude. On ne savait pas comment elle s'était procuré les explosifs ; on n'avait signalé aucun vol ni à l'armurerie ni au dépôt de construction, mais l'inventaire complet n'avait pas encore été effectué. Neuf de ses compagnons de chambrée, plus la famille de sa sœur, dont deux jeunes enfants, étaient incarcérés à des fins d'interrogatoire.

— Il semblerait que personne ne sache rien, conclut Wilkes en faisant la moue.

Il s'était assis en face du bureau où Guilder parcourait ses papiers.

— Sa sœur mise à part, c'est comme s'ils la connaissaient à peine. On pourrait y aller un peu plus fort, mais je doute que nous obtenions beaucoup de renseignements utiles. Ces gens se seraient déjà mis à table.

Le Directeur reposa le dossier parmi les nombreux autres. Les renvois se succédaient par salves ininterrompues et lui emplissaient la bouche d'un mauvais goût de pourriture animale qui n'était pas sans rappeler l'odeur du cadavre de Mme Wilkes. Ce qui n'avait pas échappé à son chef de cabinet, à en juger par l'expression de dégoût à peine dissimulée inscrite sur son visage lisse, juvénile.

— Inutile, conclut Guilder.

Wilkes eut un froncement de sourcils dubitatif.

— Vous voulez qu'on les libère ? Je ne pense pas que ce soit raisonnable. Au moins, laissons-les mariner encore quelques jours. Secouons quelques chaînes, on verra bien ce que ça donnera.

— Vous avez dit vous-même que s'ils savaient quoi que ce soit, ils auraient déjà parlé.

Guilder s'interrompit, conscient qu'il s'apprêtait à franchir une limite. Les treize terreux qui croupissaient au centre de détention étaient après tout des êtres humains, sans doute rigoureusement innocents. Et surtout, ils constituaient des atouts non négligeables dans une économie de pénurie. Seulement voilà : la frustration de voir piétiner l'affaire Sergio, la débâcle au Texas, l'importance du facteur temps dans son grand dessein, qui arrivait enfin à son aboutissement, et aussi le fait qu'il était en proie aux affres d'un manque de plus en plus impérieux, un impératif biologique titanesque qui, alors qu'il considérait Wilkes par-dessus la prairie patinée de son gigantesque bureau, s'épanouissait en lui comme une fleur dans une vidéo au ralenti – tout cela fit qu'il ne réfléchit pas très longtemps. Arrivé devant la limite, il lui accorda un bref regard, et la franchit d'un pas.

— Il me semble, déclara le Directeur Horace Guilder, que le moment est venu de passer à l'étape suivante.

Guilder attendit quelques minutes après la sortie de Wilkes pour mettre son propre départ en scène. Ainsi qu'il se l'était rappelé de nombreuses fois, une grande partie de son autorité découlait de la dignité et de la détermination qui caractérisaient ses déplacements publics, et il valait mieux qu'on ne le voie pas en proie à une telle agitation. Il prit le trousseau de clés dans son bureau et sortit. Bizarre que la faim soit revenue si vite. Normalement, elle ne s'imposait pas à lui en quelques minutes, ça prenait plusieurs jours. De la base du Dôme, on descendait au rez-de-chaussée par un escalier en colimaçon orné de portraits d'une flopée de ducs, généraux, barons et princes du royaume, toute une parade de trognes à la mâchoire lourde, au regard réprobateur, en costumes d'époque. (Au moins, il n'était jamais allé jusqu'à se faire tirer le portrait, quoique – après réflexion – pourquoi pas ?) Il jeta un coup d'œil par-dessus la balustrade. Quinze ou vingt mètres plus bas, il voyait les petites silhouettes en uniforme des agents de sécurité et les membres de la direction en costume sombre et cravate vibrionner, en proie à un zèle tout professionnel avec leurs attachés-cases et leurs planchettes à pince, et même deux servantes, dans leur tenue qui les faisait ressembler à des bonnes sœurs, flotter, diaphanes, sur le sol de pierre polie comme deux bateaux en papier. Il chercha Wilkes du regard, et le repéra près de l'énorme porte d'entrée ornée de hauts-reliefs dans le style pastoral kitsch – un poing serrant une gerbe de paille, une charrue labourant allègrement la riche terre de l'Iowa. Son loyal chef de cabinet s'était arrêté pour s'entretenir avec deux membres de la direction, les ministres Hoppel et Chee. Guilder présuma que Wilkes mettait déjà en application les ordres qu'il lui avait donnés ce jour-là de passer la vitesse supérieure, mais cette supposition fut démentie quand Hoppel bascula la tête en arrière, tapa dans ses mains et partit d'un rire qui résonna comme un aboiement et ricocha sur les parois de marbre telle une balle de fusil dans un sous-marin. Guilder se demanda ce qu'il avait pu trouver si drôle.

Se détournant de la balustrade, il se dirigea vers le second escalier, plus conventionnel, parfaitement invisible, qu'il était seul à emprunter. À présent, son estomac ne grondait plus, il rugissait, et Guilder avait le plus grand mal à se retenir de dévaler les marches quatre à quatre ; dans son état, il se serait probablement cassé la figure. Certes, une fracture guérirait en quelques heures, mais elle lui ferait quand même un mal de chien. Se comportant donc comme un calice de cristal qui risquait à tout moment de répandre son contenu sur le sol, le Directeur descendit une marche après l'autre, prudemment. La salivation avait commencé, une véritable cataracte qu'il devait ravaler les dents serrées. Des bavoirs pour vampires, pensa-t-il perversement, en voilà un bon moyen de faire fortune...

Le sous-sol, enfin, avec ses lourdes portes pareilles à celles d'une salle des coffres. Guilder prit le trousseau de clés dans la poche de son veston. Les mains tremblantes d'avidité, il déverrouilla la porte, tourna la lourde roue et poussa le panneau avec l'épaule.

Il n'était pas arrivé à la moitié du couloir qu'il était déjà torse nu et enlevait ses chaussures du bout du pied, propulsé par une force irrésistible, tel un surfeur chevauchant une vague. Derrière les portes qui défilaient à toute allure, il entendait les cris étouffés des damnés, autant de sons qui avaient depuis longtemps cessé d'éveiller ne fût-ce qu'un atome de pitié chez lui – s'ils l'avaient jamais fait. Il passa comme un boulet de canon devant les affichettes de mise en garde – « Danger ! Éther. Flammes nues interdites ! » –, arriva dans la chambre froide à fond de train et faillit, au détour d'un dernier couloir, heurter un technicien en blouse blanche.

— Directeur Guilder ! hoqueta l'homme. Nous ne savions pas...

Il n'arriva pas au bout de sa phrase, Guilder lui ayant avec plus de violence que nécessaire balancé tout le poids de son bras gauche en pleine tête, l'envoyant s'écraser contre le mur.

C'était du sang qu'il voulait, mais pas n'importe quel sang. Il y avait le sang et *le sang*.

Il s'arrêta en dérapage devant la dernière porte. Les mains tremblantes, il ôta son pantalon, l'expédia au loin, et déverrouilla la serrure de la porte.

— Salut, Lawrence.

38.

Le lendemain matin, Jackie avait disparu.

En se réveillant, Sara découvrit que sa couchette était vide. Paniquée, elle parcourut tout le baraquement en se maudissant d'avoir dormi si profondément. La vieille femme qui couchait dans la seconde rangée, quelqu'un savait-il où elle était passée ? Mais personne ne l'avait vue, du moins c'est ce qu'on lui disait.

À l'appel du matin, Sara ne détecta qu'une infime encoche de silence au lieu du matricule de Jackie. Tout le monde baissait la tête. Et voilà, l'eau s'était refermée sur son amie, juste comme ça. On aurait pu croire qu'elle n'avait jamais existé.

Sara évolua toute la journée dans le brouillard, l'esprit oscillant sur la crête étroite qui séparait l'espoir irraisonné du complet désespoir. Il n'y avait probablement rien à faire. Les gens disparaissaient, c'était comme ça. Pourtant, elle ne pouvait s'empêcher de penser que si Jackie était toujours à l'hôpital, si on ne l'avait pas encore emmenée au nourrissage, il y avait peut-être une chance. Mais comment avait-elle pu se faire enlever ainsi, sous son nez ? Sara se dit qu'elle aurait dû entendre quelque chose. La vieille dame aurait protesté, non ? Ça ne collait tout simplement pas.

C'est alors que Sara comprit. Elle n'avait rien entendu parce qu'il n'y avait rien à entendre. « Pas comme ça. Pas pour moi. » Jackie avait quitté le quartier de son plein gré.

Et elle l'avait fait pour protéger Sara.

Au milieu de l'après-midi, elle sut qu'elle devait tenter quelque chose. Sa culpabilité la crucifiait. Elle n'aurait jamais dû essayer de faire sortir Jackie de l'usine, jamais dû provoquer Sodom comme elle l'avait fait. Ça revenait à peindre une cible sur le dos de son amie. Les minutes s'écoulaient. Au nourrissage, les viruls se repaissaient juste après le coucher du soleil ; Sara avait vu les camions, les bétaillères bourrées de vaches mugissantes, et aussi les véhicules sans fenêtre dans lesquels ils amenaient les prisonniers du centre de détention. Il y en avait toujours un garé derrière l'hôpital. Ce que cela signifiait était clair pour quiconque voulait bien réfléchir.

Deux cols supervisaient les équipes de broyage : Vale et la Siffleuse. Avec Vale, Sara aurait pu se débrouiller, mais la Siffleuse, c'était une autre histoire. Elle ne voyait qu'une solution. Elle remplit son seau, le souleva du sol, fit trois pas vers le broyeur et s'arrêta.

— Oh ! s'écria-t-elle.

Elle lâcha le seau et se prit le ventre à deux mains.

— Oh ! Oh...

Elle se laissa tomber à genoux en gémissant. Pendant un moment, dans le vacarme des broyeurs, son numéro passa inaperçu. Elle cria plus fort et se roula en boule, les mains crispées sur l'estomac.

— Sara, qu'est-ce que tu as ?

Une des femmes – Constance Chou – était penchée sur elle.

— J'ai mal ! J'ai mal !

— Lève-toi ou ils vont te voir !

Une autre voix s'éleva : celle de Vale.

— Qu'est-ce qui se passe ici ?

Constance recula.

— Je ne sais pas, monsieur. Elle s'est juste... écroulée.

— Fisher ? Qu'est-ce que tu as ?

Sara ne répondit pas. Elle se contenta de continuer à gémir, pliée en deux, et se mit à donner des coups de pied, spasmodiquement, pour faire bonne mesure. Un cercle de curieux s'était formé autour d'elle.

— L'appendicite, souffla-t-elle.

— Qu'est-ce que tu as dit ?

Elle se prit la tête à deux mains en feignant une vive souffrance.

— Je pense que... c'est... l'appendicite.

La Siffleuse fonça dans la foule, écartant les badauds avec sa matraque.

— C'est quoi le problème ?

Vale se grattait la tête.

— Elle dit qu'elle a un problème avec sa pendicite.

— Qu'est-ce que vous regardez tous ? aboya la Siffleuse. Retournez au travail ! Vale, qu'est-ce que tu veux qu'on en fasse ?

— Fisher, tu peux marcher ?

— Je vous en prie, hoqueta-t-elle. Le docteur... j'ai besoin d'un docteur.

— Elle dit qu'elle a besoin d'un docteur, répéta Vale.

— Ouais, j'ai entendu. D'accord, grinça la femme. Qu'on la sorte d'ici.

Ils l'aidèrent à monter dans un pick-up garé derrière l'exploitation et l'allongèrent au fond. Sara n'arrêtait pas de s'agiter en geignant. Une brève négociation s'ensuivit : l'un d'eux devait-il l'emmener ou fallait-il appeler un chauffeur ?

— Et merde, je vais la conduire, décréta la Siffleuse. J'te connais, tu y passerais la journée.

Le trajet jusqu'à l'hôpital prit dix minutes, que Sara mit à profit pour échafauder un plan. Jusque-là, elle n'avait qu'un but : se faire emmener à l'hôpital avant que le fourgon n'embarque Jackie ; elle n'avait pas réfléchi à l'étape suivante. Il lui semblait maintenant qu'elle n'avait que deux cartes à jouer. D'abord, elle n'était pas malade ; quand elle feindrait une guérison miraculeuse, il semblait peu probable qu'on expédie une femme en pleine forme au nourrissage. Deuxièmement, elle était infirmière ; elle ne savait pas vraiment comment mettre ce fait à profit – elle devrait improviser –, mais elle pourrait peut-être utiliser ses connaissances médicales pour convaincre le responsable que l'état de Jackie n'était pas aussi grave qu'il en avait l'air.

D'un autre côté, peut-être que rien de tout cela n'avait d'importance. Peut-être qu'à partir du moment où elle aurait franchi les portes de l'hôpital, elle n'en ressortirait pas. Cette perspective, lorsqu'elle l'envisageait, ne paraissait pas forcément mauvaise, elle lui fournissait au contraire un troisième atout : Sara n'aurait plus jamais à se demander si elle allait vivre ou mourir.

La Siffleuse s'arrêta devant l'entrée de l'hôpital, se dirigea vers l'arrière du pick-up et abaissa le hayon.

— Allez, descends. On y va.

— J'ai peur de ne pas arriver à marcher.

— Va bien falloir que tu essaies, parce que je vais pas te porter.

Sara se releva sur les coudes. Le soleil avait percé les nuages et projetait sur la scène le glacis de sa lumière acérée. L'hôpital, un bâtiment en brique de trois étages, faisait partie d'un groupe de structures basses, banales, à l'extrémité sud des Basses-Terres. À vingt mètres de là se dressait l'une des trois principales annexes des ressources humaines. Une douzaine de cols gardaient l'entrée, défendue par une chicane de béton.

— Je parle pour les murs, là ?

Car c'était à peine si Sara l'écoutait. Elle était concentrée sur une voiture, une petite conduite intérieure du genre de celles que les cols utilisaient pour se déplacer entre les quartiers. Le véhicule fonçait dans leur direction à toute vitesse, soulevant un panache de poussière bouillonnante. Sara descendit du pick-up. À cet instant, elle vit du coin de l'œil que quelqu'un se précipitait vers elle par-derrière. La voiture continuait sa course sans ralentir. Elle avait quelque chose de bizarre, en dehors de l'allure vertigineuse à laquelle elle se ruait sur eux. Ses vitres teintées empêchaient de voir le conducteur, et sur le capot, une inscription était tracée à la peinture blanche :

VIVE SERGIO !

Alors que le véhicule se précipitait sur la chicane, quelqu'un se jeta sur le dos de Sara. Elle se retrouva plaquée au sol, écrasée par une masse qui chassa l'air de ses poumons, tandis que le pick-up explosait dans un bruit épouvantable accompagné d'un souffle et d'une chaleur inouïs. Des débris retombaient autour d'elle. Des objets lourds, en flammes, filaient dans l'air comme des météores avant de s'écraser au sol, tout cela dans un fracas de métal déchiré et une pluie de verre pulvérisé. Pour Sara, le monde s'était réduit à du vacarme, du feu, et au poids d'un corps pesant sur elle. Soudain, dans le silence revenu, une haleine chaude tout près de son oreille, et une voix qui disait :

— Vite, suivez-moi. Faites exactement ce que je vous dis.

Sara se releva, sidérée. Une femme qu'elle ne connaissait pas la tirait par la main, s'efforçant de vaincre sa résistance. Les bruits ne parvenaient plus à ses oreilles bouchées, et la scène baignait dans une irréalité laiteuse. L'annexe des Ressources humaines n'était plus qu'un cratère fumant. Le pick-up avait disparu. Elle le revit couché sur le côté, à l'endroit où se trouvait – où *s'était trouvée* l'entrée de l'hôpital. Elle avait l'impression d'avoir le visage et les mains mouillés. Du sang. Elle était couverte de sang. Il y avait des choses collantes dedans, des résidus organiques, et aussi une poussière fine, scintillante, dont elle comprit qu'elle était composée de minuscules fragments de verre. Stupéfiant, tout cela était absolument stupéfiant, surtout ce qui était arrivé à la Siffleuse. Fascinée, Sara regarda à quoi ressemblait un corps quand il n'était plus d'un seul morceau, qu'il avait été dispersé sur une vaste zone en fragments de chair. Comment imaginer que quand on disait d'un corps qu'il explosait en mille morceaux, il faisait exactement ça : il explosait en mille morceaux ?

Elle dut littéralement s'arracher à la scène ; elle en détacha d'abord le regard, et puis elle se laissa entraîner. La femme se mit à courir et elle la suivit. L'énergie de celle qui l'avait sauvée – parce qu'elle comprenait que cette femme l'avait protégée de l'explosion – passait dans son corps à travers leurs mains cramponnées l'une à l'autre. Derrière elles, le silence avait laissé place à un chœur bizarrement musical de cris et de hurlements.

Soudain, la femme s'arrêta net derrière un bâtiment qui avait réussi à rester debout (tous les bâtiments du monde n'avaient donc pas sauté ?) et s'accroupit plus ou moins. Elle tenait une espèce de crochet, avec lequel elle souleva un regard d'égout.

— Entre là-dedans.

Sara obtempéra. Elle se faufila dans le trou où une échelle l'attendait. Elle fut accueillie par une odeur méphitique. Ça puait la merde, et c'en était. Quand Sara arriva au fond, ses tennis se remplirent d'une eau immonde. La femme tendit les bras au-dessus de sa tête et remit la plaque d'égout en place avec un claquement, les plongeant dans le noir absolu. Sara comprit à cet instant seulement que l'explosion dont elle venait de réchapper avait dû provoquer beaucoup de morts et de destructions, et que dans le sillage immédiat de cet événement, un laps de temps de moins d'une minute sans doute, elle s'était complètement abandonnée à une inconnue qui l'avait projetée dans une sorte de non-existence : Sara avait bel et bien disparu.

— Attends.

Une petite flamme bleue se mit à briller : la femme avait allumé un briquet et l'appliquait sur une torche. Un éclair jaillit, illuminant son visage. Une vingtaine d'années, un long cou, de petits yeux noirs au regard intense. Elle lui rappelait quelqu'un, mais elle n'arrivait pas à la remettre.

— Plus un mot. Tu peux courir ?

Sara hocha la tête.

— Viens.

La femme partit au trot dans la conduite d'égout, Sara sur ses talons. Elles progressèrent ainsi pendant quelque temps. À chacune des nombreuses bifurcations, la femme optait avec détermination pour l'un des embranchements. Sara avait commencé à faire l'inventaire de ses plaies et bosses. L'explosion n'avait pas été sans dégâts : elle éprouvait toute une panoplie de douleurs, certaines diffuses, juste une sorte de sourde palpitation, d'autres plus aiguës. Rien d'assez grave néanmoins pour l'empêcher de suivre l'inconnue. Au bout d'un moment, elle se rendit compte qu'avec la distance qu'elles avaient parcourue, elles devaient à présent se trouver au-delà des limites des barbelés de la Nation. Elles s'échappaient ! Un cercle de clarté apparut devant elles : une sortie. Au-delà se trouvait le monde – un monde dangereux, mortel, où les viruls rôdaient hors de contrôle. Mais il lui faisait quand même l'effet d'une promesse dorée, et elle s'avança dans la lumière.

— Désolée de devoir faire ça.

La femme était derrière elle. Elle passa une main autour de la taille de Sara, l'immobilisant, et leva vers son visage son autre main, tenant un chiffon. Qu'est-ce que... ? Mais avant qu'elle ait pu émettre la moindre protestation, le linge lui couvrit le nez et la bouche, inondant ses sens d'une odeur chimique terrible, qui la fit étouffer, un million de minuscules étoiles éclatèrent dans sa tête, et ce fut la fin de tout.

39.

Lila Kyle. Elle s'appelait Lila Kyle.

Sauf qu'elle savait bien que le visage qu'elle voyait dans le miroir avait d'autres noms. La Reine des dingues. Sa Majesté la Cinglée. Son Altesse royalement déjantée. Oh oui, ces surnoms, elle les avait tous entendus. Il fallait se lever tôt pour l'abuser. « Les pierres et les bâtons, comme elle disait toujours (comme disait son père), les pierres et les bâtons me briseront les os, mais les mots ne peuvent me nuire. » Non, ce qui l'exaspérait vraiment, c'étaient les chuchotements. Les gens chuchotaient tout le temps ! Comme si c'étaient eux les adultes et elle l'enfant, comme si elle était une bombe qui risquait d'exploser à tout moment. Que c'était bizarre ! Bizarre et on ne peut plus irrespectueux, parce que, d'abord, elle n'était pas folle, là-dessus ils se trompaient à cent pour cent, ensuite parce que même si elle l'était, même si, pour l'amour des cancans, elle aimait se promener toute nue au clair de lune et hurler comme un chien (pauvre Roscoe), est-ce que ça les regardait ? Quel était son éventuel degré de folie ? (Cela dit, elle devait bien reconnaître qu'il y avait des jours, certains jours difficiles, où ses pensées se refusaient à coopérer, telle une brassée de feuilles d'automne qu'elle aurait tenté de fourrer dans un sac.) Ce n'était pas *bien*. C'était inadmissible. Parler comme ça dans son dos, faire d'aussi vilaines insinuations – ça dépassait les bornes de la décence. Qu'avait-elle fait pour mériter un tel traitement ? Elle ne se mêlait pas des affaires des autres, ne demandait rien à personne, ne faisait pas plus de bruit qu'une souris ; elle passait le plus clair de son temps, ce qui la satisfaisait pleinement, dans sa chambre avec ses jolies petites choses, ses flacons, ses peignes et ses brosses, devant sa coiffeuse, où elle était présentement assise – depuis un certain temps, lui semblait-il – à se brosser les cheveux.

Ses cheveux. Elle se concentra sur le visage qui la regardait dans la glace, le reconnut, et ce fut comme si une vague de chaleur lui envahissait le corps. Cette vision la surprenait toujours : sa peau rosée, lisse et parfaite, ses yeux brillants, comme humides, ses joues rebondies, pulpeuses, ses traits délicatement proportionnés. Elle était... stupéfiante ! Mais le plus stupéfiant de tout, c'étaient ses cheveux. Comme ils étaient lustrés, épais au toucher, d'une abondance sirupeuse. Pas sirupeuse : chocolatée. Un excellent chocolat noir, venu d'un endroit merveilleux et spécial, la Suisse peut-être, ou un de ces pays-là, comme les chocolats que son père avait toujours dans son bureau, et quand elle avait été gentille, très gentille, ou parfois sans raison particulière, simplement parce qu'il l'aimait et qu'il voulait qu'elle le sache, il la faisait venir dans le repaire sanctifié de son bureau à l'odeur virile, où il écrivait ses articles importants, lisait ses livres impénétrables et menait ses affaires paternelles généralement mystérieuses, et il lui accordait ce symbole de son amour. « Un seul, pour l'instant », lui disait-il, cette parcimonie amplifiant le côté exceptionnel, parce qu'elle laissait supposer un avenir dans lequel il y aurait d'autres visites au bureau. La boîte dorée, le couvercle qui se soulevait, le moment de suspense : sa petite main planant au-dessus du riche trésor comme une plongeuse positionnée au bord de la piscine, calculant l'angle parfait pour son plongeon. Il y avait les fourrés au chocolat, ceux avec des noix et ceux avec du sirop à la cerise – les seuls qu'elle n'aimait pas ; elle les recrachait dans un Kleenex. Mais les meilleurs de tous étaient ceux à rien du tout, les pures truffes en chocolat. Elle en raffolait. Le fabuleux trésor de douceur crémeuse, fondante, qu'elle tentait de distinguer au milieu des autres. Celui-ci ? Celui-là ?

— Yolanda !

Silence.

— *Yolanda !*

Dans un envol de jupes, de voiles et de tissus aériens, Yolanda fit irruption dans la pièce. Non, vraiment, pensa Lila, quel accoutrement ridicule ! Combien de fois Lila lui avait-elle dit de revêtir une tenue plus pratique ?

— Yolanda, où étais-tu passée ? Je n'arrête pas de t'appeler.

Cette femme la regardait comme si elle avait perdu la tête. Lila se demanda s'ils l'avaient contaminée, elle aussi...

— Yolanda, madame ?

— Et qui d'autre voudrais-tu que j'appelle ? ironisa Lila en lâchant un soupir monumental.

Cette femme était vraiment bouchée ! D'un autre côté, elle ne parlait pas très bien leur langue.

— Je voudrais... quelque chose. S'il te plaît. *Por favor.*

— Oui, madame. Évidemment. Voulez-vous que je vous fasse la lecture ?

— La lecture ? Non.

Après tout, l'idée était séduisante : un peu de Beatrix Potter serait peut-être juste ce qu'il fallait pour lui calmer les nerfs. Pierre Lapin, avec sa petite veste bleue. L'écureuil Noisette et son frère Groseille. Les bêtises qu'ils pouvaient faire tous les deux ! Et puis elle se rappela :

— Du chocolat. On a du chocolat ?

La femme avait l'air complètement larguée. Se pouvait-il qu'elle ait bu ?

— Du chocolat, madame ?

— Un reste de bonbons de Halloween, peut-être ? Je suis sûre qu'il y en a quelque part. Ce que tu trouveras. Des bonbons Hershey, des Quality Street. Un Kit-Kat. N'importe quoi, ça ira.

— Euh...

— *Si ?* Un peu de *cho-co-la-te* ? Regarde dans le placard au-dessus de l'évier.

— Je suis désolée. Je ne vois pas de quoi vous voulez parler.

Ça commençait à devenir énervant. Voilà que cette femme faisait semblant de ne pas savoir ce que c'était que le chocolat !

— Je ne comprends pas où est le problème, Yolanda. Et je dois dire que ton attitude commence à m'ennuyer. Elle m'ennuie même beaucoup en fait.

— Je vous en prie, il ne faut pas vous fâcher. Si je savais ce que c'est, je me ferais un plaisir d'aller vous le chercher. Peut-être que Jenny le sait.

— C'est bien ce que je veux dire, tu vois. C'est exactement ce que je dis.

Lila poussa un nouveau gros soupir. C'était dommage, mais il n'y avait absolument pas moyen de faire autrement. Mieux valait vider l'abcès tout de suite plutôt que de laisser pourrir la situation.

— Je crains, Yolanda, de devoir te donner congé.

— Congé ?

— Congé, oui. *No más.* Nous n'avons plus besoin de toi, j'en ai bien peur.

Les yeux de la femme semblèrent pratiquement jaillir hors de sa tête.

— Vous ne pouvez pas faire ça !

— Je suis vraiment désolée. J'aurais bien voulu que ça marche. Mais compte tenu des circonstances, tu ne me laisses vraiment pas le choix.

La femme se jeta à ses genoux.

— Je vous en prie ! Je ferai n'importe quoi !

— Yolanda, un peu de tenue !

La femme se mit à pleurer comme un veau dans les jupes de Lila.

— Je vous en supplie ! Vous savez ce qu'ils vont me faire. Je travaillerai plus dur, je vous le jure !

Lila s'était attendue à ce qu'elle le prenne mal, mais elle n'avait pas envisagé cet étalage indécent. C'était vraiment gênant. La tentation de lui offrir un geste de consolation était forte, mais elle s'y refusa, de crainte que cela ne fasse que prolonger la séance, et elle laissa ses mains planer maladroitement dans le vide. Elle aurait peut-être dû attendre que David rentre à la maison. Il gérait toujours mieux ces affaires-là.

— Nous te donnerons une bonne lettre de recommandation, évidemment. Et deux semaines d'indemnités. Il ne faut pas le prendre si mal, vraiment !

— C'est une sentence de mort !

Elle se cramponnait aux genoux de Lila comme si elle s'était accrochée à un radeau.

— Ils vont m'envoyer au sous-sol !

— Ce n'est quand même pas une sentence de mort. Ne dramatise pas.

Mais Yolanda ne voulait pas entendre ses appels à la raison. Incapable de formuler des paroles intelligibles à travers la tempête de ses sanglots incontrôlables, elle renonça à ses supplications et se contenta de tremper la jupe de Lila de larmes morveuses. Celle-ci n'avait plus qu'un désir : se débarrasser du problème le plus vite possible. Elle détestait ce genre de situation, elle en avait même horreur.

— Qu'est-ce qui se passe là-dedans ?

Lila releva les yeux vers la silhouette qui venait d'apparaître sur le seuil de la pièce et poussa aussitôt un soupir de soulagement.

— David ! Dieu soit loué. Il semble que nous ayons un petit problème. Yolanda est, comment dire, un peu perturbée. J'ai décidé de me passer de ses services, et elle le prend plutôt mal.

— Quoi ? Encore une ? Mais qu'est-ce qui ne tourne pas rond chez vous ?

Ça, ce n'était pas normal. Ce n'était pas le David normal.

— C'est facile à dire pour toi, tu n'es pas là de la journée, et tu me laisses toute seule à la maison. Je pensais que tu me soutiendrais.

— Je vous en prie, ne faites pas ça, geignait Yolanda.

Lila esquissa des deux mains un geste qui voulait dire : Qu'on me débarrasse de cette femme.

— Tu pourrais m'aider, non ?

Ce qui se révéla un peu plus difficile qu'il n'y paraissait. David (pas David) se pencha pour arracher une Yolanda (pas Yolanda) sanglotante des genoux de Lila, mais la femme se cramponna de plus belle et se mit, chose incroyable, à hurler. À faire une de ces scènes ! Bonté divine ! À voir son comportement, on aurait dit que se faire virer d'un poste de femme de ménage était vraiment une condamnation à mort ! D'une traction ferme à la taille, David la souleva bel et bien de terre. Elle se mit à crier, lui donna des coups de pied et agita les bras comme une folle. David ne réussissait à la retenir que grâce à sa force supérieure. Il fallait lui laisser ça, il soignait sa forme.

— Je suis désolée, Yolanda ! s'écria Lila alors qu'il la faisait disparaître dans le couloir. Je t'enverrai un chèque !

La porte claqua derrière eux. Lila laissa échapper un profond soupir. Elle se rendit compte qu'elle avait jusque-là bloqué sa respiration. Non, mais quelle histoire ! Il ne lui était jamais rien arrivé d'aussi gênant de sa vie, vraiment. Elle se sentait complètement ébranlée, et passablement coupable de surcroît. Yolanda était à leur service depuis des années, quel dommage que cela doive aussi mal finir. Ça lui laissait un arrière-goût désagréable. Certes, il fallait bien avouer que Yolanda n'avait jamais été la meilleure des femmes de ménage, et ces derniers temps, il y avait vraiment du laisser-aller. Elle devait avoir des problèmes personnels. Enfin, Lila n'avait jamais mis les pieds chez elle, elle ne savait rien de sa vie. C'était curieux, non ? Pendant toutes ces années, Yolanda n'avait pas arrêté d'aller et venir, et c'était comme si Lila ne la connaissait pas du tout.

— Eh bien, vous l'avez virée. Félicitations !

S'étant remise à se brosser les cheveux, elle regarda froidement David, dans le miroir, qui redressait sa cravate, devant la porte.

— Tu peux me dire pourquoi c'est ma faute, au juste ? Tu l'as bien vue, elle avait complètement perdu la tête.

— C'est la troisième cette année. Les bonnes servantes ne se trouvent pas dans une pochette surprise.

Elle se donna un nouveau coup de brosse, long et voluptueux.

— Eh bien, appelle l'agence. Ce n'est pas si difficile, tu sais.

David ne répondit pas, préférant manifestement laisser tomber le sujet. Il s'approcha du divan et remonta légèrement son pantalon sur ses genoux avant de s'asseoir.

— Il faut qu'on discute.

— Tu ne vois pas que je suis occupée ? Ils n'ont pas besoin de toi à l'hôpital ou quoi ?

— Je ne travaille pas à l'hôpital, nous en avons parlé un million de fois.

Vraiment ? Il y avait des moments où ses pensées étaient des feuilles d'automne, d'autres moments où c'étaient des abeilles dans un bocal, des petites créatures qui tournaient, tournaient, tournaient en bourdonnant.

— Qu'est-ce qui s'est passé au Texas, Lila ?

— Au Texas ?

Il eut un soupir irrité.

— Le convoi. Sur la Route du pétrole. Je pensais que mes instructions étaient claires.

— Je n'ai pas la moindre idée de ce que tu racontes. Je n'ai jamais mis les pieds au Texas de ma vie.

Elle cessa de se brosser les cheveux et croisa le regard de David dans le miroir.

— Brad a toujours détesté le Texas. Mais tu n'as peut-être pas envie d'entendre parler de ça.

Elle vit que ses paroles avaient fait mouche. Évoquer le nom de Brad était son arme secrète. Elle savait qu'elle n'aurait pas dû, mais elle se délectait perversement de l'expression qu'elle lisait sur le visage de David quand elle prononçait son nom – l'expression atone, abattue d'un homme qui savait qu'il ne soutenait pas la comparaison.

— Je ne vous demande pas grand-chose. Ce que je commence à me demander, c'est si vous arrivez encore à contrôler ces créatures.

— Oui, eh bien...

Bzz, bzz, bzz.

— Vous m'écoutez ? Nous ne pouvons pas nous permettre de subir d'autres désastres comme celui-ci. Nous sommes trop près du but.

— Je ne vois pas ce qui te met dans cet état. Et pour être parfaitement honnête, je n'aime pas beaucoup le ton sur lequel tu me parles.

— Bon sang, posez cette saloperie de brosse !

Mais avant qu'elle en ait eu le temps, il la lui arracha de la main et l'envoya valser à travers la pièce. Il la prit par les cheveux, lui renversa la tête en arrière, et colla son visage si près du sien que ce n'était même plus un visage mais une chose, une chose monstrueuse, difforme, pareille à une limace, qui déversait sur elle son souffle pourri, chargé de bactéries.

— J'en ai jusque-là de vos conneries !

Il lui postillonnait sur les joues, dans les yeux, sa bave répugnante volant de sa bouche dans la sienne. Le tour de ses dents était souligné d'un liseré noir qui leur donnait un éclat terrifiant. Du sang. Il avait les gencives incrustées de sang.

— Marre du numéro que vous me faites ! De ce jeu stupide !

— Je t'en prie, hoqueta-t-elle. Tu me fais mal !

— Vraiment ?

Il lui tordit les cheveux, durement. Mille piqûres d'épingle lui transpercèrent le cuir chevelu, lui faisant mal à hurler.

— David, je t'en supplie, l'implora-t-elle, la vision brouillée par les larmes. Tu te rends compte de ce que tu es en train de faire ?

La face de limace se mit à rugir de colère.

— Je ne suis pas David ! Je m'appelle Horace ! Horace Guilder !

Il appliqua une nouvelle torsion à ses cheveux.

— Répétez mon nom !

— Je ne sais pas, je ne sais pas ! Tu m'embrouilles !

— Dites-le ! Dites comment je m'appelle !

C'est la douleur qui eut le résultat escompté et la fit revenir à la réalité.

— Vous êtes Horace ! Je vous en prie, arrêtez !

— Encore ! Dites mon nom en entier !

— Horace Guilder. Vous êtes Horace Guilder, Directeur de la Nation !

Guilder la lâcha et recula.

Elle était renversée sur sa coiffeuse, secouée de sanglots. Si seulement elle pouvait repartir. *Repars,* pensa-t-elle, les paupières étroitement plissées pour ne plus voir cet homme horrible, cet Horace Guilder, la chasser de sa vie. *Lila, repars. Retourne là-bas.* Elle fut chavirée par une nausée qui montait de profondeurs sans nom, une maladie non du corps mais de l'âme, le noyau métaphysique de son moi fracturé, et puis, agenouillée par terre, elle se mit à vomir, hoqueta, s'étouffa, recracha le vil sang qu'elle avait bu le matin même.

— C'est bon, fit Guilder en s'essuyant les mains sur son veston. Je voulais que ce soit bien clair.

Lila ne répondit pas. Son désir de repartir au loin était tellement puissant qu'elle n'aurait pu articuler une parole même si elle l'avait voulu.

— De grands jours nous attendent, Lila. J'ai besoin de savoir que vous êtes des nôtres. Ça suffit, ces bêtises. Je prends mes ordres de tout en haut, là.

Elle réussit à hocher la tête.

— Et, je vous en prie, ne virez plus de servantes. Ces filles ne se trouvent pas dans une pochette surprise.

Du dos de la main, elle essuya la bave rance sur son menton.

— Vous me l'avez déjà dit.

— Pardon ?

— Je dis que vous me l'avez déjà dit.

Sa voix ne lui ressemblait même plus.

— Que les servantes ne se trouvaient pas dans une pochette surprise.

— Vraiment ? Ah bon, fit-il avec un petit rire. C'est drôle quand on y réfléchit. Ce serait vraiment pratique, compte tenu des exigences de la chaîne alimentaire et tout ce qui s'ensuit. Je suis sûr que votre copain Lawrence serait d'accord. Parce que qu'est-ce que ce type peut manger !

Il s'interrompit un instant, se régalant de cette pensée, et son regard se posa à nouveau sur elle, plus dur que jamais.

— Allez vous nettoyer. Ne le prenez pas mal, Lila, mais vous avez du vomi dans les cheveux.

40.

— Sara ? Vous m'entendez ?

Une voix descendait vers elle. Une voix et aussi un visage, qu'elle connaissait, mais sur lesquels elle n'arrivait pas à mettre un nom. Un visage dans un rêve – car elle était certaine d'être en train de rêver –, un rêve dérangeant, dans lequel elle courait au milieu de cadavres et de lambeaux de cadavres, et où tout était en feu.

— Elle est encore dans les vapes, dit la voix.

Elle semblait lui parvenir depuis une distance impossible à combler. Un continent. Un océan. Elle semblait tomber des étoiles.

— Combien en as-tu mis ?

— Trois gouttes. Enfin, peut-être quatre.

— *Quatre* ? Tu voulais la tuer ou quoi ?

— J'étais pressée, d'accord ? Tu m'avais dit de la faire sortir. Eh bien, elle est sortie.

— Si on veut l'intégrer, il faut qu'elle soit revenue à elle avant dix-huit heures. Allez, soupira la deuxième voix, va me chercher un seau.

Un seau, pensa Sara, qu'est-ce que les voix voulaient faire d'un seau ? Qu'est-ce qu'un seau avait à voir là-dedans ? Mais elle ne s'était pas plus tôt posé cette question qu'une masse humide et froide s'abattait sur son visage, lui faisant reprendre brutalement conscience. Elle toussa, hoqueta, faillit se noyer, agita les bras, paniquée, le nez et la gorge pleins d'eau glacée.

— Du calme, Sara.

Elle s'assit, trop vite ; son cerveau clapotait dans son crâne et tout tournait dans son champ de vision.

— Oh, gémit-elle. Oh...

— Je sais que vous avez mal à la tête, très mal, mais ça ne va pas durer. Respirez bien.

Elle chassa l'eau de ses yeux en clignant les paupières. Eustace ?

C'était bien lui. Ses incisives supérieures avaient disparu, sectionnées à la base ; son œil droit, voilé, était aveugle. D'une main tordue, il lui tendit un quart en métal.

— Ça fait plaisir de vous revoir. Vous avez déjà rencontré Nina, que voici. Dis bonjour, Nina.

La femme des égouts se tenait derrière lui dans une attitude désinvolte, les bras croisés sur un fusil passé en bandoulière en travers de la poitrine.

— Salut, Sara.

— Ne vous en faites pas, reprit Eustace. Je sais que vous vous posez beaucoup de questions, et nous y répondrons. Mais buvez un peu d'abord.

Sara prit le quart qu'il lui tendait et le vida. L'eau était étonnamment froide et avait un vague goût métallique, si bien qu'elle eut l'impression de lécher une barre de fer.

— Je pensais que vous étiez...

— Mort ?

Eustace sourit, dévoilant ses dents cassées.

— En réalité, tout le monde ici est mort. Nina, rappelle-moi, comment es-tu morte exactement ?

— De pneumonie je crois, chef. Ça ou alors quelque chose de vraiment lourd m'est tombé dessus. Je ne me rappelle jamais ce qu'on a écrit sur les papiers.

L'explosion, la course dans la conduite, tout lui revenait maintenant. Elle vida le quart et prit un instant pour inspecter son environnement. Elle se trouvait apparemment dans une sorte de bunker, sans aucune ouverture ; ils devaient être sous terre. La seule lumière provenait d'un groupe de torches vacillantes.

— Où sommes-nous ?

— À un endroit où les yeux-rouges ne pourront pas nous trouver. C'est tout ce que je peux vous dire. Une seule chose compte : vous êtes en sûreté, ici.

Il avait une façon de la regarder, en orientant son visage pour diriger vers elle son bon œil, qui ajoutait d'une certaine façon à la gravité pénétrante de son regard.

— Vous êtes... Sergio ?

Un autre sourire édenté.

— Je suis flatté que vous le pensiez, mais non. Il n'y a pas de Sergio. Pas au sens où vous l'entendez.

— Mais je croyais...

— Ce que vous étiez censée croire. Disons que ce nom est synonyme d'« insurrection ». Nina, si je ne me trompe, c'était bien ton idée ?

— Il me semble, oui.

— Les gens ont besoin d'un nom. Quelque chose sur quoi se focaliser, un visage à mettre sur une idée. Sergio est notre visage.

Elle leva les yeux vers la femme, qui posait sur elle un regard froid, et revint à Eustace.

— L'explosion, c'était vous, hein ?

Eustace hocha la tête.

— D'après nos premiers comptes rendus, dix-sept cols auraient trouvé la mort, dont votre amie la Siffleuse, et deux membres de la direction qui étaient en visite d'inspection. Pas une mauvaise journée de travail, je dirais. Mais ce n'est pas le plus beau.

— Ah bon ?

— Non. Le plus beau, ou plutôt la plus belle prise, c'est vous, Sara.

Eustace la couvait d'un regard acéré. La fille aussi, du reste. Sara grelottait. Un changement s'était produit, une subtile inversion des rôles. Il essayait de la pousser à réagir. Pouvaient-ils lui faire confiance ? Et surtout, pouvait-elle leur faire confiance ?

— Et maintenant, vous allez me demander pourquoi.

Sara se contenta d'un hochement de tête réservé.

— À compter de ce matin, il n'y a plus de Sara Fisher. Sara Fisher, citoyenne des Basses-Terres matricule 94801, a péri dans un attentat suicide qui a coûté la vie à dix-neuf loyaux agents de sécurité de notre Nation bien-aimée. La seule partie de Sara Fisher restée intacte et providentiellement identifiable est un bras arborant la plaque portant ce numéro. Bras gracieusement fourni par une col qui, moins de vingt-quatre heures auparavant, l'utilisait pour tabasser des femmes et des enfants dans les hangars de la laiterie. Nous nous sommes dit qu'il serait mieux utilisé ainsi, quoi qu'elle ne se soit pas montrée très coopérative. Elle s'est rudement défendue, pas vrai, Nina ?

— Cette femme était une battante, c'est le cas de le dire.

Eustace regarda à nouveau Sara.

— Je vois à la tête que vous faites que vous trouvez nos méthodes quelque peu choquantes. Il ne faut pas.

Tout ça allait trop vite pour elle.

— Vous tuez des gens. Pas seulement des cols. Des innocents, qui passaient par là.

Il hocha la tête d'un air détaché. Son visage était indéchiffrable, presque inexpressif.

— C'est vrai. Bien moins que notre glorieux Directeur ne voudrait le faire croire, mais on ne fait pas d'omelette sans casser des œufs.

Elle était horrifiée par la froideur de son ton.

— Rien ne justifie la mort d'innocents.

— Oh, je crois que si. Permettez-moi de vous poser une question : à votre avis, qu'est-ce que les yeux-rouges vont faire après l'attaque d'aujourd'hui ?

Sara ne répondit pas.

— Eh bien, je vais vous le dire : il va y avoir des représailles et ils vont frapper fort. Ce ne sera pas joli.

Elle regarda Eustace, puis Nina, et à nouveau Eustace.

— Mais pourquoi voudraient-ils faire une chose pareille ?

Il inspira profondément.

— Je vais vous répondre aussi simplement que possible. Nous sommes en guerre, Sara. Ni plus ni moins. Et dans cette guerre, leur supériorité numérique est écrasante. Nous avons réussi à infiltrer presque tous les niveaux de leur organisation, mais ils ont encore l'avantage du nombre. En les attaquant de front, nous n'aurions aucune chance de les vaincre. Notre terrain d'opération est psychologique. Ébranler la Direction. La déstabiliser. Tout individu mis en détention est le père, la femme, le fils ou la fille de quelqu'un. Pour chaque personne que les yeux-rouges envoient au nourrissage, nous faisons deux recrues. Ça peut paraître barbare, mais c'est comme ça.

Il marqua une pause, laissant ses paroles faire leur chemin.

— Peut-être que ça n'a pas de sens pour vous, mais vous comprendrez bientôt, si je ne me méprends pas à votre sujet. En tout cas, l'une des conséquences de l'attaque de cet après-midi est que vous n'existez plus. Et ça vous rend extrêmement précieuse pour nous.

— Vous voulez dire que vous aviez tout planifié ?

Il haussa les épaules d'une manière suggérant que la question était plus complexe qu'elle ne l'imaginait.

— Il y a planifier et planifier. Notre action est en grande partie une affaire de timing, et de chance. Mais en ce qui vous concerne, nous avons beaucoup réfléchi à votre extraction. Nous vous observions depuis un certain temps déjà, et nous attendions le bon moment. C'est Jackie qui a assemblé les pièces du puzzle et nous a donné le feu vert. L'incident à l'unité de production de biocarburant était un coup monté, tout comme sa disparition subite du quartier, cette nuit. Elle savait que vous viendriez la chercher à l'hôpital. Franchement, je trouvais tout ce scénario un peu compliqué, et j'étais dubitatif, mais la confiance qu'elle avait en vous l'a emporté. Et je me réjouis de constater qu'elle avait raison.

Sara nageait – non, se noyait dans un océan d'incrédulité.

— Jackie... est l'une des vôtres ?

Eustace hocha la tête.

Depuis le début, et un agent important de surcroît. Je ne puis vous dire combien d'attaques elle a organisées. Son ultime mission était de vous faire venir.

Sara chercha ses mots, n'en trouva aucun. La femme qu'Eustace lui décrivait ne cadrait tout simplement pas avec celle qu'elle connaissait. Jackie, membre de l'insurrection ? Depuis plus d'un an, c'est à peine si Sara l'avait quittée des yeux. Elles dormaient à un mètre l'une de l'autre, elles travaillaient côte à côte, prenaient tous leurs repas ensemble. Elles s'étaient tout raconté. Ça n'avait pas de sens, ce n'était pas croyable. Et puis :

— Comment ça, *ultime* ? Que voulez-vous dire ?

Quelque chose changea dans l'atmosphère. Eustace jeta un coup d'œil à Nina, puis regarda de nouveau Sara.

— Je suis désolé. Jackie est morte.

Ses paroles lui firent l'effet d'une gifle.

— Ce n'est pas possible.

— C'est malheureusement vrai. Je sais qu'elle comptait beaucoup pour vous.

— On ne déplace pas les gens de l'hôpital avant la nuit ! J'ai vu le fourgon ! Il faut qu'on aille la chercher !

— Écoutez-moi...

— Nous avons encore le temps ! Il faut faire quelque chose !

Elle darda un regard sur Nina, toujours plantée là, impassible, les bras croisés sur son fusil, et se tourna à nouveau vers Eustace.

— Pourquoi ne faites-vous rien ?

— Parce qu'il est trop tard, Sara. Jackie n'est jamais allée à l'hôpital, poursuivit-il d'un ton radouci. C'est ce que j'essayais de vous dire. C'est elle qui conduisait la voiture.

Elle eut une impression de rupture. Quelque chose s'était brisé en elle. Une ultime rupture, le dernier fil qui la reliait à la vie était sectionné. Elle s'en allait à la dérive.

— Jackie savait qu'elle était très malade. Elle n'en avait plus que pour quelques mois, et ils l'auraient envoyée au nourrissage.

Eustace se pencha en avant.

— C'est elle qui l'a voulu. C'était pour elle le couronnement d'une glorieuse carrière. Elle n'aurait pas voulu que ça finisse autrement.

— Elle est morte, répéta Sara pour elle-même.

— Elle a fait ce qu'il fallait. Jackie était une héroïne de l'insurrection. Et vous êtes là, prête à reprendre le flambeau.

Elle n'arrivait pas à pleurer. Elle se demanda pourquoi, et puis elle comprit : elle avait déjà versé les dernières larmes de sa vie, elle n'en avait plus. Que c'était bizarre de ne plus arriver à pleurer. D'aimer quelqu'un comme elle avait aimé Jackie et de ne pas trouver dans son cœur le moyen de porter son deuil.

— Pourquoi moi ?

— Parce que vous les haïssez, Sara. Parce que vous n'avez pas peur d'eux. Je l'ai vu en vous, ce jour-là, dans le camion. Vous vous rappelez ?

Sara hocha la tête.

— Il y a deux sortes de haine. L'une vous donne toutes les forces, l'autre vous en prive. Celle que vous éprouvez est de la première espèce. C'est une chose que j'ai toujours sue à votre sujet. Et Jackie le savait aussi.

Oui, elle les haïssait. Elle les haïssait pour leurs regards lubriques, leur cruauté gratuite, jubilante. Elle les haïssait pour leur gruau à la flotte, leurs douches glacées et les mensonges qu'ils lui faisaient hurler. Elle haïssait leurs coups de matraque et leurs sourires suffisants. Elle les haïssait jusque dans la moelle des os, de toutes les cellules de sa chair et de son sang ; chacune de ses fibres nerveuses était embrasée de haine, ses poumons inspiraient et expiraient la haine, son cœur pompait dans ses veines un élixir de haine à l'état pur. Elle restait en vie par haine pour eux, et elle les haïssait, surtout, pour lui avoir enlevé sa fille.

Elle s'aperçut qu'Eustace et Nina attendaient qu'elle parle. Elle comprit que tout ce qu'ils avaient dit et fait avait été organisé dans ce but unique. À petits pas, ils l'avaient conduite au bord d'un abîme. Et quand elle aurait fait le dernier pas en avant, elle ne serait plus elle-même.

— Que voulez-vous que je fasse ?

Septième partie

Le Hors-la-loi

« Nous sommes pour les dieux comme des mouches entre les mains d'enfants espiègles ; Ils nous tuent par jeu. »

SHAKESPEARE, *Le Roi Lear*

41.

Peter, Michael et Lore furent récupérés le lendemain matin par une patrouille de la Sécurité intérieure envoyée à la recherche des camions-citernes manquants. À ce moment-là, ils avaient quitté le caisson et regagné le théâtre des événements. L'explosion avait provoqué un immense cratère d'une bonne cinquantaine de mètres de diamètre. Des monceaux de débris torturés étaient éparpillés dans les champs alentour. Une fumée huileuse montait de mares de pétrole qui brûlaient encore, maculant un ciel déjà envahi par une nuée de charognards. Des cadavres calcinés, réduits à des croûtes noircies, étaient mêlés aux débris. Impossible de dire si certains de ces restes sinistres appartenaient à leurs assaillants. Du mystérieux véhicule miroitant, il ne subsistait plus que quelques plaques de métal galvanisé qui ne révélaient rien.

Michael était dévasté. Ses blessures physiques – une épaule déboîtée qu'il avait remise en place d'un grand coup contre la paroi du caisson, une cheville foulée, une entaille au-dessus de l'oreille droite qu'il faudrait recoudre – étaient les moins graves. Onze techniciens et dix gars de la Sécurité : des hommes et des femmes dont il avait partagé la vie et le travail. Michael était responsable d'eux, ils lui faisaient confiance. Et à présent ils avaient disparu.

— Pourquoi il a fait ça, selon toi ? demanda Peter.

Il parlait de Ceps. Pendant leur longue nuit dans le caisson, Michael avait raconté à Peter ce qu'il avait vu dans le rétroviseur. Ils étaient tous les deux assis par terre, au bord du fleuve. Lore était un peu remontée vers l'amont. Peter la voyait accroupie au bord de l'eau, les épaules secouées de sanglots qu'elle n'avait pas envie de leur montrer.

— Il a dû se dire qu'il n'y avait pas d'autre issue.

Michael leva les yeux vers les oiseaux qui tournaient au-dessus d'eux, mais il n'avait pas l'air de vraiment voir clair entre ses paupières étrécies.

— Tu ne le connaissais pas comme je l'ai connu. Ce type avait une réelle richesse. Il n'aurait jamais laissé personne se faire emporter. Je regrette seulement de ne pas avoir eu le courage de le faire moi-même.

Peter lisait la douleur et le doute sur le visage de son ami : la culpabilité du survivant. Il avait lui-même connu ce sentiment. C'était le genre de chose qui ne vous abandonnait jamais.

— Ce n'était pas ta faute, Michael. S'il y a quelqu'un à blâmer, c'est moi.

Si ses paroles lui furent d'un quelconque réconfort, il ne le montra pas.

— Qui étaient ces gens à ton avis ? demanda-t-il.

— Je voudrais bien le savoir.

— Enfin, Peter, qu'est-ce que ça veut dire ? Un camion plein de viruls, comme si c'étaient des toutous apprivoisés ou je ne sais quoi ? Et cette femme ?

— Je n'y comprends rien non plus.

— Si c'était le pétrole qu'ils voulaient, ils auraient pu tout simplement se contenter de le prendre.

— Je ne crois pas que c'est ce qu'ils cherchaient.

— Ouais, enfin, non, moi non plus.

Une bouffée de colère le fit soudain bouillir.

— Mais il y a une chose que je sais : si jamais je les retrouve, ces salauds, ils me le paieront, et l'addition sera salée.

Ils passèrent la nuit avec le groupe de recherche, dans un caisson à l'est de San Antonio, et arrivèrent à Kerrville le lendemain matin. Une fois dans la ville, ils furent séparés et envoyés vers différentes chaînes de commandement : Peter fut expédié au QG de la division, Michael et Lore au Bureau de l'autorité civile, qui supervisait tout ce qui se trouvait hors les murs, et notamment le complexe pétrolier de Freeport. On laissa à Peter le temps de faire un brin de toilette avant son débriefing. En cette mi-journée, les baraquements étaient presque déserts. Il resta longtemps sous la douche, à regarder la suie graisseuse tournoyer entre ses pieds. Il se connaissait suffisamment pour savoir qu'il n'avait pas encore encaissé l'impact émotionnel des événements. Il n'avait jamais réussi à déterminer si c'était un avantage ou un inconvénient, mais il était comme ça, et on ne se refaisait pas. Et puis il pouvait s'attendre à avoir des ennuis, mais cette préoccupation était mineure. Il se sentait surtout désolé pour Michael et Lore.

Il mit son plus beau treillis et se dirigea vers le commandement, un ancien immeuble de bureaux adjacent à l'hôtel de ville.

En entrant dans la salle de conférence, il eut la surprise de reconnaître un visage : celui de Gunnar Apgar. Toutefois, s'il en attendait une parole de réconfort, à l'évidence il allait être déçu. Peter se mit au garde-à-vous et le colonel lui lança un regard glacé avant de se concentrer à nouveau sur les papiers posés sur la longue table, devant lui – sans doute le rapport de la patrouille de la Sécurité intérieure.

Mais ce fut le deuxième des trois hommes qui intrigua le plus Peter. À la droite d'Apgar siégeait un personnage impressionnant : Abraham Fleet, général d'armée. Peter ne l'avait vu qu'une fois dans sa vie ; la tradition voulait que ce soit le général qui fasse prêter serment aux membres de l'expéditionnaire. Il n'avait rien de remarquable physiquement – tout, chez lui, semblait incarner la moyenne idéale –, et pourtant c'était le genre d'homme dont la présence changeait l'atmosphère d'une pièce, faisant vibrer les molécules d'air sur une fréquence différente. Le troisième homme assis à la table, Peter ne le connaissait pas. C'était un civil au visage étroit, à la barbichette grise soigneusement taillée et aux cheveux ondulés.

— Asseyez-vous, lieutenant, ordonna le général. Bien, ne perdons pas de temps. Vous connaissez le colonel Apgar, et M. Chase, que voici, représente le cabinet de la présidente, il sera ses yeux et ses oreilles dans cette... (il chercha le terme adéquat) déplorable affaire.

Pendant plus de deux heures, ils soumirent Peter à un feu roulant de questions. C'était principalement le général qui parlait, parfois relayé par Chase ; Apgar restait la plupart du temps silencieux, prenant occasionnellement une note ou lui demandant d'expliciter un détail. Tout cela sur un ton péremptoire, au point d'en être presque inquiétant, comme s'ils essayaient de piéger Peter, de le prendre en flagrant délit de contradiction. Ce qui semblait sous-entendu, c'est que son histoire couvrait une succession d'erreurs humaines dont Peter, qui était l'un des trois seuls survivants – l'un des deux autres étant le responsable technique du convoi –, était le principal responsable. Pourtant, alors que l'interrogatoire se poursuivait, il commença à sentir que ce soupçon était sans fondement et discerna chez ses interlocuteurs une préoccupation plus profonde. Ils revenaient inlassablement sur le même sujet : la femme. Que portait-elle, qu'avait-elle dit, de quoi avait-elle l'air ? Son aspect avait-il quelque chose de bizarre ? À chacun de ces coups de sonde répétés, Peter rapportait la succession des événements avec toute la précision dont il était capable. Elle portait une cape. Elle était d'une beauté remarquable. Elle avait dit : « Vous êtes fatigué. » Elle avait dit : « Nous savons où vous êtes. »

— Nous ? releva le général. Qui ça, nous ?

— Je ne sais pas.

— Vous ne savez pas parce que vous ne vous souvenez pas ?

— Non, parce qu'elle n'a rien dit d'autre, je suis catégorique.

Et encore, et toujours, en boucle, jusqu'à ce que même Peter commence à douter de son propre compte rendu. Lorsque la séance prit fin – l'interrogatoire se termina avec la brusquerie qui convenait à un tel harcèlement –, il était épuisé, émotionnellement, et même physiquement.

— Une dernière recommandation, lieutenant, conclut le général. Vous ne devez parler à personne de ce qui s'est passé sur la Route du pétrole, ni des investigations en cours. Y compris aux membres survivants du convoi et à l'équipe de recherche qui vous a ramenés. La conclusion de cette commission est que, pour des raisons inconnues, l'un des camions-citernes a explosé, détruisant le convoi ainsi que le pont de San Marcos. C'est bien clair ?

Telle était donc la vérité. Ce qui s'était passé sur la Route du pétrole n'était pas toute l'histoire ; c'était une pièce d'un puzzle plus vaste que les trois hommes essayaient de reconstituer. Peter coula un regard en biais vers Apgar, dont l'expression traduisait la neutralité fabriquée d'un homme qui obéissait aux ordres de ses supérieurs.

— Oui, mon général.

Fleet marqua une pause et poursuivit sur un ton d'avertissement.

— Un dernier point, Jaxon, qui requiert également la plus grande discrétion : il semblerait que votre ami Lucius Greer se soit évadé.

L'espace d'un instant, Peter se demanda s'il avait bien entendu.

— Mon général ?

Il coula un regard vers les autres.

— Comment a-t-il... ?

— Nous l'ignorons encore à ce stade. Mais il a très vraisemblablement bénéficié d'une aide extérieure. La nuit de la disparition de Greer, l'une des sœurs a quitté l'orphelinat et n'est pas revenue. Les gardes postés sur les miradors ouest ont signalé avoir vu deux personnes s'éloigner à cheval peu après trois heures du matin : un homme – Greer, manifestement – et une adolescente, portant la chasuble de l'ordre.

Peter mit un moment à digérer l'information.

— Vous voulez parler d'Amy ?

— C'est ce qu'il semblerait.

Fleet se pencha par-dessus la table.

— Greer n'est pas celui qui m'inquiète le plus. C'est un prisonnier évadé, et nous nous occuperons de son cas. Mais Amy, c'est une autre affaire. Même si j'ai toujours considéré vos affirmations à son sujet avec un profond scepticisme, elle n'en constitue pas moins un atout militaire d'importance.

Fleet le regardait avec une intensité renouvelée.

— Nous savons que vous êtes allé les voir tous les deux avant de partir pour la raffinerie. Si vous avez quelque chose à dire, je vous suggère de parler maintenant.

Il fallut un moment à Peter pour saisir l'insinuation.

— Vous croyez que je suis au courant de quelque chose ?

— Est-ce le cas, lieutenant ?

Peter se débattait avec trois idées qui lui venaient en même temps à l'esprit : Amy avait fait sortir Lucius de prison ; ils avaient quitté la ville ensemble, pour une destination inconnue ; le général le soupçonnait d'être complice de l'évasion. N'importe laquelle de ces idées à elle seule aurait suffi à le mettre KO debout ; ensemble, elles eurent pour effet de concentrer ses pensées sur le problème immédiat de sa défense. Et, derrière tout cela, se profilait une question : la disparition d'Amy avait-elle un rapport avec la femme de la Route du pétrole ? Les trois hommes assis devant lui devaient sûrement se demander la même chose.

— Absolument pas, mon général. Ils ne m'ont rien dit.

— Vous en êtes sûr ? Je vous rappelle que cela figurera dans le rapport comme étant votre déclaration officielle.

— Oui, j'en suis sûr. Je suis aussi stupéfait que vous.

— Et vous n'avez aucune idée de l'endroit où ils ont pu aller tous les deux ?

— Je regrette, mais non.

Fleet regarda fixement Peter pendant quelques instants. Puis il jeta un coup d'œil à Chase, qui hocha la tête.

— Très bien, Jaxon. Je vais vous croire sur parole. Le colonel Apgar m'a transmis votre souhait de retourner au camp Vorhees dès que possible. Je suis disposé à accéder à cette demande. Vous vous présenterez au responsable du service des engins motorisés, et il vous trouvera une place dans le prochain convoi.

Tout à coup, Peter n'en avait plus envie du tout. Les intentions du général étaient claires : il l'exilait pour s'assurer de son silence.

— Si vous permettez, mon général, je préférerais retourner à la raffinerie.

— Ce n'est plus une option, lieutenant. Vous avez reçu vos instructions.

Une soudaine pensée lui passa par la tête :

— Puis-je parler librement, mon général ?

Fleet poussa un profond soupir.

— Je crois que c'est ce que vous faites, lieutenant. Allons, videz votre sac.

— Et Martínez ?

— Quoi, Martínez ?

Apgar jeta à Peter un coup d'œil rapide mais éloquent : *Attention où vous mettez les pieds.*

— L'homme de la grotte. « Il nous a quittés », c'est ce qu'il a dit.

— Je sais bien, Jaxon. J'ai lu le rapport. Où voulez-vous en venir ?

— Il n'était pas là où il était censé être. Peut-être que c'est lui que Greer et Amy sont allés chercher.

Il parcourut les trois hommes du regard, et enchaîna :

— Peut-être qu'ils savent où il se trouve.

Un instant de silence glacé s'ensuivit. Puis Fleet reprit :

— C'est très intéressant, lieutenant. Autre chose ?

Et voilà, juste comme ça, l'idée avait été écartée. À moins que non. Allez savoir... Peter sentait que ses paroles avaient fait mouche.

— Non, mon général.

Les yeux du général s'emplirent d'une sombre menace.

— Je vous le répète, vous ne devez aborder ces questions avec personne. Je n'ai pas besoin de vous dire que toute indiscrétion serait considérée sans indulgence. Vous pouvez disposer, lieutenant.

— Je regrette, sœur Peg s'est absentée pour la journée.

Sœur Peg ne s'absentait jamais pour la journée. La posture défensive de la femme plantée sur le seuil le disait clairement : pour entrer, Peter devrait lui passer sur le corps.

— Vous pourriez au moins dire à Caleb que je suis venu ?

— Bien sûr, lieutenant.

Le regard de la femme se riva sur un point situé derrière lui, comme si elle se savait observée.

— Maintenant, si vous voulez bien m'excuser...

Peter retourna au casernement et passa le reste de la journée à s'agiter sur sa couchette en regardant le plafond. Son convoi partait le lendemain matin à six heures. Il savait pertinemment que ce départ précipité avait été calculé. Les hommes allaient et venaient, faisaient irruption dans le dortoir avec leurs grosses bottes, et pourtant, c'est à peine s'il remarquait leur présence. Amy et Greer... où avaient-ils bien pu aller ? Et pourquoi ensemble ? Comment avait-elle réussi à le faire sortir, comment avaient-ils réussi à passer devant les sentinelles, à franchir la porte ? Il se creusa la tête à la recherche d'une chose que l'un ou l'autre aurait dite ou faite, susceptible d'indiquer qu'ils projetaient une telle évasion. Le seul souvenir qui lui revint fut l'étrange sérénité qui irradiait du commandant ; on aurait dit que les murs de sa geôle n'avaient pas de réalité tangible, que leur substance était illusoire. Comment était-ce possible ?

C'était un mystère, comme tout ce qui s'était passé au cours des trente derniers jours. Toute cette affaire baignait dans un épais brouillard derrière lequel dérivaient des formes à la fois présentes et absentes.

Alors que les heures passaient, vides, ses pensées revinrent à sa nuit chez les sœurs : le temps qu'il avait passé avec Caleb, l'intelligence, l'énergie juvénile du gamin ; la joie qui s'était inscrite sur le visage d'Amy, aux fourneaux, quand elle s'était retournée et l'avait vu ; le moment de calme qu'ils avaient partagé alors qu'il lui disait au revoir, leurs mains qui s'effleuraient dans le vide. Ce geste entièrement naturel, réflexe, sans calcul, hésitation ou réticence, issu du plus profond de son être, avait jailli comme poussé par des forces analogues à celles qui propulsaient les vagues qu'il aimait regarder déferler sur la plage. De tous les événements des derniers jours, ce moment sur le pas de la porte était celui qui demeurait le plus vif dans sa mémoire, et il ferma les yeux, le rejouant dans son esprit. La chaleur de la joue d'Amy contre sa poitrine d'homme, la force vive avec laquelle elle l'avait étreint, la façon dont elle avait regardé leurs mains jointes. « Tu te souviens quand je t'ai embrassé ? » Il l'entendait encore prononcer ces mots lorsqu'il s'endormit.

Quand il se réveilla, il faisait noir. Il avait la bouche sèche, et un goût de poussière dans la bouche. Il n'en revenait pas d'avoir dormi si longtemps. D'ailleurs, il n'en revenait pas d'avoir simplement réussi à dormir. Il tendit la main pour prendre sa gourde par terre et remarqua une forme assise sur la couchette voisine.

— Mon colonel ?

Apgar était en face de lui, les deux pieds posés bien à plat par terre, les mains sur les cuisses. Il inspira profondément comme s'il prenait son élan avant de parler. Peter comprit que c'était sa présence qui l'avait réveillé.

— Écoutez, Jaxon, je ne me sentais pas à l'aise après ce qui s'est passé aujourd'hui. Alors ce que je vais vous dire restera entre nous, c'est bien compris ?

Peter acquiesça.

— La femme que vous avez décrite a été observée une fois, il y a des années. Pas par moi personnellement, mais d'autres l'ont vue. Le massacre du Champ, ça vous dit quelque chose ?

Peter fut pris de court.

— Vous y étiez ?

— J'étais tout jeune, j'avais seize ans. J'ai encore du mal à en parler. Comme les autres survivants, d'ailleurs. J'y ai perdu mes parents et ma petite sœur. Mon père et ma mère ont été tués sur le coup, mais ma sœur, je n'ai jamais su ce qui lui était arrivé. Je suppose qu'elle a été emportée. J'en fais toujours des cauchemars. Elle avait quatre ans.

Apgar n'avait jamais rien confié d'aussi personnel à Peter. Du reste, c'était bien la première fois qu'il lui faisait des confidences.

— Je suis désolé, mon colonel.

La douleur du souvenir et l'effort que lui coûtaient ces révélations se lisaient clairement sur le visage de ce dernier, qui reprit au bout d'un moment :

— Enfin... c'était il y a longtemps. Merci de vos condoléances, mais ce n'est pas pour ça que je suis ici, et je me mets la tête sur le billot en vous racontant tout ça. Si Fleet en avait vent, il exigerait ma démission. Ou il me ferait mettre aux arrêts.

— Vous avez ma parole, mon colonel.

Un ange passa, et puis :

— Vingt-huit âmes ont été perdues, ce jour-là. Dont seize, comme ma sœur, n'ont jamais été retrouvées. Tout le monde est au courant pour l'éclipse. Ce qu'on ne sait pas, c'est que les viruls étaient cachés dans les caissons, comme s'ils avaient été prévenus à l'avance. Juste avant le début de l'attaque, un jeune responsable de la Sécurité avait annoncé avoir vu, du haut de la tour, un gros camion comme celui que vous décrivez, qui attendait juste derrière la lisière des arbres. Vous voyez où je veux en venir ?

— Vous voulez dire que le raid aurait été programmé ?

Apgar hocha la tête.

— Par qui, je n'en sais rien, mais la femme était dans le coup. Deux hommes l'ont vue. Le premier était le responsable de la Sécurité dont je vous ai parlé. L'autre était un ouvrier agricole, le contremaître du Complexe agricole nord. Sa femme et sa fille faisaient partie des disparus de ce jour-là. Il s'appelait Curtis Vorhees.

Encore une surprise.

— Le *général* Vorhees ?

— Je pensais bien que vous trouveriez ça intéressant. Surtout compte tenu de son amitié pour Greer. Vorhees s'est enrôlé tout de suite après le massacre. La moitié des officiers du second expéditionnaire se sont engagés ce jour-là. Nate Crukshank était l'autre membre de la Sécurité posté dans la tour. J'étais sûr que vous connaissiez son nom. Vous saviez que c'était le beau-frère de Vorhees ?

Crukshank était l'officier de commandement de Roswell. Le soudain alignement des protagonistes évoquait à nouveau, irrésistiblement, l'image des pièces d'un jeu d'échecs qui se mettaient en place. Peter repensa aux moments qu'il avait passés avec Greer et Vorhees à la garnison du Colorado, à ces deux hommes chaleureux, à l'amitié facile, et à la pile de dessins au fusain que Greer lui avait montrés après que le général se fut fait tuer. Vorhees avait dessiné et redessiné la même image, inlassablement : une femme et deux petites filles.

— Et l'autre gars de la Sécurité ? Qui était-ce ?

— Eh bien, c'est un nom que tout le monde connaît : Tifty Lamont.

Ça n'avait pas de sens.

— Quoi, Tifty Lamont était de la Sécurité ?

— Eh oui, de la Sécurité, et bien plus encore. Je lui dois la vie, et je ne suis pas le seul. Après le massacre, il s'est également engagé dans l'expéditionnaire comme éclaireur tireur d'élite. Peut-être le meilleur qui ait jamais existé. Il a été bombardé capitaine avant de laisser tomber. Vorhees, Crukshank et Tifty étaient de vieilles connaissances. Je ne connais pas l'histoire, mais il y en avait une.

Tifty Lamont, de l'expéditionnaire. Et même officier. D'après tout ce que Peter avait entendu dire à son sujet, ça paraissait complètement saugrenu.

— Et qu'est-ce qui lui est arrivé ?

— À Tifty ?

— Ce type est un hors-la-loi.

Une expression nouvelle s'inscrivit sur le visage d'Apgar.

— Je ne sais pas, lieutenant. Il va falloir que vous le lui demandiez. Enfin, si vous arrivez à mettre la main sur lui. Mettons par exemple que vous connaissiez quelqu'un qui connaîtrait quelqu'un...

Le silence s'éternisa. Apgar le regardait d'un air d'attente. Et puis :

— Combien dites-vous que vous étiez dans votre Colonie, en Californie ?

— Quatre-vingt-douze.

— Quatre-vingt-douze personnes qui ont disparu sans laisser de trace. Il y a de quoi se poser des questions, je trouve. Ça ne cadre pas précisément avec le mode opératoire d'une incursion virule. Ajoutez les soixante-sept disparus de Roswell, ça fait pas loin de deux cents personnes à s'être évaporées dans la nature. Et voilà qu'Amy s'en va, juste au moment où cette femme réapparaît et réussit bel et bien à nous couper de notre approvisionnement en pétrole. Je comprends que le haut commandement s'alarme quelque peu. Surtout quand on se dit que le seul autre être vivant qui ait vu cette femme est... quel est le terme que vous avez utilisé ?

— Un hors-la-loi ?

— Exactement. Une *persona non grata.* Le moins que l'on puisse dire, c'est que la situation est politiquement sensible. D'un côté, il y a l'armée, qui ne veut pas entendre parler du bonhomme. De l'autre, l'autorité civile, qui ne peut pas le reconnaître, du moins pas officiellement. Vous me suivez, lieutenant ?

— Je ne suis pas très féru en politique, colonel.

— Eh bien, nous sommes deux... Des tas de gens ouvrent le parapluie. C'est pour ça qu'on en est là. Tout à fait le genre de circonstances faites pour favoriser un troisième parti. Quelqu'un qui aurait l'expérience de, disons, l'initiative personnelle, habitué à sortir des sentiers battus. Et je ne suis pas seul à être de cet avis. Certaines discussions confidentielles ont eu lieu dans les hautes sphères. Pas militaires, civiles. Apparemment, le fait que je sois votre officier de commandement fait de moi celui qui connaît le mieux votre personnalité. La vôtre et celle de Donadio.

Peter fronça les sourcils.

— Qu'est-ce qu'Alicia a à voir là-dedans ?

— Je n'en sais rien. Mais je peux vous dire deux choses, et vous en tirerez vos propres conclusions. La première, c'est que personne n'a plus de nouvelles de Fort Kearney depuis trois mois. La seconde, c'est que Donadio avait reçu deux ordres de mission. Je ne connaissais que le premier, issu de la division, et qui était ce que je vous ai décrit. Le second lui avait été remis dans une sacoche scellée, émanant du bureau de Sanchez, et n'était destiné qu'à elle seule.

— Je ne comprends pas. Pourquoi la division aurait-elle souhaité que vous connaissiez les ordres qu'elle avait reçus ?

— Excellente question. Qui sait ce que tout cela cache ? Il semblerait que les problèmes de confidentialité soient à l'ordre du jour, et ça ne concerne pas que vous. Ainsi donc, Fleet veut que vous disparaissiez de la circulation, je ne vous apprends rien. Mais entre nous, Fleet et Sanchez ne sont pas toujours sur la même longueur d'onde, et la chaîne de commandement n'est pas aussi claire que vous pourriez le penser. La Déclaration laisse une marge d'interprétation assez importante, et les choses ont parfois le chic pour s'embrouiller. L'histoire de cette femme sur la Route du pétrole ne fait pas l'objet d'un consensus entre les autorités militaires et civiles. Pas plus que Martínez, qui, ainsi que vous l'avez succinctement résumé, n'était pas là où il était censé être, et cela au moment précis où Amy réussissait à faire évader Greer de prison, et à prendre la poudre d'escampette. Tout ça est très intéressant.

— Vous pensez donc que Martínez a quelque chose à voir dans tout ça.

Apgar haussa les épaules.

— Je ne suis que le messager. Mais Fleet a toujours été un sceptique. Pour lui, Amy est une diversion et les Douze un mythe. Donadio, il ne peut pas le discuter, elle est manifestement différente, mais dans l'esprit de Fleet, ça ne prouve rien. Il n'a toléré la traque que parce que Sanchez avait fait tellement de raffut qu'il a préféré éviter le conflit, et le fiasco de Carlsbad lui a fourni l'occasion d'y mettre fin. Mais il y en a qui voient les choses autrement.

Peter prit le temps de digérer ces informations.

— Alors comme ça Sanchez agirait dans le dos de Fleet.

Apgar esquissa une grimace ironique.

— Je n'avais pas conscience d'avoir tenu ce genre de propos. Mon rang ne m'y autorise pas. Enfin, les choses étant ce qu'elles sont, je considérerais comme une faveur personnelle que vous m'aidiez à repérer les personnes dotées des compétences appropriées pour relier quelques points. Lieutenant, vous ne connaîtriez pas quelqu'un qui correspondrait à ce profil ?

Le message était clair.

— Je crois que oui, mon colonel.

— Excellent.

— C'est drôle, ce convoi, poursuivit Apgar, après un instant. Une sacrée coïncidence, quand on y réfléchit. Il semblerait que les papiers aient été égarés. Vous savez comment ça se passe. Il faudra bien quarante-huit heures pour régler le problème, soixante-douze tout au plus.

— C'est bon à savoir, mon colonel.

— Je pensais bien que vous seriez de cet avis. Allons, fit-il en se flanquant une claque sur les genoux, le devoir m'appelle. J'ai été assigné à une force d'élite présidentielle pour m'occuper de ces... regrettables événements. Je ne sais pas trop quelle contribution on attend de moi, mais je vais où on me dit d'aller.

Il se leva de la couchette.

— Content que vous ayez pu vous reposer, lieutenant. Vous allez être très occupé dans les jours à venir.

— Merci, mon colonel.

— Pas de quoi. Et je pense ce que je dis.

Il regarda longuement Peter.

— Jaxon, méfiez-vous quand même. Lamont n'est pas le genre d'individu qu'il est souhaitable de contrarier.

Ils chevauchèrent toute la nuit, et la suivante. Ils étaient maintenant à l'est de Luling. Ils n'avaient pas de carte, mais ils n'en avaient pas besoin. L'I-10 allait tout droit vers Houston, jusque dans la jungle qu'était le cœur de la ville. Greer y était allé une fois – juste à la périphérie, mais ça lui avait suffi. La ville était un marécage impénétrable, un cloaque pestilentiel envahi par un chaos d'arbres et de ruines détrempées, grouillantes de groggys. S'ils n'arrivaient pas à vous faire la peau, les alligators s'en chargeaient. Ils rôdaient dans les eaux empoisonnées comme des bateaux à moitié submergés. Beaucoup avaient atteint une taille gigantesque et fouillaient interminablement la fange de leurs redoutables mâchoires. D'énormes nuages de moustiques masquaient le ciel. La bouche, le nez, les yeux : ils cherchaient inlassablement les orifices du corps, à l'affût des endroits les plus tendres. Houston, ou du moins ce qui en restait, n'était pas un endroit fait pour les êtres humains ; Greer se demandait comment on avait jamais pu songer à y vivre.

Enfin, ils affronteraient le problème en temps utile. Pour le moment, ils se trouvaient dans des prairies de hautes herbes et de broussailles, qui descendaient sur des kilomètres vers la mer. Si loin à l'est, l'autoroute n'avait pas été dégagée. C'était plutôt une évocation de voie de circulation qu'un ouvrage d'art, avec sa surface craquelée ensevelie sous des couches d'argile desséchée. Le passage était fréquemment obstrué par des épaves de véhicules divers et variés. Ils avaient peu parlé depuis leur départ, les paroles étaient tout simplement inutiles. Au fil des jours, Greer avait senti chez Amy un changement qui l'inquiétait, une aura de distraction non mentale mais physique. Elle transpirait beaucoup et par moments, il la surprenait à faire la grimace comme si elle souffrait. Mais quand il lui faisait part de ses préoccupations, elle l'envoyait promener sur un ton péremptoire. « Je vais bien, ce n'est rien », répétait-elle en se fâchant presque. Ce qui voulait dire : *N'insistez pas.*

Lorsque le soir tomba, ils bivouaquèrent dans une clairière, non loin d'un motel en ruine. Le ciel était dégagé, la température avait chuté, chargeant l'air de rosée. Greer savait, sans avoir besoin qu'on le lui dise, qu'ils étaient en sécurité pour la nuit. En présence d'Amy, il était dans une zone de protection. Ils déroulèrent leurs sacs de couchage et s'endormirent. Greer se réveilla en sursaut, un peu plus tard, en proie à une impression bizarre. Il se tourna sur le côté et vit que le sac de couchage d'Amy était vide. Il s'interdit de paniquer. Une demi-lune s'était levée pendant qu'ils dormaient, découpant l'obscurité en tranches d'ombre et de clarté, dans un paysage de formes oblongues, menaçantes, et de poches de ténèbres. Les chevaux mastiquaient avec insouciance une touffe d'herbe. Greer prit son Browning dans son paquetage et se déplaça prudemment en restant dans l'ombre, son regard s'efforçant de faire le tri entre les formes. Où était-elle passée ? Devait-il l'appeler ? Non, le silence de la scène et ses dangers cachés l'interdisaient.

C'est alors qu'il la vit. Elle était debout, de dos, à une centaine de mètres de leur bivouac. Le rythme d'une conversation parvint à ses oreilles. On aurait dit qu'elle parlait à quelqu'un, et pourtant, il n'y avait personne.

Il s'approcha d'elle par-derrière.

— Amy ?

Pas de réponse. Elle avait cessé de murmurer. Elle était rigoureusement immobile.

— Amy, qu'y a-t-il ?

Elle se tourna alors vers lui avec une expression de légère surprise.

— Oh. Je vois.

— À qui parliez-vous ?

Elle ne répondit pas à sa question. Elle semblait n'être qu'à moitié là. Peut-être avait-elle fait une crise de somnambulisme ?

Puis :

— Je suppose que nous devrions retourner nous coucher.
— Ne me faites pas des peurs pareilles.
— Je suis désolée. Je ne l'ai pas fait exprès.
Elle baissa les yeux sur le fusil qu'il tenait au côté.
— Qu'est-ce que vous faites avec ça ?
— Je ne savais pas où vous étiez passée. J'étais inquiet.
— Je croyais m'être bien fait comprendre, commandant. Maintenant, rangez ça.
Sur ces mots, elle passa devant lui et retourna vers le campement.

42.

Un temps infini, un temps sans fin. Son existence était un cauchemar dont il n'arrivait pas à émerger. Des pensées flottaient, pareilles à des grains de poussière scintillants, fusant de tous les endroits où se portait son regard. Ils venaient tous les jours. Les hommes avec leurs yeux brillants, rouge sang. Ils décrochaient les poches gonflées, les déposaient sur leur chariot bringuebalant et en accrochaient de nouvelles sur les potences. Toujours les poches, éternellement nécessaires, que remplissait éternellement le *ploc-ploc-ploc* de Grey.

Ces hommes aimaient leur travail. Ils racontaient des petites blagues, ils plaisantaient. Ils s'amusaient à ses dépens, comme des enfants qui excitent un animal au zoo. Là, par exemple, ils gloussaient, tendaient vers sa bouche la poire odorante avec sa pipette alléchante.

— Il veut son biberon, le bébé ? Il a faim, le bébé ?

Il essayait de leur résister. Il détournait le visage, contractait ses muscles pour arracher ses chaînes, bandait sa volonté pour faire comme s'ils n'étaient pas là, mais il finissait toujours par céder. La faim montait en lui comme un grand oiseau noir.

— Dis-le à maman. Dis : « Je suis un bébé qui veut son biberon, je promets d'être gentil. » Sois un gentil bébé, Grey.

L'embout de la poire qui planait sous son nez était trop tentant. L'odeur du sang était comme une bombe qui aurait explosé dans son cerveau, un million de neurones embrasés dans une tempête électrique de pur désir.

— Il va te plaire, celui-là. Un excellent cru. Tu aimes les jeunes, pas vrai, Grey ?

Des larmes perlèrent à ses yeux. Des larmes de nostalgie et de révulsion. Les larmes de sa trop longue vie, un siècle vécu tout nu, suspendu à des chaînes. Les larmes d'être Grey.

— Je vous en prie...

— Dis-le : « J'aime les jeunes. »

— Je vous en supplie. Ne m'y obligez pas.

Un souffle aigre près de son oreille.

— Dis-le, Grey. Je veux... t'entendre... le dire.

— Oui ! Oui, j'aime les jeunes ! Je vous en prie ! Juste une goutte ! Tout ce que vous voudrez !

Et puis, enfin, la pipette, sa délicieuse giclée sur sa langue, sa saveur riche, terreuse. Il eut un claquement de lèvres, fit rouler le muscle épais de sa langue dans sa bouche et téta comme le bébé qu'ils lui disaient qu'il était, s'efforçant de faire durer le plaisir, n'y arrivant jamais : un spasme involontaire de la gorge et c'était fini.

— Encore, encore !

— Allons, Grey, tu sais que tu ne peux pas en avoir davantage. Une poire par jour éloigne le médecin pour toujours. Juste assez pour te faire produire le nectar virul.

— Juste une giclée, c'est tout. Je vous promets de ne rien dire.

Un sombre ricanement.

— Et si je le faisais, hein ? Si je te donnais encore une giclée ? Qu'est-ce que tu ferais, à ce moment-là ?

— Non, je vous le jure, je veux juste...

— Je vais te dire ce que tu veux. Ce que tu veux, mon ami, c'est arracher ces chaînes du sol. D'accord, ce serait plus ou moins ce que je voudrais faire dans ta situation. C'est à ça que je penserais. Je voudrais tuer les gens qui m'auraient mis là.

Une pause, et la voix se rapprocha.

— C'est ça que tu veux, Grey ? Tous nous tuer ?

Oui. Il voulait les déchiqueter, les écarteler. Il voulait faire couler leur sang comme de l'eau, il voulait désespérément entendre leurs cris d'agonie. Il le voulait plus encore que la mort même, enfin, juste un peu plus. Lila, pensait-il, Lila, je vous sens, je sais que vous êtes là, tout près. Lila, je vous sauverais si je pouvais.

— Allez, Grey, à demain.

Et ainsi de suite. Les poches arrivaient vides et repartaient pleines, la poire et sa pipette faisaient leur œuvre. C'était son sang qui faisait vivre tous ces hommes aux yeux rutilants. Ils se nourrissaient du sang de Grey et vivaient indéfiniment, comme lui vivait indéfiniment. Grey, éternel, enchaîné.

Il se demandait parfois d'où venait le sang qu'ils lui donnaient pour le nourrir. Mais pas très souvent. Ce n'était pas le genre de chose à laquelle il avait envie de réfléchir.

À l'occasion, il entendait encore le Zéro, sauf que le Zéro ne lui parlait plus. Cette part du marché était apparemment caduque, et depuis longtemps. La voix était étouffée et très lointaine, comme si Grey avait écouté une conversation qui se serait déroulée derrière un mur. Et, tout bien réfléchi, il considérait comme un petit bienfait d'être seul avec ses pensées, sans le Zéro pour lui farcir la tête de son bavardage incessant.

Guilder était seul à prendre son sang directement à la source ; d'ailleurs c'était ainsi qu'ils appelaient Grey, la Source, comme s'il n'était même plus un individu mais une chose, et c'était bien ce qu'il pensait être. Pas tout le temps, mais parfois, quand il avait particulièrement faim, ou pour d'autres raisons que Grey n'imaginait même pas, Guilder apparaissait à la porte, en sous-vêtements, pour ne pas tacher son costume. Il débranchait la poche de sa tubulure, le fluide visqueux giclait sur lui, il se mettait l'embout dans la bouche et aspirait le sang de Grey comme un enfant buvant un soda à la paille. « Lawrence, aimait-il dire, tu dois avoir froid, non ? Est-ce qu'ils te donnent assez à manger ? Je m'en fais pour toi, tout seul ici, en bas. » Une fois, il y avait longtemps, des années, peut-être même des dizaines d'années, Guilder avait apporté un miroir qui se trouvait dans ce qu'on appelait un « poudrier compact ». Guilder avait soulevé le couvercle, l'avait orienté vers le visage de Grey et lui avait dit : « Tu veux y jeter un coup d'œil ? » Un vieillard lui avait rendu son regard, flétri comme un pruneau – le visage d'un homme aux portes de la mort.

Il mourait éternellement.

Et puis un jour, en se réveillant, il trouva Guilder assis à califourchon sur une chaise, en train de le regarder. Il avait desserré son nœud de cravate, il était décoiffé, son costume était sale et froissé. Grey comprit que son tortionnaire était arrivé à la fin de son cycle. Il sentait la pourriture, une odeur cadavérique, légèrement fruitée, des relents de benne à ordures, mais il n'avait pas l'air de vouloir se nourrir. Grey eut l'impression qu'il était là depuis un moment.

— Je peux te poser une question, Lawrence ?

La question, il la lui poserait de toute façon.

— D'accord.

— Est-ce que tu as jamais... voyons, comment dire ça ?

Il esquissa un vague haussement d'épaules.

— As-tu jamais été amoureux ?

Dans la bouche de cet homme, le mot paraissait complètement saugrenu. L'amour appartenait à une autre époque, c'était une notion littéralement préhistorique.

— Je ne comprends pas ce que vous me demandez.

Un froncement de sourcils froissa le visage de Guilder.

— Vraiment, ça ne me paraît pourtant pas compliqué. Des chœurs d'anges qui chantent dans les cieux, tes pieds qui planent sur un nuage à dix centimètres au-dessus du sol. Amoureux, tu sais bien ?

— Je ne crois pas.

— C'est oui ou c'est non, Lawrence. Alors, oui ou non ?

Il pensa à Lila. De l'amour, c'est ce qu'il éprouvait pour elle, mais pas le genre d'amour dont Guilder voulait parler.

— Non. Je n'ai jamais été amoureux.

Le regard de Guilder semblait maintenant le traverser.

— Eh bien, moi je l'ai été, une fois. Elle s'appelait Shawna. Enfin, ce n'était pas son vrai nom, bien sûr. Elle avait la peau comme du beurre, Lawrence. Je ne plaisante pas. Elle avait un goût de beurre. Elle avait quelque chose d'un peu oriental dans le regard, tu vois le genre d'yeux ? Et son corps, ah, son corps...

Il se frotta le visage et laissa échapper un soupir mélancolique.

— Je ne ressens plus rien de tout ça. Sur le plan sexuel. Le virus y met bon ordre. Nelson m'a dit que si le virus avait eu un effet différent sur toi, ça pouvait venir des stéroïdes que tu prenais. Il y a peut-être du vrai là-dedans. Que veux-tu, comme on fait son lit on se couche. Comme on fait son lit..., répéta-t-il avec un petit ricanement ironique. C'est drôle. Qu'est-ce que c'est marrant...

Grey ne répondit pas. Les états d'âme de Guilder, quels qu'ils puissent être, n'avaient apparemment rien à voir avec lui.

— Bah, ce n'est peut-être pas plus mal au bout du compte. Je ne peux pas dire, honnêtement, que le sexe m'ait fait beaucoup de cadeaux. Et pourtant, après toutes ces années, je pense encore à elle. Des petites choses. Les choses qu'elle disait. La façon dont le soleil tombait sur son lit. Je crois que le soleil me manque.

Il y eut un instant de silence.

— Je sais qu'elle ne m'aimait pas. Que c'était de la comédie, une gigantesque pantalonnade et rien d'autre. Je le savais depuis le début, même si je ne pouvais pas me l'avouer. Enfin, c'est comme ça.

Grey était complètement sidéré.

— Pourquoi me racontez-vous tout ça ?

— Pourquoi ?

Il regarda Grey entre ses paupières étrécies.

— Ça devrait être évident. Ne le prends pas mal, Lawrence, mais il y a des moments où tu es vraiment bouché. Parce que nous sommes amis, Lawrence. Je sais, tu penses probablement que je suis la pire chose qui te soit jamais arrivée. On peut le voir de cette façon. D'accord, tout ça peut sembler un peu injuste, mais en réalité, tu ne m'as pas laissé le choix. Franchement, aussi bizarre que ça paraisse, tu es mon plus vieil ami.

Grey se retint de répondre, encore une fois. Ce type délirait à bloc. Grey se rendit compte qu'il exerçait une traction involontaire sur ses chaînes. Le plus grand bonheur de sa vie, en dehors du fait de mourir, aurait été d'arracher la tête de ce Guilder.

— Et Lila ? Je ne voudrais pas être indiscret, mais j'ai toujours pensé qu'il y avait quelque chose entre vous. Ce qui est assez surprenant, compte tenu de ton histoire personnelle.

Quelque chose se noua en lui. Il n'avait pas envie d'en parler, pas maintenant, jamais.

— Fichez-moi la paix.

— Il ne faut pas te fâcher. Je posais la question, c'est tout.

— Allez vous faire foutre !

Guilder rapprocha un peu son visage et reprit sur le ton de la confidence.

— Dis-moi une chose, Lawrence : tu l'entends encore ? Allez, je veux la vérité.

— Je ne vois pas de quoi vous voulez parler.

Guilder le regarda d'un air réprobateur.

— Je t'en prie, pas à moi. Ce que je te demande, c'est s'il est réel. Si ce n'est pas moi qui débloque. Tu sais ce qu'il m'a demandé de faire, hein ? poursuivit-il en le scrutant intensément.

Grey ne voyait pas de raison de nier. Il hocha la tête.

— Et, l'un dans l'autre, tu crois que c'est une bonne idée ? Je voudrais avoir ton avis, là.

— Quelle importance, ce que je pense ?

— Ne te dévalorise pas. Aucun doute, Lawrence, tu es toujours son favori. Bon, c'est moi qui commande. Je suis le capitaine de ce navire. Mais quand même, je le vois bien.

— Non.

— Non quoi ?

— Non, ce n'est pas une bonne idée. C'est une idée désastreuse. C'est la pire idée du monde.

Guilder haussa les sourcils.

— Non, mais pour qui vous vous prenez ! s'esclaffa Grey, et pour la première fois depuis des lustres, il se mit bel et bien à rire. Vous le prenez pour un ami ? Vous pensez que l'un d'eux, n'importe lequel, est votre ami ? Vous êtes leur pute, Guilder. Je sais ce qu'ils sont. Je sais ce qu'est le Zéro. J'y étais – j'étais là !

Il avait manifestement touché la corde sensible, à voir la façon dont Guilder serrait et desserrait les poings, et Grey se demanda rêveusement si l'autre n'allait pas lui flanquer un coup. Perspective qui ne l'inquiétait pas le moins du monde, ça romprait la monotonie, ce serait quelque chose de différent, une nouvelle sorte de douleur.

— Je dois dire, Lawrence, que je trouve ta réaction plus que décevante. J'espérais pouvoir compter sur un minimum de soutien de ta part. Enfin, je ne vais pas m'abaisser à ton niveau. Je sais que tu adorerais ça, mais je suis au-dessus de ça. Et, juste pour ton information, le Projet a été achevé aujourd'hui. Une vraie cérémonie d'inauguration, avec coupure du ruban et tout ce qui s'ensuit. Je te réservais cette petite surprise, tu vois, je pensais que tu serais content de l'apprendre. Tu aurais pu y prendre part si tu avais voulu, mais il faut croire que je t'ai mal jugé.

Il se leva et retourna vers la porte.

— Que voulez-vous, Guilder ?

L'homme se retourna, braqua sur lui ses yeux rouge sang.

— Qu'espérez-vous retirer de tout ça ? poursuivit Grey. Je n'ai jamais réussi à le comprendre.

Un long silence, et puis :

— Tu sais ce qu'ils sont, Grey ?

— Bien sûr que je le sais.

Guilder secoua la tête.

— Non, tu l'ignores. Si tu le savais, tu ne me poserais pas cette question. Alors je vais te le dire. Ils sont ce qu'il y a de plus libre au monde. Sans remords. Sans pitié. Sans amour. Rien ne peut les toucher, leur faire de mal. Imagine ce que ça peut être, Lawrence : la liberté absolue. Tu te rends compte à quel point ce doit être merveilleux ?

Grey ne répondit pas. Il n'y avait rien à répondre.

— Tu m'as demandé ce que je voulais, mon ami, eh bien, je vais te le dire. Je veux ce qu'ils ont. Je veux me sortir cette petite putain de la tête. Je veux... ne plus rien éprouver.

Le presse-papier de verre explosa sur le mur de façon tout à fait satisfaisante. L'attentat à la voiture piégée était la goutte d'eau qui faisait déborder le vase. Il fallait que ça cesse, et tout de suite.

Guilder convoqua Wilkes dans son bureau. Le temps que son chef de cabinet arrive, il avait réussi à se calmer un peu.

— Raflez-en dix de plus par jour.

Wilkes sembla déconcerté.

— Euh, quelqu'un en particulier ?

— Aucune importance !

Non, mais que ce type pouvait être obtus quand il voulait !

— Vous ne comprenez pas que ça n'en a aucune ? Ça n'en a jamais eu. Tirez-les au sort à l'appel du matin.

Wilkes hésita.

— Si je vous comprends bien, vous voudriez qu'on procède à des arrestations arbitraires, c'est ça ? Des gens pas forcément soupçonnés d'être de mèche avec l'insurrection ?

— Bravo, Fred. C'est exactement ce que je veux dire.

L'espace d'un instant, Wilkes resta planté sur place, l'air perplexe. Pas perplexe : troublé.

— Quoi ?! J'ai l'impression de parler à un mur, là !

— Bon. Je peux établir une liste et l'envoyer aux RH, en bas de la colline.

— Je me fous de savoir comment vous allez vous y prendre. Faites-le, c'est tout.

Guilder eut un geste de la main vers la porte.

— Maintenant, dégagez. Et envoyez quelqu'un nettoyer ces saletés.

43.

Le chemin qui menait à Hollis était plus tortueux que Peter ne l'avait imaginé. La piste les avait d'abord conduits chez une amie de Lore qui connaissait quelqu'un qui connaissait quelqu'un d'autre ; ils avaient chaque fois l'impression d'en être tout près, puis ils s'apercevaient que le mirage s'était encore éloigné.

Leur dernière piste les mena vers une baraque en tôle ondulée où on leur avait dit que se tenaient des jeux illégaux. Il était plus de minuit quand ils se retrouvèrent à C-City, dans une allée sombre, jonchée de détritus. Le couvre-feu était depuis longtemps passé, mais des bruits se faisaient entendre un peu partout autour d'eux – des éclats de voix, des cliquetis de verre brisé, des envolées de piano.

— Drôle d'endroit, remarqua Peter.

— Tu n'as jamais été un grand fêtard, hein ? rétorqua Michael.

Une silhouette ténébreuse sortit de l'ombre d'une porte, se dressa devant eux.

— *Oye, soldadito mío. ¿Tienes planes esta noche ?*

Une femme. Ni jeune ni vieille, si mince qu'on aurait dit un garçonnet, et pourtant sa voix sensuelle, son assurance, son déhanchement – la façon dont elle portait son poids d'un pied sur l'autre et avançait le bassin sous sa petite jupe en détaillant Peter de bas en haut de ses yeux en amande, aux paupières lourdes –, tout cela se combinait pour lui conférer une puissance sexuelle indéniable.

— *¿Cómo te puedo ayudar, teniente ?*

Peter déglutit, le visage soudain brûlant.

— On cherche Cousin. Vous savez où on peut le trouver ?

La femme sourit, dévoilant une rangée de dents tachées par la soie de maïs.

— Tout le monde est le cousin de quelqu'un. Je pourrais être ta cousine, si tu voulais.

Ses yeux se posèrent sur Lore, puis sur Michael.

— Et toi, mon joli ? Je pourrais te trouver une amie. Ta copine peut venir aussi si elle veut. Peut-être qu'elle aimerait regarder.

Lore le prit par le bras.

— Il n'est pas intéressé.

— On cherche vraiment quelqu'un, reprit Peter. Désolé de vous avoir dérangée.

Elle eut un rire de gorge.

— Oh, ça ne m'ennuie pas. Si tu changes d'avis, tu sais où me trouver, *teniente.*

Ils poursuivirent leur chemin.

— Sympa, ce mec, nota Michael quand ils furent hors de portée de voix.

Peter jeta un coup d'œil par-dessus son épaule, dans la ruelle. La femme, ou ce qu'il avait pris pour une femme, s'était fondue dans l'ombre de la porte.

— Je veux bien être pendu ! Tu es sûr ?

Michael eut un petit rire contrit et secoua la tête.

— Tu devrais vraiment sortir un peu plus, *hombre.*

C'est alors que devant eux apparut la baraque en tôle ondulée. Des rais de lumière filtraient par le tour de la porte, devant laquelle deux gros costauds montaient la garde. Les trois compères s'arrêtèrent à l'ombre d'une benne à ordures débordante.

— Il vaudrait mieux que vous me laissiez parler, suggéra Lore.

Peter secoua la tête.

— C'était mon idée. C'est à moi d'y aller.

— Dans cet uniforme ? Ne sois pas ridicule. Reste avec Michael. Et vous deux, essayez de ne pas vous faire draguer par des travs.

Ils la regardèrent s'approcher de la porte.

— Tu crois que c'est vraiment une bonne idée ? demanda tout bas Peter.

Michael leva la main.

— Attends un peu.

En la voyant avancer, les deux hommes rectifièrent leur position et se rapprochèrent pour lui barrer le chemin. Une brève conversation s'ensuivit, que Peter n'entendit pas. Et puis elle revint.

— C'est bon. On peut entrer.

— Qu'est-ce que tu leur as raconté ?

— Que vous veniez de toucher votre paye, tous les deux. *Et* que vous étiez soûls. Alors essayez d'avoir l'air éméchés.

L'intérieur exigu, plein de monde et de bruit, était divisé par de grandes tables hexagonales où l'on jouait aux cartes. La fumée de soie de maïs alliée à une odeur aigre-douce de mauvais alcool rendait l'air irrespirable. Il y avait un alambic clandestin dans les parages. Des femmes à moitié dévêtues – ou du moins Peter pensait que c'étaient des femmes – étaient juchées sur des tabourets tout autour. La plus jeune devait avoir seize ans à peine, la plus vieille, un boudin au maquillage clownesque, près de cinquante. Quelques-unes passaient derrière un rideau, au fond, et en ressortaient généralement bras dessus bras dessous avec un homme visiblement alcoolisé. Peter comprit que le grand principe, à C-City, était de fermer les yeux sur un certain nombre de vices illégaux à condition qu'ils restent cantonnés à des zones spécifiques. Il comprenait la logique du système – c'était humain –, mais voir les choses de ses propres yeux, c'était une autre histoire. Il se demanda si Michael n'avait pas raison en ce qui le concernait : quand était-il devenu si coincé ?

— Ils ne jouent pas à la pioche, hein ? demanda-t-il à Michael.

— Au Texas Hold'Em, vingt austins la mise, apparemment. Un peu trop cher pour moi.

Tout comme Peter, il parcourait la pièce du regard à la recherche de Hollis.

— On devrait essayer de se fondre dans la masse. Tu as beaucoup de cash sur toi ?

— Rien du tout.

— *Rien du tout ?*

— J'ai tout donné à sœur Peg.

Michael soupira et secoua la tête.

— Ben voyons. Faut t'accorder ça, tu es fidèle à toi-même.

— Vous faites une sacrée bande de bras cassés, tous les deux, intervint Lore. Regardez faire les grands, et prenez-en de la graine.

D'un pas décidé, elle s'approcha de la première table et s'assit. De la poche de son jean, elle tira un rouleau de billets, en préleva deux, et les jeta sur le tapis. Un troisième billet fit apparaître un verre de gnôle, qu'elle vida cul sec. Le donneur distribua deux cartes à chacun et les enchères commencèrent. Pour les quatre premières donnes, Lore sembla ne pas beaucoup s'intéresser à ses cartes. Elle bavardait avec les autres joueurs, repliait rapidement son jeu en levant les yeux au ciel. Pour la cinquième donne, sans changer visiblement d'attitude, elle commença à enchérir. Le tas de cash, sur le tapis, monta peu à peu ; Peter l'estima à trois cents unités minimum. L'un après l'autre, les joueurs se couchèrent jusqu'à ce qu'il n'en reste qu'un, un type osseux aux joues grêlées qui portait la combinaison des employés de la centrale hydroélectrique. La dernière carte fut retournée. Le visage impassible, Lore déposa encore cinq austins. Le type déclara forfait. Il referma son jeu en secouant la tête.

— D'accord, là, je suis impressionné, convint Peter alors que Lore ratissait le tapis.

Ils se tenaient sur le côté, assez près pour observer sans en avoir l'air.

— Comment elle a réussi ce coup-là ?

— Elle triche.

— Vraiment ? Je n'ai pas vu comment.

— C'est assez simple en réalité. Les cartes sont toutes marquées. C'est subtil, mais on peut s'en rendre compte. Un joueur, à la table, joue en réalité pour la maison et donc il sort toujours gagnant. Elle a utilisé les premières donnes pour comprendre qui c'était, et comment lire le marquage. Et puis c'est une femme, et c'est plutôt un atout ici. On ne la prend pas au sérieux. Ils doivent penser qu'elle mise quand elle a de bonnes cartes, et qu'elle se couche quand elle n'a pas de jeu. Les trois quarts du temps, elle bluffe.

— Qu'est-ce qui se passera quand ils auront compris ce qu'elle fabrique ?

— Aucune chance qu'ils comprennent. En tout cas, pas tout de suite. Elle va jouer deux, trois coups comme ça.

— Et puis ?

— Et puis il sera temps de partir.

Un soudain vacarme attira leur attention vers le fond de la pièce. Une femme aux cheveux noirs, à la robe déchirée au niveau des épaules, les bras croisés sur ses seins dénudés, surgit de derrière le rideau en poussant les hauts cris, suivie une seconde plus tard par un deuxième personnage, le pantalon comiquement tire-bouchonné sur les chevilles. Il semblait flotter à un mètre au-dessus du sol – lévitation, découvrit Peter, due à un homme qui le tenait une main devant, une main derrière. L'individu déculotté traversa l'air comme un boulet de canon, Peter le reconnut : c'était le jeune caporal de l'équipe de Satch qui pilotait le véhicule du camp Vorhees. L'autre, une montagne humaine, dont la partie inférieure du visage disparaissait sous une barbe poivre et sel, était Hollis.

— Aha ! s'exclama Michael.

Avec une grande nonchalance, Hollis rattrapa le caporal par le col et le remit sur ses pieds. La femme braillait des jurons, le doigt pointé vers eux, tandis que Hollis propulsait l'homme en le poussant et en le soulevant en même temps vers la sortie.

— Crève-le, le salaud ! J'ai pas besoin de merdeux d'ce genre ! Tu m'entends ? T'es mort, ducon !

— C'est le signal de la sortie, annonça Peter.

D'un pas rapide, ils se dirigèrent vers la porte, Lore sur leurs talons. Le caporal hurlait des excuses désespérées en essayant de remonter son pantalon et de se carapater, le tout simultanément. Si Hollis était ému par ses protestations, il le cachait bien. Sous les yeux des deux gardes qui observaient la scène en riant à gorge déployée, il souleva le malheureux caporal par la taille et l'éjecta encore plus loin dans la ruelle. Il le relevait à nouveau quand Peter l'appela.

— Hollis !

Pendant un instant de perplexité, celui-ci parut ne pas les reconnaître. Et puis il émit une petite exclamation de surprise.

— Peter ? Ça alors !

Le caporal se tortillait, impuissant, sous sa poigne.

— Mon lieutenant, pour l'amour du ciel, faites quelque chose ! Ce monstre essaie de me tuer !

Peter regarda Hollis.

— Tu vas vraiment le tuer ?

Le grand bonhomme haussa drôlement les épaules.

— Pff, si c'est l'un des tiens, je pourrai passer l'éponge pour cette fois.

— Exactement ! Laissez-moi partir et je vous jure que je ne reviendrai jamais !

Peter regarda plus attentivement le soldat épouvanté – un nommé Udall, ça lui revenait maintenant.

— Caporal, vous êtes censé être où en ce moment ? Et ne me racontez pas de conneries.

— Dans les chambrées de l'ouest, mon lieutenant.

— Eh bien allez-y, soldat.

— Merci, mon lieutenant ! Vous n'aurez pas à le regretter !

— Je m'en mords déjà les doigts. Allez, hors de ma vue !

L'autre détala en tenant son pantalon à deux mains.

— Je ne lui aurais pas vraiment fait de mal, leur assura Hollis. Je voulais juste lui fiche la trouille.

— Qu'est-ce qu'il a fait ?

— Il a essayé de l'embrasser. Ce n'est pas autorisé.

Le péché semblait véniel. Compte tenu de ce que Peter avait vu, ça ne paraissait même pas être un péché du tout.

— Vraiment ?

— C'est le règlement. On peut à peu près tout faire, sauf ça. Ça dépend surtout des femmes.

Il jeta un coup d'œil derrière l'épaule de Peter.

— Michael, content de te voir. Ça fait un moment. Tu as l'air en forme.

— Je pourrais te retourner le compliment. Je te présente Lore.

— Oh, je sais qui vous êtes. Enfin, c'est bien d'être finalement présentés dans les formes. Les cartes étaient bonnes ce soir ?

— Pas mal, répondit-elle. Le compère de la table trois est un vrai crétin. Je commençais juste à m'y mettre.

L'expression de Hollis s'assombrit visiblement.

— Ne me juge pas là-dessus, Peter, c'est tout ce que je te demande. Ça se passe de façon particulière ici, voilà tout.

— Tu as ma parole. On sait tous...

Il chercha ses mots.

— Enfin, ce que tu as traversé.

Un ange passa. Hollis se racla la gorge.

— Bon, je suppose que vous n'êtes pas venus me faire une visite de courtoisie.

Peter jeta un regard éloquent en direction des deux videurs, qui suivaient l'échange avec un intérêt non dissimulé.

— Il n'y a pas un endroit tranquille où on pourrait bavarder ?

Ils retrouvèrent Hollis deux heures plus tard, chez lui. Une cabane en papier goudronné à la limite ouest de C-City. L'extérieur était banal et moche, mais l'intérieur avait quelque chose d'étonnamment accueillant, avec ses rideaux aux fenêtres et ses bouquets d'herbe séchée accrochés aux poutres du plafond. Hollis alluma le poêle et mit une casserole d'eau à chauffer pour préparer des infusions pendant qu'ils attendaient, assis à la petite table.

— C'est de la citronnelle, expliqua-t-il en posant quatre chopes fumantes sur la table. Je la fais pousser moi-même sur un petit lopin de terre, un peu plus loin par là.

Peter lui raconta ce qui s'était passé sur la Route du pétrole, et ce qu'Apgar lui avait révélé. Hollis l'écouta pensivement en se caressant la barbe entre deux gorgées de tisane.

— Tu crois que tu pourrais nous conduire auprès de lui ? demanda Peter.

— Ce n'est pas la question. Tifty n'est pas un gars très fréquentable, ton officier de commandement a raison sur ce point. Je peux me porter garant pour toi, mais ces types ne sont pas du genre à se laisser asticoter impunément. Je n'ai qu'une influence limitée. Les militaires ne sont pas vraiment les bienvenus.

— Je n'ai pas beaucoup de solutions. Si mon intuition se confirme, il pourrait nous conduire jusqu'à Amy et Greer. Tout est lié. C'est ce qu'Apgar m'a plus ou moins confié.

— Si tu veux mon avis, ça me paraît un peu léger.

— Peut-être. Mais si Apgar dit vrai, il se pourrait que la même chose se soit produite à Kearney. Et à Roswell aussi.

Une expression de soudaine souffrance passa sur le visage de Hollis. Peter regrettait d'avoir à le bousculer, mais il devait lui poser la question.

— De quoi te souviens-tu ?

— Peter, écoute-moi. Tout ça est inutile, d'accord ? Je n'ai rien vu. Je me suis contenté d'empoigner Caleb et de partir en courant. J'aurais peut-être dû m'y prendre autrement. Crois-moi, je n'ai pas cessé d'y réfléchir. Mais avec le bébé...

— Personne ne dit rien d'autre.

— Alors restons-en là. S'il te plaît. Tout ce que je sais, c'est qu'une fois que les portes se sont ouvertes, ils se sont rués à l'intérieur.

Peter jeta un coup d'œil à Michael. Il y avait quelque chose qu'ils ne savaient pas, une nouvelle pièce du puzzle.

— Et pourquoi les portes se sont-elles ouvertes ?

— Je ne crois pas que quelqu'un l'ait jamais su, répondit Hollis. Celui qui a donné l'ordre, quel qu'il soit, est probablement mort au cours de l'attaque. Et il n'a jamais été question d'une femme à ma connaissance. S'il y en a eu une, je ne l'ai pas vue. Pas plus que ces camions dont tu parles. Tout ce que je sais, ajouta-t-il dans un profond soupir, c'est que Sara est morte. Si je me laissais aller à penser autrement pendant une seconde, je deviendrais fou. Je suis désolé de te dire ça, crois-moi. Je n'irai pas jusqu'à prétendre que j'ai fini par atteindre une forme de sérénité – tu sais ce que j'éprouvais pour elle – mais le mieux à faire, c'est d'accepter la réalité. Et ça vaut pour toi aussi, Michael.

— C'était ma sœur.

— Oui, et elle allait devenir ma femme. Tu ne le savais pas, hein ? fit-il en regardant le visage choqué de Michael.

— Non, je l'ignorais. Bon sang, Hollis...

— On te l'aurait annoncé quand tu serais arrivé à Kerrville. Elle voulait t'y attendre. Je suis désolé, Circuit.

Un lourd silence se fit, personne ne sachant que dire après cela. Peter parcourut la pièce du regard et comprit enfin ce qu'il voyait. Cette petite maison, avec son poêle, ses herbes et son atmosphère confortable, douillette, Hollis avait bâti le foyer qu'ils auraient dû avoir, Sara et lui.

— C'est tout ce que j'ai, reprit Hollis. Il faudra vous en contenter.

— Je ne peux pas accepter ça. Regarde cet endroit, on dirait que tu attends qu'elle rentre à la maison.

La poigne de Hollis se crispa visiblement sur sa chope.

— Laisse tomber.

— Tu as peut-être raison. Peut-être que Sara est morte. Bon, et si elle était encore quelque part ?

— Eh bien, elle aurait été emportée à jamais. Je te le demande gentiment : si notre amitié compte pour toi, ne me fais pas penser à tout ça.

— Je suis désolé, il le faut. Nous aussi on l'aimait, Hollis. On était une famille. Sa famille.

Hollis se leva et alla déposer sa chope dans l'évier.

— Emmène-nous voir Tifty. C'est tout ce que je te demande.

— Ce n'est pas ce que vous croyez, répondit Hollis sans se retourner. J'ai une dette envers lui.

— Allons bon ! Et qu'est-ce que tu lui dois ? Un job dans un bordel ?

— Bon sang, Peter, fit-il, le dos rond, les mains crispées au bord de l'évier comme s'il avait reçu un coup. Décidément, tu ne changeras jamais.

— Tu n'as rien fait de mal. Tu as fait ce que tu devais faire. Et tu as sauvé Caleb.

— Caleb...

Hollis poussa un soupir caverneux.

— Comment va-t-il ? Je me dis toujours que je devrais aller le voir.

— Tu verras par toi-même. Il te doit la vie, et c'est vraiment un bon môme.

Hollis leur fit face. Le vent avait tourné. Peter le lisait sur son visage. Une petite flamme d'espoir brillait dans ses yeux.

— Et toi, Michael ? Peter, je sais ce qu'il pense.

— Ceux qui se sont fait tuer étaient mes amis. S'il existe une seule possibilité de vengeance, je veux la saisir. Et s'il y a une seule chance que ma sœur soit encore vivante, je ne vais pas rester ici, les bras ballants.

— Ce continent est vaste.

— Il l'a toujours été. Ça n'a jamais été un problème pour moi.

Hollis regarda Lore.

— Et vous ?

La femme sursauta.

— Pourquoi me demandez-vous ça ? Je me contente de suivre le mouvement.

— Vous vous débrouillez rudement bien aux cartes, répondit Hollis en haussant ses énormes épaules. Dites-moi quelles sont les probabilités que vous ayez raison.

Les yeux de Lore se posèrent sur Michael et revinrent sur Hollis.

— Ce n'est pas une question de probabilités. Mais cette femme vous a choisi entre tous les habitants du monde. Si elle est encore quelque part, elle vous attend. Elle fait tout ce qui est en son pouvoir pour rester en vie en attendant que vous la retrouviez. C'est tout ce qui compte.

Tout le monde attendit la réponse de Hollis.

— Vous êtes une vraie casse-couilles, vous savez ?

— Oui, confirma Lore avec un grand sourire. Et réputée pour l'être.

Hollis resta coi. Les autres retenaient leur souffle. Et puis :

— Laissez-moi emballer deux trois trucs, dit-il.

44.

C'est au cours de sa troisième nuit de repérage aux limites de la ville qu'Alicia vit tomber les premiers flocons de neige, de gros flocons qui tombaient mollement d'un ciel d'encre. Un froid propre, hivernal, avait établi son empire sur la terre. L'air pur et tranchant parcourait son corps comme une série de petites exclamations, dardait dans ses poumons des lances de clarté glacée. Elle aurait bien voulu faire du feu, mais elle craignait qu'on le repère. Elle se réchauffait les mains en soufflant dessus, battait la semelle sur la terre gelée quand elle ne sentait plus ses pieds. Il y avait quelque chose de bien dans cette soudaine offensive du froid : elle avait la saveur du combat.

Briscard n'était plus avec elle. Là où elle allait, il ne pouvait pas la suivre. Cet animal avait quelque chose de céleste, comme s'il lui avait été envoyé par le monde des esprits. Grâce à sa sensibilité exacerbée, il avait compris la sombre évolution qu'elle subissait. Le farouche appétit qui s'aiguisait en elle depuis le jour où elle avait plongé sa lame dans le poitrail du cerf, sur la crête, et lui avait arraché son foie vivant. Elle y avait puisé un pouvoir exaltant, un courant d'énergie vivace, mais il y avait un prix à payer pour cela. Elle se demanda combien de temps elle avait devant elle avant d'être submergée. Avant que ce qu'elle avait encore d'humain ne l'abandonne, et qu'elle ne soit plus qu'une seule chose. Avant qu'Alicia Donadio, éclaireuse, tireuse d'élite de l'expéditionnaire, cesse d'être.

« Allez, lui avait-elle dit, les yeux pleins de grosses larmes tremblantes. Va-t'en. Tu n'es pas en sécurité avec moi. Mon grand, mon beau garçon. Je ne t'oublierai jamais. »

Elle avait parcouru les derniers kilomètres à pied, en suivant la rivière. L'eau coulait encore librement, mais ça ne durerait pas ; une glace craquante avait commencé à se former le long des berges. Il n'y avait pas un arbre à l'horizon de ce paysage dénudé. L'image de la ville se hérissa sur l'horizon alors que le crépuscule tombait. Elle la sentait depuis des heures. Son immensité la surprit. Elle sortit de son paquetage la vieille carte tracée à la main et prit le temps de reconnaître le terrain. Le Dôme qui coiffait le sommet de la colline, le stade en forme de bol, le fleuve et son barrage hydroélectrique, le bâtiment de béton massif, avec ses grues, les rangées de baraquements entourés de barbelés – exactement comme Greer les avait dessinés, quinze ans plus tôt. Elle prit le radiogoniomètre et le régla de ses doigts engourdis par le froid. Elle parcourut toute la bande dans un sens puis dans l'autre. Un crépitement d'électricité statique, et l'aiguille se déplaça légèrement. Le récepteur pointait vers le Dôme.

Il y avait quelqu'un là-dedans.

Elle n'avait plus besoin de ses lunettes, sauf aux heures les plus claires de la journée. Que s'était-il passé ? Qu'était-il arrivé à ses yeux ? Elle examina son reflet à la surface de la rivière : la lueur orangée avait encore diminué. Qu'est-ce que ça voulait dire ? Elle avait l'air presque... normal. Une humaine, normale. Si seulement cela pouvait être vrai, songea-t-elle.

Elle passa les deux premiers jours à faire le tour du périmètre en inspectant ses défenses. Elle procéda à des inventaires : véhicules, effectifs, armements. Les patrouilles régulières qui partaient de la porte principale étaient faciles à éviter. Leurs manœuvres paraissaient purement routinières, comme si elles ne répondaient à aucune menace réelle. Aux premières lueurs du jour, des véhicules légers quittaient les baraquements et parcouraient la ville, transportant les travailleurs vers les usines, les hangars et les champs, et revenaient à la tombée de la nuit. Au fil des jours et de ses observations, Alicia en était venue à penser que ce qu'elle avait sous les yeux était une espèce de prison, une cité d'esclaves et d'esclavagistes, et qu'en même temps les lieux de détention paraissaient peu surveillés. Les palissades n'étaient pas sérieusement protégées, beaucoup des gardes ne paraissaient même pas armés. La force qui tenait la population sous son contrôle venait de l'intérieur.

Alicia se concentra sur deux structures. D'abord, l'énorme bâtiment hérissé de grues. Il avait l'aspect massif d'une forteresse. Avec ses jumelles, elle distinguait une unique entrée, une grande porte fermée par de lourds vantaux de métal. Apparemment, les grues ne servaient plus à rien, la construction du bâtiment paraissait achevée, et pourtant il n'avait pas l'air d'être utilisé. Quelle fonction remplissait-il ? Était-ce un refuge pour protéger la population des viruls, un abri de dernier recours ? Ça paraissait possible, et pourtant rien d'autre dans la ville ne traduisait un tel sentiment de menace.

L'autre structure était le stade, qui se trouvait au sud, juste au-delà de la périphérie de la ville, et était clos par une enceinte. Contrairement au bunker, le stade était le théâtre d'une activité quotidienne. Des véhicules, des fourgonnettes et des camions plus gros y entraient et en sortaient, toujours au crépuscule ou peu après. Ils disparaissaient par une rampe qui descendait vraisemblablement au sous-sol. Le contenu de ces camions demeura mystérieux pour elle jusqu'au quatrième jour, où une bétaillère pleine d'animaux emprunta à son tour la rampe.

On nourrissait quelque chose dans ces profondeurs.

Puis, peu après midi, le cinquième jour, tandis qu'Alicia se reposait dans le fossé où elle avait établi son campement, elle entendit, au loin, une explosion. Elle braqua ses jumelles vers le cœur de la ville. Un panache de fumée noire montait du pied de la colline. Il y avait au moins un bâtiment en feu, peut-être davantage. Des hommes et des engins se précipitaient vers le théâtre des événements. Un camion-pompe arriva pour éteindre l'incendie. Elle avait maintenant appris à distinguer les prisonniers de leurs gardiens, mais à cette occasion, une troisième classe d'individus apparut : trois hommes arrivèrent sur le lieu de la catastrophe dans un véhicule noir profilé qui ne ressemblait pas du tout aux vieux tacots rafistolés qu'Alicia avait vus jusqu'alors. Ces hommes descendirent dans le soleil hivernal en resserrant leur nœud de cravate et en lissant le pli de leur pantalon. Quels étaient ces étranges costumes ? Ils portaient aussi d'énormes lunettes noires. Parce que la lumière était très vive ce jour-là ou pour une autre raison ? Quoi qu'il en soit, leur présence eut un effet immédiat : des ondes anxiogènes semblèrent s'emparer des individus présents aux environs. L'un des types en costume paraissait prendre des notes sur une sorte de planche tandis que les deux autres lançaient des ordres en gesticulant assez frénétiquement. De qui s'agissait-il ? D'une caste de dirigeants, à l'évidence ; il était manifeste qu'il en existait une dans cette ville. Mais à quoi correspondait cette explosion ?

Était-ce un accident ou un acte délibéré ? Une brèche dans la cuirasse, peut-être ?

Les instructions qu'Alicia avaient reçues étaient claires : repérer la ville, prendre la mesure du danger et revenir à Kerrville avant soixante jours. Elle ne devait prendre contact avec les habitants sous aucun prétexte. Mais rien ne disait qu'elle devait rester à l'extérieur de l'enceinte.

Le moment était venu d'aller voir ça de plus près.

Elle opta pour le stade.

Elle passa encore deux jours à observer les allées et venues des camions. La palissade et les barbelés ne posaient pas de problème, le plus compliqué serait de s'introduire dans le sous-sol. Comme le portail du bunker, la porte avait l'air inviolable. Elle ne se relevait que lorsqu'un camion arrivait en haut de la rampe et se refermait juste après son passage. Tout cela était parfaitement synchronisé.

Au crépuscule du troisième jour, abritée derrière un fourré, Alicia se dépouilla de ses armes, sauf du coutelas glissé dans un fourreau, sur ses reins, et du Browning, caché dans son holster. Elle avait repéré un endroit dans les barbelés qu'elle pourrait escalader en restant dissimulée derrière l'un des bâtiments qui paraissaient inoccupés. Une centaine de mètres de terrain dégagé séparait ces bâtiments de la rampe. Une fois que le chauffeur du camion aurait tourné au coin, Alicia aurait six secondes pour franchir cette distance. Facile, se dit-elle. Pas de quoi en faire un plat.

Elle franchit la palissade en prenant appel du bout des pieds, se faufila le long du mur arrière du bâtiment et jeta un coup d'œil à l'angle. Le camion était là, comme de juste, et se dirigeait bruyamment vers le stade. Le chauffeur rétrograda à l'approche du virage.

Go !

Quand le véhicule arriva en haut de la pente, Alicia était à vingt pas derrière lui. La porte remontait déjà dans un claquement de chaînes, et finissait presque de s'ouvrir. D'un bond élastique, elle se catapulta sur le toit du camion et s'y laissa tomber à plat ventre une demi-seconde avant de passer sous la porte.

Dracs ! Elle était vraiment *bonne* !

Déjà, elle le sentait, elle *les* sentait… le picotement trop familier sur la peau et, dans les profondeurs de son crâne, un murmure, un clapotis qui rappelait la caresse des vagues sur un rivage lointain. Le camion avançait lentement dans un tunnel. Droit devant apparut une seconde porte. Comme il s'en approchait, le chauffeur donna un coup de klaxon qui éveilla des échos assourdissants dans l'espace confiné. La porte se releva pour les laisser passer. Trois secondes de plus et le véhicule s'arrêta.

Le véhicule se trouvait au cœur d'un vaste espace vide d'une quinzaine de mètres de côté. Tapie contre le toit, Alicia compta sept hommes : cinq armés de fusils et deux qui, harnachés de lourds sacs à dos chargés de bouteilles d'acier, étaient munis de longues perches de métal. À l'autre bout de la pièce, il y avait une troisième porte, différente des autres : d'épais vantaux d'acier renforcés par de grosses barres encastrées dans le cadre.

L'un des hommes s'approcha vivement du camion avec à la main une de ces planchettes munies d'une pince qui paraissaient omniprésentes ici. Alicia s'aplatit sur le toit comme si elle espérait s'y incruster.

— Tu en as combien ?

— Comme d'habitude.

— On est censés les traiter comme un groupe ?

— Comment tu veux que je le sache ? Que disent les documents ?

Un bruit de pages feuilletées.

— Ben, rien du tout, répondit le second homme au bout d'un instant. En groupe, je suppose.

— Les paris sont toujours ouverts ?

— Si tu veux.

— Je prends sept secondes.

— C'est déjà pris, par Sodom. Va falloir que tu choisisses un autre nombre.

— Ben six alors.

La portière s'ouvrit en grinçant côté conducteur. Alicia entendit les pieds du chauffeur heurter le sol de béton.

— Je préfère les vaches. Ça dure plus longtemps.

— Tu es un foutu pervers, tu sais ?

Un instant de silence, et puis :

— Mais c'est vrai, tu as raison. C'est plutôt sympa. Allez !

s'écria-t-il en se retournant. C'est bon, les gars ! Le spectacle va commencer ! On baisse les lumières.

Un déclic, et les lumières s'éteignirent, remplacées par une lueur bleue, crépusculaire, émanant d'ampoules protégées par des cages métalliques fixées au niveau du plafond. Tous les hommes reculèrent devant la porte située à l'autre bout de la salle. Alicia n'avait aucun doute quant à ce qui se trouvait derrière, elle le sentait dans toutes les fibres de son être. Une grille métallique commença à tomber du plafond, et s'arrêta avec une secousse. Les hommes munis de bouteilles dorsales prirent position à côté de la grille, de petites flammes dansant à la pointe de leur lance métallique. Le chauffeur du camion s'approcha de la porte arrière et l'ouvrit.

— Allez, tout le monde descend !

— Je vous en prie, implora une voix d'homme. Vous n'êtes pas obligés de faire ça ! Vous n'êtes pas comme eux !

— Ça va, c'est pas ce que tu crois. Allez, sois sage, va.

Une femme cette fois :

— Nous n'avons rien fait ! Je n'ai que trente-huit ans !

— Vraiment ? Je t'aurais donné plus !

Le déclic d'un revolver qu'on armait.

— Allez les terreux ! On y va.

L'un après l'autre, six hommes et quatre femmes, entravés aux poignets et aux chevilles, furent extraits du camion. Ils sanglotaient, implorant qu'on les épargne. Certains tenaient à peine debout. Pendant que deux hommes les mettaient en joue avec leur fusil, le chauffeur s'avança parmi eux avec un anneau de clés et déverrouilla leurs chaînes.

— Pourquoi tu leur enlèves leurs fers ? s'étonna l'un des autres gardes.

— Pitié, ne faites pas ça ! s'écria une femme. Je vous en supplie, j'ai des enfants !

— Ta gueule ! s'exclama le chauffeur en la repoussant, la faisant tomber à genoux.

Et puis, levant une paire de menottes à l'adresse du garde :

— Tu préfères nettoyer ces trucs-là après ? Ben moi pas !

Ne pas entrer en contact avec les habitants, se répéta Alicia. *Ne pas entrer en contact avec les habitants. Ne pas entrer en contact avec les habitants.*

— Sodom ? appela le chauffeur. T'es prêt là-bas ?

Un type à l'air porcin était planté près du mur, à côté d'une espèce de panneau de commande. Il actionna un levier et la grille d'acier eut une petite secousse.

— Hé, une seconde. Elle est coincée.

Pas de contact, pas de contact, pas de contact...

— Là, c'est arrangé.

Et merde !

Alicia se laissa rouler à bas du toit et se retrouva face au conducteur.

— Salut !

— Putain de bordel !

Elle tira son coutelas et le lui enfonça sous les côtes. L'homme exhala un souffle âpre et recula en titubant.

— Vous tous ! hurla Alicia. Couchez-vous à terre !

Alicia dégaina son Browning, s'avança dans la salle en tenant son arme à deux mains, et tira méthodiquement. Les gardes étaient trop pétrifiés pour réagir ; l'un après l'autre, elle les abattit dans des jaillissements de sang couleur de rouille. La tête. Le cœur. La tête à nouveau. Derrière elle, du côté des prisonniers s'élevait une cacophonie de hurlements sauvages. Elle avait l'esprit clair, d'une clarté de cristal, parfaitement concentré. Dans l'air planait la douce, l'enivrante odeur du sang. Elle les abattait comme avec une faux, elle les frappait comme la foudre. Neuf balles dans son chargeur ; elle les élimina tous, gardant une cartouche en réserve.

C'est l'un des hommes muni d'un lance-flammes qui l'atteignit. Sauf qu'il n'en avait certainement pas l'intention. Il essayait seulement de se protéger. À la seconde où Alicia appuya sur la détente, dans un geste instinctif, il baissa la tête et lui tourna le dos.

45.

— Papiers.

Sara tendit ses faux papiers à la garde en s'efforçant d'empêcher ses doigts de trembler. Son cœur battait si fort dans sa poitrine que c'était un miracle que la femme ne l'entende pas. Celle-ci lui arracha les documents des mains, y jeta un rapide coup d'œil, leva les yeux sur le visage de Sara avant de les examiner une dernière fois et de les lui rendre sans changer d'expression.

— Suivante !

Sara franchit le portillon en acier. Étape décisive : une fois de l'autre côté, elle serait livrée à elle-même. Derrière se trouvait une sorte de couloir à bestiaux bordé de barbelés, comme dans un abattoir. Les gens s'y engageaient à la queue leu leu – des préposés à l'entretien du domaine, des employés aux cuisines, des mécaniciens. De chaque côté de ce couloir, des cols montaient la garde. Ils tenaient en laisse des chiens qui montraient les crocs, et ils riaient entre eux quand l'un des terreux s'en effrayait. Tout le monde était palpé, les sacs fouillés. Sara s'enroula son châle autour de la tête et garda les yeux baissés. Le vrai danger était d'être repéré par quelqu'un qui la connaissait – un habitant des Basses-Terres, un col, peu importe. Elle ne serait vraiment en sécurité que lorsqu'elle porterait le voile des servantes.

Comment Eustace avait-il réussi à la faire embaucher dans le Dôme ? Sara n'en avait pas la moindre idée. « Nous sommes partout », c'est tout ce qu'il avait consenti à dire. Une fois à l'intérieur, son nouvel agent de liaison prendrait contact avec elle. Elle ne le connaîtrait qu'à ce moment-là. Un échange de mots codés, de remarques banales recelant un sens caché établirait leur identité respective. Elle gravit la colline les yeux rivés au sol, en essayant de se rendre invisible, et puis à la réflexion, elle se demanda si c'était bien judicieux. Peut-être paraîtrait-il plus naturel qu'elle regarde autour d'elle ? Même l'air semblait différent, à cet endroit – plus propre, mais comme chargé d'électricité, vibrant de danger. Du coin de l'œil, elle discernait une profusion de collaborateurs des ressources humaines qui se déplaçaient par deux ou trois. Ils avaient probablement renforcé les mesures de sécurité à cause de l'attentat à la voiture piégée ; d'un autre côté, comment savoir ? Peut-être que c'était toujours comme ça.

Le Dôme était ceint de barrières en ciment. Elle montra son laissez-passer au poste de garde et monta le large escalier qui menait vers l'entrée, deux portes massives scellées dans un cadre de bronze. Sur le seuil, elle inspira profondément. *Et voilà*, pensa-t-elle.

Les portes s'ouvrirent, l'obligeant à se pousser de côté. Deux yeux-rouges la frôlèrent, le col de leur costume relevé pour se protéger du froid, un attaché-case en cuir à la main. Elle pensait avoir échappé à leur attention quand celui de gauche s'arrêta en haut des marches et se retourna vers elle.

— Regarde où tu vas, la terreuse !

Elle resta les yeux rivés au sol, faisant de son mieux pour éviter leur regard. Même avec leurs grosses lunettes, ils avaient le pouvoir de la liquéfier intérieurement.

— Pardon, monsieur. C'est ma faute.

— Regarde-moi quand je te parle.

Ça ressemblait à un piège.

— Je ne voulais pas vous offenser, murmura-t-elle. J'ai un laissez-passer.

Elle le tendit.

— Je t'ai dit de me regarder !

Luttant contre son instinct de préservation, Sara leva lentement la tête. L'espace d'un pénible instant, le personnage la considéra derrière le bouclier insondable de ses lunettes, sans un geste vers son laissez-passer. Le second ne s'intéressait pas à eux, il se contentait d'attendre patiemment son compagnon qui avait décidé d'interrompre ainsi leur routine de la journée. Sara se dit qu'il y avait quelque chose de clairement infantile chez eux. Avec leur visage lisse à la peau parfaite et leur corps souple, juvénile, ils avaient l'air d'enfants grandis trop vite et qui s'amusaient à se déguiser. Tout était un jeu pour eux.

— Quand l'un de nous te dit de faire quelque chose, fais-le.

L'autre gonfla les joues d'un air impatient.

— Qu'est-ce qui te prend aujourd'hui ? Oublie cette moins que rien et allons-y !

— Attends, je finis ça avant.

Et puis, à Sara :

— Je me suis bien fait comprendre ?

Son sang se glaça dans ses veines. Elle dut faire appel à toute sa volonté pour ne pas détourner le regard. Ces yeux démoniaques. Ce rictus méprisant.

— Oui, monsieur, bredouilla-t-elle. Absolument.

— Dis-moi. Qu'est-ce que tu fais ?

— Ce que je fais ?

Il lui lança un rapide sourire, comme un chat qui tient une souris entre ses griffes.

— Oui, ce que tu fais. C'est quoi, ton travail ?

Elle lui offrit une courbette obséquieuse.

— Je fais juste le ménage, monsieur.

Et comme il ne répondait pas, elle ajouta :

— Je vais être servante.

L'individu l'étudia encore un instant, comme s'il essayait de décider si cette réponse était satisfaisante ou non.

— Eh bien, terreuse, je vais te donner un bon conseil : si tu passes ces portes, tu as intérêt à te tenir à carreau. Il suffit de pas grand-chose.

— Je n'y manquerai pas, monsieur. Merci, monsieur.

— Maintenant fous le camp et au boulot !

Sara attendit que les deux yeux-rouges aient descendu les marches avant de se laisser aller à se détendre. Dracs ! pensa-t-elle. Reprends-toi, bon sang ! Parce que dans ce bâtiment, c'est plein de ces créatures-là.

Elle prit son courage à deux mains et ouvrit la porte.

Elle fut aussitôt saisie par une impression d'immensité. Son sens de la perspective était complètement chamboulé par la verticalité prodigieuse de l'endroit. Elle n'en avait jamais vu de pareil, aussi spacieux, avec son sol de marbre brillant, et son énorme escalier à double révolution menant à des rangées de balcons. Le plafond montait très haut au-dessus d'elle. Un soleil tamisé tombait des vitres de la coupole, très hautes et drapées de rideaux qui composaient un crépuscule intérieur. Tout semblait à la fois silencieux et bruyant, le moindre son se réverbérant avant d'être absorbé par le vide. Des cols étaient postés à intervalles réguliers sur les marches et tout autour de la salle ; des employés divers et variés allaient et venaient à pas pressés. Une dizaine de travailleurs faisant la queue devant un bureau, au milieu du hall. Elle prit place derrière un homme qui avait une sacoche à outils sur l'épaule. Le désir de jeter un coup d'œil vers l'avant pour voir ce qui l'attendait était intense, mais il n'était pas question d'y succomber. La file d'attente avançait à une allure de tortue ; apparemment, appliquer un coup de tampon sur un laissez-passer prenait un temps fou. Elle était en cinquième position dans la file, puis elle se retrouva en troisième position, et en deuxième. L'homme à la sacoche à outils s'écarta, révélant le personnage assis au bureau.

C'était Vale.

Sara encaissa une soudaine décharge d'adrénaline et son cœur loupa un battement. Elle était incapable de bouger, de respirer. Tout était fini avant d'avoir seulement commencé. Ses ordres étaient clairs : pas question de se laisser prendre vivante. Nina lui avait expliqué avec un luxe de détails le sort que les yeux-rouges lui réserveraient. « Tu n'auras jamais rien vécu de pareil. Tu les supplieras de mettre fin à tes souffrances. Il n'y a pas à hésiter. » Que pouvait-elle faire ? Devait-elle s'enfuir en courant et prier pour qu'on l'abatte ?

— Vous vous sentez bien, mademoiselle ?

Vale la regardait, dans l'expectative, la main tendue pour prendre son laissez-passer.

— Pardon ? Qu'est-ce que... ?

— Vous... vous... sentez... bien ?

Elle eut l'impression qu'on venait de lui tendre une main secourable alors qu'elle était au bord du gouffre. Elle chercha la réponse correcte.

— Je suis juste un peu nerveuse.

Si Vale était étonné de la voir, son visage ne le trahit pas. Il jouait simplement mieux la comédie qu'elle. Elle n'aurait su dire depuis combien d'années elle le connaissait, et elle ne s'était jamais doutée de rien.

— Le Dôme peut être un peu impressionnant la première fois qu'on le voit. Vous devez être la nouvelle fille, Dani. C'est ça ?

Elle hocha la tête. À partir de maintenant, elle s'appelait Dani. Sara avait cessé d'exister.

— Veuillez me présenter votre plaque, s'il vous plaît.

Elle releva sa manche et tendit le bras. Eustace, grâce à un agent infiltré au service des fichiers, s'était débrouillé pour faire réattribuer le matricule de Sara à sa nouvelle identité fictive. Vale fit mine de vérifier sur ses documents.

— Vous devez vous présenter au directeur adjoint Wilkes. Je vais vous accompagner.

Il fit signe à un autre col de prendre sa place au bureau.

Sara ne connaissait pas ce nom, mais un directeur adjoint... il devait être très haut placé, faire partie de l'équipe de direction. Vale l'escorta dans un petit couloir, vers un ascenseur aux portes de métal réfléchissant. Ils attendirent qu'il s'ouvre sans échanger un mot, en regardant droit devant eux.

— Je vous en prie...

Vale entra dans la cabine derrière elle et appuya sur le bouton du sixième. L'ascenseur commença à monter sans qu'il lui accorde un regard. Elle se demanda s'il allait lui parler. Puis, lorsqu'ils arrivèrent au quatrième étage, il tendit à nouveau la main vers le panneau de commande et actionna un interrupteur. La cabine s'arrêta net.

— Nous n'avons qu'une seconde, dit-il vivement. Tu as été assignée à la femme, Lila. C'est parfait, inespéré.

— Qui est Lila ?

— C'est elle qui contrôle les viruls. Une cible majeure. Elle est étroitement gardée et ne met pratiquement jamais le nez dehors.

Sara s'efforçait d'enregistrer chacun des mots qu'il prononçait.

— Que suis-je censée faire ?

— Pour le moment, l'observer, c'est tout. Essayer de gagner sa confiance. Nous n'aurons plus beaucoup de contact direct, toi et moi. Tous les messages devront passer par l'intermédiaire de la servante qui t'apportera tes repas. Si la cuillère sur ton plateau est retournée, il y aura un mot sous l'assiette. Renvoie les éventuels messages de la même façon, mais seulement en cas d'urgence. Pigé ?

Sara hocha la tête.

— Je t'aime bien, Sara, et depuis toujours. J'aimerais pouvoir me dire que j'ai fait de mon mieux pour te protéger. Mais rien de tout ça n'a plus d'importance maintenant. Si les yeux-rouges découvrent qui tu es, je ne pourrai plus t'aider.

Il glissa ses doigts sous sa ceinture et prit un petit papier métallisé carré qu'il lui colla dans la main.

— Garde toujours ça caché sur toi. Il y a un morceau de buvard, à l'intérieur. Il est imprégné de la même substance que Nina a utilisée pour t'endormir, mais à une concentration beaucoup plus forte. En cas de nécessité, mets-le sous ta langue. Ce sera l'affaire de quelques secondes. Crois-moi, ça vaut bien mieux que d'aller au sous-sol.

Sara glissa le petit paquet dans la poche de son pantalon. La mort l'accompagnerait désormais. Elle espérait seulement trouver le courage, le moment venu.

Vale remit la main sur l'interrupteur.

— Prête ?

La cabine reprit son ascension avec une secousse, puis décéléra alors qu'ils approchaient de leur destination. Vale se remit dans la peau de son personnage, prit Sara par le bras, la tenant juste au-dessus du coude. Les portes coulissèrent, révélant un col, costaud, aux dents noires, qui les foudroyait du regard, les mains sur les hanches.

— Qu'est-ce qui se passe avec ce foutu ascenseur ? s'énerva le col.

Puis, avec un mouvement de menton vers Sara :

— Qu'est-ce qu'elle fait là ?

— La nouvelle servante. Je l'amène à Wilkes.

Le col la toisa de haut en bas et remua les sourcils avec une expression suggestive.

— Dommage. Elle était pas mal.

Vale fit suivre à Sara un couloir sur lequel donnaient de lourdes portes de bois. Sur chacune était fixée, au niveau du regard, une plaque de bronze portant un nom et un titre. Sara en reconnaissait certains pour les avoir lus sur les journaux affichés dans les Basses-Terres : « Aidan Hoppel, ministre de la Propagande », « Clay Anderson, ministre des Travaux publics », « Vikram Suresh, ministre de la Santé publique ». Ils arrivèrent devant la dernière porte : « Frederick Wilkes, chef de cabinet, directeur adjoint de la Nation. »

— Entrez.

L'occupant du bureau était penché sur une liasse de papiers posés sur son bureau, et écrivait avec un stylo à plume. Une lumière hivernale, tamisée, filtrait entre les rideaux qui masquaient les fenêtres, dans son dos. Il les fit attendre un instant avant de lever les yeux.

— Dani, c'est ça ?

Sara hocha la tête.

Le regard du directeur adjoint se posa ensuite sur Vale.

— Veuillez attendre dehors, je vous prie.

La porte se referma avec un cliquetis. Wilkes s'appuya au dossier de son fauteuil avec ce que Sara interpréta comme une sorte de lassitude. Il prit une feuille de papier dans la pile et la parcourut.

— La laiterie. C'est là que tu travaillais ?

— Oui, monsieur le directeur adjoint.

— Et tu n'as pas de famille directe ?

— Non, monsieur le directeur adjoint.

Wilkes consulta à nouveau la feuille posée sur son bureau.

— Eh bien, on dirait que c'est ton jour de chance, jeune fille. Tu vas être la dame de compagnie de Lila. Est-ce que ce nom te dit quelque chose ?

Sara secoua docilement la tête.

— Tu as peut-être entendu des rumeurs ? Nous ne nous faisons pas d'illusions : la sécurité n'est pas toujours à la hauteur de sa tâche. Tu peux me le dire si tu as entendu parler d'elle.

Elle s'obligea, au prix d'un effort monumental, à regarder ses yeux rouges.

— Non, ça ne me dit rien.

Le directeur adjoint laissa passer un instant avant de poursuivre.

— Eh bien, qu'il te suffise de savoir que Lila est spéciale. Le travail est assez simple. Fondamentalement, tu n'auras qu'à faire ce qu'elle demande. Tu découvriras qu'elle peut être, comment dire, imprévisible. Certaines des choses qu'elle exigera risquent de te paraître bizarres. Tu crois que tu y arriveras ?

Elle répondit par un bref hochement de tête.

— Oui, monsieur.

— Parmi les choses que tu auras à faire, tu devras l'obliger à manger. Il te faudra user de persuasion. Elle peut se montrer extrêmement entêtée.

— Vous pouvez compter sur moi, monsieur le directeur adjoint.

Il se cala à nouveau contre le dossier de son fauteuil, repliant les mains sur ses cuisses.

— Tu trouveras la vie sous le Dôme beaucoup plus confortable que dans les Basses-Terres. Trois vrais repas par jour. De l'eau chaude pour te laver. On ne te demandera pas grand-chose en dehors des tâches que je viens de te décrire. Si tu fais du bon travail, il n'y a pas de raison que tu ne puisses profiter de nos largesses pendant les années à venir. Une dernière chose : comment cela se passe-t-il avec les enfants ?

— Les enfants, monsieur ? répéta-t-elle, déconcertée.

— Oui. Les aimes-tu ? T'entends-tu bien avec eux ? Personnellement, je les trouve plutôt fatigants.

Sara éprouva une pointe de souffrance familière.

— Oui, monsieur le directeur adjoint, je les aime bien.

Elle attendit que Wilkes lui fournisse un complément d'explication, mais il fut bientôt évident qu'il n'y en aurait pas. Il l'inspecta encore quelques secondes depuis l'autre côté de son bureau et décrocha le téléphone.

— Prévenez-les que nous arrivons.

Une heure plus tard, Sara avait revêtu sa tenue de servante et se trouvait sur le seuil d'une pièce décorée si somptueusement qu'elle avait du mal à en assimiler tous les détails. De lourdes draperies étaient tirées devant les fenêtres. Les seules sources de lumière étant de grands chandeliers d'argent disposés autour de la pièce. Peu à peu, elle prit la mesure du décor. L'accumulation de meubles et d'objets de toutes sortes en faisait moins un endroit à vivre qu'un entrepôt bourré de bric-à-brac. Un gigantesque canapé et deux fauteuils couverts de gros coussins garnis de pompons étaient disposés de part et d'autre d'une table basse carrée en bois verni, qui disparaissait sous les livres. D'autres coussins de toutes les couleurs jonchaient le sol, couvert d'un tapis aux motifs compliqués. Les murs étaient ornés de tableaux aux lourds cadres dorés – des paysages, des chevaux, des chiens et de nombreux portraits de femmes avec des enfants vêtus de costumes curieux, autant d'images d'une semi-réalité troublante. L'un de ces tableaux attira particulièrement l'attention de Sara : une femme en robe bleu foncé, coiffée d'un chapeau rouge, assise dans un jardin avec une petite fille. Elle s'en approcha pour le voir de plus près. Une petite plaque, sur la partie inférieure du cadre, disait : « Pierre-Auguste Renoir, *Sur la terrasse*, 1881. »

— Ah, te voilà ! Il était temps qu'ils m'envoient quelqu'un.

Sara se retourna. Une femme était apparue dans l'embrasure de la porte de la chambre, les bras croisés sur la poitrine. Elle était à la fois plus et moins impressionnante que l'image que Sara s'était forgée d'elle à partir des propos de Vale et de Wilkes. Elle avait imaginé une personne dotée d'une présence imposante, or la silhouette dressée devant elle lui paraissait très frêle. Elle pouvait avoir une soixantaine d'années. Des rides profondes creusaient son visage, traçant des frontières entre ses diverses zones ; des croissants de peau plissée pendaient comme des hamacs sous ses yeux chassieux, et elle avait les lèvres tellement pâles qu'elles étaient pratiquement inexistantes – des lèvres fantômes. Elle portait une robe chatoyante d'un tissu impalpable, brillant, et une grosse serviette lui entourait la tête comme un turban.

— *¿ Hablas inglés ?*

Sara la regarda, l'air hébété, incapable de formuler une réponse à cette question incompréhensible.

— Est-ce que... tu parles... anglais ?

— Oui, déclara Sara. Je parle anglais.

La femme eut une petite réaction de surprise.

— Oh ? Ah bon ! Je dois dire que c'est une première. J'ai demandé je ne sais combien de fois à l'agence de m'envoyer quelqu'un qui parle ne serait-ce qu'un peu notre langue. Enfin...

Elle écarta les mains dans un geste évasif.

— Je suis désolée, comment t'appelles-tu, déjà ?

Sara ne le lui avait pas encore dit, mais qu'importe.

— Dani.

— Dani, répéta la femme. D'où viens-tu exactement ?

La réponse la plus vague paraissait la plus sage.

— Je suis d'ici.

— Bien sûr que tu viens d'ici. Je veux dire *avant* de venir ici. Ta tribu. Ton peuple. Ton clan.

Un autre mouvement papillonnant des mains.

— Tu sais bien. Ta *familia.*

À chaque échange, Sara se sentait plus profondément happée, comme dans des sables mouvants, par l'étrangeté de cette femme. En même temps, elle avait quelque chose de presque touchant. Elle avait l'air tellement désarmée, un oiseau qui gazouillait dans sa cage.

— De Californie, en réalité.

— Ah, on y arrive !

Elle marqua une pause, et ce fut comme si la lumière se faisait dans son esprit.

— Oh, je vois. Tu travailles pour payer tes études. Pourquoi ne le disais-tu pas ?

— Madame ?

— Je t'en prie, pépia-t-elle. Appelle-moi Lila. Et ne sois pas si modeste. C'est admirable de faire ça. C'est la preuve d'une réelle force de caractère. Évidemment, ça ne veut pas dire que je vais te payer davantage que les autres. J'ai toujours été très claire avec l'agence. Quatorze de l'heure, à prendre ou à laisser.

Quatorze quoi ? se demanda Sara.

— Quatorze, ça me va.

— Et, bien sûr, déclarée. Nous payons les charges sociales et nous remplissons les déclarations. Là-dessus, David est très strict. Disons qu'il aime bien se conformer aux règles. Il est très vieux jeu, pour ça. Pas d'assurance maladie malheureusement, mais tu dois en avoir une par ton école. Alors, on est d'accord ?

La femme eut un grand sourire encourageant.

Sara hocha la tête, complètement déboussolée.

— Parfait. Je dois dire, Dani, poursuivit la femme – Lila – en glissant vaporeusement dans la pièce, que tu tombes à pic. Juste au bon moment en fait.

Tout en parlant, elle prit une boîte d'allumettes dans la poche de sa robe d'intérieur et alluma un grand chandelier près de sa coiffeuse.

— Si tu mettais ça là ?

Elle faisait allusion à la flasque de métal et à la tasse posées sur le plateau que Wilkes avait remis à Sara. Celle-ci plaça le tout sur la table que la femme lui indiquait, à côté d'une armoire ornée de sculptures compliquées sur laquelle étaient drapées des écharpes. Lila alla se planter devant un miroir en pied et tourna les épaules d'un côté et de l'autre, examinant son reflet.

— Alors, qu'en penses-tu ?

— Pardon ?

Une main appuyée sur l'estomac, Lila rentra le ventre et bomba le torse.

— Quel affreux régime ! Je crois que je n'ai jamais été aussi affamée de toute ma vie. Mais il paraît vraiment bien marcher. Qu'en dis-tu, Dani ? Encore deux kilos ? Tu peux me parler franchement.

De profil, la femme n'avait que la peau sur les os.

— Je vous trouve parfaite comme ça, répondit doucement Sara. À votre place, je n'essaierais pas de maigrir davantage.

— Vraiment ? Parce que quand je me regarde dans ce miroir, je me demande quelle est cette baudruche. Cette montgolfière. *Oh, mon Dieu, la condition humaine*, voilà ce que je me dis.

Sara repensa aux ordres de Wilkes.

— En réalité, je pense que vous devriez manger.

— C'est ce qu'on me dit. Crois-moi, j'ai déjà entendu ça.

Elle mit les mains sur ses hanches, fit la moue et reprit, une octave plus bas :

— Lila, tu es trop maigre, Lila, il faudrait que tu te remplumes un peu, Lila ceci, Lila cela, et bla-bla-bla.

Soudain, elle ouvrit de grands yeux paniqués.

— Oh, mon Dieu ! Quelle heure est-il ?

— Il doit être... près de midi ?

— Oh, mon Dieu, mon Dieu !

Elle se mit à faire précipitamment le tour de la pièce en s'emparant des objets pour les reposer juste à côté de façon apparemment arbitraire.

— Ne reste pas plantée là, implora-t-elle.

Elle ramassa une pile de livres et les remit sur les étagères.

— Que voulez-vous que je fasse ?

— Eh bien... je ne sais pas. *N'importe quoi.* Tiens...

Elle fourra des coussins dans les bras de Sara.

— Mets-les là. Sur le je-ne-sais-quoi.

— Euh, vous voulez dire le canapé ?

— Bien sûr que je veux parler du canapé !

Tout à coup, ce fut comme si une lumière s'était allumée sur le visage de la femme. Une lumière éclatante, merveilleuse, heureuse. Elle regardait derrière Sara, en direction de la porte.

— Ma chérie !

Elle s'accroupit alors qu'une fillette vêtue d'une robe toute simple, aux boucles blondes tressautantes, passait en courant à côté de Sara et se jetait dans les bras tendus de la femme.

— Mon ange ! Ma douce et tendre petite fille !

L'enfant indiqua sa tête enturbannée.

— Tu as pris un bain, maman ?

— Mais oui ! Tu sais comme maman aime se baigner. Quelle petite fille intelligente tu fais ! Alors dis-moi, comment ça s'est passé à l'école ? Jenny t'a fait la lecture ?

— On a lu *Pierre Lapin.*

— Merveilleux ! s'exclama Lila, rayonnante. Et c'était amusant ? Ça t'a plu ? Je l'adorais quand j'avais ton âge, j'ai déjà dû te le dire.

Elle reporta son attention sur la feuille de papier bariolée que l'enfant tenait à la main.

— Et ça, qu'est-ce que c'est ?

La fillette leva la feuille.

— C'est un dessin.

Lila l'examina un instant.

— C'est moi ? C'est un dessin de nous deux ?

— Ce sont des oiseaux. Ça, c'est Martha, et l'autre c'est Bill. Ils construisent un nid.

Une étincelle de déception, et puis Lila élargit à nouveau son sourire.

— Mais oui, en effet. Ça se voit bien. Ça se voit comme le nez au milieu de ton joli petit visage.

Et ainsi de suite. Mais c'est à peine si Sara assistait à la scène. Elle était envahie par une sensation nouvelle, intense, un sentiment d'alarme biologique, viscéral, atavique, aussi irrésistible que la marée, qui se cristallisait sur la petite tête blonde de l'enfant. Ces boucles. Les dimensions précises, singulières de l'espace occupé par le corps de la fillette. Sara sut aussitôt tout en ne sachant pas, consciente en même temps de ce paradoxe qui créait en elle une espèce de couloir comparable aux images reflétées à l'infini par des miroirs face à face.

— Mais je suis absolument terrible ! disait la femme – Lila –, d'une voix provenant d'une planète lointaine, située à une distance impossible, irréelle. J'oublie tous mes devoirs. Eva, il faut que je te présente quelqu'un. C'est notre nouvelle amie...

Il y eut un blanc.

— Dani, réussit à articuler Sara.

— Notre merveilleuse nouvelle amie Dani. Eva, dis bonjour.

L'enfant se retourna. Sara contempla son visage et le temps s'effondra. Elle avait devant elle une combinaison de formes et de traits unique dans l'univers. Il n'y avait aucun doute dans l'esprit de Sara. La petite fille lui dédia un sourire radieux, lèvres closes.

— Bonjour, Dani, dit-elle.

Sara regarda sa fille.

Et puis, la seconde suivante, il y eut un changement. Une ombre, une sombre présence s'abattit sur elle, la ramenant subitement à la réalité du monde.

— Lila.

Sara se retourna. Il était debout derrière elle. Il avait un visage d'homme ordinaire, insignifiant, comme il y en avait des milliers, mais il émanait de lui une aura de menace invisible et indéniable. Le regarder, c'était se sentir sombrer.

Il regarda Sara dans les yeux, avec mépris, la transperçant de part en part.

— Tu sais qui je suis ?

Elle déglutit péniblement, la gorge serrée. Elle repensa au petit paquet emballé dans du papier métallisé dissimulé dans les plis de sa robe. C'était la première fois qu'elle y songeait ; ce ne serait pas la dernière.

— Oui, monsieur. Vous êtes le Directeur Guilder.

La bouche de l'homme s'incurva vers le bas dans une expression de dégoût.

— Baisse ton voile, par pitié. Ta seule vue me rend malade.

Elle obtempéra, les doigts tremblants. L'ombre devint alors véritable, l'écran de tissu brouillant miséricordieusement les traits du Directeur comme s'ils se perdaient dans la brume. Guilder passa près d'elle et s'approcha à grands pas de Lila, toujours accroupie auprès de la fillette. Sara n'aurait su dire si la présence de l'homme avait un sens pour l'enfant, mais pour Lila, aucun doute : tous ses muscles se raidirent. Elle se releva, tenant la petite fille devant elle comme un bouclier.

— David...

— Ça suffit ! lança-t-il en promenant sur elle un regard réprobateur. Vous vous rendez compte que vous avez une mine épouvantable ?

Puis, se retournant vers Sara :

— Où est-il ?

Elle comprit qu'il voulait parler du plateau. Elle le lui indiqua du doigt.

— Apporte-le ici.

Elle réussit à obliger ses mains à obéir.

— Débarrassez-vous d'elles, ordonna Guilder à Lila.

— Eva, ma petite chérie, si tu disais à Dani de t'emmener faire un tour ? C'est une si belle journée, ajouta-t-elle avec un coup d'œil implorant à Sara. Que dirais-tu de prendre un peu l'air ?

— Je voudrais que ce soit toi qui m'emmènes, protesta la fillette. Tu ne sors *jamais.*

— Je sais, mon petit cœur, répondit Lila d'une voix pareille à un chant qu'on l'aurait obligée à entonner. Mais tu connais la sensibilité au soleil de ta maman. Et puis maman doit prendre son médicament maintenant. Tu sais comment est ta maman quand elle prend son médicament.

L'enfant se résigna. S'écartant de Lila, elle s'approcha de Sara, qui l'avait devancée à la porte, et – chose miraculeuse, bouleversante – la prit par la main.

La chair rencontrant la chair. Si petite que c'en était insoutenable, d'une puissance à nulle autre pareille. Une injection de souvenirs. Tous les sens de Sara se concentrèrent sur la sensation délicieuse de la menotte de sa fille tenant la sienne. C'était la première fois qu'elles se touchaient depuis qu'elles n'étaient plus l'une dans l'autre, sauf que maintenant, c'était le contraire : c'était Sara qui était à l'intérieur.

— Allez, filez, toutes les deux ! coassa Lila. Amusez-vous bien.

Elle esquissa un geste parfaitement misérable en direction de la porte.

Sans un mot, Kate (Eva) conduisit Sara hors de la chambre. Sara planait, et en même temps elle pesait une tonne. Eva, pensait-elle. Il faut que je me souvienne de l'appeler Eva. Un couloir ; un escalier ; en bas, une porte à double battant donnait sur une petite cour entourée de palissades, avec des agrès rouillés, une balançoire et une bascule. Le ciel faisait peser sur elles une lumière solennelle, chargée de neige.

— Viens ! dit la petite fille.

Elle partit en courant et s'assit sur la balançoire. Sara vint se placer derrière elle.

— Pousse-moi !

Sara tira les chaînes vers elle, soudain nerveuse. Était-ce bien prudent ? Cet être précieux, tant aimé... Cette personne humaine, sacrée, miraculeuse. Un petit mètre, ça suffisait amplement. Elle relâcha les chaînes et la fillette prit son essor en remuant vigoureusement les jambes.

— Plus fort ! ordonna-t-elle.

— Tu es sûre ?

— Plus fort ! Allez, plus fort !

Chaque sensation était un coup de poinçon. Une gravure indolore dans le cœur. Sara rattrapa sa fille par les fesses et la poussa plus fort. Elle monta très haut, très loin dans l'air de décembre. À chaque élan, ses cheveux voletaient, emplissant l'air derrière elle de sa douce odeur de petite fille. Elle se balançait en silence, son bonheur entièrement contenu dans la pure activité du jeu. Une fillette, sur une balançoire, en hiver.

Kate, ma petite chérie, pensait Sara. *Mon bébé à moi.* Elle la poussait, et la poussait encore, et la petite fille s'envolait, et revenait à chaque fois entre ses mains. *Je le savais, je le savais, je l'ai toujours su. Tu es la braise de vie sur laquelle j'ai soufflé pendant un millier de nuits de solitude. Je n'aurais jamais pu te laisser mourir.*

46.

Houston.

Une cité liquéfiée, noyée par la mer. Un gigantesque bourbier urbain, au milieu duquel ne subsistait qu'un noyau de gratte-ciel. Des tornades, des pluies tropicales implacables, l'inexorable ravinement des eaux d'un continent entier cherchant une issue finale vers le golfe : pendant cent ans, les marées étaient venues et reparties, envahissant les terres, sculptant des bayous bourbeux et des deltas empoisonnés, effaçant tout.

Ils étaient à une quinzaine de kilomètres du cœur de la ville. Ils avaient passé les derniers jours de voyage comme s'ils avaient joué à la marelle, à chercher les points secs et les tronçons de route carrossable, à s'ouvrir un chemin dans des fourrés de végétation épineuse, infestée d'insectes. Dans ces contrées, la nature dévoilait son dessein véritablement malveillant ; c'était un grouillement animal et végétal, avide de piquer et de mordre. L'air crépitait, saturé d'humidité et de miasmes putrides. Les arbres, aux branches convulsées comme des tentacules, paraissaient fabriqués, issus d'une autre époque. Qui avait pu créer des arbres pareils ?

L'obscurité fut précédée par un assombrissement d'un jaune chimique. Le voyage s'était réduit à une reptation. Même Amy avait commencé à trahir son irritation. Au lieu de s'atténuer, ses symptômes allaient en s'aggravant. Greer la surprenait, quand elle ne se savait pas observée, à se plaquer les mains sur le ventre et à laisser échapper un lent soupir de douleur. Cette nuit-là, ils bivouaquèrent à l'étage d'une demeure opulente, dévastée au point d'en être grotesque avec ses candélabres qui coulaient et ses chambres grandes comme des auditoriums, le tout maculé d'une pourriture noire qui exhalait des gaz délétères. Un liseré marron faisait le tour des murs un mètre au-dessus du sol de marbre, révélant le niveau auquel les eaux de l'inondation étaient jadis montées. Dans la gigantesque chambre où ils s'étaient abrités, Greer ouvrit les fenêtres pour chasser la puanteur ammoniaquée qui planait dans l'air. En bas, dans le jardin envahi par les plantes grimpantes, une piscine débordait d'un magma répugnant.

Toute la nuit, Greer entendit les groggys remuer dans les arbres au-dehors. Ils sautaient de branche en branche comme de grands singes, faisant dans le feuillage des bruits suivis par les cris aigus de rats, d'écureuils et autres petites créatures qui trouvaient la mort entre leurs griffes. N'écoutant pas Amy, il dormit en pointillés, le pistolet à la main. « Rappelez-vous que Carter est l'un des nôtres. » Il priait pour que ce soit vrai.

Le lendemain matin, Amy n'allait pas mieux.

— On devrait attendre, proposa-t-il.

Le seul fait de se lever parut exiger d'elle toutes ses forces. Elle n'essayait même pas de dissimuler son malaise, elle crispait le poing sur son ventre, le dos rond, ployée sous la douleur. Il voyait les spasmes qui parcouraient son abdomen lorsqu'elle était prise d'une crampe.

— On y va, dit-elle entre ses dents.

Ils continuèrent vers l'est. Devant eux, les gratte-ciel du centre-ville émergeaient dans leur diversité. Certains s'étaient effondrés, leurs fondations fracassées par la dilatation et la rétraction du sol marneux sur lequel ils étaient construits. D'autres étaient appuyés les uns sur les autres comme des ivrognes sortis d'un bar en titubant. Amy et Greer suivirent une étroite piste de sable entre des bayous envahis de végétation. Le soleil était haut et brûlant. Des épaves abandonnées par la mer avaient commencé à apparaître : des bateaux, des fragments de navires, affalés sur le côté dans les hauts-fonds comme s'ils s'étaient évanouis de fatigue. Lorsqu'ils arrivèrent à l'endroit où la terre prenait fin, Greer descendit de cheval, récupéra ses jumelles dans son sac de selle et les braqua sur les eaux immondes. Droit devant, un gigantesque vaisseau échoué était coincé contre un gratte-ciel, la proue dressée à une hauteur prodigieuse, ses hélices énormes sorties de l'eau. Le nom du bâtiment était encore lisible sur la coque, sous des coulures de rouille : *Chevron Mariner.*

— C'est là qu'on va le trouver, annonça Amy.

Il n'y avait pas de passage à gué. Il leur faudrait trouver un bateau. La chance leur sourit. Ils rebroussèrent chemin sur cinq cents mètres et tombèrent sur une barque en aluminium retournée dans les herbes. Le fond paraissait en bon état, les rivets avaient l'air de tenir. Greer traîna l'embarcation vers le bord de la lagune et la mit à l'eau. Voyant qu'elle ne coulait pas, il aida Amy à descendre de sa monture.

— Et les chevaux ? demanda-t-il.

— Nous devrions être de retour avant la nuit, je pense, répondit Amy.

Son visage était un masque de douleur à peine contenue.

Il stabilisa la barque pendant qu'Amy y prenait place, puis il s'installa sur le banc du milieu, une planche plate en guise de rame. Assise à la poupe, Amy n'était qu'un poids mort. Elle avait les yeux clos, les bras plaqués en travers de la taille, et la sueur roulait sur son front. Elle ne faisait pas un bruit, mais Greer la soupçonnait de se contraindre, pour lui, à garder le silence. Alors qu'ils se rapprochaient du vaisseau, celui-ci révélait ses stupéfiantes dimensions. Ses flancs rouillés se dressaient à des centaines de pieds au-dessus de la lagune. Il était incliné sur le côté. L'eau tout autour était aussi visqueuse que du pétrole. Greer pagaya pour rapprocher leur embarcation du gratte-ciel sur lequel le navire était appuyé et s'arrêta auprès d'une batterie d'escalators immobiles.

— Lucius, je crois que je vais avoir besoin de votre aide.

Il la soutint par la taille pour descendre du bateau et gravir l'un des escalators. Ils se retrouvèrent dans un atrium, avec ses batteries d'ascenseurs et ses parois de verre fumé. « One Allen Center », annonçait un panneau d'accueil sur lequel était affichée la liste des occupants. L'escalade qui les attendait promettait d'être pénible ; ils allaient être obligés de gravir au moins dix étages.

— Vous y arriverez ? demanda Greer.

Amy se mordit la lèvre et hocha la tête.

Ils suivirent les indications pour trouver un escalier. Greer sortit un bâton lumineux de son sac, le cassa sur son genou et, à nouveau, enlaça Amy. Ils commencèrent à monter. L'air emprisonné dans la cage d'escalier était empoisonné par la moisissure, les obligant à en ressortir à chaque étage pour respirer un peu. Au douzième étage, ils s'arrêtèrent.

— Je pense que nous sommes assez haut ici, décréta Greer.

Depuis les fenêtres hermétiquement fermées d'un bureau aux murs garnis de livres, ils plongèrent le regard vers le pont du pétrolier, coincé contre le bâtiment, trois mètres en contrebas. Il serait facile de se laisser tomber dessus. Greer prit le fauteuil du bureau, le souleva au-dessus de sa tête et fracassa la vitre.

Il se tourna vers Amy.

Elle tenait sa main devant elle en coupe, et l'examinait. Un fluide rouge vif maculait sa paume. C'est alors que Greer remarqua la tache sur sa chasuble. Du sang coulait le long de ses jambes.

— Amy...

Elle croisa son regard.

— Vous êtes fatig...

Il se sentit enveloppé dans une couverture de sommeil d'une infinie douceur.

— Qu'est-ce que... ? soupira-t-il, déjà loin.

Il se laissa couler sur le sol.

47.

Peter et ses compagnons atteignirent San Antonio en début de matinée, par l'autoroute 90. Ils avaient passé la première nuit dans un caisson, à la périphérie de la ville, qui n'était qu'une immense étendue de maisons effondrées, éventrées, souvent ensablées jusqu'aux gouttières. Le local blindé se trouvait sous un poste de police, et on y descendait par une rampe fortifiée donnant sur l'arrière. Hollis leur expliqua que ce n'était pas un caisson de la Sécurité intérieure ; mais un de ceux de Tifty. Peter n'en avait jamais vu d'aussi grand, pourtant il n'était pas moins spartiate que les autres. Ce n'était qu'une pièce étouffante, avec des couchettes et un garage où se morfondait un pick-up. Les pneus étaient à plat, mais il y avait des jerrycans de carburant dans la benne. Des caisses et des cantines militaires étaient rangées le long des murs.

— Qu'est-ce qu'il y a dedans ? demanda Michael.

À quoi Hollis répondit par un haussement de sourcils : *Je n'en sais rien, Michael. Qu'est-ce que tu en penses ?*

Ils repartirent aux premières lueurs de l'aube, sous un ciel bas, Hollis au volant du pick-up, Peter à côté de lui, Michael et Lore dans la benne. La majeure partie de la ville avait brûlé dès les premiers temps de l'épidémie ; Peter ignorait si c'était un fait de guerre consécutif à la déclaration de souveraineté du Texas ou si elle avait été incendiée dans le cadre de la tentative générale d'éradication des viruls. Il ne restait pas grand-chose du centre-ville en dehors d'une poignée de grands bâtiments qui se dressaient, austères et désolés, sur un fond de collines décolorées. Leurs façades lépreuses dissimulaient des entrailles noircies, dévastées, où une armée de groggys somnolaient en attendant la fin de la journée. « Ce ne sont que des groggys », avait-on coutume de dire ; quoi qu'il en soit un virul restait toujours un virul.

Peter s'attendait à ce que Hollis bifurque, qu'il les emmène vers le nord ou le sud, au lieu de quoi il les conduisit vers le cœur de la ville, quittant les grandes artères pour des petites rues étroites. La voie avait été dégagée, les voitures et les camions tractés sur le bord de la chaussée. Alors que les ombres des bâtiments avalaient le véhicule, Hollis ouvrit la vitre arrière de la cabine pour avertir Michael et Lore :

— Vous feriez mieux de vous mettre en position de tir. Si vous voulez sortir d'ici vivants, vous avez intérêt à ouvrir l'œil.

— Vigilance, vigilance, *hombre* ! fut la réponse.

Peter contempla les destructions. Les villes avaient toujours alimenté sa vision du monde tel qu'il avait jadis été. Les bâtiments et les maisons, les voitures et les rues : tout grouillait jadis de gens qui vivaient leur vie, ne sachant rien de l'avenir, ignorant qu'un jour l'histoire s'arrêterait. Ils poursuivirent leur chemin sans incident. L'espace entre les bâtiments s'élargissait et la végétation commençait à envahir la chaussée.

— C'est encore loin, Hollis ?

— Du calme. On est bientôt arrivés.

Dix minutes plus tard, ils contournaient une palissade. Hollis arrêta le véhicule devant la porte, prit une clé dans la boîte à gants et descendit du pick-up. Peter fut frappé par une réminiscence du passé : Hollis aurait pu être à la place de son frère, Theo, ouvrant la porte de la centrale électrique, il y avait bien des années de cela.

— C'est quoi, cet endroit ? demanda-t-il quand Hollis eut repris le volant.

— Fort Sam Houston.

— Une base de l'armée ?

— Plutôt un hôpital militaire, rectifia Hollis. Enfin, c'en était un. On n'y soigne plus grand monde.

Tandis qu'ils continuaient de rouler, des bâtiments apparurent. Peter eut l'impression de traverser un petit village. Une grande tour d'horloge se dressait sur le côté d'une place carrée qui avait pu être jadis le centre-ville. En dehors de quelques canons d'apparat, il ne vit rien qui eût l'air militaire – pas de camions, de chars ou de nids de mitrailleuses, ni de fortifications de quelque nature que ce soit. Hollis arrêta le pick-up devant un long bâtiment bas à toit plat. Une enseigne au-dessus de la porte annonçait : « Centre aquatique ».

— Aquatique..., releva Lore quand ils furent tous descendus du véhicule.

Elle regardait l'enseigne d'un œil dubitatif, un fusil devant sa poitrine, manifestement prête à tirer.

— Comme... pour nager ?

Hollis indiqua son fusil d'un geste.

— Tu devrais laisser ça là. Évitons de donner une mauvaise image... C'est ta dernière chance, ajouta-t-il en regardant Peter. Ce que tu vas faire là, tu ne pourras pas le défaire.

— Je sais.

Ils entrèrent dans le hall. Dans l'ensemble, l'intérieur du bâtiment était en bon état : les plafonds tenaient, les fenêtres avaient l'air solides et l'endroit n'était pas envahi par les détritus habituels.

— Tu sens ça ? demanda Michael.

Une vibration profonde, pulsatile, montait du sol. Quelque part dans le bâtiment, un générateur tournait.

— Je m'attendais à ce qu'il y ait des gardes, nota Peter.

— Il y en a parfois, confirma Hollis. Quand Tifty veut faire une démonstration de force. Mais en réalité, ce n'est pas nécessaire.

Hollis les conduisit vers une porte à double battant qu'il ouvrit, révélant un vaste espace carrelé, haut de plafond, occupé par une grande piscine vide. Il les guida vers une deuxième porte qui donnait sur un escalier éclairé par des tubes fluorescents. Peter songeait à lui demander où Tifty trouvait le carburant pour alimenter son générateur quand la réponse lui apparut. Comme tout le reste, bien sûr : en le volant. L'escalier descendait vers un sous-sol envahi de tuyaux et de réservoirs en métal. Ils étaient sous la piscine à présent. Ils traversèrent l'espace encombré vers une autre porte, différente des autres : celle-ci était en acier massif, sans marque distinctive, et sans moyen d'ouverture visible ; sa surface lisse n'était dotée d'aucun mécanisme apparent. Un clavier était encastré sur le mur à côté. Hollis composa rapidement une série de chiffres, et avec un claquement sourd, la porte s'ouvrit sur un couloir plongé dans le noir.

— Ne vous en faites pas, déclara Hollis avec un mouvement de tête vers l'ouverture. La lumière s'allume automatiquement.

Le grand gaillard s'avança et une batterie de tubes fluorescents clignotèrent puis s'allumèrent, révélant des murs d'une blancheur d'hôpital. L'idée que Peter se faisait de Tifty commençait à changer radicalement. Qu'avait-il imaginé ? Un campement crasseux peuplé de brutes gigantesques, de grands singes armés jusqu'aux dents ? Rien de ce qu'il voyait ne venait, même de très loin, étayer ces supputations. Au contraire, tout indiquait un niveau de sophistication technique qui semblait bien supérieur à celui de Kerrville. Sa surprise était apparemment partagée : *Sacré endroit,* semblait dire le regard de Michael, littéralement bouche bée.

Le couloir conduisait à un ascenseur. Une caméra était positionnée au-dessus. Celui qui se trouvait de l'autre côté savait qu'ils arrivaient : ils étaient observés depuis qu'ils étaient entrés dans le couloir.

Hollis leva le visage vers l'objectif et appuya sur un bouton à côté d'un petit haut-parleur.

— Tout va bien. Ils sont avec moi.

Un crépitement d'électricité statique, puis :

— Putain, Hollis, c'est quoi, ça ?

— Personne n'est armé. Ce sont des amis à moi. Je réponds d'eux.

— Qu'est-ce qu'ils veulent ?

— Il faut qu'on voie Tifty.

Une pause, comme si la voix de l'autre côté de l'interphone consultait quelqu'un. Enfin :

— Tu ne peux pas les amener ici comme ça. Tu as complètement perdu la tête ?

— Je ne le ferais pas si ce n'était pas important. Discute pas, Dunk, ouvre la porte.

Un instant de silence, et les portes coulissèrent.

— Tu as intérêt à numéroter tes abattis, reprit la voix.

Ils entrèrent ; l'ascenseur amorça sa lente descente vers les profondeurs.

— Bon, fais péter, intervint Michael. C'est quoi, cet endroit ?

— Une ancienne installation de l'USAMRIID. C'est une annexe des locaux principaux du Maryland, qui a été mise en place pendant l'épidémie.

— C'est quoi, l'USAMRIID ? demanda Lore.

C'est Michael qui répondit :

— Ça veut dire United States Army Research Institute of Infectious Diseases. L'Institut de recherche de l'armée américaine sur les maladies infectieuses.

Il regarda Hollis en fronçant les sourcils.

— Je ne pige pas. Qu'est-ce que Tifty fait là ?

C'est alors que les portes de l'ascenseur s'ouvrirent, accompagnées du déclic caractéristique de fusils qu'on arme, et chacun d'eux se retrouva face au canon d'un gros calibre.

— Tout le monde à genoux !

Ils étaient six. Le plus jeune avait peut-être vingt ans, le plus âgé une quarantaine d'années. Des barbes hirsutes, des cheveux gras et des dents moussues : d'accord, c'était plus conforme à ce qu'ils attendaient. L'un d'eux, une espèce de géant avec un gros crâne chauve et des replis de graisse pâteuse à la base du cou, avait des tatouages bleutés sur le visage et les bras. Il s'agissait apparemment du dénommé Dunk.

— Je t'ai dit que c'étaient des amis, protesta Hollis, agenouillé comme les autres, les mains sur la tête.

— Ta gueule.

Il portait un assemblage hétéroclite de pièces d'uniforme militaire et de tenue de la Sécurité intérieure, aussi élimées les unes que les autres. Il rangea son revolver dans son holster, s'accroupit devant Peter et riva sur lui ses yeux gris acérés. Vus de près, les tatouages de son visage et de ses bras se révélèrent représenter des viruls. Des mains griffues de viruls, des faces grimaçantes de viruls, des dents de viruls. Peter était sûr que sous ses vêtements, le bonhomme en était couvert.

— L'expéditionnaire, fit Dunk d'une voix traînante en hochant gravement la tête. Ça va lui plaire, à Tifty. Quel est votre nom, lieutenant ?

— Jaxon.

— Peter Jaxon ?

— C'est ça.

Toujours accroupi, Dunk pivota sur les talons de ses bottes vers les autres.

— Qu'est-ce que vous dites de ça, messieurs ? C'est pas tous les jours qu'on reçoit des visiteurs aussi distingués.

Il se tourna à nouveau vers Peter.

— À vrai dire, on ne reçoit jamais de visite, rectifia-t-il. Ce qui est un peu un problème. Ce n'est pas une destination particulièrement touristique.

— Il faut que je parle à Tifty.

— Il paraît, oui. Mais Tifty est malheureusement indisponible pour le moment. C'est un personnage très secret, notre Tifty.

— Fais-nous grâce de ces conneries, coupa Hollis. Je t'ai dit que je répondais d'eux. Il faut que Tifty entende ce qu'ils ont à dire.

— Tu t'enfonces, mon ami. Je ne pense pas que tu sois précisément en position de poser tes exigences. Et vous deux ? lança-t-il en s'adressant à Lore et à Michael. Qu'est-ce que vous avez à dire ?

— On travaille à la raffinerie, commença Michael.

— Intéressant. Et vous nous avez apporté du pétrole ?

Son regard se posa sur Lore, un sourire menaçant illumina son visage.

— Quant à toi, je crois que je te connais. Le poker, c'est ça ? Ou les dés ? Tu ne te souviens peut-être pas.

— Je risquais pas d'oublier une tronche comme la tienne.

Dunk se releva avec un sourire et frotta ses énormes battoirs l'un contre l'autre.

— Bon, ben, c'était sympa de vous rencontrer, les gars. Un vrai plaisir. Avant qu'on vous tue, quelqu'un a autre chose à dire ? Au revoir, peut-être ?

— Dis à Tifty que c'est à propos du Champ, reprit Hollis.

Quelque chose changea, Peter le sentit aussitôt. Ces mots projetèrent comme une ombre sur le visage de Dunk.

— Va lui dire ça, insista Hollis.

Le type resta un instant pétrifié. Et puis il dégaina son pistolet.

— On y va.

Dunk et ses hommes les escortèrent le long d'un interminable couloir. Peter observa les lieux au passage, mais il n'y avait pas grand-chose à voir, ce n'était qu'une succession de couloirs et de portes fermées. Sur le mur, à côté de la plupart des portes se trouvait un digicode comme celui qu'ils avaient vu sous la piscine. Dunk s'arrêta devant l'une des portes et frappa trois coups secs.

— Entrez !

Le fameux gangster, Tifty Lamont. Le personnage contredisait toutes les attentes de Peter, une fois de plus. C'était un homme râblé, avec des lunettes perchées au bout d'un nez long et busqué. Ses cheveux filasse, rares, qui laissaient deviner une couronne de crâne rose, flottaient sur son col. Assis derrière un grand bureau métallique, il avait entrepris l'exploit improbable de construire une tour avec des abaisse-langue en bois.

— Oui, Dunk ? fit-il sans lever les yeux. Qu'est-ce qu'il y a ?

— On a capturé trois intrus, chef. C'est Hollis qui les a amenés.

— Je vois.

Il poursuivit son patient échafaudage.

— Et tu ne les as pas éliminés parce que... ?

Dunk s'éclaircit la gorge.

— Chef, c'est à propos du Champ. Ils disent qu'ils savent quelque chose.

Les mains de Tifty planèrent plusieurs secondes au-dessus de sa maquette, puis il releva la tête et le regarda par-dessus ses lunettes. Sous ses paupières fripées, ses yeux brillaient d'un bleu juvénile, intense.

— Qui a dit ça ?

Peter s'avança.

— Moi.

Tifty l'observa un instant.

— Et les autres, que savent-ils ?

— Ils étaient avec moi quand je l'ai vue.

— Vu qui ça, au juste ?

— La femme.

Tifty ne répondit pas. Son visage figé semblait taillé dans la pierre. Puis :

— Tout le monde dehors. Sauf vous..., fit-il en pointant Peter du doigt. Comment vous appelez-vous ?

— Peter Jaxon.

— Sauf M. Jaxon.

— Qu'est-ce que vous voulez que je fasse des autres ? demanda Dunk.

— Sers-toi de ta tête ! Ils ont l'air d'avoir faim : si tu leur donnais quelque chose à manger ?

— Et Hollis ?

— Pardon, j'ai bien entendu ? Tu n'as pas dit que c'était lui qui les avait amenés ?

— C'est ça le hic. Il leur a montré où on était.

Tifty poussa un gros soupir.

— Oui, ça, c'est un os. Hollis, qu'est-ce que je vais faire de toi ? Il y a des règles. Il y a un code. Les voleurs ont le sens de l'honneur. Combien de fois faudra-t-il que je le répète ?

— Je suis désolé, Tifty. Je pensais qu'il fallait que vous entendiez ce qu'il avait à dire.

— Eh bien, désolé, ça ne suffit pas. Tu m'as mis dans une situation extrêmement ennuyeuse.

Il promena un regard las sur la pièce, comme si la décision à prendre pouvait se trouver sur ses étagères, entre ses dossiers.

— Bon. En quelle position figures-tu sur le registre du personnel ?

— Je suis le numéro quatre.

— Eh bien plus maintenant. Tu es privé de cage jusqu'à nouvel ordre. Je sais à quel point tu aimes ça. Et considère ça comme une preuve de mansuétude.

Le visage de Hollis ne traduisit rien. Qu'est-ce que c'est que la cage ? se demanda Peter.

— Merci, Tifty, répondit Hollis.

— Maintenant, foutez-moi tous le camp d'ici.

Ils quittèrent la pièce et la porte se referma. Peter attendit que Tifty prenne la parole le premier. L'homme quitta son bureau et s'approcha d'une petite table où se trouvait une cruche d'eau. Il se versa un verre et le but. Le silence commençait à devenir pesant. Enfin, il s'adressa à Peter, le dos tourné.

— Que portait-elle ?

— Une cape noire et des lunettes.

— Qu'avez-vous vu d'autre ? Il y avait un camion ?

Peter lui relata les événements de la Route du pétrole. Tifty se taisait. Quand Peter eut terminé, l'homme regagna son bureau.

— Je vais vous montrer quelque chose.

Il tira le tiroir du haut et prit une feuille de papier qu'il fit glisser vers Peter. Un dessin au fusain, sur un papier raidi et légèrement jauni, d'une femme et de deux petites filles.

— Vous avez déjà vu un dessin de ce genre, on dirait.

Peter hocha la tête, incapable d'en détourner les yeux. Le croquis avait quelque chose d'obsédant, qui le hantait, comme si la femme et les enfants le regardaient depuis le papier, depuis un endroit hors de l'espace et du temps. Comme s'il regardait un fantôme – non, trois fantômes.

— Oui, dans le Colorado. C'est Greer qui me les a montrés, après la mort de Vorhees. Il y en avait toute une pile.

Il releva les yeux et se rendit compte que Tifty l'observait attentivement, comme un professeur qui lui aurait fait passer un examen.

— Pourquoi en avez-vous un exemplaire ?

— Parce que je les aimais, répondit Tifty. Nous avions eu des problèmes, Vor et moi, mais il connaissait mes sentiments. C'était aussi ma famille. C'est pour ça qu'il me l'avait donné.

— Elles sont mortes dans le Champ.

— Dee, oui, et la petite, Siri, aussi. Elles ont été tuées sur le coup toutes les deux. C'est allé très vite. Sauf que, vous savez ce qu'on dit, pourvu que ce soit rapide, mais le plus tard possible. L'aînée, Nitia, on ne l'a jamais retrouvée. On dirait que tout ça vous étonne, poursuivit-il en fronçant les sourcils. Ce n'est pas ce à quoi vous vous attendiez ?

Peter resta coi, à court de réponse.

— Je vous raconte ces choses pour que vous compreniez qui nous sommes et ce que nous sommes. Ces hommes ont tous perdu quelqu'un. Je leur donne un foyer, un endroit où héberger leur colère. Prenez Dunk par exemple, il a l'air imposant aujourd'hui, mais quand je le regarde, vous savez ce que je vois ? Un gamin de onze ans. Il était dans le Champ lui aussi. Son père, sa mère, sa sœur, tous ont disparu.

Peter rumina un instant l'information.

— Je ne vois pas le rapport avec votre activité de trafiquant.

— Le trafic n'est qu'une partie de nos activités. Disons que c'est une façon de payer les factures. Les pouvoirs publics nous tolèrent parce qu'ils n'ont pas le choix. D'une certaine façon, ils ont autant besoin de nous que nous avons besoin d'eux. Et si on ne le faisait pas, c'est quelqu'un d'autre qui le ferait. Nous ne sommes pas si différents de votre expéditionnaire, disons que nous sommes le revers de la même médaille.

Le raisonnement de Tifty était une façon trop facile de justifier ses crimes. D'un autre côté, Peter ne pouvait nier la justesse de l'image.

— Le colonel Apgar dit que vous étiez officier. Éclaireur et tireur d'élite.

Touché, se dit Peter en voyant le visage de Tifty s'éclairer d'un rapide sourire.

— J'aurais dû me douter que Gunnar était pour quelque chose dans l'affaire. Qu'est-ce qu'il vous a raconté ?

— Juste que vous veniez de décrocher vos galons de capitaine quand vous avez quitté l'armée. Il a dit que vous étiez le meilleur officier de renseignement qu'il ait jamais connu.

— Vraiment ? C'est bien aimable à lui. Du reste, ce n'est pas faux.

— Pourquoi avez-vous quitté l'armée ?

Tifty eut un haussement d'épaules désabusé.

— Pour bien des raisons. Disons que la vie militaire en général ne me convenait pas. Votre présence ici me donne à penser qu'elle ne vous convient pas particulièrement non plus. D'après moi, lieutenant, il vous arrive aussi de faire fi des limites. Depuis combien de jours êtes-vous porté déserteur ?

Peter se sentit piégé.

— Juste deux jours.

— Déserteur, c'est déserteur. Croyez-moi, je sais de quoi je parle. Mais pour répondre à votre question, j'ai quitté l'expéditionnaire à cause de la femme du Champ. Et plus précisément parce que j'avais dit au commandement d'où elle venait, et qu'ils avaient refusé de lever le petit doigt.

Peter était abasourdi.

— Vous savez d'où elle vient ?

— Bien sûr. Et le commandement aussi. Pourquoi croyez-vous que Gunnar vous a envoyé ici ? Il y a quinze ans, je faisais partie d'un commando de trois hommes envoyés vers le nord pour localiser la source d'un signal radio émettant de quelque part dans l'Iowa. Très faible, un grattouillis sonore juste assez perceptible pour être capté avec un radiogoniomètre. Mais l'expéditionnaire n'était pas chargé de courir après tous les couinements aléatoires. On ne savait pas pourquoi, tout ça c'était *motus et bouche cousue*, très *Ça vient d'en haut*. Nos ordres étaient de le repérer et de rentrer faire notre rapport, rien de plus. Nous avons trouvé une ville au moins deux ou trois fois plus grande que Kerrville. À cela près qu'elle n'avait pas de murailles, pas de lumières. Elle n'aurait même pas dû exister, selon tous les critères en vigueur. Et vous savez ce que nous avons vu ? Les mêmes camions que celui que j'avais remarqué dans le Champ, juste avant l'attaque. Ceux-là mêmes que vous avez vus il y a trois jours.

Peter s'accorda un instant pour digérer l'information.

— Et qu'a dit le commandement ?

— Interdit d'en parler à qui que ce soit.

— Pourquoi ont-ils réagi comme ça ? feignit de s'étonner Peter, à qui on avait dit exactement la même chose.

— Comment savoir ? Cela dit, d'après moi, l'ordre ne venait pas de l'armée mais de l'autorité civile, qui pétait de trouille. Quels que soient ces gens, ils disposaient d'une arme contre laquelle on ne pouvait pas lutter.

— Les viruls.

Tifty hocha lentement la tête.

— Bouchez-vous les yeux et les oreilles et priez pour qu'ils ne reviennent jamais. Ça pouvait se comprendre, mais je n'étais pas du genre à accepter. Le jour même, je rompais mon engagement.

— Et vous y êtes retourné ?

— Dans l'Iowa ? Et pourquoi aurais-je fait une chose pareille ?

Peter sentit monter en lui une sorte de tension.

— Parce qu'il se pourrait que la fille de Vorhees soit là-bas. Et Sara aussi. Vous avez vu ces camions.

— Pardon ? Sara ? Je la connais ?

— C'est la femme de Hollis. Ou, du moins, elle aurait dû être sa femme. Elle a disparu à Roswell.

Une expression navrée s'inscrivit sur le visage de Tifty.

— Mais bien sûr. Désolé. Je crois que je l'ai su, sauf que je ne pense pas qu'il m'ait jamais dit son nom. Enfin, ça ne change rien, lieutenant.

— Mais il se pourrait qu'elles soient encore en vie.

— À mon avis, c'est peu probable. Après tout ce temps... N'importe comment, que vouliez-vous que j'y fasse, à l'époque comme aujourd'hui ? Il faudrait disposer d'une armée. Et l'autorité civile prétendait que nous n'en avions pas. À la décharge du commandement, il faut dire que ces gens ne sont jamais revenus. Jusqu'à maintenant du moins, si ce que vous me dites est vrai.

Il manquait une pièce du puzzle, songea Peter, un détail sur lequel il n'arrivait pas à mettre le doigt.

— Qui d'autre était avec vous ?

— Vous voulez parler des autres membres du commando ? L'officier responsable était Nate Crukshank. Le troisième, un jeune lieutenant appelé Lucius Greer.

Peter eut l'impression d'avoir reçu une décharge électrique.

— Emmenez-moi là-bas. Montrez-moi où se trouve cet endroit.

— Et une fois là-bas, que ferions-nous ?

— Nous retrouverions les nôtres. Nous les tirerions de là, d'une façon ou d'une autre.

— Mais vous comprenez ce que je vous dis, lieutenant ? Ce ne sont pas seulement des survivants. Ils ont partie liée avec les viruls. Plus que ça : la femme peut les contrôler. C'est ce que nous avons vu de nos propres yeux, tous les deux.

— Je m'en fiche.

— Vous avez tort. Vous ne réussirez qu'à vous faire tuer. Ou emporter. Ce qui, à mon avis, serait un sort encore bien pire.

— Eh bien, dites-moi simplement comment le trouver. J'irai par mes propres moyens.

Tifty se leva, contourna son bureau et retourna se verser un autre verre d'eau. Il le but lentement, à longues gorgées. Comme le silence s'éternisait, Peter eut la nette impression que l'esprit de l'homme s'était égaré très loin de là. Il se demanda si l'entretien était terminé.

— Dites-moi une chose, monsieur Jaxon. Vous avez des enfants ?

Peter se retourna sur son fauteuil.

— Je ne vois pas le rapport...

— S'il vous plaît...

Peter secoua la tête.

— Non.

— De la famille ? Personne ?

— J'ai un neveu.

— Et où est-il en ce moment ?

Les questions étaient désagréablement indiscrètes. D'un autre côté, le ton de Tifty était tellement désarmant que les réponses jaillirent comme d'elles-mêmes.

— Il est chez les sœurs. Ses parents ont été tués à Roswell.

— Je vois. Êtes-vous proches ? Comptez-vous pour lui ?

— Où voulez-vous en venir ?

Tifty ignora sa question. Il reposa son verre vide sur la table et retourna s'asseoir à son bureau.

— Je suppose qu'il vous admire beaucoup. Le grand Peter Jaxon ! Ne soyez pas modeste, je sais qui vous êtes, et ça ne se borne pas aux comptes rendus officiels. Je suis au courant pour cette fille, Amy, et ses rapports avec les Douze. Et n'en veuillez pas à Hollis, ce n'est pas lui qui m'a renseigné.

— Alors, qui ?

Tifty eut un sourire.

— Une autre fois peut-être. C'est de votre neveu qu'il s'agit en ce moment. Comment avez-vous dit qu'il s'appelle ?

— Je ne vous l'ai pas dit. C'est Caleb.

— Ce que je vous demande, c'est si vous ne seriez pas un père pour Caleb, bien que vous passiez votre temps à bourlinguer à droite et à gauche, à essayer de débarrasser le monde de la grande menace virule. Alors, est-ce vrai ou non ?

Tout à coup, Peter eut l'impression de s'être fait manipuler en beauté. Ça lui rappela ses parties d'échecs avec le gamin : il suivait calmement le cours du jeu, et deux secondes plus tard il était acculé et la partie prenait fin.

— C'est une question simple, lieutenant.

— Je ne sais pas.

Tifty le considéra encore un moment, avant de déclarer sur un ton quelque peu définitif :

— Merci de votre honnêteté. Je vais vous donner un conseil : oubliez tout ça et rentrez chez vous élever votre garçon. Pour son bien, autant que pour le vôtre. Je suis prêt à vous donner un sauf-conduit et à vous laisser repartir librement, vos amis et vous, tout en vous prévenant que parler de nous ou révéler quoi que ce soit à notre sujet ne vous porterait pas bonheur, si vous voyez ce que je veux dire.

Échec et mat.

— C'est tout ? Vous n'allez rien faire ?

— Considérez ça comme la plus grande faveur qu'on vous ait jamais faite de votre vie. Rentrez chez vous, monsieur Jaxon. Vivez votre vie. Vous me remercierez plus tard.

Peter se creusait désespérément la tête à la recherche d'un argument susceptible d'amener son interlocuteur à changer d'avis. Il eut un geste en direction du dessin, sur le bureau.

— Ces filles... vous avez dit que vous les aimiez.

— Je les aimais. Je les aime toujours. C'est pour ça que je ne vais pas vous aider. Taxez-moi de sensiblerie, mais je ne veux pas avoir votre mort sur la conscience.

— Votre *conscience* ?

— Eh oui, j'ai une conscience.

— Vous me surprenez, vous savez.

— Vraiment, lieutenant ? Et qu'ai-je donc de si surprenant ?

— Je n'aurais jamais cru que Tifty Lamont était un lâche.

Si Peter espérait susciter une réaction, il fut déçu. Tifty s'appuya contre le dossier de son fauteuil, joignit le bout de ses doigts en clocher et le regarda froidement par-dessus ses lunettes.

— Vous vous imaginez peut-être qu'en me mettant en rogne vous allez me pousser à vous dire ce que vous voulez savoir ?

— Quelque chose dans ce goût-là, oui.

— Comme si je me souciais de l'opinion de qui que ce soit ! Enfin, c'était bien essayé.

— Vous avez dit que l'une d'elles n'avait jamais été retrouvée. Et si elle était encore en vie ? Je ne vois pas comment vous pouvez rester assis ici, les bras croisés.

Tifty poussa un soupir philosophe.

— Vous n'êtes peut-être pas au courant, monsieur Jaxon, mais nous ne vivons pas dans un monde de « et si ». La seule fonction des « et si » c'est de vous empêcher de dormir, et les bonnes nuits de sommeil sont trop rares et trop précieuses. Ne vous méprenez pas, j'admire votre optimisme – enfin, « admirer » est peut-être un peu excessif, disons que je le comprends. Il fut un temps où je n'étais pas très différent de vous, mais ce temps-là est révolu. Maintenant, j'ai ce dessin. Je le regarde tous les jours. Il faut que je m'en contente.

Peter reprit la feuille. Le sourire radieux de la femme, ses cheveux soulevés par une brise invisible, les fillettes qui ouvraient de grands yeux pleins d'espoir comme tous les enfants, attendant que la vie s'ouvre devant elles : aucun doute, ce dessin était au cœur de la vie de Tifty. En le regardant, Peter sentit la présence d'une dette complexe, d'allégeances, de promesses échangées. Ce dessin n'était pas seulement un support de mémoire, c'était une façon pour cet homme de se punir lui-même : Tifty regrettait de ne pas être mort avec elles, dans le Champ. Comme c'était bizarre de se sentir navré pour Tifty Lamont...

— Vous avez dit que le trafic n'était qu'une partie de vos activités, reprit Peter en reposant la feuille sur le bureau. Vous ne m'avez pas dit en quoi constituait le reste.

— Ah bon ? Eh bien...

Tifty enleva ses lunettes et se leva.

— Suivez-moi.

Tifty pianota sur un clavier mural et la lourde porte s'ouvrit sur une vaste salle. De grandes cages d'acier étaient disposées le long des murs. Dans l'air planaient une odeur animale, musquée, de sang et de chair, et des vapeurs d'alcool, plus légères. L'endroit était plongé dans une lumière bleue, froide, souterraine – le bleu virul, lui expliqua Tifty, d'une longueur d'onde de quatre cents nanomètres, à la limite extrême du spectre visible. Juste assez pour qu'ils restent tranquilles. Ceux qui avaient conçu cette installation connaissaient bien leurs sujets.

Michael et Lore les rejoignirent. Ils traversèrent la salle des cages et gravirent quelques marches. Ce qui les attendait était évident, restait à savoir *comment* cela leur serait révélé.

Tifty ouvrit un panneau, dévoilant deux boutons, un rouge et un vert.

— Et ça, c'est le poste d'observation.

Ils se trouvaient sur un long balcon d'où une série de passerelles avançaient au-dessus d'un caillebotis métallique. Tifty appuya sur le bouton vert. Un claquement, un bruit d'engrenages et de chaînes, et le caillebotis commença à se rétracter, s'encastrant dans le mur opposé.

— Allez-y, les incita Tifty. Voyez par vous-mêmes.

Peter et ses compagnons s'approchèrent. Instantanément, l'un des viruls fit un bond vers le haut, s'écrasa sur la paroi de verre avec un choc retentissant, puis rebondit et roula dans le coin de sa cellule.

— La vache..., hoqueta Lore.

Tifty les rejoignit sur la passerelle.

— Cette installation a été bâtie dans le but d'étudier les viruls. Plus précisément, de trouver le moyen de les éliminer.

Ils contemplèrent tous les trois les conteneurs situés en dessous d'eux. Peter compta dix-neuf créatures en tout ; le vingtième conteneur était vide. La plupart étaient apparemment des groggys, qui réagissaient à peine à leur présence, mais celui qui avait bondi vers eux était différent, c'était un drac dans toute sa splendeur. Il les suivit d'un regard avide, le corps tendu, en fléchissant les griffes, pendant qu'ils se déplaçaient sur la passerelle.

— Comment les avez-vous capturés ? s'enquit Michael.

— On les piège.

— Avec quoi, des toupies ?

— Les toupies, c'est pour les amateurs. Leur donner le tournis les immobilise, mais les filets n'ont aucun intérêt, sauf si on veut les cramer sur place. Pour les prendre vivants, on les attire avec des appâts dans les mêmes pièges que ceux qu'utilisaient les concepteurs de cette installation : un alliage de tungstène incroyablement résistant.

Peter détacha son regard du drac.

— Alors, qu'avez-vous appris ? demanda-t-il.

— Pas tout ce que j'aurais voulu. La poitrine, le palais... Il y a un troisième point vulnérable, très petit, à la base du crâne. Quand on les démembre, ils saignent à mort, seulement la peau n'est pas facile à entamer. Le froid et le chaud n'ont pas l'air d'avoir beaucoup d'effets sur eux. Nous avons testé toutes sortes de poisons, mais ils sont trop rusés, et leur odorat est incroyablement développé : si affamés qu'ils puissent être, ils refusent les proies empoisonnées. Nous savons qu'ils peuvent se noyer. Ils sont trop lourds pour flotter, et ils ne peuvent pas retenir leur respiration très longtemps. L'un d'eux a tenu soixante-seize secondes, c'était un record.

— Et la privation complète de nourriture ? demanda Michael.

— Nous avons essayé. Ça les ralentit et ils sombrent dans une espèce de catalepsie.

— Et alors ?

— Alors, pour autant qu'on puisse le dire, ils peuvent rester indéfiniment dans cet état. Nous avons fini par arrêter l'expérience.

Tout à coup, Peter comprit. En réalité, le marché noir n'était qu'une couverture. La vraie raison d'être de Tifty se trouvait là, sous leurs yeux, dans cette salle.

— Tifty, vous nous bourrez le mou, déclara-t-il.

Tout le monde se tourna vers lui. Tifty croisa les bras et le foudroya du regard.

— Vous voulez bien vider votre sac, lieutenant ?

— Vous avez toujours eu l'intention de retourner dans l'Iowa. Simplement, vous n'avez pas encore trouvé le moyen d'y arriver.

Tifty ne cilla pas. Tout à coup, il eut l'air plus vieux, usé par la vie.

— C'est une théorie intéressante.

— Vraiment ?

L'espace de cinq secondes, les deux hommes se toisèrent. On aurait entendu voler une mouche. Et puis, quand le silence commença à devenir vraiment pesant, Michael rompit la tension en disant :

— On dirait qu'il en pince pour toi, Peter.

Cinq mètres plus bas, le grand drac le regardait. Il avait renversé la tête en arrière et la faisait tourner paresseusement sur son cou comme une rotule. Il se décrocha la mâchoire comme s'il bâillait et retroussa les lèvres, exhibant des dents étincelantes. *Regarde ce que je te réserve.*

Tifty fit un pas en avant.

— Notre dernière acquisition. Une femelle. Nous en sommes très fiers. Nous la traquions depuis des semaines. On ne trouve plus tellement de vrais dracs. Nous l'appelons Sheila.

— Qu'allez-vous en faire ?

— Nous n'avons pas encore décidé. Plus ou moins comme d'habitude, j'imagine. Un peu de ci, un peu de ça. Mais elle est trop agressive pour la cage.

Peter se rappela la punition réservée à Hollis.

— C'est quoi, la cage ?

Le visage de Tifty s'éclaira d'un sourire énigmatique.

— Ahah !

Minuit. Depuis des heures, ils étaient tous les trois enfermés dans une petite pièce inutilisée, devant laquelle l'un des hommes de Tifty montait la garde. Peter avait enfin réussi à s'endormir quand un vibreur retentit, et la porte s'ouvrit.

— Suivez-moi, ordonna Tifty.

— Où allons-nous ? demanda Lore.

— Dehors, évidemment.

Pourquoi *évidemment* ? pensa Peter. Enfin, ça correspondait au personnage : Tifty aimait soigner ses effets.

— Où est Hollis ? s'étonna Peter.

— Ne vous en faites pas. Il va nous rejoindre.

C'était une nuit sans étoiles. Un camion les attendait devant les marches. Ils montèrent à l'arrière pendant que Tifty prenait place dans la cabine, avec le chauffeur. Ils n'étaient pas gardés, mais désarmés, dans le noir, où auraient-ils pu aller ?

Quelques minutes plus tard, le camion s'arrêtait devant un bâtiment rectangulaire grand comme un hangar d'avion. Plusieurs autres véhicules se trouvaient déjà là, dont un gros camion à plateforme. Des hommes allaient et venaient à la lumière des torches, ostensiblement armés de pistolets et de fusils, certains fumant des soies de maïs. De l'intérieur du bâtiment leur parvenait un brouhaha de voix.

— Vous allez voir ce que nous faisons en réalité, annonça Tifty.

L'intérieur du bâtiment ressemblait à une vaste caverne éclairée par des torches. Un gigantesque drapeau américain effrangé par les ans était accroché aux poutrelles. Au centre était placée une cage, une structure faite de barreaux entrecroisés, d'une quinzaine de mètres de diamètre, au sommet en forme de dôme. Une chaîne garnie de crochets était fixée en haut et descendait jusqu'au sol. Tout le tour du hangar était aménagé en gradins remplis d'une foule d'hommes. Ceux-ci braillaient en agitant avec insistance des austins vers un personnage qui se déplaçait dans les travées. L'entrée de Tifty fut saluée par des cris d'allégresse, accompagnés d'un tonnerre de pieds frappant le sol. Il ne réagit pas à cet accueil et se contenta d'escorter ses trois visiteurs vers des places vides, sur le banc du bas, à quelques pas à peine des barreaux de la cage.

— Clôture des paris dans cinq minutes ! annonça une voix. Cinq minutes !

Hollis prit place à côté d'eux.

— C'est bien ce que je crois ? s'étonna Peter.

Il hocha sèchement la tête.

— Plus ou moins.

— Ils parient vraiment sur l'issue ?

— Certains, pas tous. Avec les groggys, on parie plutôt sur le temps que ça va prendre. En minutes.

— Et tu as vraiment fait ça ?

Hollis le regarda d'un air intrigué.

— Ben oui. Pourquoi ?

La conversation fut interrompue par une seconde ovation, plus forte. Peter leva les yeux et vit qu'on apportait une caisse en métal sur un chariot élévateur. Une silhouette entra par l'autre côté du hangar et s'avança avec un déhanchement viril : Dunk. Il portait d'épais rembourrages, un masque de soudeur relevé sur la tête dégageait son visage tatoué, et il brandissait une pique. Il leva le poing droit et pompa l'air, provoquant dans les gradins un grondement assourdissant de pieds martelant frénétiquement le sol. Le conducteur du chariot élévateur déposa la caisse au milieu de la cage et recula tandis qu'un deuxième homme accrochait le loquet à la chaîne. Il ressortit de la cage pendant que Dunk y entrait. On referma la porte derrière lui.

Le silence se fit. Tifty, assis à côté de Peter, se leva, un mégaphone à la main. Il s'éclaircit la gorge et braqua le porte-voix vers la foule.

— Allez, les gars ! Debout pour l'hymne national !

Tout le monde se dressa, posa sa main droite sur son cœur et commença à entonner :

Oh ! Regardez dans les premières lueurs de l'aube
Le drapeau que nous acclamions au crépuscule !
Ces bandes et ces étoiles qui durant la bataille
Flottaient sur nos remparts, annonçant la victoire.

Peter, debout lui aussi, dut faire un effort pour se rappeler les paroles. C'était un chant d'autrefois – du temps d'Avant. Maîtresse le leur avait appris dans le Sanctuaire. Mais la mélodie était compliquée, les paroles n'avaient pas de sens pour lui quand il était enfant, et il n'y avait jamais rien compris. Il jeta un coup d'œil à Michael. Celui-ci, les sourcils relevés, partageait sa surprise.

La dernière note grinçante fut couverte par une nouvelle salve d'acclamations. Du chaos sonore émergeait un nom répété au rythme des battements de pieds sur le sol :

— Dunk, Dunk, Dunk, Dunk...

Tifty les laissa s'égosiller un moment, puis il leva la main, réclamant le silence, et se tourna à nouveau vers la cage.

— Dunk Withers, êtes-vous prêt ?

— Prêt, Tifty !

— Eh bien... qu'on lance le chronomètre !

Un pandémonium. Dunk abaissa son masque, une sirène retentit, la chaîne fut remontée, le loquet relevé. Pendant un instant, il ne se passa rien, puis le groggy jaillit de la caisse et fila dans la cage, s'agitant comme un insecte, un cafard détalant sur un mur. Peter n'aurait su dire s'il cherchait une issue ou le point le plus favorable pour attaquer. Le public, quant à lui, avait pris parti. Instantanément, les acclamations se muèrent en huées et en vociférations. Arrivé en haut de la cage, le groggy se suspendit aux barreaux par les pieds, écarta les bras et déroula son corps afin de tourner le haut de sa tête vers le sol. En dessous, Dunk hurlait des provocations inintelligibles en agitant sa pique, défiant la créature de se laisser tomber.

— La bi-doche ! scandait la foule en frappant dans ses mains pour ponctuer ses hurlements. La bi-doche ! La bi-doche ! La bi-doche !

Le groggy paraissait désorienté, presque ahuri. Il faisait pivoter sa face atone en tous sens, comme si le vacarme et le tapage de la foule court-circuitaient son instinct. Ses traits faisaient penser à une bougie qui aurait coulé. On aurait dit que sa physionomie humaine avait été dissoute par un acide fort. Il resta accroché là encore cinq secondes, puis dix.

— La bi-doche ! La bi-doche ! La bi-doche ! La bi-doche !

— Bon, ça suffit, marmonna Tifty.

Il se releva, reprit le porte-voix.

— Envoyez la viande !

D'énormes quartiers de viande saturée de sang furent balancés entre les barreaux de la cage, où ils atterrirent au milieu d'éclaboussements répugnants. Il n'en fallait pas davantage : le virul lâcha la chaîne et plongea sur le plus proche morceau, un quartier de bœuf. Il le souleva de terre, cassa l'os en deux, plongea ses mâchoires dans les chairs graisseuses et en aspira frénétiquement le sang. Deux secondes après, la viande, vidée de ses sucs, asséchée, fut rejetée au loin.

La créature se tourna alors vers Dunk. Celui-ci était soudain devenu intéressant. Le groggy se tassa sur lui-même un peu comme s'il s'accroupissait pour bondir, ses énormes pattes écartées, en équilibre sur ses orteils préhensiles. L'inclinaison révélatrice de la tête, le moment d'observation... Il chargea.

Alors que le virul passait au-dessus de lui, les bras tendus, ses pattes griffues cherchant la gorge de sa proie, Dunk se plaqua au sol et se redressa, la pique levée. La foule entra en délire. Peter sentit lui aussi la fièvre sauvage du combat rugir dans ses veines. Le groggy grimpait à présent aux barreaux de la cage. Pas de retraite hébétée cette fois : ses intentions étaient claires. « Quand ils viennent, ils viennent d'en haut », disait-on toujours. Arrivé à sept mètres de hauteur, le groggy appliqua une poussée sur les barreaux, effectua une sorte de rouleau dorsal et se propulsa la tête la première, en se tortillant comme un tire-bouchon. Il atterrit sur ses pattes à dix pas de Dunk. Le même engagement, à l'envers cette fois : Dunk fondit sur le groggy qui s'aplatit au sol. La pique embrocha le vide au-dessus de sa tête. Alors que Dunk tombait à plat ventre, emporté par son élan, le groggy accroupi se redressa comme un ressort et fonça tête baissée dans son ventre rembourré, l'expédiant à l'autre bout de la cage.

Dunk se retrouva acculé contre les barreaux, visiblement secoué. Sa pique était tombée à terre, sur sa gauche, son masque avait été arraché. Peter vit qu'il tentait de le récupérer, mais d'un geste affaibli, comme embrumé. Sa main tremblante manquait de précision. Sa poitrine se soulevait tel un soufflet, un filet de sang coulait de son nez sur sa lèvre supérieure. Pourquoi le groggy ne l'avait-il pas encore achevé ?

Parce qu'il semblait flairer le piège. Il contemplait le guerrier tombé à terre, visiblement en proie à un combat intérieur : la pulsion de tuer d'un côté, et de l'autre, comme un vestige de sa faculté de raisonnement, la vague suspicion qu'il ne fallait pas se fier aux apparences. Laquelle l'emporterait ? La foule scandait le nom de Dunk dans l'espoir de le faire sortir de sa stupeur. Ou peut-être d'inciter le groggy à passer à l'action. N'importe quelle mort ferait l'affaire. En entrant dans la cage, Dunk avait déjà obtenu la victoire la plus importante : en tant qu'être humain, il niait le pouvoir du virul sur lui, sur ses compagnons, sur le monde. Le sort déciderait du reste.

Le sang l'emporta.

Le groggy prit son essor. Simultanément, la main vagabonde de Dunk récupéra et empoigna fermement sa pique. Alors que la créature s'abattait sur lui, l'homme cala le bout du manche sur le sol, entre ses genoux, et le braqua selon un angle de quarante-cinq degrés, droit vers le point vulnérable de la poitrine du monstre qui retombait sur lui.

Le groggy comprit-il ce qui allait se passer ? Dans la fraction de temps au cours de laquelle son sort fut scellé, eut-il conscience de sa mort imminente ? En fut-il heureux ? Éprouva-t-il de la tristesse ? Puis la pointe de la pique atteignit son but, l'embrocha inexorablement, définitivement. Et la vie s'échappa de lui dans une exhalaison finale, unique, gigantesque, instantanée.

Dunk repoussa le cadavre sur le côté. Alors la foule se leva comme un seul homme et Peter se joignit au mouvement. Son énergie fusionna avec la leur ; elle coulait dans le courant collectif. Sa voix se mêla à celle de la multitude :

— Dunk ! Dunk ! Dunk ! Dunk !

Qu'est-ce qui faisait la particularité de cette mise à mort ? se demanda Peter, et en même temps, emporté par cette exaltation inattendue, il refusait d'y penser. Il avait affronté les viruls sur des remparts, dans des villes et des déserts, des forêts et des champs. Il s'était laissé tomber à plus de deux cents mètres de profondeur dans une grotte qui en grouillait. Il s'était résigné mille fois à l'éventualité de la mort, et pourtant le courage de Dunk avait quelque chose de plus pur, de rédempteur. Peter regarda ses amis. Michael, Hollis, Lore : pas de doute, ils ressentaient la même chose.

Seul Tifty offrait une image discordante. Il était debout, comme les autres, mais son visage était atone. Que voyait-il en son for intérieur ? Où était-il parti ? Il était retourné dans le Champ. Même la cage ne pouvait alléger son fardeau. C'était l'ouverture que Peter cherchait. Il attendit que les acclamations s'estompent. Dans les gradins, on comptait et on payait les paris.

— Laissez-moi entrer là-dedans.

Tifty l'observa, un sourcil haussé.

— Voyons, lieutenant, qu'est-ce que vous me demandez là ?

— Un gage. Ma vie contre votre promesse de m'emmener dans l'Iowa. Pas seulement de me dire où se trouve cette ville. Il faut que vous veniez avec moi.

— Peter, ce n'est pas une bonne idée, l'avertit Hollis. Je sais ce que tu ressens. On appelle ça la « fièvre de la cage ».

— Ce n'est pas de ça qu'il s'agit.

Tifty croisa les bras sur sa poitrine.

— Monsieur Jaxon, j'ai l'air si bête que ça ? Votre réputation vous a précédé. Je ne doute pas que vous ayez les moyens de régler son compte à un groggy.

— Pas à un groggy. À Sheila.

Tifty le soupesa du regard. Derrière lui, Michael et Lore ne disaient rien. Peut-être comprenaient-ils ce qu'il faisait, mais peut-être que non. Peut-être étaient-ils trop abasourdis par cet apparent accès de folie pour réagir. Dans un cas comme dans l'autre, ça n'avait pas d'importance.

— Entendu, lieutenant. Ce sera votre enterrement. Sauf qu'il ne restera pas de quoi organiser des funérailles.

Tifty et deux de ses hommes escortèrent Peter vers une petite pièce située derrière l'arène. Michael et Hollis leur emboîtèrent le pas tandis que Lore attendait sur les gradins. La pièce était vide en dehors d'une grande table sur laquelle étaient étalés des rembourrages protecteurs et une panoplie d'armes. Peter s'équipa. Il avait d'abord craint que les rembourrages le ralentissent trop, mais ils étaient étonnamment légers et souples. Quant au masque, Peter ne voyait pas en quoi il pourrait l'aider, au contraire il limitait sa vision périphérique. Il le reposa.

Maintenant, les armes. Il pouvait en prendre deux. Les armes à feu n'étaient pas autorisées, juste les armes blanches : il y avait des poignards, des arbalètes, des piques, des épées et des haches de toutes les longueurs et de tous les poids. L'arbalète était tentante, mais dans un espace aussi restreint, elle prendrait trop de temps à recharger. Peter choisit une pique de cinq pieds avec une pointe hérissée de barbes.

Au tour de la seconde. Il parcourut la pièce du regard à la recherche d'un instrument susceptible de servir à l'attaque ou à la défense. Dans un coin de la pièce se trouvait une poubelle en métal galvanisé. Il saisit le couvercle muni d'une poignée et l'examina. Tous le regardaient, muets de perplexité.

— Qu'on me donne un chiffon.

On lui en trouva un. Peter l'humecta de salive et astiqua l'intérieur du couvercle. Son reflet commença à émerger – pas très net, l'image était vague et brouillée, mais il n'avait pas le choix, il devrait s'en contenter.

— Voilà. Je veux *ça.*

Les hommes de Tifty éclatèrent de rire. *Un couvercle de poubelle ! Un misérable petit bouclier contre un énorme drac ! Avait-il l'intention de se suicider ?*

— Que vous soyez fou, lieutenant, c'est une chose, dit Tifty. Mais ça, je ne peux pas le permettre.

Michael le regardait entre ses paupières étrécies.

— Comme à... Las Vegas ?

Peter eut un infime hochement de tête et répondit à Tifty :

— Vous avez dit : n'importe quoi dans la pièce.

— En effet.

— Eh bien, je suis prêt.

On le conduisit dans le hangar. La foule tapait du pied et rugissait, mais l'ambiance n'était pas la même qu'avec Dunk. Le soutien du public s'était inversé. Peter n'était pas l'un des leurs, les spectateurs étaient excités à l'idée de voir mourir ce soldat arrogant de l'expéditionnaire, qui se croyait capable de régler son compte à un drac ! La caisse était déjà positionnée au centre de l'arène. En s'approchant, Peter eut bel et bien l'impression de la voir trembler. Dans les gradins, on hurla :

— Les paris sont terminés !

— Il n'est pas trop tard pour reculer, lui murmura Hollis à l'oreille. On pourrait fiche le camp dare-dare.

— Quel genre de cote on me donne ?

— Dix contre un que tu survis trente secondes. Cent contre un que tu tiens une minute.

— Tu as misé quelque chose ?

— J'ai parié que tu allais la rétamer en quarante-cinq secondes. Je n'aurai plus de soucis à me faire jusqu'à la fin de mes jours.

— On fait comme on a dit, d'accord ?

Peter n'avait pas besoin d'épiloguer : *Si je survis mais que j'ai été mordu, ne me laisse pas tomber. Fais vite, c'est tout.*

— Compte sur moi.

— Michael, tu veilleras à ce qu'il le fasse, hein ?

Michael avait visiblement la mort dans l'âme.

— Bon sang, Peter, tu l'as fait *une fois*. Peut-être que c'était autre chose qui les avait ralentis. Tu y as réfléchi ?

Peter regarda la caisse au milieu de l'arène. Elle vibrait comme un moteur.

— Merci. Je suis justement en train d'y penser.

Ils se serrèrent la main. Un moment de gravité comme ils en avaient déjà connu. Peter entra dans la cage, l'un des hommes de Tifty referma la porte derrière lui. Hollis et Michael prirent place sur les gradins auprès de Lore. Tifty se leva avec son porte-voix.

— Lieutenant Jaxon de l'expéditionnaire, êtes-vous prêt ?

Un chœur de huées. Peter fit de son mieux pour les oublier. Il avait agi sur la foi d'une conviction absolue, mais maintenant qu'il était au pied du mur, son corps commençait à avoir des doutes. Son cœur battait la chamade, il avait les mains moites. La pique lui faisait l'effet d'être absurdement lourde dans sa main. Il inspira à fond.

— Prêt !

— Eh bien... lancez le chronomètre !

Par la suite, Peter devait apprendre que le combat avait duré au total vingt-huit secondes. Ce qui lui parut à la fois très long et très court. Comme si le temps s'était ralenti avant de se concentrer en un brouillard d'événements sans chronologie.

Voici ce dont il se souviendrait : l'explosion de la virule hors de la caisse, comme un jet d'eau jaillissant d'un tuyau, une force à l'état brut ; son bond majestueux dans l'air, jusqu'en haut de la cage, suivi par trois ricochets d'un côté à l'autre, trop rapides pour que le regard de Peter arrive à les suivre ; la fraction de seconde durant laquelle il anticipa son élan et l'arc décrit par son corps quand elle se laissa tomber, puis le moment où elle atterrit sur lui ; le choc formidable quand leurs corps se heurtèrent, l'un stationnaire, l'autre en vol, tête baissée ; la virule qui le projetait à l'autre bout de la cage, et lui, le souffle coupé, brisé, son corps ne lui appartenant plus que pour quelques instants, et qui roulait, roulait, roulait...

Il était à plat ventre. Il avait perdu sa pique et son couvercle de poubelle. Il bascula sur le dos, recula à quatre pattes, sur les coudes et les pieds, et récupéra ce qui restait de la pique. La hampe s'était brisée à une soixantaine de centimètres de la pointe d'acier. Il crispa son poing dessus et se releva. Il tomberait avec les honneurs, au moins il mourrait debout, sur ses deux pieds. Sur une planète lointaine, une foule poussait des acclamations. La virule s'approcha de lui d'une démarche qu'il aurait décrite comme nonchalante, presque sautillante. Elle inclina la tête et ouvrit les mâchoires pour lui permettre de jeter un bon, un long coup d'œil sur ses dents.

Leurs regards se croisèrent.

Se croisèrent réellement. Un vrai de vrai regard, qui scrutait son âme. Le moment se prolongea, et Peter sentit que son esprit plongeait dans celui de la créature : ses sensations et ses souvenirs, ses pensées et ses désirs, la personne qu'elle avait été et la souffrance de la terrible chose qu'elle était devenue. Son expression s'était adoucie, sa posture s'était visiblement détendue d'un cran. Sa face atone traduisait maintenant une profonde mélancolie. Un être humain demeurait encore tout au fond d'elle, comme une petite flamme dans le noir. Ne détourne pas le regard, se dit Peter. Quoi que tu fasses, ne romps pas le contact visuel. Il tenait la pique à la main.

Il fit un pas, puis un autre. Elle ne bougeait toujours pas. Il éprouva une sorte de calme frémissement intérieur, non de peur mais de désir : c'était ce qu'elle voulait. Le silence s'était fait dans la foule, et ils auraient aussi bien pu être seuls, tous les deux, dans un immense espace immobile. Une église vide. Un théâtre abandonné. Une grotte. D'une main, il recula la pique, pour donner plus de force à son geste ; pour se stabiliser, il plaça son autre main sur l'épaule de la créature. *Pitié,* disaient ses yeux.

Et puis ce fut fini.

Le public était d'une immobilité absolue. Peter s'aperçut qu'il tremblait. Quelque chose d'irrévocable, de surnaturel venait de se produire. Il baissa les yeux sur le cadavre de la drac. Quand son âme l'avait quittée, il l'avait senti. Elle l'avait effleuré comme une brise, une brise qui lui avait dit : *Merci, merci. Je suis libre.*

Tifty l'attendait à la sortie de la cage.

— Elle ne s'appelait pas Sheila, dit Peter. Mais Emily.

Tifty resta coi, pétrifié, l'image même de la stupéfaction.

— Elle avait dix-sept ans quand elle a été emportée. Son dernier souvenir était un baiser. Elle embrassait un garçon.

— Je ne comprends pas.

Hollis, Michael et Lore descendaient des gradins. Peter allait à leur rencontre lorsqu'il s'arrêta et se retourna vers Tifty.

— Vous voulez savoir comment les tuer ?

Ce dernier hocha la tête, trop sidéré pour parler.

— Regardez-les dans les yeux, déclara Peter.

48.

Amy en avait la tête pleine. Pleine de Carter et de la femme, Rachel. Rachel Wood.

Amy le sentait, les sentait, sentait tout. Elle sentait, elle voyait et elle savait. Les bras de la femme qui l'entouraient, l'attirant vers le fond, tout au fond. Le goût de l'eau de la piscine, pareil à un souffle démoniaque. Le choc amorti alors qu'ils touchaient le fond, leurs corps enlacés comme deux amants.

Comme Carter l'avait aimée ! Voilà ce qu'Amy ressentait le plus fortement : son amour. Sa vie s'était arrêtée là, au fond de la piscine, son esprit piégé pour l'éternité dans une boucle de chagrin. *S'il vous plaît, lâchez-moi,* pensait Anthony Carter. *Je mourrai si c'est ce que vous voulez, je mourrai pour vous si vous me le demandez, laissez-moi mourir à votre place.* Ensuite, les bulles qui remontaient à la surface lorsque la femme prenait la première inspiration, que ses poumons se remplissaient de cette eau affreuse, le profond spasme de mort qui la traversait ; enfin, le lâcher-prise.

Au centre du monde était la tristesse, et cette tristesse était la sienne. Et le lieu de cette tristesse était le *Chevron Mariner*. C'était le cœur palpitant du chagrin.

Abandonnant derrière elle une trace sanglante, Amy se dirigeait vers l'arrière du bâtiment, sur le pont incliné. Elle sentait approcher le changement, un grondement dans les collines, là-haut. Il allait s'abattre sur elle comme une avalanche. Il allait l'oblitérer, lui donner une forme nouvelle. Elle descendit dans les entrailles du bâtiment, son dédale de coursives, son réseau de tubulures. Ses pieds clapotaient dans l'eau stagnante, couleur de rouille. Des arcs-en-ciel irisés dansaient à la surface. Elle avançait d'instinct. Elle savait qu'elle se rapprochait. Elle était le récepteur de la balise de Carter, qui l'attirait irrésistiblement vers le fond, tout au fond.

La salle des pompes.

Ils remplissaient l'espace de leur lueur tumescente, accrochés partout, enroulés par terre, comme des enfants. C'était la réserve, la tanière. Le nid d'Anthony Carter, ses légions endeuillées, suspendues, en état de veille. *Où es-tu ?* pensa-t-elle, et comme elle pensait cela, son corps trembla, et dans le sillage de cette secousse spasmodique, son abdomen se contracta comme si un poing géant s'était resserré sur elle. Elle tituba, dut faire un effort pour rester debout. Des taches noires passèrent dans son champ de vision. Ça arrivait. C'était en train d'arriver.

Je suis là.

— Où ça ? Où êtes-vous ? Je vous en prie, je crois que je suis... mourante.

Venez à moi, Amy. Venez à moi venez à moi venez à moi...

Il y avait une porte devant elle. L'avait-elle ouverte elle-même ? Elle s'engagea en trébuchant dans une étroite coursive. Le sol était glissant, couvert de pétrole – le sang de la Terre, le distillat du temps, comprimé par une planète. Elle atteignit une deuxième porte marquée T1 – Tank Number 1 –, le premier réservoir. Elle savait ce qu'il y avait derrière. Il en avait toujours été ainsi. De toutes ses forces, elle saisit l'anneau rouillé et le tourna. L'espace s'ouvrit en grand autour d'elle, comme si elle était entrée dans une immense cathédrale.

C'est là qu'il se trouvait. Anthony Carter, le Douzième des Douze. Une petite chose chétive, rabougrie, pas plus grande que l'homme qu'il avait été, et était encore dans son cœur. Un être de refus fait de chair. Il gisait sur le sol, dans les déchets du monde. Lentement, il se déplia, se leva pour venir à sa rencontre. Carter, l'Homme de douleur, Celui qui ne pouvait pas, prisonnier de la geôle qu'il avait créée lui-même.

— Aidez-moi, dit Amy.

Un dernier grand frisson la parcourut, s'empara d'elle, et elle tomba dans ses bras.

Et puis elle fut ailleurs.

Elle était sous une bretelle d'autoroute. Amy connaissait cet endroit, ou du moins c'est l'impression qu'elle eut. Ses images, ses sons et ses odeurs étaient chargés d'une nuée de souvenirs. La rumeur rugissante des voitures passant au-dessus ; le *clac-clac-clac* des joints de dilatation de l'autoroute ; les détritus et la crasse chassés par le souffle des voitures, et l'air lourd, chargé de gaz d'échappement. Debout au bord de la route, Amy tenait une pancarte en carton qui disait : « J'ai faim. Une petite pièce pour m'aider. Dieu vous bénisse. » Il y avait beaucoup de circulation, des voitures, des camions, et personne ne lui accordait un regard. Elle était vêtue de haillons, elle avait les mains noires de crasse. Son estomac était une pierre, un vide glacé. Les véhicules passaient à toute vitesse, aveuglément. Pourquoi personne ne s'arrêtait-il ?

Et puis, la voiture. Un gros 4 × 4 noir, étincelant, ralentit et s'arrêta. Il s'était rangé sur le côté, ou plutôt posé comme un grand oiseau noir, et ses vitres teintées formaient de parfaits carrés miroitants, multipliant le monde par deux. Avec un doux bourdonnement mécanique, la vitre côté passager descendit.

— Bonjour, Amy !

Wolgast était au volant ; il portait un costume bleu marine avec une cravate noire. Il était rasé de près, ses cheveux coiffés en arrière brillaient légèrement comme encore humides après une douche.

— Tu es pile à l'heure.

— Que fais-tu là ?

Il se pencha en souriant pour ouvrir la portière.

— Et si tu montais ?

Amy posa sa pancarte par terre et prit place sur le siège passager. L'air dans la voiture était frais et sentait le cuir.

— C'est merveilleux de te voir, dit Wolgast. N'oublie pas de mettre ta ceinture, ma chérie.

Elle était tellement sidérée que c'était à peine si elle arrivait à articuler.

— Où allons-nous ?

— Tu vas voir.

Ils quittèrent la pénombre du pont autoroutier et retrouvèrent le soleil estival. Autour d'eux, les boutiques, les maisons et les voitures défilaient, tout un monde d'humanité affairée. La voiture rebondissait agréablement sur ses amortisseurs.

— On va loin ?

Wolgast eut un sourire énigmatique.

— Pas très. Juste un peu plus loin sur la route. Je dois dire que tu as l'air en pleine forme, Amy, fit-il en lui coulant un regard de côté. Tu as tellement grandi.

— Où... où sommes-nous ?

— Eh bien, au Texas.

Il esquissa une grimace de dégoût.

— Tout ça, là, c'est Houston, Texas. Lila ne pouvait plus supporter que je lui en parle, ajouta-t-il alors que l'ombre d'un souvenir passait sur son visage. « Brad, ce n'est qu'un État comme n'importe quel autre », c'est ce qu'elle disait toujours.

— Mais comment sommes-nous arrivés ici ?

— Comment, je ne sais pas. Je ne crois pas qu'il y ait de réponse à ça. Quant à *pourquoi*...

Il lui coula un nouveau regard.

— Je suis l'un des siens, tu comprends.

— L'un de ceux de Carter.

Wolgast hocha la tête.

— Toi aussi, tu es dans le bateau ?

— Le bateau ? Non.

— Alors, où es-tu ?

Il ne répondit pas tout de suite.

— Je crois qu'il vaut mieux que ce soit lui qui te l'explique.

Son regard se reposa rapidement sur le visage d'Amy.

— Tu es vraiment magnifique, Amy. Comme je t'avais toujours imaginée. Il sera content de te voir, j'en suis sûr.

Ils étaient entrés dans un quartier plein de grandes demeures, d'arbres luxuriants et de vastes pelouses soigneusement entretenues. Wolgast s'arrêta dans l'allée d'une maison coloniale de brique blanche et coupa le moteur.

— Nous y sommes. Je crois qu'il va falloir que je te laisse là.

— Tu ne viens pas avec moi ?

— Oh, je crains bien de n'être que le messager, cette fois. Même pas. Juste le livreur. Passe plutôt par-derrière.

— Mais je ne veux pas y aller sans toi.

— Tout va bien, ma chérie. Il ne va pas te mordre.

Il lui pressa doucement la main.

— Allez, vas-y, il t'attend. On se reverra bientôt. Tout ira bien, je te le promets.

Amy descendit de voiture. Des cigales crissaient dans les arbres, et ce son semblait approfondir l'immobilité. L'air était chargé d'humidité et sentait l'herbe fraîchement tondue. Amy se tourna pour jeter un coup d'œil à Wolgast, mais le 4 × 4 avait disparu. Elle comprit que c'était ce qui caractérisait cet endroit ; les choses pouvaient tout simplement disparaître.

Elle suivit l'allée, passa par une porte à claire-voie sur laquelle grimpaient des fleurs, entra dans le jardin de derrière. Carter était assis à une table, dans le patio, en jean, tee-shirt sale et grosses chaussures délacées. Il s'essuyait le cou et les cheveux avec une serviette ; de sa tondeuse qui se trouvait tout près montait une vague odeur d'essence. En voyant approcher Amy, il leva la tête et sourit.

— Ah, vous voilà.

Il indiqua, d'un geste, les deux verres posés sur la table.

— Je viens de finir ici. Venez vous asseoir un instant. Je me suis dit que vous aimeriez peut-être un verre de thé.

Le sourire s'élargit, devint un grand sourire blanc.

— Y a rien de meilleur qu'un verre de thé glacé par une chaude journée de juin.

Amy s'assit en face de lui. Il avait un petit visage lisse, un regard doux, ses cheveux coupés court lui faisaient comme un bonnet de laine noire, et sa peau chocolat était piquetée de points noirs ; il avait des petits bouts d'herbe sur les bras et sur son tee-shirt. Tout à côté du patio, elle remarqua la présence fraîche, attirante d'une piscine. L'eau clapotait doucement sur les parois carrelées. Elle se rendit compte alors seulement que c'était la maison où ils avaient passé la nuit, Greer et elle.

— Cet endroit..., commença Amy.

Elle leva le visage vers les arbres bourdonnants. Le chaud soleil doré lui réchauffa la peau.

— C'est si beau ici.

— En effet, mam'selle Amy.

— Mais nous sommes encore à l'intérieur du vaisseau, n'est-ce pas ?

— D'une certaine façon, répondit Carter d'un ton égal. D'une certaine façon.

Ils restèrent assis en silence, à siroter leur thé glacé. Des gouttelettes d'humidité perlaient sur les parois des verres. Les choses devenaient plus claires à présent.

— Je crois que je sais pourquoi je suis ici, dit Amy.

— Je pensais bien que vous comprendriez.

L'air avait soudain fraîchi. Amy frissonna, referma ses bras sur elle. Des feuilles sèches, pareilles à des petits bouts de papier brun, filaient à travers le patio. La lumière avait perdu toute couleur.

— Je pensais à vous, mam'selle Amy. Tout le temps. On a eu une conversation, Wolgast et moi. Une bonne conversation, comme celle qu'on a nous deux, maintenant.

Quoi que Carter s'apprête à lui dire, tout à coup elle ne voulait plus l'entendre. À cause des feuilles brunes : elle avait peur.

— Il a dit qu'il était à vous. Qu'il vous appartenait, poursuivit Carter en hochant la tête avec sa douceur habituelle. Il a dit qu'il avait une dette envers moi, et je reconnais que c'est vrai, mais je lui dois quelque chose, moi aussi. C'est lui qui m'a donné le temps de tout comprendre. « Un océan de temps, Anthony », voilà ce qu'il disait. Il m'en a fallu pas mal au départ, je dis pas le contraire. C'est la faim qui me poussait à agir. Mais j'ai jamais pu m'y faire. C'est Wolgast qui m'a permis de remettre les choses en place.

— C'est lui qui vous a enfermé dans le vaisseau, c'est ça ?

— Oui, mam'selle Amy. Je lui ai demandé de le faire quand la faim est devenue trop terrible. Il se serait enfermé aussi, sans vous. « Allez chercher votre petite », j'ai dit. Cet homme, il vous aime de tout son cœur.

Amy prit conscience de la présence, dans la piscine, d'une forme sombre qui remontait lentement, écartant la surface de l'eau pour prendre sa place parmi les feuilles d'automne qui flottaient dessus.

— Elle est toujours là, fit Carter en hochant lentement la tête d'un air navré. Quelle pitié. C'est tous les jours comme ça : je tonds la pelouse, et tous les jours elle remonte.

Il resta un instant silencieux, son doux visage envahi de chagrin. Un moment passa, puis il se domina et la regarda à nouveau en face.

— Je sais que c'est injuste pour vous, tout ce que vous devez affronter. Wolgast aussi, il le sait. Mais ça, c'est notre chance. Y en aura plus jamais d'autre.

Amy sentit alors ses doutes se muer en certitude, comme une graine qui aurait germé en elle. Elle le sentait depuis des jours, des semaines, des mois. La voix du Zéro, qui l'appelait : *Amy, va à eux. Va à eux, notre sœur de sang. Je te connais, je t'ai sentie. Tu es l'oméga de mon alpha, celle qui veille sur eux, et qui les garde.*

— Je vous en prie, dit-elle d'une voix tremblante. Ne me demandez pas de faire ça.

— C'est pas à moi de demander. Ni de dire. C'est comme ça, c'est tout.

Carter se souleva sur sa chaise, prit un mouchoir dans sa poche arrière et le lui tendit.

— Allez, mam'selle Amy, vous pouvez pleurer si vous voulez. Vous avez bien le droit, j'dois dire. J'ai pleuré comme une fontaine, moi aussi.

Et c'est ce qu'elle fit. Elle pleura. À l'orphelinat, elle avait goûté à la vie. Avec Caleb, et les sœurs, Peter, et tous les autres, elle avait réussi à faire partie de quelque chose, d'une famille. Elle s'était fait un foyer dans le monde. Et maintenant, tout cela allait disparaître.

— Ils vont nous tuer tous les deux.

— Je reconnais qu'ils vont essayer. Je l'ai su dès le début.

Il se pencha par-dessus la table et lui prit la main.

— Et c'est pas juste, je sais bien, mais c'est notre fardeau. Notre seule chance. Et y en aura jamais d'autre.

Il était impossible de refuser, le destin l'avait trouvée. La lumière déclinait, les feuilles tombaient, chassées par le vent. Dans la piscine, le corps de la femme poursuivait son lent passage, flottant et se retournant dans le courant éternel.

— Dites-moi ce qu'il faut que je fasse.

Huitième partie

L'Enfant échangée

« Je ne suis Personne ! Qui es-tu ?
Es-tu – Personne – aussi ?
Alors nous sommes deux !
Ne le dis pas ! Ils l'ébruiteraient, tu sais. »

EMILY DICKINSON

49.

La première vraie neige d'hiver arriva, comme toujours semble-t-il, au milieu de la nuit. Sara dormait sur le divan quand elle fut réveillée par un tapotement. Pendant un certain temps, ce bruit se mêla dans son esprit à un rêve dans lequel elle était enceinte et essayait de l'annoncer à Hollis. Cette scène de son rêve était un mélange troublant de lieux superposés – le porche de la maison de la Première Colonie où elle avait grandi, la fabrique de biodiesel, dans le vacarme des broyeuses, la scène d'un théâtre en ruine, complètement imaginaire, avec son rideau rouge en lambeaux –, et malgré les autres personnages qui planaient à la périphérie – Jackie, Michael, Karen Molyneau et ses filles –, Sara avait une impression d'isolement : ils étaient seuls, Hollis et elle, et le bébé tapait, tapait dans son ventre – elle comprenait que c'était une sorte de code –, demandant à naître. Chaque fois qu'elle essayait de l'expliquer à Hollis, c'étaient des mots tout différents qui sortaient de sa bouche : *Il pleut* au lieu de *Je suis enceinte*, ou *On est mardi, aujourd'hui* et non *Je vais avoir un bébé*, de sorte que Hollis la regardait d'abord l'air de n'y rien comprendre, puis avec amusement, et finalement en riant à gorge déployée.

Ce n'est pas drôle, disait Sara.

Voir Hollis partir de ce grand rire chaleureux qui était le sien lui faisait monter aux yeux des larmes de frustration.

Ce n'est pas drôle, ce n'est pas drôle, ce n'est pas drôle...

Et ça continuait. Elle en était là lorsque le rêve se dissipa, et elle se réveilla.

Elle resta un instant immobile. Le tapotement venait de la fenêtre. Elle repoussa la couverture, traversa la pièce et écarta les lourds rideaux. Les environs du Dôme étaient éclairés la nuit, île de lumière dans une mer d'obscurité, et des particules de neige glacée traversaient les faisceaux des projecteurs, chassées par des coups de vent capricieux. Ça ressemblait davantage à de la glace qu'à de la neige, mais comme elle s'attardait, un changement s'opéra : les particules ralentirent, devinrent plus grosses, de vrais flocons de neige qui descendaient sur toutes les surfaces, les recouvraient d'un manteau de blancheur. Dans les deux autres chambres de l'appartement, Lila dormait et la fille de Sara était blottie bien au chaud dans son petit lit. Sara mourait d'envie d'aller la chercher, la prendre dans ses bras, la ramener encore endormie sur le canapé et la serrer contre elle, sentir ses cheveux, sa peau, la caresse de son haleine. Mais ce n'était qu'un songe chimérique, elle n'osait même pas imaginer que ce pourrait être possible. Taraudée par ce profond désir, elle regarda tomber la neige, accueillant ce doux effacement du monde tout en sachant qu'en bas, dans les Basses-Terres, il prenait un sens tout différent : des doigts, des orteils gelés, des corps transis de froid. Des mois d'obscurité et de souffrance. Et voilà, pensa Sara avec un frisson. L'hiver arrive. Au moins, je serai à l'abri.

Mais quand elle se réveilla, le lendemain matin, il y eut un nouveau changement.

— Dani ! Regarde ! La neige !

Une lumière éclatante fit irruption dans la pièce. Perchée sur une chaise, la petite fille, encore en chemise de nuit, avait écarté les rideaux et collait son nez à la vitre givrée. Sara se leva rapidement et referma les rideaux.

— Mais je veux voir !

De la chambre du fond, une voix appela :

— Dani, où es-tu ? J'ai besoin de toi !

— Une minute ! Je suis désolée, ma chérie, fit Sara, bouleversée par le regard implorant de la petite fille. Tu connais la règle.

— Elle n'a qu'à rester au lit, elle !

— *Dani !*

Sara poussa un soupir. Le matin était toujours le moment le plus pénible pour Lila ; elle était dévorée par une angoisse diffuse, une impression de danger sans nom, qui allait croissant au fur et à mesure que s'éloignait sa dernière prise de sang. L'effet régénérateur du fluide vital lui rendait son enjouement, elle se comportait affectueusement avec elles deux, faisait la fofolle, mais son intérêt pour Kate semblait plus abstrait que personnel ; elle ne paraissait pas vraiment prendre en compte l'âge de la fillette, et lui parlait souvent bébé. Ces bons jours-là, elle était apparemment persuadée de vivre dans un endroit appelé Cherry Creek, d'être mariée à un homme appelé David – sauf qu'elle parlait aussi d'un certain Brad, les deux semblant interchangeables –, et que Sara était une femme de ménage envoyée par une certaine « agence ». Mais alors que l'effet du sang s'estompait, au bout de quatre ou cinq jours, elle devenait cassante, elle paniquait, comme si ce fantasme élaboré devenait de plus en plus difficile à entretenir.

— Laisse-moi lui donner son bain, souffla Sara à l'oreille de Kate. Et puis je verrai si je peux t'emmener jouer dehors. C'est d'accord ?

La petite fille hocha vigoureusement la tête.

— Allez, maintenant va t'habiller.

Sara trouva Lila assise dans son lit, les mains sur la poitrine, crispées sur le fin tissu de sa chemise de nuit. Si Sara avait dû deviner son âge, elle lui aurait donné une cinquantaine d'années. Le lendemain, elle ferait plus, les traits de son visage se seraient affaissés, ses rides se seraient creusées, ses cheveux raréfiés auraient grisonné. Parfois, le changement était tellement précipité que Sara le voyait se produire à vue d'œil. Alors Guilder apportait le sang, Sara et Kate étaient bannies de la pièce, et quand elles revenaient, Lila était redevenue une jeune femme de vingt-cinq ans à la peau lisse, aux cheveux soyeux, et le cycle recommençait.

— Pourquoi ne répondais-tu pas ? Je m'inquiétais.

— Je suis désolée. Je ne me suis pas réveillée.

— Où est Eva ?

Sara lui expliqua que la petite fille s'habillait et demanda à Lila de l'excuser le temps qu'elle aille préparer son bain. La baignoire était, comme sa coiffeuse, un lieu d'une importance totémique. Elle pouvait mariner pendant des heures dans les profondeurs de ce cocon à pattes de lion. Sara ouvrit le robinet et disposa les savons et les huiles de Lila, ses petits pots de crème et deux serviettes épaisses, moelleuses, qui revenaient du nettoyage. Lila aimait prendre son bain à la lumière des bougies. Sara prit une boîte d'allumettes dans la trousse de toilette et alluma le chandelier. Lorsque Lila apparut sur le pas de la porte, l'air était saturé de buée et Sara avait commencé à transpirer sous sa lourde robe de servante. Lila ferma la porte et se retourna pour enlever son peignoir, qu'elle accrocha à une patère. Son buste mince le deviendrait davantage encore quand sa masse corporelle se redistribuerait, au fil des jours, dans ses hanches et ses cuisses. Elle se tourna à nouveau vers Sara et considéra la baignoire d'un air circonspect.

— Dani, je ne me sens pas très bien aujourd'hui. Tu peux m'aider ?

Elle prit la main de Sara, passa prudemment les jambes pardessus le bord de la baignoire et s'assit dans l'eau fumante. Dès qu'elle fut immergée, son expression s'adoucit, son visage se détendit visiblement. Elle se laissa glisser dans l'eau jusqu'au menton, poussa un profond soupir de satisfaction et remua les mains comme des rames pour faire aller et venir l'eau le long de son corps. Elle se renversa en arrière afin de se mouiller les cheveux, se redressa en se trémoussant et appuya son dos contre le bord de la baignoire. Libérés de la gravité, ses seins flottaient dans une parodie de jeunesse retrouvée.

— Que c'est bon..., murmura-t-elle.

Sara prit place sur le tabouret à côté de la baignoire.

— On commence par les cheveux ?

— Mmm, fit Lila, les yeux clos. S'il te plaît.

Sara amorça le rituel. Comme pour tout, Lila aimait que les choses se fassent d'une certaine façon. D'abord, le sommet de la tête : les mains de Sara lui massaient vigoureusement le cuir chevelu, après quoi elle redescendait lisser les longues mèches de cheveux entre ses doigts. Le savon, suivi d'un rinçage, puis les mouvements répétés dans le même ordre avec l'huile parfumée. Parfois, elle demandait à Sara de recommencer plusieurs fois.

— Il a neigé cette nuit, risqua cette dernière.

— Mmm..., fit Lila, le visage serein, les paupières closes. Eh bien, que veux-tu, c'est Denver. « Si le temps ne te plaît pas, attends une minute, il va changer. » C'est ce que mon père disait toujours.

Les sentences du père de Lila, dûment rapportées comme telles, constituaient une partie importante de la conversation. Sara plongea un broc dans l'eau pour rincer le front de la femme et commença l'application d'huile.

— Et donc, poursuivit Lila, je suppose que tout sera fermé. J'aurais pourtant vraiment voulu aller au marché. Nous n'avons pratiquement plus rien.

À la connaissance de Sara, Lila n'avait jamais mis les pieds hors de l'appartement, mais quelle importance ?

— Tu sais ce qui me ferait plaisir, Dani ? Un long et bon déjeuner. Dans un endroit spécial. Avec une jolie nappe, un beau service de porcelaine et des fleurs sur la table.

Sara avait appris à la suivre dans ses délires.

— En voilà une bonne idée !

Lila poussa un long soupir nostalgique et s'enfonça plus profondément dans l'eau.

— Je ne pourrais même pas te dire depuis quand je n'ai pas fait un long et bon déjeuner.

Quelques minutes passèrent, pendant que Sara lui massait le cuir chevelu avec l'huile.

— Je pense qu'Eva aimerait sortir un peu, dit-elle.

Prononcer son nom lui faisait l'effet de proférer un monstrueux mensonge, mais il y avait des moments où elle ne pouvait l'éviter.

— Oui, je le crois volontiers, répondit Lila, sans s'engager.

— Je me demandais s'il y avait d'autres enfants avec lesquels elle pourrait jouer.

— D'autres enfants ?

— Oui, quelqu'un de son âge. Je pense que ce serait bien pour elle d'avoir des amis.

Lila fronça les sourcils, l'air mal à l'aise. Sara se demanda si elle n'était pas allée trop loin.

— Évidemment, convint Lila sur un ton condescendant, il y a la petite voisine, la petite... comment s'appelle-t-elle ? Elle est brune. Mais je ne la vois presque jamais. Les familles du quartier ne sont pas très sociables. Des gens plutôt renfermés, je trouve.

Et puis :

— Mais tu es une bonne amie pour elle, pas vrai, Dani ?

Une amie. Quelle ironie cruelle.

— J'essaie, en tout cas.

— Non, c'est plus que ça, reprit Lila avec un sourire rêveur. Il y a quelque chose de différent chez toi, je le sens. Je pense que c'est merveilleux pour Eva d'avoir une amie comme toi.

— Alors ? Je peux l'emmener dehors ? demanda Sara.

— Dans une minute, répondit Lila en refermant les yeux. Je pensais que tu pourrais me lire quelque chose. J'aime tellement qu'on me fasse la lecture quand je prends mon bain.

Lorsqu'elles purent s'échapper, il était près de midi. Sara emmitoufla Eva dans un manteau, des moufles, des bottes en caoutchouc, et un bonnet de laine qu'elle lui enfonça sur les oreilles. Quant à elle, elle ne portait que sa tenue de servante, et rien aux pieds à part ses tennis râpés et ses chaussettes de laine, mais elle s'en moquait. Elle aurait froid aux pieds, et alors ? Elles descendirent l'escalier qui menait dans la cour et découvrirent un monde tellement changé qu'on aurait dit un endroit complètement nouveau. L'air sentait le frais, le neuf, et le soleil se reflétait sur la neige avec une intensité qui blessait les yeux. Après toutes ces journées dans l'obscurité forcée de l'appartement, Sara dut s'arrêter un moment sur le seuil pour permettre à sa vue de s'adapter. Mais Kate n'avait pas ce problème. Avec un sursaut d'énergie, elle lâcha la main de Sara, s'élança depuis la porte et fonça dans la cour. Lorsque Sara réussit à la rejoindre – elle s'était peut-être trompée pour ses pieds, ça allait être un problème –, l'enfant ramassait des poignées de neige plumeuse et se les fourrait dans la bouche.

— Ça a goût... de froid.

Son visage rayonnait de bonheur.

— Essaie, toi aussi.

Sara l'imita.

— Miam ! fit-elle.

Elle montra à la petite fille comment construire un bonhomme de neige. Une douce nostalgie l'avait saisie. C'était comme si elle était redevenue enfant et jouait dans la cour du Sanctuaire. Mais là, c'était différent, elle était la mère, maintenant. Le temps avait effectué son cycle inexorable. Quel miracle de sentir le bonheur contagieux de sa fille, de ressentir l'émerveillement qui passait entre elles. Pour le moment, la douleur était bannie de l'esprit de Sara. Elles auraient pu être n'importe où. Toutes les deux.

Sara repensa aussi à Amy, pour la première fois depuis des années. Amy qui n'avait jamais été ou semblait, du moins, n'avoir jamais été une petite fille, et qui était toujours une enfant, d'une certaine façon ; Amy, la Fille de nulle part, pour qui le temps n'était pas un cercle mais une chose figée et persistante, un siècle dans le creux de la main. De façon inattendue, Sara se sentit soudain triste pour elle. Elle s'était demandé pourquoi Amy avait détruit les ampoules de virus cette nuit-là, à la Ferme, en les jetant dans les flammes. Pourtant, Sara les détestait ; elle détestait non seulement ce qu'elles représentaient, mais le fait même de leur existence – une haine profondément personnelle, instinctive –, et d'un autre côté, elle savait qu'elles étaient un espoir de salut, la seule arme assez puissante pour être utilisée contre les Douze – Les Douze, pensa-t-elle, depuis combien de temps ne lui étaient-ils pas venus à l'esprit, eux non plus ? Après s'être longtemps interrogée sur le geste d'Amy, maintenant Sara avait la réponse : Amy avait conscience que la vie que ces ampoules lui avaient ravie était la seule véritable réalité humaine. En Kate, cette petite fille pleine d'une vie triomphante que le corps de Sara avait créée, résidait la réponse au plus grand de tous les mystères – le mystère de la mort, et de ce qui venait après. C'était tellement évident ! La mort n'était rien, parce qu'il n'y avait pas de mort. Du simple fait de l'existence de Kate, Sara était reliée à l'éternité. Avoir un enfant, c'était recevoir le don de la véritable immortalité – le temps n'était pas aboli comme chez Amy, non, il continuait, et durait éternellement.

— On va faire des anges de neige, annonça Sara.

Kate n'avait jamais fait ça. Elles s'allongèrent côte à côte, enveloppées dans la blancheur, le bout de leurs doigts s'effleurant à peine, avec le ciel et le soleil pour témoins. Elles bougèrent les bras et les jambes dans un sens et dans l'autre, et se relevèrent pour examiner les empreintes. Sara lui expliqua ce qu'étaient des anges :

— Ils sont nous.

— C'est drôle, remarqua Kate, souriante.

La servante, Jenny, allait apporter le déjeuner ; leur récréation dans la neige tirait à sa fin. Sara imagina le reste de la journée : Lila à la dérive dans ses fantasmes, les laissant seules toutes les deux ; leurs vêtements trempés qui séchaient près du feu, Sara et sa fille blotties sur le canapé, le doux échange de chaleur là où leurs corps se touchaient, et les heures qu'elles passeraient à lire des histoires, *Pierre Lapin et l'écureuil Noisette,* et *James et la grosse pêche,* avant de sombrer ensemble dans un sommeil mêlé de rêves. Sara n'avait jamais été aussi heureuse.

Elles retournaient vers l'entrée quand Sara leva les yeux vers la fenêtre et vit que les rideaux étaient écartés. Lila les observait, les yeux dissimulés derrière des lunettes noires. Depuis combien de temps était-elle là ?

— Qu'est-ce qu'elle fait ? s'étonna Kate.

Sara réussit à se fabriquer un sourire.

— Je pense qu'elle nous regardait, pour s'amuser.

Mais intérieurement, elle éprouva une étincelle de crainte.

— Pourquoi il faut que je l'appelle maman ?

Sara s'arrêta net.

— Qu'est-ce que tu dis ?

L'espace d'un instant, la fillette resta silencieuse. La neige commençait à fondre, dégoulinant des branches.

— Je suis fatiguée, Dani, dit Kate. Tu peux me porter ?

Joie insoutenable. Sa fille ne pesait rien dans ses bras. C'était la partie d'elle qui manquait, et qui revenait à la maison. Lila les regardait toujours depuis la fenêtre, mais qu'est-ce que ça pouvait faire ? Kate la serra très fort avec ses bras et ses jambes, et c'est ainsi que Sara abandonna la neige avec sa fille, et la ramena dans l'appartement.

Sara n'avait pas encore reçu de message ; tous les jours, elle guettait la cuillère à l'envers, le mot glissé sous l'assiette, mais rien. Jenny allait et venait, déposait ses plateaux – semoule de maïs, soupe et pain –, et détalait en silence. N'ayant virtuellement jamais quitté l'appartement, sauf pour emmener Kate dans la cour, Sara n'avait aperçu Vale qu'une fois, quand Lila l'avait envoyée chercher un agent d'entretien pour déboucher la baignoire. Il était dans le couloir, avec deux autres cols, dont celui aux bajoues flasques qui les attendait devant l'ascenseur le jour de l'arrivée de Sara. Vale était passé à côté d'elle. Comme toujours, sa couverture – en réalité, son attitude, la démarche confiante de son rang – était irréprochable. Aucun signe de reconnaissance n'était passé entre eux ; si Vale savait qui elle était, rien ne le laissait supposer.

Elle n'était pas censée envoyer un message de sa propre initiative, sauf en cas d'urgence, mais le manque de contact finissait par l'angoisser. Finalement, elle décida de s'y risquer. Il n'y avait pas de papier dans l'appartement, en dehors des livres évidemment. Un soir, après que Lila fut allée se coucher, Sara déchira un petit bout de la dernière page de *Winnie l'Ourson*. Restait à trouver de quoi écrire ; il n'y avait ni stylo ni crayon dans l'appartement. Dans le tiroir du fond de la coiffeuse de Lila, elle trouva un nécessaire à couture avec une pelote à épingles. Sara choisit celle qui avait l'air la plus pointue, se piqua le bout de l'index et appuya, faisant couler une goutte de sang. Utilisant l'aiguille comme une plume improvisée, elle griffonna son message sur le papier.

« Besoin de contact. D. »

Le lendemain, quand Jenny revint chercher le plateau de déjeuner, Sara l'attendit. Au lieu de laisser la fille repartir prestement comme d'habitude, elle prit le plateau sur la table, le lui tendit en la regardant bien en face, et baissa les yeux sur le plateau, au cas où elle n'aurait pas compris.

— Merci, Jenny.

Deux jours plus tard, la réponse arriva. Sara dissimula le mot dans les plis de sa robe, attendant un moment de tranquillité. Qu'elle ne trouva que plus tard, dans la journée, alors que Lila faisait la sieste. Celle-ci était maintenant près de la fin de son cycle, la peau parcheminée, quasiment grabataire, et de très mauvaise humeur ; Guilder reviendrait bientôt avec le sang. Dans la salle de bains, Sara déplia le bout de papier sur lequel étaient inscrits un lieu, une heure et une unique phrase d'instruction. Elle sentit le cœur lui manquer. Elle n'avait pas réfléchi qu'elle devrait quitter le Dôme. Il allait falloir trouver un prétexte crédible pour demander la permission de Lila. Et si elle ne l'obtenait pas, elle n'avait pas idée de ce qu'elle ferait. Compte tenu de l'état dans lequel était Lila, Sara se demandait si elle comprendrait seulement ce qu'elle lui demandait.

Elle aborda le sujet le lendemain tout en lui lavant les cheveux. Une sortie au marché. Quelques heures d'absence, voilà tout, argumenta-t-elle. Ce serait bon de voir de nouveaux visages, et tant qu'elle y serait, elle pourrait chercher de nouvelles huiles et des savons. La demande provoqua chez Lila une angoisse palpable ; depuis quelques jours, elle était plus collante que jamais, c'était à peine si elle quittait Sara des yeux. Elle finit quand même par céder à sa douce persuasion.

— Mais ne reste pas trop longtemps partie, la supplia-t-elle. Je ne sais jamais quoi faire sans toi, Dani.

Vale lui avait facilité les choses ; le col qui se trouvait au bureau, dans le hall, lui tendit son laissez-passer avec un avertissement de pure forme : il n'était valable que deux heures. Sara sortit dans le vent et se dirigea vers le marché. Seuls les cols et les yeux-rouges étaient autorisés à y faire des achats. Des petits jetons de plastique de trois couleurs, rouge, bleu et blanc, servaient de monnaie. Dans la poche de sa robe, elle en avait cinq de chaque, une partie des gages que Lila lui allouait tous les sept jours, conformément à la fiction selon laquelle Sara était une employée rémunérée. La neige avait été balayée sur les trottoirs de ce qui était jadis le petit quartier commerçant de la ville, trois pâtés de maisons de brique tout à côté de l'université. La majeure partie des bâtiments étaient abandonnés, inoccupés, et sombraient dans une lente décrépitude ; presque tous les yeux-rouges, en dehors des dirigeants, vivaient dans un groupe d'immeubles résidentiels de taille moyenne, au sud. Le marché était au cœur de la ville, avec des points de contrôle aux deux entrées. Sur certaines bâtisses on voyait encore les enseignes qui annonçaient leur fonction originelle : « Banque de l'Iowa », « Fort Powell, marine et armée de terre », « Café Wimpy », « Livres et musique de la Prairie ». Il y avait même un petit cinéma avec sa marquise ; Sara avait entendu dire que les cols étaient parfois autorisés à y aller pour voir la poignée de films qui passaient et repassaient, toujours les mêmes.

Elle montra ses papiers au poste de contrôle. Les rues étaient vides en dehors des patrouilles et d'une poignée d'yeux-rouges qui se promenaient avec leurs lunettes noires et leurs manteaux d'une épaisseur luxueuse. À l'abri de son voile, Sara se déplaçait dans une bulle d'anonymat, bien consciente que cette impression de sécurité était dangereuse. Elle marchait d'un pas ni trop lent ni trop rapide, tête baissée et le dos rond pour affronter les coups de vent glacés qui la surprenaient au coin des rues et des bâtiments.

Elle arriva à la boutique de l'apothicaire. Un carillon tinta, annonçant son entrée. À l'intérieur, il faisait bien chaud et ça sentait bon le feu de bois et les herbes. Derrière le comptoir, une femme édentée, aux lèvres rentrées et aux cheveux gris vaporeux, pesait de minuscules quantités de poudre jaune pâle qu'elle introduisait à l'aide de petits entonnoirs dans des fioles de verre ; elle leva les yeux en voyant entrer Sara et jeta un rapide coup d'œil vers un col planté à côté d'un éventaire d'huiles parfumées. *Attention. Je sais qui vous êtes. N'approchez pas avant que je me sois débarrassée de lui.* Puis, d'une voix haut perchée, sur un ton empressé :

— Monsieur voudrait peut-être autre chose ?

Le col humait un pain de savon. La trentaine, pas vilain, affichant un air suffisant. Il remit le savon à sa place sur le présentoir.

— Quelque chose pour le mal de tête.

— Ah.

La vieille femme eut un sourire assuré ; elle tenait la solution.

— Un petit instant.

Elle choisit parmi les bocaux de plantes rangés sur le mur, derrière elle, pelleta des feuilles sèches dans un sachet de papier, qu'elle lui tendit par-dessus le comptoir.

— Faites infuser ça dans de l'eau chaude. Une pincée devrait suffire.

Il examina le paquet comme s'il n'était pas tranquille.

— Qu'est-ce qu'il y a dedans ? Tu n'essaies pas de m'empoisonner, j'espère ?

— Rien de plus que de l'aneth parfaitement commun. J'en prends moi-même. Si vous voulez que je le goûte devant vous, je le ferai avec plaisir.

— Laisse tomber.

Il la paya d'un jeton bleu. La femme le suivit des yeux tandis qu'il sortait, faisant tinter le carillon.

— Suivez-moi, dit-elle à Sara.

Elle la conduisit vers l'arrière-boutique, une réserve avec une table, des chaises, et une porte qui donnait sur la ruelle, derrière. La femme dit à Sara de l'attendre et retourna vers l'herboristerie. Plusieurs minutes passèrent, et la porte se rouvrit devant Nina, vêtue de la tunique des gens des Basses-Terres, d'une veste sombre et d'une longue écharpe qui lui enveloppait le bas du visage.

— C'est complètement idiot, Sara. Tu sais à quel point c'est dangereux ?

La femme braquait sur elle un regard d'acier. Sara n'avait pas compris, avant ce moment, à quel point elle était en colère.

— Vous saviez que ma fille était vivante, n'est-ce pas ?

Nina déroula son écharpe.

— Bien sûr que nous le savions. C'est notre boulot, Sara, nous savons des choses, et nous utilisons les informations. Je pense que tu devrais être contente.

— Depuis combien de temps le savez-vous ?

— C'est important ?

— Ah oui, alors ! Sacrément important !

Nina la regarda durement.

— D'accord, supposons que nous le sachions depuis le début. Supposons que nous te l'ayons dit. Qu'est-ce que tu aurais fait ? Pas la peine de répondre. Tu aurais eu une réaction viscérale et agi stupidement. Tu n'aurais pas fait dix pas dans le Dôme sans que ta couverture soit grillée. Si ça peut te consoler, nous en avons pas mal discuté. Jackie pensait qu'il fallait te mettre au courant, mais l'opinion dominante était que le succès de l'opération passait avant tout.

— L'opinion dominante. C'est-à-dire la vôtre.

— La mienne et celle d'Eustace.

L'espace d'un bref instant, l'expression de Nina parut s'adoucir.

— Ne le prends pas si mal. Tu as ce que tu voulais. Réjouis-toi.

— Ce que je veux, c'est la tirer de là.

— C'est bien ce que nous comptons faire, Sara. Et nous la tirerons de là le moment venu.

— Quand ?

— Ça devrait être évident, je pense. Quand tout ça sera fini.

— C'est du chantage, non ?

Nina écarta l'accusation d'un haussement d'épaules.

— Je ne suis pas fondamentalement opposée au chantage. Mais dans ce cas précis, ce n'est pas la peine.

Elle regarda Sara attentivement.

— À ton avis, qu'est-ce qui arrive à ces filles ?

— Comment ça, *ces filles* ? Ma fille est la seule.

— En ce moment, oui. Mais ce n'est pas la première. Il y a sans arrêt une nouvelle Eva. Donner une petite fille à Lila est le seul moyen que Guilder ait trouvé pour la calmer. Le problème, c'est que quand la fillette arrive à un certain âge, elle cesse d'intéresser cette femme, ou bien c'est la petite fille qui la repousse. Alors ils lui en trouvent une nouvelle.

Sara fut prise d'une sorte de vertige. Elle fut obligée de s'asseoir.

— À quel âge ?

— Cinq ou six ans, ça dépend. Mais c'est inévitable, Sara. C'est ce que j'essaie de t'expliquer. Le temps passe, inexorablement. Peut-être pas aujourd'hui, peut-être pas demain, mais bientôt, elle sera expédiée au sous-sol.

Sara s'obligea à poser la question suivante :

— Qu'est-ce qu'il y a au sous-sol ?

— C'est de là que vient le sang destiné aux yeux-rouges. Nous ne connaissons pas tous les détails. Le processus s'amorce avec du sang humain, et puis il se passe on ne sait quoi. Ils le modifient d'une façon ou d'une autre. Il y a un homme en bas, une espèce de virul à ce qu'il paraît. Ils l'appellent la Source. Il boit un distillat de sang humain, son organisme le transforme, et il produit quelque chose de différent. Tu as vu ce qui arrive à la femme ?

Sara hocha la tête.

— Ils passent tous par les mêmes phases, mais le cycle est plus lent chez les hommes. Le sang de la Source les régénère. C'est ce qui les maintient en vie. Mais si ta fille descend au sous-sol, elle n'en ressortira jamais.

Une tempête d'émotions rugissait en Sara. De la colère, de l'impuissance, le désir farouche de protéger sa fille. C'était tellement intense qu'elle fut prise d'une nausée.

— Que suis-je censée faire ?

— Tu le sauras le moment venu. Nous la sortirons de là, tu as ma parole.

Sara comprenait ce que Nina lui demandait. Ou plutôt lui *disait.* Ils l'avaient manipulée en beauté. Kate était l'otage, et la rançon serait payée avec du sang.

— Déteste-la, Sara. Concentre-toi sur ta haine. Pense à ce qu'elle fait. Le moment viendra pour nous tous, moi comprise, exactement comme il est venu pour Jackie. J'irai de mon plein gré quand on me le demandera. Et à moins que les événements ne se déclenchent, ta fille sera abandonnée à son sort. Nous ne pourrons jamais parvenir jusqu'à elle.

— Où est-il ? demanda Sara.

Elle n'avait pas besoin d'être plus claire, le sens de sa question était évident.

— Tu le sauras le moment venu. Il vaut mieux que tu ne le saches pas avant. Tu recevras un message, par le canal habituel. Tu es le pivot de l'affaire, et le timing est important.

— Et si je n'y arrive pas ?

— Tu mourras, dans tous les cas de figure. Et ta fille aussi. La seule incertitude c'est quand. Comment, je te l'ai dit.

Dans les yeux de Nina, rivés aux siens, Sara ne lisait absolument aucune compassion, juste une clarté glacée.

— Si ça se passe conformément au plan, ce sera la fin des yeux-rouges. Guilder, Lila, eux tous. Tu comprends ce que je te dis ?

Sara n'arrivait plus à aligner deux idées. Elle se sentit hocher la tête. Et puis elle dit, d'une voix faible :

— Oui.

— Alors, fais ce qu'il faut. Fais-le pour ta fille. Kate, c'est bien son nom ?

Sara fut abasourdie.

— Comment le...

— C'est toi qui me l'as dit, tu ne te souviens pas ? Tu m'as dit son nom le jour de sa naissance.

Bien sûr, pensa-t-elle. Tant de choses prenaient un sens à présent. Nina était la femme du centre d'accouchement qui lui avait donné une boucle de cheveux de Kate.

— Tu ne me croiras peut-être pas, Sara, mais là, j'essaie de réparer une injustice.

Sara se retint de rire. Elle l'aurait fait si une telle chose était encore possible.

— Vous avez une curieuse façon de le montrer.

— Peut-être. Mais c'est l'époque qui veut ça.

Une autre pause, scrutatrice.

— Tu y arriveras. Tu as ce qu'il faut pour ça. Je le sais, je l'ai vu.

Était-ce la vérité ? La question ne se posait pas. D'une façon ou d'une autre, il faudrait qu'elle trouve la force.

— Fais-le pour ta fille, Sara. Fais-le pour Kate. Autrement, elle n'a aucune chance.

50.

Les choses qu'ils lui faisaient étaient supportables. Pas dépourvues de douleur ni de sa cousine qu'est l'appréhension, la peur d'avoir mal, mais elle pouvait le supporter. Pendant un long moment, ils ne lui demandèrent rien. Ils ne formulèrent aucune espèce de question. Ils aimaient faire ça, tout simplement, et ils continueraient à le faire, en y prenant un noir plaisir, car Alicia ne se laisserait pas facilement briser. Elle faisait taire ses cris, elle supportait tout stoïquement, riait quand elle pouvait, et elle ne mâchait pas ses mots : « Faites-moi ce que vous savez faire de pire, mes amis. C'est moi qui dois être enchaînée ! Vous ne croyez pas que c'est une sorte de victoire en soi ? »

L'eau, c'était le pire. Bizarre, parce qu'Alicia avait toujours aimé l'eau. C'était une nageuse intrépide quand elle était enfant : elle plongeait dans les profondeurs de la grotte, à la Colonie, retenait son souffle le plus longtemps possible, touchait le fond, le sang battant à ses oreilles, et regardait les bulles de l'air qu'elle avait dans les poumons remonter des ténèbres vers le soleil, loin là-haut.

Parfois, ils lui versaient de l'eau dans la bouche avec un entonnoir. D'autres fois, ils la laissaient tomber du plafond, attachée à une planche, et la plongeaient la tête la première dans un baquet d'eau glacée. Chaque fois elle pensait : *C'est reparti*, et elle comptait les secondes jusqu'à ce que ce soit fini.

Ses forces avaient sensiblement décru au fil des jours. Une dégradation légère dans l'ensemble, mais perceptible. Ils lui donnaient à manger, un gruau pâteux, de soja ou de maïs, et des lanières de viande boucanée, si dures qu'on aurait dit du cuir, leur intention non déclarée étant de la maintenir en vie de façon à pouvoir s'amuser le plus longtemps possible avec elle. Elle avait fait un vœu silencieux : quand enfin elle goûterait le sang humain, le dernier acte, sans ambiguïté possible, de sa transformation, ce sang serait le leur. La perspective de ne plus appartenir à la race humaine lui pesait, mais elle trouvait une consolation dans cette pensée. Les salauds, elle allait les pomper à sec.

Elle n'avait aucun moyen de suivre la marche des jours. Quand elle était livrée à elle-même, elle s'astreignait à retracer mentalement les événements du passé, à se déplacer dans ses souvenirs comme dans une galerie de tableaux : les tours de garde à la Première Colonie, son voyage avec Peter, Amy et les autres à travers les terres de Ténèbres jusqu'au Colorado, son étrange enfance aride avec le Colonel. Elle l'avait toujours appelé monsieur, jamais papa, ni même Niles. Il n'avait jamais été ni un père ni un ami, mais toujours, depuis le début, son officier supérieur. C'était curieux de penser à ça maintenant. Les souvenirs qu'elle avait de sa vie charriaient toute une gamme d'émotions qui allaient du chagrin au bonheur en passant par l'exaltation, la solitude, et un certain degré d'amour, mais ils avaient tous une chose en commun : ils lui appartenaient. Ses souvenirs étaient elle, et elle était ses souvenirs. Elle espérait les garder jusqu'à la fin dernière.

Elle avait commencé à se demander s'ils n'avaient d'autre projet pour elle qu'une répétition interminable de leurs brimades, quand la scansion de sa captivité fut interrompue par l'arrivée d'un homme qui avait l'air d'être le responsable. Il ne se présenta pas, et pendant au moins une minute il resta planté devant elle, suspendue au plafond, sans rien dire, à l'examiner comme s'il était tombé sur un livre déconcertant. Il portait un costume sombre, une cravate et une chemise blanche, empesée ; on ne lui aurait pas donné plus de trente ans. Il avait une peau pâle et tendre qui ne devait jamais voir le soleil, mais c'étaient ses yeux qui révélaient la vérité. Quelle surprise ! Sauf que non, justement.

— Tu es... différente.

Il se rapprocha, inspira sèchement, par le nez, flaira l'air autour d'elle, comme un chien.

— Ouais, on me le dit souvent.

— Je le sens sur toi.

— Je n'ai guère eu l'occasion de faire ma toilette, ces temps-ci.

Elle lui offrit son sourire le plus brave.

— Et à qui ai-je l'honneur ?

— C'est moi qui pose les questions.

— Vous savez, vous ne devriez pas lire dans le noir comme ça. Ça vous abîme les yeux.

Il prit son élan et lui asséna une bonne gifle en pleine figure.

— Waouh, fit Alicia en remuant la mâchoire. Aïe. Ça picote !

Il fit un pas en avant et lui tordit violemment le bras.

— Pourquoi tu n'as pas de plaque ?

— Cool, le costume. Face à vous, je me sens complètement godiche.

Une autre claque en pleine face, comme un coup de fouet. Alicia chassa ses larmes d'un clignement de paupières et passa sa langue sur ses dents. Elle sentit le sang.

— C'est une manie chez vous, les gars. Ce n'est pas très accueillant. Je crois que je ne vous aime pas beaucoup.

Les yeux rouges s'étrécirent de rage. Bon, elle avait réussi à l'atteindre.

— Parle-moi de Sergio.

— Jamais entendu parler.

Il la frappa à nouveau. Des petits éclairs lumineux papillotèrent dans son champ de vision. Elle vit qu'il économisait ses forces. Il allait lui distribuer les coups de façon mesurée, graduelle.

— Si vous me détachiez, que je descende d'ici et qu'on discute vraiment ? Parce que ça ne marche visiblement pas comme vous voudriez.

Wham ! fit sa main – le poing serré, cette fois. Il aurait aussi bien pu la frapper avec une planche. Alicia s'ébroua, cracha du sang.

— Assez impressionnant, je reconnais. Vous faites de la gym ?

— *Tu vas parler, oui ?!*

— Allez vous faire foutre !

Un coup de bélier dans le ventre. Alicia sentit son souffle se figer dans sa poitrine alors que son diaphragme se comprimait comme un étau. Les secondes s'égrenèrent sans qu'elle puisse respirer. Et puis ses poumons finirent par se remplir à nouveau.

— *Qui... est... Sergio ?*

Elle avait un peu de mal à se concentrer. Se concentrer, respirer et réfléchir. Elle se prépara à un autre coup, qui ne vint pas ; elle se rendit compte que l'homme avait ouvert la porte. Trois personnages entrèrent, deux qu'elle avait déjà vus et un qu'elle ne connaissait pas. Ils portaient une sorte de banc qui leur arrivait à la taille, avec un large cadre à la base.

— Je te présente un de mes amis. Sodom. En réalité, tu l'as déjà rencontré.

La vision d'Alicia se précisa peu à peu. Il y avait quelque chose qui n'allait pas sur la tête du type. Ou plutôt un côté de sa tête : on aurait dit une tranche de viande inégalement cuite, crue au milieu et calcinée sur le pourtour. La moitié de ses cheveux étaient carbonisés, ainsi que presque tout son nez. Son œil gauche avait l'air vulcanisé et réduit à un magma suintant, comme s'il avait fondu.

— Berck, réussit-elle à articuler.

— Sodom n'est pas très content. Il était dans la salle de déchargement quand tu as décidé de la faire sauter.

— Me remerciez pas, c'est mon boulot. Ravie de vous rencontrer, Sodom. Quel drôle de nom, Sodom !

— Notre Sodom est un enthousiaste aux goûts particuliers. Disons qu'il n'a pas volé son nom. Et il a une dent contre toi.

Il s'adressa aux deux autres hommes :

— Attachez-la. Ou plutôt, non. Attendez une seconde...

Les coups tombèrent, et retombèrent. Sur son visage. Sur tout son corps. Lorsque l'homme fut à bout de forces, c'est à peine si Alicia ressentait encore quoi que ce soit. La douleur était devenue autre chose – vague, lointaine. Un bruit de chaînes secouées, une pression qui se relâchait sur ses poignets. Elle était face au sol, pliée en deux sur le chevalet, les pieds écartés, attachés au cadre. On lui avait arraché son pantalon.

— Un peu d'intimité, pour notre ami ici présent, ordonna le type au costume.

Alicia entendit claquer la porte, puis le bruit définitif, inquiétant, de lourdes serrures qui se refermaient.

51.

Chaque nuit, tandis qu'ils remontaient, Greer et elle, vers le nord, Amy rêvait de Wolgast. Parfois ils étaient sur le manège, parfois en voiture, et alors les petites villes et la verte campagne défilaient le long d'une route printanière, au bout de laquelle, très loin, des montagnes dressaient leurs parois glacées, étincelantes. Ce soir-là, c'était au camp de vacances, dans l'Oregon.

Ils étaient dans la pièce principale de la maison, assis par terre, en tailleur comme les Indiens, de part et d'autre du plateau de Monopoly avec ses cases aux couleurs passées, ses piles bien nettes de billets, le petit chapeau d'Amy et la petite voiture de Wolgast. Wolgast agita les dés dans un cornet, et déplaça son pion vers Washington Square, où se trouvait l'un des six (six !) hôtels d'Amy. La pièce était chauffée par le poêle, et derrière les fenêtres, une neige sèche tombait dans le velours de la nuit et le froid profond de l'hiver.

— Oh non, pitié..., gémit-il.

Il compta lentement les billets. Son désespoir était feint, il voulait perdre. Il lui dit qu'elle avait de la chance, et comme il le disait, ça devenait vrai. Tu as de la chance, Amy.

Et leurs pions faisaient le tour, et recommençaient. L'argent continuait à changer de main. Manhattan Plaza, Rockefeller Center, Carnegie Hall, la gare B&O, qui voulait dire Baltimore and Ohio, et qu'elle appelait Bang and Olufsen, pour rire. Sa pile de billets augmentait alors que celle de Wolgast diminuait ; il n'en avait presque plus. Elle achetait des gares, la compagnie des eaux et la compagnie d'électricité, elle avait bâti des maisons et des hôtels partout, un réseau de propriétés qui lui permettait d'en ériger sans cesse davantage, couvrant le plateau. Quand on avait compris cette fonction exponentielle, on détenait la clé du jeu.

— Je crois que je vais avoir besoin d'un prêt, avoua Wolgast.

— Essaie de demander à la banque.

Elle avait arboré un sourire victorieux. À partir du moment où il emprunterait de l'argent, la fin serait proche. Il lèverait les bras en signe d'abandon. Et puis ils reprendraient leurs places habituelles sur le vieux canapé défoncé, une couverture remontée jusqu'à la poitrine, et ils se feraient la lecture à tour de rôle. Le livre de ce soir-là : *La Machine à explorer le temps,* de H. G. Wells.

Il lança les dés sur le plateau. Trois et quatre. Il déplaça sa voiture et atterrit sur « Taxe de luxe », avec sa petite bague en diamant.

— Et voilà, ça recommence !

Il leva les yeux au ciel et paya.

— C'est tellement bien d'être là, avec toi, dit-il.

Il jeta un coup d'œil vers la fenêtre, derrière elle, et ajouta :

— Qu'est-ce qu'il neige, dehors ! Quand est-ce que ça a commencé à tomber ?

— Je crois que ça fait longtemps.

— J'ai toujours adoré ça. Ça me rappelle quand j'étais petit. Quand il neige, on se croirait toujours à Noël.

Le bois craquait dans le poêle. La neige tombait, et tombait encore, inlassablement, dans l'épaisse forêt. Le matin se lèverait sur une douce lumière blanche et le silence – sauf qu'à l'endroit où ils se trouvaient, il n'y aurait jamais de matin.

— Tous les ans, mes parents m'emmenaient voir la pièce tirée d'*Un chant de Noël.* Partout où on habitait, ils trouvaient un théâtre où m'emmener. Jacob Marley me faisait toujours affreusement peur. *« Il portait les chaînes qu'il avait forgées dans sa vie. »*

Quelle triste histoire ! Mais si belle, aussi. Il y a beaucoup d'histoires qui sont comme ça.

Il réfléchit un instant.

— Je regrette parfois de ne pas pouvoir rester ici pour toujours, avec toi. Je sais bien que c'est idiot de ma part. Rien ne dure éternellement.

— Certaines choses, si.

— Quel genre de choses ?

— Les choses dont on aime se souvenir. L'amour qu'on avait pour les gens.

— L'amour que j'ai pour toi, dit Wolgast.

Amy hocha la tête.

— Parce que je t'aime, tu sais, poursuivit-il avec un sourire. Je ne te l'ai jamais dit ?

— Tu n'avais pas besoin de le dire. Je l'ai toujours su. Je l'ai su dès le premier jour.

— Non, j'aurais dû le dire, insista-t-il sur un ton de regret. C'est mieux quand on le dit.

Un silence tomba, aussi profond que la forêt, profond comme la neige qui tombait sur eux, sur les arbres.

— Tu as quelque chose de différent, Amy, observa-t-il en l'étudiant du regard. Tu as changé.

— Je crois que oui, en effet.

Une douce obscurité se rapprochait d'eux depuis les côtés. Ça se passait toujours comme ça, comme quand la lumière s'éteint progressivement sur une scène, jusqu'à ce qu'ils demeurent seuls à être éclairés.

— Enfin, quoi que ce soit, conclut-il avec un grand sourire, ça me plaît.

Un instant passa, et puis :

— Tu as dit à Carter à quel point j'étais désolé ?

— Il le sait.

Le regard de Wolgast glissa sur elle.

— Ça, je ne me le pardonnerai jamais. Je l'ai su rien qu'en le regardant. Il aimait cette femme de tout son cœur. On dirait qu'on a fini, là, soupira-t-il en laissant tomber ses yeux sur le plateau de Monopoly. Je ne sais pas comment tu te débrouilles, mais je t'aurai la prochaine fois, je gagnerai.

— Tu veux qu'on lise ?

Ils avaient pris place sur le canapé, sous la couverture de laine. Il y avait des chopes de chocolat chaud sur la table. Elles étaient arrivées là comme tout le reste, de leur propre initiative. Wolgast prit le livre et le feuilleta jusqu'à ce qu'il trouve la page où ils s'étaient arrêtés.

— *La Machine à explorer le temps*, chapitre sept.

Il s'éclaircit la gorge et tourna la tête vers elle.

— Ma courageuse petite fille... ma courageuse petite Amy. Je t'aime vraiment, tu sais.

— Moi aussi, je t'aime, dit Amy en se blottissant tout contre lui.

Et c'est ainsi qu'ils passèrent une infinité d'heures, en un clin d'œil à peine, jusqu'à ce que l'obscurité, pareille à une couverture, se pose sur eux.

52.

Ils suivirent la ligne de ravitaillement de l'est jusqu'à Texarkana, au nord, dormant dans des caissons où ils refaisaient le plein de vivres et de carburant. Ils avaient pris l'un des véhicules de Tifty, un petit camion de livraison réaménagé en caisson mobile, ce qui leur serait bientôt utile : au nord de Little Rock, ils dormiraient en plein air. Tifty leur expliqua qu'ils n'auraient pas de problème de carburant. Le véhicule pouvait transporter une réserve supplémentaire de sept cent cinquante litres, et lors de leur équipée avec Greer et Crukshank, quinze ans plus tôt, ils avaient repéré des sources d'approvisionnement jusqu'à la frontière de l'Iowa – des terrains d'aviation, des centrales électriques fonctionnant au diesel, de grands dépôts commerciaux avec leurs champs de réservoirs pareils à des champignonnières. Le véhicule était équipé d'un système de filtration qu'ils pouvaient utiliser pour éliminer le dépôt, et était également muni de comburant. Ils ne se déplaceraient pas vite, mais avec de la chance, et si le temps était de la partie, ils pouvaient espérer arriver dans l'Iowa vers la mi-décembre.

Ils passèrent leur première nuit dans le caisson mobile à cent cinquante kilomètres au sud de la frontière du Missouri. Au crépuscule, Tifty récupéra un grand jerrycan en plastique au fond du camion, se noua un chiffon sur le visage et fit le tour du véhicule en versant par terre le contenu, un liquide clair qui sentait mauvais et piquait les yeux.

— C'est quoi, ce truc ? protesta Lore.

— Une vieille recette de famille. Les dracs détestent ça. Et puis ça masque notre odeur. Ils ne sauront même pas qu'on est là-dedans.

Ils dînèrent – un festin de haricots et de biscuits de troupe – et s'allongèrent sur les couchettes. Bientôt, Hollis se mit à ronfler. Hollis ? Non, Lore, rectifia Peter. Elle dormait comme elle faisait tout le reste : comme ça lui chantait. Peter comprenait l'attirance de Michael – elle avait un fort pouvoir de séduction –, en même temps que sa réticence à la déclarer ouvertement. Qui aurait supporté d'être aussi fortement désiré ? Même si la proie souhaitait être capturée, elle tenait aussi au combat. Pendant les journées qu'ils avaient passées à attendre à la raffinerie, Peter avait eu plus d'une fois l'impression que Lore flirtait avec lui. Ce qui n'était pas faux, mais il savait que c'était une tactique, une façon de s'insinuer plus profondément dans le monde de Michael. Une fois qu'elle serait arrivée au cœur, Michael serait à elle, pieds et poings liés.

Peter se retourna sur sa couchette à la recherche d'une meilleure position ; il avait toujours du mal à dormir dans ces caissons mobiles. Juste quand il commençait à somnoler, un bruit, au-dehors, le réveillait en sursaut. Une fois, près d'Amarillo, les viruls avaient cogné sur les parois toute la nuit. Ils avaient bel et bien soulevé le châssis et tenté de le retourner. Pour ne pas se laisser démoraliser, les hommes de l'équipe de Peter avaient trompé le temps en jouant au poker et en se racontant des blagues, comme si de rien n'était. « Ils en font du boucan, dehors », voilà tout ce qu'ils s'étaient laissés aller à dire. « Comment voulez-vous que je me concentre sur mon jeu ? » Cette vie-là manquerait à Peter. Il était porté déserteur depuis neuf jours, désormais hors la loi autant que Hollis, ou Tifty. Gunnar pourrait toujours essayer de prendre la défense de Peter, son message avait été clair : « Vous prenez ça sous votre bonnet, ici on ne vous connaît plus. »

Et puis, sans transition, Hollis se mit à le secouer pour le réveiller. Ils sortirent dans le froid. Si loin au nord, le changement de saison était radical. Le ciel était bas, chargé de lourds nuages gris, pareils à des formations rocheuses suspendues dans l'air.

Tifty leur indiqua le sol autour du camion.

— Vous voyez ? Pas une seule marque.

Ils reprirent leur route. L'absence de viruls chiffonnait Peter. Même autour des caissons, ils ne voyaient pas trace de passage. Il aurait été mal venu de s'en plaindre, mais c'était tellement étonnant que ça en devenait inquiétant, comme si les viruls leur réservaient un tour à leur façon.

Leur progression ralentit, les routes devinrent indistinctes et Tifty devait souvent arrêter le véhicule pour recalculer leur trajet, à l'aide d'une boussole, de cartes et parfois d'un sextant, un instrument que Peter n'avait jamais vu. Michael lui expliqua son fonctionnement. En mesurant l'angle que le soleil faisait avec l'horizon, et en prenant en compte l'heure et la date, il était possible de calculer l'endroit où on se trouvait sans autre point de référence. L'instrument était principalement utilisé sur les vaisseaux en mer, où l'horizon n'était obstrué par aucun obstacle, mais, lui dit-il, on pouvait aussi s'en servir à terre. Comment sais-tu tout ça ? lui avait demandé Peter, et puis il s'était rendu compte que la réponse était évidente : Michael avait appris à utiliser un sextant en vue du jour où il prendrait la mer pour trouver, ou non, la barrière.

Les jours passaient, ils progressaient, et toujours pas de viruls. Ils s'interrogeaient maintenant ouvertement à ce sujet, même si la discussion se bornait toujours à constater cette étrangeté. Bien que ce soit bizarre, disaient-ils, il fallait croire qu'ils avaient de la chance. Ce qui était le cas, sauf que la chance avait le chic pour vous lâcher au plus mauvais moment. Onze jours de route, leur annonça Tifty alors qu'ils approchaient de la frontière entre le Missouri et l'Iowa. Ils étaient sales et épuisés, ils s'énervaient pour un rien. Pendant deux journées entières ils avaient été bloqués par une rivière sans nom, qu'ils avaient suivie sur plusieurs kilomètres avant de trouver un pont encore debout. Leurs réserves de carburant commençaient à baisser. Le paysage avait à nouveau changé. La contrée n'était pas tout à fait aussi plate que le Texas, mais presque, avec ses molles ondulations tapissées d'une herbe qui leur arrivait à la taille. Vers le milieu de la journée, Hollis, le conducteur, stoppa le véhicule.

Peter, qui somnolait à l'arrière, fut réveillé par le claquement des portières. Il se redressa et s'aperçut qu'il était seul dans la cabine. Pourquoi s'étaient-ils arrêtés ?

Il récupéra son fusil et descendit. Tout était recouvert d'une poudre fine, pâle – l'herbe, les arbres. De la neige ? Une drôle d'odeur âcre, comme une odeur de brûlé, planait dans l'air. Non, ce n'était pas de la neige. Des cendres. Soulevant un petit nuage de blancheur à chaque pas, Peter s'approcha de ses compagnons, immobiles en haut d'une petite élévation de terrain. Il s'arrêta comme eux, cloué sur place par le spectacle.

— Dieu du ciel, murmura Michael. Qu'est-ce que c'est que ce truc-là ?

53.

Cette femme : qui était-elle ?

Une espionne. Une insurgée. Ça au moins, c'était évident ; sa tentative de libération des otages était révélatrice, tout comme le fait qu'elle avait tué six hommes avant de commettre l'erreur fatale. Mais Guilder était perplexe, l'absence de plaque sur son bras ne collait pas. Et cette curieuse odeur qu'il avait détectée, que signifiait-elle ? Ils avaient retrouvé son arme, un Browning semi-automatique, avec une dernière balle dans le chargeur. Il n'en avait jamais vu de pareil, ce n'était pas l'un des leurs. Soit l'insurrection avait constitué une cache d'armes à partir d'une source dont il ignorait tout, soit la femme venait d'un endroit complètement différent.

Guilder n'aimait pas les mystères. Encore moins que l'idée qu'il existait un Sergio.

Cette femme paraissait incassable. Elle ne leur avait même pas dit son nom. Même Sodom, ce psychopathe aux pratiques notoirement scandaleuses, n'avait pas réussi à lui arracher une bribe d'information utile. L'idée de faire appel à ses services lui était venu avec une spontanéité qui l'étonnait lui-même. Envoyer les gens au nourrissage était une chose, les viruls les éliminaient avec une rapidité miséricordieuse, et il fallait bien que ces créatures mangent. Ce n'était pas joli, mais c'était vite expédié. Quant aux coups parfois administrés en cours de détention, voire du prudent recours à la noyade simulée, eh bien, il arrivait que ces mesures soient tout simplement inévitables.

Comment appelait-on ça, à l'époque ? Un « interrogatoire poussé ».

Mais cautionner un viol, ça, c'était une innovation. Ça donnait à réfléchir. C'était le genre de truc qui se produisait dans les petits pays violents, où des hommes armés de machettes hachaient les gens en petits morceaux pour la seule raison qu'ils étaient nés dans le mauvais village, que leurs oreilles n'étaient pas tout à fait pareilles aux leurs, ou qu'ils préféraient le chocolat plutôt que la vanille. Cette pensée aurait dû le révulser. Il n'aurait jamais dû... s'abaisser à ça. C'était Sergio qui l'y avait poussé. Bizarre, tout de même, comme une chose qui paraissait complètement insensée un jour pouvait sembler tout à fait raisonnable le lendemain.

Telles étaient les pensées qui se bousculaient dans la tête de Guilder, assis au bout de la table de conférence. S'il en avait eu la possibilité, il aurait séché ces réunions hebdomadaires qui sombraient inéluctablement dans des arguties procédurières alambiquées, preuve s'il en était besoin qu'un trop grand nombre de cuisiniers gâtait immanquablement la sauce. Guilder était un chaud partisan de deux choses : une chaîne de commandement claire et nette, et une bureaucratie pyramidale à l'autorité diffuse génératrice pour la base d'une masse de travail assortie d'une fringale insatiable de paperasse et de préséances, de sorte que chacun restait à sa place. Enfin, il fallait bien préserver une illusion de partage du pouvoir, au moins pour le moment.

— Quelqu'un a quelque chose à dire ?

Apparemment, personne. Après un silence prolongé au point d'en devenir gênant, Hoppel, le ministre de la Propagande, qui était assis à sa gauche, à côté de Suresh, le ministre de la Santé publique, et juste en face de Wilkes, se racla la gorge et dit :

— Je pense que tout le monde est inquiet, enfin, inquiet, peut-être pas, mais préoccupé, et je pense m'exprimer au nom de tous, ici...

— Bordel, crachez le morceau ! Et enlevez vos lunettes.

— Oh. Oui, pardon.

Hoppel enleva les verres fumés qui dissimulaient son regard et les posa avec une délicatesse nerveuse sur la table de conférence.

— Comme je disais, poursuivit-il, et il se racla à nouveau la gorge, il se pourrait que les choses nous échappent peut-être un peu, n'est-ce pas ?...

— Vous avez sacrément raison, en effet. C'est la première chose intelligente que j'aie entendue de la journée.

— Ce que je veux dire, c'est que la stratégie que nous avons privilégiée n'a pas l'air de produire le résultat escompté.

Guilder poussa un soupir agacé.

— Et qu'est-ce que vous suggérez ?

Les yeux de Hoppel se dardèrent involontairement vers ses collègues : *Vous avez intérêt à me soutenir, les gars, je ne vais pas m'engager sur cette voie tout seul.*

— Nous devrions peut-être envisager une désescalade. Pour un temps du moins.

— Une désescalade ? Nous nous faisons massacrer, là.

— Eh bien, c'est tout le problème. On cause beaucoup dans les Basses-Terres, et pas pour dire du bien de nous. Nous devrions peut-être essayer la méthode, comment dire, un peu moins forte. Et voir ce que ça donne.

— Vous avez perdu la tête ? Vous avez tous perdu la tête ?

— Vous avez dit vous-même que les choses ne se passaient pas tout à fait comme nous voudrions.

— Ce n'est pas moi qui l'ai dit, c'est vous.

— Quoi qu'il en soit, certains d'entre nous, enfin, nous avons parlé...

— C'est le secret le plus mal gardé de cette pièce.

— D'accord. Bon, alors voilà. Nous sommes arrivés à l'idée que nous devrions peut-être prendre la direction opposée. Une approche privilégiant plus les cœurs et les esprits, si vous voyez ce que je veux dire.

Guilder inspira profondément dans l'espoir de retrouver son calme.

— Alors, ce que vous suggérez, ne m'en veuillez pas de paraphraser, c'est que nous devrions agir comme des lavettes.

— Directeur Guilder, si je puis me permettre..., intervint Suresh. Le schéma d'une insurrection réussie...

— Ils tuent des gens. Ils tuent *des terreux.* Qu'est-ce qui n'est pas clair là-dedans ? Ces gens sont des bouchers.

— Personne ne dit le contraire, poursuivit Suresh, le regard terne. Et pendant un moment, ça a joué en notre faveur. Mais les rafles n'ont pas rapporté un renseignement exploitable. Nous ne savons toujours pas où est Sergio, ni comment il se déplace. Personne n'a réussi à l'approcher. Et entre-temps les représailles ont agi comme un outil de recrutement efficace pour l'insurrection.

— Vous savez de quoi vous avez l'air ? Je vais vous le dire : vous avez l'air d'avoir répété votre discours.

Suresh ignora la pique.

— Je vais vous montrer quelque chose.

Dans le dossier posé devant lui, il prit une feuille qu'il fit glisser vers Guilder. C'était l'un de leurs propres bulletins de propagande, mais au verso était griffonné un message différent :

Citoyens des Basses-Terres, levez-vous !
La Fin est proche pour les Yeux-Rouges !
Rejoignez vos Frères dans l'Insurrection !
Tout acte de Désobéissance
est un Coup porté contre le Régime !

Et ainsi de suite, sur le même ton. Guilder releva la tête et vit que tous le regardaient anxieusement, comme s'il était une bombe sur le point d'exploser.

— Et alors ? Qu'est-ce que ça prouve ?

— Les collaborateurs des ressources humaines en ont déjà trouvé cinquante-six, répondit Suresh. Je vais vous donner un exemple des problèmes que ça cause. Ce matin à l'appel, tout un quartier a refusé de chanter l'hymne.

— Ils ont été dûment tabassés ?

— Ils étaient plus de trois cents. Et on ne peut pas en garder plus de la moitié de ce nombre en détention. On n'a tout simplement pas la place.

— Alors diminuez leurs rations de moitié.

— Les terreux vivent déjà en régime de subsistance. Si on le diminue encore, ils ne pourront plus travailler.

C'était à devenir fou. Chaque argument que Guilder avançait était aussitôt réfuté. Il avait bel et bien affaire à une insurrection organisée au sein même de son équipe de direction.

— Sortez d'ici, tous autant que vous êtes !

— Je pense, insista Suresh avec un aplomb exaspérant, que nous devrions chercher un consensus quant à la stratégie à adopter.

Guilder eut un coup de sang. Il sentit ses joues le brûler, les veines palpiter à ses tempes, il était au bord de l'apoplexie. Il ramassa la feuille et l'agita devant eux.

— Les cœurs et les esprits ! Vous entendez ce que vous dites ? Vous avez lu ça ?

— Directeur Guilder...

— Je n'ai rien à ajouter. Sortez !

Les papiers furent rassemblés, les attachés-cases refermés, des regards anxieux échangés autour de la table. Tout le monde se leva et se dirigea vers la porte. Guilder se prit la tête entre les mains. Bordel de merde, il ne manquait plus que ça ! Il devait y remédier, et tout de suite.

— Wilkes, attendez une seconde.

L'intéressé se retourna, les sourcils haussés.

— Vous restez.

Les autres s'en allèrent. Son chef de cabinet s'attarda près de la porte.

— Assis.

Wilkes regagna son fauteuil.

— Vous pouvez me dire ce que c'était que tout ça ? Je vous ai toujours fait confiance, Fred. Je comptais sur vous pour assurer la bonne marche des choses. Alors, ne me racontez pas de conneries.

— Ils sont juste inquiets.

— Inquiets, c'est une chose. Je ne tolérerai aucune division dans les rangs. Pas alors que nous sommes si près du but. Ils pourraient arriver ici à tout moment, maintenant.

— Tout le monde comprend ça. C'est juste qu'ils ne veulent pas... eh bien, que la situation leur échappe. Ils m'ont pris par surprise, moi aussi.

Fais-moi grâce de tes excuses, songea Guilder.

— Qu'en pensez-vous ? Ils sont devenus incontrôlables ?

— Vous voulez vraiment que je réponde à cette question ?

Et comme Guilder restait coi, Wilkes haussa les épaules.

— Peut-être un peu.

Guilder se leva, prit ses lunettes dans la poche de son veston et écarta les rideaux. Cet endroit sinistre, perdu au milieu de nulle part... Il éprouva une soudaine nostalgie du passé, l'ancien monde des voitures, des restaurants, des magasins, des pressings, des déclarations d'impôts, des embouteillages et des queues devant les cinémas. Il y avait longtemps qu'il ne s'était pas senti aussi démoralisé.

— Fred, il va falloir que les gens fassent plus de bébés, poursuivit-il sans se retourner.

— Monsieur le Directeur ?

— Des bébés, Fred, répéta Guilder en secouant la tête, frappé par l'ironie de la situation. C'est drôle, je n'ai jamais su grand-chose sur le sujet. Les enfants... je n'ai jamais vraiment ressenti le besoin d'en avoir. Vous en aviez deux, pas vrai ?

Une règle non écrite voulait qu'ils ne parlent jamais de leur vie d'avant. Guilder sentit l'hésitation de Wilkes dans sa réponse.

— On en avait trois, ma femme et moi. Deux garçons et une fille.

— Vous pensez à eux ?

Guilder se détourna de la fenêtre. Wilkes avait remis ses lunettes, lui aussi.

— Plus maintenant.

Les coins de la bouche de Wilkes eurent un léger frémissement.

— C'est un test, Horace ?

— Peut-être un petit peu.

— Ne faites pas ça.

Le ton avait une force à laquelle Guilder n'était pas habitué. Il n'aurait su dire si c'était rassurant ou non.

— Il faut qu'on mette tout le monde sur le pont, vous le savez. Je peux compter sur vous ?

— La question ne se pose pas.

— S'il vous plaît, Fred...

Un bref instant, et puis Wilkes hocha la tête.

Bonne réponse, mais l'hésitation de Wilkes le turlupinait. Pourquoi Guilder lui avait-il posé la question de confiance ? Ce n'était pas seulement le côté puéril de la réunion qui était perturbant, il avait déjà été confronté à ce genre de situation. Il y en avait toujours un pour marcher sur les pieds d'un autre. *Aïe ! Ça fait mal ! C'est pas juste ! Je vais le dire !* Mais en l'occurrence, il se préparait quelque chose de plus profond, de plus inquiétant. C'était plus qu'un manque de résolution, ça sentait la mutinerie qui couvait, son instinct le lui disait. Guilder avait l'impression de se trouver sur une crevasse qui allait en s'élargissant, un pied de chaque côté. Il referma les rideaux et retourna s'asseoir à la table.

— Quelle est la situation au nourrissage ?

Le visage de Wilkes se détendit visiblement ; ils étaient de nouveau en terrain familier.

— L'explosion a fait beaucoup de dégâts. Il faudra encore au moins trois jours pour réparer les portes et l'éclairage.

Trop long, pensa Guilder. Ils allaient être obligés de le faire en plein air. Enfin, ce n'était peut-être pas plus mal. Il pourrait faire d'une pierre deux coups. Un peu de théâtre, pour amener les troupes à rentrer dans le rang. Il poussa son bloc de l'autre côté de la table, vers son chef de cabinet.

— Écrivez.

54.

— C'est juste... tellement bizarre.

Lila venait de se nourrir et en était encore toute retournée. Le sang avait été apporté, sans doute par Guilder, alors que Sara et Kate jouaient dans la cour. Après deux journées où la température avait réussi à remonter au-dessus de zéro, la neige s'était transformée en une masse collante, parfaite pour faire des boules de neige. Elles s'étaient livrées à une bataille qui avait duré plusieurs heures.

Maintenant elles jouaient aux tasses et aux haricots, assises par terre, devant le feu. Le jeu était nouveau pour Sara ; c'était Kate qui lui avait appris la règle. Encore un nouveau plaisir : apprendre un jeu de sa propre fille. Sara essayait de ne pas penser que cela risquait d'être éphémère. Un message de Nina pouvait arriver d'un jour à l'autre.

— Oui, eh bien, fit Lila comme si elle poursuivait une conversation avec Sara, je vais être obligée de sortir.

Sara n'y fit pas très attention. Lila paraissait complètement à la dérive, égarée dans ses fantasmes. Sortir ? Et pour aller où ?

— David dit qu'il faut que j'y aille.

Face au miroir, Lila adopta la mine renfrognée qu'elle prenait toujours quand elle imitait David :

— Lila, c'est pour une œuvre caritative. Je sais que tu n'aimes pas l'opéra, mais nous devons absolument y aller. Lila, cet homme dirige un grand hôpital, toutes leurs femmes seront là, de quoi aurais-je l'air si j'y allais tout seul ?

Elle poussa un profond soupir résigné et sa brosse interrompit ses navettes dans la crinière lustrée qu'était sa chevelure.

— Si seulement, pour une fois, il pouvait se demander ce que moi j'ai envie de faire, les endroits où j'ai envie d'aller. Ah, ce n'était pas comme ça avec Brad. Lui, il était plein d'attentions.

Elle croisa le regard de Sara, dans le miroir.

— Dis-moi, Dani, tu as un petit ami ? Quelqu'un de spécial pour toi ? J'espère que ça ne t'ennuie pas que je te pose la question. Mon Dieu, tu es assurément assez jolie pour ça. Je parie que tu as des dizaines de soupirants qui viennent frapper à ta porte.

Sara fut momentanément désorientée ; Lila lui posait rarement – sinon jamais – des questions personnelles.

— Pas vraiment.

Lila réfléchit un instant.

— Tu es une petite futée. Tu as la vie devant toi. Amuse-toi, va, tu as tout le temps de te caser. Quand tu rencontreras le bon, tu le sauras.

La femme reprit son brossage minutieux avant de poursuivre d'une voix soudain attristée :

— N'oublie pas ça, Dani. Il y a quelqu'un qui t'attend, là, dehors. Quand tu l'auras trouvé, ne le lâche pas. Moi, j'ai fait cette erreur, et maintenant regarde dans quelle impasse je suis.

Cette remarque, comme tant d'autres, parut flotter dans le vide, n'ayant aucune surface concrète sur laquelle se fixer. Et pourtant, au fil de leurs journées d'enfermement, Sara avait commencé à discerner un schéma signifiant dans ces propos ambigus. C'était l'ombre de faits réels : une histoire bien réelle de gens, d'endroits, d'événements. Si Nina disait vrai à propos de cette femme – et Sara le croyait –, Lila était un concentré de monstruosité comme tous les yeux-rouges. Combien d'Eva avaient été envoyées au sous-sol parce qu'elles avaient... quels étaient les termes que Nina avait employés ? « Cessé d'intéresser cette femme ? » En même temps, Sara ne pouvait nier qu'elle avait quelque chose de pitoyable. Elle paraissait tellement perdue, tellement fragile et pleine de regrets. « Il y a des moments, avait un jour soupiré Lila, sans rapport avec quoi que ce soit, où je ne vois vraiment pas comment les choses pourraient continuer ainsi. » Et un soir, alors que Sara lui massait les pieds avec de la lotion : « Dani, tu ne penses jamais à fuir ? À laisser ta vie derrière toi pour repartir de zéro ? » Elle laissait de plus en plus souvent Sara et Kate s'amuser toutes seules, comme si elle abdiquait son rôle dans la vie de la petite fille – comme si, à un certain niveau, elle connaissait la vérité : *Je vous regarde, toutes les deux, et je me dis que vous êtes parfaites ensemble. Cette petite fille t'adore. Dani, tu es la pièce du puzzle qui manquait.*

— Alors, qu'en penses-tu ?

Sara avait ramené son attention sur le jeu. Elle leva les yeux et vit que Lila la regardait avec gravité.

— Dani, c'est ton tour, dit Kate.

— Une seconde, mon petit chou.

Et puis, à Lila :

— Je suis désolée... Qu'est-ce que je pense de quoi ?

Lila se plaqua un sourire forcé sur le visage.

— De m'accompagner. Je pense que ça m'aiderait beaucoup. Jenny pourrait s'occuper d'Eva.

— Vous accompagner où ça ?

Sara le vit dans son regard : quelle que soit leur destination, Lila n'avait absolument aucune envie d'y aller seule.

— Quelle importance, franchement ? répondit Lila en écartant les deux mains devant elle avec agacement. L'un des... *machins* de David. Pour être honnête, en général, c'est absolument mortel. J'aurais vraiment bien besoin de compagnie.

Elle se tourna sur son tabouret et se pencha vers la fillette :

— Qu'en dis-tu, Eva ? Si tu passais la soirée avec Jenny pendant que maman sort ?

La fillette refusa de croiser son regard.

— Je veux rester avec Dani.

— Mais bien sûr, ma petite chérie. On aime toutes Dani. Il n'y en a pas deux comme elle dans le monde entier. Seulement, de temps en temps, les adultes doivent se retrouver entre eux, pour faire des choses d'adultes. C'est comme ça, c'est tout.

— Eh bien, vas-y.

— Eva, je ne crois pas que tu aies écouté ce que j'ai dit.

La petite fille tirait Sara par la manche.

— Dis-lui.

Lila fronça les sourcils.

— Dani ? De quoi s'agit-il ?

— Je ne... sais pas.

Elle regarda Kate, qui s'était rapprochée d'elle, par terre, et se collait contre elle comme si elle cherchait sa protection. Son petit visage exprimait des émotions conflictuelles. Sara la prit par les épaules.

— Qu'est-ce qu'il y a mon chou ?

— Eva, intervint Lila. Que veux-tu que Dani me dise ? Parle, maintenant.

— Je ne t'aime pas, murmura la fillette, dans les plis de la robe de Sara.

Lila eut un mouvement de recul, son visage se vidant de toute couleur.

— Que dis-tu ?

— Je ne t'aime pas ! C'est elle que j'aime !

Le visage de Lila, au-delà du choc, était l'image même du rejet. Sara sut tout à coup ce qui était arrivé aux autres Eva : c'était exactement *ça*.

Lila parcourut la pièce d'un regard de bête blessée, à la recherche d'un objet auquel s'accrocher.

— Eh bien..., fit-elle en s'éclaircissant la gorge. Je vois.

— Lila, elle ne pensait pas ce qu'elle disait.

La fillette s'était de nouveau blottie contre Sara, le visage collé sur sa robe, tout en observant Lila avec méfiance, du coin de l'œil.

— Dis-le-lui, ma chérie.

— Ce ne sera pas nécessaire, coupa Lila. Elle n'aurait pas pu être plus claire.

Elle se releva maladroitement de son tabouret. Plus rien n'était pareil à présent, ce qui avait été dit était dit.

— Si vous voulez bien m'excuser, je crois que je vais m'allonger un peu. David ne va pas tarder à arriver.

Elle quitta la pièce d'une démarche titubante, le dos rond, comme si elle avait reçu un coup, et se dirigea vers sa chambre.

— Vous voulez toujours que je vous accompagne ? demanda gentiment Sara.

Lila s'arrêta, se cramponna au chambranle de la porte pour reprendre son équilibre.

— Bien sûr, Dani. Pourquoi aurais-je changé d'avis ?

Elles partirent pour le stade à la nuit tombée. Le convoi se composait de dix véhicules, deux pick-up, un à l'avant, un à l'arrière, transportant chacun un peloton de cols armés, encadrant huit élégants 4 × 4 profilés, à bord desquels avaient pris place les membres de la direction. Lila et Sara étaient sur la banquette arrière du deuxième véhicule. Lila portait une cape noire, au capuchon resserré autour du cou, et d'énormes lunettes noires qui lui masquaient la partie supérieure du visage comme un bouclier. Le chauffeur rappelait quelqu'un à Sara, mais elle ne pouvait dire qui. C'était un homme squelettique, aux cheveux bruns clairsemés, dont les yeux clairs tournaient en tout sens. Il croisa son regard dans le rétroviseur, alors qu'ils s'éloignaient du Dôme.

— Toi, quel est ton nom ?

— Dani.

Il lui décocha un sourire dans le rétroviseur. Sara éprouva un sursaut d'appréhension. La connaissait-il ? Son regard avait-il réussi, d'une façon ou d'une autre, à pénétrer le rideau noir de son voile ?

— Eh bien, Dani, ce soir, tu vas te régaler.

Au départ, Guilder s'était opposé à la venue de la domestique de Lila, mais celle-ci avait décrété qu'elle ne bougerait pas sans elle. « David, tu sais ce que j'éprouve quand tu me traînes dans toutes tes fêtes idiotes avec tes idiots d'amis ? Si elle ne vient pas, moi non plus, c'est tout, que ça te plaise ou non. » Et ainsi de suite jusqu'à ce que Guilder cède avec un soupir. « C'est bon, avait-il dit. Comme vous voudrez, Lila. Peut-être faut-il qu'une de vos servantes voie ce que vous êtes vraiment. Plus on est de fous, plus on rit. »

Ils traversaient maintenant les Basses-Terres, longeant le fleuve silencieux, apaisé sous une peau de glace hivernale. Lila subissait une transformation. À chaque minute qui passait, alors que les lumières du Dôme reculaient derrière elles, sa personnalité s'estompait. Elle s'étirait comme un chat, faisait le dos rond et se caressait le visage et les cheveux en émettant des petits bruits de gorge, des sortes de bourdonnements.

— Mmm, ronronnait-elle avec un plaisir presque sexuel. Tu les sens ?

Sara ne savait que répondre.

— C'est... merveilleux !

Ils franchirent le portail. Droit devant, le stade, éclairé de l'intérieur, brillait dans la nuit d'hiver. Sara n'avait pas vraiment peur, elle avait plutôt l'impression d'un envahissement de ténèbres. La caravane ralentit en gravissant la rampe et émergea près d'un terrain vivement illuminé, entouré de gradins. Les véhicules s'arrêtèrent derrière un camion de métal argenté, autour duquel une douzaine de cols attendaient en jouant avec leurs matraques et en battant la semelle pour oublier le froid. Un grand pieu avait été planté dans le sol au milieu du terrain.

— Mmm, continuait de faire Lila.

Les portières s'ouvrirent, tout le monde descendit. À côté de la voiture, Lila souleva le voile de Sara et lui caressa tendrement la joue.

— Ma Dani, ma douce. N'est-ce pas merveilleux ? Mes bébés, mes beaux bébés...

— Lila, que se passe-t-il ici ?

La femme fit pivoter sa tête sur son cou avec une délectation sensuelle. Son regard était devenu doux et lointain. La Lila que Sara connaissait avait complètement disparu. Elle rapprocha son visage de celui de Sara et, à la grande surprise de celle-ci, lui planta un baiser sec sur les lèvres.

— Je suis tellement contente que tu m'aies accompagnée.

Le chauffeur prit Sara par le coude et la conduisit vers les gradins.

Vingt hommes en costume sombre, assis sur deux rangées, bavardaient avec animation en soufflant sur leurs poings. On indiqua à Sara une place au quatrième rang, parmi un groupe de cols, et elle en entendit un dire à l'autre :

— C'est vraiment formidable. Je n'ai jamais eu l'occasion de voir ça.

Guilder, au bas des gradins, se tourna vers le groupe. Il portait un pardessus noir qui laissait entrevoir un nœud de cravate également noir. Il tenait une radio dans sa main gantée.

— Bienvenue à toute l'équipe de direction, déclara-t-il avec un sourire immense, formant des nuages de buée devant son visage à chaque mot. J'ai un petit cadeau pour vous, ce soir, pour vous remercier du formidable travail que vous avez fourni, alors que nous approchons du couronnement de nos efforts.

— Faites-les venir ! hurla l'un des yeux-rouges, provoquant une cacophonie de rires et d'acclamations.

— Allons, allons, reprit Guilder avec des gestes apaisants censés ramener le silence. Le spectacle auquel vous allez assister vous est déjà familier. Mais ce soir, nous avons prévu quelque chose de très spécial. Ministre Hoppel, voulez-vous approcher, s'il vous plaît ?

L'un des yeux-rouges du deuxième rang – grand, la mâchoire carrée, les cheveux en brosse – se leva et rejoignit le Directeur, devant l'assistance.

— Bon sang, Horace, ce n'est pourtant pas mon anniversaire, lança-t-il avec un sourire embarrassé.

— Peut-être qu'il va te révoquer ! brailla une autre voix.

Des rires à nouveau. Guilder attendit qu'ils s'apaisent.

— M. Hoppel que voici, poursuivit-il en posant une main paternelle sur le dos de l'homme, comme vous le savez tous, est avec nous depuis le début. En tant que ministre de la Propagande, il nous a apporté une aide capitale dans la poursuite de nos actions. Et c'est pourquoi, continua-t-il en durcissant subitement le ton, j'ai le plus grand regret de vous informer que les preuves irréfutables portées à ma connaissance démontrent que le ministre Hoppel agit de connivence avec l'insurrection.

Il tendit vivement la main vers le visage de l'homme, lui arracha ses lunettes et les lança au loin. Hoppel poussa un cri de douleur et porta aussitôt ses mains à son visage.

— Gardes ! ordonna Guilder. Emmenez-le !

Deux cols empoignèrent aussitôt le ministre par les bras tandis que d'autres les entouraient en dégainant leurs armes. Un moment de confusion, un brouhaha de voix dans les gradins.

— Quoi ? Qu'est-ce qu'il dit ? Hoppel ? Comment est-ce possible ?

— Oui, mes amis, le ministre Hoppel est un traître. Il transmettait à l'insurrection des informations cruciales qui ont provoqué les attentats de la semaine dernière, au cours desquels deux de nos collègues ont été tués.

— Bon Dieu, Horace !

Les genoux de l'homme se dérobèrent sous son poids. Les paupières étroitement plissées, il se démenait pour échapper à la poigne de ses gardes, mais il paraissait avoir perdu toute force.

— Vous me connaissez ! Vous me connaissez tous ! Suresh, Wilkes, que quelqu'un lui dise !

— Je suis désolé, mon ami. C'est vous qui l'aurez voulu. Qu'on l'emmène dans l'arène.

On l'entraîna. Un silence sidéré était tombé sur la foule. Au milieu du terrain où le camion argenté était arrêté, Hoppel fut attaché au poteau avec une grosse corde. L'un des cols apporta un seau et, dans une gerbe écarlate, en déversa le contenu sur lui, trempant ses vêtements, ses cheveux, son visage. Il se tortillait, impuissant, poussant des cris pitoyables.

— Ne faites pas ça ! Je vous en prie, je vous le jure, je ne suis pas un traître. Espèces de salauds, dites quelque chose !

Guilder mit ses mains en porte-voix et cria, vers l'autre côté du terrain :

— Le prisonnier est-il bien attaché ?

— Il est attaché !

Il porta la radio à sa bouche.

— Éteignez les lumières.

Le bruit du mécanisme d'une lourde serrure, suivi du raclement de la porte qui s'ouvrait.

Accrochée au plafond par les poignets, Alicia sentait que son poids pesant au bout de ses bras tendus les faisait lentement craquer. Elle était épuisée, complètement épuisée. Des filets de sang séché, collant, couraient le long de ses jambes nues. L'homme connu sous le nom de Sodom, à cause des sombres pratiques auxquelles il s'adonnait, n'avait épargné aucune partie de son corps. Il lui avait rempli les oreilles de ses grommellements et le nez de son souffle chaud, puant. Il l'avait griffée, frappée, mordue. Mordue comme un animal. Ses seins, la peau douce de son cou, l'intérieur de ses cuisses portaient les marques de ses dents. Malgré cela, elle n'avait pas pleuré. Crié, oui. Hurlé même. Mais elle ne lui avait pas donné la satisfaction de verser des larmes. Et voilà qu'il revenait, faisant paresseusement osciller autour de son doigt l'anneau tintinnabulant de ses clés, promenant son œil valide sur son corps, de long en large, un sourire avide, bestial affiché sur son visage à demi carbonisé.

— Pendant que tout le monde est au stade pour le grand spectacle, je me suis dit qu'on pourrait se payer un peu de bon temps, juste nous deux.

Qu'y avait-il à répondre ? Rien.

— J'ai pensé qu'on pourrait en profiter pour essayer quelque chose de nouveau. Le banc est tellement... impersonnel.

Il commença à défaire une succession compliquée de cuir et de boucles. Il enleva ses bottes, son pantalon. Il procéda au grand déshabillage, sous le regard impuissant d'Alicia, en proie à une répulsion muette. Elle avait l'impression d'avoir dans la tête une dizaine d'Alicia différentes, qui détenaient chacune une unique information, sans lien entre elles. Et pourtant : « Tout le monde est au stade ; juste nous deux. »... Ça, c'était inédit, pensa-t-elle. Une infraction indéniable à la procédure.

Généralement, ils étaient quatre : un pour actionner le treuil, deux pour la maintenir, plus Sodom. Où étaient les autres ?

Juste nous deux...

— Je vous en supplie, coassa-t-elle. Ne me faites pas mal. Je peux être bonne, vous verrez.

— Ça, c'est tentant.

— Laissez-moi descendre et je vous montrerai comme ça peut être bon.

Il réfléchit un instant.

— Vous n'avez qu'à me dire ce que vous voulez et je vous le ferai.

— Tu te fous de moi !

— Vous pouvez me laisser les menottes. Je vous promets de ne pas me débattre. Je vous ferai tout ce que vous voudrez.

Elle vit que l'idée prenait forme dans sa tête. Elle était nue, en sang, que pouvait faire une femme dans son état ? Le trousseau de clés était accroché à la ceinture de son pantalon, abandonné par terre derrière lui. Alicia s'obligea à ne pas les regarder.

— Y a peut-être de l'idée là-dedans, convint Sodom. Je vais te dire...

Les chaînes qui passaient sur une poulie fixée au plafond étaient commandées par un levier mural. Haletant, congestionné, Sodom s'en approcha et débloqua le frein. Il y eut un cliquetis de ferraille au-dessus de sa tête, les pieds d'Alicia effleurèrent le sol.

— Plus de mou, dit-elle. Que je puisse bouger.

Un sourire léthargique, lubrique.

— C'est une façon de voir que j'apprécie.

La pression sur ses poignets se relâcha.

— Encore un peu.

Sa stratégie aurait dû être évidente, mais le plaisir anticipé eut raison des dernières bribes de raisonnement du bonhomme. Les bras d'Alicia retombèrent sur ses côtés. Elle disposait maintenant d'un rayon d'action de deux bons mètres.

— Pas de blague, là.

À la demande de Sodom, elle se mit à quatre pattes. Il s'approcha d'elle par-derrière, la rejoignant par terre.

— Tu vas voir, ce sera inoubliable, dit-elle. Je te le promets.

Comme il la prenait par les hanches, elle rapprocha son genou droit de sa poitrine pour se donner de l'élan et lui balança son pied dans la figure. Un craquement, un jappement : elle se releva d'un bond et fit volte-face. Il était affalé par terre et se tenait le nez, un sang noir giclant entre ses doigts.

— Espèce de putain de salope !

Il se jeta sur elle, tenta de la prendre à la gorge. Toute la question était de savoir qui allait attraper l'autre en premier. Alicia fit un pas en arrière, écarta le bras, fit tourner la chaîne comme un lasso et la lança.

La boucle tomba autour de la tête de l'homme. Alicia le tira vers elle, fit un écart et profita de la force d'inertie pour le faire pivoter afin de se retrouver derrière lui. De sa main libre, elle forma un deuxième anneau de chaîne et le lui enroula autour du cou. Un petit saut, et elle passa ses jambes autour de la taille de l'homme. Il émit des gargouillements et commença à agiter les bras dans le vide. *Crève, cochon,* pensa-t-elle. *Crève, crève, crève !* Et de toutes ses forces, elle renvoya son poids en arrière, tirant les chaînes comme les rênes d'un cheval, le projetant vers le sol. Une rude secousse interrompit sa chute et les chaînes se tendirent. La poulie au-dessus d'elle se bloqua et Alicia perçut le son qu'elle rêvait d'entendre : un craquement d'os très jouissif.

Ils étaient suspendus à cinquante centimètres au-dessus du sol, enchaînés l'un à l'autre. Quatre-vingt-dix kilos de poids mort pesaient maintenant au-dessus d'elle. Elle replia les jambes, cambra le dos et poussa. Sodom fléchit sur ses genoux et tomba face contre terre sur le sol de béton. Elle récupéra les clés, défit ses menottes et les arracha à ses poignets.

Ensuite, toute réflexion oblitérée par un rugissement de haine, elle le bourra de coups de pied, lui sauta sur la tête et lui écrasa le visage sur le béton avec son talon. Elle l'attrapa par les cheveux, traîna son corps inerte à travers la cellule et le releva pour lui fracasser la tête contre le mur.

— Alors, sac à merde, ça te plaît ? C'est bon d'avoir le cou en miettes ? Tu aimes que je te tue ?

Il y avait peut-être quelqu'un devant la cellule, peut-être que d'autres hommes allaient se ruer à l'intérieur, l'enchaîner au plafond et tout recommencer. Mais ça n'avait pas d'importance. Tout ce qui comptait, c'était la tête de Sodom. Elle allait la réduire en purée jusqu'à ce que ce soit la chose la plus morte de l'histoire du monde, l'homme le plus mort de tous les temps. Elle hurla, encore et encore :

— Maudit sois-tu ! Maudit sois-tu ! Maudit sois-tu !

Et puis ce fut fini. Elle le lâcha. Le cadavre bascula sur le côté, abandonnant une traînée luisante de cervelle sur le mur. Alicia se laissa tomber à genoux, avala de grandes goulées d'air. C'était fini mais elle n'avait pas cette impression. « Fini » n'existait pas, n'existerait plus jamais.

Il fallait qu'elle trouve des vêtements. Il lui fallait une arme. Attaché au mollet de Sodom, elle découvrit un poignard à la lourde poignée. Il était mal équilibré, mais elle devrait s'en contenter. Elle ramassa le pantalon et la chemise pleins de la puanteur de l'homme et les enfila avec un profond dégoût. Elle en avait la chair de poule, comme s'il la touchait encore. Elle remonta les manches de la chemise, roula le bas des jambes du pantalon et resserra la taille avec la ceinture. Les bottes étaient bien trop grandes et ne feraient que la ralentir, elle devrait marcher pieds nus. Elle écarta le cadavre de la porte en le traînant et tapa sur le panneau de métal avec le manche du couteau.

— Hé ! cria-t-elle, les mains devant la bouche pour abaisser le registre de sa voix. Hé, je suis enfermé là-dedans !

Les secondes passèrent sans réponse. Et s'il n'y avait personne dehors. Alors, que faire ? Elle frappa sur la porte, plus fort cette fois, priant pour que quelqu'un vienne.

Et puis le mécanisme de la serrure joua. Alicia se glissa sans l'encognure alors que le garde entrait dans la cellule.

— Va te faire foutre, Sodom. Tu m'avais dit que tu me laissais une demi-heure...

Il n'eut pas le temps d'achever ses récriminations. Alicia se précipita derrière lui, lui plaqua une main sur la bouche et, de l'autre, lui enfonça la lame de son poignard dans les reins, vers le haut, en prenant bien soin d'imprimer un mouvement de torsion à la pointe.

Elle laissa tomber le corps sur le sol où le sang formait déjà une large mare sombre. Son odeur riche monta à ses narines. Alicia se rappela son vœu : *Je boirai le sang de ces salauds jusqu'à la dernière goutte, je les pomperai à sec. Je me baptiserai dans le sang de mon ennemi.* Cette pensée l'avait soutenue pendant ses journées de torture. Mais elle regarda les deux hommes, d'abord le garde et puis Sodom, son corps nu, pâle, comme une limace blanche sur le béton, et elle eut un frisson de dégoût.

Pas maintenant, pensa-t-elle, pas encore, puis elle se glissa dans le couloir.

L'obscurité tomba sur le terrain. Le silence se fit dans les gradins. C'est alors que, très haut dans le ciel, une lumière aquatique, froide, s'éveilla à une vie palpitante et baigna le stade d'une lueur lunaire, artificielle.

Lila apparut à l'arrière du camion argenté. Tous les yeux-rouges empochèrent leurs lunettes noires. Hoppel avait cessé de se lamenter et s'était mis à sangloter. Un camion s'engagea sur le terrain. Deux cols en descendirent, trottèrent vers les portes arrière et les ouvrirent.

Onze personnes en sortirent, six hommes et cinq femmes. Ils avaient les poignets et les chevilles entravés, et ils étaient attachés les uns aux autres. Ils trébuchaient, pleuraient, imploraient qu'on leur laisse la vie sauve. Leur terreur était telle qu'elle abolissait chez eux toute résistance. Un froid engourdissement s'était emparé de Sara, elle réprima une vague envie de vomir. L'une des femmes ressemblait à Karen Molyneau, mais elle ne pouvait en être sûre. Les cols traînèrent les prisonniers vers Hoppel et leur ordonnèrent de s'agenouiller.

— C'est vraiment géant ! fit une voix non loin de Sara.

Tous les cols sauf un s'éloignèrent au petit trot et rejoignirent Lila à l'arrière du gros camion. Celle-ci se balançait, la tête oscillant d'un côté à l'autre. On aurait dit qu'elle flottait au gré d'un courant invisible, ou qu'elle dansait, emportée par une musique inaudible.

— Je croyais qu'ils devaient être dix, dit le même yeux-rouges deux rangs plus bas.

— Ouais. Dix.

— Ben, ils sont onze.

Sara recompta. Onze.

— Tu devrais descendre le dire à Guilder.

— Tu plaisantes ?! Comment savoir ce qu'il a en tête ces temps-ci ?

— Tu ferais mieux d'éviter ce genre de réflexion. S'il t'entend dire ça, le prochain, ce sera toi.

— Ce type perd les pédales, moi je te le dis.

Une pause.

— D'un autre côté, j'ai toujours su que Hoppel avait quelque chose de pas net.

Ces paroles effleuraient Sara comme une brise lointaine. Son attention était uniquement concentrée sur le terrain. Était-ce Karen ? La femme avait l'air plus âgée, et puis elle était trop grande. La plupart des prisonniers agenouillés, les mains sur la tête, dans la neige croûteuse, avaient adopté une posture défensive, de repli ; d'autres, redressés, le visage baigné par la lumière bleue, avaient commencé à prier. Le dernier col se bardait de rembourrages renforcés. Il s'enfonça un casque sur la tête et fit un geste en direction des gradins. Sara se rendit compte qu'elle avait tous les muscles noués. Elle aurait voulu détourner le regard, mais elle en était incapable. Le col s'approcha de l'arrière du camion argenté et farfouilla bruyamment dans la serrure avec ses clés.

Les portes s'ouvrirent, le col s'éclipsa rapidement. Pendant une seconde, il ne se passa rien. Et puis les viruls émergèrent, jaillirent du camion comme des insectes de taille humaine, et se jetèrent à quatre pattes dans la neige. Leurs formes minces, cuirassées de muscles, palpitaient d'une vivacité luisante. Huit, neuf, dix. Ils s'approchèrent de Lila, les bras grands ouverts, les paumes levées vers le ciel. Un geste d'invite, de bienvenue. À ses pieds, ils s'inclinèrent.

Elle les touchait, les caressait. Elle passait les mains sur leur crâne lisse, les prenait par le menton comme si c'étaient des enfants, et leur relevait la tête pour les regarder dans les yeux avec adoration.

Mes merveilles, l'entendait dire Sara. *Magnifiques, splendides...*

— Tu le crois, ça ? Putain, c'est qu'elle les aime vraiment !

Des otages, il ne leur parvenait que des bruits de pleurs étouffés. La fin était inévitable, ils devaient l'accepter. À moins que ce ne soit l'étrangeté de la scène qui les plongeait dans un silence sidéré.

Mes gentils petits, vous avez faim ? Maman va vous donner à manger. Maman va s'occuper de vous. Voilà ce que maman va faire.

— Non, je suis sûr qu'ils devaient être dix.

Une nouvelle voix, venant de la droite cette fois :

— Tu as dit dix ? C'est ce que j'avais entendu dire aussi.

— Alors qui est le onzième ?

L'un des yeux-rouges se leva d'un bond et tendit le doigt vers le terrain.

— Il y en a un de trop !

Toutes les têtes, y compris celle de Guilder, se tournèrent vers lui.

— C'est sérieux ! Il y a onze personnes là-bas !

— *Allez-y, maintenant, mes chéris.*

Les viruls s'écartèrent de Lila. Simultanément, l'un des otages se leva d'un bond, révélant son visage. C'était Vale. Les viruls encerclèrent le groupe. Tout le monde criait. Vale ouvrit son blouson, révélant les rangées de tubes métalliques attachés sur sa poitrine. Il leva les bras au ciel, le pouce posé sur le détonateur.

— Vive Sergio !

Neuvième partie

L'Arrivée

« Et je vis un cheval pâle,
Et celui qui était monté dessus s'appelait la Mort,
Et l'Enfer le suivait. »

APOCALYPSE 6,8

55.

La coiffeuse de Lila explosa dans un fracas retentissant. Guilder souleva Lila pour la remettre sur pied et lui assena en plein visage un revers de main qui l'envoya valdinguer les quatre fers en l'air vers le canapé.

— Comment avez-vous pu laisser cela se produire ? hurla-t-il, écumant de rage. Pourquoi n'avez-vous pas rappelé les viruls ? Dites-le-moi !

— Je n'en sais rien ! Je n'en sais rien !

Il la prit par le col de son peignoir et la projeta avec une aisance terrifiante, la tête la première, contre la bibliothèque. Un choc à la fois sourd et violent, des bruits d'objets qui dégringolaient, les hurlements de Lila. Roulée en boule par terre, Sara faisait un rempart de son corps à Kate, recroquevillée sur elle-même, terrorisée.

— Tous les viruls, jusqu'au dernier ! Neuf de mes hommes, morts ! Non, mais de quoi j'ai l'air maintenant ?!

— Ce n'était pas ma faute ! Je ne me rappelle pas ! David, je t'en prie !

— Il n'y a pas de David !

Sara ferma les yeux de toutes ses forces. Kate gémissait tout bas dans ses bras. Que se passerait-il si Guilder tuait Lila ? Que deviendraient-elles toutes les deux ?

— Arrête, David ! Je t'en supplie !

Lila gisait par terre, sur le dos, Guilder à califourchon sur elle, une main lui relevant la tête en la prenant par le cou. L'autre main, le poing serré, prenait du recul, s'apprêtant à frapper. Lila avait les bras relevés devant le visage dans une tentative dérisoire pour se protéger du poing de Guilder qui allait lui écraser la face comme un bélier.

— Vous... me... dégoûtez !

Il relâcha sa prise et recula en s'essuyant les mains sur sa chemise. Lila sanglotait sans retenue. Elle avait à la pommette une plaie qui saignait et les cheveux poissés de sang. Le regard de Guilder passa sur Sara sans s'arrêter. *Tu n'es rien,* disaient ses yeux. *Tu es un personnage dans un jeu de faux-semblants qui n'a que trop duré.*

Puis il quitta la pièce comme un vent de tempête.

Sara s'approcha de Lila qui geignait par terre. Elle s'agenouilla à côté d'elle et tendit la main pour examiner la blessure qu'elle avait au visage. Dans un sursaut d'énergie inattendu, Lila repoussa sa main et recula sur les coudes, comme un insecte.

— Ne me touche pas !

— Mais vous êtes blessée...

Elle ouvrit de grands yeux paniqués et agita les mains devant son visage, l'air affolée.

— Éloigne-toi ! Ne touche pas à mon sang !

Elle se releva d'un bond, fila dans sa chambre et claqua la porte derrière elle.

Six heures deux.

Les véhicules descendirent vers les Basses-Terres dans l'obscurité qui précède l'aube, les portes s'ouvrant à la volée devant eux. Le 4 × 4 noir profilé du Directeur filait comme la pointe d'une flèche en tête de colonne, suivi par deux camions-bennes transportant des hommes en uniforme. Ils traversèrent le dédale des quartiers à toute vitesse, dans un bruit d'enfer, leurs pneus colmatés par la boue projetant des grumeaux de neige sale sur les travailleurs au visage las, aux yeux las, qui sortaient des chambrées pour le rassemblement et l'appel du matin. Les gens les suivaient brièvement du regard, ne leur accordaient qu'un bref coup d'œil ; ils savaient qu'ils n'avaient pas intérêt à les observer trop attentivement. *Un convoi officiel, ça ne me regarde pas. Ou du moins vaudrait mieux pas.*

Guilder contemplait les terreux d'un œil méprisant par les vitres arrière du véhicule de tête. Ce qu'il pouvait les détester... Pas seulement les insurgés, ceux qui le défiaient – ils lui répugnaient tous, jusqu'au dernier. Ils vivaient leurs pauvres petites vies comme des bêtes brutes, ne voyant jamais plus loin que le prochain carré de terre à labourer. Un jour comme les autres dans les hangars de la laiterie, les champs et l'exploitation de biocarburant. Un jour comme les autres aux cuisines, dans la buanderie et les porcheries.

Sauf que ce jour-là n'était pas un jour comme les autres.

Les véhicules s'arrêtèrent devant le quartier 16. En s'éclaircissant, le ciel à l'est avait pris une teinte gris jaunâtre qui évoquait du vieux plastique.

— C'est celui-là ? demanda Guilder à Wilkes.

L'autre, assis à côté de lui, hocha la tête, les lèvres pincées.

Les cols descendirent et prirent position. Guilder et Wilkes s'éloignèrent du véhicule. Devant eux, sur quinze rangées également espacées, trois cents terreux grelottaient dans le froid. Deux autres camions s'arrêtèrent sur la place. L'arrière était fermé par des rabats de grosse toile.

— À quoi ça sert, ça ? demanda Wilkes.

— Un petit... moyen de persuasion supplémentaire.

Guilder s'approcha du responsable des ressources humaines et lui prit le porte-voix des mains. Un bruit strident – du larsen – et puis sa voix retentit sur la place.

— Qui a quelque chose à dire sur Sergio ?

Pas de réponse.

— Dernier avertissement. Qui a quelque chose à dire sur Sergio ?

Le silence, à nouveau.

Guilder avisa une femme dans la première rangée. Ni jeune ni vieille, et un visage tellement anonyme qu'il aurait aussi bien pu être modelé dans du mastic. Elle avait des mitaines noires de suie aux mains, cramponnées au foulard sale noué sous son menton.

— Toi ! Quel est ton nom ?

Les yeux baissés, elle marmonna quelque chose dans les replis de son foulard.

— Je n'ai rien entendu. Parle plus fort !

Elle se racla la gorge, réprimant une quinte de toux, et répondit d'une voix réduite à un râle chargé de glaires :

— Priscilla.

— Où tu travailles?

— Au tissage, monsieur.

— Tu as une famille ? Des enfants ?

Elle hocha faiblement la tête.

— Alors ? Réponds !

Ses genoux se mirent à trembler. Son visage était devenu livide.

— Une fille et deux fils.

— Un mari ?

— Mort, monsieur. L'hiver dernier.

— Condoléances. Approche.

— J'ai chanté l'hymne hier. C'étaient les autres, je le jure.

— Et je te crois, Priscilla. Tout de même, messieurs, pouvez-vous l'assister, s'il vous plaît ?

Deux cols trottinèrent vers la femme et la prirent par les bras. Elle s'avachit comme si elle était sur le point de s'évanouir. Ils durent la soutenir pour l'entraîner devant le Directeur et l'obligèrent à s'agenouiller. Elle n'émettait pas un bruit. Sa soumission était totale.

— Qui sont tes enfants ? Montre-les !

— Pitié..., fit-elle en pleurant à fendre l'âme. Ne m'obligez pas...

L'un des cols leva sa matraque au-dessus d'elle.

— Cet homme va t'éclater le crâne, annonça Guilder.

Elle secoua sa tête inclinée.

— Très bien, dit-il.

La matraque s'abattit. La femme bascula en avant dans la boue. Un cri se fit entendre, sur la gauche.

— Allez la chercher !

Une jeune adolescente, le portrait craché de sa mère. Elle se laissa tomber à genoux, secouée de sanglots, la morve au nez. Le Directeur releva son porte-voix.

— Quelqu'un a quelque chose à dire ?

Silence. Il tira un pistolet de sous son manteau et fit coulisser la culasse.

— Ministre Wilkes, reprit-il en lui tendant l'arme, si vous voulez bien nous faire l'honneur...

— Enfin, Horace, hoqueta l'autre, visiblement consterné. Qu'essayez-vous de prouver ?

— Ça vous pose un problème ?

— Nous avons des gens pour ce genre de chose. Ça ne faisait pas partie du marché.

— Quel marché ? Il n'y a pas de marché. Il n'y a que ce que je dis moi.

Wilkes se raidit.

— Je ne ferai pas ça.

— Vous ne le ferez pas ou vous ne pouvez pas ?

— Quelle différence ?

Guilder fronça les sourcils.

— Pas grand-chose, tout bien réfléchi.

Sur ces mots, il se plaça derrière la fille, lui appliqua le bout du canon sur la nuque et tira.

— Bonté divine !

— Vous savez quel est le plus gros problème que pose le fait de ne pas vieillir ? demanda Guilder en essuyant son arme maculée de sang avec un mouchoir. J'y ai beaucoup réfléchi.

— Allez vous faire foutre, Horace !

Le Directeur pointa l'arme vers le visage exsangue de Wilkes, visa un point entre ses yeux.

— On oublie qu'on peut mourir.

Et Guilder l'abattit lui aussi.

Un changement se produisit dans la foule. La peur se mua en une sensation différente. Des murmures commencèrent à parcourir les rangs, des calculs à voix basse, une montée d'énergie chez des gens qui n'avaient rien à perdre et le savaient. Les choses étaient allées plutôt plus vite que Guilder n'aurait voulu – il avait espéré obtenir un renseignement utile avant de laisser retomber le couperet –, mais les dés étaient jetés.

— Ouvrez les camions !

Les rabats de toile furent écartés. Il y eut un geyser, une éruption volcanique de hurlements : le mystère était levé. Guilder regagna rapidement sa voiture et ordonna au chauffeur de démarrer. Ils s'éloignèrent dans un panache de boue et de neige sale, laissant derrière eux se déchaîner la mortelle symphonie – un chœur de cris stridents et de hurlements sauvages, terrorisés, ponctués par les tirs syncopés d'armes automatiques, qui finirent par s'estomper pour laisser la place à des détonations isolées, celles des cols qui parcouraient les rangées de corps tombés à terre et faisaient à jamais taire les derniers survivants.

56.

L'Iowa. Les cendres d'ossements.

Ils avaient épuisé leurs réserves de carburant du côté de Millersburg, trouvé refuge pour la nuit dans une église sans toit, et étaient repartis à pied le lendemain matin. Encore une centaine de kilomètres, avait annoncé Tifty, peut-être un peu plus. Ils étaient tombés sur deux autres champs d'ossements semblables au premier. Le nombre de viruls morts était inimaginable. Des milliers, peut-être des millions. Qu'est-ce que ça voulait dire ? Quelle force les avait poussés à s'allonger par terre, à ciel ouvert, en attendant que le soleil les emporte ? À moins qu'ils n'aient été déjà morts quand la lumière avait réduit leurs corps en cendres... Même Michael, l'homme des théories, n'avait pas de réponse.

Ils continuèrent. En se traînant dans la neige qui leur montait maintenant jusqu'aux genoux par endroits. Ils arrivaient au bout de leurs réserves de nourriture, et il n'y avait pas de gibier à chasser. Ils en furent réduits à manger leurs dernières rations – des lambeaux de viande séchée et de suif qui laissaient un film graisseux sur le palais. La terre paraissait cristallisée, l'air suspendu, comme si le monde retenait son souffle. Pendant des heures, pas la moindre brise, puis le vent se levait en hurlant. Les heures de jour filaient en un clin d'œil. Ils portaient de lourdes parkas au capuchon bordé de fourrure, des bonnets de laine enfoncés sur le front, des gants dont ils avaient coupé le bout des doigts pour le cas où ils auraient besoin de faire usage de leurs armes – sauf que Peter se demandait s'ils en seraient seulement capables. Il n'avait jamais eu aussi froid de sa vie – il n'aurait jamais imaginé qu'il puisse *faire* aussi froid. Comment Tifty arrivait-il à s'orienter dans cet endroit désolé ?

Ils passèrent leur dix-huitième nuit dans un atelier de carrosserie où ils trouvèrent, par miracle, un gros poêle de fonte couvert de pierre réfractaire. Mais que faire brûler ? Dans le jour finissant, Michael et Hollis revinrent de la ferme voisine avec deux chaises de bois et les bras pleins de livres. *L'Encyclopédie universelle, 1998*. Une honte de brûler des livres, ça allait à l'encontre de toutes leurs valeurs, mais ils avaient vraiment besoin de se réchauffer. Deux voyages de plus, et ils eurent tout ce qu'il leur fallait pour la nuit.

Ils se réveillèrent par un soleil éclatant. C'était la première belle matinée depuis des jours, mais la température était encore plus glaciale si c'était possible. Un vent du nord implacable agitait les branches des arbres. Ils s'offrirent le luxe d'une dernière flambée et se blottirent autour du poêle en savourant la moindre bribe de chaleur.

— Une sorte de... de mue.

C'était Michael qui avait parlé. Peter se tourna vers lui.

— Qu'est-ce que tu racontes ?

— Combien vous croyez qu'on en a vu ? demanda Michael, les yeux rivés à la porte vitrée du poêle.

Peter eut un haussement d'épaules.

— Je ne sais pas. Beaucoup.

— Et ils sont tous morts en même temps. Dites, et si ce qui arrive devait arriver, si ça faisait partie du cycle vital des viruls ? C'est ce qui se passe chez les oiseaux, les insectes et les reptiles. Quand une partie de leur corps est usée, ils s'en débarrassent et ils s'en font pousser une nouvelle.

— Sauf que là, il s'agit de viruls entiers, objecta Lore.

— C'est l'impression que ça donne. Mais tout ce qu'on sait d'eux montre qu'ils fonctionnent comme un groupe. Chacun est connecté à son essaim, lequel est connecté à son Douze. Oublions le baratin sur les âmes et tout le reste. Je ne dis pas qu'il n'y a pas du vrai là-dedans, mais ça, c'est le rayon d'Amy. Mon point de vue à moi, c'est que les viruls sont une espèce comme les autres. Quand Lacey a tué Babcock, tous ses viruls sont morts. Comme des abeilles, vous vous souvenez ?

— Moi, je m'en souviens, répondit Hollis en hochant la tête. « Tuez la reine et vous tuez la ruche. », c'est ce que tu avais dit.

— Et ce qu'on a vu sur cette montagne allait dans le même sens. Imaginez que chaque famille de viruls soit en réalité un organisme unique. Que chacun des Douze soit un organe majeur – le cœur, le cerveau. Le reste serait comme la carapace d'un insecte ou les plumes d'un oiseau. Quand elles sont usées, l'organisme les rejette afin d'en faire pousser de nouvelles.

— Ils ne font pas très « plumes », objecta Lore d'un ton acide.

— D'accord, peut-être pas des plumes. Enfin, vous saisissez l'idée. Quelque chose de périphérique, de jetable. Je me suis toujours demandé comment ils pouvaient rester en vie alors qu'ils étaient si nombreux. Que reste-t-il à manger ? On sait qu'ils ne peuvent survivre longtemps sans se nourrir – c'est ce que vous avez prouvé, Tifty –, or rien ne peut survivre indéfiniment sans manger. Du point de vue de la longévité de l'espèce, ça n'a pas de sens d'épuiser ses réserves alimentaires. À vrai dire, en tant que prédateurs, ils sont tout simplement trop efficaces. Cette idée m'a toujours turlupiné, parce que tout le reste de ce qui les concerne est tellement organisé...

— Je ne suis pas sûr de vous suivre, intervint Tifty. Vous voulez dire qu'ils seraient en train de s'éteindre ?

— Il est évident qu'il se passe quelque chose. Le fait que ça se produise aussi soudainement implique que c'est un processus naturel, intégré dans le système. Une autre analogie : quand le corps humain est soumis à un choc, il retire le sang de la périphérie et le redirige vers les organes principaux. C'est un mécanisme de défense. Ça revient à protéger ce qui est important, tant pis pour le reste. Maintenant, imaginez que chacune des tribus de viruls soit un animal et que cet animal subisse le stress de la famine : la logique consisterait à réduire radicalement les effectifs et à attendre que les réserves de vivres se reconstituent.

— Et après ? demanda Peter.

— Eh bien, le cycle se répéterait.

Pendant un moment, personne ne dit rien.

— Bon, enfin, reprit Michael, ce n'est qu'une idée qui m'est venue comme ça. Je me goure peut-être complètement.

Peut-être pas, pensa Peter.

— D'accord. Mais pourquoi est-ce que c'est ici que ça se passe ?

— C'est bien ça qui me chiffonne, convint Michael.

Le moment de repartir était arrivé, ils n'avaient déjà que trop tardé. Ils ramassèrent leurs affaires et remontèrent la fermeture à glissière de leur parka, se préparant à affronter le courant d'air glacé qui les assaillirait à l'instant où ils franchiraient la porte.

— Six jours si le temps se maintient, annonça Tifty en soulevant son paquetage. Sept au maximum.

— Je ne sais pas pourquoi, j'aurais préféré que vous disiez plus, nota Lore.

Grey. Grey.

Il ouvrit les yeux.

Tu les sens, Grey ?

— Qui est là ? C'est vous, Guilder ?

Je suis désolé de m'être absenté. Tu es toujours mon préféré, Grey. Depuis le premier jour où nous nous sommes rencontrés. Tu te souviens ?

Son estomac se serra. C'était la voix du Zéro.

— Arrêtez !

Il tira machinalement sur ses chaînes. Il marinait dans sa crasse et sa puanteur, il avait toujours un goût de sang dans la bouche.

— Partez. Laissez-moi tranquille.

Tu m'as tout dit de toi. Sans même savoir que tu le faisais. Me sentais-tu dans ton esprit, à ce moment-là ?

Fichez le camp, pensa-t-il. Fichez le camp fichez le camp fichez le camp. Réveille-toi, Grey !

Tu ne dors pas. J'ai toujours été là. Tu es enchaîné depuis cent ans, mais j'étais avec toi. Comme dans l'histoire de Job, assis sur son tas de fumier, maudissant son destin. C'était une épreuve que Dieu lui envoyait, tout comme je t'éprouve.

— Je ne vous connais pas. Je ne sais pas ce que vous êtes.

Vraiment, Grey ? Comment pourrais-tu ne pas le savoir ? Je suis le Dieu qui demeure en toi. Le vrai Dieu de Grey. Ne sens-tu pas mon amour ? Ne sens-tu pas mes ailes d'amour étendues au-dessus de toi, pour toujours et à jamais ?

Il se mit à pleurer.

— Laissez-moi mourir. Je vous en supplie. Tout ce que je veux, c'est mourir.

Tu l'aimes, pas vrai, Grey ?

Il déglutit, sentit le mauvais goût qu'il avait dans la bouche. Son corps était un cloaque de saleté et de pourriture.

— Oui.

La femme. Lila. Elle est tout pour toi.

— Oui.

Ton sang est le sang qui coule dans ses veines, tout comme le mien coule dans les tiennes. Tu vois ? Tu comprends ? Nous sommes indissociables, Grey. Tu es enchaîné, mais tu n'es pas seul. Le Dieu de Grey demeure avec toi. Le Dieu de tout ce qui est, et de tout ce qui est à venir. Le Dieu du prochain nouveau monde. Tu auras une place spéciale dans ce nouveau monde, Grey.

— Le prochain nouveau monde...

Ils arrivent, Grey.

— Qui ça ? Qui arrive ?

Mais alors qu'il posait la question, il le sut.

Nos frères.

57.

Tout à coup, elle était libre. Alicia Donadio, la Dernière des Premiers, la Nouvelle Chose, capitaine de l'expéditionnaire, bondissait par-dessus les barbelés, dans la nuit, toujours plus loin.

Elle courait. Elle courait et continuait à courir.

Elle avait tué quelques hommes en cours de route. Quelques femmes aussi. Avant cela, Alicia n'avait jamais tué de femme humaine. Ce n'était pas très différent l'un dans l'autre. Au bout du compte, tout le monde abandonnait la vie de la même façon. La même surprise s'inscrivait sur leurs traits, leurs doigts palpaient leur plaie avec la même tendresse exploratoire, le même regard éthéré contemplait l'éternité. Il y avait une certaine grâce là-dedans.

Voilà peut-être pourquoi elle aimait autant cela.

Elle retrouva ses affaires cachées dans les broussailles où elle les avait laissées. Une pique et une arbalète. Le radiogoniomètre. Sa cartouchière de coutelas. Des vêtements de rechange, une couverture, des chaussures. Des munitions – cent cartouches – mais pas d'arme pour les tirer. Elle avait laissé le couteau de Sodom sur place, enfoncé dans le rein gauche d'un homme qui lui avait ordonné de s'arrêter, comme si elle pouvait se le permettre. Quand elle avait fui le centre de détention, elle ne savait même pas si ce serait la nuit ou le jour. Le temps avait été annihilé. Le monde qu'elle avait trouvé était différent. Non, pas exactement : le monde était pareil, c'est elle qui avait changé. Elle se sentait détachée de tout, spectrale, presque désincarnée. Tout là-haut, les étoiles d'hiver brillaient, pures et acérées comme des étincelles de glace. Elle avait besoin d'un abri. Elle avait besoin de sommeil. Besoin d'oublier.

Elle s'abrita dans une cabane qui avait pu à un moment donné abriter des poulets. La moitié du toit avait disparu, il n'en restait qu'une évocation de carcasse : un unique mur encore debout, des petites cages incrustées de fientes fossilisées, un sol de terre damée. Elle s'enroula dans la couverture, le corps brisé, tremblant de froid. *Louise,* pensa-t-elle, *est-ce que ça a été pareil ?* Elle avait l'esprit chamboulé par des souvenirs, des éclairs fulgurants de torture qui fusaient dans ses pensées comme des éclairs. Quand cela finirait-il, quand cela finirait-il ?

Il faisait encore nuit quand elle revint lentement à la conscience. Quelque chose de chaud lui caressait la nuque. Elle roula sur elle-même, ouvrit les yeux et découvrit une immense forme sombre dressée au-dessus d'elle.

Mon bon garçon, pensa-t-elle, et elle le dit :

— Mon garçon, mon bon garçon.

Briscard pencha le museau vers elle, le souffle de ses grandes narines épatées lui caressant le visage. Il lui lécha les yeux et les joues avec sa longue langue. C'était un miracle, il n'y avait pas d'autre façon de dire les choses. Quelqu'un était venu, finalement. Quelqu'un était venu. Sans le savoir, Alicia désirait avec intensité une âme pour la réconforter dans ce monde sans réconfort.

Et puis, apparition improbable, une deuxième silhouette sortit de l'obscurité, et une voix de femme, à la fois étrangère et familière, se fit entendre :

— Alicia, salut !

La femme s'accroupit devant elle, renvoya en arrière le capuchon de sa cape, libérant ses longues tresses noires, et dit doucement :

— Tout va bien. Je suis là maintenant.

Amy ? Mais ce n'était pas l'Amy qu'elle connaissait.

Cette Amy-là était une femme.

Une femme belle et forte, aux cheveux noirs, épais, et aux yeux pareils à des fenêtres éclairées de l'intérieur, par une lumière dorée. Le même visage mais plus profond, qui donnait une impression de complétude, de pleine possession de soi. L'expression même de la sagesse, songea Alicia. Sa beauté était plus qu'une apparence, plus qu'un assemblage de détails physiques, elle venait de l'ensemble.

— Je ne... comprends pas.

— Chut...

Elle prit Alicia par la main. Une main ferme mais tendre, la caresse d'une mère consolant son enfant.

— Ton ami. C'est lui qui nous a montré où tu étais. C'est vraiment un beau cheval. Comment l'appelles-tu ?

Elle se sentait mentalement ralentie, engourdie.

— Briscard.

Amy prit le menton d'Alicia dans sa main et lui releva légèrement la tête.

— On t'a fait du mal.

Comment était-ce possible ? Comment quoi que ce soit était-il possible ?

Derrière la cabane, Alicia vit une seconde silhouette, qui tenait deux chevaux par les rênes. Un tourbillon de cheveux blancs soulevés par le vent et une grande barbe blanche masquaient ses traits. Mais c'était sa façon de se tenir, très droit, comme un soldat, qui révéla son identité à Alicia. L'homme debout dans la neige était Lucius Greer.

— Qu'est-ce qu'ils t'ont fait ? murmura Amy. Dis-le-moi.

Il n'en fallut pas davantage. Sa volonté s'effondra, une onde de chagrin monta en elle, rompit ses digues. Le mot lui échappa dans un frémissement :

— Tout.

Enfin, alors qu'Amy la serrait dans ses bras, un grand sanglot la secoua – un hurlement de douleur et de souffrance ineffables monta vers le ciel, vers les étoiles d'hiver – et Alicia se mit à pleurer.

Guilder, c'est le moment.

Guilder, lève-toi.

Mais Guilder n'entendait pas ces mots. Le Directeur Horace Guilder dormait et rêvait – un cauchemar, souvent renouvelé, où il se revoyait au centre de convalescence, en train d'étouffer son père avec un oreiller. Contrairement à la réalité, ça n'allait pas tout seul. Le vieillard agitait les bras, se débattait, refermait les mains sur le vide, s'efforçait de se libérer en poussant des cris étouffés, en implorant grâce. Lorsque toute résistance avait cessé, Guilder enlevait l'oreiller de son visage et s'apercevait de son erreur. Ce n'était pas son père qu'il avait tué, c'était Shawna. Oh, mon Dieu, non ! Et puis Shawna ouvrait les yeux, d'un coup, et se mettait à rire, très fort, à pleurer de rire, même. Arrête de rire ! Arrête de te moquer de moi ! hurlait-il. Oh, Guilder ! disait-elle. Tu es tellement drôle. Je voudrais que tu voies ta tête. Toi et ton minable bracelet ! Ta mère était une putain. Une putain une putain une putain...

Prépare la voie, Guilder. Tiens-toi prêt à les accueillir. Le moment est proche.

Il se réveilla en sursaut.

Notre moment, Guilder. La naissance du nouveau monde, du monde à venir.

Ces mots lui traversèrent l'esprit comme une décharge électrique. Il se redressa d'un bond dans son grand lit, son prétentieux étalage de draps, de couvertures et d'oreillers, constata, un peu gêné, qu'il s'était couché tout habillé et une pensée saugrenue lui vint : non, mais franchement, qu'avait-il besoin d'un lit à baldaquin ? Un lit si énorme qu'il se faisait l'impression d'être une poupée, posé au milieu ? Puis il chassa la question. Ils arrivaient ! Ils étaient là ! Il se retourna, posa les pieds par terre et enfila les chaussures en cuir à lacets qu'il avait selon toute apparence eu l'énergie d'enlever avant de s'écrouler, épuisé. Fourrant les pans de sa chemise dans son pantalon, il se précipita vers la porte, et dans le couloir.

— Suresh !

Le bruit de ses pas précipités résonna dans le couloir désert.

— Suresh ! Réveillez-vous !

La porte de l'appartement de Suresh s'ouvrit sur la face brune comme une châtaigne de son nouveau chef de cabinet. Suresh était en pantoufles et peignoir éponge blanc pelucheux. Mal réveillé, il clignait les yeux comme un ours sortant de sa grotte.

— Nom de nom, Horace, vous n'avez pas besoin de crier.

Il mit son poing devant sa bouche et bâilla.

— Quelle heure est-il ?

— Qu'est-ce qu'on en a à fiche de l'heure ?! Ils sont là !

Suresh sursauta.

— Maintenant, vous voulez dire ?

Lève-toi et accueille-les, Guilder. Fais-les entrer chez eux.

— Ne restez pas planté là, habillez-vous !

— Ça va, ça va. J'y vais.

— Remuez-vous, bon sang !

Guilder regagna ses appartements, direction la salle de bains. Il devait se raser, non ? Se laver le visage au moins ? Pourquoi se mettait-il dans cet état, comme un collégien le soir de son premier bal de fin d'année ? Il passa une main mouillée dans ses cheveux et se brossa les dents en essayant de se calmer. Était-ce ce qui passait pour du dentifrice dans cet endroit ? Ce magma granuleux, au goût atroce ? Pour l'amour du ciel, pourquoi, en quatre-vingt-dix-sept ans, personne n'avait-il jamais réussi à fabriquer un dentifrice correct ?

Il prit un costume propre dans la penderie. La cravate bleue, la rouge, la verte à rayures jaunes : il ne savait pas. Il était tout à coup tellement nerveux que c'était à peine si ses doigts arrivaient à faire le nœud. Et il avait faim. Il avait au creux de l'estomac un vide glacé, pesant. Une visite à son vieil ami Grey, voilà ce qu'il aurait fallu pour lui calmer les nerfs, mais il aurait dû y penser plus tôt.

Devant le miroir, il prit une profonde inspiration. Du calme, Guilder, du calme. Respire. Tu sais ce que tu as à faire. Ce n'est qu'une journée de boulot comme les autres. Ça ne peut pas être pire que de rencontrer les chefs d'états-majors interarmées, hein ?

En réalité, si, ça pouvait l'être. Mais il était inutile de s'étendre sur cette perspective.

Lorsqu'il arriva dans le hall – il finissait d'enfiler ses gants –, Suresh l'attendait avec le chauffeur.

— Les camions sont en route. Vous voulez un détachement complet pour vous escorter ?

Le Directeur déclina la proposition. Il irait tout seul. Mieux valait faire simple. Les deux hommes se serrèrent la main.

— Bonne chance, dit Suresh.

Dans la voiture qui descendait la colline, à l'idée de passer à l'action, Guilder sentit son angoisse s'atténuer un peu. À la rivière, ils prirent vers le nord et se dirigèrent vers le Projet. L'énorme masse noire dressée comme une pierre tombale formait un carré de ténèbres plus profondes sur le ciel nocturne. Le portail était ouvert.

Ils ne s'arrêtèrent pas, ils continuèrent vers l'est, sur la route de service. À un moment donné, on l'avait utilisée pour livrer les matériaux vers le site : les blocs de pierre taillée, les toupies de béton venant de la cimenterie, les dalles avec leurs fers à béton d'acier de récupération. Elle allait maintenant servir à une livraison bien différente. Ils passèrent un portail. Cinq minutes plus tard, ils se rangèrent à côté de deux semi-remorques arrêtés dans un champ de chaume de maïs gelé.

Guilder dit au chauffeur de continuer. Les cabines des semi-remorques étaient vides, leurs chauffeurs partis. Guilder colla son oreille sur la paroi de l'un des camions. Il entendit à l'intérieur des murmures étouffés, entrecoupés des pleurs d'une femme terrifiée.

La voix dans sa tête s'était tue. Un calme profond s'était fait en lui, le calme qui précède la tempête. Ils allaient venir de l'ouest. Il attendit.

Et puis...

Le premier apparut, puis un autre, et encore un autre. Onze points phosphorescents, luisants, répartis à intervalles réguliers sur l'horizon. L'espace entre eux commença à se réduire alors qu'ils se rapprochaient, telles les lumières d'un gigantesque avion qui aurait été sur le point d'atterrir.

Venez à moi, pensa Guilder. *Venez à moi.*

Des détails commencèrent à émerger. Ou plutôt à se préciser. L'un était plus petit que les autres – Carter, évidemment, l'inconnaissable, l'anormal Anthony Carter –, mais les autres lui coupèrent le souffle. Par leurs formes puissantes, leurs mouvements coulés et leur maîtrise absolue d'eux-mêmes, ils paraissaient nanifier l'espace autour d'eux, infléchir les dimensions, réécrire le cours du temps. Ils coulaient vers lui comme un fleuve lumineux, le baignant dans la clarté de leur horreur majestueuse.

Venez à moi, pensa-t-il. *Venez à moi. Venez à moi.*

Leur arrivée l'emplit d'un sentiment d'achèvement absolu. Un baptême. Un livre qui se refermait. Une longue plongée dans une eau bleue et, à l'instant de l'immersion, l'effacement de toute chose. Ils se dressèrent devant lui, grands et terribles. Il but, en plongeant dans un lac de pure folie, les images majestueuses, terrifiantes de leurs souvenirs. Une fille en larmes sur un matelas crasseux. Un commerçant, les mains levées, le canon d'un pistolet appuyé sur le pli vertical entre ses sourcils. Un sentiment d'ivresse, un garçon sur sa bicyclette aperçu à travers un pare-brise, et le choc sourd suivi d'une secousse brutale alors que son petit corps passait sous les roues du véhicule. Un délicieux sentiment de jouissance sexuelle, et les yeux d'une femme inconcevablement dilatés alors que la corde se resserrait autour de son cou. Un bouquet de terreur, de dépravation, de noirceur.

Je suis Morrison – Chávez – Baffes – Turrell – Winston – Sosa – Echols – Lambright – Martínez – Reinhardt – Carter.

Guilder ouvrit la porte arrière du premier camion. Les prisonniers tentèrent de fuir, évidemment. Il avait ordonné qu'ils ne soient pas entravés, il voulait que rien ne les retienne. La plupart ne firent que quelques pas. Ceux, très rares, qui allèrent plus loin connurent peut-être un espoir fugitif de salut. Leur fuite désespérée faisait partie de l'extase. Le temps se déploya dans de grandes éclaboussures de sang, des cris ravalés net et des déchirements de chairs. Ensuite, dans le silence revenu, Guilder s'approcha de l'arrière du second camion et ouvrit la porte pour les accueillir.

— Bienvenue, mes amis. Vous êtes enfin chez vous. Nous veillerons à la satisfaction de tous vos besoins.

Dixième partie

L'Assassin

« J'y vais et c'est fait ; la cloche m'invite. »
SHAKESPEARE, *Macbeth*

58.

Vale était mort. Ce qui ne voulait dire qu'une chose : le tour de Sara n'allait plus tarder.

Jenny avait également disparu. Deux jours après l'explosion au stade, une nouvelle servante avait pris sa place. Était-elle des leurs ? Non, Sara l'aurait détecté à certains indices, un message sous l'assiette, un échange de coups d'œil rassurants, n'importe quoi. Mais la fille – pâle, nerveuse, dont Sara ne connaissait pas le nom, et ne devait jamais le connaître – venait et repartait en silence.

Lila s'était alitée. Toute la journée et une bonne partie de la nuit, elle s'était tournée et retournée dans son lit. Elle ne s'était relevée que pour prendre son bain, mais avait chassé Sara alors qu'elle lui proposait son aide. « Laisse-moi », lui avait-elle dit d'une voix mourante. Le seul fait de parler semblait la vider de toute énergie.

Sara était livrée à elle-même, coupée de tout. Le système s'effondrait.

Elle passait ses journées avec Kate, mais ces moments partagés prenaient une tonalité différente, comme s'ils devaient être les derniers. La petite fille le sentait aussi, à la façon dont les enfants sentent les choses, sans qu'on sache d'où leur vient cette perception. Dans l'air qu'elles respiraient, sur chacun de leurs mouvements semblait planer la même question : *À quoi bon ?* Elles jouaient aux jeux habituels, sans se soucier de gagner. Sara lisait les histoires habituelles, mais la fillette l'écoutait distraitement. Rien n'y faisait. La fin de leur temps approchait. Les journées étaient à la fois interminables et trop courtes. La nuit, elles dormaient ensemble sur le canapé, blotties dans les bras l'une de l'autre. La douce chaleur du petit corps de sa fille était une torture pour Sara. Elle restait éveillée pendant des heures à l'écouter respirer calmement, en s'enivrant de son odeur. De quoi rêves-tu ? se demandait-elle. Fais-tu des rêves d'adieux, comme moi ? Nous reverrons-nous jamais ? Y a-t-il un endroit où ce sera possible ? Serrant Kate contre elle, elle repensait aux paroles de Nina : « Nous la tirerons de là. Sans cela, elle n'a aucune chance. » Mon enfant, pensait Sara, je ferai tout ce qui est en mon pouvoir pour te sauver. Quand on me le demandera, j'agirai. Je n'ai que cela.

Le matin du troisième jour, Sara emmena Kate dehors. Le froid était mordant, et en même temps bienvenu. Elle poussa un moment la fillette sur la balançoire, et puis elles firent ensemble une partie de bascule. Kate n'avait pas dit un mot sur Lila depuis le soir où Guilder l'avait tabassée. S'il existait un lien entre elles, il avait été tranché. Quand le froid devint trop pénible, elles rentrèrent. En arrivant à la porte, Kate s'arrêta.

— Quelqu'un m'a donné ça.

Elle montra à Sara un petit œuf en plastique rose.

— Quelqu'un ? Qui ça ?

— Je ne sais pas. Une dame, là.

Sara suivit le geste de la fillette vers le fond de la cour. Il n'y avait personne. Kate haussa les épaules.

— Elle était là il y a une seconde.

L'espace de quelques minutes, cinq tout au plus, Sara avait laissé l'enfant se promener seule.

— Elle m'a dit de te le donner, répéta Kate en lui tendant le petit œuf.

La femme ne pouvait être que Nina, évidemment. Sara fourra l'œuf dans la poche de sa robe. Elle se sentait soudain comme engourdie. Quand Jenny avait disparu, elle s'était permis d'espérer faiblement que ce fardeau lui échapperait. Ce qu'elle avait pu être bête !

— Ce sera notre secret. Tu veux bien ?

— Elle m'a dit la même chose.

Et puis son visage s'illumina :

— C'est un message secret ?

Sara s'obligea à sourire.

— C'est exactement ça.

Elle n'ouvrit pas tout de suite l'œuf. Elle avait peur. Quand elles regagnèrent l'appartement plongé dans l'obscurité, elles trouvèrent Lila en train d'allumer les chandeliers avec une longue allumette. Elle était d'une pâleur de cire, et ses cheveux ternes, comme dévitalisés, étaient aplatis d'un côté. Elle leur fit signe de la rejoindre sur le canapé et tendit un livre à Sara.

— Tu veux bien me le lire ?

C'était *Les Quatre Filles du docteur March*. Sara ouvrit le livre, faisant jaillir la poussière de ses pages jaunies.

— Il y a des lustres qu'on ne me l'a pas lu, reprit Lila.

Elle obligea Sara à lui faire la lecture pendant des heures. Celle-ci sentait bien au fond que l'histoire était intéressante mais le reste se perdait dans une sorte de brouillard. La langue était difficile et elle cherchait souvent où elle en était. L'attention de Kate s'égara, elle finit par s'endormir. Sara se dit que Lila était bien capable de lui faire lire tout le livre d'une traite.

— Il faut que j'aille aux toilettes, prétendit-elle enfin. Je reviens tout de suite.

Sans laisser le temps à Lila de réagir, elle fila dans la salle de bains et ferma la porte. Elle remonta sa robe, s'assit sur le siège des toilettes et tira l'œuf de sa poche, le cœur battant la chamade. Une hésitation fugitive, puis elle ouvrit l'œuf et déplia le papier.

Le paquet est dans la cabane du jardinier, au fond de la cour. Regarde sous le plancher à gauche de la porte. Cible : la réunion d'état-major principal dans la salle de conférence, demain à 11 h 30. Prends l'ascenseur central jusqu'au quatrième, et le premier couloir sur la droite. La dernière porte sur la gauche est la salle de conférence. Dis au garde que c'est Guilder qui t'envoie. Vive Sergio !

Elle venait de remettre le papier dans l'œuf quand on commença à tambouriner impatiemment à la porte.

— Dani, j'ai besoin de toi !

— Une seconde !

On secoua la poignée. Pourvu qu'elle ait pensé à verrouiller...

— J'ai la clé, Dani ! Ouvre-moi, s'il te plaît !

Sara se releva d'un bond, laissant tomber le petit œuf par terre. Et merde ! La clé tournait dans la serrure. Elle n'eut que le temps de glisser l'œuf dans le tiroir du bas de la coiffeuse ; quand elle se retourna, Lila se dressait dans l'embrasure de la porte.

— J'ai fini, dit-elle en s'obligeant à sourire. Que voulez-vous, Lila ?

Le visage de la femme était pâle de confusion.

— Je ne sais pas. Je croyais que tu étais partie je ne sais où. Tu m'as fait peur.

— Eh bien, oui, j'étais aux toilettes.

— Je n'ai pas entendu la chasse d'eau.

— Oh, pardon !

Sara se retourna et tira la chaîne.

— C'est vraiment grossier de ma part.

L'espace d'un instant, Lila resta coite. Elle paraissait complètement déconnectée de la réalité.

— Tu pourrais faire quelque chose pour moi ? Me faire une faveur ?

Sara hocha la tête.

— Je voudrais... du chocolat.

— Du chocolat.

Qu'est-ce que ça pouvait bien être ?

— Et où vais-je trouver ça ?

Lila la regarda comme si elle n'en croyait pas ses oreilles.

— À la cuisine, évidemment.

— Oui. D'accord. Évidemment.

Peut-être que quelqu'un, aux cuisines, saurait de quoi Lila voulait parler. Sara ne pensait pas que ce serait une bonne idée de revenir les mains vides.

— J'y vais tout de suite.

Lila se détendit visiblement.

— N'importe quoi, ce sera parfait. Même une tasse de chocolat.

Son regard se perdit dans le vague, elle poussa un petit soupir.

— J'ai toujours aimé boire une tasse de chocolat, l'après-midi, en hiver...

Sara quitta l'appartement en se demandant ce que Lila avait vu au juste. Pourquoi n'avait-elle pas pensé à jeter le mot aux toilettes ? Avait-elle refermé le tiroir ? Elle rejoua la suite des événements dans sa tête. Oui, elle l'avait bien refermé. Lila n'avait aucune raison d'aller fouiner dedans, mais pour être tranquille, Sara devrait aller le récupérer avant que la servante revienne faire le ménage.

Les cuisines se trouvaient à l'autre bout du bâtiment ; elle devrait traverser l'atrium, qui grouillait toujours de cols. Encore dopée par une montée d'adrénaline, elle suivit le couloir, les yeux rivés au sol.

Elle constata qu'une grande agitation régnait dans le hall. Deux gardes emmenaient une servante qui poussait des cris pitoyables, amplifiés par l'acoustique de la gigantesque salle.

— Non, je vous en prie ! Je vous en supplie ! Je vais faire des efforts ! Ne m'envoyez pas au sous-sol !

La femme était Karen Molyneau.

— Sara ! Aide-moi !

Sara s'arrêta net. Comment Karen pouvait-elle voir son visage ? Et puis elle se rendit compte qu'elle avait commis une erreur fatale, la seule chose qu'elle ne pouvait pas se permettre d'oublier. Elle avait omis de baisser son voile.

— Sara, je t'en prie !

— Stop !

L'ordre émanait d'un troisième personnage. Il s'avança et Sara le reconnut aussitôt. Le ventre rebondi, les lunettes aux verres ternis perchées sur le bout du nez, les sourcils relevés comme des ailes. C'était le Dr Verlyn.

— Toi, fit-il en scrutant son visage. Quel est ton nom ?

— Dani, monsieur, répondit-elle, la bouche sèche.

— Elle t'a appelée Sara.

— Elle se trompe forcément. Je m'appelle Dani, ajouta-t-elle en coulant un regard machinal vers la sortie.

— Sara, pourquoi fais-tu ça ?

Karen se débattait comme un poisson pris dans une nasse.

— Aide-moi, pour l'amour du ciel ! Dis-leur que je ne suis pas une insurgée !

Le regard de Verlyn se fit dur tandis que les coins de sa bouche se relevaient en un sourire.

— Oh, je me souviens de toi. La jolie petite... Un visage comme le tien, ça ne s'oublie pas.

Sara se précipita vers la porte. En trois pas, elle jaillit hors du bâtiment. Elle dévala les marches, dans le soleil et le vent, poursuivie par les cris qui montaient derrière elle.

— Arrêtez-la, arrêtez cette femme !

Où pouvait-elle fuir ? Nulle part, elle n'avait nulle part où aller. Les cols fonçaient sur elle, de toutes les directions à la fois, la prenant en tenaille. Elle mit la main dans sa poche et trouva la petite enveloppe de papier métallisé. Elle était là – la fin. Sara cessa de courir, à quoi bon ? Elle n'avait qu'une seconde ou deux devant elle. Le petit paquet s'ouvrit, révélant son contenu mortel. Elle prit le buvard entre le pouce et l'index et le porta à sa bouche. *Adieu, mon enfant, je t'aimais tant, adieu.*

Mais cela ne devait pas se produire. Elle approchait le buvard de ses lèvres lorsque quelqu'un se jeta sur elle, par-derrière, et la déséquilibra. Le sol se déroba sous ses pieds et se releva, lentement, puis très vite. Enfin, d'un seul coup, son crâne heurta la terre durcie, et tout devint noir.

59.

Ils étaient tous les trois dans le fossé, le ventre plaqué contre la paroi, Greer observant la scène avec les jumelles. Le soleil de la fin de l'après-midi embrasait les nuages.

— Tu es sûre que c'est bien là ? demanda Amy.

Alicia hocha la tête. Il y avait près de trois heures qu'ils étaient postés à cet endroit. Ils observaient une énorme conduite d'évacuation qui débouchait en bas d'une petite colline. La neige, autour de l'ouverture, était sillonnée de traces de pneus.

Les minutes passaient et Alicia commençait à avoir des doutes quand Greer leva la main.

— Allez, on y va !

Une silhouette portant un blouson noir avait émergé de la canalisation. Un homme ou une femme, Alicia n'aurait su le dire. Le bas de son visage était masqué par une écharpe et le haut disparaissait sous un bonnet de laine qui lui arrivait au ras des sourcils. Le personnage s'immobilisa et regarda vers le sud, une main en visière.

— On dirait qu'il attend quelqu'un, nota Greer.

— Comment savez-vous que c'est un homme ? s'étonna Alicia.

— Mais je n'en sais rien.

Greer tendit les jumelles à Amy, qui écarta une mèche de cheveux de ses yeux et regarda dans les oculaires. C'était stupéfiant, songea Alicia, stupéfiant de voir à quel point, jusque dans les plus petits détails, Amy était à la fois la fille qu'elle avait toujours été et quelqu'un de complètement différent. D'après ce que leur avait raconté Greer, entre le moment où elle était entrée dans le ventre du navire, le *Chevron Mariner*, et celui où elle en était ressortie, elle avait changé. Amy elle-même n'avait aucune explication à fournir. Pour Alicia, le plus bizarre dans l'affaire était que ça ne paraissait même pas bizarre du tout.

— Je ne peux pas le dire non plus. Mais quel que soit celui qu'il attend, il est en retard.

Amy abaissa les jumelles. Sous son manteau de laine trop grand pour elle, elle portait encore la chasuble informe de l'ordre. Elle avait de grosses jambières de laine, les pieds chaussés de bottines éculées.

— En tout cas, je doute que nous retrouvions une meilleure chance de découvrir Sergio.

Alicia acquiesça.

— D'accord. Mon commandant ?

— Pas d'objection de mon côté.

Le seul couvert susceptible de dissimuler leur approche était une ligne de fourrés qui tapissait le côté de la canalisation à l'est, puis un bosquet d'arbres dénudés perché sur la colline au-dessus. Amy et Alicia laissèrent Greer monter la garde et s'éloignèrent en s'aplatissant dans le fossé, chacune de son côté. Amy allait prendre à droite, au niveau du sol, tandis qu'Alicia se laisserait tomber d'en haut. Une fois qu'elles auraient pris position, Greer sifflerait pour attirer l'attention de la sentinelle, et elles passeraient à l'action.

Tout se déroula conformément au plan. Alicia s'avança en rampant jusqu'au sommet de la canalisation, juste au-dessus du type au bonnet. De l'endroit où elle se trouvait, elle ne pouvait pas voir Amy, mais Greer, lui, la voyait. Elle attendait le signal quand...

Où était-il passé ?

Alicia se redressa à genoux et pivota juste au moment où l'autre lui rentrait dedans de plein fouet. Ce n'était pas un homme, c'était une femme. Elles basculèrent dans le vide, au-dessus de la conduite, empêtrées l'une dans l'autre, et la femme s'écrasa sur Alicia, qui atterrit sur le dos dans la neige.

— Bon sang, qui êtes-vous ?

La femme cloua les bras d'Alicia au sol avec ses genoux et lui appuya la pointe d'un couteau sous la gorge, la lame lui entamant la peau. Alicia n'avait aucun doute : elle n'hésiterait pas à l'enfoncer jusqu'à la garde.

— Du calme. Je suis une amie.

— Répondez !

— Amy ? Tu pourrais peut-être m'aider ?

Amy s'était approchée en tapinois, dans le dos de la femme. Sans lui laisser le temps de réagir, elle l'attrapa et l'envoya valdinguer sur le côté. La femme se releva d'un bond et plongea, son couteau tendu devant elle, mais d'une tape, Amy le lui fit lâcher, passa derrière elle et lui fit une clé de bras, tout en l'immobilisant par la taille. *Nom d'un petit bonhomme...* Alicia n'en revenait pas.

— Arrêtez ! ordonna Amy. Nous voulons vous parler, c'est tout.

— Plutôt crever ! marmonna l'autre, entre ses dents.

— Vous ne voyez pas que je pourrais vous briser le cou si je voulais ?

— Ne vous gênez pas. Et vous raconterez à Guilder que je vous ai dit d'aller vous faire foutre, aussi.

Amy jeta un coup d'œil à Alicia. Celle-ci avait récupéré le couteau de l'inconnue et époussetait la neige de son pantalon. Greer trottinait vers elles.

— Ce nom te dit quelque chose ? demanda Amy.

Alicia secoua la tête et, sans lâcher la femme, l'interrogea :

— Qui est Guilder ?

— Comment ça, qui est Guilder ?

— Comment vous appelez-vous ? insista Amy. Autant nous le dire.

Un instant d'hésitation, puis :

— Nina, d'accord ? Nina.

— Je vais vous lâcher, Nina, annonça Amy. Mais promettez-moi d'écouter ce que nous avons à dire. C'est tout ce que je vous demande.

— Allez vous faire voir !

Amy resserra sa prise.

— Pro-met-tez !

Une autre vague rébellion, puis la femme céda.

— D'accord, d'accord. Je promets.

Amy la lâcha. L'autre fit un pas trébuchant en avant et se retourna. Un visage juvénile, une vingtaine d'années, pourtant ses yeux – durs, presque féroces – n'avaient rien de jeune.

— Mais qui êtes-vous donc ?

Alicia fit tourner son couteau autour de son index et le passa à Amy.

— C'était bien joué. Où tu as appris ça ?

— À ton avis ? En te regardant faire ! Lucius, je pourrais vous demander de retourner monter la garde ? Je voudrais que vous me préveniez quand le véhicule approchera.

— C'est tout ? Juste vous prévenir ?

Sa longue barbe était maculée de neige, comme le museau d'un chien.

— Ce serait bien si vous pouviez... les retarder un peu. Jusqu'à ce que nous ayons fini de discuter.

Greer repartit au petit trot vers le haut de la crête. Amy s'adressa à nouveau à la femme, en esquissant un geste, discret mais évocateur, avec son couteau.

— Asseyez-vous.

— Pour quoi faire ? lança la dénommée Nina sur un ton de défi.

— Parce que vous seriez plus à l'aise. Ça va prendre un certain temps.

Amy glissa le couteau dans sa ceinture. Manière de dire *je n'aurai plus besoin de ça si vous vous tenez bien.*

— Nous ne sommes pas du tout ce que vous croyez. Maintenant, asseyez-vous.

À regret, Nina s'assit dans la neige.

— Je ne vous dirai rien.

— Ça, j'en doute fort, répondit Amy. Une fois que je vous aurai expliqué ce qui va se passer ici, je crois que vous me direz tout ce que j'ai besoin de savoir.

— Je veux jouer avec Dani !

— Eva, ma chérie...

La petite fille, rouge de colère, attrapa un des gobelets de cuir abandonnés par terre et le lança vers Lila, la manquant de peu.

— Maintenant, tu vas te coucher ! hurla Lila. Au lit, et tout de suite !

L'enfant ne voulait rien entendre. Son visage irradiait un profond dégoût.

— Tu ne peux pas m'y obliger !

— Je suis ta mère ! Fais ce que je te dis !

— C'est Dani que je veux !

Elle referma la main sur une poignée de haricots, renvoya son bras en arrière et, avant que Lila ait eu le temps de réagir, les lui lança hargneusement en pleine face, avec une force stupéfiante. Une pluie de haricots tomba en crépitant derrière Lila.

La fillette se releva d'un bond et se mit à arracher les livres des étagères, à jeter par terre les divers objets qui traînaient sur les tables et à envoyer les coussins en l'air, tout en courant à travers la pièce.

— Eva, arrête ça immédiatement !

La fillette prit un grand vase de céramique.

— Eva, non !

La petite fille le souleva au-dessus de sa tête et l'abattit comme on referme le coffre d'une voiture, provoquant non un claquement mais une détonation : le vase explosa en un million de fragments qui volèrent en tous sens.

— Je te déteste !

Il se passait là quelque chose de définitif, Lila le savait, exactement comme elle sentait à un niveau de conscience plus profond que tout cela s'était déjà produit, mais cette pensée n'alla pas plus loin : la tranche d'un objet dur l'atteignit à la tête. La fillette la bombardait de livres.

— Va-t'en ! hurlait-elle. Je te déteste, je te déteste, je te déteste !

Lila regardait sa bouche formuler ces terribles paroles, mais elles semblaient venir d'un endroit entièrement différent. C'était dans sa tête qu'elles retentissaient. Elle se jeta sur la petite fille, l'attrapa par la taille et la souleva de terre. Celle-ci donnait des coups de pied, criait et se tortillait entre ses mains. Lila voulait seulement... seulement quoi ? Que l'enfant se calme ? Reprendre la situation en main ? Faire taire les cris qui lui déchiraient le cerveau ? À chaque parcelle de force que déployait Lila, la fillette réagissait de même, en hurlant à pleins poumons, et la scène prit des proportions parfaitement grotesques, atteignit une sorte de folie, jusqu'à ce que Lila perde l'équilibre. Leurs centres de gravité combinés basculèrent en arrière, et elles s'écrasèrent lourdement sur la coiffeuse.

— Eva !

La petite fille détala devant elle. Elle s'arrêta contre le bas du canapé et la foudroya du regard. Pourquoi ne pleurait-elle pas ? S'était-elle blessée ? Qu'est-ce que j'ai fait ? se reprocha Lila. Elle s'avança à quatre pattes.

— Eva, je suis désolée, je ne voulais pas...

— Je veux que tu meures !

— Ne dis pas ça. Je t'en prie. Je te supplie de ne pas dire ça.

À ces mots, les larmes montèrent enfin aux yeux de l'enfant, mais ce n'étaient pas des larmes de douleur, d'humiliation ou même de crainte : *Je te détesterai éternellement. Tu n'es pas ma mère, tu ne l'as jamais été et tu le sais aussi bien que moi.*

— Je t'en prie, Eva, je t'adore. Tu ne sais pas combien je t'aime ?

— Ne dis pas ça ! Je veux Dani !

Jamais l'expression « hurler à pleins poumons » n'avait été plus justifiée.

— Je te déteste, je te déteste, je te déteste !

Lila se plaqua les mains sur les oreilles, mais rien ne pouvait étouffer les cris de la fillette.

— Arrête, je t'en prie !

— Je veux que tu meures ! Je veux que tu meures ! Je veux que tu meures !

Lila se précipita dans la salle de bains et claqua la porte. Mais cela ne servit à rien : les hurlements venaient de partout, c'était un rugissement qui oblitérait tout. Elle se jeta à genoux et sanglota, la tête entre les mains. Qu'est-ce qui lui arrivait ? Mon Eva, mon Eva. Qu'ai-je fait pour que tu me détestes autant ? De douleur, elle tremblait de tout son corps. Ses pensées étaient un tourbillon, une tornade, se brisaient en mille morceaux, elle était un million de morceaux de Lila Kyle répandus par terre.

Parce que la petite fille n'était pas Eva. Lila aurait beau faire, elle aurait beau le vouloir de toutes ses forces, ce ne serait jamais Eva. Eva avait à jamais disparu, c'était un fantôme du passé. Lila le savait, et cela se diffusait en elle comme un acide, brûlant le mensonge, le faisant disparaître. *Repars,* pensait-elle. *Retourne en arrière.* Mais il n'y avait pas de retour en arrière possible, jamais.

Oh, mon Dieu, les horreurs qu'elle avait faites ! Les choses terribles, affreuses, impardonnables ! Elle était secouée de sanglots, elle versait des « torrents de larmes », comme disait toujours son père en peignant ses petits bateaux. Elle était une abomination. Un grumeau de mal sur la Terre. Tout se révélait à elle, tout se mettait en place, le temps s'était arrêté en elle avant de repartir dans un continuum réassemblé, lui relatant son histoire de honte.

« Je veux que tu meures. Je veux que tu meures je veux que tu meures je veux que tu meures. »

Et puis il se passa autre chose. Lila se retrouva assise au bord de la baignoire. Elle était entrée dans un état qui échappait à sa volonté ; elle ne choisissait rien, c'était elle qui était choisie. Elle ouvrit le robinet. Mit la main sous l'eau. La regarda couler à travers ses doigts. La voilà, pensa-t-elle, la solution obscure. C'était comme si elle l'avait toujours su, comme si dans les profondeurs de son esprit elle avait joué et rejoué ce dernier acte, encore et encore, pendant cent ans. C'était l'évidence : la baignoire serait le moyen. Pendant des heures, elle avait mariné dans sa chaleur, elle y avait puisé le réconfort pendant des décennies entières, délicieusement immergée, effacée du monde, en même temps qu'elle entendait son murmure : *Je suis là. Lila, laisse-moi être ta délivrance ultime.* Des tourbillons de vapeur en montaient, embrumant la pièce de leur souffle humide. Un calme parfait l'environnait. Elle alluma les chandelles, l'une après l'autre. Elle était médecin, elle savait ce qu'elle faisait. *Soy médico.* Elle se déshabilla et examina son corps nu dans le miroir. Sa beauté – parce qu'elle était belle – l'emplit de souvenirs : elle était jeune, une enfant, et elle émergeait de la baignoire. « Tu es ma princesse, lui disait son père pour la taquiner, en lui frottant les cheveux pour les sécher, et en l'enveloppant dans la douce chaleur d'une serviette tout juste sortie du séchoir. La plus belle princesse de la contrée. » Comme l'eau, les souvenirs affluaient. Elle était enfant, puis adolescente, dans sa robe de taffetas bleu avec une grosse fleur épinglée à l'épaule, chaque image se fondant dans la suivante jusqu'à ce que, finalement, elle contemple une femme pleine de force juvénile, s'examinant devant la glace, dans la robe de mariée de sa mère. Le corsage de dentelle délicate, la longue chute de soie blanche chatoyante : sa vie dans toutes ses promesses paraissait captive de cette image. *Aujourd'hui est le jour où je vais épouser Brad.* Sa main retomba sur son ventre, la robe de mariée avait disparu, remplacée par un déshabillé vaporeux. Un soleil matinal coulait par les vitres. Elle se tourna de profil, la main en coupe sur la courbe voluptueuse de son ventre. *Eva. Voilà qui tu seras. Je vais t'appeler Eva.* La vapeur montait, la baignoire était presque pleine.

Brad, Eva, j'arrive. Je suis restée trop longtemps partie. Maintenant, je viens vous rejoindre.

Trois lignes bleues palpitaient à la base de ses poignets : la veine céphalique, qui longeait de bas en haut le sillon bicipital externe ; la veine basilique, qui remontait jusqu'au milieu du bras où elle traversait l'aponévrose pour rejoindre la veine médiane cubitale ; la céphalique accessoire, qui partait du plexus tributaire pour rejoindre la céphalique à l'arrière du coude. Il lui fallait un objet tranchant. Où étaient les ciseaux ? Ceux que Dani et toutes celles qui l'avaient précédée utilisaient pour lui couper les cheveux ? Elle ouvrit un tiroir de la coiffeuse, un autre, arriva à celui du bas, et ils étaient là, brillants, étincelants – acérés.

Mais qu'est-ce que c'était que ça ?

C'était un œuf. Un œuf de Pâques en plastique, comme ceux qu'elle cherchait dans l'herbe quand elle était petite fille. Ce qu'elle avait pu aimer ce rituel ! La course éperdue dans le jardin, le petit panier qui se balançait au bout de son bras, ses pieds humides de rosée, la lente accumulation de trésors, et dans sa tête l'image du grand lapin blanc qui avait abandonné cette manne derrière lui, au cours de sa visite nocturne. Lila prit l'œuf dans sa main. Elle sentait et entendait quelque chose bouger légèrement dedans. Et si... ? Se pouvait-il que... ? Mais qu'est-ce que ça pourrait être d'autre ?

Il n'y avait qu'une réponse. Lila Kyle mourrait en sentant le goût du chocolat sur sa langue.

60.

Trahison. *Trahison.*

Comment l'insurrection avait-elle pu se rapprocher autant ? Quelqu'un aurait-il la bonté de le lui expliquer ? D'abord la rouquine, et puis Vale, et maintenant la servante de Lila ? Cette souris tremblotante ? Cette misérable anonyme qui baissait les yeux quand il entrait dans la pièce ? Jusqu'à quelles profondeurs du Dôme la conspiration était-elle infiltrée ?

À l'immense irritation de Guilder, la rouquine était encore dans la nature. Elle avait tué onze personnes dans sa fuite, comment était-ce seulement *possible* ? Ils n'avaient même pas réussi à lui arracher son nom. « Appelez-moi comme vous voudrez, disait-elle, mais pas trop tôt le matin. » Des rodomontades, de la part d'une femme qui avait été tabassée pendant des jours sans discontinuer. Quant à Sodom, rétrospectivement, force était à Guilder de reconnaître son erreur. Laisser la bride sur le cou à un individu pareil c'était courir au désastre.

Guilder avait lui-même supervisé l'interrogatoire de la servante. Il ne savait pas ce que la rouquine avait dans le ventre, mais l'autre était faite d'un matériau plus tendre. Trois plongeons dans le baquet avaient suffi à la faire parler. La bombe dans la cabane. La servante, Jenny, que personne n'avait vue depuis des jours. Un repaire dont elle ne connaissait pas l'emplacement parce qu'ils l'avaient droguée, ce qui s'expliquait – Guilder aurait fait la même chose à leur place. Une femme appelée Nina, mais la seule Nina qui figurait dans leurs dossiers était morte quatre ans plus tôt, et un dénommé Eustace, dont ils n'avaient absolument aucune trace. Tout ça était très intéressant, mais rigoureusement inexploitable.

— Vous voulez qu'on y aille plus fort ? demanda le garde. On pourrait, comment dire, insister un peu.

Guilder baissa les yeux sur la femme, toujours attachée à la planche, les cheveux ruisselants d'eau glacée, recrachant l'eau en hoquetant, le corps secoué de spasmes. Sara Fisher, matricule 94801, résidente du quartier 216, employée à la production de biocarburant 3. Verlyn se souvenait qu'elle était dans la prise effectuée à Roswell. C'était donc une de ces infernales Texanes. Encore le Texas ! Maintenant que les Onze étaient arrivés, il fallait vraiment qu'il règle le problème du Texas. La femme n'avait vraiment pas l'air d'être de ce genre-là ; il devait se forcer à se rappeler qu'elle avait eu l'intention de le tuer. Sauf qu'il n'y avait pas de « genre » qui tienne, c'était ce que le dernier mois de violences lui avait appris. L'insurrection était tout le monde et personne.

— Inutile, répondit-il au garde. Remontez-la, et laissez-la accrochée. Je pense que Grey aimera ce que celle-ci a à offrir. Il a toujours aimé les jeunes.

Il prit l'escalier qui remontait du sous-sol vers son bureau, remit ses lunettes et ouvrit les rideaux. Le soleil venait de descendre sous l'horizon, projetant sur les nuages des rubans de couleur éclatante. La vue était jolie, enfin, pas mal. Guilder supposa que c'était un truc qu'il aurait pu apprécier, un siècle auparavant. Mais on ne pouvait contempler qu'un certain nombre de couchers de soleil dans sa vie et en penser encore quelque chose. C'était le problème quand on vivait éternellement.

Wilkes lui manquait. Ce type n'avait pas toujours été le meilleur des compagnons, il était beaucoup trop avide de plaire, mais au moins, c'était quelqu'un à qui parler. Guilder lui faisait confiance, il lui avait fait ses confidences. Au fil des ans, il n'y avait pas grand-chose qu'ils n'aient fini par se dire. Guilder lui avait même parlé de Shawna, sauf qu'il avait enrobé l'histoire d'ironie. « Une putain, non, mais vous le croyez ? Quel crétin j'ai pu être ! » Bonté divine ! Ce qu'ils avaient pu rigoler avec ça ! Et voilà, c'était juste le genre d'heure informe, de vague angoisse où il aurait passé la tête par la porte – *Fred, venez un peu ici !* –, et fait entrer son ami dans son bureau sous un prétexte ou un autre – en réalité juste pour bavarder.

Son ami. Il supposait que c'est ce qu'ils étaient. Avaient été.

Le soir tombait. Le regard de Guilder glissa vers le bas de la colline et le Projet. Il faudrait lui trouver un nouveau nom. Hoppel aurait été le type idéal pour ça ; aucun doute, il avait le sens de la formule. Dans sa vie antérieure, il avait travaillé dans une grande agence de publicité à Chicago, expérience qu'il avait mise à profit en concoctant les slogans et les jingles qui mettaient les troupes au pas, sur le plan rhétorique, jusqu'aux paroles de l'hymne :

Nation, notre Nation, nous te confions nos vies !
Nous t'offrons notre travail sans contrepartie
Notre Nation, une patrie s'érige ici,
D'une mer à l'autre, dans l'espoir et à l'abri...

Plus gnangnan, tu meurs, et Guilder n'appréciait pas vraiment le mot « contrepartie », qui faisait un peu trop livresque, mais l'ensemble sonnait bien, et n'était pas trop pénible à entendre, selon les critères du genre.

Alors, comment allaient-ils l'appeler ? Le Bunker faisait trop martial. Le Palais sonnait bien, mais l'endroit n'avait rien de palatial, c'était plutôt une grosse boîte en béton. Quelque chose de religieux ? Comme un mausolée ? Qui rechignerait à se rendre dans un mausolée ?

Le nombre de terreux qui devraient y aller, et à quelle fréquence, tout ça restait à préciser, Guilder n'avait pas encore reçu les instructions du Zéro sur ce point, l'idée générale étant que les choses finiraient bien par se décanter. Les Douze – ou plutôt les Onze maintenant – n'étaient peut-être pas des viruls modèle standard, mais ils étaient ce qu'ils étaient – fondamentalement, des machines à dévorer. Quelles que puissent être les directives qui tomberaient d'en haut, cent années de soumission à la pulsion d'engloutir tout et n'importe quoi, ça vous créait une dépendance. Et l'un dans l'autre, leur régime consisterait en un mélange de sang humain et d'animaux domestiques. Le bon ratio devrait être scrupuleusement respecté, il fallait permettre à la population de croître. Génération après génération, les êtres humains et les viruls, travaillant de conserve... Quand on y réfléchissait, ce n'était pas une mauvaise façon de vendre l'affaire. C'était positivement hoppélien. Quel était le terme ? Un « changement d'image » ? Voilà ce qu'il lui fallait : un point de vue différent, un vocabulaire nouveau, une vision nouvelle. Une revisitation de l'expérience virule.

Il tenait peut-être quelque chose avec cette idée de mausolée. La fondation d'une religion officielle, ou un truc dans ce goût-là, avec tout le galimatias, le décorum et les signes extérieurs ritualisés... C'était peut-être pile le lubrifiant indispensable aux rouages de la psychologie humaine. Une religion d'État qui n'était que bâton sans carotte suscitait au mieux une obéissance aride à l'autorité. Alors que l'espoir... c'était le plus puissant des organisateurs sociaux. Donnez de l'espoir aux gens et vous pouvez leur faire faire à peu près n'importe quoi. Mais pas un espoir normal, basique – avoir de quoi manger et s'habiller, ne pas souffrir, de bonnes écoles en banlieue ou des échéances raisonnables assorties d'un financement indolore. Non, ce qu'il fallait aux gens, c'était un espoir au-delà du monde visible – le monde du corps et de ses épreuves, de la morne, l'interminable parade des choses de la vie. L'espoir que tout n'était pas ce qu'il semblait être.

Et voilà ! Il tenait son nom. Comme c'était simple, comme c'était élégant ! Pas un mausolée : un temple, le Temple de la vie éternelle. Et lui, Horace Guilder, serait son Grand Prêtre.

Finalement, il n'avait pas complètement perdu sa journée. C'était drôle la façon dont les choses arrivaient parfois, juste comme ça, se dit-il avec un sourire – le premier depuis des semaines. Hoppel pouvait aller se faire voir avec ses chansonnettes. Et Wilkes aussi, tant qu'il y était, il pouvait aller se faire voir, l'ingrat ! Guilder avait toutes les cartes en main.

D'abord l'injection, ensuite l'étourdissement, et Sara, allongée sur un chariot à roulettes, avait vu défiler le plafond. Elle était maintenant ailleurs. Dans une pièce sombre.

— Allez, hop !

Des mains la soulevèrent et la déposèrent sur une table, lui attachèrent des sangles aux bras, aux jambes et autour du front. Le métal était froid sous son corps. À un moment donné, on lui avait enlevé sa tenue et mis une sorte de chemise de nuit en coton. Son esprit errait entre ces faits avec une lourdeur animale, les notait sans émotion. Difficile de se préoccuper de quoi que ce soit. Il y avait le Dr Verlyn, qui la scrutait à travers ses verres épais, à sa façon grand-paternelle. Il avait vraiment des sourcils extraordinaires. Il brandissait une pince en métal brillant qui serrait un bout de coton imbibé d'un liquide brunâtre. Elle supposa, puisqu'il était médecin, qu'il lui faisait quelque chose de médical.

— Ça va peut-être vous paraître un peu froid.

En effet. Le Dr Verlyn lui tamponna les bras et les jambes ; en même temps, quelqu'un d'autre lui installait un tube en plastique sous le nez.

— Cathéter.

Ça, c'était moins agréable. Pas agréable du tout. Un gémissement s'échappa de sa gorge. On commença à lui faire d'autres choses, des palpations, des intrusions diverses, elle eut la sensation bizarre qu'on lui glissait des objets étrangers sous la peau – les avant-bras, l'intérieur des cuisses. Elle percevait des *bip-bip*, un sifflement de gaz, et sous son nez une odeur particulière, incroyablement sucrée. De l'éther. Il était produit à l'installation de biocarburant, mais Sara n'avait jamais vu comment on le fabriquait. Elle se souvenait seulement des lourdes bouteilles marquées « Inflammable » au pochoir rouge qu'on roulait à grand bruit sur un chariot vers le camion qui allait les emporter.

— Respirez, s'il vous plaît.

Quelle drôle de demande ! Comment aurait-elle pu ne pas respirer ?

— C'est ça...

Elle se mit à planer sur le plus doux des nuages.

61.

Deux jours avaient passé depuis qu'ils avaient pris contact avec l'insurrection. Au début, Nina avait refusé de les croire. Comment lui en vouloir ? Leur histoire était trop fantastique, trop complexe. Alicia finit par trouver un moyen de prouver leurs dires : elle récupéra le radiogoniomètre dans son paquetage, emmena Nina sur la butte, au-dessus de la conduite d'évacuation, et pointa l'appareil vers le Dôme. Greer surveillait la plaine en contrebas. À cette distance, Alicia craignait de ne pouvoir obtenir un signal. Que pourraient-ils faire alors pour convaincre l'insurgée ? Mais le signal arriva, fort et clair, une pulsation continue. Alicia fut soulagée, mais aussi perplexe : le signal était même plus fort que jamais. Amy resta un moment silencieuse, puis :

— Il va falloir nous dépêcher. Le bruit que vous entendez signifie que les survivants des Douze sont déjà là.

Elle tira son couteau de sa ceinture, le passa à Nina, et dit à Alicia et Greer de se désarmer aussi.

— Nous nous rendons à vous, déclara-t-elle. Le reste dépend de vous.

Le camion arriva, amenant deux hommes armés. Alicia et ses compagnons les accueillirent les bras levés. On leur lia les poignets, on leur mit un capuchon noir sur la tête. Ils passèrent un moment à geler tous les trois à l'arrière du véhicule qui rebondissait sur la route, puis ils entendirent le bruit d'une porte de garage qui s'ouvrait. On les fit descendre du camion, et on leur dit d'attendre. L'air humide et froid avait une odeur minérale. Quelques minutes passèrent ; des pas approchèrent.

— Enlevez-leur ça ! ordonna une voix d'homme.

On retira leur capuchon, et ils découvrirent une demi-douzaine d'hommes et de femmes qui braquaient leurs armes sur eux – tous sauf un.

— Eustace ?

— Commandant Greer !

Eustace tourna son visage ravagé vers Alicia.

— Et Donadio, par-dessus le marché ! J'aurais dû m'en douter, ajouta-t-il en secouant la tête.

Il se tourna vers ses gens et leur fit signe de baisser leurs armes.

— Tout va bien, les gars.
— Tu les connais ? s'étonna Nina.
Le regard d'Eustace revint se poser sur Amy.
— Vous, non, je ne crois pas vous avoir déjà rencontrée.
— En réalité, rétorqua Amy, ce n'est pas tout à fait exact.

Ils étaient arrivés la veille du jour où le groupe d'Eustace avait prévu d'agir. Des années d'infiltration, avec toutes les difficultés que cela comportait, parvenaient à leur aboutissement. D'abord, la décapitation du comité de direction, suivie par des attaques simultanées sur toute une gamme de cibles majeures : des postes des ressources humaines, des infrastructures industrielles, la centrale électrique, le centre de détention, les immeubles du centre-ville, où vivaient la plupart des yeux-rouges. Des armes et des explosifs avaient été cachés un peu partout dans la ville. Leurs forces étaient modestes, mais à partir du moment où l'attaque serait lancée, ils pensaient qu'un nombre de gens sans cesse croissant les rejoindrait. Les soixante-dix mille habitants des Basses-Terres s'éveilleraient tel un géant endormi et se soulèveraient. À partir de là, l'insurrection serait aussi impossible à arrêter qu'une avalanche. La ville serait à eux.

Mais quelque chose s'était mal passé. Leur taupe dans le Dôme s'était fait pincer. Ils savaient qu'on ne l'avait pas tuée, mais non ce qu'on en avait fait – le plus vraisemblable étant qu'on l'avait emmenée au sous-sol.

— Je suis désolé, mais j'ai quelque chose à vous dire, commença Eustace.

Il leur révéla l'identité de l'agent en question.

Sara était donc ici. Ça passait l'entendement. Non : c'était rigoureusement inimaginable. Et sa fille aussi. La fille de Sara. Et de Hollis. Au fond, on aurait pu dire que l'enfant leur appartenait à eux tous. Leur but en était magnifié, mais cela compliquait encore la situation. Maintenant, ils allaient être obligés de les tirer de là toutes les deux.

Amy répéta l'histoire qu'elle avait racontée à Nina. Aucun doute : les viruls étaient là, quelque part en ville. Il n'y avait aucun doute non plus sur ce que cela impliquait. C'est là qu'ils allaient commencer à reconstituer leurs légions. Eustace considéra d'abord leur histoire avec scepticisme, et puis un déclic se fit dans son esprit quand il entendit Amy dire :

— Guilder doit vouloir les protéger. Y a-t-il dans la ville un endroit particulièrement fortifié ? Et vaste ?

Eustace envoya un homme chercher les plans du Projet. Trois personnes étaient mortes pour se les procurer, leur révéla-t-il en étalant le rouleau sur la table.

— Nous n'avons jamais compris à quoi cet édifice pouvait bien servir. Il y a eu des tas de rumeurs, mais jamais rien qui tienne debout. C'est une forteresse. Sa construction a pris des années.

Amy examina les plans. Elle resta un instant silencieuse, procédant visiblement à de rapides calculs.

— C'est là que nous allons les trouver.

— Je ne vois pas comment vous pouvez en être sûre.

— Comptez les alvéoles.

Eustace se pencha sur le plan. De l'index, il suivit chacun des couloirs vers sa destination. Et puis il releva les yeux.

Leur cause en avait donc rejoint une autre. Le bâtiment connu comme le Projet était maintenant leur cible. La disposition des lieux jouait en leur faveur : s'ils réussissaient à placer une bombe en son cœur, sa puissance explosive pourrait être amplifiée par l'espace confiné du Projet, exactement comme dans la grotte du Nouveau-Mexique. Mais pourraient-ils s'introduire à l'intérieur ? Ce n'était pas certain, et même s'ils y parvenaient, ça reviendrait à pénétrer dans l'antre du lion. Les pertes seraient lourdes, et cela exigerait de détourner trop d'hommes d'autres cibles.

— Nous ne les éliminerons donc pas en entrant là-dedans, déclara Amy. Il va falloir que nous les fassions venir à nous.

— À quoi pensez-vous ?

Amy réfléchit un instant.

— Dites-moi quel genre d'homme est ce Guilder.

Eustace haussa les épaules. Loin de prendre ombrage de leur présence, il s'était déclaré, dès le début de l'échange, enchanté de retrouver des membres de l'expéditionnaire.

— C'est un monstre. Cruel, pervers, monomaniaque au dernier degré. Il est absolument obsédé par Sergio.

— Et s'il le capturait, que ferait-il ?

— Il s'éclaterait comme jamais, sans doute. Mais Sergio n'existe pas. Ce n'est qu'un nom.

— D'accord, mais s'il le capturait quand même ?

Eustace se frotta le menton.

— Eh bien, cet homme adore la mise en scène. Il est probable qu'il organiserait une exécution publique, il en ferait peut-être même un événement à grand spectacle.

— Un événement public. Et donc tout le monde serait là.

— Je suppose... Oh, je vois, fit Eustace en changeant d'expression.

— Où pourrait-il faire ça ?

— Le stade est le seul endroit assez vaste. Il peut facilement contenir soixante-dix mille personnes. Ce qui...

— Laisserait sans défense le reste de la Nation. La garde serait très relâchée, et les cibles majeures seraient vulnérables.

Eustace hocha la tête.

— Et s'il voulait vraiment faire une démonstration de force...

— Exactement.

Des regards émerveillés s'échangèrent autour de la table.

— Quelqu'un pourrait m'éclairer, s'il vous plaît ? demanda Nina.

Amy se pencha en avant sur sa chaise.

— Voici ce qu'on va faire.

Il leur fallut encore vingt-quatre heures pour achever leurs préparatifs. Nina retourna en ville afin de prendre contact avec les chefs des diverses cellules et leur donner leurs instructions. Le repaire de l'insurrection devait être sacrifié, naturellement. Ils le truffèrent de pièges explosifs – des fûts d'engrais à base de nitrate d'ammonium et de gazole munis de dispositifs d'allumage au soufre. Il n'en resterait qu'un cratère fumant. Avec un peu de chance, Guilder présumerait que tout le monde avait été tué à l'intérieur, dans un suicide de masse, le dernier coup d'éclat de l'insurrection.

Ils préparèrent les véhicules au départ. Alicia conduirait Amy vers la canalisation, puis elle rejoindrait les hommes d'Eustace et ils poursuivraient ensemble vers leur base de repli. Ils n'attendaient plus que les conditions météorologiques favorables – ils avaient besoin de neige pour couvrir les traces de leur passage. Ce moment pourrait se présenter le lendemain comme une semaine plus tard, ou jamais. Le troisième jour, une heure avant le coucher du soleil, une poussière de flocons très prometteuse commença à saupoudrer le sol. Elle cessa puis reprit en se renforçant lentement, comme si le temps s'était éclairci la gorge et avait dit : *Allez-y, maintenant.*

Un convoi de neuf camions cabossés transportant quarante-sept hommes et femmes se mit en route. Alicia se détacha de la colonne et prit la direction du nord. La neige formait un nuage dense, qui tourbillonnait dans les phares du camion. À côté d'elle, Amy, portant une tenue de servante, ne disait rien. Alicia l'avait prévenue de ce qui l'attendait ; il n'était plus nécessaire d'en parler davantage, surtout maintenant.

Trente minutes plus tard, elles arrivaient à l'embouchure de la canalisation. Alicia ne put s'empêcher de lui dire :

— Tu sais ce qu'ils vont te faire.

Amy hocha la tête. Un bref silence, puis :

— Il y a un sens à tout. Un dessein. Tu y crois, toi ?

— Je ne sais pas.

Amy ôta la main d'Alicia qui tenait le volant et la prit entre les siennes, entrecroisant leurs doigts.

— Nous sommes sœurs, tu sais. Sœurs de sang. Je sais ce qui t'arrive, Liss.

À ces mots, elle eut l'impression que quelque chose s'effondrait en elle. Et puis : bien sûr qu'Amy était au courant. Comment aurait-elle pu l'ignorer ?

— Tu arrives à le contrôler ?

Alicia avala péniblement sa salive. Au cours des deux derniers jours, le désir était devenu intense. Il plongeait sa main sombre en elle, la possédait. Lui embrumait l'esprit. Bientôt, il submergerait en elle toute possibilité de résistance.

— Ça devient... de plus en plus dur.

— Quand le moment viendra...

— Je ne permettrai pas que ça arrive.

Tout autour d'elles, la neige tombait. Alicia savait que si elle ne repartait pas très vite, elle risquait de rester coincée. Elle avait encore une dernière chose à dire. Elle dut s'armer de courage pour prononcer ces paroles :

— Prends soin de Peter, d'accord ? Et je ne veux pas qu'il sache ce qui me sera arrivé. Promets-le-moi.

— Liss...

— Tu pourras lui raconter ce que tu veux, inventer n'importe quoi, je m'en fiche. Mais je veux que tu me donnes ta parole.

Un profond silence cotonneux les environna toutes les deux. Alicia était restée trop longtemps seule avec cette information, et maintenant elle l'avait partagée. Elle analysa ses émotions : perte, soulagement, sentiment d'avoir traversé une frontière qui menait vers de sombres contrées. Elle renonçait à lui.

— D'une certaine façon, j'ai toujours su que ça arriverait. Je l'ai su avant même de te rencontrer. Il y a toujours eu quelqu'un d'autre.

Amy ne répondit pas. Son silence disait à Alicia tout ce qu'elle avait besoin de savoir.

— Tu devrais y aller, conclut-elle.

Amy restait obstinément muette. Son expression devint incertaine. Et puis :

— Liss, il y a une chose que je ne t'ai pas dite.

Une journée de grisaille après l'autre. L'immense empire intérieur du temps sur le continent. Allait-il neiger ? Le soleil reviendrait-il jamais ? Le vent soufflerait-il dans leur dos ou leur glacerait-il le visage ? Ils marchaient et marchaient encore, penchés en avant sous le poids de leur paquetage. Il n'y avait pas un panneau, aucun signe distinctif à l'horizon. Les routes et les villes avaient disparu, absorbées comme des vaisseaux engloutis sous des vagues de prairie enneigée. Tifty leur avoua qu'il ne savait plus très bien où ils étaient. Dans le centre de l'Iowa, à l'est de Des Moines, mais en dehors de cela... Il ne s'excusa pas, la situation était ce qu'elle était. Il se contenta de leur demander :

— Vous n'auriez pas pu décider de faire ça en été ?

Ils étaient presque à court de vivres. Ils avaient divisé leurs rations par deux, mais la moitié de rien, ce serait toujours rien. Alors qu'ils se blottissaient les uns contre les autres dans une ferme en ruine, Lore distribua les maigres tranches sur la lame de son couteau. Pour la faire durer, Peter plaça la sienne sous sa langue et laissa la graisse durcie fondre lentement à la chaleur de sa bouche.

Ils poursuivirent leur chemin.

Et puis vers la fin de l'après-midi du vingt-huitième jour, une vision apparut : une étrange pancarte qui se balançait dans le vent se matérialisa lentement sur un ciel sans couleur. Ils s'en approchèrent, un amas de bâtiments apparut. Quelle était cette ville ? Oh, et puis quelle importance, la nécessité de s'abriter l'emportait sur toute autre considération. Ils traversèrent une zone périphérique de centres commerciaux avec ses constellations de supermarchés et de magasins à succursales multiples, des bâtiments à toit plat depuis longtemps effondrés sous le poids de la neige hivernale, et entrèrent dans la vieille ville. Les vestiges et les ruines habituels, mais au centre, ils tombèrent sur deux immeubles de brique qui paraissaient avoir tenu le coup.

— Je doute qu'on trouve quoi que ce soit à manger là-dedans, soupira Michael.

Ils étaient devant une façade dont les vitrines, étonnamment, étaient restées intactes. Le Fancy's Café, d'après les lettres passées, sur la vitre.

— On dirait qu'ils ont cessé toute activité depuis un moment, commenta Hollis.

Ils forcèrent la porte et entrèrent. Une salle tout en longueur, avec des stalles de vinyle craquelé devant un comptoir avec des tabourets. En dehors de la poussière qui recouvrait tout et des journaux moisis qui jonchaient le sol, il y régnait un ordre surnaturel. De temps en temps, on tombait sur un endroit de ce genre, un musée du temps d'Avant que le passage des décennies n'avait pas réussi à atteindre, on ne savait pourquoi, plus angoissant que des ruines.

Michael souleva un menu d'une pile posée sur le comptoir et l'ouvrit.

— C'est quoi le « pain de viande » ? Le pain, la viande, je connais, mais le pain de viande ?

— Pitié, Michael, soupira Lore. N'aggrave pas les choses.

Elle grelottait, et elle avait les lèvres bleues de froid.

Hollis et Peter explorèrent l'arrière-boutique. La porte du fond et les fenêtres avaient été barricadées avec des planches. Un marteau et des clous étaient abandonnés par terre.

— On n'ira pas beaucoup plus loin sans manger, fit gravement Hollis.

— Inutile de me le rappeler.

Ils retournèrent vers la salle de café, où les autres étaient emmitouflés par terre, dans des couvertures. Le soir tombait. La pièce était glaciale, mais au moins ils étaient à l'abri du vent.

— Je vais faire un tour dans le coin, annonça Peter. J'arriverai peut-être à voir où on est.

Il ressortit dans la rue et remonta le long du pâté de maisons en scrutant les vitrines. Il essaya d'entrer dans quelques magasins, mais les portes étaient verrouillées. Enfin, ils pourraient toujours revenir le lendemain matin et en ouvrir quelques-unes pour voir ce qu'il y avait derrière.

Au bout du deuxième pâté de maisons, il tenta de tourner une poignée de porte sans même la regarder – il se contentait d'agir mécaniquement à présent – et eut la surprise de la voir s'ouvrir. Il entra en remettant son pistolet dans son holster, prit la boîte d'allumettes qu'il avait dans la poche poitrine de sa parka et en craqua une en protégeant la flamme contre le vent qui entrait par la porte ouverte.

Putain de merde...

Peter savait reconnaître une cache de nourriture quand il en voyait une. Des sacs de toile étaient empilés contre les murs de la pièce, qui était vide en dehors de cela. Il s'agenouilla et ouvrit le premier d'un coup de lame : des haricots secs. Dans un autre, il trouva des pommes de terre, dans un troisième des pommes. Il craqua une deuxième allumette et l'abaissa au niveau du sol : il y avait des empreintes partout dans la poussière. Qui les avait laissées ? Qu'est-ce que ça voulait dire ?

Ils étaient dans une situation pénible, mais au moins ils ne mourraient pas de faim. Pour penser à la suite, mieux valait attendre d'avoir l'estomac plein. Il mordit dans une pomme. Elle n'avait pas de goût, elle était aussi dure qu'un bloc de glace, mais il s'en fichait. Il l'avala frénétiquement, en remplit ses poches, et parcourut la pièce du regard à la recherche d'un récipient pour rapporter de quoi manger aux autres. Dans un coin, il trouva un seau plein de fil de cuivre. Il en renversa le contenu par terre, le remplit de pommes et de patates et ressortit dans la rue.

Il se rendit compte instantanément qu'il y avait quelque chose de bizarre. La nuit semblait plus claire. La lune ? Il n'y avait pas de lune. Un picotement d'angoisse parcourut sa peau lorsqu'il entendit le bruit. Il détourna le visage du vent et tendit l'oreille. Un grondement dans le lointain. Le bruit devenait plus distinct de seconde en seconde.

Des moteurs.

Il laissa tomber le seau et retourna en courant vers le café. Une colonne de véhicules s'approchait de lui en grondant. Il entendit des voix qui hurlaient, puis une succession de *pop-pop-pop*. Des petites gerbes de neige volèrent autour de lui.

On lui tirait dessus.

Il franchit en courant la porte du café alors qu'un éventail de tireurs ouvraient le feu, faisant exploser les vitres.

— Couchez-vous ! cria-t-il. À terre, tout le monde !

Mais ils s'étaient déjà jetés à terre. Peter plongea par-dessus le comptoir et atterrit sur Lore qui se protégeait la tête avec les bras. La lumière des phares emplit la pièce. Tout vola en éclats, explosa, fracassé par une grêle de balles.

— Michael ! Où es-tu ?

Sa voix provenait de sous l'une des banquettes.

— Qui sont ces gens ? Qu'est-ce qu'ils veulent ?

C'était une question de pure forme : quels qu'ils soient, ils voulaient les tuer.

— Tifty ? Hollis ?

Michael encore :

— Ils sont avec moi ! Tifty a une entaille, mais ça va !

— Lore est avec moi !

Une pause dans les tirs, et ils reprirent de plus belle.

— Quelqu'un voit quelque chose ?

— Trois véhicules juste devant, répondit Hollis. D'autres tout le long de la rue !

— On devrait peut-être se rendre ? cria Michael.

— Je ne crois pas que ce soit le genre d'individus à qui on peut se rendre.

Ils étaient pris sous un véritable tir de barrage. Peter n'avait que son pistolet, il avait laissé son fusil près de la porte. Ils n'arriveraient jamais à rejoindre l'arrière-boutique, et de toute façon les portes et les fenêtres étaient obstruées. Le café était un piège mortel.

— Qu'est-ce que tu veux faire ? appela Hollis.

— Tifty peut se déplacer ?

— Je vais bien !

Aplati par terre, Peter tourna la tête vers Lore.

— Tu as une arme ?

— Juste ça, répondit-elle en lui montrant son poignard.

Peter dirigea sa voix par-dessus le comptoir.

— À trois, on y va ! Que quelqu'un nous lance un fusil !

L'arme arriva depuis l'endroit où se trouvait Michael, heurta le comptoir avec un claquement et retomba sur eux. Lore le rattrapa et fit coulisser la glissière pour amener une balle dans la chambre. Dehors, les tirs avaient à nouveau cessé. Ces gens-là n'étaient pas pressés.

— Sortir d'ici en tirant pour s'ouvrir la voie, ce n'est pas un plan bien fameux, nota Lore.

— Je serais ravi d'en entendre un meilleur.

Peter se mettait à genoux quand Lore l'arrêta d'une main.

— Écoute, murmura-t-elle.

Il entendit des pas broyer la neige, suivis d'un crissement de verre écrasé sous une semelle. Il porta un doigt à ses lèvres. Combien étaient-ils ? Deux ? Un otage, pensa-t-il en un éclair, c'était leur dernière chance. Il n'avait aucun moyen de communiquer avec les autres. Il faudrait qu'il y aille tout seul. Il tendit le doigt vers Lore, lui indiqua l'autre bout du comptoir, plus près de la porte, et articula silencieusement : *Fais du bruit.*

Lore se glissa sur le sol. Peter remit son arme dans son étui et se recroquevilla en position accroupie. Lorsque Lore fut en position, elle le regarda, le visage tendu, hocha la tête et se mit à gémir :

— À l'aide...

Peter se releva et fonça le long du comptoir. Alors que le premier homme, éclairé à contre-jour, se retournait, Peter tira son pistolet, fit feu sur lui et fondit sur le deuxième. Ils dégringolèrent tous les deux par terre. Le pistolet de Peter heurta le sol avec un bruit métallique. Un instant de bataille confuse, bras, jambes et corps emmêlés ; l'homme pesait trente bonnes livres de plus que lui, mais la surprise jouait en faveur de Peter. L'autre avait un fusil à canon scié attaché à la cuisse. L'avant-bras verrouillé autour du cou de son adversaire, Peter l'emprisonna dans une étreinte maladroite, arracha le fusil à son étui et lui enfonça le canon sous la courbe de la mâchoire, entre ses longs cheveux d'argent.

— Dites-leur de cesser le feu !

De sa position, Peter voyait Michael, caché sous l'une des tables. Celui-ci ouvrit des yeux ronds.

— Peter...

— Je ne plaisante pas, reprit Peter en enfonçant plus fortement le canon de l'arme sous la mâchoire de l'homme. Criez-le, que tout le monde puisse l'entendre.

L'homme s'avachit dans ses bras. Peter le sentit tressaillir, mais pas de douleur. Le type se tordait de rire.

— Halte au feu ! s'écria une nouvelle voix – une voix féminine. Cessez le tir !

Tout compte fait, le deuxième homme était une femme. Elle était assise au milieu des débris, le dos appuyé au comptoir, le bras droit en travers de la poitrine, la main cramponnée à son épaule blessée.

— Dracs, Peter !

Alicia retira sa main ensanglantée et la regarda, stupéfaite. Et voilà qu'elle se mettait à rigoler, elle aussi.

— Lucius, vous vous rendez compte ? Il m'a tiré dessus !

62.

Au pied de l'échelle, Amy porta la carte au contact de sa torche. Le papier s'enflamma instantanément et disparut dans un jaillissement de flamme bleue. Elle éteignit la torche dans le filet d'eau qui coulait à ses pieds, grimpa à l'échelle et souleva le couvercle de la bouche d'égout.

Elle était dans la ruelle, derrière la boutique de l'apothicaire. Elle remit le couvercle en place et jeta un coup d'œil au coin du bâtiment ; au-dessus du cœur de la ville, le Dôme dressait impérieusement sa surface martelée éclaboussée de lumière. Elle abaissa son voile et quitta la ruelle d'un pas pressé. Des hommes tenant des chiens en laisse faisaient des allées et venues le long des barricades. Elle s'approcha d'un poste de garde où deux hommes soufflaient sur leurs doigts pour se réchauffer, et leur montra son laissez-passer.

— Il n'a pas l'air en règle, dit l'un d'eux en le montrant à son collègue. Il te paraît conforme, à toi ?

Le col y jeta un rapide coup d'œil et regarda Amy.

— Relevez votre voile.

Elle s'exécuta docilement.

— Quelque chose ne va pas ?

Il étudia un instant son visage et lui rendit son laissez-passer.

— Non, non, rien. C'est bon.

Amy passa devant eux et gravit les marches. Aucun des autres hommes ne lui accorda la moindre attention : il leur suffisait que la sentinelle, à la porte, ait vérifié le bien-fondé de sa présence. À l'intérieur, elle passa devant le garde assis au bureau, qui lui jeta à peine un coup d'œil, traversa le hall en direction de l'ascenseur et monta au sixième étage.

L'ascenseur donnait sur un balcon circulaire qui faisait le tour de l'atrium. Quatre couloirs en partaient, comme les rayons d'une roue. Amy longea le balcon jusqu'au troisième couloir, qu'elle suivit jusqu'à la dernière porte. Assis sur une chaise métallique pliante, un garde à la face défaite, une couronne de cheveux gris entourant sa tonsure, feuilletait les pages friables d'un magazine vieux de cent ans. La couverture montrait une femme en bikini orange qui repoussait ses cheveux en arrière.

— Le Directeur a demandé à me voir, déclara Amy en relevant son voile.

Il détacha les yeux de son magazine, croisa son regard, et le tour fut joué. Elle redressa le garde tombé à terre, l'adossa au mur, le menton appuyé sur sa poitrine, et prit la clé accrochée à sa ceinture. Elle approcha ses lèvres tout près de son oreille et murmura :

— Maintenant, je vais entrer. Je veux que vous comptiez jusqu'à soixante. Vous pouvez faire ça ?

Il hocha légèrement la tête sans rouvrir les yeux et émit un murmure d'assentiment.

— Bon. Quand vous serez arrivé à soixante, vous vous jetterez du haut du balcon.

Elle déverrouilla la porte et entra. La pièce avait quelque chose de trompeusement banal. Deux fauteuils à oreilles faisaient face à un énorme bureau dont le plateau luisait légèrement dans le noir. Le sol était couvert d'un tapis épais, qui étouffait tous les sons, sauf la respiration d'Amy. Un mur entier disparaissait derrière des livres, sur un autre était accroché un grand tableau, éclairé par un petit projecteur, représentant trois silhouettes assises à un long comptoir et un quatrième homme avec un chapeau blanc, l'ensemble vu à travers une vitre, dans une rue sombre. Amy s'arrêta pour regarder la petite plaque incrustée à la base du cadre : « Edward Hopper, *Noctambules*, 1942 ».

À sa droite se trouvaient deux portes battantes munies de vitraux. Amy tourna la poignée et se faufila à l'intérieur. Guilder était allongé, en sous-vêtements, au milieu d'une mer de draps et de couvertures. Une pile de dossiers flottait à côté de lui. De doux ronflements sifflants montaient de son nez. Où allait-elle se mettre ? Elle choisit le pied du lit.

— Directeur Guilder !

Le réveil fut brutal. Il passa la main sous son oreiller, se redressa et s'adossa à la tête de lit en reculant devant elle comme un insecte. Des deux mains, il braqua le pistolet sur elle et arma le chien. Il tremblait si fort, nota Amy, qu'il pourrait bien finir par la tuer accidentellement.

— Comment êtes-vous entrée ici ?

Elle perçut son incertitude. Une tenue de servante, mais un visage inconnu de lui.

— Le garde a été très accommodant. Et si vous baissiez ça ?

— Bon sang, mais *qui êtes-vous* ?

Elle entendait des voix dans le couloir, des poings qui frappaient sur la porte extérieure.

— Je suis Sergio, dit-elle. Je suis venue ici pour me rendre.

Onzième partie

La Nuit la plus noire de l'année

21 décembre 97 ap. V.

« Mon âme est parmi des lions ;
Je suis couché au milieu de bêtes féroces,
Des hommes qui ont pour dents la lance et les flèches,
Et dont la langue est un glaive tranchant. »

PSAUMES 57, 4

CAPTURÉ !

Message du cabinet du Directeur

L'ignoble assassin qui se faisait appeler Sergio a été capturé !

L'insurrection est écrasée !

La paix est restaurée dans notre bien-aimée Nation !

La sentence de mort sera exécutée en public dans le stade.

Tous les travailleurs devront se présenter demain soir, à 21 h 30, auprès du personnel des RH de chacun des quartiers.

Restez unis, Citoyens de la Nation !

Réjouissez-vous en ce jour de gloire où Justice sera faite !

Que tous les traîtres sachent que tel sera leur destin !

63.

Les événements s'étaient déroulés exactement comme Amy l'avait imaginé. La date et le lieu de son exécution avaient été fixés, la seule inconnue demeurait la méthode – le dernier détail dont dépendait leur plan. Guilder se contenterait-il de l'abattre d'une balle ? De la pendre ? S'il n'avait prévu qu'une aussi modeste démonstration, pourquoi aurait-il ordonné à toute la population, aux soixante-dix mille habitants de la nation, d'y assister ? Amy avait appâté l'hameçon, Guilder y mordrait-il ?

Peter passa les quatre journées suivantes à osciller violemment d'un pôle émotionnel à un autre – des états alternatifs d'angoisse et de stupeur, auxquels se superposait un fort sentiment de déjà-vu. Tout lui paraissait extrêmement familier. On aurait dit que le temps s'était arrêté depuis le jour où ils s'étaient trouvés face à Babcock en haut de la montagne dans le Colorado. Ils étaient à nouveau tous réunis, leurs destins rapprochés par une puissante force gravitationnelle, comme s'ils étaient les personnages d'une histoire déjà écrite et n'avaient plus qu'à jouer leur rôle. Peter, Alicia, Michael, Hollis, Greer – tous avaient convergé vers cet endroit en prenant des chemins différents, pour des raisons différentes. En même temps, c'était encore Amy qui les avait guidés.

Greer avait raconté l'histoire de sa transformation : Houston, Carter, le *Chevron Mariner*, comment Amy était entrée dans les entrailles du bâtiment et comment elle en était ressortie. Greer ne pouvait leur révéler la pleine mesure de ce qui s'était passé entre Carter et elle, il savait seulement que c'était lui qui les avait envoyés ici. Le reste, Amy ne pouvait, ou ne voulait pas le dire.

Cette nuit-là, à l'orphelinat, alors qu'ils se tenaient tous les deux devant la porte, le bout de leurs doigts se rencontrant dans le vide, savait-elle ce qui lui arrivait ? Et lui ? Peter avait ressenti dans le contact d'Amy la pression du non-dit. « Je m'en vais. La jeune fille que tu connais ne sera plus là la prochaine fois que nous nous rencontrerons. » Et c'était vrai, la jeune fille qu'avait été Amy avait disparu. À sa place, il y avait maintenant une femme.

Le groupe masquait son anxiété derrière des répétitions superflues de tous leurs préparatifs. Ils renettoyaient leurs armes, réétudiaient les plans et les cartes et revérifiaient les listes de choses à faire avant de monter au combat. Depuis quelques jours, Hollis et Michael avaient commencé à fonctionner en boucle ; leur but s'était réduit à Sara et Kate. Alicia gérait l'anxiété comme tout le reste – en faisant comme si ça n'avait aucune importance. La balle tirée par Peter n'avait atteint aucun os et était ressortie proprement, ce qui était une bonne nouvelle, mais quand même... Elle serait guérie dans un ou deux jours, mais entre-temps, son bras en écharpe rappelait constamment à Peter qu'il avait bien failli la tuer. Quand elle n'aboyait pas des ordres, elle se réfugiait dans un silence inaccessible, et Peter comprenait sans qu'elle ait besoin de le lui dire qu'elle était entrée en zone de guerre. Greer laissa entendre qu'il lui était arrivé quelque chose lors de son incarcération, qu'elle avait été gravement brutalisée, mais lorsqu'ils la questionnaient ou lui proposaient leur réconfort, toutes leurs tentatives se heurtaient à une rebuffade sévère.

— Je vais bien, répondait-elle sur un ton péremptoire, qui ne pouvait vouloir dire que le contraire. Ne vous en faites pas pour moi. Je n'ai pas besoin d'une nounou.

En réalité, Alicia paraissait bel et bien éviter Peter, et disparaissait parfois pendant des heures. S'il n'avait pas su à quoi s'en tenir, il aurait pu croire qu'elle lui en voulait. Elle revenait sentant la sueur de cheval, et quand il lui demandait où elle était allée, elle se contentait de répondre qu'elle avait effectué une reconnaissance du périmètre. Il n'avait pas de raison d'en douter, et pourtant cette explication semblait faiblarde, comme s'il ne s'agissait que d'une échappatoire, une dérobade.

Tifty lui aussi avait subi un changement imperceptible mais significatif. Ses retrouvailles avec Greer revêtaient pour lui plus d'importance que Peter n'aurait cru. Ils avaient servi ensemble dans l'expéditionnaire, ce qui était un lien indéniable, mais Peter n'avait pas mesuré jusque-là la profondeur de leur amitié. Une authentique chaleur passait entre eux. Peter s'en intrigua au départ, et pourtant la raison était évidente : Greer et Tifty s'étaient déjà trouvés là, avec Vorhees et Crukshank, il y avait bien des années. L'histoire du Champ, de Dee et des deux petites filles : parmi tous les êtres humains encore en vie, nul ne connaissait mieux que Greer le cœur de Tifty Lamont.

En attendant, les heures et les jours passaient. Une question dominait tout le reste : le plan marcherait-il ? Et s'il marchait, réussiraient-ils à rejoindre Amy à temps ? Enfin, la troisième nuit, n'en pouvant plus de poireauter, Peter quitta le sous-sol du poste de police où tout le monde dormait, gravit les marches et sortit. La façade du bâtiment était abritée par un large auvent qui la protégeait de la neige. Alicia était assise, adossée au mur, les genoux remontés sur la poitrine. La courroie qui soutenait son bras avait disparu. D'une main elle tenait une longue lame étincelante, striée près de la poignée, et de l'autre une pierre à aiguiser. Calmement, à longs coups égaux, elle passait la lame sur la pierre, dans un sens puis dans l'autre, en s'arrêtant à la fin de chaque passage pour examiner son œuvre. Au début, elle était trop concentrée pour remarquer Peter puis, percevant sa présence, elle releva les yeux vers lui, mais ne dit rien. Son visage rigoureusement inexpressif ne trahissait qu'un vague éloignement.

— Ça t'ennuie si je te tiens compagnie ? demanda-t-il.

— Fais comme chez toi.

Il s'assit par terre à côté d'elle. L'air semblait crépiter d'une rage à peine contenue qui émanait d'elle tel un courant électrique.

— C'est un sacré couteau. Où l'as-tu trouvé ?

Elle avait repris son patient aiguisage.

— C'est Eustace qui me l'a donné. Ça s'appelle une « baïonnette ».

— Tu crois qu'elle est assez aiguisée ?

— C'est juste pour m'occuper les mains.

Il chercha quelque chose à dire, et ne trouva rien. Où es-tu passée, Liss ?

— C'est moi qui devrais t'en vouloir, lâcha-t-il enfin. Tu aurais pu me parler des ordres que tu avais reçus.

— Et qu'est-ce que tu aurais fait ? Tu m'aurais suivie ?

— Les choses étant ce qu'elles sont, je suis déserteur maintenant, alors quelques jours de plus ou de moins n'auraient pas changé grand-chose à l'affaire.

Elle souffla sur la pointe de la lame.

— Ce n'étaient pas tes ordres, Peter. Ne te méprends pas : je suis contente de te voir. Je ne suis même pas étonnée. Ça peut paraître bizarre, mais tu ne pouvais pas faire autrement que d'être là. Tu es un bon officier, et nous aurons besoin de toi. Mais nous avons tous une tâche à accomplir.

Il en restait pantois. « Un bon officier ? » Était-ce tout ce qu'il représentait pour elle ?

— Ça sonne tellement faux, venant de toi...

— Peu importe que ça sonne faux. C'est comme ça, c'est tout. Il serait peut-être temps que quelqu'un le dise.

Il ne savait que répondre. Ce n'était pas l'Alicia qu'il connaissait. Ce qui lui était arrivé dans cette cellule l'avait fait rentrer si profondément en elle-même qu'on aurait dit qu'elle n'était même plus là.

— Je m'en fais pour toi.

— Eh bien, il ne faut pas.

— Je le pense, Liss. Il y a quelque chose qui ne va pas. Tu peux me parler, tu sais.

— Il n'y a rien à dire, Peter. Peut-être que je suis simplement... en train de me réveiller, dit-elle en le regardant dans les yeux. Je vois la réalité en face, tu devrais en faire autant. Ça ne va pas être facile.

Il se sentit piqué au vif. Il scruta son visage, à la recherche d'une étincelle de chaleur, n'en découvrit aucune. Il fut le premier à détourner le regard.

— À ton avis, qu'est-ce qui lui arrive ? demanda-t-il.

Pas besoin de préciser, Alicia savait à qui il faisait allusion.

— J'essaie de ne pas y penser.

— Pourquoi l'as-tu laissée faire ça ?

— Je ne l'ai pas laissée faire quoi que ce soit, Peter. Ce n'est pas moi qui décide.

Un silence glacé tomba.

— J'aurais bien besoin d'un verre, déclara-t-il.

Elle émit un petit rire à peine audible.

— Ça, c'est nouveau. Je ne t'ai jamais entendu prononcer ces mots-là.

— Il y a un début à tout.

Et puis :

— Tu te souviens, dans le bunker de Twentynine Palms, la nuit où on a trouvé le whisky ?

La bouteille se trouvait dans un tiroir de bureau. Pour fêter la réparation des Humvee et leur départ prochain du bunker, ils se l'étaient passée à la ronde, buvant à la grande aventure qui les attendait : leur voyage vers l'est du Colorado.

Un peu de chaleur revint dans la voix d'Alicia.

— Bon sang, la cuite qu'on avait prise ! Surtout Michael. Il n'a jamais tenu la liche.

— Non, je pense que c'était Pataugas. Tu te souviens ? Il avait ouvert un bâton lumineux et s'en était barbouillé la figure. « Regardez-moi, regardez-moi ! Je suis un virul ! » Qu'est-ce qu'il était marrant, ce gamin !

Son erreur lui apparut aussitôt. Cinq années avaient passé, et la mort de Pataugas était toujours une plaie ouverte. Pas une fois pendant tout ce temps Peter n'avait entendu Alicia prononcer son nom.

— Désolé. Je ne voulais pas...

Une lumière vive éclaira l'horizon. Un éclair ? En hiver ? Quelques instants plus tard, ils entendirent une détonation, assourdie, mais on ne pouvait s'y tromper.

— Tu crois que... ?

Eustace apparut en bas des marches.

— J'ai entendu. Dans quelle direction ?

Ça venait du sud. La distance était difficile à évaluer, mais ils estimèrent que l'explosion avait dû se produire à une dizaine de kilomètres.

— Enfin, fit Eustace en hochant la tête d'un air entendu, je suppose qu'on en saura davantage demain matin.

Peu après le lever du jour, un messager arriva, envoyé par Nina.

Les explosifs avaient fait leur œuvre au quartier général de l'insurrection ; leur ruse avait réussi. D'après les rumeurs, le ministre Suresh, que Guilder avait envoyé superviser personnellement leur capture, figurait parmi les victimes. Tout le monde espérait que ce n'était qu'un avant-goût de ce qui n'allait plus tarder.

Mais c'était la deuxième partie du message qui était la plus prometteuse. Un semi-remorque était garé devant le Projet depuis la veille au soir. Il était gardé par un gros détachement, vingt hommes au moins. La dernière pièce du puzzle était en place : les viruls étaient en approche. Guilder avait abattu son jeu.

Chacun connaissait les implications de ce qu'ils tentaient. Le plan paraissait sensé, mais risqué. Le fait que Guilder ait donné l'ordre de déplacer la population vers le stade induisait que le reste de la ville ne serait que légèrement gardé, et si tout se déroulait conformément à leurs prévisions, l'insurrection réussirait d'un seul coup à décapiter virtuellement le régime. Mais le timing posait problème. Un grand nombre de membres de la résistance devait agir indépendamment, car à partir du moment où l'offensive serait lancée ils n'auraient plus la possibilité de communiquer entre eux. Il suffirait d'un rien pour tout faire capoter. N'importe quelle variable pouvait précipiter l'opération dans le chaos.

La plus importante de ces variables était Sara. Si elle était dans le sous-sol du Dôme, organiser une opération de sauvetage serait stratégiquement compliqué, et personne ne savait où se trouvait sa fille. Il se pouvait qu'elle soit dans le Dôme, mais il était possible aussi qu'elle soit tout à fait ailleurs. Dès l'instant où ils donneraient l'assaut au bâtiment et où les tirs commenceraient, il serait pratiquement impossible de distinguer les amis des ennemis. La décision à laquelle ils parvinrent fut que Hollis et Michael mèneraient une équipe avancée vers le sous-sol. Ils auraient cinq minutes devant eux, pas une de plus. Après, dans le bâtiment et avec ses habitants, tous les coups seraient permis.

C'était Eustace qui devait mener les opérations contre le stade proprement dit. Les colis explosifs avaient été fabriqués avec de la dynamite volée sur le site du Projet au cours de la construction, et modifiée, en fonction de leur plan, afin d'en augmenter la puissance, ce qui accroissait aussi son instabilité. C'était un colis de ce type qui avait été envoyé à Sara dans le Dôme, et il était maintenant considéré comme perdu. Malgré le potentiel destructeur de l'explosif, la seule façon de garantir le résultat était de le livrer aux onze viruls « en main propre », comme avait dit Eustace : une « bombe sur pattes ». Peter n'avait pas tout de suite compris ce qu'il racontait, et puis le sens du message lui était apparu : les pattes seraient celles d'Eustace.

Il était prévu que les équipes entrent dans la ville par quatre issues, toutes reliées à la principale conduite d'évacuation des eaux pluviales. L'équipe d'Eustace, qui devait comprendre Peter, Alicia, Tifty, Lore et Greer, profiterait de la confusion qui régnerait au stade pour se mêler à la foule ; des éléments de l'insurrection placés sous les ordres de Nina et déjà en position dans les gradins entreraient en action le moment venu. Des armes avaient été dissimulées dans les toilettes et sous les marches des gradins dans les niveaux supérieurs. L'apparition d'Eustace sur le terrain serait le signal de l'attaque.

À la tombée du jour, ils se mirent en route. Inutile de dissimuler leurs traces : d'une façon ou d'une autre, ils ne reviendraient jamais. La nuit était claire, le ciel immense grouillait d'étoiles, vaste présence indifférente qui les contemplait d'en haut. Enfin, pensa Peter, peut-être pas si indifférente. Il espérait assurément que quelqu'un, là-haut, se souciait d'eux, comme l'avait affirmé Greer – dire que quelques semaines seulement avaient passé depuis leur conversation dans sa cellule... Ils arrivèrent à l'embouchure de la canalisation et continuèrent à pied. Dans le silence, Peter se rendit compte qu'il ne pensait pas seulement à Amy, mais aussi à sœur Lacey. Elle avait affronté Babcock sans la moindre crainte, dans la pleine acceptation de l'issue. Peter espérait qu'il ferait preuve du même courage, le moment venu.

Arrivé sous le regard d'égout le plus proche du stade, le groupe échangea quelques dernières paroles. Les quatre autres équipes, qui devaient prendre position en différents endroits de la Nation, resteraient cachées dans le souterrain jusqu'à ce qu'elles entendent la détonation dans le stade : il serait temps de passer à l'action. Seuls Hollis et Michael feraient mouvement avant. Il n'y avait pas moyen de prévoir le moment de l'assaut, ils devraient suivre leur instinct.

— Bonne chance, dit Peter.

Les trois hommes se serrèrent la main, et puis ils se ravisèrent et s'embrassèrent. Lore se leva sur la pointe des pieds pour planter un baiser sur la joue barbue de Hollis.

— N'oublie pas ce que je t'ai dit : elle t'attend, tu la retrouveras, je le sais.

Hollis et Michael s'enfoncèrent dans la conduite, où leurs silhouettes s'estompèrent, puis disparurent. Après des poignées de main à la ronde et des vœux de bonne chance, les autres groupes prirent le même chemin. Peter et ses compagnons attendirent, engourdis par le froid. Ils avaient tous les pieds gelés, les chaussures trempées par les eaux fétides. Eustace portait un blouson vert olive sous lequel était dissimulée la charge mortelle. Personne ne parlait, mais le silence qui l'entourait avait quelque chose de plus profond. Lors d'un échange en tête à tête, Eustace avait assuré à Peter qu'il n'y avait tout simplement pas d'autre moyen. En réalité, il était heureux d'accomplir cette mission. Beaucoup de gens avaient été envoyés à la mort sur ses ordres, il était normal que son tour vienne.

Peu après dix-sept heures, du haut de l'échelle, Tifty annonça :

— Ça commence. Il faut y aller.

Il était prévu qu'ils sortent un par un, à une minute d'intervalle, sous un pick-up qu'un membre de l'équipe de Nina avait placé au-dessus du regard d'égout, juste au sud du stade. Tôt ou tard, on remarquerait le véhicule et on se poserait des questions – que faisait-il là ? –, mais pour le moment, il avait échappé à l'attention de la sécurité. De là, chacun se dirigerait vers les files de gens qui s'engouffraient dans le stade. Un moment délicat, et ce ne serait que le premier d'une longue série.

Eustace passa en premier. Perché en haut de l'échelle, Michael le suivit du regard.

— C'est bon, annonça-t-il. Je pense qu'il y est arrivé.

Lore et Greer le suivirent. Une fois à l'intérieur, ils se retrouveraient à des points déterminés à l'avance. Alicia serait l'avant-dernière, Tifty fermerait la marche. Peter prit position au pied de l'échelle, Alicia derrière lui. Comme eux tous, elle avait revêtu la tunique et le pantalon élimés traditionnels des Basses-Terres.

— Désolé pour ton bras, lui dit-il pour la centième fois.

Alicia eut ce sourire entendu qui n'appartenait qu'à elle. Le premier sourire qu'il lui voyait esquisser depuis des jours.

— Bah, il fallait bien qu'on finisse par se tirer dessus. On s'est pratiquement fait tout le reste. Je suis simplement contente que tu vises si mal.

— Quelle scène touchante, lança sèchement Tifty. Bon, il faut vraiment y aller.

Peter hésita. Il ne voulait pas que ces paroles soient les dernières qu'ils échangeraient tous les deux.

— Je t'avais dit que tu aurais ta chance, non ?

Alicia le serra rapidement dans ses bras.

— Tu as entendu le monsieur ? Allez, vas-y. Rendez-vous quand la poussière sera retombée.

Mais elle prononça ces mots en évitant son regard, les yeux embrumés.

Une question le taraudait : qu'allait-il bien pouvoir mettre ?

L'époque du costume-cravate était révolue pour Horace Guilder. Cette partie de sa vie avait pris fin. Le complet-veston était la tenue des officiels du gouvernement, pas du Grand Prêtre du Temple de la vie éternelle.

C'était un peu perturbant. Il n'avait guère fréquenté les églises, même quand il était petit. Sa mère l'y emmenait de temps en temps, mais son père n'y mettait jamais les pieds. Guilder croyait malgré tout se rappeler qu'une sorte d'uniforme était de rigueur. Quelque chose qui ressemblait à une robe de femme.

— Suresh !

Le bonhomme entra dans la chambre en traînant la patte. Sacré spectacle. Il avait la figure toute rose et tuméfiée. Ses cils et ses sourcils avaient cramé, ce qui lui donnait une expression de surprise. Il était couvert de plaies à vif et de vilaines ecchymoses. Tout ça passerait d'ici quelques jours, mais en attendant on aurait dit un croisement de jambon à la broche et de perdant d'un combat de boxe par trop déséquilibré.

— Allez me chercher une robe de servante.

— Pour quoi faire ?

Guilder lui fit signe de déguerpir.

— Allez me chercher ça, c'est tout. Une grande taille.

L'article demandé fut apporté. Suresh s'attarda, espérant à l'évidence que Guilder lui expliquerait sa curieuse demande, ou peut-être attendant seulement avec impatience le spectacle du Directeur se tortillant pour s'insinuer dans la chose.

— Vous n'avez rien d'autre à faire ?

— Je pensais que vous vouliez que je reste.

— Bon sang, un peu de jugeote ! Allez vous occuper de la voiture.

Suresh s'éloigna en clopinant. Guilder se planta devant le miroir en pied en tenant la tunique devant lui. Bonté divine, il allait avoir l'air d'un clown avec ce truc-là ! Mais les minutes passaient, les RH allaient convoyer les terreux dans le stade d'un instant à l'autre. Un peu de retard ne nuirait pas forcément, ça ferait monter la tension, d'un autre côté s'il lanternait trop, le contrôle de la foule pourrait devenir difficile à gérer. Il fallait prendre le taureau par les cornes. Il passa la robe par-dessus sa tête. Finalement, l'image que lui rendait le miroir n'était pas celle d'un clown, il ressemblait plutôt à la jeune épousée dans un mariage amish. Ce truc était parfaitement informe. Il préleva deux cravates sur une tringle de son placard, les noua bout à bout et se les attacha autour de la taille en guise de ceinture. Bon, c'était déjà mieux, mais il manquait encore quelque chose. Les prêtres qu'il se rappelait confusément avoir approchés dans son enfance portaient toujours une espèce d'étole. Guilder s'approcha de la fenêtre. Les rideaux étaient retenus le long de l'encadrement par de lourds cordons dorés terminés par des pompons. Il se passa l'une des embrasses sur les épaules, les pompons pendouillant au niveau de la taille, et retourna s'admirer dans la glace. Pas mal pour un gars qui ne connaissait absolument rien à la religion. Ni à la mode d'ailleurs. Quand les historiens du futur découvriraient que Horace Guilder, Grand Prêtre du Temple de la vie éternelle, Refondateur de la Civilisation, Berger de l'aube à l'Ère nouvelle de coopération entre l'homme et le virul, s'était sanctifié avec deux embrasses de rideaux, ça risquait de leur faire un choc.

Il ouvrit la porte et tomba sur Suresh qui l'attendait. Celui-ci ouvrit tout grand ses yeux chauves.

— Ne dites rien.

— Je n'en avais pas l'intention.

— Eh bien, continuez.

Ils descendirent dans le hall par l'ascenseur. Un silence frappant régnait dans le bâtiment ; Guilder avait envoyé la plupart de ses gardes du corps personnels au stade. Certes les forces de sécurité étaient dispersées, mais la priorité des priorités était le maintien de l'ordre dans le stade. Les véhicules attendaient, crachant leurs gaz d'échappement dans le froid : la voiture de Guilder, le semi-remorque avec son chargement prodigieux, deux camions d'escorte et un fourgon blindé. Il s'approcha d'un pas vif des deux cols qui montaient la garde à l'arrière de celui-ci. Et découvrit ce faisant l'inconvénient majeur des tenues des prêtres : elles ne tenaient pas très chaud par les nuits d'hiver. Il aurait dû prendre un manteau.

— Ouvrez-le.

Il avait peine à croire que la silhouette assise devant lui sur le banc avait été à l'origine de tous ces problèmes. On aurait pu la trouver jolie, si Guilder avait été intéressé par la question. Non qu'elle soit délicate – elle ne l'était pas. Sous les plaies et les bosses, c'était de toute évidence un spécimen coriace. Des yeux profondément enfoncés, des traits affirmés, une charpente musclée, néanmoins féminine. Mais dans l'esprit de Guilder, Sergio avait toujours été un homme, et pas n'importe quel homme : la représentation qu'il s'en était faite était inspirée de Che Guevara, un révolutionnaire de république bananière avec des petits yeux en tête d'épingle et une barbe indisciplinée. Alors que ça, c'était Jeanne d'Arc.

— Tu as quelque chose à dire pour ta défense ?

Guilder s'en fichait en réalité complètement. C'était une question de pure forme.

Elle avait les poignets menottés et des fers aux chevilles. Avec ses lèvres fendues, enflées, elle parlait comme si elle avait un mauvais rhume.

— Je voudrais dire que je suis désolée.

Guilder se mit à rire : Sergio était désolée !

— Tiens donc ! Et de quoi es-tu désolée ?

— De ce qui va vous arriver.

Bon, une attitude de défi, jusqu'au bout. C'était le rôle qui voulait ça, mais c'était quand même agaçant. Guilder lui aurait bien flanqué encore quelques baffes.

— Dernière chance, poursuivit la femme.

— Tu as un point de vue intéressant, rétorqua-t-il.

Il se détourna du fourgon.

— Enfermez-la bien.

Lila l'observa un long moment, assise au bord du lit. Des colonnes de lumière tombaient de biais sur le visage endormi de la fillette, éclairant ses boucles blondes qui ondoyaient sur l'oreiller. Il y avait plusieurs jours qu'elle était au-delà de tout réconfort possible, alternant les heures de bouderie obstinée et les crises tempétueuses au cours desquelles elle jetait ses jouets dans tous les sens, mais quand elle dormait, toutes ses défenses abattues, elle redevenait une enfant : confiante, en paix.

Comment t'appelles-tu ? pensa Lila. De qui rêves-tu ?

Elle tendit la main pour caresser les cheveux de la petite fille, et puis se ravisa. Pas pour éviter de réveiller l'enfant, non, parce que sa main était indigne d'elle. Tant d'Eva au fil des ans. Alors qu'en réalité il n'y en avait jamais eu qu'une.

Je suis désolée, petite fille. Tu ne méritais pas ça, aucune d'elles ne méritait ça. Je suis la femme la plus égoïste du monde. Ce que j'ai fait, je l'ai fait par amour. J'espère que tu arriveras à me pardonner.

La petite remua, resserra la couverture sur elle et tourna son visage vers Lila. Sa mâchoire se détendit, elle laissa échapper un petit gémissement. Allait-elle se réveiller ? Non. Sa paume glissa sous la courbe de sa joue, un rêve laissa place à un autre, et cela passa.

C'est aussi bien, songea Lila. Mieux vaut que je disparaisse simplement dans l'obscurité. Elle se leva délicatement du lit. Arrivée à la porte, elle se retourna pour lui jeter un dernier coup d'œil, chargé de souvenirs : les souvenirs d'une époque où elle se tenait ainsi à la porte de la chambre d'enfant, avec Brad, dans la maison qu'ils avaient bâtie ensemble, avec amour, pour regarder leur petite fille, ce petit bout nouveau-né emmailloté, cette merveille terrestre, endormie dans son berceau. Lila regrettait de ne pas être morte à sa place tant d'années auparavant. Si le ciel était le pays des rêves, c'était le rêve dans lequel elle aurait voulu passer l'éternité.

Adieu, pensa-t-elle. Adieu à toi, enfant d'une autre.

Les environs du stade offraient le spectacle d'un chaos ordonné, d'une immensité humaine en mouvement. Peter se glissa dans le courant. Personne ne lui accorda ne fût-ce qu'un regard, il n'était qu'un visage anonyme parmi tant d'autres, un crâne rasé de plus, sur un corps crasseux, en haillons, comme il y en avait tant.

— Avancez ! Avancez !

Ils s'engagèrent sur une rampe, par rangs de quatre, passèrent une porte de fer et entrèrent dans le stade. À gauche de Peter, une série d'escaliers de béton montaient vers des ouvertures surmontées d'une lettre ; plus haut, une interminable volée de marches menait vers les niveaux supérieurs. La foule était divisée en deux : deux files vers les gradins du bas, deux vers les escaliers. Le terrain était brillamment éclairé, la lumière se déversait par les portes. Peter essaya d'apercevoir Lore ou Eustace, mais ils étaient trop loin devant lui. Peut-être s'étaient-ils déjà séparés. Les lettres suivaient l'ordre alphabétique : P, Q, R, S...

Peter mit un genou à terre pour faire semblant de renouer un lacet. Celui qui se trouvait derrière lui poussa un grommellement de surprise et lui rentra dedans. Quoi qu'il arrive, ne pas s'arrêter.

— Pardon. Allez, passez.

La file se mua en grappe et s'écoula autour de lui. À travers les jambes qui avançaient en traînant la semelle, il entrevit le garde le plus proche. L'homme regardait vaguement dans sa direction, mais étant à une dizaine de mètres il s'efforçait probablement de distinguer la source de l'interruption du flux.

Détourne les yeux, pensa Peter.

Le col détourna le regard, et Peter se précipita dans le vide de construction, sous l'escalier. Aucun cri ne se fit entendre derrière lui. Soit personne ne l'avait remarqué, soit la foule s'en fichait, la soumission étant devenue sa seconde nature. L'entrée des toilettes pour hommes se trouvait à trois mètres de là, au niveau des premiers gradins. Il n'y avait pas de porte, juste un mur de parpaings orienté de façon à préserver un minimum d'intimité. Peter jeta un coup d'œil au coin de l'escalier. Un flot de gens des Basses-Terres avançaient en traînant les pieds.

Maintenant !

Il fut surpris par l'immensité des lieux. Sur la droite s'alignait une batterie impressionnante d'urinoirs et de cabines. Il se dirigea rapidement vers la dernière et poussa la porte. Une femme à l'air farouche, aux cheveux noirs, courts, perchée sur le siège des toilettes, braquait un lourd revolver sur lui.

— Vive Sergio !

Elle abaissa son arme.

— Peter ?

Il hocha la tête.

— Nina, répondit-elle. Allons-y.

Elle le conduisit vers une petite pièce située derrière les lavabos : un bureau et une chaise, des seaux à roulettes avec des balais et une rangée de vestiaires métalliques. Dans l'un d'eux Nina prit deux fusils d'un modèle que Peter n'avait jamais vu, un croisement de carabine et de gros pistolet, avec un chargeur extralong et une seconde crosse qui dépassait sous le canon.

— Vous savez vous servir de ça ? demanda-t-elle.

Peter ouvrit complètement la culasse pour lui montrer qu'il en connaissait le maniement.

— Des petites salves seulement, et faites feu depuis la taille. Ça peut tirer douze cartouches à la seconde. Si vous maintenez la détente enfoncée, le chargeur se videra rapidement.

Elle lui tendit trois chargeurs supplémentaires et ouvrit une sorte de tiroir aménagé dans le mur.

— C'est quoi ça ? demanda Peter.

— Un vide-ordures.

Peter monta sur la chaise, se glissa à l'intérieur du conduit et se laissa tomber les pieds en avant. La gaine, inclinée comme un toboggan, amortit sa descente, mais pas suffisamment. L'atterrissage fut rude, et ses jambes se dérobèrent sous son poids.

— Bon sang, qui êtes-vous ?

Ils étaient deux, en costume. Des yeux-rouges. Peter était dans l'incapacité de réagir. Il gisait sur le dos, impuissant, son arme serrée sur la poitrine, mais il ne pouvait s'en servir au risque qu'on entende les coups de feu. Alors qu'il essayait de se relever en reculant, les deux hommes dégainèrent les pistolets de leurs étuis de ceinture.

C'est alors que Tifty apparut derrière celui de gauche et lui balança un coup de crosse de fusil en pleine tête. Le second se retourna. Un croche-pied de Tifty le fit tomber à genoux. Il se mit à califourchon sur son dos, le tira par les cheveux pour lui faire relever le menton, passa son bras libre autour de son cou et imprima une torsion à sa tête. Un claquement, un bruit d'écrasement, et puis plus rien.

Tifty leva les yeux vers Peter.

— Ça va ?

La tête du mort, encore retenue par l'avant-bras de Tifty, pendait selon un angle impossible. Peter regarda l'autre yeux-rouges. Un sang noir suintait de sa tête, coulait sur le sol.

— Ouais, réussit-il à répondre.

Un bruit de dégringolade derrière eux, et Nina jaillit de la gaine du vide-ordures. Elle se posa comme un chat, d'un mouvement fluide, l'arme levée, balayant la pièce des yeux.

— Je vois que j'arrive en retard.

Elle leva le canon de son arme vers le plafond.

— Vous êtes Tifty ?

L'intéressé ne répondit pas. Il se contenta de la regarder avec intensité.

— Vous pouvez le lâcher, vous savez. Plus mort, ça n'existe pas.

Tifty détourna les yeux. Il lâcha le cadavre et se releva. Il paraissait un peu ébranlé, Peter se demanda ce qui l'avait déstabilisé.

— Il vaudrait mieux cacher ces corps, suggéra Tifty. Eustace a réussi à entrer ?

— S'il n'avait pas réussi, ça aurait fait du barouf.

Ils étaient dans une sorte d'aire de chargement. Un tunnel, assez large pour permettre le passage d'un camion de belle taille, partait vers la gauche, sans doute vers l'extérieur ; à droite s'ouvrait un couloir plus étroit. Une flèche peinte sur le mur annonçait « Vestiaire des visiteurs ».

Ils traînèrent les cadavres derrière une pile de caisses et s'engagèrent dans le couloir. Ils étaient sous le terrain à présent, du côté sud. Le couloir menait à un escalier qui montait. La lumière était à peine suffisante pour leur permettre de se diriger. Au-dessus de leurs têtes, Peter entendait la rumeur de la foule.

— On attend ici que ça commence, décréta Nina.

À l'arrière du fourgon, Amy n'y voyait rien du tout. Une petite vitre séparait le compartiment passager de la cabine, mais le chauffeur l'avait fermée. Elle avait mal partout mais les idées claires ; elle était parfaitement concentrée sur l'instant présent. Le fourgon descendit vers le bas de la colline et s'engagea dans la plaine. Les roues soulevaient des gerbes de boue et de neige.

— Hé, toi, là-dedans !

La petite vitre s'était ouverte. Le chauffeur lorgnait Amy dans le rétroviseur, avec un sourire de délectation assez pervers.

— Comment tu te sens ?

L'homme sur le siège passager se mit à rire. Amy ne répondit pas.

— Putains de terroristes, reprit le chauffeur, et elle le vit étrécir les paupières, dans le rétroviseur. Tu sais combien de mes amis tu as tués ?

— Des amis ? C'est comme ça que tu les appelles ?

Il partit d'un rire maléfique.

— Sérieusement, c'est quelque chose, ces créatures ! Elles vont te réduire en charpie !

Le fourgon roula dans une profonde ornière, le cahot fit tinter les chaînes d'Amy.

— Comment vous appelez-vous ? demanda-t-elle.

Le chauffeur fronça les sourcils. Ce n'était pas le genre de question qu'il attendait de la part d'une femme sur le point de se faire exécuter.

— Allez, dis-lui, ricana l'autre homme.

Puis, se retournant vers l'ouverture, il répondit :

— Il s'appelle Rikiki.

— Rikiki ?

— Ouais, c'est comme ça que tout le monde l'appelle, rapport au fait qu'il en a une toute petite.

— Ha, ha, fit l'autre. Ha, ha, ha, ha.

La conversation semblait devoir en rester là. Mais le chauffeur jeta un nouveau coup d'œil dans le rétroviseur.

— Ce truc que tu as dit à Guilder...

Amy discerna une nuance de flou dans sa voix.

— ... à propos de ce qui allait arriver, je veux dire, c'était de la blague, hein ?

Amy cala l'un de ses pieds sous le banc et projeta profondément ses pensées dans les yeux de l'homme. Il donna un coup de frein brusque, expédiant son collègue assis à côté de lui la tête la première dans le pare-brise. Une seconde secousse le plaqua à son dossier alors que le véhicule qui les suivait emboutissait le pare-chocs arrière du fourgon dans un grand bruit de verre brisé et de tôle froissée.

— Bon Dieu, ça va pas la tête ? s'exclama le deuxième homme, la main plaquée sur le visage. Tu m'as pété le nez, ducon !

Du sang coulait entre ses doigts.

Le convoi s'était arrêté. Amy entendit frapper contre la vitre côté conducteur.

— Qu'est-ce qui se passe ? Pourquoi tu t'es arrêté ?

— Je ne sais pas, répondit le chauffeur d'une voix pâteuse. Mon pied s'est engourdi ou je ne sais pas quoi.

— Bordel ! Regarde ça ! protesta le second garde.

Il tendit ses mains ensanglantées vers le type à la portière.

— Regarde ce qu'il m'a fait, cet imbécile !

— Tu veux qu'on te remplace ?

Amy, qui regardait le chauffeur dans le rétroviseur, le vit secouer la tête comme pour s'éclaircir les idées.

— Non, ça va. C'est juste que... je ne sais pas. C'était bizarre. Mais ça va.

L'homme à la vitre marqua une pause. Puis :

— Fais attention, d'accord ? On est presque arrivés. Va pas perdre les pédales, hein ?

Il s'éloigna. Le fourgon redémarra.

— T'es vraiment un foutu crétin, tu sais !

Le chauffeur ne répondit pas. Il jeta un coup d'œil vers Amy et leurs regards ricochèrent dans le rétroviseur. Une fraction de seconde, elle lut de la peur dans ses yeux. Et puis il détourna le regard.

Vingt et une heures quarante.

Accroupis dans la ruelle derrière la boutique de l'apothicaire, Hollis et Michael avaient regardé à la jumelle les hommes faire monter Amy dans le fourgon et le convoi partir pour le stade. L'équipe d'assaut qui attaquerait le Dôme, une douzaine d'hommes et de femmes munis d'armes à feu et de bombes artisanales, était encore dissimulée dans la conduite d'évacuation, cinq mètres en dessous d'eux.

— Combien de temps on va attendre ? demanda Michael.

C'était une question de pure forme. Hollis se contenta de hausser les épaules. La ville paraissait déserte, mais l'entrée du Dôme était gardée par un contingent d'une bonne vingtaine d'hommes, qu'ils voyaient depuis la ruelle. Ce qu'ils ne se disaient pas, c'était qu'ils n'avaient aucun moyen de savoir si Sara et Kate étaient ou non dans le bâtiment, et qu'ils ignoraient comment les trouver si elles y étaient bien, à supposer encore qu'ils arrivent à franchir le barrage des gardes – une chaîne de contingences qui, en théorie, paraissait surmontable, mais qui se dressait à présent devant eux avec une netteté sinistre.

— Ne te tracasse pas pour Lore, souffla Hollis. Cette fille sait se débrouiller, crois-moi.

— Qui a dit que je me tracassais ?

Sauf que Michael s'en faisait, bien sûr. Il s'en faisait pour eux tous.

— Je l'aime bien, poursuivit Hollis, sans cesser de surveiller la scène à la jumelle. Elle est bien pour toi. Mieux que Liss.

Michael fut pris de court.

— De quoi tu parles ?

Hollis écarta les jumelles et le regarda en face.

— Je t'en prie, Circuit, tu n'as jamais su mentir. Tu te souviens, quand on était gamins, comment vous étiez tous les deux ? Déjà à l'époque, on lisait sur ton visage à livre ouvert.

— Vraiment ?
— En tout cas, c'était clair pour moi. Tout ça, toi, elle...
Il haussa ses larges épaules et reprit sa surveillance.
— Surtout toi. Liss, je n'ai jamais complètement réussi à la calculer.
Michael tenta de démentir, sans y parvenir. Aussi loin que remontaient ses souvenirs, Liss avait toujours été là. Il avait fait de son mieux pour refouler ses sentiments, sachant qu'il ne pourrait rien en sortir de bon, mais il n'avait jamais tout à fait réussi à les réprimer. À vrai dire pas du tout, à aucun instant.
— Tu crois que Peter le sait ?
— Si tu veux mon avis, tu ferais mieux de te demander si Lore s'en doute. Il n'y a pas grand-chose qui lui échappe. Quant à Peter, il faudra que tu le lui demandes. Je dirais que oui, mais il y a une façon de savoir les choses sans le savoir.
Il se raidit.
— Attention !
Un véhicule approchait. Ils se tapirent dans une embrasure de porte. Des phares éclairèrent la ruelle. Michael retint son souffle. Cinq secondes, dix. Le camion s'éloigna.
— Tu as déjà tué quelqu'un ? souffla Hollis.
— Que des viruls.
— Fais-moi confiance, quand l'opération sera lancée, ce sera moins difficile qu'il n'y paraît.
Malgré le froid, Michael s'était mis à transpirer. Son cœur cognait contre ses côtes.
— Quoi qu'il arrive, tout ce que je te demande, c'est de la tirer de là, d'accord ? dit-il. Tire-les de là toutes les deux.
Hollis acquiesça d'un hochement de tête.
— Vraiment. Je te couvrirai. Passe cette porte, c'est tout.
— On ira tous les deux.
— Pas avec ce que je vois. Il faut que ce soit toi, Hollis. Compris ? Ne t'arrête pas.
Hollis le dévisagea.
— Juste pour que ce soit clair, ajouta Michael.

Comme les autres, Lore et Greer avaient réussi à se mêler à la foule sans incident, à l'endroit où les files de gens se séparaient. Ils s'insinuèrent dans le courant que l'on faisait monter vers le deuxième niveau, puis le troisième, et enfin tout en haut des gradins. Ils se retrouvèrent sous les marches qui menaient au centre de contrôle.

— Bien joué, chuchota Greer.

Ils récupérèrent leurs armes : deux vieux revolvers, qu'ils n'utiliseraient qu'en dernier ressort, et deux poignards de quinze centimètres de long, avec un pommeau d'acier incurvé. Les derniers spectateurs étaient cornaqués vers leurs places. Greer s'émerveilla de la discipline, de la soumission aveugle avec laquelle la foule se mouvait, se laissait manœuvrer. Les habitants des Basses-Terres étaient des esclaves, mais ils ne le savaient pas, ou s'ils le savaient, ils avaient depuis longtemps accepté cet état. Tous ? Pas forcément. Ceux qui n'étaient pas irrémédiablement soumis seraient le facteur décisif.

— Vous voulez prier avec moi ? demanda-t-il.

Lore le regarda d'un air de doute.

— Il y a si longtemps... Je ne suis pas sûre de savoir encore.

Ils se mirent à genoux, face à face.

— Prenez mes mains, dit Greer. Fermez les yeux.

— C'est tout ?

— Essayez de ne pas penser. Imaginez une pièce vide. Non, même pas une pièce, rien du tout.

Elle lui prit les mains, un peu gênée. Elle avait les paumes moites – un effet du stress.

— Je me disais que vous alliez dire quelque chose, un peu comme les sœurs. Saint ceci et Dieu bénisse cela.

Il secoua la tête.

— Pas cette fois.

Greer la regarda fermer les yeux, et en fit autant. L'instant de l'immersion : il se sentit envahi de chaleur. Un instant plus tard, son esprit se fondait dans une énergie infinie, qui transcendait la pensée. *Ô mon Dieu,* implora-t-il. *Soyez avec nous. Soyez avec Amy.*

Mais quelque chose n'allait pas. Greer ressentait une souffrance. Terrible. Et puis la souffrance disparut, submergée par des ténèbres qui obscurcirent sa conscience comme une ombre passant sur un champ. Une éclipse de mort, de terreur, d'un mal noir.

Je suis Morrison – Chávez – Baffes – Turrell – Winston – Sosa – Echols – Lambright – Martínez – Reinhardt...

Il se rétracta brusquement. Le charme était rompu, il était revenu dans le monde. Qu'avait-il vu ? Les Douze, assurément, mais l'autre ? Quel était celui dont il avait ressenti la souffrance ? Lore, toujours à genoux, les mains tendues, maintenant vides, avait fait la même expérience : Greer le voyait sur son visage bouleversé.

— Qui est Wolgast ? demanda-t-elle.

Lila suivait le couloir qui menait à l'atrium comme si elle touchait à peine le sol. Elle était passée à l'action avec un sentiment d'invincibilité ; une fois qu'on avait pris certaines décisions, on ne pouvait pas revenir en arrière. L'escalier qu'elle cherchait se trouvait au bout d'un long couloir, à l'autre extrémité du bâtiment. Il fallait une clé, mais elle avait un plan. Arrivée à l'angle du couloir, elle se mit à courir vers la porte comme si elle était pourchassée. Le garde, un véritable colosse, se leva de son fauteuil pour lui barrer la route.

— Où allez-vous comme ça ?

— Je vous en prie, hoqueta-t-elle. Je meurs de faim. Tout le monde est parti.

— Vous n'avez pas le droit d'être là.

Lila releva son voile.

— Vous savez qui je suis ?

Le garde eut un sursaut.

— Je suis désolé, madame, bredouilla-t-il. Bien sûr.

Il prit la clé attachée au bout d'un cordon fixé à sa ceinture et l'introduisit dans la serrure.

— Merci, répondit Lila, en affichant un soulagement théâtral. Vous êtes un homme providentiel.

En bas de l'escalier, elle tomba sur le second garde devant la porte d'acier qui conduisait à l'unité de traitement du sang. Il y avait bien des années qu'elle n'était pas descendue là, mais elle en gardait le souvenir, dans toute son horreur : les corps allongés sur les tables, les immenses réfrigérateurs, les poches de sang, l'odeur douceâtre du gaz qui maintenait les sujets dans un crépuscule éternel. Le garde la surveillait, la main posée sur la crosse de son pistolet. Lila n'avait jamais tiré avec une arme à feu de sa vie. Pourvu que ce ne soit pas difficile...

Elle s'approcha de lui avec assurance, releva le visage au dernier moment et le regarda au fond des yeux.

— Vous êtes fatigué...

Planquée dans le fossé, sur le côté nord du stade, Alicia éjecta le chargeur de son semi-automatique, l'examina pour rien, souffla sur une poussière imaginaire et le remit dans la crosse en poussant fermement avec le talon de sa main. C'était la dixième fois qu'elle retirait le chargeur et le remettait en place. L'arme était un Smith & Wesson .45 ACP, avec une crosse de bois au quadrillage lissé par le temps. Cinq bonnes livres de flingue, des chargeurs de douze balles. Douze, nota Alicia, quelle ironie. C'était drôle, et pas déplaisant de voir comment l'univers tournait parfois.

Un murmure parcourut la foule. Alicia se redressa sur ses genoux pour jeter un coup d'œil au terrain. La fête avait-elle commencé ? On tractait un objet curieux sur le terrain – une armature d'acier en forme de Y de six ou sept mètres de haut, fixée sur une large estrade ; des chaînes pendaient des montants supérieurs. Le camion s'arrêta au milieu du terrain, deux cols apparurent et se dirigèrent coudes au corps vers la remorque. Ils glissèrent des blocs sous les pneus, treuillèrent le crochet d'amarrage et désaccouplèrent la remorque de la motrice, qui repartit.

Alicia procéda à ses derniers préparatifs. La baïonnette était attachée à sa cuisse avec un méchant bout de ficelle. Elle la détacha et la glissa dans sa ceinture.

Amy, pensa-t-elle. *Amy, ma sœur dans le sang. Je ne te demande qu'une chose.*

Laisse-moi tuer Martínez moi-même.

La colonne de véhicules s'arrêta devant la rampe d'accès principale du stade. Guilder avait encore les nerfs à vif. La collision avec le fourgon l'avait ébranlé. Ils avaient eu de la chance de s'en sortir sans trop de dégâts.

Mais s'il espérait qu'arriver sain et sauf à bon port lui rendrait son calme, la vue du stade, éclatant de lumière dans la nuit hivernale, dissipa rapidement cette attente. Il descendit de voiture et fut accueilli par une immense rumeur d'humanité ; pas d'acclamations – la foule était bien trop intimidée pour cela –, mais le brouhaha propre à soixante-dix mille individus réunis au même endroit. Soixante-dix mille paires de poumons inspirant et expirant ; soixante-dix mille paires de pieds bougeant au hasard ; soixante-dix mille derrières ripant sur des gradins de ciment, à la recherche d'une position confortable. Il y avait aussi des voix dans le bruissement, des toux, des bébés qui pleuraient, mais surtout, il entendait une sorte de grondement souterrain, qui évoquait les répliques d'un séisme.

— Qu'on l'installe, ordonna-t-il.

Les gardes la firent descendre du fourgon et l'entraînèrent. Guilder n'éprouva pas le besoin de la regarder. Il indiqua par geste à Suresh de faire mettre le semi-remorque en position. Le camion avança et gravit lentement la rampe d'accès jusqu'à sa destination finale.

Guilder avait beaucoup réfléchi à la question de la présentation. La situation exigeait un peu de cérémonial. Il s'était longtemps creusé la tête pour trouver la solution, jusqu'à ce qu'elle jaillisse : le meilleur moyen de susciter une réaction dans la foule était de créer une atmosphère comparable à l'effervescence provoquée par l'arrivée de l'orchestre sur le terrain lors d'une manifestation sportive importante. Suresh – bombardé régisseur pour la circonstance – devait coordonner les divers éléments visuels et sonores qui élèveraient la démonstration de la soirée au niveau d'un spectacle. Ensemble, ils avaient revu tous les détails de la cérémonie : la sonorisation, les éclairages, la mise en scène. Ils avaient procédé à une répétition l'après-midi même. Ils avaient envisagé quelques problèmes, mais rien d'insurmontable, et Suresh lui avait assuré que tout marcherait comme sur des roulettes.

Ils gravirent la rampe, Suresh se démenant pour se tenir à sa hauteur malgré sa patte folle. Les collaborateurs des RH étaient alignés des deux côtés de la remorque restée sur place. Les membres de la direction étaient déjà assis dans les loges du bas. Guilder avait l'impression que le bruit de la foule coulait vers lui comme une vague, et s'immergeait dans son énergie. Les charrues avaient déblayé la neige qui recouvrait le terrain, abandonnant derrière elles un paysage boueux ; la plateforme et l'armature se dressaient, superbes, au milieu. C'était Suresh qui en avait eu l'idée. L'insurrection avait bien failli avoir sa peau ; il avait de quoi être un peu en rogne. En tant que ministre de la Santé publique, il semblait aussi connaître mieux que personne certaines façons intéressantes de tuer les gens. La suspendre ainsi, très haut, permettrait à tout le monde de voir se dérouler ses entrailles. Quant à la condamnée, elle dérouillerait davantage, et plus longtemps de cette façon.

Pendant que Guilder revoyait ses notes, Suresh l'équipa de son micro, faisant passer le câble le long de son dos vers l'émetteur, qu'il fixa à sa ceinture improvisée avec des cravates. Ensuite il lui indiqua comment le mettre en marche.

— Actionnez cet interrupteur avant de parler.

Puis il recula. Il chaussa son casque, ajusta son propre micro et procéda aux dernières vérifications :

— Cabine de son.

(Prêts !)

— Lumières.

(Prêts !)

— Effets pyrotechniques.

(Prêts !)

Et ainsi de suite. Guilder, qui l'écoutait vaguement, remuait les bras sous sa robe, tel un boxeur s'apprêtant à monter sur le ring. Il s'était toujours interrogé sur cette mimique qui lui paraissait jusqu'alors relever de la comédie, il en comprenait à présent le sens.

— Tout est paré. Quand vous voudrez, annonça Suresh.

Et le moment arriva enfin. La foule était partie pour un sacré choc. Guilder mit ses lunettes et prit une dernière inspiration, longue, profonde.

— C'est bon, vous tous ! Ayons l'air vivants. Le moment est venu de donner le coup d'envoi.

Il s'avança dans la lumière.

64.

— Dani, réveille-toi.

La voix était familière. Elle appartenait à une personne de sa connaissance. Elle dérivait vers elle de très haut, de très loin, prononçant ce curieux nom qui lui disait vaguement quelque chose.

— Dani, il faut que tu ouvres les yeux. J'ai besoin que tu essaies.

Sara sentit que son esprit émergeait, que son corps prenait forme autour d'elle. Soudain, elle eut une impression de froid. Elle avait la gorge serrée, parcheminée, et un goût douceâtre dans la bouche. Elle aurait dû ouvrir les yeux – c'était ce que la voix lui disait –, mais ses paupières pesaient une tonne.

— Je vais te donner quelque chose.

Était-ce la voix de Lila ? Sara sentit une piqûre dans le bras. Trois fois rien. Et puis...

Oh !

Elle se redressa brusquement et se plia en deux, le cœur battant à se rompre. L'air se rua dans ses poumons, et en fut chassé par une toux sèche qui arracha les parois desséchées de sa gorge.

Lila lui appuya une tasse contre les lèvres, en lui soutenant la tête avec l'autre main.

— Bois.

C'était de l'eau – de l'eau froide. Les images commencèrent à s'assembler autour de Sara. Son cœur palpitait encore. Des bribes de douleur, réelle et remémorée, lui dardaient les extrémités. Sa tête lui semblait vaguement reliée au reste de son corps.

— Tu vas bien, reprit Lila. Ne t'en fais pas, je suis médecin.

Lila était médecin ?

— Il faut qu'on fasse vite. Ce ne sera pas facile, je sais, mais peux-tu marcher ?

Sara ne s'en sentait pas capable, mais Lila l'obligea à essayer. Elle passa les jambes sur le côté du chariot, avec l'aide de Lila qui la tenait par le coude. Sous l'ourlet de la chemise d'hôpital, des bandages blancs lui entouraient le haut des cuisses. Elle en avait d'autres autour des avant-bras. Tout cela lui était arrivé sans qu'elle en ait eu conscience.

— Qu'est-ce qu'ils m'ont fait ?

— C'est la moelle qu'ils prennent. Ils commencent par les hanches, c'est pour ça que tu as mal.

Sara posa les pieds par terre. Elle se rendit compte alors seulement que la présence de Lila était une aberration – et qu'elle était en train de la libérer.

— Pourquoi êtes-vous armée, Lila ?

La femme fragile, incertaine, que Sara avait connue, avait disparu. Tout dans sa personne exprimait l'urgence.

— Viens !

Sara vit le premier cadavre quand elles sortirent dans le couloir : un homme en blouse de laboratoire étalé à plat ventre par terre, les bras et les jambes écartés dans le relâchement d'une mort subite. Le haut de son crâne avait sauté, et son contenu avait éclaboussé le mur. Il y en avait deux autres à côté, un qui avait pris une balle dans la poitrine, l'autre dans la gorge – sauf que celui-ci n'était pas mort. Il était assis, adossé au mur, les mains crispées sur le cou, la poitrine agitée de petites secousses creuses. C'était le Dr Verlyn. Par le trou qu'il avait dans le cou, sa respiration rapide faisait un bruit cliquetant. Ses lèvres remuaient sans qu'il puisse articuler une parole. Il leva un regard implorant sur Sara.

Lila la tira par le bras.

— Il faut se dépêcher.

Elle n'eut pas besoin de le lui répéter. Les cadavres défilèrent, surpris par la mort dans des postures grotesques, leurs yeux qui n'y voyaient plus écarquillés de stupeur, et du sang partout – un véritable massacre. Se pouvait-il que ce soit l'œuvre de Lila ? Elles arrivèrent au bout du couloir, où la lourde porte d'acier était restée ouverte. Un col gisait à côté, le crâne explosé.

— Emmène-la hors d'ici, ordonna Lila. C'est la dernière chose que je te demande. Fais ce qu'il faut pour ça.

Sara comprit qu'elle parlait de Kate.

— Lila, qu'est-ce que vous faites ?

— Ce qui aurait dû être fait depuis longtemps.

Son visage exprimait l'apaisement, et dans ses yeux brillait une étincelle de chaleur.

— Tout sera bientôt terminé, Dani.

Sara hésita.

— Je ne m'appelle pas vraiment Dani.

— Cela m'avait effleurée. Alors comment t'appelles-tu ?

— Sara.

Lila hocha lentement la tête, comme si elle trouvait que ce nom lui allait bien. Elle lui prit la main, la serra.

— Tu seras une bonne maman pour elle, Sara. Je le sais. Maintenant, va vite !

Guilder s'avança sur le terrain. La foule se tut et soixante-dix mille têtes se tournèrent vers lui. Il resta un instant immobile, à se repaître du silence tout en parcourant les gradins du regard. Il allait faire une entrée pleine d'humilité, comme il convenait à un prêtre. Le temps parut s'étirer alors qu'il traversait toute la largeur du terrain et s'approchait de la plateforme. Qui eût cru que parcourir cinquante mètres pouvait prendre aussi longtemps ? Le silence semblait s'approfondir à chacun de ses pas.

Il atteignit la plateforme et contempla la foule, d'abord d'un côté du terrain, puis de l'autre. Sa main tomba sur sa ceinture et palpa l'interrupteur.

— Levez-vous tous pour chanter l'hymne.

Rien ne se passa. Avait-il bien appuyé sur le bouton ? Il jeta un coup d'œil en direction de Suresh, qui se tenait sur le côté du terrain et effectuait des moulinets frénétiques avec sa main.

— J'ai dit : levez-vous !

À regret, la foule se leva.

— Nation, notre Nation..., entonna Guilder. Nous te confions nos vies...

Nous t'offrons notre travail sans contrepartie
Notre Nation, une patrie s'érige ici,
D'une mer à l'autre, dans l'espoir et à l'abri...

Avec une horrible sensation de naufrage, Guilder s'aperçut qu'il était quasiment seul à chanter. Il entendait quelques voix isolées çà et là – les collaborateurs des RH, et bien sûr l'équipe de direction, qui coassait vaillamment les paroles depuis la ligne des cinquante mètres – mais cela ne faisait que souligner l'impression générale : la foule était fondamentalement en grève.

Nation, notre Nation, lieu de paix et de fête !
Un soleil éclatant brille sur ta rare beauté
Une seule âme ! Nous n'avons que ton amour en tête.
L'union des cœurs est la force et la liberté !

L'hymne s'acheva, ou plutôt disparut comme s'il avait tourné à un coin de rue. Ce n'était pas bon signe, vraiment pas. Un filet de sueur, et ce n'était que le premier, perla sous son aisselle et dévala son buste. Il aurait peut-être dû choisir quelqu'un qui sache véritablement chanter pour entraîner la foule. Enfin, il avait prévu d'autres réjouissances qui feraient pleinement participer le peuple au programme de cette soirée inaugurale de grandes transformations. Il s'éclaircit la gorge, jeta encore un coup d'œil vers Suresh, reçut un hochement de tête approbateur et prit la parole :

— Je me tiens aujourd'hui devant vous à la veille d'une nouvelle ère...

— Assassin !

Un bourdonnement parcourut la foule frémissante. La voix venait de très loin derrière lui, quelque part dans le haut des gradins. Guilder se retourna et scruta aveuglément l'océan de visages.

— Meurtrier !

C'était une voix de femme. Guilder la vit, derrière la balustrade. Elle agitait follement un poing en l'air.

— Boucher !

— Qu'on arrête cette femme ! aboya Guilder dans son micro, trop fort.

Une huée générale s'éleva d'un seul coup, ponctuée de cris d'animaux. Des objets se mirent à fuser et atterrirent sur le terrain. La foule jetait les seules choses à sa disposition. La foule lançait *ses chaussures.*

— Monstre ! Égorgeur ! Tortionnaire !

Guilder en resta pétrifié. Il n'avait pas prévu cela.

— Démon ! Tyran ! Suppôt de Satan !

— Porc ! Ordure ! Fumier !

S'il n'agissait pas, et en vitesse, ils étaient irrémédiablement perdus pour lui. Il donna le signal à Suresh. L'interrupteur fut abaissé. Dans une explosion dûment orchestrée de lumière et de fumée colorée, le pick-up qui transportait la condamnée sur son plateau entra sur le terrain, suivi par le semi-remorque. Simultanément, les responsables des effets pyrotechniques se mirent à faire le tour du terrain en courant afin d'allumer des fûts pleins de bois imprégné d'éthanol, établissant ainsi un périmètre de flammes vacillantes. Le pick-up s'arrêta devant la plateforme tandis que le semi-remorque décrivait un large cercle et commençait à reculer. Les gardes abaissèrent le hayon du pick-up, tirèrent la femme à bas du plateau et la jetèrent sur le sol au pied de l'estrade.

— Lève-toi !

La foule se mit à rugir, à hurler et à siffler, tout en continuant à jeter ses chaussures comme autant de missiles.

— Je te dis de te lever !

Guilder lui administra un coup de pied dans les côtes, durement. Comme elle ne criait pas, il lui donna un second coup de pied et la remit debout de force, approchant son visage si près du sien que leurs nez se touchaient presque.

— Tu n'as pas idée de ce qui t'attend.

— Oh si. En fait, on peut dire que nous sommes de très vieilles connaissances.

Il ne voyait pas ce que pouvait bien signifier cette curieuse déclaration, mais il n'en tint pas compte. Il fit signe aux gardes de l'emmener. Ceux-ci entraînèrent la condamnée vers le pied de l'armature et la firent s'agenouiller sans qu'elle oppose la moindre résistance. Elle avait des traînées de boue sur les joues, dans les cheveux, sur sa tunique. Sous les lumières éblouissantes, elle semblait maigre, presque comme une poupée, et Guilder discernait encore l'éclair de défi dans ses yeux, le refus absolu de se soumettre. Il espérait que les viruls prendraient leur temps. Avec un peu de chance, peut-être lui arracheraient-ils la chair petit bout par petit bout chacun à son tour. Les gardes enlevèrent les menottes à la prisonnière et lui rattachèrent les poignets aux chaînes fixées aux armatures.

Et puis ils commencèrent à actionner le treuil pour la hisser.

À chaque mètre de son ascension, les rugissements de la foule s'intensifièrent. De protestation ? Par anticipation ? Ou était-ce le fruit d'une pure excitation à l'idée d'assister au dépeçage d'un être humain ? Ils le détestaient, Guilder le comprenait bien, mais maintenant ils faisaient partie de ce qui se passait, leur énergie obscure avait fusionné avec le pouvoir transfigurateur de la nuit.

La condamnée s'immobilisa très haut dans l'air, les bras écartés, le corps oscillant.

— Une dernière parole ?

Elle réfléchit un instant.

— Adieu ?

Guilder rit.

— C'est bien de garder le moral !

— Je ne parlais pas pour moi.

Il en avait assez entendu. Il se tourna vers le semi-remorque. Deux cols protégés sous d'épais rembourrages étaient postés à l'arrière. Suresh le regardait avec intensité depuis le bord du terrain. Guilder croisa son regard et hocha la tête.

Hé, Lila, pensa-t-il, espèce de has-been délirante, prends un peu ça dans les dents !

Tout à coup, le silence se fit. Le stade fut plongé dans l'obscurité et tous les mouvements se figèrent.

Il y eut une explosion de bleu.

Le moment de passer à l'action était arrivé. Greer et Lore surgirent de leur cachette et gravirent les marches quatre à quatre. Un unique col montait la garde devant la porte de la salle de contrôle. Greer y arriva en premier.

— Putain, qu'est-ce que... ? Holà ! fit l'homme, remarquant les couteaux.

Hollis l'empoigna par les oreilles – commodément surdimensionnées, elles dépassaient de chaque côté de sa tête comme les anses d'une potiche – et lui flanqua un coup de boule. Le type tomba, abattu comme un arbre.

Ils se ruèrent par la porte. Là aussi, un seul homme les attendait, un yeux-rouges. Il était assis, de gros écouteurs sur les oreilles, devant un panneau couvert de voyants lumineux et de curseurs. Une paroi vitrée donnait sur le terrain nimbé d'une lumière bleue. Avec ses écouteurs, il ne les avait même pas entendus entrer. Selon l'accord tacite passé entre Greer et Lore, c'était maintenant son tour à elle.

Le bonhomme releva la tête en les voyant entrer, et son expression se durcit.

— Hé, vous ne devriez pas être là !

— Exact, acquiesça Lore.

Elle se glissa derrière lui, appliqua sa main gauche sur son front et lui passa son couteau en travers de la gorge, la tranchant comme du papier.

Les portes de la remorque s'ouvrirent en grand.

Ils émergèrent dans toute leur majesté, comme des rois, magnifiques, effectuant des mouvements délibérés, sans hâte, n'exprimant que la pure, la pleine possession d'eux-mêmes, et de leur espèce. Impossible de se méprendre sur leur nature. De haute taille et de large envergure, ils occupaient l'espace dans toute leur glorieuse immensité. Ils s'étaient nourris du sang de générations humaines, s'amplifiant au point de devenir colossaux. Même Carter, malgré sa taille modeste, semblait en compagnie de ses frères partager leur splendeur. Cette vision grandiose arracha à la foule un soupir collectif. Auquel succéderaient des hurlements, Guilder n'en doutait pas, mais à l'instant de l'apparition des onze viruls, un silence profond, *attentif*, s'établit. Les formidables créatures s'avancèrent, somptueuses, le dos droit, leurs puissantes griffes articulées comme d'énormes instruments de torture. Ils étaient pareils à des géants. Ils étaient les grands arpenteurs de la Terre, des légendes faites chair. Les gardes se précipitèrent vers les lignes de touche, dans l'espoir de retarder l'instant de leur trépas, mais Guilder n'y prêta aucune attention. Il avait la tête pleine de rêves de gloire.

Mes frères, pensa Guilder, *je vous offre ce gage, cet avant-goût. Ce morceau de choix, ce commencement. Mes frères, approchez et ensemble nous régnerons sur la Terre.*

Les hommes de main de Nina avalèrent les escaliers quatre à quatre et refirent surface au niveau du terrain, dans une cache située juste en dessous des gradins occupés par le comité de direction. Dès qu'Eustace se mettrait à courir, ils se précipiteraient dans l'arène, se retourneraient face à leurs ennemis et les arroseraient avec leurs armes automatiques à canon court.

Mais en attendant, accroupis dans leur cachette pour quelques instants encore, ils éprouvaient, comme tout le monde dans la foule, une émotion complexe où se mêlaient la terreur, l'émerveillement, et un autre sentiment pour lequel leur existence ne leur avait pas fourni de point de référence. Peter s'efforçait d'assimiler trois éléments visuels simultanés : les derniers des Douze étaient devant lui, à quelques mètres à peine ; l'appât qui les avait attirés était Amy, suspendue à ses chaînes ; et Amy n'était pas Amy mais une femme adulte. Même si Greer et Alicia avaient essayé de le préparer, aucune parole n'aurait pu amortir le choc de la réalité.

Où était Eustace ?

C'est alors que Peter le repéra. Il était derrière la rambarde, au bout du terrain – juste un habitant des Basses-Terres comme les autres, contraint à un rôle de spectateur. Les onze viruls étaient dressés devant Guilder, tel un peloton de soldats attendant les ordres. *Et merde,* pensa Peter, *vous êtes trop espacés. Rapprochez-vous les uns des autres, espèces de saloperies.*

Guilder leva les bras.

Lila, seule. Dans le Dôme, tout était calme. On aurait dit un grand animal retenant son souffle. Cet endroit, pensa-t-elle, ce tabernacle de douleur. Comment l'existence d'une telle chose pouvait-elle être tolérée sur cette Terre ?

Elle avait vidé son chargeur. Elle lâcha son pistolet et fila dans le couloir. Derrière chaque porte, sur une dalle, il y avait un être dont on aspirait lentement la force vitale. Elle n'avait pas le temps de tous les sauver, c'était son seul regret, mais au moins elle pouvait les libérer de leurs souffrances.

L'une après l'autre, elle déverrouilla les portes avec le trousseau de clés qu'elle avait pris au garde. Quelques paroles de bénédiction pour chaque âme prisonnière à l'intérieur, et elle ouvrait les valves des bonbonnes d'éther. Une odeur écœurante emplissait l'air. Ses mouvements commencèrent à lui paraître pâteux, elle avait intérêt à agir vite. Laissant les portes ouvertes derrière elle, elle reprit le couloir. Les consignes de sécurité étaient affichées à intervalles réguliers sur les murs du couloir : « Attention éther ! Pas de flamme ouverte ».

Elle arriva à la dernière porte. Elle essaya une clé, une autre, et encore une, les doigts gourds, imprécis. Le gaz agissait déjà sur elle. Enfin, une clé tourna dans la serrure.

Le cœur de Lila se fendit lorsqu'elle le vit. Ils l'avaient enchaîné par terre. Il gisait dans une nudité avilissante, éternellement suspendu au bord du précipice de la mort. Les monstres ! Comment avait-elle pu ignorer cet antre de torture ? Comment avait-elle pu attendre cent ans pour soulager sa souffrance ?

— Lawrence ! Mais que vous ont-ils fait ?

Elle se laissa tomber à genoux à côté de lui. Il avait les yeux ouverts, pourtant son regard semblait voir un autre monde à travers elle. Elle lissa la peau ratatinée de ses joues, son front ridé. Elle baissa sa tête vers la sienne jusqu'à ce que leurs fronts se touchent, lui caressa le visage.

— Lawrence, murmura-t-elle, encore et encore. Mon Lawrence...

Les lèvres de Grey formèrent enfin deux mots :

— Sauvez... moi.

— Mais bien sûr, mon chéri.

Elle versa un flot, un torrent de larmes. De la poche de sa robe, Lila sortit la boîte d'allumettes.

— Nous allons nous sauver l'un et l'autre.

Très haut au-dessus du terrain, Greer et Lore attendaient aussi que les onze viruls se mettent en mouvement.

— Bon Dieu, souffla Greer, les jumelles devant les yeux. Pourquoi restent-ils là comme ça, sans rien faire ?

Guilder avait encore les mains levées. Que se passait-il ? Il laissa retomber ses bras le long de ses flancs, les releva, les agita vivement. Toujours aucune réaction.

— Fils de pute !

La main de Lore était positionnée sur l'interrupteur. Sa voix devint frénétique.

— Qu'est-ce que je dois faire ? Qu'est-ce que je dois faire ?

— Je ne sais pas !

Enfin, Greer discerna un mouvement sur le terrain. Une silhouette courait depuis la zone de but : Eustace.

— Allez-y ! Allumez les lumières !

Mais il était trop tard.

Sara courait. Elle traversa l'atrium à toute vitesse – qu'est-ce que c'était ? Des coups de feu, dehors ? –, fonça dans le couloir qui menait à l'appartement de Lila, et franchit la porte en trombe.

— Kate !

La petite fille dormait dans son lit. Sara la prit dans ses bras, et l'enfant ouvrit des paupières papillotantes.

— Maman ?

— Je suis là, mon bébé. Je suis là.

Maintenant, elle en était sûre : on tirait des coups de feu dehors. (Ce qu'elle ne pouvait pas savoir, c'est qu'à cet instant son frère, Michael, en se précipitant dans l'escalier, prit une balle dans la cuisse droite, douleur qui lui parut curieusement dérisoire tant il était dopé à l'adrénaline qui courait dans ses veines. Hollis n'avait pas menti : dans le feu de l'action, tuer quelqu'un n'était vraiment pas difficile, et Michael abattit encore deux gardes avant que sa jambe cède sous son poids, que l'arme lui échappe – le chargeur était vide, de toute façon – et que des étoiles envahissent son champ de vision.) Sara se rua dans le couloir, portant son enfant. *Mon enfant, mon enfant.* Elles vivraient ou elles mourraient, mais quoi qu'il arrive maintenant, ça leur arriverait ensemble, elles ne seraient plus jamais séparées.

Elle débouchait dans l'atrium en courant lorsqu'un homme fit irruption par la porte. Sa chemise était maculée de sang, il tenait un fusil. Une expression de détermination farouche embrasait son visage barbu. Sara s'arrêta net.

Hollis ?

De son perchoir très haut au-dessus du sol, Amy avait une vue imprenable sur l'ensemble de la scène : la foule de milliers de gens pris de sauvages rugissements ; Guilder et ses bras absurdement dressés ; l'irruption de Nina et de son équipe hors de leur cachette, le déchaînement de leur puissance de feu sur les rangées d'hommes en costume et leurs cris alors qu'ils essayaient de se mettre à l'abri en plongeant sous les gradins ou, comme certains, ne bougeaient pas, restaient assis là, sans comprendre, faussement dignes, tandis que de leurs corps jaillissaient des paraboles d'éclaboussures rosâtres, les arceaux de la mort ; l'apparition d'Alicia, l'arme au clair, prête à charger ; Eustace qui fonçait vers eux depuis la ligne de but, serrant la bombe sur sa poitrine, et derrière lui le col qui mettait posément un genou à terre, levait son arme et le mettait en joue ; le jaillissement de sang, Eustace qui tournoyait sur lui-même et tombait, laissant échapper la bombe. Ces événements se déroulaient autour d'elle, tournoyant comme des planètes sur leur orbite, dans un cosmos effervescent, et pourtant leur réalité ne la touchait que superficiellement, effleurait ses sens comme une brise. Elle était au centre, avec ses pareils, et c'était là, sur cette scène, que tout se déciderait.

— Salut à vous, mes frères. Ça faisait longtemps.

Nous sommes Morrison – Chávez – Baffes – Turrell – Winston – Sosa – Echols – Lambright – Martínez – Reinhardt...

— Je suis Amy, votre sœur.

C'est alors qu'elle le sentit. Au milieu de ce pandémonium, une lueur brillante. Amy chercha Carter du regard. Il se tenait un peu en retrait, le corps fléchi, dans la posture de ceux de son espèce.

Ce n'était pas Carter.

— Père !

Oui, Amy. Je suis là.

Une vague d'amour enfla son cœur. Des pleurs lui gonflèrent la gorge.

— Oh, papa, je suis désolée. Ne me regarde pas, ne me regarde pas.

Alors que le terrain s'emplissait de lumière, Amy ferma les yeux. Ce serait comme si elle ouvrait une porte. Comme elle l'avait imaginé. Pas un acte volontaire, mais une renonciation, le renoncement à sa vie, à ce monde. Des images filèrent à travers son esprit, plus rapides que la pensée. Sa mère s'agenouillant pour la serrer dans ses bras, la force vive de son étreinte, puis son dos alors qu'elle s'éloignait ; Wolgast à côté d'elle, sa grande main sur son épaule tandis qu'elle faisait un tour de manège avec ses lumières et sa musique ; un ciel d'hiver, éclairé par les étoiles, la nuit où ils avaient fait les anges de neige ; Caleb et son regard omniscient rivé sur elle alors qu'elle le mettait au lit, et qui lui demandait : « Est-ce que quelqu'un t'a aimée comme ça ? » ; Peter sur le pas de la porte de l'orphelinat, leurs mains se rencontrant dans le vide, se disant par ce simple contact ce qui ne pouvait être dit avec des mots. Les jours coulèrent à travers elle, un par un, et quand ils furent passés, Amy projeta son esprit vers ceux qu'elle chérissait pour leur dire au revoir.

Elle ouvrit la porte.

À la limite du terrain, une fois leurs chargeurs vidés sur les gradins inférieurs, Peter et les autres les laissèrent tomber à terre et les remplacèrent. Ils ignoraient encore qu'Eustace avait été abattu, ils savaient seulement que les lumières s'étaient allumées comme prévu, leur indiquant qu'il s'était mis à courir. Ils attendaient la détonation qui allait retentir derrière eux, d'un moment à l'autre.

Mais elle ne venait pas.

Peter se tourna vers la plateforme. Les viruls, éclaboussés de lumière, avaient adopté des postures défensives diverses. Certains reculaient en titubant, la tête enfouie au creux du bras. D'autres s'étaient laissés tomber à terre et se roulaient en boule comme des bébés dans leur berceau. Cette vision terrible, Peter la reverrait tous les jours de sa vie, et pourtant ce n'était rien à côté de ce qui se passait au-dessus de la plateforme.

Il arrivait quelque chose à Amy. Elle se tordait pour échapper à ses chaînes, ébranlée par des convulsions si violentes qu'elle donnait l'impression d'être sur le point d'éclater en mille morceaux. Spasme après spasme, leur puissance s'intensifiait. Dans un dernier soubresaut, d'une force telle qu'il aurait pu lui rompre les os, elle s'affaissa ; l'espace d'un instant d'espoir, Peter pensa que c'était fini.

Ce n'était pas fini.

Après un profond hurlement animal, Amy renvoya la tête en arrière. Peter comprenait maintenant ce qu'il voyait. Une chose qui aurait dû prendre des heures se produisait en quelques secondes. Les traits de son visage se fondaient en un magma fœtal. Sa colonne vertébrale s'allongeait, tout comme ses doigts et ses orteils, qui devenaient des griffes préhensiles. Ses cheveux tombèrent, de même que ses dents, repoussées par des rangées d'aiguilles, et sa peau se durcit, devenant une carapace épaisse, cristalline. L'espace autour d'elle s'était mis à briller, comme si l'air lui-même était illuminé par l'intensité de sa transformation accélérée. Avec une violente secousse, Amy attira les chaînes en travers de sa poitrine, les arrachant brutalement à leur support, et lorsqu'elle atteignit le sol, avec une grâce liquide, les jambes fléchies pour absorber l'impact de sa chute, il n'y avait plus onze viruls sur le terrain, mais douze.

Ils étaient Douze.

Elle se releva. Elle rugit.

Au même instant, au sous-sol du Dôme, Lila Kyle et Lawrence Grey dont le destin devait rester à jamais ignoré joignirent leurs mains, comptèrent jusqu'à trois, frottèrent l'allumette sur le grattoir, et toutes les lumières s'éteignirent.

65.

L'explosion du sous-sol, provoquée par l'inflammation violente d'une tonne et demie d'éther fortement comprimé, produisit un déchaînement d'énergie plus ou moins équivalent au crash d'un petit avion à réaction. À la recherche d'un vase d'expansion pour accompagner l'augmentation de pression alimentée par l'oxygénation subite du mélange, et ne trouvant pas d'autre issue, le souffle de l'explosion se propagea vers le haut – dans les escaliers, les couloirs, les canalisations – avant de se replier sur lui-même et de défoncer le plancher. Une fois le vaste espace du bâtiment envahi, le reste était condamné. Les vitres volèrent en éclats. Le mobilier fut projeté en tous sens. Des murs s'écroulèrent. L'expansion se poursuivit vers le haut, propulsant une vague tourbillonnante de destruction pareille à une tornade inversée, catapultant tout vers l'extérieur à partir de son cœur incandescent, avant d'atteindre la carcasse du bâtiment, les étais d'acier et les blocs de pierre méticuleusement taillés qui soutenaient le toit au-dessus de la plaine de l'Iowa depuis l'ère des pionniers, et réduisit l'ensemble en miettes.

Le Dôme commença à s'effondrer.

À cinq kilomètres de là, dans le stade, les spectateurs perçurent la destruction du Dôme comme un enchaînement de manifestations sensorielles distinctes : d'abord un éclair, puis une sourde détonation, suivie d'un ébranlement sismique profond, après quoi les ténèbres se refermèrent sur la ville, le réseau électrique ayant lâché. Les gens en furent pétrifiés, mais l'instant d'après une transformation s'opéra. Une nouvelle force s'éveilla en eux. Comment savoir qui initia le processus ? Des insurgés infiltrés dans les gradins avaient déjà commencé à attaquer les gardes, mais ils n'étaient plus seuls désormais. Le public se souleva, masse sauvage, violente, qui libérait enfin sa rage. Telle était leur fureur que les gens se jetèrent sur leurs gardes-chiourme comme si leurs individualités avaient fusionné en une volonté animale unique. Un essaim. Une nuée. Une ruée. Ils étaient devenus l'ennemi, inévitablement, ils avaient cessé d'être des esclaves pour redevenir vivants.

Sur le terrain, Guilder... se dissolvait.

Cela commença par le dos de ses mains – il éprouva une soudaine contraction de la peau, comme s'il avait été emballé dans du film rétractable. Il les tendit devant lui. Sans comprendre, en proie à une sorte d'engourdissement – la douleur ne s'était pas encore fait sentir –, il regarda la chair de ses mains se flétrir et se crevasser selon de longues tranchées exsangues. Cette sensation s'étendit comme en dansant à toute la surface de son corps. Il porta le bout de ses doigts à son visage. Il eut l'impression de palper un crâne. Il perdait ses cheveux, ses dents. Il se ratatina, se recourba comme un vieillard et tomba à genoux dans la gadoue. Il sentit que ses os s'effondraient, s'effritaient, se changeaient en poussière.

Grey, qu'as-tu fait ?

Une ombre tomba.

Guilder releva la tête. Sa vision, qui allait en s'obscurcissant, s'emplit d'une dernière image des viruls dans toute leur magnificence. *Mes frères,* pensa-t-il, *qu'est-ce qui m'arrive ? Aidez-moi, mes frères, je suis mourant.* Mais il ne lut aucune fraternité dans leurs yeux.

Traître.

Traître.

Traître traître traître...

D'autres choses se produisaient autour de lui – on tirait des coups de feu, des voix criaient, des gens couraient dans le noir. Mais la perception que Guilder avait de ces événements fut instantanément submergée par la conscience plus vaste, glacée, définitive de ce qui était sur le point de lui arriver.

Shawna, pensa-t-il, *Shawna, je ne demandais qu'un peu de compagnie. Je voulais seulement ne pas mourir tout seul.*

Et puis ils se jetèrent sur lui.

Le déroulement des événements suivants, qui ne durèrent que trente-sept secondes dans la vie des protagonistes, se traduisit par des images superposées de mouvements convergeant vers le centre. Uniquement éclairée par les fûts allumés tout autour du terrain, qui brûlaient toujours, et par la lueur phosphorescente des viruls, la scène était une véritable vision de l'enfer. Les viruls en avaient fini avec Guilder – son cadavre était éparpillé en lambeaux desséchés quasiment réduits en poussière – et formaient à présent une vague ligne. Ils semblaient considérer Amy avec circonspection comme s'ils se demandaient de quoi il retournait au juste ; peut-être avaient-ils peur d'elle. Peter, son arme rechargée, tirait par salves sur leurs silhouettes massives, cuirassées, mais les balles les effleuraient sans autre effet visible que de vives étincelles, et ils ne lui accordèrent pas un regard. De l'autre côté du terrain, Alicia avançait, le pistolet brandi, tandis que Nina et Tifty traversaient en courant pour les rejoindre. Le plan avait foiré, et ils se contentaient de suivre leur instinct. Debout sur la plateforme, Amy leva les bras. À chacun était resté attaché un long bout de chaîne. Elle les leva dans l'air et commença à les faire tourner autour de ses poignets, leur faisant décrire de larges arcs, toujours plus rapides. Des toupies, réalisa Peter. Amy faisait des toupies pour désorienter les viruls. De plus en plus vite, les chaînes ronflaient dans l'air au-dessus de sa tête, dans un mouvement flou, hypnotique. Les créatures se figèrent, en transe. Amy inclina la tête sur le côté avec une vivacité d'oiseau, et son regard se focalisa, calculant l'angle d'attaque. Peter sut ce qui allait se passer.

Amy Harper Bellafonte, pleinement transformée en arme, Amy, la Fille de nulle part, prit son essor.

Elle plongea droit devant elle en faisant claquer comme des fouets ses chaînes qui tournoyaient toujours. Simultanément, elle baissa la tête sur sa poitrine et changea de position en plein vol, de façon à atteindre le plus proche virul les pieds en avant, en pleine poitrine, son corps mué au moment de l'impact en un bélier doté d'ailes d'acier de six mètres d'envergure. À côté d'eux, elle était minuscule, mais la force d'inertie jouait en sa faveur. Elle vola à travers le premier, qui tomba les quatre fers en l'air. Lorsqu'elle toucha le sol, ses chaînes avaient trouvé leurs cibles, s'enroulant autour du cou de deux autres. D'une forte secousse, elle attira celui de gauche vers elle, replia son bras autour de son front, exposant sa gorge, enfouit son visage sous sa mâchoire et le secoua comme un chien qui aurait eu un chiffon dans la gueule.

Il se mit à hurler.

Et dans un jaillissement de sang accompagné d'un craquement d'os, il mourut.

Elle se débarrassa du cadavre en déroulant la chaîne d'un mouvement de poignet, faisant tournoyer son corps comme une toupie. Son attention se reporta sur le deuxième virul, mais le rapport des forces en présence avait changé ; l'élément de surprise avait disparu, l'effet hypnotique des toupies s'était estompé. Comme elle attirait le virul vers elle, il bondit et leurs corps se heurtèrent, les projetant tous les deux cul par-dessus tête à bas de la plateforme. Amy libéra la chaîne, mais elle semblait avoir du mal à se relever, prostrée sur les mains et les genoux dans la poussière. Une sorte d'onde parcourut en même temps les autres créatures qui unirent leur conscience commune, se concentrèrent. Les viruls s'apprêtaient à se jeter sur elle comme une meute de fauves.

Ce qu'ils auraient pu faire sans le petit.

L'esprit de Peter n'avait pas encore réussi à voir en eux autre chose qu'un collectif ; il était bien obligé de les dissocier à présent. L'un d'eux était différent. Par sa masse et sa stature, il ressemblait à un virul ordinaire. Les autres allaient se précipiter sur Amy quand il les prit de vitesse ; d'un bond compact, aérien, il s'interposa entre elle et les autres, se tourna face à eux, les griffes brandies, dans une attitude de défi. Il prit une profonde inspiration qui dilata sa poitrine et retroussa les lèvres, révélant ses dents.

Le cri qu'il émit était complètement disproportionné par rapport à sa taille. C'était un hurlement de rage sans mélange. Un mugissement qui aurait pu abattre une forêt, aplanir une montagne, faire basculer une planète sur son axe. Peter se sentit littéralement repoussé en arrière, ses tympans claquèrent douloureusement. Le petit virul n'avait fait gagner qu'une seconde à Amy, mais c'était suffisant. Elle se releva juste avant que les autres passent à l'attaque.

Le chaos.

Tout à coup, il fut impossible de dire ce qui se passait ou sur quoi tirer, les images du combat se succédant trop rapidement pour que l'œil humain ait le temps de les décrypter. Peter se rendit compte qu'il avait tiré ses dernières cartouches, mais ce fait paraissait dérisoire. Le pistolet était inutile, de toute façon. Il aperçut Alicia qui avançait depuis le fond du terrain, faisant toujours feu avec son arme.

Où étaient passés Tifty et Nina ?

Il regarda vers l'autre côté du terrain. Nina fonçait vers la plateforme, serrant la bombe sur sa poitrine. Tifty était derrière elle. Elle agitait son bras libre au-dessus de sa tête et hurlait à pleins poumons :

— Espèces de salauds ! Regardez par ici ! Hé !

Celui qui la repéra – avait-il saisi ses intentions, compris ce qu'elle portait ? – se jeta, ou plutôt se propulsa vers elle, les quatre pattes écartées, comme une araignée dans sa toile. Tifty le vit le premier. Il leva son arme en essayant d'écarter Nina, mais trop tard, le plongeon paresseux du virul était trompeur : il s'écrasa sur eux deux, Tifty recevant le gros du choc. Peter s'attendit à ce que la bombe explose, mais il ne se passa rien. Le virul empoigna Nina par le bras et l'envoya au loin, lui faisant décrire une sorte de parabole au-dessus du terrain, après quoi il se tourna vers Tifty. Au moment où celui-ci levait son arme, la créature le submergea.

Un cri. Un coup de feu.

Il ne réfléchit pas. Ne prit pas le temps de peser le pour et le contre. Peter lâcha son arme et courut à perdre haleine vers la bombe qui gisait par terre.

Lore et Greer furent seuls à le voir, et des deux, seul Greer, l'homme de foi, à qui la prière avait accordé une compréhension plus profonde de la scène, réussit à en tirer les conclusions.

Vu de la salle de contrôle, le combat sur le terrain semblait se dérouler en deux dimensions, et la distance le rendait plus déchiffrable. À un bout gisaient Eustace, inconscient ou mort, et entre la plateforme et lui, le corps de Tifty Lamont ; Nina avait disparu, avalée par les ténèbres ; Alicia, à l'autre bout, était la seule à tirer encore. Au centre se dressait la plateforme ; Amy s'était arrachée à la mêlée et juchée au sommet de l'armature. Sa tunique était en lambeaux, tachée de son sang, elle avait une main crispée sur le côté, comme pour contenir une blessure. Même à cette distance, Greer voyait qu'elle respirait péniblement. Sa métamorphose était achevée, et pourtant elle avait conservé un vestige humain : ses cheveux. Noirs, sauvages, ils encadraient son visage. Dans un instant, ses assaillants allaient frapper avec une force irrésistible, et pourtant rien dans sa posture n'évoquait la retraite. Elle avait quelque chose d'invincible, de presque royal. Et puis Greer vit que Peter courait sur le terrain. Où allait-il ? Vers le semi-remorque ?

Non.

Greer se rua hors de la pièce et dévala les marches. Il allait fendre la foule avec son corps, ses poings, son couteau s'il le fallait. *Amy, Amy, j'arrive !*

Alicia ne faillirait pas. Elle avait consacré son existence à cette notion sacrée. Elle l'avait senti depuis la grotte : un besoin singulier qui la poussait à avancer, comme entraînée dans un tunnel. Elle se rapprochait des viruls en faisant feu – consciente que ses balles ne causeraient pas de vrais dégâts, elle voulait seulement attirer leur attention, les séparer les uns des autres –, elle avançait vers eux, mue par une seule pensée, une seule vision, un seul désir.

Louise, je vais te venger. On ne t'a pas oubliée. Louise, toi aussi, tu es ma sœur de sang.

— Montre-toi, espèce de fils de pute !

Ses balles l'effleuraient, arrachaient des éclairs à sa peau coriace. Elle lâcha son chargeur vide, le remplaça et se remit à tirer.

Les dents serrées, elle avançait en murmurant sa sombre prière. Il allait apprendre à la connaître, la sentir, ça ne pouvait pas se passer autrement. Elle allait le tuer, l'effacer de la face de la Terre, c'était le destin qui le voulait. Il était Julio Martínez, avocat, Dixième des Douze. Il était le Sodom du banc avec ses râles nauséabonds. Il était tous les hommes de l'histoire qui avaient violé une femme de cette façon, et elle allait lui enfoncer sa lame bien à fond dans le cœur, son cœur noir, et elle le sentirait mourir.

L'un des viruls pivota vers elle. Évidemment, pensa Alicia, elle l'aurait reconnu entre mille. Il n'était pas différent des autres physiquement, et pourtant il avait quelque chose de particulier, une sorte d'arrogance qu'elle était seule à pouvoir déceler. Il la considéra de ses yeux sans âme, sous l'ennui languide de ses paupières, et parut presque sourire. Alicia n'avait jamais vu la face d'un virul exprimer quoi que ce soit, mais c'est ce qu'elle vit. *Je te connais,* paraissait dire son visage atone, plein de morgue. *Je te connais, non ? Ne dis rien, laisse-moi deviner. Je suis sûr de t'avoir déjà vue quelque part.*

Tu as sacrément raison, tu me connais, pensa-t-elle, et elle tira la baïonnette de sa ceinture.

Ils s'élancèrent en même temps l'un vers l'autre, Alicia sa lame brandie au-dessus de sa tête, Martínez tendant ses grandes pattes griffues comme une proue faite de couteaux. Une force inexorable percutant une volonté immuable : leurs trajectoires se rencontrèrent en une collision de plein fouet. La masse infiniment plus puissante de Martínez passa à la fois à travers elle et en dessous, l'envoyant valdinguer au-dessus de lui. Au cours de son vol plané, Alicia eut conscience que des griffes lui lacéraient les bras et le visage, mais elle ne les ressentit pas tout de suite. Elle heurta le sol, fit un, deux, trois tonneaux, chacun la privant de sa force d'inertie, et se releva d'un bond. Elle était à bout de souffle, elle titubait, la tête encore retentissante de l'impact. Son cœur battait, pompait un concentré d'adrénaline. Elle avait réussi à ne pas lâcher sa baïonnette ; la perdre aurait été accepter l'impensable défaite.

Martínez, à vingt pas de là, était retombé dans une posture fléchie, les pattes étalées, comme une grenouille. Son sourire s'était changé en un rictus réjoui. Il paraissait sur le point d'éclater de rire. *Dieu maudisse ta face hilare,* pensa Alicia, et elle leva encore une fois sa baïonnette.

Une forme fondait sur eux.

La bombe, la bombe, où était la bombe ?

Peter la repéra à quelques mètres seulement du corps de Tifty. Il la ramassa au vol et la serra sur sa poitrine. Le détonateur était intact, les fils encore connectés. Quel effet cela ferait-il ? Aucun, pensa-t-il. Ça ne lui ferait rien du tout.

Une masse lui tomba sur le dos, aussi rudement que si un mur s'était écroulé sur lui. Pendant un moment, tout l'abandonna : le souffle, la pensée, la gravité. La bombe lui échappa en tournoyant. Le sol se déroula en dessous de lui, et dans un éclair d'obscurité mentale, il se retrouva les quatre fers en l'air, dans la boue.

Le virul était dressé au-dessus de lui, leurs faces à quelques centimètres l'une de l'autre. La vision était telle que Peter eut l'impression qu'elle court-circuitait tous ses sens, comme s'il avait *goûté* la nuit, ou *entendu* l'éclair. La créature inclina la tête et Peter fit la seule chose qui lui passa par l'esprit, convaincu que ce serait la dernière qu'il ferait de sa vie : il inclina la tête à son tour, fit un effort de concentration, total et absolu, et regarda le virul droit dans les yeux.

Je suis Wolgast.

Et Peter le vit : il tenait la bombe.

Aidez-moi.

Alicia, ma sœur, Alicia, il est à toi.

Martínez ne la vit pas venir. Une fraction de seconde avant qu'il déroule son corps massif, Amy se posa derrière lui. D'un mouvement de poignet, elle projeta les chaînes vers l'avant, autour de lui, l'encercla comme avec deux lassos, lui rivant les bras aux flancs. Le sourire du virul se fondit en une expression de surprise.

Maintenant, dit Amy.

D'une puissante traction, elle recula et obligea Martínez à se redresser, exposant sa vaste poitrine. Alors qu'il basculait en arrière, Alicia atterrit à califourchon sur sa taille, le plaquant au sol. Elle tenait sa baïonnette levée au-dessus de sa tête, les poings crispés dessus. Et pourtant elle ne la fit pas retomber.

— Dis-le ! hurla-t-elle, couvrant le rugissement qu'elle avait dans les oreilles. Dis son nom !

Les yeux du virul cherchèrent à se concentrer. *Louise ?*

À ce nom, y mettant toutes ses forces, tout ce qu'elle était, Alicia abattit sa lame, la fit pénétrer dans sa chair, et le tua à l'ancienne.

Pour la foule massée dans les gradins, les dernières secondes du combat sur le terrain se déroulèrent dans un incompréhensible brouillard. Pas pour Lucius Greer. Greer avait compris, comme personne ne pouvait le faire, ce qui allait se passer. Les chaînes avec lesquelles Amy avait entravé Martínez la rivaient maintenant à son cadavre. Alicia se démenait pour le retourner afin de la libérer. Elles constituaient des proies faciles, et pourtant les viruls restants ne s'étaient pas encore jetés sur elles. Peut-être la mort de Martínez avait-elle provoqué une rupture dans l'enchaînement de leurs pensées collectives. Peut-être le choc de voir périr l'un des leurs, foudroyé par une main humaine, les avait-il pétrifiés. Peut-être souhaitaient-ils seulement prolonger le moment de la victoire, afin de profiter plus pleinement de leur assaut final ? Peut-être était-ce autre chose.

C'était autre chose.

Comme Greer chargeait à travers le terrain, une autre forme se précipita à sa droite. Un coup d'œil lui suffit pour confirmer ce que son esprit savait déjà. C'était Peter. Il hurlait, il agitait les bras. Mais il avait quelque chose de particulier. Les viruls le sentaient aussi. Ils se montraient tout à coup attentifs, le nez en l'air, flairant le vent.

— Regardez-moi, espèces d'ordures !

Peter était torse nu, ruisselant de sang – chaud, vermeil, des rivières de sang vivant qui couraient le long de ses bras et de sa poitrine, à partir des longues blessures incurvées faites par le couteau sur lequel il avait encore la main crispée. Ses intentions étaient claires, il espérait détourner les viruls d'Amy et d'Alicia en les attirant sur lui. Il était l'appât, mais quel était le piège ?

Le piège, c'était Wolgast.

Et Greer entendit :

Je suis Wolgast.

Je suis Wolgast.

Je suis Wolgast.

Greer se mit à courir.

Alicia le vit aussi.

Amy était toujours prisonnière du corps de Martínez. Les chaînes qui la retenaient s'étaient enroulées sur elles-mêmes, chaque traction ne faisait que les resserrer. Hurlant de frustration, Alicia vit Peter se précipiter vers les viruls, vit leurs corps pivoter, leurs têtes s'incliner, leurs yeux s'illuminer d'une attraction animale, le plaisir de la mise à mort. *Non, Peter,* pensa-t-elle. *Pas toi. Après tout ça, pas toi.*

Elle ne sut jamais comment Amy avait réussi à se libérer, en un clin d'œil. Les menottes vides se trouvaient juste à l'endroit où elle les avait laissées, attachées à des chaînes encore inextricablement enroulées autour du corps de Martínez. Pendant les jours suivants, tandis que chacun d'eux s'interrogerait sur le sens de ce miracle, les avis divergeraient. Pour certains, cela voudrait dire une chose, pour d'autres cela aurait un sens différent. C'était un mystère, comme Amy était un mystère, et comme tous les mystères, cela en disait autant sur celui qui le contemplait que sur ce qu'il avait vu.

Mais tout cela viendrait plus tard. En une fraction de seconde, Alicia comprit seulement qu'Amy n'était plus là. Elle prenait son essor. Un trait de lumière, pareil à une étoile filante, et puis elle retomba, sur Peter.

— Amy...

Elle n'en dit pas davantage.

Parce que Wolgast l'aimait.

Parce qu'Amy le retrouvait.

Parce qu'il l'avait sauvée, et qu'elle l'avait sauvé.

Et Peter Jaxon, lieutenant de l'expéditionnaire, entendit, vit et sentit tout cela, ressentit tout, enfin. Dans un seul échange de regards, toute la vie de Wolgast s'engouffra en lui. Tous ses chagrins. Ses pertes cruelles, et ses amers regrets. Son amour pour une fille oubliée, et les cent longues années de nuit qu'il avait traversées. Il vit des visages, des silhouettes, des images du passé. Un bébé dans son berceau, et une femme qui se penchait pour le prendre dans ses bras, la mère et l'enfant baignés dans une lumière presque sacrée. Il vit Amy telle qu'elle avait été, une minuscule petite fille, pleine d'une étrange intensité, seule au monde, les lumières d'un manège de chevaux de bois, des étoiles dans un ciel hivernal, et des formes d'anges dans la neige. C'était comme si ces visions avaient toujours fait partie de lui, tel un rêve récurrent récemment remémoré, et il se sentait profondément reconnaissant de les avoir vues, de les avoir reçues en témoignage au cours des dernières secondes de sa vie.

Venez à moi, pensa-t-il. *Venez à moi.*

Peter courut tête baissée, se remettant dans les mains de Dieu. Il sentit mais ne vit pas Greer foncer vers lui, et Wolgast se jeter sur lui par-derrière, la bombe cramponnée sur sa poitrine, visant de tout son corps le cœur de l'essaim. Et au dernier instant, Peter entendit ces mots :

Amy, cours !

Puis : *papa...*

Et puis : *Je t'aime...*

Et alors que Wolgast se ruait au milieu d'eux, son pouce griffu positionné au-dessus du détonateur, alors qu'Amy plongeait pareillement sur Peter pour l'éloigner et encaisser le choc destructeur à sa place, alors que les derniers des Douze dans leur fureur se jetaient sur Wolgast – Wolgast le Vrai, Père de Tous et de Celle qui aimait –, une immensité s'ouvrit à l'endroit où il s'était tenu, la nuit noire explosa en son jour le plus éclatant, et la foudre déchira les cieux.

66.

Dans les minutes qui suivirent, ce fut comme s'il y avait deux mondes : les gradins où régnait le chaos, et le terrain en contrebas, zone de calme soudain après un cataclysme. Un commencement et une fin, contigus mais distincts. Bientôt, les deux fusionneraient lorsque la foule, une fois épuisée la violence de son soulèvement, assimilerait l'idée stupéfiante qu'elle était libre et commencerait à se disperser, à aller où elle voulait, y compris dans le stade ; les gens le découvriraient un par un, dérivant vers le bas, se déplaçant comme à titre expérimental, en apprenant à goûter la liberté. Mais pour l'instant, sur le terrain, les combattants restés entre eux faisaient l'inventaire des vivants et des disparus.

Quand Peter reprit conscience, c'est Alicia qu'il vit. Blessée, brûlée, ensanglantée. De ses cheveux roussis, des filets de fumée montaient encore.

— Peter, disait-elle.

Elle se tenait au-dessus de lui, des larmes roulant sur ses joues.

— Peter.

Il fit un effort pour parler. Sa langue bougeait avec lourdeur dans sa bouche.

— Amy ? Elle est... ?

Alicia secoua la tête, en pleurant doucement.

Greer avait réussi, on ne savait comment, à s'en tirer. La déflagration l'avait projeté au loin. Il aurait dû mourir selon toute raison, et pourtant ils le trouvèrent couché sur le dos, en train de regarder avec émerveillement le ciel illuminé d'étoiles. À part ses vêtements brûlés et en lambeaux, il paraissait indemne. On aurait dit que la force de la détonation ne l'avait pas heurté de plein fouet mais contourné, comme si sa vie était protégée par une main invisible. Pendant un long moment, il resta muet, parfaitement immobile. Et puis, d'un geste exploratoire, il porta la main vers sa poitrine, se palpa précautionneusement, remonta vers son visage, suivit la courbe de ses joues, de son front et de son menton.

— Eh bien, je n'en reviens pas. Qu'est-ce que vous dites de ça ?

Eustace lui aussi en avait réchappé. Au début, ils crurent qu'il était mort ; son visage était trempé de sang. Mais la balle l'avait épargné ; le sang venait de son oreille gauche, qui avait disparu, arrachée comme une plante déracinée et remplacée par un trou aux bords flétris. De la détonation proprement dite, il n'avait aucun souvenir, ou du moins aucune réminiscence cohérente, rien au-delà d'une succession de sensations isolées : un bruit d'explosion à lui fendre le crâne, une vague d'air brûlant qui était passée au-dessus de lui, puis quelque chose de mouillé qui retombait en pluie, un goût de fumée et de poussière. De cette nuit terrible, il se sortait avec cette seule mutilation qui venait s'ajouter sur son visage à une déjà belle collection de blessures de guerre, et un bourdonnement d'oreille qui ne disparaîtrait jamais complètement, l'amenant à parler d'une voix forte qui ferait penser aux gens qu'il était en colère alors qu'il ne l'était pas. Avec le temps, quand il aurait regagné Kerrville, qu'il aurait été élevé au rang de colonel et serait devenu officier de liaison militaire avec l'état-major de la présidente, il en viendrait à considérer cela moins comme un inconvénient que comme un moyen remarquablement utile d'accroître son autorité ; il se demanderait pourquoi il n'y avait pas pensé plus tôt.

Seule Nina devait quitter le terrain indemne. En la balançant au loin, le virul qui avait tué Tifty l'avait providentiellement préservée de l'explosion de la bombe. Elle remontait vers le haut du terrain quand l'engin avait explosé. Le souffle l'avait soulevée de terre et projetée à la renverse, mais dans la fraction de seconde précédente, elle avait été la seule à assister à la mort des Douze, à voir une boule de lumière consumer leurs corps et les disperser. Tout le reste se perdait dans un brouillard. Concernant Amy, elle n'avait rien vu.

Rien du tout.

Mais l'un d'entre eux était resté sur le carreau.

Ils retrouvèrent Tifty avec son fusil encore à la main. Il gisait dans la boue, brisé, rompu, les yeux cerclés de sang. Son bras droit avait disparu, mais ce n'était pas le plus grave. Alors qu'ils se réunissaient autour de lui, il s'efforça de prononcer quelques paroles entrecoupées. Enfin, ses lèvres formèrent des mots.

— Où est-elle ?

Greer seul parut comprendre ce qu'il demandait.

Il se tourna vers Nina :

— C'est vous qu'il veut voir.

Peut-être comprit-elle la nature de la requête, peut-être pas, personne ne le saurait jamais. Elle s'accroupit à côté de lui. Au prix d'un effort qui le faisait trembler, Tifty leva la main et effleura son visage du bout des doigts, dans le plus doux des gestes.

— Nitia, soupira-t-il. Ma Nitia.

— Je m'appelle Nina.

— Non. Tu es Nitia. Ma Nitia.

Il eut un sourire plein de larmes.

— Tu lui ressembles... tellement.

— À qui ?

La vie quittait son regard.

— Je lui avais dit...

Le souffle lui manqua. Il avait commencé à s'étouffer avec le sang qui coulait de sa bouche.

— Je lui avais dit... que je veillerais sur toi.

Et puis la lumière mourut dans ses yeux. Il était parti. Personne ne dit un mot. L'un des leurs s'était éclipsé, englouti dans les ténèbres.

— Je ne comprends pas, dit Alicia en parcourant les autres du regard. Pourquoi l'a-t-il appelée comme ça ?

— Parce que c'est son nom, répondit Greer.

Nina détacha son regard du corps de Tifty.

— Vous ne le saviez pas, n'est-ce pas ? reprit Greer. Vous ne pouviez pas le savoir.

Elle secoua la tête.

— Tifty était votre père.

Avec le temps, ils finiraient par reconstituer toute l'histoire. Un pick-up se précipiterait sur le terrain, ils verraient trois personnes en descendre. Non, quatre : Michael, Hollis et Sara, tenant une petite fille dans ses bras.

Mais pour le moment, ils se tenaient en silence auprès du corps de leur ami, le noyau de sa vie mis à nu. Le grand gangster Tifty Lamont, capitaine de l'expéditionnaire. Ils l'inhumeraient dans le terrain où il était tombé. Au champ d'honneur. Un autre champ. Parce qu'on ne le quittait jamais, leur expliqua Greer, c'est ce que Tifty disait toujours. On pouvait penser qu'on y arriverait, mais non, ce n'était pas possible. Une fois qu'on y était allé, ça faisait partie de vous pour toujours.

Personne ne quittait jamais le Champ.

Douzième partie

Le Baiser

Janvier 98 ap. V.

« Le jour de la victoire, personne n'est fatigué. »

PROVERBE ARABE

67.

Le temps n'était pas de la partie. En janvier, dans l'Iowa, il ne fallait pas rêver. À une journée de froid polaire succédait une autre journée de froid polaire. Nourriture, carburant, eau, électricité, l'entreprise complexe consistant à faire tourner une ville de soixante-dix mille habitants... la joie de la victoire avait rapidement laissé place à des préoccupations plus terre à terre. Pour le moment, l'insurrection avait pris le contrôle de la situation, bien qu'Eustace – de son propre aveu – ne soit « pas taillé pour la course ». Il se sentait dépassé par l'ampleur de la tâche et la quantité de détails à régler, et le gouvernement provisoire constitué en hâte, composé de délégués désignés dans chacun des quartiers, ne faisait pas grand-chose pour alléger son fardeau : il était pléthorique et complètement désorganisé. Lors des réunions, la moitié de l'assemblée passait son temps à se disputer avec l'autre moitié, et Eustace finissait par lever les bras au ciel et par prendre toutes les décisions lui-même. La population était encore assez disciplinée, mais ça ne durerait pas. On avait constaté des pillages au marché avant qu'Eustace y mette bon ordre, et tous les jours on racontait davantage d'histoires de représailles. Beaucoup de cols avaient tenté de se fondre dans la masse, mais on connaissait leurs visages. Sans système judiciaire pour juger ceux qui se rendaient, ou qui avaient été capturés par l'insurrection avant que la populace leur fasse la peau, personne ne savait très bien quoi en faire. Le centre de détention était littéralement bondé. Eustace avait envisagé la possibilité de changer la destination du Projet : le moins que l'on puisse dire c'est qu'il était suffisamment sécurisé et présentait en outre l'avantage de l'isolement, mais ça ne se ferait pas en un jour, et ne réglerait pas le problème de gestion des prisonniers quand la population commencerait à se déplacer vers le sud.

En attendant, tout le monde gelait. Enfin, ce n'était pas un drame, se disait Peter. Il faisait un peu frisquet, et alors ?

Il s'était lié d'amitié avec Eustace. Cela s'expliquait en partie par leur passé commun d'officiers de l'expéditionnaire, mais ce n'était pas tout ; ils avaient aussi découvert au fil des jours qu'ils avaient des tempéraments complémentaires. Ils décidèrent que Peter mènerait l'équipe avancée qui descendrait vers le sud, afin de préparer Kerrville à l'afflux de réfugiés. Au départ, il s'y était opposé, ne trouvant pas bien d'être parmi les premiers à partir, mais c'était une décision logique, et Alicia avait mis fin au débat. « Caleb t'attend, lui avait-elle rappelé. Va retrouver ton garçon. »

L'exode proprement dit devrait attendre le printemps. Si Kerrville réussissait à envoyer suffisamment de véhicules et de personnel, Eustace prévoyait de déplacer cinq mille personnes à la fois, la composition de chaque groupe devant être déterminée par tirage au sort. Le voyage serait rude – ils devraient tous marcher, sauf les très jeunes et les très âgés –, mais avec un peu de chance, la Nation serait évacuée en deux ans.

— Tout le monde ne sera pas d'accord pour partir, tu sais, dit Eustace.

Ils étaient tous les deux dans son bureau, dans l'arrière-boutique de l'herboristerie, où ils se réchauffaient en buvant des tasses d'infusion. La plupart des bâtiments du marché avaient été réquisitionnés par le gouvernement provisoire afin de répondre à diverses fonctions. L'urgence présente était de procéder à un recensement. Tous les fichiers des yeux-rouges ayant été détruits dans l'explosion du Dôme, ils ignoraient qui était qui et même combien ils étaient en tout. On considérait généralement que la population était de soixante-dix mille habitants, mais le seul moyen de le savoir avec précision était de procéder à leur dénombrement.

— Je me demande bien pourquoi certains voudraient rester, répondit Peter.

Eustace haussa les épaules. Le côté gauche de sa tête était encore bandé, ce qui accentuait l'asymétrie de son visage. Sara avait retiré la veille les derniers points de suture de Peter ; sa poitrine et ses bras arboraient maintenant de longues cicatrices rosâtres qui faisaient comme des cartes routières. Quand il était seul, il ne pouvait s'empêcher de les palper en s'émerveillant non seulement de s'être infligé ces blessures à lui-même, mais aussi de l'avoir à peine senti dans le feu de l'action.

— Ils ne connaissent pas autre chose, ils ont vécu toute leur vie ici. Et puis c'est tellement gratifiant de faire triompher le bien. Je ne sais pas combien ils seront à penser ça à partir du moment où nous commencerons à déplacer les gens vers le sud, mais il y en aura.

— Comment s'en sortiront-ils ?

— Comme toujours, tu sais bien. Ils organiseront des élections, ils s'évertueront à bâtir un projet de vie. Ce ne sera pas toujours rose, il se peut qu'ils se plantent, mais au moins, ce sera leur destin à eux, conclut-il en sirotant une gorgée d'infusion.

Nina revint du froid en tapant du pied pour éliminer la croûte de neige accumulée sous la semelle de ses bottes.

— Sacré nom, ce qu'il fait froid dehors !

Eustace lui tendit son infusion.

— Tiens, réchauffe-toi.

Elle prit la tasse à deux mains et but quelques gorgées, puis elle se pencha pour lui déposer un baiser sur les lèvres.

— Merci, mon mari. Tu devrais vraiment te raser.

Leur relation – ainsi que l'avait appris Peter – était le secret le plus mal gardé de l'insurrection. L'une des premières mesures prises par Eustace avait consisté à promulguer un décret autorisant le mariage dans les Basses-Terres. Dans bien des cas, il ne s'agissait que d'une formalité, car les gens formaient des couples depuis des années, voire des décennies. Mais le mariage n'avait jamais été officiellement reconnu. Plusieurs centaines attendaient d'être mariés, et Eustace avait désigné d'office deux juges de paix qui opéraient nuit et jour dans une boutique, un peu plus loin dans le pâté de maisons. Nina et lui avaient été parmi les premiers à se présenter devant lui, tout comme Hollis et Sara.

— Bonne nouvelle, annonça Nina. Je reviens de l'hôpital.

— Et... ?

— Deux autres bébés sont nés ce matin, tous les deux en bonne santé. Les mamans vont bien.

Eustace regarda Peter avec le sourire.

— Alors, mon ami, que penses-tu de ça ? Tu vois ce que je te disais : même dans la nuit la plus noire, la vie continue.

Peter descendit vers le bas de la colline, les épaules rentrées pour affronter le vent. En tant que membre du comité exécutif, il aurait eu le droit d'utiliser un véhicule, mais il préférait marcher. À l'hôpital, il se dirigea vers la chambre de Michael. L'électricité n'était que partiellement revenue, mais l'hôpital figurait parmi les premiers bâtiments où elle avait été rétablie. Il trouva Michael réveillé et assis dans son lit. Sa jambe gauche, plâtrée de la hanche à la cheville, était suspendue à une potence selon un angle de quarante-cinq degrés. Pendant un moment, Sara avait craint qu'il ne perde sa jambe, ça n'avait tenu qu'à un fil, mais Michael était un battant, et maintenant, trois semaines plus tard, il était officiellement sur le chemin de la guérison.

Lore était assise à son chevet et actionnait des aiguilles à tricoter. Eustace lui avait confié un poste de contremaîtresse à l'installation de biodiesel, mais dès qu'elle avait un moment libre, elle retournait voir Michael.

— Qu'est-ce que tu fais ? lui demanda Peter.

— Je voudrais bien le savoir. Au début, c'était censé être un pull, mais je crois que ce seraient plutôt des chaussettes.

— Tu devrais vraiment t'en tenir à ce que tu sais faire, lui conseilla Michael.

— Attends d'être déplâtré, mon ami. Lore te montrera ce dont elle est capable. Et tu m'en diras des nouvelles. Oh, pardon, Peter, fit-elle avec un sourire malicieux, histoire de s'assurer que la plaisanterie ne lui avait pas échappé. Je me suis laissé un peu emporter, j'oubliais que tu étais là...

Il se mit à rire. Quand avait-il ri pour la dernière fois ?

— Pas de problème.

Elle fit décrire un mouvement de vague à l'une de ses aiguilles.

— Je tenais à dire, au cas où l'état de notre ami ici présent viendrait à se détériorer subitement, que je t'ai toujours trouvé très séduisant. Et puis tu es un héros de guerre. Si tu as envie de parler, lieutenant, je suis à ta disposition.

— Je vais y réfléchir.

— Je n'en doute pas.

Elle laissa retomber son tricot sur ses cuisses.

— Il se trouve que je reprends mon poste dans trente minutes, alors je vous laisse parler de moi, tous les deux.

Elle se leva, emballa son tricot, tapota le bras de Michael, puis se ravisa et l'embrassa sur le sommet du crâne.

— Tu as besoin de quelque chose avant que je m'en aille ?
— Non, non. Ça va.
— Non, Michael, ça ne va pas. Pas du tout même. Tu m'as fichu une trouille bleue, tu sais.
— Je t'ai dit que j'étais désolé.
— Eh bien, ne te prive pas de le répéter, mon pote. Un jour, je te croirai.
Elle l'embrassa à nouveau.
— Messieurs...
Lorsque Lore fut partie, Peter récupéra sa chaise.
— Faut pas lui en vouloir, commença Michael.
— Je ne vois pas pourquoi tu passes ton temps à t'excuser pour elle, Michael. Je trouve que tu es l'homme le plus heureux de cette planète. Dis-moi, fit-il avec un mouvement de tête vers le lit, comment va ta jambe en réalité ?
— Elle me fait un mal de chien. C'est gentil à toi de venir enfin me voir.
— Désolé. C'est Eustace qui me donne un boulot dingue.
— Alors, tu en as retrouvé combien ?
Peter comprit qu'il l'interrogeait sur les habitants de la Première Colonie.
— On parle de cinquante-six, et on continue à chercher. On essaie de retrouver tout le monde. Jusque-là, on a identifié les filles de Jimmy, Alice et Avery, Constance Chou, Russ Curtis, Penny Darrell. Il va falloir un moment pour recenser les plus petits. Tout le monde est éparpillé un peu partout.
— C'est une bonne nouvelle, non ?
Michael s'interrompit, n'en dit pas plus long. Tant d'autres avaient disparu.
— Hollis m'a dit ce que tu avais fait, reprit Peter.
Michael esquissa un drôle de sourire. Il avait l'air à la fois un peu gêné et plutôt fier.
— Ça paraissait être la chose à faire, sur le coup.
— Si tu veux encore un job dans l'expéditionnaire, tu n'as qu'un mot à dire. À condition qu'ils acceptent de me réintégrer. La prochaine fois qu'on se parlera, il se pourrait que je sois au trou.
— Un peu de sérieux, Peter. Ils vont probablement te bombarder général ! Soit ça, soit ils te demanderont de te présenter aux élections présidentielles.
— Mouais. Tu ne connais pas l'armée comme je la connais.

Et puis, l'espace d'un instant, il se demanda : Et pourquoi pas ?

— Tu sais qu'on part dans quelques jours.

— Il paraît, oui. N'oublie pas de faire tes paquets. Et dis bonjour à Kerrville pour moi.

— On te mettra dans le prochain convoi, promis.

— Je ne sais pas, *hombre.* Le service est à la hauteur, ici. Et je me sens plutôt bien dans cet endroit. Qui part avec toi ?

— Sara, Hollis et Kate, mais ça c'est évident. Greer reste pour organiser l'évacuation. Eustace est en train de monter une équipe.

— Et Liss ?

— Je le lui demanderais si j'arrivais à la retrouver. C'est à peine si je l'ai revue. Elle est toujours par monts et par vaux avec son espèce de cheval. Elle l'appelle Briscard. Quant à ce qu'elle fait, je n'en ai pas la moindre idée.

— Je suis désolé que tu l'aies manquée. Elle est passée ce matin.

— Liss est venue te voir ?

— Elle a dit qu'elle voulait me dire bonjour. Pourquoi ? fit Michael en le dévisageant. C'est si bizarre que ça ?

Peter fronça les sourcils.

— J'imagine que non. Comment tu l'as trouvée ?

— Qu'est-ce que tu veux que je te dise ? Comme Liss.

— Alors elle n'avait rien de changé.

— Je n'ai rien remarqué de spécial. Elle n'est pas restée très longtemps. Elle a dit qu'elle allait aider Sara pour les dons de sang.

En tant que directrice intérimaire de la Santé publique, Sara avait découvert que le centre de soins n'avait d'hôpital que le nom – ce dont elle se doutait depuis longtemps. Il n'y avait quasiment pas de matériel médical, et pas une goutte de sang pour les transfusions. Avec tous ceux qui avaient été blessés au cours du soulèvement, toutes les naissances et le reste, elle avait demandé qu'on fasse venir un congélateur de l'installation agroalimentaire, et elle avait mis en place un programme de don du sang.

Peter secoua la tête, amusé par l'ironie de la situation.

— Liss, infirmière ? Je voudrais bien voir ça.

Quant aux yeux-rouges, on ne devait jamais tout à fait comprendre ce qui leur était arrivé.

Ceux qui n'avaient pas été exécutés dans le stade avaient pratiquement cessé d'exister. La seule conclusion à tirer, étayée par l'histoire de Lila que Sara leur avait racontée, c'était que lors de la destruction du Dôme la mort de l'homme qu'ils appelaient la Source avait provoqué une réaction en chaîne similaire à celle qu'ils avaient constatée chez les descendants de Babcock dans le Colorado : ceux qui avaient assisté au phénomène décrivaient un vieillissement accéléré, comme si la centaine d'années de sursis qui leur avait été accordée leur avait été reprise en l'espace de quelques secondes – leur chair se ratatinait, leurs cheveux tombaient par poignées, la peau de leur visage se tendait sur leur crâne. Les cadavres qu'ils avaient retrouvés, encore vêtus de leurs costumes et de leurs cravates, n'étaient que des tas d'os racornis. On aurait pu les croire morts depuis des dizaines d'années.

Au fur et à mesure que le jour du départ approchait, Sara fut amenée à travailler près de vingt-quatre heures sur vingt-quatre. La rumeur s'était répandue dans les Basses-Terres qu'on pouvait maintenant recevoir de vrais soins médicaux, et de plus en plus de gens venaient se faire soigner. Ils se plaignaient de maux allant du vulgaire rhume à la malnutrition, en passant par les problèmes liés à l'âge. Il y avait aussi quelques curieux qui voulaient simplement voir à quoi ressemblait une visite chez le docteur. Sara traitait ceux qu'elle pouvait soigner, réconfortait ceux pour qui elle ne pouvait rien. Ce qui, en fin de compte revenait plus ou moins au même pour les uns et les autres.

Elle ne quittait l'hôpital que pour dormir, parfois manger, à moins que Hollis ne lui apporte son repas, toujours suivi de Kate. Ils avaient été logés dans un appartement du complexe, tout à côté du vieux marché – un endroit curieux, avec de grandes vitres teintées qui créaient un crépuscule permanent. Ça faisait un peu bizarre de savoir que les précédents occupants étaient des yeux-rouges, mais les lieux étaient confortables, avec de grands lits aux draps doux, de l'eau chaude et un poêle qui fonctionnait, sur lequel Hollis concoctait des soupes et des ragoûts à partir d'ingrédients dont elle préférait ne rien savoir, mais néanmoins délicieux. Ils mangeaient ensemble dans la pénombre, à la lumière des chandelles, puis ils se mettaient au lit, et ils faisaient l'amour avec une tendresse silencieuse, pour ne pas réveiller leur fille.

Ce soir-là, Sara décida de faire une pause ; elle tombait de sommeil, mourait de faim, et sa famille lui manquait cruellement. Sa famille : après tout ce qui était arrivé, ces deux mots avaient quelque chose de vraiment remarquable. Pour elle, ils étaient les plus miraculeux de l'histoire du langage humain. Quand elle avait vu Hollis entrer dans le Dôme au pas de charge, son cœur avait su instantanément ce que ses yeux n'arrivaient pas à croire. Bien sûr qu'il était venu la chercher. Il avait remué ciel et terre, et il était là. Comment aurait-il pu en être autrement ?

En remontant vers le haut de la colline, elle passa devant les ruines du Dôme – ses poutres calcinées avaient continué à charbonner pendant des jours –, et traversa l'ancien centre-ville. Le fait de se déplacer librement, sans crainte, lui paraissait encore un peu irréel. Elle songea fugitivement à faire un saut à la boutique de l'apothicaire pour dire bonjour à Eustace et à ceux qui s'y trouvaient, mais ses pieds refusaient de faire ce détour, et l'envie lui passa rapidement. Le plaisir anticipé lui fit presser le pas et elle gravit les six étages qui menaient à l'appartement.

— Maman !

Assis par terre, Hollis et Kate jouaient aux tasses et aux haricots. Sara n'eut pas le temps de dénouer son écharpe que la petite fille s'était levée d'un bond et avait volé dans ses bras. Douce collision ! Sara la souleva et l'assit sur sa hanche pour la regarder. Ce n'était pas elle qui avait dit à Kate de l'appeler maman, ne voulant pas la troubler plus qu'il n'était nécessaire, mais cette préoccupation s'était révélée superflue ; sa fille l'avait fait spontanément. N'ayant jamais eu de père avant cela, il avait fallu à l'enfant un peu plus de temps pour s'adapter au rôle de Hollis dans sa vie, mais un beau jour, une semaine après la libération, elle avait commencé à l'appeler papa aussi.

— Alors, ma chérie, dit joyeusement Sara, tu as passé une bonne journée ? Tu as fait des choses amusantes avec papa ?

La petite fille tendit la main vers le visage de Sara, lui prit le nez dans son poing, fit semblant de le lui arracher, puis de se le fourrer dans la bouche, et poussa sa langue contre l'intérieur de sa joue.

— Ch'ai ton nez, dit-elle comme si elle mâchait quelque chose.

— Allez, rends-le-moi !

Kate secoua la tête dans une attitude de défi taquin, faisant voler ses cheveux blonds autour de son visage avec un énorme sourire.

— Nan-nan, il est à moi, maintenant !

Il s'ensuivit chatouilles et éclats de rire des deux protagonistes, vol d'autres parties du corps et retour final du nez de Sara sur son visage. Le temps que la bagarre prenne fin, Hollis s'y était joint. Sa main en coupe derrière la tête de Kate, il embrassa rapidement Sara – sa barbe chaude, familière, pleine de son odeur, se pressant comme un nid de laine sur ses joues.

— Faim ?

Elle eut un sourire.

— Je mangerais bien un morceau.

Hollis lui servit son repas, Kate et lui avaient déjà dîné. Il s'assit avec elle à la petite table pendant que Sara piochait dans son bol. Il lui avoua que la viande, c'était n'importe quoi, mais les carottes et les pommes de terre étaient convenables. Sara s'en fichait plus ou moins : jamais la nourriture ne lui avait paru aussi savoureuse que depuis ces dernières semaines. Ils parlèrent des patients de Sara, de Peter, de Michael et des autres, de Kerrville et de ce qui les attendait là-bas, du voyage vers le sud, et du départ qui approchait. Ils devaient partir dans quelques jours. Hollis avait d'abord suggéré qu'ils attendent le printemps, car alors le trajet serait moins compliqué, mais Sara ne voulait pas en entendre parler. « Il est arrivé trop de choses ici, lui avait-elle répondu. Je ne sais pas où nous serons chez nous, mais disons que ce sera au Texas. »

Ils firent la vaisselle, la rangèrent à sa place sur l'étagère et préparèrent Kate à se mettre au lit. Il était plus de neuf heures du soir, elle tombait de sommeil. Sara l'aida à passer sa chemise de nuit, puis ils la bordèrent et retournèrent au salon.

— Tu es vraiment obligée de retourner à l'hôpital ? demanda Hollis.

Sara prit son manteau à la patère et l'enfila.

— Je ne resterai que quelques heures. Ne m'attends pas.

Sauf que c'était exactement ce qu'il allait faire, bien sûr ; Sara en aurait fait autant.

— Viens un peu là.

Elle l'embrassa, en prenant bien son temps.

— Non, vraiment, va te coucher.

Mais alors qu'elle mettait la main sur la poignée de la porte, il arrêta son geste.

— Sara, comment tu l'as su ?

Elle devinait ce qu'il lui demandait, et en même temps, pas forcément.

— Comment j'ai su quoi ?

— Que c'était elle ? Que c'était Kate ?

C'était bizarre, Sara elle-même ne s'était jamais posé la question. Nina lui avait confirmé l'identité de Kate lors de leur réunion clandestine, dans l'arrière-boutique de l'herboristerie, mais ce n'était pas nécessaire ; il n'y avait jamais eu le moindre doute dans l'esprit de Sara. Au-delà de la simple ressemblance physique de l'enfant, cette certitude venait d'un endroit plus profond. Sara avait posé le regard sur Kate et instantanément compris que, de tous les enfants du monde, cette petite fille était la sienne.

— Disons que c'est l'instinct maternel. C'était comme... comme si je m'étais reconnue moi-même. Je ne peux pas te l'expliquer mieux que ça, conclut-elle avec un haussement d'épaules.

— Quand même, on a eu de la chance.

Sara ne lui avait pas parlé du petit paquet emballé de papier d'argent, et elle ne le lui dirait jamais.

— Je ne suis même pas sûre que pour une chose pareille on puisse parler de chance. Tout ce que je sais, c'est qu'on est là.

Il était plus de minuit lorsqu'elle acheva sa tournée. Bâillant à s'en décrocher la mâchoire, déjà à moitié rentrée chez elle mentalement, Sara entra dans la dernière salle d'examen où une jeune femme était assise à la table.

— Jenny ?

— Hé, salut, Dani !

Sara ne put s'empêcher de rire – pas seulement en entendant ce nom, qui lui paraissait sortir d'un rêve lointain, mais à cause de la présence même de la fille. Ce n'est qu'en la voyant que Sara se rendit compte qu'elle l'avait crue morte.

— Où étais-tu passée ?

Jenny la regarda d'un air penaud.

— Je suis désolée de m'être enfuie comme ça. Après ce qui était arrivé au nourrissage, j'ai paniqué. L'un des employés aux cuisines m'a cachée dans un tonneau de farine et m'a fait sortir dans un camion de livraison.

Sara la rassura d'un sourire.

— Eh bien, je suis contente de te voir. Tu as un souci de santé ?

La fille hésita.

— C'est que... il se pourrait que je sois enceinte.

Sara l'examina.

Si elle l'était, il était trop tôt pour le dire. Mais le fait d'être enceinte valait à une femme une place pour la première évacuation. Sara remplit le formulaire et le lui tendit.

— Tu donneras ça à l'employé du recensement. Et dis-leur que c'est moi qui t'envoie.

— Vraiment ?

— Vraiment.

La fille regardait le papier qu'elle tenait à la main.

— Kerrville... Je n'arrive pas à y croire. C'est à peine si je m'en souviens.

Sara, qui remplissait un duplicata de l'ordre d'évacuation sur son porte-bloc s'interrompit, le stylo en l'air.

— Qu'est-ce que tu dis ?

— Que je n'arrive pas à y croire ?

— Non, après, fit Sara en la regardant avec intensité. Tu as dit que tu t'en souvenais à peine ?

La fille haussa les épaules.

— C'est là-bas que je suis née. Enfin, je crois. J'étais toute petite quand j'ai été enlevée.

— Jenny, pourquoi tu ne l'as dit à personne ?

— Mais je l'ai fait ! Je l'ai dit au gars du recensement.

Dracs ! Comment cela avait-il pu leur échapper ?

— En tout cas, je suis rudement contente que tu me l'aies dit à moi. Quelqu'un te cherche peut-être. Quel est ton nom de famille ?

— Je n'en suis pas vraiment sûre, mais il se pourrait que ce soit Apgar.

68.

Le jour du départ, l'aube se leva, d'une clarté crue. Le premier contingent était déjà arrivé au stade : trente hommes et femmes, six camions et deux camions-citernes. Eustace et Nina étaient venus leur dire au revoir, ainsi que Lore et Greer.

Une petite foule s'était formée : la famille et les amis de ceux qui allaient partir. La veille au soir, Sara et les autres avaient déjà fait leurs adieux à Michael à l'hôpital. « Allez, leur avait-il dit, l'air gêné, fichez le camp d'ici. Comment voulez-vous que je me repose ? » Mais la carte que Kate avait préparée pour lui devait ébranler cette belle fermeté. « Je t'aime Onkle Mikael, Guéri Bien. » « Waouh, dracs ! avait-il fait. Viens un peu par ici », et il avait serré la petite fille sur son cœur, de toutes ses forces, les joues trempées de larmes.

Les derniers paquets furent chargés dans les camions, et tout le monde prit place à bord, Peter dans le pick-up de tête avec Hollis, tandis que Kate et Sara grimpaient dans l'un des grands camions à l'arrière. Au moment où Peter mettait le contact, Greer monta sur le marchepied de son côté. Il avait accepté de seconder Eustace à sa place, et était à présent chargé de l'évacuation.

— Je ne sais pas où elle est, Peter. Je suis désolé.

Était-il si facile à deviner ? Une fois de plus, Liss le laissait en plan, les bras vides.

— Je m'en fais pour elle, c'est tout. Il y a quelque chose qui ne va pas.

— Elle a passé un sale quart d'heure dans cette cellule. Je pense qu'elle ne nous en a même pas dit la moitié. Elle s'en remettra, elle s'en remet toujours.

Il n'y avait rien à ajouter sur le sujet. Pas plus que sur l'autre sujet qui pesait sur eux telle une ombre noire, lourde d'un chagrin inexprimé, jour après jour depuis le soulèvement. L'explication la plus vraisemblable était qu'Amy avait péri dans l'explosion qui avait vaporisé les derniers viruls, et pourtant, au fond de lui, il ne pouvait l'accepter. Sa mort le faisait souffrir comme un membre fantôme, une partie invisible de lui-même.

Les deux hommes se serrèrent la main.

— Faites bien attention à vous, d'accord ? dit Greer. Et vous aussi, Hollis. Je sais que le monde extérieur n'est plus comme avant mais quand même.

Peter hocha la tête.

— Vigilance, vigilance, mon commandant.

Greer s'autorisa un de ses rares sourires.

— Voilà un mot que j'aime entendre, je l'avoue. Qui sait, peut-être qu'ils me reprendront, après tout.

Le moment du départ approchait. Peter enclencha une vitesse, faisant ronfler le moteur, et la colonne de véhicules franchit la porte. Il regarda dans le rétroviseur disparaître les bâtiments de la Nation, avalés par la blancheur de l'hiver.

— Je suis sûr qu'elle est quelque part, dit Hollis.

Peter se demanda de laquelle il voulait parler.

De sa cachette dans la conduite d'évacuation, Alicia regarda le convoi s'éloigner. Depuis des jours, elle vivait ce moment par anticipation, essayant de s'y préparer. Quelle impression lui ferait-il ? Elle l'ignorait encore en cet instant. L'impression d'être définitif, voilà tout. Oui ce serait définitif. La file de camions décrivit une vaste courbe autour des palissades de la ville et prit vers le sud. Pendant de longues minutes, Alicia les regarda s'éloigner et rapetisser tandis que le bruit des moteurs s'estompait. Elle les suivit des yeux jusqu'à ce qu'ils disparaissent.

Elle avait une dernière chose à faire.

Elle avait attendu que Sara ait le dos tourné pour subtiliser la poche de sang à l'hôpital, et la cacher sous sa tunique. Elle avait dû faire un énorme effort de volonté pour ne pas enfoncer ses mâchoires dedans, plonger son visage, sa bouche, sa langue dans sa riche saveur de terreau. C'est en pensant à Peter, à Amy, à Michael et à tous les autres qu'elle avait trouvé la force d'attendre. Elle avait enseveli la poche dans la neige et marqué l'emplacement d'une pierre. Elle la déterra : un bloc de glace rouge, bien dense. Briscard la regardait depuis l'embouchure de la canalisation. Alicia lui aurait bien dit de s'en aller, mais il ne l'aurait évidemment pas fait ; ils s'appartiendraient l'un à l'autre jusqu'à la fin. Sur un feu de broussailles craquantes, elle fit fondre de la neige dans une casserole, attendit l'ébullition et plongea la poche dans l'eau bouillante – comme si, pensa-t-elle, elle faisait infuser du thé. Peu à peu, le contenu fondit, devint visqueux. Quand le sang fut complètement liquéfié, Alicia retira la poche de l'eau, s'allongea dans la neige et blottit sa chaleur contre sa poitrine. L'emballage de plastique recelait une destinée à venir. Depuis le jour où le virul l'avait mordue dans la montagne, cinq années auparavant, elle portait son destin en elle. Elle allait maintenant à sa rencontre. Elle allait le connaître, et mourir.

Le soleil matinal montait dans un ciel d'hiver sans nuages. Alicia plissa les paupières, éblouie par sa clarté. *Le soleil,* pensa-t-elle. *Mon ennemi, mon ami, ma délivrance ultime.* Il allait la balayer. Disperser ses cendres au vent.

— Fais vite, va, lui dit-elle. Vite mais pas trop. Je veux le sentir s'en aller de moi.

Elle porta la poche à ses lèvres, enleva le bouchon et but.

Au crépuscule, le convoi avait parcouru une centaine de kilomètres. La ville s'appelait Grinnell. Ils établirent un périmètre et s'abritèrent, à la périphérie, dans un magasin abandonné qui vendait apparemment des chaussures dans le passé ; des boîtes et des boîtes de chaussures étaient alignées sur les étagères. L'endroit méritait donc qu'ils y reviennent un jour. Ils mangèrent leurs rations et s'installèrent pour dormir.

Pour essayer, du moins. Ce n'était pas le froid, Peter y était habitué, et de toute façon, trente corps endormis les uns contre les autres avaient réchauffé la pièce. Il était simplement trop tendu. Les événements qui s'étaient déroulés dans le stade avaient été trop énormes pour qu'il les assimile d'un seul coup. Trois semaines plus tard, il était encore envahi par les émotions qu'ils avaient suscitées en lui, il en revoyait inlassablement les images défiler dans sa tête, à la vitesse de l'éclair. Il enfila sa parka, ses bottes, et sortit. Ils n'avaient posté qu'un seul garde, assis sur une chaise pliante en fer trouvée dans le magasin. Celui-ci donna son fusil à Peter, qui l'envoya se coucher. La lune brillait, l'air glacé lui brûlait les poumons. Il resta debout dans le silence, buvant la clarté tranchante de la nuit. Pendant des jours, après le soulèvement, Peter s'était efforcé d'éprouver un sentiment en rapport avec l'amplitude des événements – de la joie, du triomphe, ou au moins du soulagement –, mais il n'éprouvait que de la solitude. Il se souvenait des derniers mots de Greer, avant leur départ : « Le monde extérieur n'est plus comme avant. » Pour avoir changé, il avait changé, Peter le savait parfaitement, et pourtant il n'en avait pas l'air. On aurait même dit qu'il était plus que jamais pareil. Les champs étaient toujours là, glacés, comme une immense mer étale ; le ciel était toujours éclairé par les étoiles, incommensurable ; sous sa paupière lourde, la lune jetait le même regard jaunâtre, comme une réponse à une question que personne n'avait posée. Tout était exactement tel quel, et serait encore pareil longtemps après qu'ils auraient tous disparu, que leurs noms, leurs souvenirs et tout le reste auraient été broyés comme leurs ossements dans la poussière du temps, et dispersés par le vent.

Un bruit, derrière lui : Sara sortit par la porte, portant Kate sur sa hanche. La fillette était bien réveillée et regardait autour d'elle en ouvrant de grands yeux. Sara s'approcha de Peter, faisant craquer la neige sous la semelle de ses bottes.

— Tu n'arrives pas à dormir ? demanda-t-il.

Elle fit une grimace exaspérée.

— Crois-moi, *moi*, j'y serais arrivée. C'est ma faute, je l'ai laissée dormir trop longtemps dans le camion.

— Salut, Peter, dit la petite fille.

— Salut, mon chou. Mais tu ne devrais pas être au lit ? Nous avons encore une longue journée devant nous, demain, tu sais.

Elle pinça les lèvres d'un air de défi.

— Mm-mm.

— Tu vois, fit Sara.

— Tu veux que je la prenne un moment ? Je peux, tu sais.

— Quoi, dehors, comme ça ?

Peter haussa les épaules.

— Un peu d'air frais devrait remédier à la situation. Et j'apprécierai un peu de compagnie.

Comme Sara ne répondait pas, il reprit :

— Ne t'inquiète pas, je ferai bien attention. Qu'est-ce que tu en dis, Kate ?

— Tu es sûr ? insista sa mère.

— Évidemment que j'en suis sûr. Que voudrais-tu que je fasse d'autre ? À la minute où elle aura envie de dormir, je la ramène à l'intérieur.

Il appuya son fusil contre le mur et tendit les bras.

— Allez, donne-la-moi. Et pas question que tu dises non.

Sara acquiesça et transféra Kate de sa hanche à celle de Peter. La petite fille passa ses jambes autour de lui et se cramponna de toute la force de son petit poing au revers de sa parka.

Sara recula de quelques pas et les regarda.

— Je dois dire que c'est un Peter auquel je ne suis pas habituée.

Il se sentit sourire.

— En cinq ans, bien des choses peuvent changer.

— En tout cas, ça te va bien.

Elle ne put retenir un bâillement.

— Sérieusement, si elle t'ennuie...

— Elle ne m'ennuiera pas. Bon, tu ne veux pas aller te coucher ? Va dormir, va.

Sara les laissa. Peter s'assit sur la chaise, Kate sur ses genoux, et la tourna vers le ciel étoilé.

— Alors, de quoi veux-tu parler ?

— Je sais pas.

— Tu n'as vraiment pas sommeil ?

— Nan.

— Et si on comptait les étoiles ?

— C'est barbant, ça.

Elle remua, cherchant une meilleure position, et ordonna :

— Raconte-moi une histoire.

— Une histoire ? Quel genre ?

— Une histoire de il-était-une-fois.

Il fut d'abord pris au dépourvu. Puis, en réfléchissant à la demande de la petite fille, un flot de souvenirs afflua en lui. Des souvenirs de son enfance au Sanctuaire, quand il était assis avec les autres enfants en rond par terre ; Maîtresse, son visage pâle, lunaire, et les histoires qu'elle leur racontait, d'animaux parlants, vêtus de gilets et de jupes, de rois dans leurs châteaux et de bateaux qui traversaient les mers en quête de trésors ; la sensation rêveuse des mots qui passaient à travers lui, l'emportaient très loin, vers d'autres mondes, en d'autres temps, comme s'il quittait son propre corps. Des souvenirs d'une autre vie, tellement éloignés qu'ils paraissaient historiques. Et pourtant, assis dans le froid de l'hiver, la fille de Sara sur les genoux, ils ne semblaient pas si lointains. Il sentit le passage des générations, et avec lui, un pincement de regret : il n'avait jamais raconté d'histoire à Caleb.

— Bon.

Il se racla la gorge et essaya de rassembler ses souvenirs. Mais soudain, impossible de rien trouver : toutes les histoires de son enfance avaient brutalement fui sa mémoire. Il allait être obligé d'improviser.

— Voyons...
— Il faut une fille dans l'histoire, décréta Kate, coopérative.
— Absolument. C'est juste ce que je me disais. Alors... il était une fois une petite fille...
— Elle était comment ?
— Hm... eh bien, elle était très jolie. Elle te ressemblait beaucoup, en fait.
— C'était une princesse ?
— Tu vas me laisser raconter, oui ou non ? Bon, maintenant que tu m'y fais penser, en effet c'était une princesse, la plus belle princesse qui ait jamais vu le jour. Mais le truc, c'est qu'elle ne savait pas qu'elle était une princesse. C'est ça qui est intéressant.
Kate fronça les sourcils d'un air réprobateur.
— Pourquoi elle ne le savait pas ?
C'est alors qu'il eut le déclic. Il sentait les contours d'une histoire se dessiner dans son esprit.
— Ça, c'est une très bonne question. Ce qui s'était passé, c'est que quand elle était toute petite, encore presque un bébé, ses parents, le roi et la reine, l'avaient emmenée en pique-nique dans la forêt royale. C'était une belle journée, il y avait du soleil, et la petite fille, qui était la princesse...
— Elizabeth.
— ... la princesse Elizabeth avait vu un papillon. Un papillon *stupéfiant*. Ses parents ne faisaient pas attention, elle avait suivi le papillon dans les bois en essayant de l'attraper. Mais le problème, c'est que ce n'était pas un papillon. C'était... une reine fée.
— Vraiment ?
— Vraiment. Et l'ennui avec les fées, c'est qu'elles se méfient des gens. Elles préfèrent rester entre elles. Sauf la reine fée ; elle, elle n'était pas comme ça. Elle avait toujours voulu avoir une fille. Comme les fées n'ont pas d'enfants, ça la rendait vraiment triste de ne pas avoir une petite fille à elle, et quand elle avait vu la princesse Elizabeth, elle avait été tellement émue par sa beauté qu'elle n'avait pas pu s'en empêcher : elle l'avait éloignée de plus en plus profondément dans les bois. Et bientôt, la petite fille s'était perdue et s'était mise à pleurer. La reine fée s'était posée sur son nez, elle avait chassé ses larmes avec ses ailes délicates, et elle lui avait dit : « Ne sois pas triste. Je vais m'occuper de toi. À partir de maintenant, tu seras ma petite

fille. » Et elle l'avait emmenée vers le grand arbre creux où elle vivait avec toutes les autres fées, ses sujets, et elle lui avait donné à manger, une table où s'asseoir, un petit lit pour dormir et bientôt la princesse Elizabeth ne se souvenait plus d'avoir eu une autre vie ; juste de sa vie parmi les fées de la forêt.

Kate accompagnait son récit de hochements de tête.

— Et alors, qu'est-ce qui s'est passé ?

— Eh bien, rien. Enfin, pas tout de suite. Pendant un moment, elles furent très heureuses ensemble. Surtout la reine des fées. C'était merveilleux pour elle d'avoir une petite fille à elle. Mais au fur et à mesure qu'Elizabeth grandissait, elle commençait à sentir que quelque chose n'allait pas. Tu sais quoi ?

— Elle n'était pas une fée ?

— Exactement. C'est bien que tu aies trouvé ça. Elle n'était pas une fée, elle était une petite fille, et elle n'était plus si petite. Pourquoi suis-je tellement différente ? se demandait-elle. Et plus elle grandissait, plus la reine des fées avait du mal à lui cacher la vérité. « Pourquoi est-ce que mes pieds dépassent du lit ? » lui demandait Elizabeth, et la reine des fées lui répondait : « Les lits sont toujours petits, c'est comme ça. – Pourquoi ma table est-elle si petite ? » demandait Elizabeth, et la reine des fées répondait : « Je suis désolée, ce n'est pas la faute de la table, il faut juste que tu arrêtes de grandir, c'est tout. » Mais elle ne pouvait pas, évidemment. Elle grandissait, elle grandissait, et bientôt, c'est tout juste si elle arrivait à entrer dans l'arbre. Toutes les autres fées se plaignaient. Elles avaient peur qu'elle mange tout et qu'il ne leur reste rien. Elles avaient peur qu'elle les écrase sans le faire exprès. Il fallait faire quelque chose, mais la reine des fées refusait. Tu me suis jusque-là ?

Kate hocha la tête, captivée.

— Or le roi et la reine, les parents d'Elizabeth, n'avaient jamais cessé de la chercher. Ils avaient fouillé tous les coins de la forêt, et retourné toutes les pierres du royaume. Mais l'arbre était très bien caché. Et puis un jour, ils entendirent raconter qu'une petite fille vivait dans la forêt, avec les fées. Et si c'était notre fille ? se demandèrent-ils. Alors ils eurent une idée : ils ordonnèrent à tous les bûcherons du royaume de couper tous les arbres jusqu'à ce qu'ils trouvent celui dans lequel se trouvait Elizabeth.

— Tous les arbres ?

Peter acquiesça.

— Jusqu'au dernier. Ce qui n'était pas une bonne idée, parce que les fées n'étaient pas les seuls habitants de ces bois, ils étaient peuplés par toutes sortes d'animaux et d'oiseaux. Mais les parents d'Elizabeth étaient tellement désespérés qu'ils auraient fait n'importe quoi pour retrouver leur fille. Et donc les bûcherons se mirent au travail, et ils abattirent toute la forêt, pendant que le roi et la reine chevauchaient sur leur cheval en l'appelant : « Elizabeth ! Elizabeth ! Où es-tu ? » Et tu sais ce qui est arrivé ?

— Elle les a entendus ?

— Oui, elle les a entendus, mais ce nom, Elizabeth, ne lui disait plus rien. Elle avait un nom de fée maintenant, et elle avait tout oublié de sa vie d'avant. Mais la reine des fées savait ce qu'elle entendait, et elle se sentait très mal. Comment ai-je pu faire cette terrible chose ? pensait-elle. Comment ai-je pu enlever Elizabeth ? Pourtant, elle n'arrivait pas à quitter l'arbre à tire-d'aile pour dire aux parents d'Elizabeth que leur fille était là. Elle l'aimait trop pour la laisser partir, tu comprends. « Ne bouge pas, disait-elle à Elizabeth. Ne fais pas de bruit. » Les bûcherons se rapprochaient, ils étaient de plus en plus près. Les arbres tombaient partout. Toutes les fées avaient peur. « Rends-la, disaient-elles à la reine des fées, s'il te plaît, rends-la avant qu'ils détruisent toute la forêt. »

— Waouh, fit Kate.

— Je sais. C'est une histoire qui fait un peu peur. Tu veux que j'arrête ?

— Peter, s'il te plaît !

Il eut un petit rire.

— D'accord, d'accord. Alors, les bûcherons arrivèrent tout près de l'arbre avec Elizabeth et toutes les fées dedans. C'était un arbre particulièrement magnifique, grand et gros, avec une immense couronne de feuilles. Un arbre fée. Mais quand le bûcheron prit du recul avec sa hache, le roi changea d'avis. Tu comprends, l'arbre était simplement trop beau pour qu'on l'abatte. « Je suis sûr que les créatures de la forêt aiment cet arbre autant que j'aime ma fille, dit-il. Ce ne serait pas bien de les en priver, tout ça parce que j'ai perdu quelque chose que j'aimais. Vous tous, posez vos haches, rentrez chez vous, et laissez-nous, ma femme et moi, porter le deuil de notre fille que nous ne reverrons jamais. » C'était très triste. Tout le monde était en larmes. Les parents d'Elizabeth, les bûcherons, et même la reine des fées, qui avait entendu chaque mot de ce qu'il disait. Parce qu'elle savait qu'elle aurait beau l'aimer de toutes ses forces, Elizabeth ne pourrait jamais être sa vraie fille. Alors elle la prit par la main, elle la conduisit hors de l'arbre et elle dit : « Que vos majestés veuillent bien me pardonner. C'est moi qui ai pris votre fille. Je voulais tellement une petite fille à moi que je n'ai pas pu m'en empêcher. Mais je sais maintenant que c'est avec vous qu'elle doit vivre. Je suis vraiment, vraiment désolée. » Et tu sais ce que le roi et la reine ont dit ?

— « Qu'on lui coupe la tête ? »

Peter eut un sourire.

— Au contraire. Malgré tout ce qui était arrivé, ils étaient tellement heureux d'avoir retrouvé leur fille, et ils étaient tellement touchés par les remords de la reine des fées qu'ils décidèrent de la récompenser. Ils rendirent un décret royal disant que toutes les fées devraient pouvoir vivre en paix, et que tous les enfants du royaume devraient avoir une amie fée particulière. Et c'est pour ça que, encore aujourd'hui, seuls les enfants peuvent les voir.

Kate resta un instant silencieuse.

— Alors, c'est la fin de l'histoire ?

— Euh... ouais.

Il se sentait vaguement gêné.

— C'est plus ou moins la première fois que je raconte une histoire. C'était comment ?

La fillette réfléchit et répondit avec un petit hochement de tête :

— Pas mal. C'était une bonne histoire. Raconte-m'en une autre.

— Je ne suis pas sûr d'en avoir une autre en tête. Mais tu n'as pas envie de dormir ?

— S'il te plaît, oncle Peter.

La nuit était claire sous le ciel piqueté d'étoiles. Tout était immobile, rien ne bougeait, il n'y avait pas le moindre bruit. Peter pensa à Caleb et se rendit compte avec une force qui le surprit combien le petit garçon lui manquait, comme il avait hâte de le serrer dans ses bras. Alicia avait raison, Tifty aussi. Mais surtout Amy : « Il t'aime, tu sais. » La vérité l'emplit comme un souffle hivernal. Peter allait rentrer chez lui et apprendre à être un père.

— Bon, d'accord...

Il parla, parla. Il lui raconta toutes les histoires qu'il connaissait. Lorsqu'il eut fini, Kate bâillait, tout alanguie dans ses bras. Il baissa la fermeture Éclair de sa parka, retourna l'enfant sur ses genoux pour la rapprocher de lui et referma les rabats de sa parka sur elle.

— Tu n'as pas froid, mon petit chou ?

— Non-non, fit-elle d'une toute petite voix, à moitié endormie.

Elle se nicha contre lui. Encore une minute, pensa Peter, et il ferma les yeux. Rien qu'une minute encore, et je la ramène à l'intérieur. Il sentait le souffle chaud de Kate sur son cou, sa poitrine bougeait doucement sur la sienne, au rythme de sa respiration, comme de longues vagues sur la plage. Une minute passa, puis une autre, et encore une, et à ce moment-là Peter n'était plus en état d'aller nulle part, il dormait à poings fermés.

Dans les toilettes de la boutique de l'apothicaire, Lucius Greer se rasait. La journée, et la majeure partie de la nuit d'ailleurs, s'étaient enfuies, englouties sous une avalanche de tâches. Une réunion du conseil des quartiers, au cours de laquelle Lucius et Eustace avaient d'abord tenté de réexpliquer puis de justifier pour la énième fois la procédure d'évacuation organisée par tirage au sort ; le pointage des données du recensement, qui avait révélé de nombreux doublons, certaines fiches ayant été refaites par erreur, d'autres dans une intention délibérée par des individus qui espéraient ainsi doubler, voire tripler leurs chances de sortir au tirage ; une bagarre devant le centre de détention entre trois cols à moitié morts de faim après être restés plusieurs semaines cachés dans un hangar désaffecté, qui avaient tenté de se rendre et avaient été interceptés par le petit groupe en faction devant le bâtiment ; neuf mariages auxquels on lui avait demandé de procéder, l'un des juges de paix étant tombé malade – Lucius n'avait que quatre phrases à lire sur une fiche, et pourtant il avait été surpris de constater à quel point le fait de les dire à haute voix les chargeait de sens ; la première réunion officielle des équipes d'encadrement de l'évacuation et la répartition des tâches en prévision du premier départ ; et ainsi de suite. Une journée passée à régler un problème, puis un autre, et encore un autre. Greer ne savait plus quand ni même s'il avait mangé, c'est à peine s'il avait trouvé le temps de s'asseoir de toute la journée, et pourtant, à minuit passé depuis longtemps, il était encore là, à observer son visage hirsute, grisonnant dans la glace, un rasoir dans une main et des ciseaux dans l'autre.

Il commença aux ciseaux, et *snip-snip-snip*, le torrent indiscipliné de ses cheveux et de sa barbe disparut, leurs dépouilles blanches s'accumulant par terre, à ses pieds, comme des congères de neige plumeuse. Quand ce fut fini, Greer fit chauffer un broc d'eau, y trempa un linge, l'essora et se le posa sur le visage pour amollir le chaume restant sur sa figure. Il s'enduisit de savon, dur, à l'odeur chimique, après quoi sa lame entra en action : d'abord les joues, puis la longue arcade du cou, et enfin la tête, en remontant de la nuque vers le front, avant d'effleurer la base du crâne à petits coups brefs, mesurés. La première fois qu'il s'était rasé de la sorte, la nuit précédant sa prestation de serment à l'expéditionnaire, il s'était fait une vingtaine d'entailles. On disait souvent que pour reconnaître une nouvelle recrue, ce n'était pas son uniforme qu'il fallait regarder mais sa tête. Pourtant, avec le temps, la pratique venant, Greer, comme tous ses compagnons, avait pigé le coup, et il se plaisait à découvrir qu'il n'avait pas perdu la main. Il aurait pu le faire dans le noir, les yeux bandés s'il l'avait fallu. En même temps, il trouvait une certaine satisfaction à observer un rituel qui, après toutes ces années, conservait la force d'un baptême. Un raclement après l'autre, son visage apparaissait dans sa nudité. Son œuvre accomplie, Greer recula d'un pas pour contempler son image dans le miroir, passa sa main sur la fraîcheur rosée de sa peau redécouverte, et eut un hochement de tête approbateur.

Il s'essuya avec précaution, nettoya sa lame et rangea son matériel. Il y avait bien des jours qu'il n'avait pas convenablement dormi, pourtant il n'était absolument pas fatigué. Il enfila sa parka et ses bottes, sortit par-derrière et prit la ruelle. C'était le cœur de la nuit, il n'y avait pas âme qui vive dehors – Eustace avait imposé le couvre-feu –, et pourtant, de toute part, Greer sentait une sorte d'instabilité moléculaire, un bourdonnement vital profond, en deçà du seuil d'audition. Il passa devant les ruines du Dôme, descendit la colline et traversa la plaine jusqu'au stade. Le temps qu'il y arrive, la lune avait disparu. Il décida de ne pas entrer dans l'édifice, et resta planté dans le silence absolu devant l'énormité de cette masse de ténèbres qui se détachait sur le ciel étoilé. L'histoire garderait-elle la trace de cet endroit ? se demanda-t-il. Les gens du futur lui donneraient-ils un nom, un nom digne des événements qui s'y étaient déroulés, l'entérinant pour la postérité ? Un vœu pieux, peut-être prématuré, mais qui valait d'être formulé. Et Lucius Greer fit un autre vœu, silencieux. Si un tel avenir venait à se concrétiser, si le combat final pour la domination de la Terre devait être victorieux, c'est lui qui prendrait la plume pour coucher l'histoire sur le papier. Il ne savait pas quand ce combat serait livré, Amy ne le lui avait pas dit, elle lui avait seulement assuré qu'il aurait lieu.

Il comprit alors la force qui l'avait conduit là.

Il chercha un signe, sans savoir sous quelle forme celui-ci apparaîtrait. Il pouvait venir maintenant comme il se pouvait qu'il vienne plus tard, ou pas du tout. Tel était le fardeau de sa foi. Il ouvrit son esprit, et il attendit. Un certain temps passa. La nuit, les étoiles, le monde vivant, tout cela s'engouffra en lui, comme une bénédiction.

Et puis...

Lucius. Mon ami. Salut à toi.

Or donc, par cette nuit de miracles, Peter, assis devant le magasin de chaussures, s'éveilla en sentant qu'en réalité il n'était pas réveillé du tout – qu'il faisait tout simplement un rêve dans son rêve, comme si une porte s'était ouverte sur une autre porte. Un rêve dans lequel il était assis avec la fille de Sara dans les bras à la lisière des champs de neige, tout le reste demeurant identique – le ciel d'encre, le froid de l'hiver, l'heure tardive – en dehors du fait qu'ils n'étaient pas seuls.

Mais ce n'était pas un rêve.

Elle était devant lui, dans la position fléchie caractéristique de son espèce. Sa transformation physique était achevée, pourtant, lorsque leurs regards se croisèrent et ne se perdirent plus, l'image vacilla dans son esprit : ce n'était pas un virul qu'il voyait. C'était une jeune fille, et une femme, et les deux en même temps. Elle était Amy, la Fille de nulle part, elle était Amy des Âmes, la Dernière des Douze, elle était elle-même et voilà tout. Amy tendit la main vers lui, la paume levée. Peter fit de même. Une puissante vague de nostalgie à l'état pur s'enfla dans son cœur alors que leurs doigts se touchaient. C'était une sorte de baiser.

Combien de temps restèrent-ils ainsi ? Peter n'aurait su le dire. Entre eux, dans le chaud cocon de sa parka, Kate dormait à poings fermés, ignorante de tout cela. Le temps avait largué les amarres, Peter et Amy dérivaient ensemble, portés par son courant. Bientôt, la fillette se réveillerait, Sara arriverait, ou Hollis, et Amy ne serait plus là. Elle s'élèverait dans une traînée de lumière étoilée. Peter remettrait la petite fille endormie dans son lit, il irait lui-même se coucher, et il tenterait de dormir. Et le lendemain matin, dans la grisaille de l'aube hivernale, ses compagnons et lui s'étireraient, ils chargeraient leur matériel et poursuivraient leur longue route vers le sud. Ce moment passerait, comme toute chose, entrerait dans leur mémoire.

Mais pas tout de suite, pas encore.

Épilogue

L'Heure dorée

« Non plus me séparer de moi-même
Que de mon âme qui réside en ton sein :
En toi est mon logis d'amour. »

SHAKESPEARE, *Sonnet 109*

69.

Cette fois, c'était une femme qui était au volant. Amy abaissa sa pancarte et monta dans la voiture.

— Comment ça va, Amy ?

La femme lui tendit la main.

— Je suis Rachel Wood.

Elles se serrèrent la main. L'espace d'un instant, Amy resta sans voix, le souffle coupé par la beauté de la femme : un visage aux traits délicats, comme habilement sculptés par les outils les plus fins, une peau éclatante de jeunesse et de santé, un corps mince et fort, des bras aux muscles déliés. Ses cheveux, coiffés en arrière et retenus en une queue de cheval serrée, n'étaient ni bruns ni blonds mais un peu des deux. Elle portait ce qu'Amy savait être une tenue de tennis, information qui semblait venue d'ailleurs, la notion même de tennis ne voulant rien dire pour elle. Des lunettes de soleil avec de petites pierreries incrustées dans les branches étaient perchées sur sa tête.

— Je suis désolée de ne pas avoir pu venir vous chercher plus tôt, continua Rachel. Anthony a pensé que, pour la première fois, vous aimeriez voir un visage familier.

— Je suis vraiment contente de faire votre connaissance, dit Amy.

— C'est très aimable de votre part.

Elle eut un sourire qui révéla ses dents, très petites, très bien alignées et très blanches.

— Attachez votre ceinture, s'il vous plaît.

Elles prirent la bretelle qui descendait de l'autoroute. Tout était comme la dernière fois – les mêmes maisons, les mêmes magasins, les mêmes parkings, la même lumière d'été éclatante, le même monde affairé qui défilait. Dans le profond fauteuil de cuir, Amy avait l'impression de flotter dans un bain. Rachel semblait parfaitement à l'aise au volant de l'énorme véhicule. Elle fredonnait tout bas une mélodie sans suite tout en louvoyant avec assurance dans la circulation. Un gros pick-up freina juste devant elles, bloquant la circulation. Rachel mit son clignotant et déboîta habilement pour le dépasser.

— Ah là, là, soupira-t-elle. Il y a des gens, vraiment... ! On se demande où ils ont appris à conduire.

Elle jeta un coup d'œil à Amy avant de regarder de nouveau la route. Un moment passa, et puis :

— Je dois dire que vous n'êtes pas tout à fait comme je vous imaginais, vous savez.

— Non ?

— Mais je ne suis pas déçue, lui assura Rachel. Ce n'est pas du tout ce que je voulais dire. Franchement, vous êtes jolie comme un cœur. Je voudrais bien avoir une peau comme la vôtre.

— Alors, en quoi suis-je différente ?

Rachel hésita, choisissant ses mots avec soin.

— C'est juste que je vous voyais, comment dire, plus jeune.

La route continua de défiler. Son arrivée subite dans cet endroit avait provoqué chez Amy une légère désorientation, accompagnée d'une atténuation de ses émotions. Mais à mesure que les minutes passaient, elle sentit son esprit s'adapter à la situation, les images et les réactions qu'elles suscitaient chez elle se précisèrent. Comme c'était étonnant, pensa Amy. Comme tout était vraiment, *vraiment* étonnant. Elles étaient dans le vaisseau, le *Chevron Mariner*, et pourtant ce n'était pas l'impression physique qu'elle avait. Comme la fois précédente avec Wolgast, tous les détails de la scène avaient un aspect parfaitement réel et concret. D'ailleurs, peut-être était-ce la réalité, dans un sens autre de ce mot. Après tout, qu'est-ce que c'était, la « réalité » ?

— C'est là que je me suis arrêtée avec lui la première fois, fit Rachel en lui indiquant, par la vitre, un centre commercial. Je ne sais pas pourquoi, je m'étais dit qu'il pourrait aimer les beignets. Des beignets, vous vous rendez compte ?

Avant qu'Amy ait imaginé une réponse, elle poursuivit :

— Mais voilà que je vous raconte tout ça comme si vous ne le saviez pas. Je suis sûre que vous êtes déjà au courant de tout. Et vous devez être fatiguée, après un si long voyage.

— Non, ça va, répondit Amy. Ne vous en faites pas pour moi.

— Oh, si vous l'aviez vu ! fit Rachel en secouant tristement la tête. Le pauvre homme. J'en avais le cœur serré. Je me suis dit : Rachel, il faut que tu fasses quelque chose. Pour une fois, dans ta vie, sors la tête du sable. Mais évidemment, c'était à moi que je pensais en réalité, comme d'habitude. C'est ça le problème. J'ai assez de regrets de ce côté-là pour qu'ils me hantent pendant une centaine de vies. Je ne le méritais pas, absolument pas.

— Je ne pense pas qu'il soit de cet avis.

Elle ralentit et engagea la voiture dans une rue résidentielle.

— En réalité, c'est merveilleux, vous savez, ce que vous faites. Il a été seul pendant si longtemps.

Quelques instants plus tard, elles s'arrêtaient devant la maison.

— Voilà, nous y sommes, annonça-t-elle d'une voix flûtée.

Elle mit le sélecteur de vitesse sur « Parking » tout en laissant tourner le moteur, exactement comme l'avait fait Wolgast.

— C'était un plaisir de faire enfin votre connaissance, Amy. Faites attention où vous mettez les pieds en descendant de voiture.

— Et si vous veniez avec moi ? suggéra Amy. Je suis sûre qu'il aimerait vous voir.

— Oh non, répondit Rachel. C'est gentil à vous de me le proposer, mais ce n'est pas comme ça que ça marche, j'en ai bien peur. C'est contre la règle.

— Quelle règle ?

— Juste... la règle.

Amy attendait autre chose, mais ce fut tout. Elle n'avait plus qu'à descendre de voiture. Elle s'arrêta devant la portière ouverte pour regarder Rachel, assise, les mains sur le volant. Sous les vertes frondaisons des arbres, l'air était chaud et lourd, des insectes bourdonnaient partout, émettant leur musique vivace, chaotique, pareille aux notes d'un orchestre qui accorde ses instruments.

— Dites-lui que je pense à lui, vous voulez bien ? Dites-lui que Rachel l'embrasse.

— Je ne comprends toujours pas pourquoi vous ne pouvez pas m'accompagner.

Le regard de Rachel glissa sur elle, regarda par-dessus le tableau de bord en direction de la maison. Amy eut l'impression qu'elle cherchait quelque chose. Ses yeux s'étaient embrumés d'un chagrin subit et s'arrêtaient sur chacune de ses nombreuses fenêtres. Des larmes perlèrent au coin de ses yeux.

— Vous comprenez, je ne peux pas parce que ça n'aurait pas de sens.

— Et pourquoi est-ce que ça n'aurait pas de sens ?

— Parce que, Amy, j'y suis déjà.

Elle le trouva à genoux parmi les platebandes, en train de s'affairer dans la terre, une brouette à côté de lui. Entre les plants de fleurs étaient dispersées des mottes sombres de compost d'où montait une forte odeur d'humus. En la voyant approcher, il se releva, enleva ses gants et son chapeau de paille à larges bords.

— Mam'selle Amy, vous voilà. Juste à temps. Je m'apprêtais à m'occuper de la pelouse, mais ça peut attendre.

Il esquissa avec son chapeau un geste en direction du patio, où les attendaient des verres de thé glacé.

— Venez vous asseoir un instant.

Ils prirent place à la table. Amy leva la tête vers la cime des arbres, offrant son visage à la chaleur du soleil, tous les sens envahis par les senteurs de fleurs et d'herbe.

— Je me suis dit que vous vous sentiriez plus à l'aise comme ça, reprit Carter. On peut parler un petit moment de choses et d'autres, tous les deux. Passer le temps.

— Vous saviez qu'il serait là, n'est-ce pas ?

Carter s'essuya le front avec un vieux mouchoir.

— C'est pas moi qui l'ai envoyé, si c'est ce que vous voulez dire. Wolgast a fait ce qu'il voulait. Quand il avait une idée en tête, inutile d'espérer le faire changer d'avis.

— Mais comment se fait-il que les autres n'aient pas su qui il était ? Ils ne devaient pas le savoir, sinon ils l'auraient tué.

Carter secoua la tête.

— Ceux-là, ils ont jamais réussi à lire en moi, n'importe comment. On pourrait dire qu'on avait rompu le contact depuis un moment. C'est une voie à double sens, et je leur ai jamais rien envoyé, depuis le début. Je leur ai fermé mon esprit à tous.

Carter se redressa sur sa chaise et remit le chiffon dans sa poche arrière.

— Vous avez bien agi, mam'selle Amy. Et Wolgast aussi. C'était dur, terrible, pour sûr.

Tout à coup, elle avait soif. Le thé coulant dans sa gorge lui parut frais et sucré, et lui laissa sur la langue une saveur vive, citronnée. Carter la regardait en s'éventant doucement avec son chapeau.

— Et le Zéro ?

— Je suppose qu'on a encore le temps, mais il viendra à nous. C'est devenu une affaire personnelle maintenant. Sûr que c'est le pire de tous. Additionnez tous les autres, et ça fait pas un Zéro. On franchira le pas le moment venu.

— En attendant, nous restons ici.

Carter hocha la tête avec sa patience coutumière.

— Oui, mam'selle. On reste ici.

Ils gardèrent un moment le silence, en pensant à ce qui les attendait.

— Je ne me suis jamais occupée d'un jardin, dit Amy. Vous m'apprendrez ?

— Il y a toujours beaucoup à faire. Je reconnais que j'aurais bien besoin d'aide. Mais la tondeuse est capricieuse.

— Je suis sûre que je pourrais apprendre.

— Je suppose que vous pourriez, en effet, dit-il avec un sourire. Je le reconnais bien volontiers.

Amy repensa à sa promesse.

— Rachel m'a demandé de vous dire qu'elle vous embrassait.

— Ah oui ? Je pensais justement à elle. Comment l'avez-vous trouvée ?

— Très belle, vraiment. Je n'avais jamais véritablement eu l'occasion de la voir avant. Mais triste aussi. Elle regardait la maison comme si elle voulait quelque chose.

Carter eut l'air surpris.

— Eh bien, mam'selle Amy, c'est ses bébés. Je pensais que vous le saviez.

Amy secoua la tête.

— Haley et la petite. Là où elle est, elle ne peut ni les voir ni les toucher. Ses bébés, elle en rêve toujours. C'est la pire des souffrances pour elle.

Amy comprit enfin : Rachel s'était noyée en laissant ses enfants derrière elle.

— Est-ce qu'elle les reverra un jour ?

— Je pense que oui, quand elle sera prête. C'est à elle-même qu'elle doit pardonner, pour les avoir abandonnés comme elle l'a fait.

Ses paroles semblèrent planer dans l'air, pas uniquement leur réalité sonore mais comme des objets dotés d'une forme et d'une substance. La température chutait, les feuilles avaient commencé à tomber.

— Elle est pas la seule, mam'selle Amy. Y a des gens, ils arrivent pas à trouver leur chemin. Pour certains, c'est des mauvaises pensées qu'ils ont dans l'esprit. D'autres peuvent pas lâcher prise. Ceux qui aiment trop fort.

Dans la piscine, le corps de Rachel Wood avait achevé sa lente ascension et revenait flotter à la surface. Amy baissa les yeux sur la table ; elle comprenait ce que Carter lui disait.

Tous les jours, je tonds la pelouse, se souvint-elle. *Tous les jours, elle remonte.*

— Il faut que vous alliez à lui, reprit Carter. Montrez-lui le chemin.

— C'est juste que...

Elle sentait son regard posé sur elle.

— ... je ne sais pas comment.

Il tendit le bras par-dessus la table, lui prit le menton dans sa main et lui releva la tête.

— Je vous connais, mam'selle Amy. C'est comme si toute ma vie je vous avais eue en moi. C'est vous qui avez été faite pour remettre ce monde d'aplomb. Mais Wolgast n'est qu'un homme. Le moment est arrivé pour lui. Vous devez le rendre.

Elle sentit des sanglots frémir dans sa gorge.

— Mais que ferai-je sans lui ?

— Comme vous avez toujours fait, répondit Anthony Carter, et son sourire se communiqua à ses yeux. Juste comme vous faites maintenant. Vous, *Amy.*

70.

Il vint à elle une dernière fois. Ou c'est elle qui vint à lui. Ils vinrent l'un à l'autre, pour se dire un dernier adieu.

Pour Wolgast, cela commença par une sensation de mouvement abstrait. Il était dans une sorte de nulle part, flottant à travers un espace infini, sans dimension, qui se précisa peu à peu. Les paramètres spatiaux et temporels de la scène s'affirmèrent, et il se rendit compte qu'il était à bicyclette. À bicyclette ! Et quoi encore ?! Pourquoi à bicyclette ? C'était vraiment bizarre. Il n'avait pas fait de vélo depuis des années, et pourtant il adorait ça étant enfant : ce sentiment de liberté, ce soulèvement gyroscopique, l'énergie corporelle coulant à travers cette merveilleuse machine qui l'unissait au vent. Wolgast était à bicyclette, sur un chemin de campagne poussiéreux, Amy à côté de lui, à bicyclette elle aussi. Cela ne le surprit ni plus ni moins que tout le reste de la scène, c'était simplement ainsi, exactement comme Amy était à la fois une petite fille et une femme adulte. Ils roulèrent tous les deux, sans se parler, pendant un moment, bien que l'idée même de temps lui paraisse étrange. Qu'était-ce au juste que le temps ? Depuis combien de temps roulaient-ils ainsi ? Un certain nombre d'heures peut-être, ou même plusieurs jours, et pourtant la lumière était toujours identique – un crépuscule, une pénombre perpétuelle qui enrichissait d'une lumière dorée les couleurs de tout ce qui l'entourait : les champs, les arbres, la poussière soulevée par ses roues, les petites formes blanches des maisons dans le lointain. Tout paraissait très près, tout était très loin.

— Où allons-nous ? demanda Wolgast.

Amy sourit.

— Oh, nous sommes bientôt arrivés.

— Quel est... cet endroit ?

Elle n'en dit pas davantage. Ils poursuivirent leur chemin. Le cœur de Wolgast était plein d'une chaude béatitude, comme s'il était redevenu petit garçon : un petit garçon sur sa bicyclette au coucher du soleil, attendant qu'on l'appelle pour lui dire de rentrer à la maison.

— Tu n'es pas fatigué ? demanda Amy.

— Pas du tout. C'est merveilleux.

— Si on s'arrêtait en haut de la prochaine colline ?

Ils s'arrêtèrent. Une prairie herbeuse s'offrait à eux. Dans le lointain, entre les arbres était nichée une maison : petite, blanche, comme les autres, avec un perron et des volets noirs. Amy et Wolgast déposèrent leurs bicyclettes à terre et restèrent debout côte à côte, sans parler. Il n'y avait pas un souffle de vent.

— C'est une sacrée vue, dit Wolgast, et puis : Je crois que je sais où je suis.

Amy hocha la tête.

— C'est curieux.

Il inspira profondément et relâcha lentement son souffle.

— Je ne me rappelle pas vraiment comment c'est arrivé, mais je suppose que ça vaut mieux. C'est toujours comme ça ?

— Je n'en suis pas sûre, je pense que oui, parfois.

— Je me rappelle avoir pensé qu'il fallait que je sois courageux.

— Tu l'as été. L'homme le plus courageux que j'aie jamais connu.

Il médita sa réponse.

— Eh bien, tant mieux. Je suis content d'entendre ça. En fin de compte, j'imagine qu'il ne faut pas en demander davantage.

Il regarda à nouveau vers la vallée.

— Cette maison, c'est là que je suis censé aller, je suppose ?

— Je pense que oui.

Il se tourna pour la regarder. Une seconde passa, puis il sourit comme s'il avait fait une découverte.

— Attends un peu. Tu es amoureuse, je le vois sur ton visage.

— Je crois, en effet.

Wolgast secoua la tête d'un air émerveillé.

— Ça alors ! Que dites-vous de ça ? Ma petite Amy, devenue une grande fille, amoureuse ! Et lui, il t'aime aussi ?

— Je pense que oui, répondit-elle. Je l'espère.

Il faudrait qu'il soit bien bête pour ne pas t'aimer. Et tu peux le lui dire de ma part.

Pendant un instant, aucun des deux n'ajouta rien. Amy attendait.

— Eh bien, reprit-il, d'une voix étranglée par l'émotion, ça doit vouloir dire que j'ai fini mon travail ici. J'ai toujours su que ce jour arriverait, j'imagine. Tu vas me manquer, Amy.

— Toi aussi, tu vas me manquer.

— C'était ça le plus pénible, tu me manquais. Je pense que c'est pour ça que je n'ai jamais pu me résoudre à partir. Je me demandais toujours : *Que ferait Amy sans moi ?* C'est drôle que, finalement, ça se passe dans l'autre sens. Je suppose que tous les parents éprouvent ça. Mais c'est différent quand on est concerné.

Et puis sa gorge se serra.

— Faisons ça vite, d'accord ?

Elle passa ses bras autour de lui. Elle pleurait aussi, mais pas de tristesse. Enfin, peut-être un petit peu quand même.

— Tout ira bien, je te le promets.

— Comment le sais-tu ?

Tout au bout de la vallée, à la limite des champs crépusculaires, la porte de la maison s'était ouverte.

— Parce que c'est ça, le ciel, répondit Amy. C'est ouvrir la porte d'une maison au crépuscule, et tous ceux que tu aimes sont là.

Elle le serra très fort sur son cœur.

— Il est temps pour toi de rentrer à la maison, papa. Je t'ai gardé aussi longtemps que j'ai pu, mais il faut que tu y ailles maintenant. Ils t'attendent.

— Qui m'attend, Amy ?

Sur le porche, une femme était apparue, tenant un bébé dans ses bras. Amy recula et prit dans le creux de sa main la joue de Wolgast striée de larmes.

— Va voir, dit-elle.

71.

Elle fut réveillée par une sensation de froid et une vision d'étoiles. Des centaines, des milliers, des millions d'étoiles. Des étoiles en lente rotation, qui tournoyaient au-dessus de son visage, certaines retombant. Alicia les suivit des yeux en comptant les secondes. Elle calcula la durée de leur descente alors qu'elles plongeaient à travers les cieux, et finit par comprendre que le monde était là où elle l'avait laissé et qu'elle était toujours vivante.

Comment pouvait-elle être vivante ?

Elle se redressa. Qui pouvait dire quelle heure il était ? La lune avait disparu, plongeant le ciel dans les ténèbres. Rien n'avait changé ; elle était exactement pareille.

Et pourtant...

Alicia, viens à moi.

La musique de son nom, murmuré par le vent.

Viens à moi, Alicia, les autres ont disparu, tu seras à moi. Viens à moi viens à moi viens à moi...

Elle savait à qui appartenait cette voix.

Elle sortit du fossé. À quinze mètres de là, Briscard broutait une touffe d'herbe givrée. En l'entendant émerger, il releva le nez : Ah, te voilà. Je commençais à me poser des questions. Il se dirigea vers elle de son pas puissant, ses grands sabots soulevant des grumeaux de blancheur.

— Bon garçon, dit-elle.

Elle lui caressa le museau, et son souffle emplit ses paumes d'une odeur de terre.

— Mon noble, mon magnifique garçon, comme tu me connais bien. Il faut croire que ce n'est pas fini entre nous, tout compte fait.

Son paquetage gisait dans le fossé. Elle n'avait pas d'arme à feu, juste ses cartouchières et les coutelas glissés dans les alvéoles. Elle passa les bandes de cuir sur sa poitrine et les resserra sur elle, monta à cru sur Briscard, claqua la langue et lui fit prendre la direction de l'est.

Viens à moi, Alicia. Viens à moi viens à moi viens à moi...

Tu as foutrement raison, pensa-t-elle. Je viens. Elle se pencha en avant, les mains pleines de sa grande crinière, talonna Briscard pour le mettre au trot, puis au petit galop, et finalement au galop, un grand galop sauvage dans la neige.

Espèce de salaud. Me voilà.

Personnages

LES DOUZE

Tim Fanning, alias le Zéro : Biochimiste, professeur à l'université de Columbia. Contaminé par le virus CV-0 lors d'une expédition scientifique en Bolivie, le 21 février 20XX.

1. Giles Babcock (décédé) : Condamné à mort pour meurtre en 2013 dans le comté de Nye, Nevada.

2. Joseph Morrison : Condamné à mort pour meurtre en 2013 dans le comté de Lewis, Kentucky.

3. Victor Chávez : Condamné à mort en 2012 pour assassinat et deux viols de mineurs avec circonstances aggravantes, comté d'Elko, Nevada.

4. John Baffes : Condamné à mort en 2010 pour meurtre aggravé et meurtre au second degré avec circonstances aggravantes (non-assistance à personne en danger), comté de Pasco, Floride.

5. Thaddeus Turrell : Condamné à mort en 2014 pour l'assassinat d'un officier de la Sécurité du territoire, district fédéral de La Nouvelle-Orléans.

6. David Winston : Condamné à mort en 2014 pour meurtre avec préméditation et trois viols avec violence, comté de New Castle, Delaware.

7. Rupert Sosa : Condamné à mort en 2009 pour homicide commis au volant d'un véhicule automobile aggravé de délit de fuite, comté du Lac Gary, Indiana.

8. Martin Echols : Condamné à mort en 2012 pour meurtre et vol à main armée, paroisse de Cameron, Louisiane.

9. Horace Lambright : Condamné à mort en 2014 pour deux assassinats avec violences sexuelles, comté de Maricopa, Arizona.

10. Julio Martínez : Condamné à mort en 2011 pour meurtre aggravé sur la personne d'un officier de police, comté de Laramie, Wyoming.

11. William Reinhardt : Condamné à mort en 2012 pour trois meurtres avec préméditation et viol avec violence, comté de Miami-Dade, Floride.

12. Anthony Carter : Condamné à mort en 2013 pour meurtre aggravé, comté de Harris, Texas.

L'AN ZÉRO

Bernard Kittridge, alias Ultime Combat à Denver : Un survivant.

April : Une survivante.

Timothy : Son demi-frère.

Danny Chayes : Un chauffeur de car de ramassage scolaire.

Lila Kyle : Médecin.

Lawrence Grey : Nettoyeur, employé du projet Noé.

Horace Guilder : Directeur adjoint de la division des Armes spéciales (le Distributeur).

Frances Porcheki : Commandant de la Garde nationale De l'Iowa.

Vera : Infirmière de la Croix-Rouge.

Ignacio : Nettoyeur, employé du projet Noé.

Nelson : Responsable technique de la division des Armes spéciales.

Shawna : Prostituée.

Rita Chernow : Inspecteur de police.

AUTRES SURVIVANTS

Le pasteur Don
Wood
Delores
Jamal
Mme Bellamy
Joe Robinson
Linda Robinson
Boy Junior

LE CHAMP, 79 AP. V

Curtis Vorhees : Contremaître au Complexe agricole nord, Kerrville, Texas.
Delia « Dee » Vorhees : Sa femme.
Boz Vorhees : Son frère (décédé).
Nitia et Siri Vorhees : Filles de Curtis et Delia Vorhees.
Nathan Crukshank : Frère de Delia Vorhees, officier supérieur de la Sécurité intérieure.
Tifty Lamont : Responsable de la Sécurité intérieure.

AUTRES FAMILLES DANS LE CHAMP

Famille de Tyler Vorhees
Famille Withers
Famille Dodd
Famille Apgar
Famille Cauley
Famille Francis
Famille Cuomo
Famille Martínez
Famille Wright
Famille Bodine

97 AP. V
KERRVILLE, TEXAS

Amy Harper Bellafonte : La Fille de nulle part.
Peter Jaxon : Lieutenant de l'expéditionnaire, armée de la République du Texas.
Alicia Donadio : Lieutenant de l'expéditionnaire.
Alexander Henneman : Commandant de l'expéditionnaire.
Lucius Greer : Un prisonnier.
Hollis Wilson : Videur de boîte de nuit.
Dunk Withers : Repris de justice.
Abraham Fleet : Général d'armée.
Victoria Sanchez : Présidente de la République du Texas.
Sœur Peg : Religieuse, responsable de l'orphelinat.
Sœur Catherine : Religieuse.

Caleb Jaxon : Neveu de Peter Jaxon, fils de Theo Jaxon et Mausami Patal.

FREEPORT, TEXAS

Michael Fisher : Opérateur de première classe et chef d'équipe à la raffinerie de Freeport.
Lore DeVeer : Opératrice à la raffinerie.
Juan « Ceps » Sweeting : Opérateur à la raffinerie.
Dan Karlovic : Ingénieur principal à la raffinerie de Freeport.

LA NATION

Jackie : Ouvrière.
Eustace : Insurgé.
Nina : Insurgée.
Vale : Collaborateur des ressources humaines.
La Siffleuse : Collaboratrice des ressources humaines.
Sodom : Collaborateur des ressources humaines.
Verlyn : Médecin.
Dani : Servante dans le Dôme.
Jenny : Servante dans le Dôme.
Fred Wilkes : Chef de cabinet.
Vikram Suresh : Ministre de la Santé publique.
Aidan Hoppel : Ministre de la Propagande.

Remerciements

Tous les livres ont besoin d'amis, et celui-ci en compte beaucoup. Un grand coup de chapeau à : Ellen Levine du Trident Media Group ; Mark Tavani et Libby McGuire de Ballantine Books ; Bill Massey d'Orion ; Gina Centrello, président du Random House Publishing Group ; Claire Roberts de Trident Media ; les formidables équipes de production, de publicité, de marketing et des ventes de Random House, d'Orion et de mes nombreux éditeurs dans le monde ; Jennifer (« Jenny ») Smith ; et le département d'anglais de la Rice University. Pour les questions militaires, je remercie tout particulièrement Adrian Hoppel. Merci aussi à Rudy Ramos, dentiste-sniper, et Coert Voorhees, Mark et Bill : servez-vous un verre, mes frères, vous ne l'avez pas volé. Ellen : je n'ai pas d'amie plus sincère.

Aux membres de l'équipe Cronin, grands et petits, je dis : sans vous – rien de rien. Merci pour ma vie même.

Ma gratitude à vous tous.

Table

Cet ouvrage a été composé et mis en pages
par ÉTIANNE COMPOSITION
à Montrouge.

Dépôt légal : mai 2013
Nº d'édition : 52187/01
Imprimé au Canada

MARQUIS

Québec, Canada